KB105084

한국 고전문학의 이해

송재용 저

박문사

서 문

본서는 저자가 그동안 발표했던 논문들 가운데 일부를 모아 엮은 책이다. 이 책에 실린 글들은 필자가 30~50대 쓴 논문들로 시일이 오래돼 출판을 망설였는데, 지인(知人)들로부터 정년(2022년 2월 28일)도 얼마 안 남았으니 항목별로 정리, 수정 보완하여 책으로 내보라는 덕담 비슷한 권유(선한 의도)를 받았다. 이에 현혹(?)되어 썼던 논문들을 다시 살펴보니, 어떤 논문은 좀 민망한 것들도 있었고, 또 어떤 논문은 나름대로 공을 들인 괜찮은 것들도 있었다. 예전부터 항목별로 체계화하여 책으로 출판할 생각은 있었지만, 본시 게을러 차일피일(此日彼日) 미루다보니 시일이 오래된 글들이 되고 말았다. 그리고 기 발표한 논문들을 책으로 엮는 것도 좀 그렇고……. 그래서 책으로 엮는 것이 솔직히 부담스러웠다. 그럼에도 불구하고 항목별로 체계화해 출판하려는 욕심을 부렸다. 어쩌면 정년을 핑계로 한 필자의 만용인지도 모른다. 강호제현(江湖諸賢)들의 이해와 질정을 바란다.

이 책은 제1부 방법론적 모색, 제2부 고전작가의 이해, 제3부 고전작품의 이해, 제4부 고전문헌과 글쓰기, 부록 개화기 서양인 쓴 '한국의 소설문학'(국역) 순으로 엮었다. 1부는 필자가 평소 방법론에 관심이 있었는데, 이와 연관된 논문을 쓸 기회가 생겨 쓰게 되었다. 특히 '한시 분류와 해석' · '일기문학론 시고'는 필자 나름의 고심의 흔적이 있다고 하겠다. 2부와 3부는 필자가 관심이 있거나 우연한 기회에 쓴 논문들이다. 2부 글 가운데 송기수 · 유희춘 · 송덕봉은 필자가 학계에 처음으로 소개하였는 바 의미가 있다고 하겠다. 3부의 〈마원철녹〉과 〈대일본유람가〉 역시 필자가 학계에 처음으로 소개한 논문들이다. 그리고 4부는 문헌서지학과 연관이 있는 논문들이다. 여기서 '『미암일기』의 서지와 사료적 가치' 는 고전문학과 역사학(특히 조선 중기) 분야에 주목되는 논문이다. 끝으로 부록 편의 필자가 국역한 개화기 서양인이 쓴 '한국의 소설문학'은 학계에 처음으로 소개하는 글이다. 혹 오역 부분이 있다면 너그럽게 혜량(惠諒) 해주기 바란다.

그런데 필자가 게으르다보니 항목별로 정리하는 과정에서 보완보다는 오·탈자 및 문구 수정에 급급하였다. 이점 부끄럽지만 반성하는 바이다. 그럼에도 불구하고 본서는 고전문학 연구자들에게 참고할만한 가치는 있다고 본다.

끝으로 출판을 흔쾌히 수락해 준 도서출판 박문사 사장님과 관계자 여러분에게도 감사의 마음을 전한다.

2021년 8월

죽전캠퍼스 연구실에서 송재용 씀

한국 고전문학의 이해

목 차

제1부

방법론적 모색

한시 분류와 해석을 위한 시각의 재정립

(1) 머리말

한시의 경우, 작품분석에서 흔히 시품(詩品), 풍격(風格), 시제(詩題), 내용(內容) 등에 의해 분류하고 이를 분석하는 경향이 있다. 다분히 전통적인 이러한 방법은 그 나름의 장점과 특성을 지닌 것으로서 상당한 성과가 있었던 것도 사실이다. 그럼에도 불구하고 그 기준이나 원리가 기대만큼 명확치 못하고, 분류개념의 모호함을 문제 삼지 않을 수 없다. 다시 말해 중복되거나, 복잡하게 뒤섞여져 있거나, 일정한 근거도 없이 세분시키는 등, 객관성이 결여되어 있다. 따라서 이와 같은 기준아래 전개된 분석은 무수한 이견의 여지를 남겼고, 부단히 보완되지 않아서는 안 되는 과제를 한편에 안고 있게 되었다.

비근한 한 예로 내용상의 분류를 보자(이는 현대적인 분류를 예로 든 것 임). 사회시(社會詩), 풍자시(諷刺詩), 정회시(情懷詩), 영물시(詠物詩), 탈속시(脫俗詩)…… 등으로 분류하고 있는데 그 기준을 어디에 두고 있는지 확실치 않다.

사회시의 경우, 1970년대 이후 사용된 명칭으로, 비판시로 간주하고 있는 형편인데, 그 개념이 다분히 자의적이라 설득되지 않는다. 풍자시의 경우도 마찬가지다. 이는 말할 것도 없이 표현론(수사론)적 차원에서의 분류임에도 불구하고, 내용상의 분류와 동차원에서 다루어져 있다. 정회시, 영물시, 탈속시 등도 그 차이점이 무엇이며, 분류원칙을 어디에 두고 있는지 이해하기 어렵다. 편의상의 분류로 보이나 논리적 타당성이 결여되어 있다. 따라서 자칫 시 연구의 첫 걸음에서부터 해석상의 오류를 범할 수 있다. 이 같은 문제는 비단 한시에만 국한되는 것이 아니라 시가 일반에서도 제기되는 문제로서,[1] 분류의 원칙에 일관성이 결여되었기 때문이다. 설사 분류방법은 합당하다고 인정되는 경우에도 유형별 세분화 과정에서 여전히 작품의 실상을 잘못 파악할 수도 있다는 점을 염두에 둘 때, 시 이해의 시각 문제는 매우 중요한바, 신중을 기해야 할 것으로 생각된다.

(2) 한시 분류와 해석을 위한 시각의 재정립

필자는 한시를 중심으로 시 이해에 따르는 시각 정립을 위한 하나의 시안을 제시하고 그 현실적 가능성을 모색코자 한다. 이러한 시도는 한시 이해에서 인습화 되다시피 한 전통적 방법론을 극복하고 현대적인 방법에 입각한 것이다. 이를 위해 먼저 다루어야 할 과제는 한시에 대한 서정시(抒情詩) 논의다. 혹자는 한시를 서정시로 보는데 이의를 제기할 수도 있다. 역사적 사실을 제재로 하여 쓴 소위 영사시(詠史詩) 류의 시들은 넓은 의미의 서사시(敍事詩)에 속하는바, 이를 제외한 대부분의 한시는 자신의 주관적 감정과 생각을, 운율 및 서정적 요소에 의탁하여 시화하는바, 이를 서정시라 할 수 있다.[2]

---

1) 시가문학의 경우, 일부에서 주제, 내용, 소재…… 등으로 분류하고 있는데, 그 개념이 애매하여 혼란의 소지가 있는바 바람직하지 못하다. 이는 소설의 경우도 예외는 아니다.
2) 사(辭)・부(賦)등은 엄밀히 말해서 시라고 할 수 없기 때문에 논의의 대상이 되지 않는다.

따라서 한시를 분류함에 있어, 필자는 대부분의 한시를 서정시로 간주하면서 그 논의를 전개하려고 한다. 한시를 일단 서정시로 보았을 때 서정적 자아(이하 자아로 약칭)와 서정적 객관(이하 객관으로 약칭)이 문제가 된다. 이는 시인의 의식세계를 파악하는데 기본이 되는 자아와 객관, 주체와 객체의 관계로써 집약되는바, 이를 통해 시세계의 분류와 이해가 가능하다고 생각된다.

여기서의 〈자아〉는 창작주체자로서 대개 비판적 요소, 낭만적 요소, 자성적 요소를 지닐 수 있다. 그런데 비판적 요소와 서정성 사이에 어떤 괴리를 말할 수도 있다. 그러나 시인의 작품(作品) 상(上)의 비판성이 반드시 작품의 서정성을 해치거나 방해한다고만 할 수는 없다.

한편, 낭만적 요소는 미래지향적인 면과 현실지향적인 면 그리고 과거지향적인 면에서 실현될 수 있다. 즉 객관에 동화 또는 몰입된 자아는 자신의 공감을 표현함에 있어 낭만성을 띠게 되는바, 이로써 미래, 현재, 과거 어느 편을 지향하게 된다.

〈객관〉은 대상과 같은 의미로서 세계 · 자연 등을 말한다.[3] 이때의 객관은 반드시 주관과 대립되는 객관을 의미함이 아니라, 창작대상으로서의 객관이다. 따라서 시인이 창작을 함에 있어 그 대상을 두 가지로 전제할 수 있다. 하나는 시 창작의 대상이 자연 · 인물 · 사회현상 등 객관적인 세계로서의 외부대상과, 또 다른 하나는 시인 자신의 내면세계로서의

---

3) 자아와 객관 그리고 대상의 사전적 의미를 살펴보면 다음과 같다.(이희승 편, 『국어대사전』)
자아 : ① 자기를 의식하는 하나의 실체, 곧 의식자가 다른 의식자 및 대상 · 비아로부터 스스로를 구별하는 지칭 ② 사유 · 감각 · 욕망 · 의지 등 일체의 심적 상태 속에 가장 주관적으로 느껴지는 것 ③ 삼라만상에 대하여 독자적으로 존재하는 하나의 인격 ④ 자기 자신에 대한 각 개인의 의식이나 관념, 곧 활동의 느낌.
객관 : ① 주관 작용의 객체가 되는 것으로 정신적 · 육체적 자아에 대한 공간적 외계, 또는 인식 주관에 대한 의식내용 ② 주관의 작용과 독립하여 존재한다고 생각되는 것. 세계 · 자연.
대상 : ① 목표가 되는 것 ② 우리에게 대립하는 사물 ③ 주관 · 의식에 대한 것으로 객관과 같은 뜻임 ④ 욕구 또는 인식의 목적물.

주관세계인 내부대상이다.

이처럼 앞서 논의된 자아와 객관은 작품 안에서 서로 내향 또는 외향하거나, 상호 출동하여 갈등을 일으키면서 그 의식세계를 표출하는 바, 이에 세 가지 유형을 대별하여 볼 수 있다. 즉 ①대상지향형(對象志向型) ②자기지향형(自己志向型) ③갈등형(葛藤型)으로 유별(類別)하여 본다.

대상지향형은 자아(낭만적 요소)가 객관, 즉 세계・자연 등의 대상을 만나 이에 동화・공감 또는 몰입하고 있는 경우의 작품을 말한다.

자기지향형는 자아(자성적 요소)가 세계・자연 등의 객관을 만나더라도 공감 또는 동화되지 못하고 일정한 거리를 유지한 채, 객관보다는 자기 자신의 존재나 내면세계로 지향하는 경우로, 곧 자기회귀로 나타나는 경우다. 이는 곧 객관(창작 주체자의 내면세계)을 통해 자신의 문제나 모습을 관찰・발견하고 자신을 성찰한다. 이러한 자기성찰을 통해 자기비하, 자기연민, 자아상실, 자아동경, 자아도취 등에 빠지게 된다.

갈등형은 자아(비판적 요소)가 객관, 즉 부조리한 현실・사회와의 대립, 간극이 더욱 깊어져서 양자사이에 상호 충돌이 일어나는 경우로 현실비판이나 사회비판의 양상을 띠게 된다.

결국 작품분석에서 중요한 것의 하나로 시인의 의식세계의 파악은 재론할 필요가 없다. 따라서 이러한 분류는 시어를 통한 수사적인 검토와 병행할 때, 시인의 정신세계를 밀도 있게 살펴 볼 수 있게 할 뿐만 아니라, 그 문학적 가치와 본질을 구명하는 핵심적 역할을 하게 된다.

시어를 통한 작품해석에서, 흔히 시어의 사용빈도수를 통해 그 작품의 의미를 탐색하고 있는데, 이는 지엽사말적인 방법으로, 그 원의미를 파악하는데서 거리가 멀다 아니할 수 없다. 사용빈도수에 의거한 의미 부여는 본질탐구에 있어 총체적인 해명이 될 수 없으며, 이로써는 본 의미에 대한 접근이 결코 쉽지 않다는 점에서 문제가 많다. 따라서 이러한 방법을 지양하고 좀 더 심도 있게 작품의 실체를 조망하기 위해서는 수사적인 방법을 통해 시어의 의미를 자아와 객관과 연관시켜 고찰하는 것이 생산적이라 하겠다. 시어의 조작은 순전히 자아와 객관과의 유기적 관계에서 이루어지기 때문이다.

시인이 시어를 구사할 때, 대개 이미지나 상징을 구사한다. 이것은 수사적 표현의 범주에 속한다고 하겠다. 여기서 주의를 요하는 것은 수사의 범주를 설정해 놓고, 이에 따라 시어를 선별하는 것이 아니라, 자아와 객관과 관련하여 그 본의미를 구성한다는 점이다. 이 경우 전자는 피상적이고 단편적일 수도 있지만, 후자는 일관성을 견지하면서 심층적일 수 있다.

수사화 된 시어의 의미는 누구나 쉽게 알 수 있도록 하나의 의미로 단순하게 표현된 것이 있는 반면에, 둘 또는 그 이상의 의미로 나타나는 경우가 많다.

필자가 다루고자 하는 것은 어떤 수사법에 의해 구사된 시어냐 보다는, 수사적 기법에 의해 표현된 시어가 자아와 객관에 어떤 의미를 실현하고 있는가에 초점을 맞춘 것이다. 그러므로 시어에 사용된 수사법과 시인의 표현기교를 검토하는 것도 중요하지만, 여기서는 수사를 통해 표상된 시어의 원의미가 무엇이며, 이것이 자아와 객관에 내재하는 역동적 관계를 어떻게 묘출하고 있는가에 더 중요한 의미가 주어진다.

따라서 앞에서 언급한 것처럼 수사적 수법에 의해 구현된 시어는 자아와 객관과 상호 연관되어 서로 그 의미를 어떻게 작품에 형상화하였느냐가 중시된다.

결국 시어는 자아와 객관과 필요충분조건의 관계를 유지함으로써, 시인이 그의 정신세계를 작품 안에 어떻게 투영시켰는가를 탐색하게 하는 근원적 역할을 가질 뿐더러, 작품의 미적가치 추구에 기본적 요건이 된다.

이제 앞에서 제시한 세 가지 시각을 통해 구체적인 작품(漢詩)을 살펴보기로 한다.

진화(陳澕)의 〈산시시람(山市時嵐)〉[4]을 보자.

青山宛轉如佳人	푸른 산은 흡사 미인 같구나.
雲作香鬟霞作唇	구름은 향기로운 귀밑털이요 저녁놀은 입술이라
更敎橫嵐學眉黛	다시 비낀 안개로 눈썹 그리는 먹을 본뜨게 하니
春風故作西施嚬	봄바람은 일부러 서시의 찡그림을 만들더라.
朝隨日脚卷還空	아침에는 햇살을 따라 걷히어 비였다가
暮傍疎林色更新	저녁에는 성긴 숲 끼고서 빛이 더욱 새롭다.
遊人隔岸看不足	노는 사람 언덕 너머로 보아도 더 보고 싶으니
兩眼不博東華塵	두 눈이 동화 띠 끌과 바꾸지 않으리.

시인의 자아는 대상인 자연과 만나 이에 동화되었는바, 자연 경관의 아름다움을 미인에 비유하여 자신의 공감을 표현하고 있다. 여기서 우리는 대상지향적인 시세계를 만난다.

1구(句)에서 시인의 자아는 '청산(青山)' 즉 자연 경물의 아름다움에 접해 낭만성을 띠면서 자신의 공감대를 형성하고 있다. 따라서 이를 직유하여 '가인(佳人)'으로 묘사한 것이다.

2구(句)는 1구의 단순한 표상보다는 한걸음 나아가 자연 경관의 아름다움을 미인 신체의 일부분으로 은유화 시켜 세련되게 구사하고 있다. 시인은 '청산(青山)'과 조화를 이루고 있는 '운(雲)'과 '하(霞)'를 보면서 자연에 대한 경외감과 함께 이를 미인의 향기로운 귀밑털과 입술로 승화시키고 있는 바, 이는 시인의 자아가 자연에 심취되었기 때문이다.

---

4) 민족문화추진회, 『국역동문선』 I, 215쪽.

3구(句) 역시 '람(嵐)'을 눈썹 그리는 먹에 비유시켰는바, 이는 자연 경치의 아름다움에 대한 극명한 표현이다.

이는 4구(句)에서 더욱 절묘해진다. 시인은 마침내 '춘풍(春風)'을 통해 자연 경개의 아름다움을 절세가인 가운데 한 사람이었던 '서시(西施)'로 은유시키면서, 그 아름다움을 순차적으로 묘사하고 있다. 즉 '미인→미인 신체의 일부분→서시'로 비유시킴으로써, 시인의 자연 탐미가 어느 정도인가 짐작할 수 있다. 시인은 서시의 찡그린 얼굴도 어여쁘고 아름다웠다는 고사까지 인용해 자연의 아름다움을 표현하고 있는바, 이는 자연에 심취되었기 때문이다.

5, 6, 7구(句)는 한결같은 은은한 자연완상이다.

그리고 8구(句)의 '양안(兩眼)'을 통해 시인은 자연과 더욱 더 친화되어 몰입의 경지에 빠지게 된다.

이 시는 시어를 직유·은유화 시켜 시각적으로 표현하고 있다. 시어 선택과 수사적 기법이 뛰어난 작품으로 한 폭의 풍경화 내지는 미인도를 감상하는 것 같은 느낌이 든다. 이는 시인이 현실에 만족하고 있는 안분지족의 심적 상태에서 연유된 것이다.

권필(權韠)의 〈초춘(初春)〉[5]을 보자.

天邊梅柳又沾衣　하늘 끝 가에 매화와 버들을 보고 눈물을 흘려 옷을 적시니
意落江南尙未歸　강남까지 떠돌며 아직도 돌아가지 못했네.
夢裡茫茫無限事　한정 없는 인생살이 꿈속처럼 아득하기만 하고
回頭二十九年非　스물아홉 세월 돌이켜 보면 뜻대로 된 게 없구나.

시인은 매화와 버들을 보고 봄이 되어도 돌아가지 못하는 자신의 반생

5) 權韠, 『石洲集』, 卷七.

을 회한 속에 반성하고 있는데, 이때 자아와 주된 관심은 대상인 자연 경물에 있는 것이 아니라, 이들과 일정한 거리를 유지한 채 이를 대하고 있는 시인의 위상에서 우리는 시인의 자기지향적인 시세계를 볼 수 있다.

1구의 '천변(天邊0'과 '매류(梅柳)'는 자연을 의미한다. 그런데 여기서 이들의 의미가 예사롭지 않다. 그것은 자연 경관에 대한 단순한 시적 표현일 수도 있으나, 그 내면은 이들을 통해 자신의 존재를 성찰하고 있기 때문이다. 따라서 시인은 자연 경개에 접하고도 공감을 표시하지 못하고, 오히려 자신의 문제를 생각하면서 눈물을 흘렸던 것이다. 1구는 시인의 서글픈 심정이 '첨의(沾衣)'를 통해 절절히 담겨져 있다.

이러한 서글픈 심정 때문에 시인의 자아는 자연을 완상할 수 없을 뿐 아니라, 2구를 보면 '미귀(未歸)'를 통해 방랑하는 자신의 모습을 극화시키고 있다.

따라서 이 같은 서글픈 심정을 통해 도달한 객관적 인식은 3구에서 나타난 바와 같이 '망망(茫茫)'할 수밖에 없었고, 급기야 4구에서 보는 바와 같이 자아상실과 다름없는 상태가 되는 것이다.

다시 권필(權韠)의 〈문임무숙삭과(聞任茂叔削科)〉[6]를 보자.

宮柳青青鶯亂飛	궁 버들은 푸르르고 꾀꼬리 어지러이 나는데
滿城冠蓋媚春輝	온 성안에 벼슬아치들은 봄빛에 아양을 떠는구나.
朝家共賀昇平樂	조정에서는 함께 태평의 즐거움을 치하하는데
誰遣危言出布衣	누가 시켜 위태한 말이 포의에서 나오게 하였나?

6) 權韠, 『石洲集』, 卷七.
1611년(광해군 3년) 임숙영이 과거시험 볼 때 대책문(對策文)에서 척신(戚臣)의 무도함을 공박하는 글을 써서 과거에 합격했으나 광해군의 노여움을 사서 과거 합격이 취소되었다. 그러나 영의정 이항복의 무마로 병과에 급제하게 되었는데, 이 시는 그러한 일들을 풍자한 것이다. 특히 왕비의 친정 오라버니 유희분의 권력 농단 등을 풍자・비판하였다. 권필은 이 시로 인해 후일 귀양 가다 장독으로 죽고 만다.

시인의 자아는 그의 냉철한 비판의식으로 인해 대상, 즉 어지러운 정치현실과 조화를 이루지 못하고 상호 충돌을 일으켜 갈등의 시세계를 이룬다.

이 시는 시인이 당시 외척 유씨(柳氏) 일가(一家)들의 전횡과 줏대 없는 조정의 신하들을 풍간하여 지은 작품이다.

1구에서 '궁류(宮柳)'는 '궁(宮)'과 '류(柳)'의 의미가 내포하듯 외척인 유씨(柳氏) 일가(一家)를 비유(특히 유희분)한 것이다. 이는 '청청(靑靑)'과 조화를 이루어 상징적 의미를 띠게 된다. 얼핏 보면 궁 버들이 푸르다는 의미와 외척인 유씨 일족이 청렴함을 의미하는 것 같으나, 실상은 유씨 일가의 한없는 권세를 은연중 묘사한 것이다. 그것은 '앵난비(鶯亂飛)'란 시어에서 찾을 수 있다. '앵난비(鶯亂飛)'는 간신이 날뛰고 매관매직이 성행함을 의미한다. 그렇기 때문에 시인은 '앵난비(鶯亂飛)'(누런 것에 비유하여 황금이 난무한다는 뜻)를 통해 외척 유씨 일가의 전횡을 풍자・비난하고 있는 것이다.[7] '앵난비'는 절묘한 상징적 표현이라 하겠다.

2구에서 시인은 '미춘휘(媚春輝)'를 통해 아첨만 일삼는 조신(朝臣)들을 비난하려는 의도를 담고 있는데, 시인의 뛰어난 표현능력을 엿볼 수 있다. 특히 '미(媚)'의 사용이 매우 뛰어난 시적 표현이라 할 수 있다. 시인의 비판정신이 정치적 병폐와 직면하여 심각한 갈등을 일으키고 있음을 감지할 수 있다.미

3구에서 시인은 '승평락(昇平樂)'을 통해 태평시대를 치하하려는 것이 아니라 오히려 역설적으로 풍자하고 있다.

이러한 풍자・비판은 4구에서도 볼 수 있다. 시인은 '수(誰)'를 통해 아첨만 일삼는 무리들이 조정에 득실거리기 때문에 '포의(布衣)'에서 '위언

---

7) '앵난비' 대신에 '화난비(花亂飛)'라고 한 자료들도 있다. 둘 다 좋은데, '궁류(宮柳)'하고 연계시킨다면 '화난비'가 더 어울리는 듯하지만, 상징적인 의미 표현으로 본다면 '앵난비'가 나은 것 같다.

(危言)'이 나왔다고 말하고 있는 것이며, 은근히 벼슬이 없는 선비인 포의 임숙영에게 동조하고 있다. '포의'와 '위언'의 시어는 시인의 비판적 시각을 내비친 표현이라 할 수 있다. 4구는 3구에 대한 역설적인 표현으로 시인의 비판적 자아는 부조리하고 부패한 정치현실에 동조하지 않고 충돌을 일으켜 갈등을 표출시키어 비판적 시세계를 그리고 있다.

이 시는 정치적 부조리를 비판하고, 위정자들을 각성시키고자 했던 시인의 날카로운 비판의식을 담고 있다. 리드미컬하고 생동감 있게 표현되고 있어 문학적으로도 성공한 작품이다.

그러나 이 시가 비판일변도로 그쳤을 뿐, 그 대안이나 해결방안을 제시하지 못한 것이 아쉽다. 이는 그의 생애와 성격과 시대상황 그리고 전체 작품 파악을 토대로 총체적인 맥락에서 검토해야 되나, 여기서는 논의의 대상이 되지 않으므로 생략한다.

(3) 맺음말

이상으로 앞에서 논의한 방법의 세 가지 예를 들어 보았다. 물론 위의 세 가지 분류가 최상의 기준인가에 대해서는 이의를 제기할 수도 있다. 그러나 분류의 실제에 들어가면 분류 나름대로 일장일단이 있는 것을 부인할 수 없다. 필자의 견해로는 분류방법이 어느 정도 합법칙적이라면 시를 이해하고 설명하는데 도움이 된다고 생각한다.

한시에 대한 분류와 해석법은 이미 옛날부터 여러 가지로 있어 왔고, 지금도 일부에서는 그것이 답습되고 있는 추세다. 종전의 한시 분류법과 이해의 차원이 논리성과 설득력에서 매우 미흡하다고 생각되어 필자 나름의 새로운 시도를 꾀하여 보았다.

시에 대한 이해와 해석과 평가는 가장 기본적인 부분부터 출발해야 되며, 이를 기반으로 하여 심화 확대해야 된다. 이 과정에서 일반성과 일관성이 견지되어야 포괄적이고도 총체적인 설명이 가능하다. 이는 한시뿐만 아니라 시가문학에도 해당된다. 시가의 경우, 형식상의 차이는 있겠지만, 장르에 따라 그 분류법이 달라야 한다면 이는 근본적으로 잘못된 방법이다. 필자는 이러한 제반사항을 염두에 두고 위의 방법을 시도해 보았다. 이 방법이 시론적이라 다소 무리가 있을는지 모른다. 그러나 분명한 것은 이 방법으로 시가 작품의 그 중 중요한 부분의 해명이 가능하다는 점이다.[8)]

---

8) 이세보(李世輔)의 시조 한 수를 살펴보자.

은릴화는 만발ᄒᆞ고 월ᄉᆡᆨ은 만졍이라
도연명 어ᄃᆡ가고 ᄐᆡᄇᆡᆨ은 모르는고
지금의 탐화 ᄋᆡ월은 나ᄲᅮᆫ인가 (秦東赫 著, 『註譯 李世輔時調集』, 98쪽)

시인의 자아는 대상인 자연과 만나 이에 동화되어 자신의 공감을 표현하고 있는 대상지향적인 시세계를 이룬다. 초장의 '은릴화'와 '월ᄉᆡᆨ'은 자연 경물과 자연의 신비를 의미한다. 이들은 서로 조화를 이루어 그 아름다움을 한층 더 빛나게 하고 있는 바, 시인의 자아는 감흥이 일어 공감대를 형성하고 있다. 따라서 중장을 보면, 시인은 자기 혼자만 완상하는 것이 안타까워 급기야는 도연명과 이태백까지 인용하고 있다. 그러므로 종장에서 시인의 자아는 이러한 아쉬움과 함께 꽃과 달의 환상적 아름다움에 심취되어 몰입하게 된다. 뜰에 만발한 꽃, 환하게 비추어 주는 달빛, 이를 대하고 있는 시인, 한 폭의 그림을 연상케 한다. 따라서 이 시조는 시인의 자아가 낭만적일 수밖에 없다.

이 논문은 필자가 30대 중반에 쓴 것이다.(국어국문학회, 『국어국문학 100호 특집 기념호』에 수록). 마무리에서 추후 보완한다고 했는데 그러지 못했다. 구차하게 고전일기로 주 전공을 바꿨다는(박사학위논문이 「미암일기 연구」) 등의 핑계와 변명은 하지 않겠다. 정년이 되어서야 살펴보니 좀 더 보완할 필요가 있음을 느끼지만, 수정 정도로 끝낼까 한다. 디스크 수술로 30분 이상을 앉아 있기가 어려워 출판을 안 하려고 했는데, 주위의 권유로 마지못해 수정 정도로 마무리 했다. 이는 필자의 게으름 때문으로 책임을 통감한다. 그럼에도 이 글은 연구자, 특히 한시 연구자들에게는 한 번쯤 참고가 될 것으로 본다.

꿈 설화 유형 분류 시고

(1) 머리말

고대인들은 꿈을 국가의 중대사나 개인의 삶과 연관시켜 이해했던 것으로 보인다. 그래서 그들은 꿈을 꾸게 되면 해몽을 통해 길흉을 점쳤다. 고대 중국의 경우, 꿈에 대한 맹목적인 믿음과 탐색은 상당했다. 그것은 기원전 1050년 주공(周公)이 만들었다는 몽서(夢書)가 전해 온다는 사실, 그리고 지금까지 전해져 오고 있는 수많은 해몽서들을 통해 알 수 있다. 우리 선인들 역시 꿈을 국가의 중대사나 인간사, 실생활과 연관이 있는 것으로 인식하고 이에 대해 지대한 관심을 가졌던 것으로 보인다. 그러므로 꿈을 꾸게 되면 이를 예사롭게 보지 않고 일정한 의미를 부여하려 했다. 이처럼 꿈이나 그 해몽을 너무 맹신하게 되자 조선시대의 유학자들은 이에 대한 맹종을 경계하기도 하였다.[9] 그러나 조선시대의 유학자들 가운데 꿈에 대한 관심이나 해몽이라는 것을 단호하게 부정했던 사람은 매우 드물었다.[특히 중국의 유학자들의 경우가 그렇다.[10]] 이러한 연유 때문인지 꿈에 관한 설화는 대단히 풍부하고 그 자료도 많다.

---

9) 『한국문화상징사전』, 동아출판사, 1992, 123쪽.
10) 유문영, 『꿈의 철학』, 동문선, 1993, 59쪽.

지금까지 꿈 설화에 대한 연구는 주로 모티프·유형·구조·진술방식·기능·의미·의식·사상 등에 초점을 맞춘 논의였다.[11] 그러나 기존 연구는 그 밀도에 있어 균질화 되지 못했을 뿐만 아니라, 특정한 유형의 꿈이나 소설과의 관계 등에 초점을 맞추는 등 편향성을 보이고 있다. 특히 motif 중심의 연구는 매우 미진하다. 태반이 단편적이거나 일반적·개괄적 수준이라 하겠다.[12] 그 결과 꿈 설화에 대해 다각도에서 총체적이고 심도 있는 논의가 이루어진 것은 아니었다. 그리고 기존 연구는 대부분 분류론 차원이거나, 구조론·의미론 또는 소재론적 차원에서 설화와 고전소설과의 상관관계를 따지는 정도에 머물러 본격적이고 체계적이고 종합적인 논의가 심도 있게 이루어지지 않았다. 필자는 체계적이고 종합적인 분류가 선행될 때, 이를 토대로 구조와 의미, 변모양상, 의식, 그리고 문학사적 의의까지 제대로 구명 될 수 있다고 본다. 뿐만 아니라 이

---

11) 꿈 설화에 대한 대표적 연구 논문들은 대략 다음과 같다.
소재영, 「고전에 나타난 꿈의 의미론-구성과 사상을 중심으로-」, 『국어국문학』 32, 국어국문학회, 1966. 6.
장덕순, 「꿈설화고-胎夢과 旋流夢을 중심으로-」, 『국어국문학』 46, 국어국문학회, 1962. 12.
김미숙, 「한국설화문학에 있어서의 꿈의 연구」, 원광대교육학석사논문, 1985.
강준철, 「꿈설화고」, 『어문학교육』 9, 한국어문교육학회, 1986. 12.
______, 「꿈 서사양식의 진술방식에 대한 연구」, 『국어국문학』 106, 국어국문학회, 1991. 12.
임재해, 「꿈 이야기의 유형과 꿈에 관한 인식」, 『문학과 비평』 6, 문학과 비평사, 1988. 5.
______, 「꿈 이야기를 통해 본 꿈의 인식, 『水余成耆說博士還甲紀念論叢』, 인하대 출판부, 1989.
정상박, 「꿈 서사양식의 구조연구」, 동아대박사논문, 1989. 5.
이월영, 「꿈 소재 서사문학의 사상적 유형연구」, 전북대박사논문, 1990. 8.
오종근, 「<꿈> 소재 설화문학의 서사구조와 의미분석(Ⅰ)-문화설화를 중심으로-」, 『한국서사문학사의 연구』, 중앙문화사, 1995.
최명림, 「한국설화의 꿈화소 연구」, 전남대석사논문, 1997. 2.
여기서는 지면관계상 필자가 임의적으로 선별한 논문만 소개하였음을 밝힌다. 좋은 논문임에도 불구하고 필자가 보지 못했거나 소개하지 못한 논문도 있으며, 부주의로 인해 잘못 파악한 논문도 있을 수 있다. 이는 모두 필자의 책임으로 양해를 바란다.

12) 필자의 과문인지는 몰라도 꿈 motif에 대한 본격적인 연구논문은 최명림의 「한국설화의 꿈 화소 연구」(전남대석사논문, 1997. 2.)인 듯하다.

를 통해 고전소설 특히 몽자류 소설・몽유록계 소설과의 형성이나 연관 관계까지도 살펴볼 수 있다고 생각한다.

그런바 이를 위해 본고에서는 꿈 설화 전반을 아우를 수 있는 유형 분류안을 새롭게 모색해 보고자 한다. 왜냐하면 기존의 유형 연구는 분류론 차원의 수준에 머물렀으며, 그것조차도 개념이나 기준이 분명하지 않을 뿐 아니라, 꿈 설화를 여기에 모두 적용시킬 수 있을지 의문이 가기 때문이다. 따라서 기존의 연구에서 보이는 편향적 한계를 극복하기 위해서도 꿈 설화를 전체적으로 조감하고 분류・설명할 수 있는 틀의 모색은 중요하다고 여겨진다.

(2) 꿈 설화의 유형 분류

㈀ 기존 분류 안

우리 인간들은 대부분 꿈을 꾼다. 그리고 꿈을 꾼 내용에 따라 기분이나 마음의 상태가 좌우되거나 변화되기도 한다. 그렇다면 꿈이란 무엇이며, 왜 꾸게 되는 것일까? 꿈이란 자기 내면의 심리 표출이요, 또 다른 자아요, 잠재의식의 활동이요, 형상이요, 정신의 움직임이요, 자기 마음의 표현이요, 영적인 대상과의 대화요, 환상・무상・허망함 등이라 하겠다. 그리고 사람들이 꿈을 꾸는 이유는 잠재의식의 자아 표출과 예지적 활동, 건강상태, 신・영령・조상・지인(知人) 등의 신령스런 계시와 고지(告知) 등 때문이라 할 수 있다.[13] 우리 조상들이 많은 꿈을 꾸는 것은 이 같은 이유와 더불어 본래 꿈이 많은 민족이어서 그렇다고 볼 수도 있으며,[14] 신선사상과 불교사상에 재래적인 샤머니즘사상이 곁들여졌기 때

13) 홍순래, 『현실 속의 꿈 이야기』, 내일을 여는 책, 1996, 21~29쪽 참고.
14) 임재해, 「꿈 이야기를 통해 본 꿈의 인식」, 『수여성기열박사환갑기념논총』, 인하대 출판부, 1989. 96쪽.

문인 것 같다.[15)]

꿈의 종류는 여러 가지이다. 또 그 명칭도 다양할 뿐만 아니라, 연구자에 따라 같은 꿈이 여러 가지 명칭으로 쓰여 지기도 하며, 이 과정에서 중복되어 사용되는 경우도 있다. 꿈에 대한 분류 역시 각양각색이다. 여기서는 본고와 연관이 있는 꿈의 분류에 대하여 먼저 간단히 언급하겠다.

A. 『周禮』의 여섯 가지 꿈(꿈의 내용과 심리적 특징에 근거하여 명칭을 부여한 것으로 다른 의미가 있는 것은 아님) : ①正夢(바른 꿈, 자연적인 꿈) ②噩夢(놀라는 꿈, 가위눌린 꿈) ③思夢(생각하는 꿈) ④寤夢(깨어있을 때의 꿈, 낮 꿈, 백일몽) ⑤吉夢(기쁜 꿈) ⑥懼夢(두려운 꿈) [꿈을 꾸는데 여섯 가지 징후가 있다고 하는 『列子』의 꿈 분류와 일치]

B. 『夢列』의 열 가지 꿈 : ①直夢(착오 없이 직접적으로 응험이 나타나는 꿈) ②象夢(징조를 드러내는 꿈) ③精夢(뜻이 정교한 꿈) ④想夢(생각한 것을 기억하는 꿈) ⑤人夢(사람의 재능과 지위의 꿈) ⑥感夢(감정 기세의 꿈) ⑦時夢(때에 응하는 꿈) ⑧反夢(극과 극의 반대되는 꿈) ⑨病夢(병의 기운이 있는 꿈) ⑩性夢(性情, 즉 심성의 좋고 나쁨으로 인해서 일에 응험이 있는 꿈)

C. 『解夢學全書』(白雲堂) · 『解夢要訣』(金赫濟)의 다섯 가지 꿈 : ①靈夢(신이나 영령 또는 조상이나 故人들이 꿈속에 나타나서 길흉을 알리는 계시적인 꿈. 현몽하여 암시를 해주는 신령한 꿈. 계시적 현몽의 꿈) ②正夢(본 일도 없고, 듣고 느낀 적도 없으며, 마음먹은 바나 생각한 바도 없는데, 돌연히 꿈속에 뚜렷이 나타나며, 깨어나서도 꿈속의 전후 현상이 기억에 생생히 남아있는 올바른 꿈. 미래 예지적 성격의 꿈) ③心

---

15) 소재영, 「고전에 나타난 꿈의 의미론-구성과 사상을 중심으로-」, 『국어국문학』 32, 국어국문학회, 1966. 6, 60쪽.

夢(자기가 평상시에 마음먹었던 일, 느꼈던 일, 항상 심려했던 일들이 꿈에 다시 나타나는 꿈. 소망 표현이나 내면심리 표출의 꿈) ④虛夢(심신이 몹시 허약할 때나, 마음이 공허하고 허망할 때에 현상되는 환상과 같은 꿈. 몸 내부의 신체 이상의 자극·심인적 자극 요인의 꿈) ⑤雜夢(허영과 욕망에 집착되어 전혀 실현 불가능한 잡다한 현상을 꿈속에 재현하는 꿈. 개꿈)

이 밖에 佛家의 『法苑珠林』을 보면, 꿈을 ①四大不和夢 ②先見夢 ③天人夢 ④想夢으로 분류하고 있다. 중국에서도 예부터 꿈을 ①無所感動平安自夢 ②謂騰愕而夢 ③覺時所思會之夢 ④喜說之夢 ⑤覺時道之夢 ⑥恐懼之夢 등으로 분류하고 있다. 그리고 『事文類聚』 卷21, 「肖貌部」를 보면, 꿈의 종류를 50항목으로 분류하고 있다.

한편, 野崎充彦은 「夢說話類型考」(『中國學志』 需號, 1990)에서 꿈설화를 ①贈与型の夢說話 ②冥(異)界接觸の場としての夢說話 ③脫魂型夢說話 ④複合型または變化 ⑤その他の夢說話로 분류한 뒤, 이를 다시 9分하였다.

우리의 경우, 정주동은 『고대소설론』(형설출판사, 1975)에서 꿈을 ①胎夢 ②運夢으로 2大分한 뒤, 運夢을 ㉠直接夢(ⓐ及第夢 ⓑ相逢夢 ⓒ寃訴夢 ⓓ死夢 ⓔ結婚夢 ⓕ離別夢), ㉡象徵夢으로 분류하였다. 이능우는 『고소설연구』(이우출판사, 1975)에서 ①지시몽 ②상징몽, 황패강은 『한국서사문학연구』(단국대 출판부, 1972)에서 ①출생 ②계시 ③보징으로 분류하고 있다. 오종근은 「〈꿈〉소재 설화문학의 서사구조와 의미분석(Ⅰ)-문헌설화를 중심으로-」(『한국서사문학사의 연구』, 중앙문화사, 1995)에서 ①胎夢 ②結婚夢 ③靈驗夢 ④豫知夢 ⑤怨望夢 ⑥再生夢(還生夢) ⑦復讐夢 등으로 분류하였다.[16] 기존의 유형 분류는 일정한 기준이나 원칙, 원리도 없이 다분히 편의적인 분류로 체계적이지 못하고 중복되어 혼란스럽다. 특히 세부 유형 분류에 있어 그 개념이나 기준이 분명하지 않은 바, 꿈 설화를 여기에 모두 적용시킬 수 없다.

(ㄴ) 유형 분류 방안

필자는 구전설화와 문헌설화에 나타난 꿈 설화의 실체를 구명하기 위해 기존의 연구 성과를 토대로, 꿈을 直象夢과 解夢으로 2大分하고 사건의 전개 속에서 꿈이 갖는 의미와 기능 등에 주로 초점을 맞추어 直象夢[17]은 ①胎夢 ②婚姻夢 ③性交夢 ④應報夢 ⑤還生夢 ⑥心夢 ⑦運夢 등으로 세분하고, 解夢은 ①自解夢 ②他解夢 ③反解夢 ④誤解夢 등으로 세분하고자 한다. 그러면 이를 살펴보기로 하자.[18]

A. 直象夢

① 胎夢

고대인들은 생명의 탄생에 있어 신비로운 태몽이 존재한다고 믿었다. 그래서 장차 태어날 자식에 대한 관심이 태몽을 통해 상징화되어 나타난다고 여겼다. 그리고 실제 태몽대로 남녀의 구별은 물론이거니와 아이의 장래 운명까지 예견된 경우가 허다하다. 또한 태몽은 임신한 어머니만 꾸는 것이 아니라, 남편이나 시부모, 친정부모, 형제, 자매, 친척, 知人 등도

---

16) 그런데 논자가 지적한 바와 같이, 문헌설화에 국한시킨 분류 · 분석으로, 이를 구전설화까지 모두 적용시킬 수 있을지 의문이다. 그리고 영험몽이나 계시몽은 중복되어 있다. 참고로 앞에서 언급한 명칭을 제외하고 그동안 사용된 명칭은 길몽, 흉몽, 現夢, 同夢, 綠夢, ·旋流夢, 祥瑞夢, 買夢, 逆夢, 祈夢, 禳夢, 登極夢, 상사몽, 암석몽, 자연몽, 초자연몽, 탄생몽, 출생몽, 임산몽, 과거급제몽, 위기모면몽, 운명타개몽, 훈계몽, 천체현시몽 등등을 들 수 있다.

17) 직상몽은 직접적 · 상징적으로 나타나는 꿈을 말한다. 그런데 직접적 또는 상징적으로만 나타나는 꿈도 있지만, 직접적 · 상징적으로 혼합되어 나타나는 꿈도 있다. 따라서 이를 직접적인 꿈과 상징적인 꿈으로 각기 분류하기가 애매하다. 그리고 직상몽과 해몽은 그 성격에서도 차이가 분명하다.

18) 본고에서는 편의상 가급적 원문 제시는 생략하겠으며 그 내용도 요약하겠다.

꿈 수 있으며, 실제 이러한 일들은 가히 절대적이라 할 만큼 신비로움을 뛰어 넘어 거의 신앙적으로까지도 받아들여지고 있다. 과학적이며 합리적인 사고를 고집하는 지성적인 현대인도 실제 생활에 들어가서는 이러한 신비주의에 완전히 자유로울 수 없었다. 태몽은 주인공의 출생에 대한 내용, 특히 임신에 대한 징조를 보여주는 꿈을 말한다. 태몽과 관계된 설화는 매우 많을 뿐만 아니라 그 상징물도 다양하게 나타난다. 이를 대략 천체, 신령・사람, 동식물, 보석, 불교적 관련물 등으로 나눌 수 있다.

㉠ 천체

ⓐ 日輪

〈꿈에 해가 몸을 비추다 : 一然의 태몽 이야기〉

일연의 어머니 낙랑군 부인 이씨는 햇빛이 집에 들어와 배를 비춘지 사흘 밤이나 계속되어 이로 인해 임신하여 태어났다. 일연의 初名은 見明으로 光明의 상징인 태양을 꿈에 보았다는 뜻이다.(「普覺國師碑銘」)

태양 태몽은 '해가 몸을 비춘다.', '햇빛을 삼킨다.'(法藏의 태몽 이야기), '해가 들어온다.'(金怡의 태몽이야기)는 것 등이 대부분이다. 그리고 대부분 어머니가 꿈을 꾼다. 여기서 비추거나, 삼키거나, 들어오는 것 등은 성적 상징으로도 볼 수 있다. 이에 대해 황패강은 영적 존재가 여체에 투입됨을 상징한 것으로 보았다.[19] 고대인들은 태양을 敬畏의 대상으로 숭배하였으며 절대적 존재로 인식하였다.[20] 그리고 태양은 불멸의 생명력을 상징한다.[21] 우리 先人들은 태양몽을 뛰어난 男兒 출산 징조의 태

19) 황패강, 『한국서사문학연구』, 단국대 출판부, 1972, 45쪽.
20) 박용식, 『한국설화의 원시종교사상연구』, 일지사, 1985, 104~108쪽 참고.
21) 조희웅, 『설화학 강요』, 새문사, 1989, 176쪽 참고.

몽으로 인식하였다. 해몽법에서도 해가 배 속으로 들어오거나, 몸을 비추거나, 해를 삼키는 태몽은 큰 인물이 될 貴子를 낳는다고 해석하고 있다.[22] 『몽점일지』와 『신서』를 보면, 해는 고귀의 상징, 남자의 상징이다. 앞에서 예를 든 인물들은 후일 훌륭한 인물이 된다. 태양 태몽은 신성성과 연관이 있는 것으로 보인다.

ⓑ 星辰

〈꿈에 大星이 품 안에 들어오다 : 申欽의 태몽 이야기〉

문정공 象村 신흠은 평산 사람으로 어머니 송씨가 큰 별이 들어오는 것을 보고 낳았다. 어려서부터 똑똑하여 외조부인 참판 송기수의 서재에 파묻혀 사니, 淸江 李濟臣이 그 명성을 듣고 사위를 삼았다.(『동야휘집』)

日・月・星辰의 태몽 가운데 별 태몽이 가장 많다. 별 태몽은 大星・明星(金台鉉의 태몽 이야기)・流星(원효의 태몽 이야기) 등이 어머니 품속으로 들어오는 것이 대부분이다. 이 밖에 별이 떨어져 품안에 들어오거나(慈藏의 태몽 이야기), 입 속으로 별빛이 들어오는 경우(葛文王 奈音의 딸 朴氏의 태몽 이야기)도 있다. 별이 품에 들어와 임신하여 출산하다는 것이 공통적이라 하겠다. 그리고 아버지가 태몽을 꾸는 경우(趙仁規의 태몽 이야기 등)도 간혹 보인다. 우리 先人들은 天界에 대한 외경심에서 별을 숭앙의 대상으로 인식하여 상서롭게 보았다. 별은 그 자체의 精氣가 강한 것으로 태양과 더불어 남성상징이다. 이 같은 별 숭배는 세계 여러 나라에서 볼 수 있는데, 신비스런 불멸의 생명력을 상징한다고 하겠다. 우리 조상들의 별에 대한 敬畏로운 인식을 엿볼 수 있다. 해몽법에서

22) 이후, 해몽은 필자의 해몽법에 주로 의거했음을 밝힌다.

별은 희망·진리·명예·권세 등을 나타낸다. 별이 품 안에 들어오거나 떨어지는 태몽은 성직자나 선구자적 인물을 낳는다는 뜻이다. 특히 별이 품 안에 들어오는 태몽은 貴子를 낳게 된다. 그리고 별이 품 안에 들어온다거나, 입 속으로 별빛이 들어오는 것은 성적 상징이라고도 볼 수 있다. 한편, 月 태몽은 주로 귀한 女兒 출생의 예시로 인식되고 있다.[23]

이 밖에 천체 태몽의 경우, 雲霞(김방경의 태몽이야기)·風霜(빙도자의 태몽 이야기) 등이 나타나기도 한다. 또 부모가 함께 꾼 태몽의 경우, 2개의 상징물이 복합적으로 나타나기도 한다.(김유신 태몽의 경우, 아버지 서현은 두 별이 떨어지는 꿈, 어머니 만 명은 금갑을 입은 동자가 구름을 타고 내려오는 꿈을 꾼다.) 이 모두 훌륭한 인물의 출현을 암시한다고 하겠다. 특히 김유신의 태몽 이야기에서 금갑을 입은 동자는 武官의 貴子가 태어남을 상징한다.

ⓛ 신령·사람

ⓐ 신선

〈꿈에 늙은 신선이 와서 지팡이를 주다 : 성희안의 태몽 이야기〉

성희안이 태어날 때 어머니가 꿈을 꾸니 한 늙은 신선이 와서 지팡이를 주면서, '이것을 지니면 너의 집에 복록이 있을 것이다.' 하였다. 성희안이 겨우 지식을 얻었을 때 이미 원대한 기질이 있었다.(『해동잡록』)

ⓑ 뿔이 난 사람

〈꿈에 뿔이 난 사람을 보다 : 强首의 태몽이야기〉

그 어머니가 꿈에 뿔이 난 사람을 보고 임신하여 낳았는데, 머리 뒤에 우뚝

23) 이에 대해서는 박용식, 앞의 책, 106~107쪽을 참고할 것.

한 뼈가 있었다.(『삼국사기』 권46, 「열전」)

ⓒ 天女

〈꿈에 天女가 하강해 품에 들어오다 : 慈順大妃 尹氏의 태몽 이야기〉

어머니 田氏가 꿈에 천상의 채색의 구름 가운데에서 天女가 하강하여 품에 들어오는 것을 보고 심히 기이하게 여겼는데, 이로 인해 임신하여 낳았다.(『중종실록』 권69, 25년 8월)

ⓓ 小兒

〈꿈에 小兒가 내려오다 : 李純佑의 태몽 이야기〉

문득 꿈에 小兒가 燈柱 아래로 내려오는 것을 받들어 품고 임신하였다.(『고려사』 권99)

신령·사람 태몽설화는 그리 많지 않는 편이며, 꿈에 나타나는 인물은 대개 神이나 異人일 가능성이 높다. 강수의 태몽 이야기에 나오는 뿔이 난 사람은 異人으로 보여 진다. 태몽의 뿔 암시는 권위와 용력이 있는 아들을 낳을 것을 예지한다.[24] 그리고 뿔은 남성기·힘의 상징이다. 그런데 성희안의 태몽 이야기에서는 복합적으로 나타난다. 즉 '누가 무엇을 준다'는 것이다. 여기에서는 신선이 꿈에 나타나지만, 지팡이를 주었다는 데 더 의미를 부여할 필요가 있다. 훌륭한 인물의 탄생을 예고한다고 하겠다. 한편, 어머니 꿈에 승려들이 배를 타고 범패를 부르면서 문전에 이르거나, 푸른색 천으로 만든 가사를 입은 승려가 뛰어나온 이야기(진각국사의 태몽 이야기)나, 조부가 꾼 태몽에서 岳神이 나타나는 이야기(신숙

24) 김무조, 『한국신화의 원형』, 정음문화사, 1988, 278~287 참고.

주가 손자 신용개의 태몽 꾼 이야기)도 있다. 신령·사람 태몽은 주로 신령이나 사람이 내려오거나, 품에 들어오거나, 보는 것과 받는 것 등이 주류를 이루고 있다. 품에 들어오거나 내려오는 것은 女體의 상징 또는 女體로의 투입 등으로 볼 수 있다. 또 '見人有角'은 프로이트의 견해를 따르자면 성행위로 볼 수도 있다.[25] 해몽법에서 신선은 훌륭한 학자·권력자·성직자, 이인이나 신령은 학자·성직자·지도자, 天女는 지체 높은 여자·최고권자를 옆에서 보필할 사람 등을 뜻한다. 그리고 小兒는 성기 상징으로도 본다.

㉢ 동식물

ⓐ 龍

〈꿈에 흑룡이 바다로부터 날아 들어오다 : 이이의 태몽 이야기〉

이율곡 공은 申命和의 외손이다. 강릉에서 났는데 어머니 사임당 신씨의 꿈에 흑룡이 바다로부터 솟아 올라와 그 침실로 날아 들어왔기 때문에 어릴 때에 이름을 見龍이라 하였다.(『연려실기술』 권68)

〈꿈에 청룡이 품에 안기다 : 이이의 태몽 이야기〉

율곡 선생의 부친이 서울에 있었어. 집으로 내려가는 도중에 주막에서 하룻밤 쉬어가려고 찾아들었어. 헌데 주막의 여인이 술을 내오며 대접하면서 은근히 유혹하며 통정을 하자는 것을 뿌리치고 집으로 돌아왔어. 부인이 꿈 이야기를 하는데, '흑운이 일어나더니 청룡, 황룡이 여의주를 두고 싸우는 구경을 하는데 여의주를 문 청룡이 내 품에 안기는 꿈을 꾸었어요.' 그래 아내와 같이 자고서 율곡 선생을 낳았어. 서울로 올라가는 길에 주막에 다시 들러서 여인과 통정을 하자고 했으나, 여인이 꿈 이야기를 하면서 '저번에 당신이 오시던

---

25) 황패강, 앞의 책, 42쪽 참고.

전날 밤에 청룡이 날아오르는 꿈을 꾸고서 귀한 아들을 얻고자 선비님을 맞이하려고 했는데 이제 와서 무슨 소용이 있겠습니까?' 하면서 거절을 하는 거야. (『구비문학대계』 1-5. 이와 유사한 이야기는 『구비문학대계』 2-1, 6-5에도 나온다.)

동식물 태몽 중에는 龍 胎夢이 주류를 이루고 있다. 고대인들은 龍 꿈을 吉夢, 상서로운 꿈으로 생각했으며 태몽으로 인식하였다. 그래서 우리 先人들은 龍 태몽을 꾸면, 貴子를 낳거나 위인의 탄생을 의미하는 징조로 여겼다. 우리 俗信에도 龍이 임산부나 남편 또는 부모의 꿈에 나타나면 貴童子를 낳는다고 전하고 있고, 그 아이는 지혜가 출중하고 크게 출세할 것으로 믿었다. 그것은 龍이 왕에 비유되기 때문인 듯하다. 龍은 상상의 동물, 즉 기린・봉황・거북 등과 함께 四靈獸 중의 하나이다. 龍은 그 중에서 가장 우두머리요, 가장 뛰어나며, 가장 변화무쌍한 靈物로 인식되어 왔다. 그래서 지금까지도 龍은 하나의 상징적 존재로서 민간신앙의 대상이 되고 있다. 그리고 정신분석학에서도 龍을 남성상징으로 보고 있다. 『新書』를 보면, 龍은 양에 속하는 것으로 임금의 상징이라고 했다. 위의 인용문을 보면, 문헌설화에는 흑룡이, 구전설화에서는 청룡이 나타난다. 아무래도 구전설화가 문헌설화보다 신빙성이 떨어진다고 하겠다. 여기서 이이 태몽설화의 변이과정도 추찰해 볼 수 있다. 뿐만 아니라 이 두 태몽설화, 특히 구전설화는 이이라는 偉人의 탄생을 신비화하고 있다. 이는 태몽설화 대부분이 그렇다. 龍 태몽은 龍이 배 속으로 들어오거나, 방으로 날아 들어오거나, 품에 안기거나, 승천하거나, 몸에 감기거나, 달려들거나, 땅에 떨어지는 것 등이 대부분이다. 해몽법에서 龍은 권세・지위・명성・성공・출세・부귀영화・합격・소원성취 등을 뜻한다. 특히 태몽에서는 龍이 보이면 貴子・입신양명 등을 상징한다. 그러나 龍이 싸워서 지거나, 땅에 떨어지거나, 죽거나 하면 유산・죽음・몰락 등을 뜻한다. 〈이이의 태몽 이야기〉는 이이가 높은 관직에 올라 막강 한 힘을 행사하거나 학자로서의 대성을 상징한다고 하겠다.

ⓑ 虎

〈꿈에 두 마리의 호랑이가 방에 들어왔다가 사라지다 : 金德齡의 태몽 이야기〉

장군의 어머니 꿈에 산으로부터 두 마리의 호랑이가 방에 들어왔다가 사라지는 꿈을 꾸고 임신하여 낳았다.(홍순래, 『현실 속의 꿈 이야기』, 내일을 여는 책, 1996)

호랑이 태몽도 아들을 상징한다. 호랑이 태몽은 대개 입으로 들어오거나, 보거나, 달려들거나, 집이나 방 안으로 들어오거나, 품에 안기는 것 등이 주류를 이룬다. 그리고 武官과 연관이 있다. 해몽법에서 호랑이가 안으로 들어오는 태몽은 훌륭한 인재를 낳을 징조이다. 그런데 방 안에 들어왔다가 사라져 버리는 태몽은 훌륭한 아들을 두게 되나 요절하게 된다. 김덕령은 임란 때 의병장이 되어 혁혁한 공을 세웠으나, 후일 반역죄로 몰려 억울하게 옥사했고, 그의 형 역시 의병장으로 전사했다. 형제가 모두 용감했으나 불행한 삶이었다. 그것은 호랑이가 방 안에 들어왔다가 사라졌기 때문이다. 그러니 좋은 결과를 기대할 수가 없다.

ⓒ 青龍・白虎

〈꿈에 청룡・백호가 안기다 : 정충신의 태몽 이야기〉

錦南 정충신의 부친이 향청에서 근무하고 있었는데, 나이 60이 넘도록 자식이 없었다. 어느 날 밤 무등산 청룡과 북산의 백호가 안기는 꿈을 꾸었다.

정원을 배회하다가 마침 부엌에 있던 食婢와 동침하여 충신을 낳았다.(『계서야담』)

청룡·백호의 꿈은 태몽으로 간주하며 貴子를 상징한다. 그런데 『奇觀錄』의 내용은 『계서야담』과 약간의 차이를 보인다. 『기관록』의 태몽은 무등산이 갈라지며 청룡이 솟아나와 몸에 감기는 꿈과, 屯山이 쪼개지며 백호가 뛰어 나와 품에 드는 꿈으로 되어 있다, 용감하면서도 비범한 인물의 탄생을 뜻한다고 하겠다.

ⓓ 鳳凰

〈꿈에 암수 봉황이 하늘에서 내려와 품속으로 함께 들어오다 : 균여의 태몽 이야기〉

어머니의 이름은 占命인데 일찍이 天祐 14년(917) 4월 초이렛날 밤 꿈에 암수 봉황이 모두 누런 빛깔을 하고 하늘에서 내려와 품속으로 함께 들어오는 것을 보았다.(『균여전』)

봉황은 수컷을 鳳, 암컷을 凰이라고 하며, 古代人에게 瑞兆로 관념되던 靈鳥이다. 특히 봉황은 聖人이 왕위에 있을 때라야만 이 세상에 나타난다는 전설이 있다. 그리고 봉황 꿈은 태몽으로 간주되는데, 봉황 태몽은 매우 적다. 해몽법에서 봉황 한 쌍을 본 태몽이나 꿈은 두뇌가 뛰어난 자식을 낳거나, 그 활동이 광범위하여 모르는 사람이 없음을 뜻한다. 구전설화에서는 鳳凰 꿈을 꾸게 되면, 장차 문무를 겸전한 훌륭한 천재를 낳게 될 것이라고 믿었다.[26]

---

26) 박용식, 앞의 책, 113쪽.

ⓔ 熊

〈꿈에 곰을 얻다 : 太子 居登公 태몽 이야기〉

그 해 왕후(許黃玉)는 곰을 얻은 꿈을 꾸고서 태자 居登公을 낳았다.(『삼국유사』 권2)

곰 꿈도 태몽에 해당된다. 『시경』에서는 熊夢을 아들을 낳을 징조로 보고 있다. 해몽법에서 곰을 얻거나, 보거나, 곰이 날아 들어오는 태몽을 꾸면, 貴子를 낳거나 훌륭한 인재를 얻는다는 꿈이다. 곰 태몽은 매우 적다.

ⓕ 鼈

〈꿈에 자라가 품속으로 들어오다 : 河敬復 태몽 이야기〉

襄靖公 하경복은 본관이 진주다. 그 어머니 꿈에 자라가 품속으로 들어왔는데, 금방 태기가 있어 그를 낳았으므로 어릴 때 이름이 王八이었다. 어려서부터 기운이 남보다 뛰어났었다. 武에 능함으로써 발탁되어 크게 드러났다.(홍순래, 『현실 속의 꿈 이야기』, 내일을 여는 책, 1996)

자라 태몽은 매우 적은 편이다. 해몽법에서는 자라나 거북을 꿈에 보면, 재물을 얻거나 길한 일이 생기는 것으로 해석한다. 특히 자라나 거북 태몽은 貴子를 낳게 된다.

ⓖ 蘭

〈꿈에 난초 화분을 떨어뜨리다 : 정몽주의 태몽 이야기〉

어머니 이씨가 임신하였을 때 난초꽃 화분을 안다가 놀라 떨어뜨리는 꿈을 꾸고서 깨어나 公을 낳았다. 그래서 이름을 夢蘭이라 하였다.(『고려사』 권117, 「열전」. 『연려실기술』 권1)

'夢蘭'은 靈兒的 상징이다. '난초꽃 화분을 안다가 놀라 떨어뜨렸다'는 것은 靈의 투입을 형상화한 것으로도 볼 수 있지만, 후일 선죽교에서 타살되는 비운을 예지케 해주고 있다. 해몽법에서도 꽃이 떨어지는 것은 이별이나 몰락을 뜻한다. 식물과 관계된 태몽은 적다.

이 밖에 잉어가 龍이 되어 하늘로 올라갔다가 흑룡과 싸워 떨어지는 태몽을 꾼 이야기(박성건의 태몽 이야기) 등도 있다.

㉣ 보석

ⓐ 珠

〈꿈에 구슬을 삼키다 : 明朗의 태몽 이야기〉

처음에 明朗의 어머니가 꿈에 푸른빛 구슬을 입에 삼키고 임신을 하였다.(『삼국유사』 권5)

구슬 태몽은 대개 아들을 의미한다. 구슬을 삼킨다, 품는다, 준다, 받는다는 것은 女體 투입의 형상으로 볼 수 있다. 구슬 태몽은 매우 적은 편인데, 생명력을 지닌 것으로 본다. 특히 절에 시주하거나 불공을 드려 얻게 되는 태몽이 구슬 태몽이다. 구슬은 불교와 밀접한 관련이 있는 듯하다. 해몽법에서 珠玉을 품에 안거나 삼키는 태몽은 貴子를 낳는 것으로 해석하고 있다.

㉤ 불교적 관련물

① 石佛

〈꿈에 한 귀가 떨어진 석불을 보다 : 李生의 태몽 이야기〉

그 부모가 아들이 없어 山寺에서 기도를 했더니, 한 귀가 떨어진 石佛을 꿈꾸어 이에 그를 낳았다.(『송천필담』 권1)

해몽법에서 石佛을 보면 아들을 낳는다는 뜻이다. 그런데 한 귀가 떨어졌기 때문에 장수하지 못한다. 그리고 돌은 신비성과 함께 생식 및 생명력을 보여준다.[27]

이 밖에 꿈에 곡령에서 소변을 누었더니 온 나라가 은바다를 이루었다는 이야기(헌정왕후의 태몽 이야기), 황색의 큰 깃발이 궁궐 주위를 싸고 돌며 휘날렸다는 이야기(공예왕후의 태몽 이야기), 꿈에 공자의 사당에 들어간 이야기(서경덕의 태몽 이야기) 등이 있다.

이상과 같이 살펴 본 결과, 龍·별 태몽 이야기가 가장 많다. 龍은 신비스럽고 존귀한 존재로 여겼는바, 장차 大人이 될 것을 예견해 주고 있다. 별 역시 밝게 빛난다는 점에서 이름을 빛낼 위인이 될 것을 암시해 준다. 이 밖에 신령이나 호랑이 등 신성시하는 대상과 관련된 태몽들 또한 비범한 인물의 탄생을 예지해 준다고 하겠다.

태몽은 출생의 신비로움을 상징한다. 더욱이 꿈의 상징적 내용이 출생한 인물의 앞날까지 그대로 들어맞고 있어 한층 신비로움을 더해주고 있다. 그리고 그 꿈의 주인공은 대부분 행복을 누린다. 이러한 신비한 태몽에 대한 민속적인 신앙은 주인공의 비범함과 위대함을 강조하기 위해 고전소설(별 태몽: 숙향전, 유문성전, 설인귀전, 장국진전 등, 龍 태몽: 한중

27) 위의 책, 84쪽 참고.

록, 홍길동전, 조웅전 등, 호랑이 태몽: 옥단춘전 등, 봉황 태몽: 대봉전 등, 선녀 태몽: 춘향전, 유충렬전, 장화홍련전 등, 구슬 태몽: 박씨전, 구운몽, 권익중전, 금방울전, 장백전 등)에 많이 수용되고 있다.

태몽은 몽중 내용이 대부분 비서사적 형태이며, 꿈 꾼 주체(사람: 대부분 어머니)→꿈(상징물 나타남)→결과(탄생)로 나타난다. 그리고 '입몽 전 현실→몽중→각몽 후 현실'의 서사구조로 전개된다.[28)]

우리 풍속의 겨우, 예부터 부인들에게는 자식의 미래를 위하여 탄생에는 태몽이 소망의 상징이 되고, 그 태몽의 해설을 긍정적 방향으로 듣기를 원했다. 특히 大人이나 偉人 출생에는 반드시 태몽이라는 것이 미래 지향성을 암유하고 있는 것으로 인식한 듯하다.

박용식은 태몽에 대하여 "태몽이란 것도 출산을 존엄시 하는데서 유래한 해석일 것이다. 생식현상을 과학적으로 이해하는 대다수의 사람들도 인간의 탄생을 성행위와 직결시켜 사고하느니 보다는, 그 前兆인 꿈의 해석을 빌어서 神聖化하는 것이 우선 수치를 면하고, 새 생명에 대한 존엄성도 부여할 수 있기 때문이다. 꿈은 이렇게 神聖化・合理化의 좋은 핑계도 되는 것이다."[29)]라 하였는데, 시사 하는바가 크다.

② 婚姻夢

혼인몽은 꿈속에서 지배적 영혼으로부터 혼인할 것을 직접 지시 받거나, 남녀가 혼인하는 것을 말한다. 남녀결연 motif는 이야기에 나타날 수

---

28) 최명림은 꿈 설화를 꿈 이야기의 특성에 따라 '최초상황→몽중구조→최종상황'으로 규정한 후, 통사적 구조를 '최초상황→입몽→몽중→각몽→최종상황'으로 세분하여 분석하였다. 그런데 논자가 중점을 둔 몽중구조(입몽→몽중→각몽)에 대한 심도 있는 분석이 이루어지지 않아 아쉽다.(최명림, 앞의 논문, 26~61쪽 참고.)
꿈 설화는 '꿈 꾼 주체→꿈→결과', '입몽 전 현실→몽중→각몽 후 현실'의 구졸 되어 있다.
29) 박용식, 앞의 책, 109쪽.

있는 가장 보편적인 motif이다. 그러나 꿈 설화의 경우, 婚姻夢은 그리 많지 않다.

〈꿈에 上帝가 아유타 공주의 부모에게 김수로왕과 혼인을 지시하다〉

김수로왕이 배를 타고 온 일행을 맞아들이니 저는 아유타국의 공주인데, 성은 許이고 이름은 黃玉이며 나이는 16세입니다. 본국에 있을 때 금년 5월에 아버님과 어머님께서 저에게 말씀하시기를, '우리가 어젯밤 꿈에 上帝를 뵈었더니 상제께서 가락국의 왕 首露를 하늘이 내려 보내서 왕위에 오르게 하였으니 그 사람됨이 매우 신령스럽고 성스럽다. 또 나라를 새로 다스리고 있는 터에 아직 배필을 정하지 못했으니 그대들은 모름지기 공주를 보내서 그 배필을 삼게 하라 하고 말을 마치자 하늘로 올라갔다. 꿈을 깬 뒤에도 상제의 말이 아직도 귓가에 남아 있으니 너는 이 자리에서 이제 부모를 작별하고 그 곳으로 떠나도록 하라' 하셨습니다.(『삼국유사』 권2)

김수로왕과 허왕후의 신성성을 보여주는 혼인몽 이야기이다. 혼인몽은 대부분 지배적 영혼(神靈·祖靈 등)이 夢顯하여 결연할 것을 당사자나 제삼자에게 직접 지시한다. 해몽법에서 혼인 꿈은 사회적 책임을 의미하며, 上帝의 지시나 계시를 받는 꿈은 미래에 대한 예지를 뜻한다. 직접 지시와는 달리 夢中에 서로 만난 육체일탈의 영혼이 서로 혼약하는 경우(꿈속에서 만난 여자와 혼약한 후, 실제로 혼인한 이야기 : 『동국여지승람』 권5)도 있다. 혼인몽은 비범한 인물을 부각시키고 있는데, 고전소설(조웅전, 심청전, 춘향전 등)에 많이 수용되고 있다.

혼인몽은 대체로 비서사적인 형태가 많은 편인데, 꿈 꾼 주체(당사자보도는 주로 제3자)→꿈(대부분 신령이 지시나 계시)→결과(혼인)로 나타난다. 그리고 각몽 후 현실의 결과는 행복을 누리며 대부분 비범한 인물의 탄생으로까지 이어진다.

③ 性交夢

성교몽은 꿈속에서 남녀가 성관계를 맺는 꿈을 말한다.

〈몽교로 얻은 자식 : 이산해 탄생담〉

이산해 아버지가 중국에 사신으로 갔을 때 산해관에서 잠을 자는데 꿈에 자기 아내와 교합을 했단 말여. 하도 신기해서 일기에 적어 놓았는데, 그때 집의 아내도 똑같은 꿈을 꾼거야. 사신으로 갔다 와서 보니깐 태중이란 말이여. 그래 '뭐 이런 변이 있더냐.' 하고 야단법석이 났는데 알고 보니 내외간에 꿈을 꾼 날짜가 같은거야. 그래 그대로 놔둔 것이 아들을 낳았어. 그런데 사람이 온당치 않고 형틀만 생겼어. 흐물흐물하게 낳았다고 그래. 임금이 산삼 서근을 내려 보내서 먹이니까 굳어졌다고 해.(『구비문학대계』 6-5)

현대에서는 있을 수 없는 믿지 못할 이야기이다. 그러나 『物類相感志』를 보면, "남자는 아내를 얻지 않고, 여자는 남자를 얻지 않고서도 정기가 감응하여 반드시 교접하지 않아도 아이를 낳는다."고 하였다. 이수광은 『지봉유설』에서 위의 내용과 "늙은이가 아이를 낳으면 그림자가 없다는 따위의 말들에 대하여 올바른 말이 아니다"라고 했다. 그러나 실제로는 구한말까지 이러한 夢交에 대한 속신이 있어 왔다. 황현의 『매천야록』을 보면, "죽은 민승호의 후실 이씨가 몽교를 빙자로 민영주・민영달과 사통하여 자식을 낳았다"는 기록이 있는 바, 이를 보아 알 수 있다.

성교몽은 몽교가 실제 현실에도 반영이 되고 있는데 적은 편이다. 제3자나 직계 존속이 꾸거나 임신자(어머니) 혼자 꾸는 경우(무자생손)도 있으며, 출생자의 父母가 함께 꾸는 형태도 있다. 그리고 교합의 대상자는 生者(남편) 또는 死者(대부분 타인의 죽은 자식)이다. 부부 몽교의 대표적인 예는 이산해 탄생담으로, 이야기가 구전되어 오면서 조금씩 달라지고 있다. 이처럼 몽교를 통한 임신과 출생은 초월적・신비적인 것이라 하겠다. 현실적으로 도저히 불가능한 일들이 꿈을 통해서 실현된다는 이야기(그것도 실존했던 역사적 인물의 탄생담을 예로 들어)는 꿈의 신비성을 우리 先人들이 믿고 있었기 때문이다. 특히 '무자생손'의 경우는 유교·민속(기자)·풍수지리 등과 밀접한 연관이 있는 것으로 보인다. 해몽법에서 부부 몽교는 모든 일(특히 집안 일)의 순조로움을 뜻한다.

성교몽은 서사적인 형태가 비서사적인 형태보다 약간 많은 편이며, 꿈꾼 주체(제3자, 당사자 또는 부부)→꿈(교합)→결과(출생)로 나타난다. 여기서 특이한 것은 몽중에 실제 성교를 한다는 것이다. 그리고 그 결과는 각몽후 얼마 안 있어 탄생으로 나타난다. 이들 출생자는 훗날 대부분 훌륭한 인물이 되고 가문도 잇게 된다.

④ 應報夢

응보몽은 선악의 행적에 응하여 화복을 받는 꿈을 말한다. 원시인에게 있어서 靈은 인간의 현실생활 凡百事에 간섭하고 지시하는 것으로 관념되었다. 그러나 간섭은 소극적으로 지시하고 희망하는 정도를 지나 적극적으로 영향을 끼치는 것으로 관념되었다. 즉 행위에 대한 報徵이 현실화되어 나타남을 꿈에서도 볼 수 있다.[30)]

〈처녀 시체 지켜주고 원수 갚은 꿈〉

포수인 아버지가 호랑이에게 당하자, 아들이 원수를 갚기 위해 길을 떠났다. 도중에 염병(장티푸스)으로 죽은 처녀의 시체를 난도질하고 금반지를 빼내는 도둑놈을 쫓아 주었다. 이에 대한 보답으로 처녀가 꿈에 현몽을 해 '내가 시키는 대로 하거라.' 해서 明道(영혼이 앞일을 일러주는 일로 다른 사람의 눈에는 보이지도 들리지도 않음)를 해서 호랑이를 잡게 해주었다.(『구비문학대계』 3-2)

---

30) 황패강, 앞의 책, 61쪽.

〈꿈에 영령이 나타나 벌을 주고 도적을 잡다〉

옛날에 어떤 사람이 숭의전에 제사 지낼 고기를 훔쳐 가지고 갔다. 그날 밤에 제관이 꿈을 꾸니 세 왕이 대궐 위에 앉아서 고기 훔쳐간 자를 꾸짖고 끌어올려 목을 베는 것이었다. 이튿날 아침에 그 사람을 조사하니 곧 죄를 승복하고 벌을 받았다.(『지봉유설』)

〈꿈에 귀신의 억울함을 듣고 범인을 잡다〉

相公 金某가 친구들과 놀고 있었다. 어느 날 친구들이 집으로 간 사이 곡성이 들리더니 귀신이 나타났다. 그녀는 역관 某의 딸로 某譯官의 아들에게 시집갔다가 음란한 첩과 남편에 의해 살해되었는데, 바람이 나서 도망간 것으로 누명을 썼다고 하면서 雪冤을 청하였다. 다음날 여자가 가르쳐 준대로 골짜기를 찾아보니 과연 시체가 있었다. 公이 등청하여 某譯官을 불러 죄를 밝히고 여자의 부모를 불러 시체를 묻게 한 후, 그 남편을 법에 따라 처리하였다. 그날 밤 꿈에 전의 여자가 단정한 모습으로 나타나 사례하고 갔다.(『동야휘집』)

응보몽은 神靈·魂靈·動物靈 등이 당사자나 제3자의 꿈에 나타나 선악에 대한 일을 계시하거나 직접 징계한다. 그리고 각몽 후 당사자나 제3자가 報謝를 받거나 징계를 받는다. 報謝의 내용도 자손의 영달·질병치료·사례·칭송 등 다양하게 나타난다. 징계 내용 역시 몽중에서 직접 응징을 당해 곧바로 죽거나, 각몽 후 병들어 죽거나 처벌을 받는 등 여러 형태로 나타난다. 응보몽은 '당사자나 제3자가 善行·善意로 報謝를 받는다.'와 '당사자나 제3자가 악행으로 징계(몽중 직접 응징의 경우와 각몽 후 처벌이나 病死의 경우 등)를 받는다.'로 나타난다. 특히 몽중에서 싸우거나, 포박당하거나, 刑을 받고 몹시 아파하거나, 칼이나 활 등으로 주살당하거나, 맞아 죽는 경우가 대부분이다. 응보몽은 꿈 설화에 많이 나타나며, 고전소설(장화홍련전 등의 계모형 소설)에 수용되고 있다. 선행을 행하면 복을 받고, 악행을 일삼으면 벌을 받는다는 교훈성이 담겨져 있다. 결국 응보몽 이야기는 인과응보를 가치 체계화한 것으로 권선징악을 극명하게 드러낸 것이라 하겠다. 해몽법에서도 꿈에 서로 욕하며 싸우거나, 혼령이 자신을 참혹하게 죽이면 대개 흉조로 해석한다.

응보몽은 서사적인 형태가 비교적 많은 편인데, 꿈 꾼 주체(당사자나 제3자)→꿈(주로 신령·혼령·동물령 등이 나타난 선악을 계시 하거나 징계함)→결과(응보)로 나타난다. 특히 응보몽은 대개 현실적인 응보를 몽중에 예시 내지는 경고할 뿐만 아니라, 각몽 후 報懲이 현실화되어 나타난다.

⑤ 還生夢

환생몽은 죽은 사람이 형상을 바꾸어 다시 탄생하는 꿈을 말한다. 古代人들은 일생생활에서 수많은 죽음을 목도하면서도 不死와 영혼 불멸을 믿었던 것으로 보인다. 그래서 그들은 죽음에 대응하는 수단으로 환생을 생각한 것 같다. 이러한 환생신앙은 어느 민족에서나 엿볼 수 있다.

〈별세하신 어머니가 꿈에 나타나 환생을 알려주다 : 眞定母 환생몽 이야기〉

3년 후 어머니의 부음을 받았다. 眞定은 가부좌하고 선정을 들어가 7일 만에 일어났다. …(중략)… 講을 마친 후, 어머니가 꿈에 나타나 말하기를 '나는 이미 하늘에 환생했다.'고 했다.(『삼국유사』 권5)

〈돌아가신 아버지가 꿈에 나타나 환생을 알려주다〉

옛날 경상도 어느 고을의 한 집에서 아버지가 죽었는데, 그 집안에서는 슬픔에 잠겨 있었다. 그날 밤 상주의 꿈에 죽은 아버지가 나타나 하는 말이 '그렇게 슬퍼할 것은 없다. 나는 天命에 쫓아 다시 이승에서 살게 되어 아무 곳 아무개의 아들로 다시 태어나게 되었다.'고 산사람과 같이 이야기하였다. 상주는 깜짝 놀라 꿈에서 깨어났다. 장례를 치른 뒤, 그 꿈이 마음에 걸리어 혹시나 하고 꿈에 알려준 그 집으로 찾아갔다. 동네 사람들에게 물어 그 집으로 가보니, 그 집에는 최근에 자식을 낳았는데 대문에는 産忌의 금줄이 쳐져 있었다. 확실히 그 꿈 대로였던 것이다. 곧장 그 집으로 들어가고 싶었으나 자기 몸이 상주이므로 해서 그 집으로 들어갈 수는 없었다. 그래서 하는 수 없이 그는 이웃사람에게 그 집의 출산일을 묻고는 집으로 돌아왔다. 상을 마친 뒤, 그는 곧장 그 집으로 찾아가서는 자기는 아무 곳의 누구인데, 자기의 아버지가 죽었을 때 꿈에 이 집에 다시 태어난다고 알려준 꿈 이야기를 말하고 그 아들의 성과 난 시각을 물어보았다. 그런데 난 자식은 사내아이였고, 또한 난 시각도 자기 아버지가 죽은 시각과 일치하였다. 그의 놀라움은 말할 것도 없고 그 말을 들은 그 집사람들도 이상하게 생각하여 그 아들을 특별히 취급하여 소중하게 길렀다고 한다.(최상수, 『한국민족설화의 연구』, 성문각, 1985)

환생몽은 '죽은 사람이 환생을 알려주다', '죽은 사람이 꿈에 불경의 힘으로 환생되었음을 알려주다'(최표의 죽은 아들 환생몽 이야기), '자신의 신분을 한탄해 병들어 죽은 뒤 환생하여 전생의 일을 꿈속에 겪다'(황희의 환생몽 이야기), '억울하게 죽기 전 자신의 탄생을 예언하며 죽어 환생하다'(제3자가 꿈을 꾼 뒤 이를 확인 : 楸南이 김유신으로 환생한 이야기) 등이 주류를 이루고 있다. 이렇게 태어난 인물들은 대개 훌륭하게 되어 나라를 위해 큰일을 한다. 환생몽 이야기는 죽음과 결부된 꿈이라는 점에서 공통점을 갖고 있다. 그런데 『삼국유사』에 나타난 환생몽은 매체(불경)을 통해 환생하는데 반해, 후대 문헌에서는 이를 거의 찾아볼 수 없다. 환생몽은 비교적 많은 편으로, 고전소설(구운몽 · 심청전 · 장화홍련전 등)에 수용되어 나타난다. 그런데 환생몽 이야기는 태반이 불교(윤회사상)와 밀접한 관련이 있는 것으로 보여 진다. 해몽법에서는 자신이나 타인이 죽어 다시 환생하는 꿈을 꾸거나 보면, 대개 무슨 일이 일어남을 암시하는데, 길몽으로 해석하기도 한다.

환생몽은 서사적인 형태가 많은 편인데, 꿈 꾼 주체(부모 자식이나 제삼자)→꿈[대부분 死者가 매체(불경)를 통하거나 직접 환생을 알려줌]→결과(환생: 당사자나 부모 자식, 제3자 등이 이를 확인함)로 나타난다.

⑥ 心夢

심몽은 자기 또는 자신과 관계된 인물이나 이들에 대한 생각・느낌・마음상태・심려 등이 나타나는 꿈을 말한다.

〈총애하던 기생의 꿈 이야기를 듣고 기생과 옛 남편을 죽이다〉

연산군에게 사랑하는 기생이 있었는데, 저의 동무에게 말하기를 '옛 남편을 밤 꿈에 보았으니 심이 괴이한 일이다.' 하였더니, 연산군이 곧 조그마한 종이에 글을 써서 다른 사람에게 주었다. 조금 후에 궁녀가 은쟁반 하나를 들고 오는데 포장이 겹겹으로 단단히 되어 있었다. 그 기생으로 하여금 열어보게 하니 바로 그 남편의 목이었다. 그 기생도 함께 죽임을 당하였다.(「장빈거사호찬」, 『대동야승』 권51)

위의 내용에서 보듯, 연산군은 기생의 꿈 이야기를 듣고 기생이 옛 남편을 그리워하고 있다는 잠재적인 소망 표현으로 받아들여 두 사람을 잔혹하게 죽였다. 심몽은 대부분 소망 표현이나 내면의 심리적 표출 등에서 기인되는데 적은 편이며, 고전소설(조웅전 등)에 수용되고 있다. 〈개가를 막은 꿈〉 등을 대표적으로 들 수 있다. 해몽법에서 옛 남편을 밤에 보는 꿈은 대개 신변의 위험을 느끼는 일이 생기거나 흉조로 해석한다. 심몽은 심리적・교훈적 측면이 강하다고 하겠다.

심몽은 서사적인 형태가 주류를 이루고 있으며, 꿈 꾼 주체(당사자)→꿈(주로 人間事나 인간의 심리상태 등이 나타남)→결과(깨달음, 凶事)로 나타난다.

⑦ 運夢

운몽이란 靈夢의 계시를 통하여 깨닫게 되는 꿈을 말한다.[31] 여기서 靈夢이란 신령적인 존재가 계시・고지・예언 등을 해주는 꿈을 뜻한다. 古代人에게 있어서 꿈은 인간의 행위를 지도하기 위한 신의 계시로 간주되었다. 그들은 소박하나마 꿈의 神聖을 믿었으며, 꿈을 초인간적인 別世界로부터 오는 神의 계시로 보았다. 우리 先人들 역시 신령적인 존재의 계시・고지・예언 등을 일종의 신앙으로 여겼다.

운몽은 꿈 설화 가운데 가장 많기 때문에 그 내용을 유별화 할 경우 매우 다양하게 나타난다. 그러므로 여기서는 간단한 내용 및 편만 제시하겠다.

〈天帝가 동명왕의 건국을 계시한 꿈 : 아란불의 운몽 이야기〉

북부여의 왕인 해부루의 정승 아란불의 꿈에 천제가 내려와서 말하기를 '장차 내 자손으로 하여금 이곳에 나라를 세울 것이니 너는 다른 곳으로 피하도록 하라. 동해가의 가섭원이라는 곳이 땅이 기름지니 도읍을 세울 만한 곳이다.' 했다. 이에 아란불은 왕에게 권하여 그 곳으로 도읍을 옮기고 국호를 동부여라 했다.(『삼국유사』 권1)

31) 운몽은 태몽, 혼인몽, 성교몽, 응보몽, 환생몽, 해몽을 제외한 꿈으로, 신령적인 존재가 계시・고지・예언 등을 해주는 꿈을 말한다. 실제로 대부분의 꿈들이 계시・고지・예시・예언・지시・경고 등의 요소를 지녔다고 해도 과언이 아니다.

〈꿈에 부처님이 설법하던 자리에 절을 세우다〉

소성대왕의 妃가 절을 세우고자 하여 자리를 물색하게 되었다. 한 노승이 꿈에 부처님이 석탑 동남쪽 언덕 위에서 서쪽을 향해 앉아 대중을 위해 설법하는 것을 보았다. 그래서 마음속으로 생각하기를 이곳은 반드시 불법이 머무를 것이다 하고는 마음에 감추고 사람들에게 말하지 않았다. 그 곳은 바위가 험하게 솟고 냇물이 거세게 흘러 장인이 거들떠보지도 않고 모두 좋지 않다고 하였다. 그런데 흙을 파헤쳐 평탄한 땅을 만들어 불당을 앉힐 만하게 하니 완연히 신기한 터가 되었으므로 보는 자들이 모두 놀라면서 좋다고 하였다.(『삼국유사』 권3)

〈꿈에 조상이 나타나 우물가에 빠지려는 자손을 구하게 하다 : 이항복 유모의 운몽 이야기〉

相公 백사 이항복이 돌이 되기 전에 유모가 그를 우물가에 내려놓고는 졸고 있었다. 항복이 기어서 우물에 빠지려는 순간 유모에게 한 노인이 나타나 종아리를 때리므로 놀라 깨어나 아이를 구하였다. 그 후 며칠이 지나도록 유모의 종아리가 아팠다. 얼마 후 제사 때 영정을 보니 그 노인은 이항복의 조상인 익재 이제현이었는바, 수백 년 후에 나타나 자손을 구한 것이었다.(『어우야담』)

〈김응순의 운수와 길흉 꿈 : 김응순의 운몽 이야기〉

참판 김응순이 꿈에 옷 칠한 힘을 받았는데, 장래의 운수와 길흉이 모두 적혀 있었다. 그의 일생이 예언과 부합하였는데, 죽을 때가 되자 자손을 모아 놓고 오직 禮判이 되지 못했으니 이상하다고 하였다.(『계서야담』)

〈죽은 사람의 현몽〉

한 양반의 꿈에 '아무 날 아무 시에 어느 누가 뭐라고 해도 말하지 말아라' 라고 일러 주었어. 헌데 그 날이 되니까 대낮에 도적이 들었어. 그런데 그 도적의 우두머리가 자기 집에 있던 종이었어. 그래 보고 가만히 있을 수가 없어

'예끼 이놈 죽일 놈 같으니라고' 그랬더니, '영감 나는 죽일 놈이요, 당신은 죽을 몸이요' 하면서 칼로 찔러 죽였어.(『구비문학대계』 7-2)

〈명종의 즉위를 예지해준 꿈 : 권응인의 운몽 이야기〉

인종 1년 여름 내가 선천 임반역에서 잤는데, 늙은 역졸이 말하기를 '밤 꿈에 하늘이 갑자기 무너지니 한 어린아이가 구름을 잡고 올라갑니다.' 하였다. 얼마 되지 않아 인종이 돌아가시고 명종이 즉위하니 나이 아직 어렸다. 그 꿈이 바로 증험이 있었다.(『송계만록』 下, 『대동야승』 권56)

〈꿈에서 일어난 일이 현실로 이루어지다 : 홍섬의 운몽 이야기〉

홍섬이 이조좌랑으로 있을 때, 의금부에 잡혀 형벌을 받는 일이 있었다. 이때 매를 맞다가 아픈 중에도 꿈을 꾸니 관부 문이 크게 열리면서 나장이 큰 소리로 '판부사께서 들어가신다.' 하는데, 자기 몸이 중문을 거쳐 들어와서 마루 위 의자에 앉으니 여러 아전들이 엎드려 예를 하는 것이었다. 꿈에서 깨자 이상히 여겼더니, 그 뒤에 귀양지에서 풀려나와 판의금부사가 되었는데, 모든 일이 하나같이 꿈속에서 본 것과 같았다.(『지봉유설』)

〈鳳이 하늘로 올라가는 꿈〉

가정 경신년에 어떤 사람이 꿈을 꾸니, 두 마리의 鳳이 그 꼬리가 불에 타면서 그대로 하늘로 올라갔다. 그 해 별시에 閔德鳳이 첫째로 합격하고, 具鳳齡이 둘째로 합격했다.(『지봉유설』)

〈오세재의 죽음을 예지한 꿈〉

吳世才의 자는 덕전이다. 재주가 있었으나 등용되지 못하고, 外祖가 난 東京에서 어렵게 지내다 죽었다. 죽기 전날 한 친구가 꿈에 공이 백학을 타고 다니는 것을 보았는데, 다음날 가뵈니 선생은 이미 세상을 떠났다.(『동국이상국집』)

〈꿈에 자라가 나타나 구원을 청하다 : 권홍의 운몽 이야기〉

재상 권홍은 벼슬이 최고에 다다르고 나이도 많아 매일 丘陵을 찾아 노니는 것을 일로 삼았다. 일찍이 어느 날 저녁 꿈에 한 늙은 노인이 부복하고 울며 호소하기를 '홍재상이 우리 족속을 처참하려 하니, 바라옵건대 상공이 구원해 주옵소서?' 하니, 권이 말하기를 '내가 어떻게 구하겠는가?' 하니, 늙은이가 말하기를 '홍재상이 반드시 상공과 같이 가자고 할 터이니 공이 꼭 사양하면 홍공도 행하지 못할 것입니다. 이는 다시 살려주시는 은혜이옵니다.' 하였다. 조금 있다가 문을 두드리는 소리가 들리므로 놀라 깨어 물어보니 '홍공이 오늘 전곶(箭串)에 자라를 구어 먹으려고 공과 같이 가자고 하옵니다.' 하는지라, 권공은 생각하기를 꿈속의 늙은이는 반드시 자라다 하고는 병을 핑계하였는데, 뒤에 들으니 홍공도 그만두었다 하였다.(『청파극담』, 『대동야승』 권23)

〈꿈에 중이 약을 일러주어 부친의 병이 낫다 : 李甫의 운몽 이야기〉

이보의 아버지 台芳이 악질을 얻어 거의 죽게 되었는데, 여러 가지로 치료를 해도 효과가 없자 밤낮으로 통곡하였다. 그런데 꿈에 어떤 중이 나타나 말하기를 '산 사람의 뼈를 먹으면 나을 수 있다.' 하였다. 이보가 곧 놀래 깨어 손가락을 잘라 약을 만들어 먹이니 아버지의 병이 곧 나았다.(『신동국여지승람』 권34)

이외에도 〈神人이 이성계에게 도읍지를 계시한 운몽 이야기〉, 〈꿈에 노인의 詩句를 받아 출세한 정소종의 운몽 이야기〉, 〈꿈에 점쟁이로부터 어머니의 사주를 계시 받은 권오복의 운몽 이야기〉, 〈神人이 계시해 화를 모면한 김정국의 운몽 이야기〉, 〈꿈에 현덕왕후가 세조에게 침 뱉어 종기가 난 세조의 운몽 이야기〉, 〈부처님에게 偈받은 자장법사의 운몽 이야기〉, 〈神人이 字를 고치라고 계시한 李璥의 운몽 이야기〉, 〈온조왕이 장군 이서의 죽음을 예시한 인조의 운몽 이야기〉, 〈꿈에 林椿의 墓誌文을 지은 李順文의 운몽 이야기〉, 〈꿈에 토신들의 의논을 들은 한광연의 운몽 이야기〉…… 등 수없이 많다. 이처럼 운몽의 계시의 내용은 人間生活 凡百事에 미치고 있으며, 그 형상도 가지가지이다. 建國·遷都·榮辱·救急·科試·名諱·技藝·逢別·悟道·命數·鎭魂·得病 및 治癒·登極·生死 등 매우 다양하다.

운몽은 즉각적으로 실행에 옮겨야 할 계시의 경우 대부분 구체적인 지시로 나타난다. 그러나 즉각적이지 않을 경우에는 대개 상징적으로 암시해 준다. 한편, 꿈을 대수롭지 않게 여기거나 자신도 모르게 잊어 버려서 목숨을 잃는 경우를 위의 예를 든 운몽 이야기에서 보여주고 있다. 꿈을 대수롭지 않게 여기면 안 된다는 의식이 도처에 깔려 있다고 하겠다. 그러나 우리는 꿈의 미래예지적 성격만 믿고 〈무고한 사람을 역모로 고변한 정막개〉처럼 무조건적으로 믿어서도 안 된다. 믿는데 신중을 기할 필요가 있다.

한편, 운몽은 우리 고전소설(조웅전·심청전·춘향전·홍계월전·임장군전·소대성전·옥주호연·설인귀전·장끼전·구운몽·안빙몽유록·숙향전·숙영낭자전·금방울전·백학선전 등등, 특히 몽자류소설, 몽유록계소설, 애정소설, 계모형소설, 가문소설, 우화소설, 실기류소설, 군담소설류)에 태반이 수용되고 있다. 해몽법에서는 신령·혼령 등이 나타나 무슨 지시나 가르침을 주는 꿈은 대부분 미래에 대한 계시나 예지를 하는 것으로, 그 지시대로 이행하면 만사대길하고 소원을 성취한다.

운몽은 서사적인 형태가 많은 편이며, 꿈 꾼 주체(대부분 당사자나 자식, 친지, 知人, 제3자)→꿈(주로 神靈·魂靈·精靈 등이 직접 지시 또는 예고를 하거나, 상징적으로 알림)→결과(즉시 또는 후일 드러남)로 나타난다. 운몽은 영험성·신비성이 강할 뿐만 아니라, 권선징악적인 속성도 지니고 있다.

이 밖에 病夢과 假夢을 추가할 수도 있다. 병몽은 당사자가 병의 기운이 있음을 감지하는 꿈을 말한다. 실제 있었던 꿈 이야기로, "꿈 꾼 사람이 꿈속에서 다른 사람과 싸우다가 옆구리를 채인 후 너무나 아파 깨어났는데, 꿈 깬 뒤에도 맞은 부분이 계속 아파 병원에 가서 진찰받고 X레이를 찍어보니, 늑막염 진단이 나왔다는 이야기이다."[32] 이처럼 꿈은 현실의 자신이 미처 자각하지 못하고 알 수 없었던 우리 몸의 이상에 대하여 알려주고 있다. 필자의 태만으로 인해 병몽과 관계된 설화를 찾지 못했지만, 꿈 설화 가운데 병몽 이야기는 있다고 본다. 중국에서는 이미 오래전부터 질병에 따른 꿈의 징후에 대한 논의가 있어 왔다.[33] 『춘추좌전』, 「成公」 10년조에 나오는 〈경공의 병몽 이야기 : 病入膏肓의 고사〉는 그 예가 될 수도 있을 것이다.

한편, 假夢은 거짓으로 지어낸 꿈을 말한다. 가몽은 실제 꾸지 않은 꿈이지만, 우리 설화에 비교적 많이 있는 편이다. 꿈의 신성성과 신비성을 이용하여 창업의 정당성을 합리화시키거나(神人에게 金尺을 받은 이성계의 꿈), 정권유지나 민심을 수습하기 위한 경우(꿈에 나타난 귀신들을 이용한 이성계), 자신의 목적 달성을 위해 수단으로 이용한 경우(가짜 꿈으로 주모를 건드린 건달, 거짓 지어낸 용꿈으로 기생과 관계를 맺은 정만서, 양반집 딸을 엉큼하게 병고치고 사위된 머슴), 즐겁게(해학적으로) 웃기 위해 거짓으로 지어낸 경우(아흔아홉 살 먹은 잉어의 꿈, 꿈을 빌어 상전 욕한 재치 있는 종) 등으로 세분 할 수 있다.

B. 解夢

우리 先人들은 夢事를 현실 판단의 어떤 기준이나 인간사의 길흉을 암시하는 것으로 보고, 이에 대해 지대한 관심을 가졌던 것으로 보인다.

---

32) 홍순래, 앞의 책, 75쪽.
33) 유문영, 앞의 책, 390~397쪽 참고.

이는 꿈보다는 해몽이 더 중요하다는 의식이 반영된 것이라 하겠다. 문제는 좋은 꿈 나쁜 꿈을 떠나서 우리가 꿈을 어떻게 받아 들이냐 하는 수용태도가 중요하다. 해몽은 기본적인 세 가지 조건, 즉 꿈 꾼 주체, 꿈 해몽 희망자, 해몽자가 있어야 한다.

① 自解夢

自解夢은 꿈 꾼 사람이 스스로 꿈 풀이를 하는 것을 말한다.[34)]

〈꿈에 자신의 빈자리를 보고 죽음을 예감하다〉

姜希顔의 자는 경우요, 호는 人齋이다. 하루는 말하기를 '꿈에 관청에서 여러 선비들이 가지런히 앉아 있는 사이로 빈자리가 하나 있어 물었더니, 대답하기를 '여기 앉을 사람은 다른 곳으로 갔는데 금년에 돌아옵니다.' 하였다. 그 푯말에 쓴 것을 보았더니, 그것은 곧 내 이름이었으니 나는 죽을 것이다.' 이 해에 그는 과연 세상을 떠났다.(『해동잡록』, 『대동야승』 권5)

〈꿈에 강계로 귀양 갈 것을 예지하다〉

先人은 평생에 꿈이 반드시 맞았다. 신묘년에 화를 당하여 남양 구포로 나가 살았는데, 새벽녘에 곁의 사람을 보고 말하기를 '꿈에 내가 강계부사가 되어 보이니 귀양지가 될 것이다.' 하였는데, 얼마 있다가 서울에서 사람이 와서 말하기를 '진주로 유배되었다.' 하니, 先人께서 탄식하기를 '평생에 꿈을 믿었는데, 늙으니 꿈도 맞지 않는다.' 하였다. 그런데 남쪽으로 내려 간지 며칠 만

---

34) 해몽의 경우 연구자들의 해몽 이론에 따라 그 풀이도 각양각색이었다. 이들 가운데 유문영이 주목된다. 유문영은 역대의 해몽방법을 종합적 검토를 통해 논리적 분석과 정신 심리적 분석으로 2大分하여 논급한 바 있다. 이 가운데 논리적 분석의 경우, 크게 세 가지의 해석방식을 벗어나지 못한다고 하였다. 즉 ①직접해석 ②轉釋(㉠상징법 ㉡연상법 ㉢유추법 ㉣破譯法 ㉤破字法 ㉥諧音法 등) ③반대해석이 그것이다. 유문영이 정리 분석한 전통적인 해몽법은 수용 활용할 가치가 충분히 있다고 본다.(위의 책, 50~102쪽 참고.)

에 대간의 논쟁으로 강계로 적소가 옮겨졌다.(『기옹만필』, 『대동야승』 권54)

우리 先人들은 꿈을 꾸면 그 꿈에 대해 나름대로 해석을 하곤 하였다. 이러한 해석을 통해 자기 신변의 중대사를 예감하기도 하였다. 자해몽은 대개 신령·혼령 등이 꿈에 나타나 꿈 꾼 사람의 신변사와 관련된 암시를 하는데, 이 꿈에 대한 해몽을 꿈 꾼 당사자 스스로 하게 된다. 꿈 설화에 많은 편이며, 고전소설(심청전 등)에 수용되고 있다.

자해몽은 비서사적인 형태가 많으며, 꿈 꾼 주체(당사자)→꿈(신령·혼령 등의 암시가 태반임)→결과(당사자의 해몽대로 드러남)로 나타난다. 신비적·영험적·계시적 속성을 갖고 있다.

② 他解夢

타해몽은 꿈 꾼 당사자가 다른 사람〔비전문가(주로 知人 등)나 전문적인 해몽가(대개 점쟁이)〕에게 꿈 해석을 의뢰하는 것을 말한다. 예부터 우리 先人들은 꿈을 꾸고 나면 그것들이 어떤 의미를 지니고 있는지 알고자 한 것 같다. 그래서 비전문가이건 전문가이건 가리지 않고 이들에게 꿈 풀이를 요청했던 것으로 보인다.

〈모란꽃에 글자가 새겨진 꿈을 해몽 한다〉

李厚根이 일찍이 말하기를 '꿈에 모란꽃이 많이 피고 꽃잎이 몹시 큰데, 꽃 위에는 모두 虛實이라는 두 글자가 쓰여 있었으니 이것은 무슨 징조이오?' 하고 물었다. 내가 이 꿈을 풀어주며 말하기를 '이 꿈은 허실이라는 이름을 가진 자가 과거에 급제할 조짐이요. 옛 시에 말하기를 '모란꽃 저렇게 큰 것 우습기도 하니 씨 하나도 맺지 못하고 부질없이 빈가지일세'라고 하였으니, 다만 아들을 얻지 못할 것이 두려울 뿐이요'라고 말하였다. 그런지 얼마 안 되어 좌랑

許實이 과연 과거에 급제했다. 그러나 그 아들은 일찍 죽고 다시 아들이 없었으니 괴상한 일이다.(『지봉유설』)

〈닭 우는 소리와 다듬이질하는 소리를 들은 꿈을 해몽하다〉

고려의 현종이 왕위에 오르기 전 어느 날 밤에 꿈속에서 닭 우는 소리와 다듬이질하는 소리를 들었다. 그리하여 점쟁이에게 길흉을 물었더니 파자해몽의 음의 상사를 이용하여 다음과 같이 해몽하였다. '닭의 울음소리는 꼬끼오하는 것이니 고귀한 자리에 오를 징조요. 다듬이질하는 소리는 어근당 어근당하고 나는 것이니, 그것은 왕위가 가까워진 것을 뜻하는 것입니다. 따라서 이것은 오래지 않아 왕위에 오르실 징조입니다.' 그 후 목종 12년 2월에 군신들의 영접을 받으며 왕위에 올랐다.(『고려사』 권4)

타해몽은 신령·혼령·정령 등이 상징화되어 나타난다. 꿈 설화에 많이 있으며, 고전소설(춘향전 등)에 수용되고 있다. 비서사적인 형태가 비교적 많은 편이며, 꿈 꾼 주체(당사자)→꿈(신령·혼령·정령 등이 상징적으로 암시)→결과(주로 知人이나 점쟁이의 해몽대로 드러남)로 나타난다.

③ 反解夢

반해몽은 반대로 해석하거나, 몽상을 반대로 뒤집어 놓고서 그 반대쪽의 뜻에 따라 꿈의 뜻을 해석하고 인간사를 설명하는 것을 말한다.[35] 이 같은 꿈 해석의 목적은 꿈을 꾼 사람의 심리적 욕망에 영합하기도 한다. 반해몽은 대체로 ㉠흉몽도 해몽 나름 ㉡꿈 물리기 ㉢거짓 꿈도 해몽 나름 등으로 세분할 수 있다.

35) 위의 책, 144쪽 참고.

㉠ 흉몽도 해몽 나름

〈해몽 덕에 과거 급제한 이야기〉

어떤 선비가 과거 길에 떠나기 전에 꿈을 꾸는데 병을 손으로 잡으니 잡은 병모가지가 딱 부러져 버리거든. 그래 과거를 보러 가려는데 불길한 생각이 들어 해몽하는 영감을 찾아가니, 때마침 영감은 어디 가고 과년한 딸이 있다가 대신 해몽을 해주겠다고 나서는거야. 그래 해몽을 부탁하니 '병의 모가지가 떨어졌는데 무슨 좋은 일이 있겠습니까? 과거 보러 가지 마십시오.' 그래 자신도 그렇게 돌아오는 길에 해몽하는 노인을 만나 과거보러 가려고 하는데 꿈 해몽을 부탁했더니, '이 사람아 가도 되네. 가면 자네 과거 급제할걸세. 어째서 그렇습니까? 모가지가 떨어졌으니 불길한 것 아닙니까? 병모가지를 잡고 한 손에 쥐고 다니던 것이 떨어졌으니 두 손으로 받들고 다녀야 하니 장차 귀하게 될 것이네' 정말로 과거에 급제했어.(『구비문학대계』 8-9)

㉡ 꿈 물리기

〈꿈 물리고 다시 해몽한 이야기〉

이성계가 꿈에 어느 큰 집에 나무때기 세 개를 짊어지고 들어갔더란 말여. 그래 어느 보살 할머니가 해몽을 잘 한다고 해서 찾아갔더니 마침 어디로 일 보러 갔고, 딸이 있다가 해몽한다는 것이 칠성판에 받쳐있을 때 나무때기 세 개를 받쳐 만드니 곧 죽을 것으로 해몽해 주었어. 나오다가 돌아오던 보살 할머니에게 찾아왔던 일을 이야기 하니 '들어가서 딸의 왼쪽 귀때기를 때리고 물려 달라고 하시오.' 그렇게 하고 나니 장차 왕이 될 꿈이라며 무학대사를 찾아가 보라는 말을 일러주었다.(『구비문학대계』 2-3)

㉢ 거짓 꿈도 해몽 나름

〈거짓 돼지 꿈〉

돼지꿈을 꾸면 재수 좋다는 말에 꿈도 꾸지 않던 녀석이 해몽하는 사람을 찾아가서 어제 저녁에 돼지꿈을 꾸었다고 했다. 그랬더니 오늘 맛있는 음식을 잘 얻어먹겠다고 했다. 아무리 생각해도 그럴 일이 없는데, 십년동안 아무 소식이 없던 수양딸이 우연히 맛있는 음식을 차려 와서 대접을 하는 것이었다. 꿈도 꾸지 않았는데도 해몽이 맞아 떨어지는 것이 신기해서 며칠 뒤에 다시 가서 돼지꿈을 꾸었다고 하니 이번에는 깨끗한 옷을 입겠다고 꿈 풀이를 했다. 의복해 줄 놈이 전혀 없는 처지라 이상하다고 생각하고 있는데, 어릴 적에 인간 안될 놈이라고 내쫓았던 아들 녀석이 떼돈을 벌었던가 느닷없이 옷 한 벌을 해가지고 나타난 것이었다. 옷을 한 번 잘 얻어 입고는 며칠 뒤에 다시 해몽하는 사람을 찾아갔다. 또 돼지꿈을 꾸었다고 하니 '오늘은 조심하소, 몽둥이로 맞을 꿈이네' 하는 것이었다. 집에 와서 걱정하고 있자니, 예전에 빚을 얻어 쓰고 이사와 버렸던 마을의 빚쟁이 하나가 수소문해 찾아와서는 다짜고짜로 빚을 갚으라면서 몽둥이찜질을 하는 바람에 늘어지게 얻어맞고 말았다. 기가 막혀서 해몽하는 사람을 찾아가 '내가 꿈도 꾸지 않았는데 어찌 그래 용케 알아 맞추느냐?' 하고 말하니, '야 이놈아 그게 다 이치를 따져서 맞춘 것'이라면서 말하기를 '돼지가 처음에 울면 배가 고파서 우는 모양이라고 생각해서 먹을 것을 갖다 주니 술이나 음식을 실컷 얻어먹게 되고, 그래도 돼지가 울면 자리가 축축하고 불편해서 우는 모양이다 생각해서 새로 지푸라기를 넣어주니 옷 한 벌 얻어 입게 되고, 먹을 것 주고 자리 살펴 주었는데도 울어대면 '시끄럽다 이놈의 돼지야' 하면서 막대기로 두들겨 패니 남한테 얻어맞게 되는 것이여.'(『구비문학대계』 5-3)

㉠은 흉몽을 나쁘게 해몽하지 않고 길몽으로 해몽하여 좋은 결과가 실현되었다는 이야기이다. 그런데 여기서 병모가지가 부러지는 꿈은 흉몽

이라 할 수 있다. 해몽법에서도 병모가지가 부러지면 원하던 일이 중도에 좌절된다는 뜻이다. 그러나 노인은 흉몽을 길몽으로 해석했다. 즉 병모가지가 떨어져 나가는 것, 甁死(병이 떨어져 나감)를 한자음의 유사성을 이용하여 兵使로 破字化하여 풀이한 것이다. 그러니까 이 꿈은 과거에 급제하여 장차 병사 벼슬을 하게 될 것이라는 뜻으로 본 것이다(〈손병사의 과거급제 꿈〉 참고). 이처럼 비록 흉몽이라도 훌륭한 해몽가를 만나면 좋은 꿈 풀이를 통해 좋은 결과가 온다는 것이다. 결국 흉몽도 해몽에 따라 길몽이 될 수 있다는 의식이 담긴 것이라 하겠다.

㉡은 잘못된 해몽을 물리고 새로 해몽한대로 이루어진 이야기이다. 역시 흉몽으로 해몽한 것을 길몽으로 바꾼 결과라 하겠다. 칠성판에 나무때기를 받치는 것은 흉조이다. 그러나 나무때기(서까래) 세 개를 짊어진 것은 왕이 될 징조이다. 즉 등에 세 개의 나무때기를 진 모습을 한자로 형상화 하면 王자로 풀이할 수 있는데 파자 해몽이다. 그리고 '3'은 신성의 의미로 보아야 할 듯하다.

㉢은 돼지꿈을 꾸면 좋다고 하자, 거짓으로 돼지꿈을 이야기하여 해몽대로 이루어진 이야기이다. 돼지 꿈 이야기는 구비전승 되면서 조금씩 달라지고 있는데, 상징적인 해석과 함께 미래지향적으로 나타난다. 그리고 길몽→길몽→흉몽의 3단 구성 방식으로 되어 있다. 돼지꿈처럼 아무리 좋은 꿈이라도 거듭 꾸면 같은 결과가 나타나지 않는다는 뜻도 내포되어 있다. 길몽이라도 지나치게 탐하는 것은 금물이라는 것을 암시하고 있는 한편, 거짓 꿈도 해몽에 따라 실제로 꾼 꿈과 다름없이 맞힌다는 사실을 말해주고 있다. 해몽의 중요성이 강하게 반영되고 있다고 하겠다.

반해몽은 많을 뿐만 아니라 상징화되어 나타나며, 고전소설(심청전·춘향전·임진록 등)에 비교적 많이 수용되고 있다. 서사적인 형태가 많으며, 꿈 꾼 주체(당사자나 제3자)→꿈(상징물로 나타남)→결과(전문적인 해몽가의 해몽대로 드러남)로 나타난다.

④ 誤解夢

오해몽은 꿈을 잘못 해석한 것을 말한다.

〈꿈을 잘못 해몽하여 죽다〉

옛날에 경상좌수사가 군영에 있을 때 왜적이 우리 땅으로 쳐들어오자 군사들을 거느리고 물리치려 했다. 이때 군영 내에 있던 乞客이 활을 끼고 화살을 등에 메고 배에 올라오자, 좌수사가 말하기를 '전투는 위험하다. 우리는 나라일이니 싸움에 임해야 하지만, 너는 어째서 전투에 참가하느냐?' 객이 말하기를 '내가 젊었을 때 꿈에 두 귀밑에 金貫子가 붙은 것을 보니, 내 높은 공을 세워 귀밑에 쌍금 붙이는 것을 이 싸움에서 얻으려 하오' 마침내 왜적을 쫓아가 바다에서 마주쳐 싸웠다. 객이 활을 당기고 뱃머리에서 왜적을 향해 함성을 지르며 모든 군사를 지휘하였다. 그때 홀연 왜선 가운데서 파란 연기와 총성이 울리더니, 총알이 객의 왼쪽 귀밑으로 들어가 오른쪽 귀밑으로 나오니 객이 마침내 물에 엎어져 죽었다. 지금까지 전해 내려와 한바탕 웃음이 되고 있다.(『어우야담』)

보기 드물게 꿈의 허황됨을 말하고 있으며, 꿈은 믿을 것이 못 된다는 이야기이다. 그런데 이 꿈은 미래에 일어날 일을 예시한 것이다. 두 귀에 금관자를 붙인 꿈을 걸객은 길몽·대몽으로 생각했겠지만, 이는 총을 맞아 마침 금관자를 단 거처럼 두 귀에 구멍이 나서 죽을 것을 예고한 꿈으로 보아야 한다. 자신이 분수에 맞게 살았더라면 이러한 일은 안 일어났을지도 모른다. 위의 이야기는 꿈이 일러주는 영험함이 무엇인지 알아내기 어려움을 보여준 것이라 하겠다. 탐욕스런 마음, 나쁜 마음으로 꿈을 해몽하고 믿는다면 위험천만한 일이라는 것을 이야기하고 있다.

오해몽은 매우 적을 뿐만 아니라 대부분 상징화되어 나타나며, 고전소설(장끼전 등)에는 매우 적게 수용되고 있다. 비서사적인 형태가 비교적 많은 편이며, 꿈 꾼 주체(대부분 당사자)→꿈(대부분 상징물로 나타남)→결과(대개 당사자가 해몽함으로써 그 결과가 좋지 않게 드러남)로 나타난다.

해몽의 경우, 꾸며낸 꿈 이야기나 실제로 있었던 꿈 이야기거나 대개 꿈의 예시적·계시적 영험성에 바탕을 둔 것으로 보인다. 한편, 꿈 이야기를 하면 破夢된다는 이야기가 있어 말하지 않은 경우(허자가 대몽 꾸고 그 내용과 스스로 해몽한 사실을 밝히지 않아 과거에 급제한 이야기)도 있다. 이는 좋은 꿈은 이야기하지 말아야 꿈대로 이루어진다는 속신을 믿는데서 연유된 것이라 하겠다. 반면, 좋은 꿈을 이야기한 경우도 있다(잉어와 붕어 꿈 꾼 머슴이 해몽 의뢰로 인해 우여곡절 끝에 두 아내 얻은 이야기). 또 꿈을 팔지 않아 잘된 경우〔수양버들이 말머리에 내려드는 꿈을 풀이한 해몽자(친구)에게 꿈을 안 팔아 과거 급제한 이야기〕도 있다. 그런데 해몽이 혼선을 일으키는 例(『삼국유사』 권2, 〈元聖大王〉)도 있으며, 吉凶相反의 해몽도 고전소설(장끼전 등)에 나온다. 꿈의 길흉이 절대적이 아니며 사람의 노력 여하로 변경도 가능하다는 권선징악적인 합리주의도 瞥見된다.[36]

(3) 맺음말

필자는 구전설화와 문헌설화에 나타난 꿈 설화의 실체를 구명하기 위해 꿈을 직상몽과 해몽을 2大分하고, 사건의 전개 속에서 꿈이 갖는 의미와 기능 등에 주로 초점을 맞추어 이를 다시 태몽, 혼인몽, 성교몽, 응보몽, 환생몽, 심몽, 운몽과 자해몽, 타해몽, 반해몽, 오해몽으로 세분하였

---

36) 황패강, 앞의 책, 60쪽 참고.

다. 그런데 분류에 있어 소항목에 들어가서는 상호 유기적인 관련을 갖는 측면도 없지 않다. 그러나 분류가 어느 정도 합법칙적이라면 별로 문제되지 않는다고 생각한다. 그런 점에서 필자가 시도한 분류 분석은 의의가 있다고 본다.

꿈 설화의 경우 비서사적인 구성은 대부분 짧고 간단하며 단순구조로 되어 있는 반면, 서사적 구성은 대개 길고 복잡하며 복합구조로 되어 있고 사건의 변화도 보인다. 그리고 예시, 계시성, 신비성, 영험성, 길상성, 비의성 등의 특성이 있으며, 종교적 · 교육적 효과도 가지고 있다. 꿈은 신비주의적인 면이 많지만, 다분히 교훈적인 면도 있으며, 권선을 강조하기도 하며, 흥미 유발적인 역할을 하기도 한다. 뿐만 아니라 꿈은 생리병리학적 원인과 정신심리학적인 원인, 이 양자를 공유하고 있다.

꿈은 그 속성도 다양할 뿐만 아니라 복잡하고 복합적이며, 성격도 다층적으로 나타나고 있어 과학적 논리적 구명이 필요하다. 역설적인 이야기가 되겠지만, 하나의 꿈 이야기 속에 여러 성격을 띠고 복합적으로 나타나는 꿈이야말로 꿈의 본질을 우리에게 알려주고 있다[37]고 보아야 할 것이다. 따라서 꿈 설화를 이해하기 위해서는 꿈을 그 성격에 따라 분류한 뒤 분석할 필요도 있다고 본다. 그러므로 꿈을 그 성격에 따라 ①잠재적인 내면의 심리적 표출 ②신 · 혼령 · 정령 등의 신령스런 계시나 예시 ③영혼과의 교류 ④지어낸 꿈 ⑤해몽의 신비와 실상 등으로 분류하면 분석에 도움을 줄 수 있다고 판단되어 여기에 제시만 하였다.

한편, 꿈 설화는 고전소설에 직 · 간접적으로 많은 영향을 미치고 있다. 그러므로 꿈 설화가 고전소설의 형성에 어떻게 수용되어 나타나는가

---

37) 홍순래는 꿈의 성격을 8分한 바 있다.(홍순래, 앞의 책, 69~345쪽 참고) 그런데 그 분류가 다소 복잡하고 중복되는 면이 있다. 그렇지만 꿈 설화를 연구하는데 주목할 필요가 있다. 필자는 홍순래의 견해를 수용 참고하여 이를 우리 구전설화와 문헌설화의 실정에 맞게 재분류하여 제시만 하였다.

를 밀도 있게 검토할 필요가 있다. 특히 〈조신몽〉의 경우 인생무상을 주제로 하고 있다. 이 같은 꿈 설화가 〈구운몽〉과 같은 몽자류 소설이나 〈원생몽유록〉과 같은 몽유록계 소설 형성에 많은 영향을 미쳤던 것으로 보이는바, 이를 심층적으로 구명할 필요가 있다. 또 고전소설 작품 속에서 꿈과 관련된 episode, type, motif, element가 어떠한 연관관계를 맺고 있는지 심도 있게 고구할 필요가 있다.

꿈을 어떻게 받아들일 것인가는 우리의 마음자세에 달려 있다. 우리는 꿈의 해석을 통해 그것을 생활에 적용시킴으로써 겸허하고 성실한 삶의 자세, 삶의 지혜나 삶의 방향에 도움을 얻고 미래지향적인 삶을 살아갈 수 있도록 해야 한다.

3 일기문학론 시고

(1) 머리말

우리는 집에서 글자를 모르는 어린 아이들이 연필이나 크레용을 집어 들고 벽이나 종이에 무엇인가 표시하는 것을 간혹 보게 된다. 이로써 짐작컨대, 인간은 본래부터 기록하려는 욕망을 지니고 있다는 느낌을 갖게 된다. 특히 "옛날의 선비 군자는 매번 행동할 때나 고요히 있을 때나, 날 때나 들 때에 반드시 그 일과 행실을 기록했다."[38]는 점에서 대부분 日記를 썼던 것으로 짐작된다. 실제로 조선시대의 경우, 이름 있는 文人이나 學者들 중 太半이 日記를 남기고 있다.

그럼에도 불구하고, 현재 이들의 日記에 대한 연구는 朴趾源의『熱河日記』등과 같은 몇몇 日記에만 주목하여 논의하거나, 자료 소개 내지는 외형적 소재 이해 수준에 머물고 있는 실정이다. 이처럼 日記文學에 대한 연구가 부진한 것은 ① 日記에 대한 연구자의 무관심과 인식 부족, ② 日記의 형식과 내용이 자유로워 누구나 쓸 수 있다는 인식에서 기인된 작품 가치의 평가 절하적 시각, ③ 日記의 비문학적 · 실용적 속성,

38) 崔康賢·林治均 共譯,『葆眞堂 燕行日記』, <葆眞堂燕行日記跋>, 國學資料院, 1987, 11쪽.

④ 日記는 체험적 소재를 바탕으로 쓰기 때문에 일반 문학 작품보다 미적 감동이 미약하다는 점, ⑤ 일기 속에 공존하는 다양한 글의 양식들 때문에 구조적 완결성을 찾기 힘들다는 점, ⑥ 日記文學 理論의 미정립 등에서 그 이유를 찾을 수 있다. 결국 이 같은 이유는 근본적으로 日記文學에 대한 무관심과 이해 부족, 그리고 연구방법론의 미정립 때문에 기인된 것이라 하겠다. 그러나 日記는 기술자 자신의 체험을 직접 구체적으로 생생하게 재현해 놓았을 뿐만 아니라, 그것을 寫實的이며 정감적으로 서술해 놓은 것이라는 점에서 주목하지 않으면 안 될 문학연구의 한 분야이다. 따라서 日記文學에 대한 새로운 관심과 올바른 인식을 바탕으로 日記文學의 理論을 정립한다면 日記文學 硏究는 문학 연구의 새로운 지평을 열 수 있을 것이다.

본고에서는 다음의 이유를 들어 日記文學 硏究의 필요성을 제기하고자 한다.

첫째, 국문학 연구의 범위를 확대해야 한다는 것이다. 趙東一은 국문학의 범위는 외연적인 면뿐만 아니라, 내포적인 면에서 논의할 필요가 있다고 전제하면서 수필 · 기행 · 전기 · 평론 등을 본격적으로 논의하는 한편, 문학의 구실을 수행하고 있는 각종 실기 · 신문 칼럼 · 구전되는 정치적 유언비어까지 관심을 가져야 한다.[39]고 하였다. 특히 日記는 수필 문학의 대표적인 하위 장르의 하나인 바, 새로운 시각에서 연구할 필요가 있다.

둘째, 日記를 문학으로 인정하고 문학 연구의 대상으로 다루어야 한다는 것이다. 종래의 서양 중심적 좁은 의미의 문학 인식을 탈피해 우리 문학의 유산 가운데 상당한 비중을 차지하고 있는 日記에 대한 독자적 연

39) 趙東一, 「국문학의 개념과 범위」, 『韓國文學史의 爭點』, 集文堂, 1986, 21~22쪽.

구가 이루어져야 한다는 것이다. 즉 일기를 선인들이 생각했던 것처럼 광의의 문학으로 보아 연구하자는 것이다.

셋째, 일기문학의 가치를 새롭게 인식해야 한다는 것이다. 체험적 소재를 자신의 문학세계로 삼는 日記文學이야말로 우리 삶의 실제적 증언이며 현실성 있는 역사이자 문학이다. 따라서 日記는 文學論 定立과 함께 새로운 연구방법론을 개발함에 따라서 무한한 연구의 가능성을 가지고 있는 장르라 할 수 있다.

이와 같은 이유를 근거로 할 때, 日記文學에 대한 연구는 국문학 연구의 새로운 과제라 하겠다.

지금까지 日記文學의 연구방법론과 사적 전개에 대한 논의는 李雨卿[40]이 유일하다. 논자는 주로 해석학적 · 기호학적 방법론을 수용해 조선후기 일기를 다루고 있는데, 그 이론 전개가 복잡해 자못 혼란스러운 감이 없지 않다. 논자는 조선후기 일기를 체험 소재별 분류에 의해 그 대표적 유형으로 戰爭日記 · 宮中日記 · 旅行日記를 들고 이에 국한시켜 논의하였다. 물론 이 세 가지 유형이 대표적이라 할 수 있겠으나, 그 분류 기준이나 원칙이 분명하지 않다. 특히 宮中日記의 개념이 모호하다. 그리고 일상생활 일기가 많이 있음에도 불구하고, 이를 논급하지 않음으로써 조선후기 일기를 전체적으로 조망하는 데 아쉬움을 남기고 있다. 시점과 표현방법에 있어서의 도식적 분류(예컨대 객관적 주관, 선택적 주관, 직설적 주관, 종속적 주관, 상상적 주관 등) 역시 설득력이 약하다. 더욱이 일기의 구조를 대립적으로 파악해 '분절과 집합', '갈등과 이완'이라는 용어 등을 사용하고 있는데, 이 같은 용어가 타당한지 의문이며, 그 적용에서도 무리가 있다. 특히 일기의 구조를 대립적으로 파악하여 논의할 수

---

40) 李雨卿, 「朝鮮朝 日記文學 硏究」, 이화여대 박사학위논문, 1988.
______, 『한국의 일기문학』, 집문당, 1995.

있는지 의문이다. 뿐만 아니라 논자는 日記로 볼 수 없는 작품들, 一例를 들어『癸丑日記』와 같은 소설에 가까운 작품을 日記로 보고 논의하였는바, 그 증거 제시에 있어 설득력이 약하다. 문제는 논자가 가장 기본적이고 근본적인 논의라 할 수 있는 日記文學의 개념이나 범주에 대해 소홀하였다는 점이다. 그럼에도 불구하고, 논자는 日記文學에 대한 연구 방법론을 나름대로 제시하고 이를 작품에 적용시켰을 뿐만 아니라, 조선 후기 일기를 史的으로 조명하였다는 점에서 높이 평가할 만하다.

日記文學의 이론 정립을 위해서는 서양의 문학이론을 수용·적용하는 것도 필요하다. 그러나 동양의 日記, 특히 우리나라의 日記는 서양의 日記와는 그 성격이 다르기 때문에, 日記의 올바른 이해와 실상 파악을 위해서는 동양의 전통적 문학이론에 초점을 맞추어 논의하는 것이 더욱 긴요한 작업이다. 따라서 본고에서는 주로 동양의 전통적 시각에 초점을 맞추어 日記文學論의 가장 기본적인 문제인 日記의 槪念과 範疇 등을 살펴보고, 이를 토대로 주로 日記의 序·跋, 또는 내용 등을 중심으로 日記文學의 특성을 검토해 봄으로써 日記文學論을 정립해 보고자 한다.

(2) 일기문학의 개념과 범주

(2-1) 日記의 형성배경과 유래

일기는 무엇인가를 기록하고자 하는 인간의 근원적·본원적 욕구에서 비롯된 것으로 여겨지며, 이는 文字가 생기기 이전부터 나타났던 것으로 짐작된다. 文字가 없던 시대에 새끼의 매듭과 수에 따라 서로 의사를 소통하던 방법의 하나인 結繩이라든지, 동굴의 벽면에 표시된 기호나 벽화 등에서 그 형성과 속성의 일단을 推察해 볼 수 있다. 이 같은 욕구는 文字時代에 접어들면, 史書類라든지 政事를 기록한 時政記나 實錄, 그리고 개인의 일기 등을 통하여 다양화, 구체화되어 나타난다.

일기문학론의 정립을 위하여 먼저 중국 일기의 경우를 간단히 살펴본 후, 한국 일기의 形成背景과 由來에 대하여 검토해 보기로 하겠다.

劉勰의 『文心雕龍』 〈史傳〉을 보면, 史官의 임무와 자세, 史書 편찬의 필요성을 언급하고 있다.[41] 史書는 史官의 事實記錄과 直筆 등을 통해 統治者의 治民之道를 일깨우고 勸善懲惡과 鑑古戒今하기 위하여 쓰여 졌다. 특히 孔子의 『春秋』 편찬 의도, 이는 교화론적 관점에서 나온 것이라 하겠다. 또 春秋筆法의 大義가 '正名實' · '辨是非' · '寓褒貶'으로 이어져 왔음은 동양에서의 역사인식을 잘 보여주는 예라 할 수 있다. 결국 史書는 유교의 합리적이고 교훈적인 역사인식과 文 · 史 · 哲 一體의 정신을 종합한 것으로 敎化에 그 근본 목적을 두고 있다고 하겠다. 이러한 효용론적 관점은 漢의 劉向의 『新序』를 보면, '日有記也'의 기록방식과 함께 나타난다.[42]

한편 漢의 王充은 그의 저술 『論衡』 〈效力篇〉에서 모든 文章을 上書와 日記로 二分하였다.[43] 王充은 『春秋』와 五經을 사실적 기록이라는 점에서 日記에 포함시켰던 바, 넓은 의미의 日記로 이해한 듯하다. 결국 日記는 史書類, 즉 孔子의 『春秋』에서 그 형성의 근원을 찾을 수 있다. 그러므로 역사인식과 기록정신은 일기 형성의 근원적 바탕이 되었다.

그 뒤, 六朝時代를 전후해 實錄이 시작되었다. 실록은 왕의 在位기간 동안의 사실을 후세에 남겨 주로 통치의 거울로 삼기 위한 것이었다. 實錄은 국가적 차원의 公的 記錄인 公的 日記로서 일기의 淵源이요, 원

41) 李民樹 譯, 『文心雕龍』, 乙酉文化社, 1984, 103~108쪽 참고.

42) 劉向, 『新序』, <雜事>. "周舍事趙簡子曰 願爲諤諤之臣 墨筆操牘 隨君之後 司君之過而書之 日有記也 月有效也 歲有得也"

43) "夫文儒之力 過於儒生 況文吏乎 能擧賢薦士 世謂之多力也 然能擧賢薦士 上書日記也 能上書日記者 文儒也"

형이라 할 수 있다. 그러나 실록이 처음으로 편찬된 것은 梁의 武帝의 『梁皇帝實錄』에서이다. 그렇지만 실록의 체제가 정돈되어 본 궤도에 오르기는 唐·宋代에 이르러서였다.[44] 그러므로 일기는 왕을 주 대상으로 하는 治者 중심의 기록인 실록에서 비롯되었다고 하겠다.

'日記'라는 용어가 개인의 書名에 나타나고, 또 일기의 형태로 글이 쓰이기 시작한 것은 宋代로부터이다.[45] 宋代의 개인일기의 출현은 주로 역사적 사건이나 時事에 대한 생각, 여행을 통한 감회를 기록하고자 하는 개인의식에서 비롯된 것이었다. 그러나 일기가 아닌 작품까지도 일기라는 명칭을 사용하였다. 이 같은 명칭 사용은 日記라는 용어가 書名에 보편적으로 사용되었던 明代,[46] 일기문학의 영역이 점차 확대되고 다양성을 띠었던 淸代[47]까지도 계속되었다. 그러면 우리나라의 일기는 어떻게 형성·유래되었는지 알아보기로 하자.

『高麗史』 卷12를 보면, "神誌는 檀君의 史官으로서 文字와 史書를 지

---

44) 李弘稙 編, 『새 國史辭典』, 글동산, 1980, 748쪽 참고.

45) 宋代는 일기문학의 발흥기로서 개인이 쓴 일기와 기행일기가 주류를 이루고 있는 듯하다. 그러나 날짜가 없는 작품이나 실제 일기가 아닌 작품까지도 '○○日記'라 書名하여 자못 혼란스럽다. 이는 元代의 경우도 마찬가지이다. 元代 역시 역사일기와 기행일기가 주축을 이루는 듯하다.

46) 明代는 일기문학의 번성기로서, 주로 역사일기, 기행일기, 일상생활일기가 주류를 이루는 듯하다. 그러나 한편으로는 다양한 소재를 통해 일기의 영역을 확장시키려는 조짐을 보이는 시기라 하겠다. 특히 일기는 晩明에 이르러 小品文運動(尹五榮, 『隨筆文學入門』, 關東出版社, 1975, 152쪽 참고.)과 더불어 公安派와 竟陵派 문학관의 영향으로 유행하게 된다. 이 시기 遊記의 성격을 띤 작품들의 경우, 대개 '○○日記'라는 식으로 題하였는 바 이채롭다.(金聲振, 「朝鮮後期小品體散文硏究」, 부산대 박사학위논문, 1991, 90쪽 참고.)

47) 淸代는 일기문학의 발전기로서, 소재의 다양성과 함께 일기문학의 영역을 점차 확대시키는 가운데 역사일기, 기행일기, 일상생활일기 등이 주류를 이루는 것 같다. 중국의 일기문학은 그 형성배경이나 전개양상에 있어 한국의 일기문학과 무관하지 않은 것으로 보인다.
서양의 경우 일기형식은 개인의 중요성이 강조되기 시작한 르네상스시대 말기에 꽃피기 시작했다. 이후, 일기에 대한 관심은 19세기 전반에 이르러 크게 높아졌다.(『브리태니커세계백과사전』 18권, 한국브리태니커사, 1993, 316쪽 참고.)

었다고 하나, 史書는 전하지 않고 秘詞 몇 구만 전한다."[48]는 기록이 있다. 檀君 때 사관과 사서가 있었다는 기록은 우리나라 일기 형성의 근원을 밝혀주는 것으로 믿어진다. 史官과 史書가 있었다는 사실, 이는 일기의 존재 가능성을 예견케 하는 것이라 하겠다. 이와 관련하여 『三國史記』를 살펴보면,[49] 三國時代에 이미 正史가 있었다는 기록에 비추어 당대인들의 역사의식과 기록정신 등을 엿볼 수 있게 한다. 이로써 짐작컨대 이 시기에는 실록과 같은 公的 日記의 필요성도 인식하였던 것 같다.

이러한 三國의 전통을 이어받은 高麗時代에는 『三國史記』·『三國遺事』·『古今錄』·『編年通錄』 등과 같은 史書類가 많이 편찬되었다. 그리고 이 같은 史書 편찬과 함께, 唐·宋의 영향으로 고려 초기부터 史館이 설치되어 여기서 실록 편찬을 담당하였다. 마침내 顯宗때 黃周亮이 『七大事跡』(一名, 七代實錄)을 편찬하였는데, 이것이 『高麗實錄』 편찬의 淵源이 되었다. 그러나 書名에 실록이란 명칭이 처음으로 사용되어 편찬된 것은 『宣宗實錄』이었다. 이후 고려의 실록 편찬사업은 계속되었고, 朝鮮이 이를 계승하여 『朝鮮實錄』(一名, 朝鮮王朝實錄)을 편찬하였다.[50]

결국 일기는 실록의 역사의식과 시간의식, 기록정신을 담았다고 하겠다. 따라서 실록을 통하여 일기의 생성 과정(특히 公的 日記)을 짐작할

---

48) 이우경, 앞의 논문, 13쪽 재인용.

49) 金富軾, 『三國史記』 卷 第20, <高句麗本紀 8 : 嬰陽王>. "嬰陽王…(中略)…十一年春正月 遣使入隋朝貢 詔太學博士李文眞 約古史 爲新集五卷 國初始用文字時 有人記事一百卷 名曰留記 至是刪修" ; 卷 第24, <百濟本紀 2 : 近肖古王>. "古記云 百濟開國已來未有以文字記事 至是得博士高興 始有書記 然高興未嘗顯於他書 不知其何許人也" ; 卷 第4, <新羅本紀 4 : 智證麻立干>. "智證麻立干…(中略)…左·漢中國史書也 猶存楚語穀於菟 凶奴語撐犁孤塗等 今記新羅事 其存方言亦宜矣" ; 卷 第4, <新羅本紀 4 : 眞興王>. "眞興王…(中略)…六年秋七月 伊飡異斯夫奏曰 國史者 記君臣之善惡 示褒貶於萬代 不有修撰 後代何觀 王深然之 命大阿飡居柒夫等 廣集文士 俾之修撰" 참고.

50) 裵賢淑, 「朝鮮實錄의 書誌的 硏究」, 중앙대 박사학위논문, 1989, 3~4쪽 참고.

수 있다.

‘일기’라는 용어가 題名에 처음으로 나타난 것은 李奎報의 〈南行月日記〉(1201년)에서이다.[51] 그러나 〈南行月日記〉는 기록 연월일의 편차가 너무 심하고, 또 그 내용으로 보아 기행문(또는 遊記)에 가깝다. 이규보는 ‘日錄’을 ‘날마다 기록한다.’는 뜻으로 이해한 것 같다. 그러므로 그는 日記를 日錄보다 포괄적 범주에 속하는 의미로 이해한 듯하다. 〈南行月日記〉보다 조금 뒤에 나온 것으로 추정되는 釋無畏의 〈庵居日月記〉에서 ‘日月記’라는 용어가 나타난다. 그러나 〈庵居日月記〉는 日記가 아닌 月記로서 ‘記’에 해당된다.

한편, ‘일기’라는 용어는 一然의 『三國遺事』 卷3, 〈前後所將舍利〉條에도 보인다.[52] 이 글은 一然이 高麗 高宗 19年(1232년)과 23年(1236년) 궁중에서 일어났던 일을 기록한 것이다. 여기서 『紫門日記』는 『時政記』나 『承政院日記』와 같은 성격의 일기이다. 그러므로 『紫門日記』는 公的 日記라 할 수 있다. 또 李白全의 집에 있던 私記는 개인일기인 듯하나, 副本史草 또는 家藏史草일 가능성도 배제할 수 없다. 위의 기록으로 보건대, 이 私記는 주로 公的인 事實(대개 政事)을 기록한 개인의 私的 日記로 보여 진다. 우리의 일기가 국가적 차원의 公的 記錄인 公的 日記에서 비롯되어 이후, 개인이 주로 公的인 사실을 기록한 個人日記와 병행하여 나타나고 있음을 짐작할 수 있다. 이 과정에서 公的 日記는 逐日記錄의 기본 원칙을 지킨 것으로 보인다. 특히 公的 日記는

---

51) 李奎報, <南行月日記>, 『東文選』 卷66, 민족문화추진회, 1988, 589~591쪽 참고. “然列郡風土山川形勝 有所可記 而倉卒不能形于歌詠 則草草書于短牋片簡 目爲**日錄** 雜用方言俗語也” 이하 본문과 인용문의 밑줄은 필자가 한 것임.

52) 崔南善 編, 『三國遺事』, 民衆書館, 1971, 149쪽 참고. “至壬辰歲 移御次 內官悤遽中忘不收檢 至丙申四月…(中略)…時栢臺侍御史崔沖 命薛伸急徵于諸謁者房 皆未知所措 內臣金承老奏曰 壬辰年移御時 **紫門日記**推看 從之 記云 入內侍大府卿李白全受佛牙函云 召李詰之 對曰 請歸家更尋**私記** 到家檢看 得左番謁者金瑞龍 佛牙函准受記來呈 召問瑞龍 無辭以對”

주로 政事를 기술하고 있다는 점에서 그 형성의 일면을 짐작할 수 있다. 이는 개인의 일기 가운데 公的인 사실을 기록한 私的 日記도 대략 여기에 준한다 하겠다. 그러나 위의 일기들은 現存하지 않고 있어 그 구체적인 내용을 알 수 없다.

現傳하는 개인일기 가운데 李穀의 〈東遊記〉가 그 연대에 있어 가장 앞선 것으로 보인다. 〈東遊記〉는 至正 9년 己丑(1349년, 忠定王 1年) 가을(8월인 듯) 14일에서부터 9월 21일까지의 기행일기이다.[53] 기행일기는 한국과 중국을 막론하고 개인일기 가운데서 (개인이 公的 事實을 쓴 私的 日記는 제외) 가장 먼저 출현한다. 이에 대해 張德順은 『韓國隨筆文學史』에서 우리 선인들은 본래 견문에 대해 깊은 관심을 가졌으며, 흥미 있고 기발한 이야기나 自然景物에 대한 감회를 그때그때 기록으로 남기는 버릇이 있었음을 논급한 바 있다.[54] 이는 앞에서 언급한 이규보의 〈南行月日記〉의 기록과도 일맥상통한다.

우리나라의 아름다운 자연경관은 일찍부터 한민족 유람자들의 삶의 교과서였다. 이는 신라 화랑도의 山川傲遊와 국토순례를 통한 수련과 교육, 고구려・백제・신라인들의 성지 순례와 유학 등에서 알 수 있다. 고려 때에는 임금이 정례적으로 西京 여행길에 올랐고, 이를 따르는 신하와 문인들이 또한 길을 덮었다고 전한다.[55] 기행일기의 출현은 이러한 시대적 분위기와 함께 미지의 세계에 대한 동경과 현실로부터의 해방감, 새로운 견문과 그에 따른 사색 등에서 그 발단을 찾을 수 있다. 이렇게

---

53) <東遊記>는 至正 9年 己丑(1349년) 秋(8월인 듯) 14일, 이튿날(15일), 21일, 이튿날(22일), 23일, 24일, 26일, 27일, 30일, 9월 초하룻날, 초3일, 초4일, 초5일, 초7일, 초8일, 다음날(9일), 10일, 11일, 12일, 이튿날(13일), 18일, 19일, 21일 순으로 기록되어 있다. 李穀이 금강산 유람날짜를 건너뛰기는 하였지만, 日字까지 명확히 기록하고 있어 기행일기로 보아야 할 것이다.

54) 張德順, 『韓國隨筆文學史』, 새문사, 1992, 157쪽 참고.

55) 金泰俊, 「紀行의 精神史」, 『여행과 체험의 문학』, 민족문화문고간행회, 1987, 8~16쪽 참고.

볼 때, 公的 日記는 역사의식과 시간의식, 기록정신을 바탕으로 교화에 근본목적을 두고 형성된 반면, 개인의 일기, 특히 기행일기는 인간생활에서의 다양한 체험과 견문을 자성하거나 회고하려는 개인의식과 진솔한 기록태도에서 비롯되었다고 하겠다. 이후의 일기는 훈민정음 창제 이후, 특히 16세기경에 번성하여 壬·丙兩亂을 겪으면서 다양화의 조짐을 보이고, 英·正祖代에 이르러 발전하게 된다. 이 과정에서 일기의 異稱이 다양하게 나타난다. 이와 함께 일기는 그 내용과 형식면에서 다양한 면모를 띠게 된다.

(2-2) 日記의 名稱과 意味

지금까지 題名이나 書名에 나타난 日記의 異稱은 日錄, 日省, 日誌, 日新, 日乘, 日史, ~錄, ~記…… 등 매우 다양하다. 이 같은 명칭의 혼용은 일기에 대한 인식의 차이에서 오는 결과로 짐작된다. 우선 지금까지 쓰여 진 일기의 명칭과 의미에 대하여 그 用例와 내용을 중심으로 살펴보기로 하겠다.

(가) 日記

日記는 글자 그대로 풀이하면 '날마다 기록한다.'는 뜻이다. 日記라는 명칭은 漢의 劉向이 『新序』에서 '日有記也'라고 언급한 이후, 每日 記事한 冊子를 日記[56]라고 이름 하였다. 이는 주로 史官이 매일 政事를 기록한 冊子를 말한다. 그러나 日記라는 명칭과 함께 일기의 형태로 글이 쓰여 진 것은 宋代부터이다. 日記에 대한 중국의 用例를 보면,

---

56) 『大漢文辭典』 <辭源修訂本> 二 (北京 : 商務印書館, 1980), 1398쪽 참고. "後因稱每日記事的冊子爲日記" ; 서양의 경우, 일기(diary)가 오래전부터 있었다는 것은 라틴어에 이미 'dies'(날)라는 낱말에서 유래한 'diarium'이라는 용어가 존재한다는 사실로도 알 수 있다.(『브리태니커 세계대백과사전』 18권, 316쪽 참고.)

陸游(宋),『老學庵筆記』卷三 : 黃魯直(庭堅)有日記 謂家乘 至宜州猶不輟書. 楊億(宋),『家訓』: 童子每日古今故事記. 郭沫若,『淇波曲』第十章四 : 請原諒 我要依然抄錄我自己的日記.『淸坡雜志』: 雖數日程 道路倥傯之際 亦有日記.

라 하여 그 명칭이나 개념에 있어 각기 인식의 차이를 보이고 있다. 한편 日本의 諸橋轍次는 日記를 日誌, 日乘, 日曆, 日錄 등과 동일한 의미로 보았다[57]. 이처럼 예로부터 일기라는 명칭은 포괄적인 의미로 사용된 듯하다. 이를 公的 日記와 私的 日記로 나누어 대표적인 日記만 간단히 제시하겠다.

①公的 日記 :『承政院日記』(한문, 仁祖 1년, 1623년 3월-高宗 31년, 1894년 6월, 승정원에서 처리한 왕명 출납, 제반 행정사무, 儀禮的 사항을 기록,『承宣院日記』·『宮內部日記』·『秘書監日記』로 이어짐),『議政府日記』(한문, 1894. 6. 20-1908. 1. 4. 의정부에서 의정부 소속 관원의 출근 상황과 매일 매일의 중요 행사와 처리 안건을 간략히 기록) 등등.

②私的 日記 :『眉巖日記』(柳希春, 한문, 1567. 10. 1-1577. 5. 13. 政事 · 학문 · 경연 · 문학 · 민속 · 예속 · 의술 · 천문 · 신변잡기 등을 기록),『熱河日記』(朴趾源, 한문, 1780. 6. 24-1780. 8. 20. 중국 사행으로 山川 風土와 文物制度, 문학과 사상들을 기록) 등등.

公的 日記는 주로 왕의 재위기간 동안의 사실, 왕실의 儀禮나 각종 행사, 京外 各 官廳의 공무들을 逐日 또는 부정기적으로 기술하고 있는 바, 오늘날의 업무일지적 성격이 짙다. 그런데 출근부, 공문수발부(掌印

57) 諸橋轍次,『大漢和辭典』卷五 (日本 : 大修館書店, 昭和四十三年 <1968>), 717쪽 참고.

日記), 지출장부(捧下日記) 등에 日記라는 명칭을 붙이기도 하였다.

私的 日記는 주로 公的인 사실(대개 政事), 일상생활의 신변잡사, 국내외 기행, 전란이나 사건, 문학과 학문, 개인의 행적 등을 축일 또는 부정기적으로 기술하고 있다. 사적 일기의 경우, 일기가 아닌 기록물 —야사, 개인의 행적, 학술자료— 들을 부정기적(주로 年度別 또는 月別, 어떤 달이나 어떤 날 등등)·회상 식으로 요약·기술하는 경우가 허다하다. 뿐만 아니라 조상의 사적, 개인의 傳記, 심지어 수필 또는 소설(黑龍日記·癸丑日記[58])이나 가사(錦行日記)의 題名 또는 書名에도 '日記'라는 명칭을 사용하였다. 이처럼 우리의 先人들은 일기라는 명칭을 날마다 기록한다는 뜻으로만 생각하고 사용한 것이 아니라, 포괄적인 의미를 내포하는 것으로 인식하고 쓴 것 같다.

일기는 일반적으로 시간성을 중시하고 사실성과 기록의 중요성을 지향할 뿐만 아니라, 형식이 자유롭기 때문에 비규범적인 문장까지 포용할 수 있다. 따라서 이 같은 의미로 일기라는 명칭이 사용되기도 한 것 같다. 그러므로 先人들의 일기를 오늘날의 일기의 잣대로 보아서는 안 될 것이다.[59]

(나) 日錄

日錄의 字義는 '날마다 기록한 글'이다. 日錄이라는 용어는 漢의 何

---

58) 『癸丑日記』의 근본적인 문제점은 작자가 자신의 체험세계를 기술하고 있지 않다는 점에 있다. 따라서 이 작품은 寫實的 묘사가 아니라, 작자에 의해 재구성된 소설로 보아야 한다. 『癸丑日記』는 사실을 토대로 사건중심으로 재구성하여 소설화한 작품으로 寫實的 小說 또는 歷史小說에 해당된다 하겠다.

59) 중국과 일본의 경우, 학문적 교양서 성격의 『虞詔新增圖像日記』(明), 승려들의 생활규범을 기록한 『僧訓日記』(明), 讀書箚記 위주의 『讀書日記』(淸), 平安 朝日記(日), 加藤主計頭正實錄인 『高麗陣日記』(日), 假名日記인 『土左日記』, 애정 과정을 그린 『和泉式部日記』(日), 朝鮮 종군기인 『朝鮮日日記』, 해외여행기인 『西伯利亞日記』(日), 이외 『入韓日記』(日) 등등이 있는바, 日記라는 명칭을 포괄적 의미로 사용한 듯하다. [松田武夫外 2人, 『日本文學概論』(李榮九 譯, 敎學硏究社, 1991, 25~115쪽 참고. ; 玉井幸助, 『更級日記平解』 (東京 : 有精堂, 1989), 1~10쪽 참고.]

休가 『公羊傳』 注에서 '日錄'이라 언급한 이후, 史官이 날마다 기록한다는 의미[60]로 쓴 듯하다. 日錄에 대한 중국의 用例를 간단히 살펴보자.

羅大經(宋), 『鶴林玉露』 卷四 : 山谷(黃庭堅)晩年作日錄 題曰家乘.
『宋史』, 〈周常傳〉 : 若著爲定令 則必記於日錄 傳之史筆 使後人覩之.
『王氏類苑』 : 王安石旣罷相 悔其執政日 無善狀 乃撰神宗日錄…(中略)…專辨日錄之非.

『中文大辭典』四, 〈日錄〉 : ①日記也. ②春秋筆法 錄其事 並書其時日者曰日錄. ③日譜.

『大漢文辭典』(辭源修訂本) 二, 〈日錄〉 : 史書記事的一種体例 記其事 並記其時日[61].

위의 기록에서 보듯, 명칭과 의미에서 차이를 보이고 있다.

우리나라의 경우, 題名이나 書名에 日錄이라는 용어가 사용된 경우를 간단히 제시하겠다.

①公的 日錄 : 『英宗朝日錄』(미상, 한문, 1724. 8-1724. 10. 公的 사실을 기록), 『東宮日錄』(한문, 1874. 2-1907. 3. 侍講院에서 純宗이 東宮으로 있을 동안의 日常事를 간략히 초록) 등등.

②私的 日錄 : 『西征日錄』(李廷馣, 한문, 1592. 4. 28-1592. 10. 7. 의병활동 및 피난 생활의 이모저모를 진솔하게 기록), 『薪島日錄』(李世輔, 국문, 1860. 11. 7-1863. 12. 18. 유배 노정과 유배지의 생활을 기록)

---

60) 何休(漢), 『公羊傳』 注 : "隱公元子益師卒…(中略)…於所聞之世…(中略)…大夫卒 無罪者日錄 有罪者不日錄 略之 後以指史官按日的記錄"

61) 『中文大辭典』四 (臺北 : 中國文化大出版部, 民國 74年<1985>), 1174-1175쪽. ; 『大漢文辭典』 <辭源修訂本> 二 (北京 : 商務印書館, 1980), 1399쪽. ; 『漢語大詞典』 5 (上海 : 漢語大詞典出版社, 1991), 554쪽 ; 諸橋轍次, 앞의 책, 718쪽.

등등.

公的 日錄은 주로 政事나 京外 각 관청의 공무를 축일 기술하고 있다. 반면, 私的 日錄은 주로 政界의 동향, 관직생활을 하면서 겪은 일이나 임무, 유배 및 피난생활, 국내외 기행 등을 축일 또는 부정기적으로 기술하고 있다. 특히 이들 가운데는 自省의 의지를 담은 日錄도 접할 수 있다.

그러나 근무일지, 褒貶(褒貶日錄), 장계 · 전령(華榮日錄) 등을 적은 기록까지도 題名 또는 書名에 日錄이라는 명칭을 붙이기도 하였다. 그럼에도 日錄은 비교적 일기체 형식으로 기술되었다고 하겠다. 先人들은 日錄을 日記의 하위유형 내지는 좁은 의미로 인식한 듯하다.

(다) 日省

日省은 글자대로 풀이하면 '날마다 살핀다.', 즉 '날마다 反省 · 省察한다'는 뜻이다. 日省이라는 용어는 『論語』 〈學而〉篇의 "曾子曰 吾日三省吾身"에서 처음으로 쓰여 졌다. 日省에 대한 중국의 用例를 살펴보자.

『大戴禮』, 〈主言〉 : 使有司日省. 『魏書』, 〈李彪傳〉 : 日省月課 實勞神慮. 『唐書』, 〈姚南仲傳〉 : 陛下將日省而時望焉.

『中文大辭典』 四, 〈日省〉 : 謂每日自省察也.

『漢語大詞典』 5, 〈日省〉 : ①每天考察或省視. ②每天自我反省.

우리나라의 경우, 일기로 보이는 저자 · 연대미상의 국립중앙도서관 소장본 『日省』이 있다. 그러나 그 내용을 알 수 없고, 安鼎福의 『日省錄』과 奎章閣에서 撰한 正祖의 『日省錄』이 있다. 安鼎福의 『日省錄』은 1743년 11월 冬至日에서부터 1744년 1월 27일까지 일상의 행사를 기재한

日誌와, 朱子文集에서 碑 · 墓表 · 行狀 · 曆 · 東俗의 雜戲譜 등을 뽑아 한문으로 수록한 것이다. 正祖의 『日省錄』은 1760년부터 1800년까지의 國政에 관한 제반 사항을 기록한 일기체 年代記이다. 正祖의 『日省錄』 纂修는 英祖의 御製自省篇의 뜻을 본받은 것으로서 儒敎的 德治를 理想으로, 君主가 自省의 근거로 삼기 위한 것이었다.

우리 先人들이 題名 또는 書名에 日省이라는 명칭을 사용한 것은 날마다 반성 · 성찰하려는 의도에서였다 하겠다.

(라) 日誌

日誌는 곧 '날마다 기록한다.'는 뜻이다. 日誌는 日志와 함의에 있어 동일하다고 볼 수 있다. 日志에 대한 중국의 用例는 다음과 같다.

『荀子』 : 王者之功名 不可勝日志也. [注] : 日記識其政事.
『中文大辭典』 四, 〈日志〉 : 日記也.
『漢語大辭典』 5, 〈日志〉 : ①每天記錄. ②日記.

우리나라의 경우는 기행일기인 『關東日誌』(한문, 己酉 7. 16-8. 9. 금강산 일대를 유람)와 公的 日記인 『銀臺日誌』 등이 있다.

日誌는 주로 각 관청에서 날마다 공무를 간략히 기록하는 업무일지, 또는 일상사나 여행의 간단한 기록일지의 의미로 사용된 듯하다.

(마) 日新

日新은 '날로 새롭다', 다시 말하면 날로 결점을 고쳐 새로워지려는 뜻이다. 日新에 대한 중국의 用例를 살펴보자.

『周易』, 〈大畜〉: 象曰 大畜 剛健 篤實 輝光 日新其德. [疏]: 日日增新其德. 〈繫辭上〉: 富有之謂大業 日新之謂盛德. 『禮記·大學』: 苟日新 日日新 又日新.

『中文大辭典』 四 : 日日增新也.

『漢語大詞典』 5, : 日日更新.

우리나라의 경우, 저자·연대미상의 국립중앙도서관 소장본『日新錄』(한문, 己巳年 6월 25일-7월 22일까지의 기행일지)이 있다. 題名이나 書名에 日新의 명칭을 사용한 일기는 반드시 날로 새로워지려는 의미로만 쓰인 것이 아니라, 기행 등을 통해 날마다 새로운 것을 보고 느낀다는 의미로도 쓰인 것 같다.

(바) 日乘

日乘은 '나날의 기록'이란 뜻으로, 日記·日誌와 동일한 의미[62]인 듯하다. 趙濈의『됴텬일승』과 姜羲永의『日乘』 등이 있다. 趙濈의『됴텬일승』은 1623년 7월 25일부터 1624년 4월 2일까지 조즙이 冬至聖節使兼 謝恩使로 서해를 건너 중국 登州로 해서 燕京까지 갔다 온 국문 사행 일기이다. 강희영의『日乘』은 1811년 7월 9일부터 1813년까지의 한문 일기로, 주로 政事를 부정기적으로 기술하고 있다. 현전하는 자료를 토대로 볼 때, 先人들은 日乘을 더러 紀行記의 의미로 이해한 것 같다.

(사) 日曆

日曆은 '매일 일어난 일을 기록한다.'는 뜻으로, 주로 史官의 일기[63]를

62) 張三植 編,『大漢韓辭典』, 博文出版社, 1977, 640쪽 참고.
63) 같은 책, 같은 곳.

지칭하는 듯하다. 日曆에 대한 중국의 用例를 살펴보자.

『大戴禮』〈千乘〉: 齋戒必敬 會時必節日曆巫祝. 『揮塵後錄』: 凡史官記事 所因者有四…(中略)…三日日曆 則因時政記起居注. 『宋史』: 唐天祐二年 日曆一卷. 『明史』: 後爲日曆 晝之所爲 夜必書之 凡言語得失 念慮純雜 無不備識 用自省改.

『中文大辭典』四 : ①史官之日記也. ②記述每日發生之事 亦曰日曆.

『漢語大詞典』5 : 日記.

『大漢文辭典』〈辭源修訂本〉二 : 史官按日記 載朝政事務的冊子.

우리나라의 경우, 『內閣日曆』이 있다. 『內閣日曆』은 1779년 1월부터 1883년 2월까지 『承政院日記』의 例에 따라 왕의 동정과 일반 政事, 규장각의 일지 등 거의 모든 公的 사실을 한문으로 축일 기술하고 있다. 『內閣日曆』은 후에 『奎章閣日記』로 명칭이 바뀐다. 先人들은 日曆을 관청의 매일 매일의 업무일지 또는 일정표로 인식한 것 같다.

(아) 日課

日課는 '날마다 하는 일, 또는 그 과정'을 뜻한다. 日課라는 용어는 陸游(南宋)가 '老人無日課 有興卽題詩'라 한 데에서 볼 수 있다. 우리나라의 경우, 南孝溫의 〈智異山日課〉와 李浣의 〈戊戌日課〉(失傳) 등이 있다. 〈智異山日課〉는 기행문이다. 한편, 『愚谷公日記』(李惟侃)의 表紙題名은 『戊午日課』로 되어 있다. 日課라는 명칭은 날마다 하는 일이나 그 과정을 간략히 기록하는 일종의 일과표의 의미로 쓰여 진 것 같다.

(자) 日史

日史의 字義는 '날마다의 역사를 기록한 글'이다. 徐慶淳의 중국 사행 일기인 『夢經堂日史』(한문, 乙卯年 10월-丙子年 以前인 듯, 서경순이 燕京에 있는 太學에 가서 孔子 사당에 참배한 후, 기이한 꿈을 꾸고 생각함이 있어 중국의 산천 · 풍속 · 인물들을 기록)가 있다. 先人들은 日史를 매일 매일의 역사 또는 여행 중 날마다 체험한 기이한 사실을 기록한다는 뜻으로 이해한 듯하다.

(차) 日得

日得은 '날마다 얻는다.'는 뜻이다. 日得이라는 용어는 『史記』 〈李牧傳〉의 "邊士日得賞賜而不用 皆願一戰"이라 한 데에서 처음으로 출현되는 것 같다. 우리나라의 경우, 1785년경부터 奎章閣 文臣들이 正祖의 語錄을 일기체 형식으로 기록한 『日得錄』이 있다. 日得이라는 명칭은 매일 자성을 통해 새로움을 얻는다는 의미로 사용된 것 같다.

이외 '讀書心得 隨時札記'의 의미로 쓰여 진 '日知'[安鼎福의 『日知錄』과 顧炎武(淸)의 『日知錄』], '每日抄寫'의 뜻으로 사용된 '日抄'[黃震(宋)의 『黃氏日抄』], 그리고 '日注'[葉紹袁(淸)의 『甲行日注』], '日書'[李心宰의 『日書』], '日纂'[작자미상의 『升庢日纂』] 등이 있다.

(카) ~記

記는 사물과 사건에 대한 事實記述을 원칙으로 하며, 記錄 · 記述 · 記載의 의미를 내포한다.[64] 記는 漢의 揚雄의 〈蜀記〉에서 비롯되었다.

64) 『漢語大詞典』 5, 58쪽 참고. 한편, 記는 記事의 文으로 『說文』에서는 '記는 疏'라 하였다. 여기서 疏는 분별하여 기록한다는 뜻이다. 記라는 용어는 <樂記> · <學記>, 그리고 『書經』의 '接以記之'라 한 데에서 볼 수 있다.

日記의 성격을 띤 記로는 『寄齋雜記』(朴東亮, 한문, 1591. 2. 3-5. 16. 1592. 6. 18-6. 22. 임진왜란의 전말을 일기체로 기록, 엄정한 의미에서는 寄齋史草에 속한다. 寄齋史草의 原名은 辛卯壬辰史草이다), 『丁酉避亂記』(鄭好仁, 한문, 1597. 8. 12-1597. 7. 23. 포로일기) 등등을 들 수 있다. 그러나 〈庵居日月記〉(釋 無畏, 한문, 月記임), 『遯岩實記』(張周源, 한문, 1807. 주로 行狀 · 行蹟을 기록), 『中國遊記』(金正浩, 한문, 기행문) 등은 일기로 볼 수 없다[65].

그러면 實記에 대해 간단히 살펴보도록 하자. 實記는 '사실을 기록한다.'는 뜻이다. 鄭恩任은 "實記는 傳 · 記 · 錄 등의 산문양식을 이용하여 실존인물이 역사의 현장에서 직접 겪은 체험의 실상을 글로 記錄 · 表現한 것"[66]이라 하였다. 논자는 실기의 정의를 傳 양식까지 포함하여 논의하였는바, 설득력이 약하다. 李埰衍은 "實記는 실상 그대로 전달하려는 서술방식을 지향하며, 그 목적은 효용성에 두고 있는 것이 대부분으로, 일기 형식의 구성 방식을 취하고 있다. 그러므로 實記는 사실지향적인 서술태도를 보이면서도 이성보다도 감정에 호소하는 생체험 중심의 문학"[67]이라고 했다. 이에 대해서는 필자도 별 이견이 없다. 그러나 "실기의 형상화 방법이 역사의 서술에 의하지 않고 문학적 기술에 의거하고 있다."[68]는 논자의 주장에 대해서는 동의할 수 없다. 왜냐하면 문학적 기술보다는 역사적 기술에 의거한 실기도 있을 수 있다는 개연성 때문이다. 그러므로 "實記의 本領은 작자가 자신의 체험을 직접 구체적으로 생생

65) 『北巡私記』(元, 劉佶, 한문), 『朝鮮來朝記』 (日, 林種, 日·漢文幷用, 1748) 등은 기행일기에 가깝다.

66) 鄭恩任, 「宮中實記文學硏究」, 숙명여대 박사학위논문, 1988, 8쪽.

67) 李埰衍, 「壬辰倭亂 捕虜 實記文學 硏究」, 부산대 박사학위논문, 1993, 36~60쪽. ; 李埰衍, 「실기문학과 서사문학」, 『敬山 史在東博士 華甲紀念論叢 韓國敍事文學史의 硏究』, 中央文化社, 1995, 193쪽.

68) 위의 책, 43쪽.

하게 재현했다는 데 있을 것이며, 그 敍法이 寫實的이며 情感的이라는 데 있다."[69]는 黃浿江의 논급은 정곡을 찌르는 것이라 하겠다. 일기는 자신의 삶을 통해 보고 듣고 느낀 것을 축일 또는 부정기적으로 기술하고 있는 바, 직접 체험뿐 아니라 간접 체험까지도 포괄하고 있다. 이러한 관점에서 본다면, 실기는 일기의 하위 장르에 속한다고 하겠다. 여기서 특히 실기는 대부분 일기 형식의 구성 방식을 취하고 있다는데 유의할 필요가 있다. 그러므로 일기 형식을 취하고 있는 실기는 일기로 보아야 한다.

(타) ~錄

錄은 '記錄 · 記載의 의미로, 고유하고 특정했던 사건을 전후한 변화과정에 중점을 둔 글'[70]을 말한다. 중국의 경우, 錄이라는 용어는 『公羊傳』의 '春秋錄內而略外'와 『史記』의 '公等錄錄 所謂因人作事者也'에 등장한다. 范成大(宋)의 〈吳船錄〉을 꼽을 수 있다. 우리나라의 경우, 日記의 성격을 띤 錄으로는 『瑣尾錄』(吳希文. 한문. 1591.11-1601. 2, 27 임진왜란을 만나 각지로 전전하며 자신이 몸소 겪고 견문한 전란의 여러 가지 사실을 일기체로 기록), 『北關路程錄』(柳義養. 한문. 1773. 5. 26-1773. 12. 3. 함경도 종성으로 유배 갈 때의 노정과 유배지 종성에서 보고 듣고 느낀 것들을 일기체로 기록) 등등을 들 수 있다.

그러나 『知上錄』(金民澤. 한문. 1719-1725. ?), 『嘉齋公實錄』(金基泓 等. 한문. 연대미상. 주로 傳記의 行狀을 기록), 『金古筠甲申月錄』(金玉均. 한문. 연대미상. ?), 『春坡堂日月錄』(李星齡. 한문. 연대미상. 太祖에서 仁祖때까지의 역대 史實을 모은 책) 등은 일기로 볼 수 없다. 先人들은 '~錄' 가운데 실록을 '황제나 왕의 재위기간 동안의 사실을 기록한

69) 黃浿江, 『壬辰倭亂과 實記文學』, 一志社, 1992, 11쪽.
70) 李炳赫, 『韓國文學槪論』, 三英社, 1986, 282-286쪽 참고.

글, 또는 자기 先祖의 사적이나 행적을 기록한 글'로 이해한 것 같다.[71]

(파) 紀行

紀行은 '여행 중에 보고 듣고 느낀 것을 적은 글'이다. 즉 '記述旅行見聞'이라는 뜻이다. 紀行이란 용어는 『追昔遊』의 "多紀行之作"에서 나타난다. 金馹孫의 〈頭流紀行錄〉(한문. 16일간의 지리산 등반기)과 朴榮喆의 『亞世亞紀行』(1925) 등이 있다. 紀行日記는 우리 先人들의 일기 가운데 가장 많다. 그럼에도 紀行日記와 紀行文에 대한 구분을 유보하고 있는 듯하다. 先人들은 紀行日記나 紀行文을 쓴 후, 題名 또는 書名에 ~紀行, ~紀行記(~紀行錄), ~游記(~遊記), ~路程記(~路程錄), ~見聞記(~見聞錄), ~聞見記(~聞見錄) 등 다양한 명칭을 사용하고 있다.

이 밖의 명칭으로는 『癸未記事』(작자미상. 한문. 1583년 1년간의 時政記. 날짜순으로 기록, 이외 작자미상의 『光海朝記事』와 『薪谷記事』가 있다), 『時政(是)非』(鄭澈(?). 한문. 1584. 1-1591. 7.), 『柱下獨賢』(副題, 時政記草. 李箕鎭. 한문. 1718. 5. 11-1719. 4.), 『甲乙爛紙』(작자미상. 한문. 1724. 8. 25-1725. 7. 15,), 『날리가(亂離歌)』(騎馬兵. 국문. 1728. 3. 17-1728. 4. 19.), 『課務』(表題, 正祖 手筆日記. 한문. 1779. 1-1779. 12.), 『爛抄』(尹致義. 한문. 1800. 7-1834. 4.), 『使和記略』(朴泳孝. 한문. 1882. 8. 1-1882. 11. 28.), 『時政攷』(작자미상. 한문. 1882-1884.), 『各處防僞私通草冊』(작자미상. 한문. 1887. 3. 3-1894. 9.), 『甲辰政事』(작자미상. 한문. 光武年間)

---

71) 『中文大辭典』 三, 4069쪽 참고. : "(1)謂據實記錄 事無虛稱也. (2)史之一體. 專記帝王之事態 叅見起居注條. (3)私人記述 先祖行蹟 亦謂之實錄." ; 『大漢文辭典』<辭源修訂本> 二, 859쪽. : "(1)符合實際的記載. (2)編年史的一種體裁 專記某一 皇帝統治時期的大事. (3)私人記載祖先事迹的文字 有時也稱實錄." ; 『漢書』<司馬遷傳贊>:"其文直 其事核 不虛美 不隱惡 故謂之實錄." ; 謝吳 撰 『梁皇帝實錄』三卷. 『孔氏實錄』.

등이 사용되었다.

이상과 같이 살펴본 결과, 京外 각 관청에서 쓴 公的 記錄은 題名이나 書名에 日記 · 日錄, 그 중에서도 日記라는 명칭을 대부분 사용하고 있다. 그러나 개인이 쓴 公的 記錄이나 私的 記錄은 그 명칭이 다양하다. 先人들은 일기를 實記 · 雜記 · 筆記 · 雜錄 · 小品 · 隨筆, 심지어 記나 錄 등과 통용될 수 있는 개념으로 인식한 것 같다. 그러므로 형식적, 내용적 성격이 동일하거나 비슷함에도 이름이 다른 것은 명칭들을 구별하지 않고 공통적인 성격을 가진 같은 類로 간주한 때문이 아닌가 한다.[72]

(2-3) 日記의 定義

앞에서 살폈듯이, 일기의 명칭과 의미, 用例에 대해 先人들은 어느 정도 인식의 차이를 보이고 있다. 그러므로 일기의 정의에 관해서는 사전적 정의를 통해 하나의 공통분모를 추출할 필요가 있다. 따라서 본고에서는 먼저 일기의 사전적 정의를 예시한 후, 일기의 정의를 내려 보겠다.

먼저 일기의 사전적 정의에 대해 알아보자.

* 이희승 편, 『국어대사전』(민중서림, 1981, 2359쪽) : (1)날마다 생긴 일 또는 느낌 같은 것을 적은 기록. 일지(日誌), 다이어리(diary). (2)『고제』 폐(廢)한 임금의 재위(在位)동안의 치세(治世)를 적은 역사. 폐주(廢主)이므로 실록(實錄)에 끼이지 못하고 달리 취급됨.

* 張三植 編, 『大漢韓辭典』(博文出版社, 1977, 640쪽) : 그날 있었던 일이나 느낀 일들을 적은 기록. 日誌.

* 檀國大 東洋學硏究所 編, 『韓國漢字語辭典』 卷二 (檀國大出版

72) 일기는 "문집편찬 시(주로 한문 문집) 雜著에서 더러 볼 수 있고, 대부분은 별책"[崔康賢, 『韓國古典隨筆講讀』(고려원, 1990), 296쪽] 또는 別集·別錄으로 전한다. 그러나 대개는 별도의 필사본으로 전해지고 있다.

部, 1992, 714)쪽 : 폐위(廢位)한 임금의 재위(在位)기간 동안의 사실을 적어 놓은 기록.

*『文藝大辭典』(學園社, 1962, 820쪽) : 그날그날의 행사 · 견문 · 감상 등을 적어 망각(忘却)에 대비하는 것으로, 궁정의 공적(公的)기록을 비롯해 사적(私的)인 기록문학적인 것들이 있다.

* 李御寧 編,『世界文章大百科辭典』3 (三中堂, 1971, 302~303쪽) : (1)자기의 생활 중에서, 자기 자신에 대해서 얼굴이 붉어지지 않고 말할 수가 있는 부분에 관한 나날의 기록(A.G. 비어스/惡魔의 辭典) (2)일기는 고독한 사람의 마음의 친구이며, 위로의 손길이며, 또한 의사이기도 하다. 날마다의 이 독백은 축도의 한 형식이기도 하고 혼과 그 본체와의 대화이기도 하며 신과의 이야기도 한 것이다 …(中略)… 자기 일기라고 하는 것은 꿈꾸기 위한 하나의 방법이다. 따라서 방황하는 것이다. (H.F. 아미엘/日記)

* 李商燮,『文學批評用語辭典』(民音社, 1989, 237쪽) : 국가에서 일어나는 일의 매일 매일의 기록은 연대기(年代記, chronicle)가 될 것이고, 개인의 경험, 생각, 일상의 매일 매일의 기록은 일기가 된다. 일기는 일상생활의 계속적인 기록이 보통이나, 박지원의『열하일기』처럼 어떤 특별한 체험을 갖는 기간 동안의 기록인 경우도 있다.

*『國語國文學資料辭典』下 (한국사전연구사, 1994, 2442쪽) : 그날의 일과 경험, 개인적인 느낌 등을 자유롭게 기록하는 글.

*『中文大辭典』四 (臺北 : 中國文化大出版部, 民國 74년〈1985〉, 1161쪽) : 謂每日之記錄也.

*『大漢文辭典』〈辭源修訂本〉 二 (北京:商務印書館, 1980, 1398쪽) : 每日記事的冊子爲日記.

*『漢語大詞典』5 (上海:漢語大詞典出版社, 1991, 547쪽) : 每天記

事的本子 或每天所遇到的和所做的事情的記錄.

* 諸橋轍次, 『大韓和辭典』 卷五 (日本 : 大修館書店, 昭和四十三年〈1968〉, 717쪽) : 其の日日の出來とす事記.

* 『브리태니커 세계대백과사전』 18권(『한국브리태니커사, 1993, 316쪽) : 자서전적 글의 한 형태. 일기 쓰는 사람이 자신의 활동과 생각을 규칙적으로 기록하는 것을 말한다.

위의 사전적 의미가 제시하듯, 일기는 '매일 있었던 일을 기록한 글'이라는 점이 공통적이며 대전제가 된다. 이 대전제를 가지고 일기의 정의를 내려 보기로 한다.

일기는 시간성과 사건의 순차성이 보편적으로 중시되는 編年體 기술방식을 따르고 있다. 이 경우 逐日記錄을 원칙으로 한다. 간혹 어떤 사건(대개 사회 · 정치적 사건) 또는 특별한 주제에 대하여 紀事本末體 기술양식을 지향하는 경우도 있는데, 이러한 경우에는 주로 부정기적으로 기록하고 있다. 이 기술방식은 주로 사건 중심 또는 특별한 주제나 관심 부분에 대해 기술하기 때문에 연월일의 시간기록은 그 사실성을 보충해 주는 정도의 구실을 한 것으로 보인다. 그런데 부정기적 기술방식의 경우, 연월일 시간기록을 어떻게 처리했느냐가 문제이다. 부정기적 기술에 있어서 年度別 順으로 쓰여 졌으면 일기로 볼 수 없다. 또 月別 順으로 사실을 그대로 기록한 경우, 넓은 의미의 일기로 볼 수도 있다. 또한 부정기적 日字 順 기술[73]에 있어 일자를 명확히 기술했을 경우에도 일기로 본다. 따라서 일기란 '자신이 일상생활이나 체험 등을 통하여 보고 듣고

73) 부정기적 日字 順 기술이란 날짜를 건너뛴 日字 順 기록을 말한다. 예를 들면, 1860년 1월 2일, 9일, 28일……順, 또는 1995년(乙亥年) 3월(庚辰月) 3일, 8일, 이튿날, 그 다음다음날, 29일……順

느낀 것을 일정기간 동안 축일 또는 부정기적 日字 順으로 기술한 글'을 말한다고 정의할 수 있다.

(2-4) 日記의 範圍와 種類

일기의 범위를 설정하는 일은 논의의 진행에 매우 필요하다. 조동일은 국문학의 범위는 외연적인 면뿐만 아니라, 내포적인 면에서 논의할 필요가 있다고 주목할 만한 논급을 한 바 있다.[74] 일기에 대한 개념 정립은 역사적으로 광의에서 협의로 변천하여 왔음을 인식하여야 한다. 그런 점에서 장르를 고정되고 불변하는 것으로 파악하기 보다는 장르의 역사적 변천을 수용하는 입장에서 일기문학을 다루는 것이 정당할 것이다. 따라서 本稿에서는 일기를 광의의 일기와 협의의 일기로 구분하여 논의하고자 한다.

①광의의 일기 : 광의의 일기는 보고 들은 사실 그대로를 기록하고 있다. 첫째, 관청에서 주로 정사나 공무 등과 같은 국가적 차원의 公的 事實을 후세의 자료로 남기기 위해서 기록한 公的 日記(京外 각 관청의 일기: 『承政院日記』, 『典客司日記』, 『忠淸監營日記』 등) 둘째, 개인이 政事나 관청의 공무 등과 같은 公的 事實을 객관적으로 記錄하거나, 前代의 史實만을 事實 그대로 記錄한 일기(李德悅의 『李承旨銀臺日記』 등) 셋째, 月別로 사실을 그대로 기록한 일기(安邦俊의 『默齋日記』 등) 넷째, 타인이 후일 자료 등을 통해 부정기적 日字 順으로 기록한 개인의 일기(梁大樸의 동생과 아들이 撰한 〈靑溪倡義從軍日記〉 등) 등을 들 수 있다.

---

74) 註 39) 참고.

②협의의 일기 : 협의의 일기는 주로 보고 듣고 느낀 것을 寫實的, 주관적으로 기술하고 있다. 첫째, 개인이 주로 政事나 관청의 공무 등과 같은 국가적 차원의 公的 事實을 逐日 또는 부정기적 日字 順으로 記錄하면서 자신의 견해나 입장 등을 表明한 日記(李義平의 『華城日記』 등) 둘째, 개인이 公的 事實과 私的 事實을 逐日 또는 부정기적 日字 順으로 기술한 일기(柳希春의 『眉巖日記』 등) 셋째, 개인이 私的 事實만을 逐日 또는 부정기적 日字 順으로 기술한 일기(金萬重의 『西浦日記』 등) 등을 들 수 있다. 이외 한국인이 외국에서 일상생활이나 체험 등을 통해 보고 듣고 느낀 것을 축일 또는 부정기적 일자 순으로 그 시대에 본국에서 보편적으로 통용된 문자나 한국어로 기술한 일기도 협의의 일기에 해당된다. 다시 말해 광의의 일기는 事實性과 객관성을 띤 일기로 비문학적 일기에 해당되며, 협의의 일기는 寫實性과 주관성이 강한 일기로 문학적 일기에 해당된다. 그런데 협의의 일기 가운데 개인이 公·私的 事實을 기술한 일기는 事實性・客觀性, 寫實性・主觀性을 혼용하였는바 문학적 일기로 보아야 한다. 이 일기는 公的 日記와 개인의 私的 事實만을 기술한 私的 日記간에 교량역할을 한 것으로 짐작된다.[75]

다음은 일기의 종류에 대해 살펴보기로 하자. 현재 일기문학에 대한 연구는 매우 미미한 상태로 그 분류방법조차 거의 없는 실정이다. 따라서 일기문학 연구의 첫걸음에서부터 해석상의 오류를 범할 수 있다. 필자의

---

75) 일기는 대체로 관청에서 주로 왕의 재위 기간 동안의 사실을 후세의 자료로 남기기 위해 편찬한 실록과 같은 公的 日記 →개인이 주로 왕의 재위 기간 동안의 사실을 기록한 개인의 公的 記錄日記 →

┌──> 관청의 공무를 기록한 官廳日記 ┐
→ ├──> 개인의 公的 日記 ──────┤ → 개인의 私的 日記
├──> 개인의 公·私的 日記 ──────┤
└──> 개인의 私的 日記 ──────┘

순으로 변모된 듯하다.

견해로는 분류방법이 어느 정도 합법칙적이라면 일기를 이해하고 설명하는 데 도움이 된다고 생각된다. 그러므로 本稿는 일기의 올바른 이해와 실상 파악을 위해 분류시안을 제시하고자 한다. 먼저 시대별 구분을 한 후, 유형별 분류를 하겠다.

시대별 구분에 있어, 조선왕조를 전기와 후기로 구분하는 데 커다란 분수령의 역할을 했던 임진왜란을 기준의 근거로 삼겠다. 임진왜란은 역사적 변혁기일 뿐만 아니라, 문학사적으로도 전환기라 할 수 있다.[76] 특히 이 시기에는 기존의 일기들과는 달리 전쟁일기가 출현하여 당시의 참상을 리얼하게 그렸으며, 사회의식면에서도 자기반성의 움직임이 싹텄다. 또 이 시기는 일기문학의 번성기였다.[77] 그리고 現存하는 일기의 시대별 분포상황을 감안하여 壬辰倭亂 以前과 以後로 二分하고자 한다.[78]

유형별로는 性格, 文字表記, 性別, 身分, 체험소재 등으로 분류할 수 있다. 이를 간단히 제시하면 다음과 같다.

(가)性格 : ①公的 日記(『燕山君日記』 등) ②私的 日記 - 가. 公的 記錄(『華城日記』 등) 나. 公・私的 記錄(『老稼齋燕行日記』 등) 다.

---

76) 蘇在英, 「임진왜란과 소설문학」, 『임진왜란과 한국문학』, 民音社, 1992, 231쪽 참고. 조동일, 「許筠세대의 임진왜란 체험과 漢詩의 변모」, 『임진왜란과 한국문학』, 民音社, 1992, 109쪽 참고.

77) 張德順, 앞의 책, 158쪽 참고.

78) 시대구분은 文字表記나 訓民正音 創製 등을 기준의 근거로 삼을 수도 있다. 그러나 국문일기 한문일기에 비해 그 양이 매우 적을 뿐만 아니라, 주로 조선 후기에 나타나고 있다. 또 現傳하는 일기 가운데 訓民正音 創製 以前의 일기는 극소수에 불과하다. 그리고 양보다 질적 변화가 중요하다고는 하나, 現存하는 일기의 시대별 분포상황도 고려할 필요가 있다. 이를 감안할 때, 壬辰倭亂을 전후로 大分할 수 있다. 또한 文字表記와 이를 참고한 借字出現 時期, 訓民正音 創製, 그리고 우리의 근대화가 자생적으로 태동된 근대 및 근대문학의 기점인 1860년, 1945년(해방)등을 근거로 다음과 같이 세분할 수 있다. ①借字~訓民正音創製 以前 ②訓民正音創製 以後~壬辰倭亂 以前 ③壬辰倭亂 以後~1860年 以前 ④1860年 以後~1945년(해방) 以前 ⑤1945년(해방) 以後~現在. 그러나 本稿에서는 임진왜란 이전과 이후로만 大分하여 포괄적으로 간략히 언급하겠다.

私的 記錄(『南遷日錄』 등)

(나)文字表記 : ①漢文日記(『熱河日記』 등) ②國文日記(『무오연힝녹』 등) ③國漢文混用日記(『奎章閣日記』 등)

(다)性別 : ①男性日記(『錦溪日記』 등) ②女性日記(『意幽堂關北遊覽日記』 등)

(라)身分 : ①兩班日記 - 가. 官人日記(『亂中日記』 등) 나. 野人日記(『白沙先生北遷日錄』 등) ②中人日記(『觀讀日記』 등) ③平民日記(『奮忠紓難錄』 등)

(마)體驗素材 : ①日常生活日記(『勝總明錄』 등) ②紀行日記 - 가. 遊覽日記(『ᄌ경지함흥일긔』 등) 나. 使行日記 - (가) 國內使行日記(『南行錄』 등) (나) 中國使行日記(『을병연힝녹』 등) (다) 日本使行日記(『海遊錄』 등) 다. 漂流日記(『漂海錄』 등) ③戰爭日記 - 가. 捕虜日記(『萬死錄』 등) 나. 避難日記(『龍蛇日記』 등) 다. 陣中日記(『陣中日記』 등) ④流配日記(『薪島日錄』 등) ⑤宮中日記(『효종일긔』 등) ⑥經筵日記(『眉巖日記』 등) ⑦歷史日記(『癸甲日錄』 등)

이외 留學日記(李光洙의 日本 明治學院 중학부 시절의 일기)와 文學的 日記(김현의 일기인 『행복한 책읽기』)로 분류할 수도 있다.

(3) 日記文學의 特性

日記文學의 特性은 日記의 序 · 跋에서 추출해 낼 수 있고, 이를 바탕으로 日記文學의 이론화도 가능하다. 그러나 現傳하는 日記의 序 · 跋은 주로 勸善懲惡的인 측면에서 논의를 전개하여 왔다. 이러한 연구상의 편향은 고전문학의 전통적 道德論[79]에 기인한 것이라 하겠다. 그러나 日記文學의 특성이 勸善懲惡的인 데만 있는 것은 아니다. 日記文學의 本質과 다양한 特性을 구명하기 위한 노력은 여러 가지 측면에서 이루어져야 한다. 이를 위해 본고에서는 일기의 전반적 속성을 간단히 제시한 후, 주로 日記의 序 · 跋 및 그 내용에 초점을 맞추어 日記文學의 특성을 논의하고자 한다. 먼저 일기의 전반적 속성을 개괄적으로 간단히 제시하면 다음과 같다.

(3-1) 형식과 내용이 자유롭다.

일기는 표현상의 제약이 없기 때문에, 記述者의 내면의식이 형식에 제약을 받지 않고 총체적으로 자유롭게 표출할 수 있다. 또 규범적으로 담을 수 없는 내용들, 예컨대 풍속과 사회현상 제반에 관한 사실들까지 자연스럽게 드러낼 수 있다.

(3-2) 연속성 · 비연속성 · 단편성 · 구체성의 혼합이다.

일기는 일정기간 동안 계속해서 쓰는 것이 보통이다. 그러나 때로는 과거를 회고하거나, 여러 가지 사정 등으로 인해 부정기적 일자 순으로 기술하는 경우도 있다. 또 대개 정치적 사건이나 특별한 관심분야에 대해서는 그것이 끝날 때까지 구체적으로 계속 쓰는 경우가 허다하다. 반면,

79) 鄭堯一, 「韓國 古典文學理論으로서의 道德論 硏究」, 서울대 박사학위논문, 1985 참고.

신변잡사를 기록하는 경우에는 매우 간략하게 단편적으로 언급하는 것이 다반사이다. 그러나 이 같은 내용들은 대개 혼합되어 나타난다.

(3-3) 제재와 내용이 다양하다.

일기는 자신이 삶을 통해 체험한 여러 가지 일이나, 일상생활의 신변잡사 등을 담고 있는바, 태반은 그 제재와 내용이 다양하다.

(3-4) 多文體的 雜居性을 띠고 있다.

일기는 문체나 표현, 내용상의 어떠한 제약이나 격식에 구애받지 않는다. 그러므로 다양한 언어와 다양한 목소리를 담을 수 있다. 뿐만 아니라 문학 외적인 요소까지 수렴하기 때문에 온갖 잡다한 글도 담을 수 있다. 따라서 기술자의 말뿐만 아니라 他者의 말까지 담아 쓸 수 있고, 운문이나 산문 · 희곡 등과 같은 대화체나 각종 문체, 금전출납부, 문서 · 상소문 · 초대장 · 편지 · 설화 · 철학 · 민속 등을 폭넓게 실을 수 있다.

(3-5) 歷史性 · 實記性 · 事實性 · 寫實性을 가질 수 있다.

일기는 개인의 역사요, 나아가 개인의 시각을 통해 당시의 시대상황을 고찰해 볼 수 있는 글이다. 政事나 사회 · 정치적 사건의 경우, 公的 日記는 사실 그대로 재현하여 기록한다. 그러나 개인의 일기는 公的 日記와는 달리 기술자 나름의 독특한 시각을 갖게 마련이다. 이것 때문에 후일 자료적 가치를 인정받기도 하고 인정받지 못하기도 한다. 또 체험이나 일상사 등을 사실 그대로 기술한다. 특히 실제 사실을 기록한다는 점에서 주로 문인들이 의도적으로 쓰는 문학적 허구의 일기와는 구별된다.

(3-6) 체험과 인식의 종합적 표현이다.

기술자는 현장 체험을 통해 겪은 일들을 사실적 재현과 함께 자기 나름의 인식태도를 종합하여 자신의 정서를 표현하게 된다. 이 과정에서 기술자는 체험한 사실에 공감하고, 현실을 긍정하는 의식세계를 나타내거나, 갈등을 일으켜 현실비판의 의식세계를 표출시킨다.

(3-7) 회상적 · 자전적 속성을 지니고 있다.

일기는 쓰는 순간부터 회상적 속성을 지니게 된다. 기술자는 일기를 쓰는 도중에 지난 날 있었던 일을 회상하여 이를 즉시 기록하는 경우도 있다. 한편, 과거의 체험을 후일에 회고하면서 쓰기도 한다. 이 경우 대개 忘憂나 감회의 의도를 담고 있다. 또한, 기술자는 날마다의 일과 체험, 활동상황, 자신의 주관적인 느낌이나 생각 등을 자유롭게 쓰는바, 족적을 남긴다고 하겠다. 이 같은 일기들은 기술자의 개성과 주관적 진술이 위주가 된다.

(3-8) 문집과의 친연성을 보이는 경우도 있다.

일기의 내용에는 기술자의 傳記的 측면이나 학문과 문학 등이 담겨져 있다. 특히 문집편찬 시 일기를 대부분 참고하며, 주로 문집의 雜著 · 別錄 · 別集編에 일기를 실고 있다

(3-9) 인간성을 표출하고 있다.

흔히 일기는 비공개적 속성이 있고, 자기만의 내면적 기록이라고 한다. 그래서 이를 일기의 본질의 하나로 보기도 한다. 그러므로 주로 체험이나 처신, 신변적인 기록 등을 통해 기술자의 인간적 면모를 엿볼 수 있다.

(3-10) 기록정신과 고발의지를 담고 있다.

기술자는 일상생활이나 체험 등을 통해 보고 들은 것을 솔직하게 사실적으로 기록하는 한편, 이 가운데 불합리하고 잘못된 일에 대해서는 자기 나름의 비판을 통해 是正의 의지를 내비치기도 한다.

(3-11) 교화에 근본목적을 두고 있다.

일기는 본래 효용론적 관점에서 교화에 근본 목적을 두고 형성되었다. 그러므로 일기는 실제의 사실과 그 의미의 전달이라는 문학적 효용성을 고유한 기능으로 삼고 있다고 하겠다.

(3-12) 주관적 산문의 수필이다.

일기는 일반적으로 무형식의 산문체를 주종으로 한다. 그러므로 시나 시조 등과 같은 운문이나, 희곡과 같은 대화체는 부차적인 것이다. 일기는 표현상의 제약이 없기 때문에 기술자의 내면의식이 형식에 의해 제약을 받지 않고 총체적으로 자유롭게 표출된다. 따라서 일기는 산문 중에서 가장 자유스러운 체계라고도 한다. 또 일기는 자유로운 형식에 다양한 내용, 자유로운 사고를 담을 수 있다. 그러나 일기는 동・서양을 막론하고 정통문학 양식으로 인정되지는 않았다. 그것은 누구에게나 개방되어 있는 야사・실기・잡기・잡록・소품・수필 등과 유사한 성격의 일면을 가지고 있기 때문에 폄하될 소지가 있지만, 역설적으로 그 때문에 가치를 지니기도 한다.[80] 일기의 바로 이러한 성격 때문에 수필의 영역에 포함

80) 일기의 문학적 형상화에 대해서는 이상섭의 견해를 주목할 필요가 있다.
"일기는 공개되기 위하여 기록하는 것은 아니라 하나 지금까지 공개된 일기는 (필자 사후에 공개되는 것이 보통이나) 거의 예외 없이 흥미 있는 사건에 대한 개인적인 반응을 여실히 드러내든가, 아무도 몰랐던 필자의 내면세계를 잘 보여줄 수 있도록 훌륭한 문체나 구성을 가지고 있다. 즉 일기는 적어도 공개될만한 일기는 그 필자를 하나의 살아있는 인물로 구현할 만큼 다분히 문학적인 것이다. 그러나 필자는 남의 글을 많이

시키기도 한다. 그러나 일기는 근본적으로 일상생활이나 다양한 체험 등을 통해 보고 듣고 느낀 모든 것, 즉 인간 삶의 실제적 사실 모든 것이 자유로운 형식을 통해 리얼하고, 또 주관적으로 표현된 특이한 산문 장르이다. 반면, 수필은 보고 듣고 느낀 대로 붓 가는 대로 쓴 산문이라고 정의할 수 있다. 결국 수필은 교훈성을 토대로 한 사실성과 주관성이 두드러진 산문장르이다. 그리고 수필이나 일기 모두 작자와 기술자의 주관과 개성이 뚜렷하게 나타난다. 단지 차이점이 있다면, 일기는 수필과 달리 시간성을 중시한다는 점이다. 따라서 일기는 주관적 산문으로 수필의 대표적인 하위 장르의 하나라 하겠다. 또 일기는 사건중심의 실제 사실을 토대로 주관적 기술을 하기도 하는데, 實記小說 또는 寫實小說 형성의 근원이 된다고 하겠다. 이처럼 일기는 예부터 인간생활과 밀접한 관계를 가졌고, 형식과 내용의 자유스러움이나 그 속성으로 보건대, 소설이나 가사보다도 이른 시기에 정착된 것 같다.

다음은 日記文學의 특성에 대하여 살펴보겠다.

(가) 體驗의 事實性과 情緒的 反應

日記는 체험을 중시한다. 여기서 체험이란 직접 체험과 간접 체험을 아울러 말하는 것으로, 직접 체험은 대부분 체험 현장에서 자신이 몸소 겪은 경험을 말한다. 또, 체험 현장에서 방관자적 입장에서 본 것도 직접 체험에 해당된다. 그리고 간접 체험은 남에게 들은 것을 말한다. 기술자는 체험을 통해 보고 들은 사실들에 대해 자신의 정서를 곁들여서 이를 기술하게 된다. 그런데 남에게 들은 이야기 중에는 더러 사실을 왜곡한

읽고 사색하는 과정에서 무의식중에 문학적 수업을 했다고 볼 수 있다. 따라서 그의 일기는 그러한 문학적 가능성을 보고 문인이 의도적으로 일기의 형식을 빌려 자기를 표현할 수도 있으며—앞으로 공개될 것을 기대하면서 일기를 잘 다듬어 쓰는 문인도 적지 않다—또한 일기체의 소설을 쓰기도 한다.(이상섭, 앞의 책, 237~238쪽.)

틀린 정보도 있을 수 있다. 이 경우 기술자가 후일 그 내용을 정정하거나, 아니면 죽을 때까지 그 사실을 진실로 믿는 경우도 있다. 또, 기술자 자신의 처지와 형편, 시각의 차이에서 오는 사실 왜곡도 있을 수 있다. 여기서 우리는 日記가 이 같은 약점도 지니고 있음을 간과해서는 안 될 것이다. 그러므로 이에 대해 냉철한 고찰과 판단이 필요하다.

다음의 자료는 체험의 사실성과 정서적 반응의 일면을 내비치고 있다.

> ①"승전의 소식을 들으면 춤을 추면서 그 일을 기록했고, 아군이 패전한 것을 보면 분함에 떨면서 그 일을 쓰고는 했으며, 애통한 말로 효유하는 교서라든가, 이첩(移牒) · 공문 · 격서(檄書)에 이르기까지 본 일과 들은 사실을 빠뜨리지 않고 얻는 족족 기록하고 간간이 나 개인의 의견을 넣어 연결시켜 글을 만들었다."[81]
>
> ②"이 날 아침, 내일 寧海 柳泗댁을 방문하겠다고 柳公에게 먼저 통지했더니, 柳公이 손수 답장을 써서 보냈는데 아주 精하고 분명했다. 그런데 이 날 저녁 측간에 가다가 惡疾을 만나 마침내 죽고 말았다고 한다. 인생이 허망하기가 이 같단 말인가!"[82]
>
> ③"근심 중에 잠시 안정하여 매양 전의 일을 생각하곤 황송하고 부끄러워 몸을 용납할 곳이 없다. 한가한 사이에 대략 임진년에서 무술년 사이에 눈과 귀에 닿은 것들을 기술하였다."[83]

①은 趙慶男이 쓴 『亂中雜錄』의 〈自序〉, ②는 柳希春이 쓴 『眉巖日記』의 내용, ③은 柳成龍이 쓴 『懲毖錄』의 〈自序〉인데, 여기서 우리

81) 趙慶男, 『亂中雜錄』, <自序> (『국역 대동야승』 6, 민족문화추진회, 1971, 291쪽.
82) 『眉巖日記』, <辛未 9月 29日>. "是日朝 以明日過訪柳寧海泗 先通書于柳公 柳公手答甚精明 及夕如厠中惡 遂至不救 人生之不固 及如是耶"
83) 柳成龍, 『懲毖錄』, <自序>. "憂悸稍定 每念前日事 未嘗不惶愧靡容 乃於閑中 粗述其耳目所逮者 自壬辰至于戊戌 總若干言"

는 체험의 사실성과 그 정서적 반응의 일면을 엿볼 수 있다. 즉 日記는 기술자가 체험을 통해 보고 들은 실제적 사실에 자신의 정서를 곁들여 쓰고 있음을 알 수 있다.

(나) 文・史・哲의 유기적 결합

옛 부터 우리의 先人들은 文・史・哲을 하나로 인식하고 이 셋을 모두 공부하였다. 趙東一은 이에 대해 다음과 같이 언급하였다.

> "우리의 선인들의 문학사상은 문학만 대상으로 하고, 문학만 생각해서 나온 것이 아니고, 역사나 철학까지 한꺼번에 다루어서 나온 것이 대부분이므로 자료를 해독하고 정리하는 기초적인 작업을 하기 위해서도 文・史・哲을 모두 공부하지 않을 수 없으며, 더 나아가서 문학사상사를 서술하는 데까지 이르기 위해서는 학문의 세분된 영역을 허물어 버리는 방향으로 나아가지 않을 수 없다. 우리 선인들은 文・史・哲을 한꺼번에 했는데, 우리가 그 중에서 어느 것만 하게 된 것을 발전이라고 할 수 있겠는가? 오늘날엔 공부해야 할 것이 너무 많기 때문에 文・史・哲 중에서 어느 하나에 특히 힘을 기울일 수밖에 없다고 한다면 그것은 발전이 아니고 편법이다. 어느 쪽에 특히 힘을 기울이더라도 나머지 것들까지 알아야만 학문이 온전하게 될 수 있고, 오늘날 우리가 지니고 있는 학문의 혼란과 사상의 빈곤을 벗어날 수 있는 길이 열릴 것이다."[84)]

이 같은 논급은 日記文學의 特性을 규명하고 理論을 정립하는 문제와 직결된다.

동양의 경우, '文學'이라는 용어는 보통 '文章博學'의 의미로 사용되었다. 그렇지만 문학은 역사와 철학을 기본 바탕으로 하여 유기적으로 결합한 것이다. 그러므로 동양에서는 文・史・哲의 통합적 인식이 곧 문학

---

84) 趙東一, 『韓國文學思想史試論』, 知識產業社, 1978, 13~14쪽.

에 대한 인식[85]이었다. 그러면 이를 日記文學에 적용시켜 보기로 하자. 日記란 기술자가 일상생활이나 체험 등을 통해 보고 들은 사실들을 주관적으로 기술한 글이다. 체험한 사실을 주관적 기술을 통해 문학적으로 형상화하고 있는바, 이러한 日記는 文學的 日記에 해당한다. 그런데 日記는 無形式일 뿐만 아니라 그 題材와 내용도 다양하다. 그렇기 때문에 규범적인 내용 뿐 아니라 비문학적인 온갖 잡다한 내용까지도 담을 수 있다. 예로부터 우리의 先人들은 文·史·哲을 하나로 인식하고 이 셋을 모두 공부하였던바 자연스럽게 체질화되어 있었다. 그러므로 日記에는 기술자의 文·史·哲에 대한 인식이 어느 정도 기본적으로 배어 있었다고 보아야 할 것이다. 여기서 우리는 文·史·哲에 대한 인식 내지는 방법론을 확대·적용시킬 필요가 있다. 먼저 우리의 고전 산문은 작자가 文·史·哲을 근본적으로 一體로 인식한 상태에서 창작했다는 점을 인정할 필요가 있다. 그리고 文·史·哲의 유기적 결합의 방법론을 포괄적으로 적용시킬 필요가 있다. 즉 고전 산문의 경우, 문장 형태나 내용적 측면, 나아가 文·史·哲의 요소가 표면에 나타나지 않는 작품까지도 이를 文·史·哲에 대한 근본적 인식을 바탕으로 하여 창작되었으리라는 사실을 전제로 하여 논의하여야 한다는 것이다. 그러면 『眉巖日記』와 『朝天錄』에서 그 실례를 들어보기로 한다.

①"28일 개임. 아침에 感君恩 詩를 지었다. 남쪽 북쪽 바다 세 번이나 귀양지를 옮긴 객이 / 옥관자 금관자로 누차 은총을 입었어라. / 만약 天恩에 만분

---

85) 본고가 '文·史·哲의 유기적 결합'을 日記文學의 特性 중의 하나로 구명하는 과정에서 金榮洙의 논문(「文·史·哲의 統合的 方法論에 대한 試論」, 『韓國文學史 敍述의 諸問題』, 檀國大出版部, 1993, 39~66쪽.)에 힘입은바 크다. 그리고 우리의 先人들은 文·史·哲을 하나로 인식하고 이 셋을 모두 공부하였는바, 일기문학의(특히 文·史·哲) 경우, '통합', '종합', '혼합', '혼효' 등의 용어는 그 의미상 합당하지 않다. 따라서 필자는 '유기적 결합'이라는 용어를 사용하겠다.

의 일이라도 갚을 수 있다면야 / 微衷을 담은 미나리나 따뜻한 볕이라도 대궐에 바치리라."[86]

②"侍讀官이 中庸 十三章 或問을 講했는데, 주상께서 풀이하실 때에 '固'字를 '본래', '則'字로 '하면'으로 풀이하셨다. 이 같은 것은 모두 希春이 전일 말씀드렸던 대로 따르신 것이다. 希春이 말씀드리기를 '前日 十二章 或問에 程子가 孟子의 말씀을 引證하여「어떤 일이 있을 때에 미리 成就할 것을 마음에 期必치 말라」한 곳을 講할 적에, '朱子가 말씀하신 '聖賢이 특히 배우는 자가 用力을 지나치게 하여 도리어 累가 될까 두려워하여 下句로써 이를 푼 것이다'란 말에 나오는 聖賢은 程子를 가리키는 것이지 孟子를 가리키는 것은 아닙니다.'…(中略)…講이 끝난 뒤에 臣 希春이 나아가 아뢰기를, '지난번 입시한 臣이 文廟從祀의 升黜에 대하여 누차 請을 드렸지만 윤허를 받지 못하였습니다.…(中略)…대개 우리나라엔 文章과 節義가 있는 선비가 왕왕 많이 있었지만, 金宏弼 · 趙光祖는 홀로 聖賢의 道를 배워 몸에 체득하고, 또 斯文을 興起시켜 士習을 크게 변화시켰으니, 이 두 사람에 대해 공론이 모두 먼저 從祀를 함이 마땅하다고 합니다.…(中略)…신들의 청을 따르소서.' 하였다. 주상께서 말씀하시기를 '오래된 일을 어찌 가볍고 쉽게 변경해 정할 수 있겠소. 천천히 합시다.'…(中略)…또 司馬溫公이 중원을 평정한 曹操의 공을 크게 칭찬한 것에 대하여 말씀드리기를, '대개 秦이 6국을 하나로 통일한 것이나, 曹操가 中原을 평정한 것은 모두 暴으로써 亂을 바꾼 것이니 어찌 족히 말할 수 있겠습니까?' 하였다."[87]

---

86) 『眉巖日記』, <辛未 10月 28日>. "二十八日 晴 朝賦感君恩詩云 南溟北海三遷客 白玉黃金累寵臣 若報天恩圖萬一 合將芹曝獻楓宸"

87) 『眉巖日記』, <辛未 12月 3日>. "侍讀官 講中庸十三章或問 上釋時 釋固字本來則字ᄂ面 如此之類 皆從希春前日之說 希春曰 前日十二章或問 程子引孟子云 必有事焉而勿正心處 聖賢特恐學者用力之過 而反爲所累 故以下句解之 此所云聖賢 乃指程子 非指孟子也…(中略)…講畢 臣希春進曰 頃者入侍之臣 以文廟宗祀升黜 累以爲請 而未蒙允許…(中略)…蓋我朝文章節義之士 則往往多有之 而金宏弼趙光祖 獨能學聖賢之道 體之於身 又能興起斯文 丕變士習 此二人 公論皆以爲宜先從祀…(中略)…請從之 上曰 久遠之事 豈可輕易更定 姑徐之…(中略)…又論溫公盛稱曹操平定中夏之功曰 蓋秦之混一六國 曹操之平定中原 皆所謂以暴易亂 何足道哉"

③"美叔이 약관의 나이에 능히 천하의 책을 다 읽어 文學과 詞章으로써 명성이 조정에 들리었다.…(中略)…華表柱를 어루만지며 학의 말이 허황된 것을 알았고…(中略)…葉本과 之符를 만나 正學書院에 들렀으며, 首善館에 절을 하였다. 정대한 이론을 주장하며 뭇사람들을 물리쳤으니, 겁을 내지도 않았고 어느 곳 하나 막히는 데도 없었다."[88]

위의 내용을 보면, ①은 柳希春의 短歌 〈獻芹歌〉·〈感上恩〉과 연관성이 있는 詩로, 임금에 대한 충정을 엿볼 수 있다. 맛도 보잘 것 없는 미나리를 바친다는 것은 임금의 治道에 도움을 드리겠다는 의미로 싱싱한 표현이 눈길을 끈다. 柳希春이 대사헌에 임명되고 二品으로 陞品된 뒤 지은 시로, 文·史의 내용뿐만 아니라 忠·義 등의 유교사상을 담고 있다. ②는 柳希春의 학문과 역사 인식의 일면을 추찰해 볼 수 있는 내용이다. 특히 그의 字學과 經學에 대한 해박한 지식, 金宏弼과 趙光祖에 대한 평가와 文廟配享 건의, 그리고 曹操와 秦에 대한 평가절하의 시각 등을 엿볼 수 있다. 史·哲의 내용을 통해 자신의 심정을 문학적으로 형상화 하고 있다. ③은 柳成龍이 쓴 許篈의 『朝天錄』 序文으로, 여기서 許篈의 文·史·哲에 대한 식견의 일면을 엿볼 수 있다. 이처럼 위의 예문들은 文·史·哲이 아울러 드러나 있다고 하겠다. 여기서는 논의의 편의상 文·史·哲로 나누어 논급하였지만, 일기는 대부분 文·史·哲 세 가지 요소가 유기적으로 결합되어 있다.

(다) 主觀的 記述과 寫實的 描寫로의 志向

日記란 기술자가 일상생활이나 체험 등을 통해 보고 들은 실제적 모든

88) 許篈, 『朝天錄』, <序>. "美叔年甫弱冠 能盡讀天下書 以文學詞章 有聲於朝著…(中略)…觀其撫華表而徵鶴言之荒誕…(中略)…至於遇葉本遘之符 歷正學書院 弭節于首善之館 能孤倡正大之論 以抗群咻 而不震不沮"

사실을 총체적, 주관적으로 기술한 산문 장르이다. 여기서 주관적 기술이란 체험 사실들을 기술자 자신의 입장에서 기술한 것을 말한다. 반면, 객관적 기술이란 있는 사실 그대로를 기술한 것을 말한다. 日記는 기술방식에 따라 기술자가 자기 입장에서 기술하는 주관적 기술과 사실 그대로를 기술하려는 객관적 기술로 나뉘는데, 객관적 기술은 주로 廣義의 日記, 그 중에서도 公的 日記에 많이 쓰이고, 주관적 기술은 狹義의 日記, 그 중에서도 私的 日記에 많이 쓰인다. 日記가 기술자의 개성과 주관이 뚜렷하게 드러나는 장르라는 점을 인식한다면, 주관적 기술의 일기야말로 문학적 일기에 흔히 해당된다고 하겠다. 그러나 現傳하는 日記를 조사해 본 결과, 주관적 기술로 이루어진 일기는 절반 정도에 불과하다. 즉 주관적으로 기술을 한다 할지라도, 주로 政事나 官廳의 公務, 歷史的 事件 등의 문제를 기록할 때에는 객관적 기술도 그 가운데에 섞여 있다는 말이다. 寫實的 描寫 역시 주관적 기술과 마찬가지로 說明的 描寫 등이 혼합되어 있을 때가 있다. 그렇지만 寫實的 描寫가 주를 이루고 있음은 물론이다.

객관적 기술과 설명적 묘사가 혼합된 것은, 가능한 한 실상 그대로 전달하려는 기술 태도 내지 사실들에 대한 眞僞 · 是非 · 善惡에 대한 판단은 독자에게 맡기려는 의도[89]에서 온 듯하다. 그럼에도 불구하고 어디까지나 日記는 主觀的 記述과 寫實的 描寫가 주류를 이루고 있다. 그러면 그 實例를 들어보기로 한다.

①"가만히 생각해보니 羅州의 儒生 金千鎰君이 학문을 좋아하고 행실을 삼가하며 忠信하고 독실하므로, 지난 무진년에 崔顒이 헌납으로 있으면서 조

89) 李肯翊,『국역 연려실기술』, <義例>, 민족문화추진회, 1977, 13쪽. "나는 모두 사실 그대로 수록하여 뒤에 독자들이 각기 옳고 그른 것을 판단하기에 맡긴다."

정에서 錄用케 하고자 하여 일찍이 御前에서 陳請을 했다. 希春이 아뢰기를 '千鎰이 지금 질병에 걸려 從仕할 수가 없으니 아직은 기운을 북돋게 하는 것이 좋겠다.'고 했더니, 주상께서도 그러겠다고 하셨다. 이제 와서 생각하니 千鎰의 병이 더욱 깊어져 죽을 날이 다가오니 만약 포상해 주는 은전이 없고 보면 때를 놓치는 후회가 있을 듯하다."[90]

②"상류에서 배를 타고 내려오다가 두미강 어귀에서 서쪽으로 한양을 바라보니 모든 봉우리가 파랗게 하늘에 솟아 하늘거리는 아지랑이와 엷게 낀 안개 속에 곱고도 아리따운 모습을 드러냈다. 일찍이 남한산성의 남문에 앉아 북쪽 한양을 바라보았더니 마치 물속의 꽃이나 거울 속의 달과 같았었다."[91]

③"황제는 매년 열하에 주필한다. 열하는 만리장성 밖 황벽한 곳이다. 천자는 무엇이 부족해서 이러한 변방에 나와 머무는 것일까. 명분은 더위를 피한다는 것이지만 그 실상은 천자 자신이 나와 변방을 방비하는 것이다. 그렇다면 몽고가 강함을 알 수 있다. 황제는 서번의 승왕을 맞아다가 스승으로 삼고 황금으로 궁실을 건축해 그 승왕을 살게 하고 있는데, 천자는 무엇이 부족하여 이러한 비정상적인 지나친 예절을 베푸는 것일까. 명분상으로는 스승으로 우대한다는 것이지만, 그 실상은 황금전에 가두어 하루라도 세상이 무사하기를 바라는 것이다. 그렇다면 서번이 몽고보다 더 강하다는 것을 알 수 있다. 이 두 가지는 황제의 마음이 이미 괴롭다는 것을 일러준다."[92]

①은 『眉巖日記』, ②는 『熱河日記』에 수록된 내용이며, ③은 『熱河

---

90) 『眉巖日記』, <庚午 4月 30日>. "竊思羅州儒生金君千鎰 好學謹行 忠信篤實 去戊辰年崔顒以獻納 欲朝廷錄用 嘗陳請於御榻前 希春以千鎰方纏疾病 不堪從仕 願姑培養爲言 上亦以爲然 到今思之 千鎰病日益深 死日益迫 若無褒恤之恩 恐有後時之悔"

91) 『熱河日記』 卷11, <渡江錄>. "及自上流下舟 出頭尾江口 西望漢陽 三角諸山摩霄出靑 微嵐淡靄 明媚嬰娜 又嘗坐南漢南門 北望漢陽 如水花鏡月"

92) 『熱河日記』 卷13, <黃教問答>序. "皇帝年年 駐蹕熱河 熱河乃長城外 荒僻之地也 天子何苦 而居此塞 裔荒僻之地乎 名爲避暑而其實 天子身自備邊 然則蒙古之强 可知也 皇帝迎西番僧王爲師 建黃金殿 以居其王 天子何苦 而爲此非常僭侈 之禮乎 名爲待師 而其實 囚之金殿之中 以祈一日之無事 然則西番之尤强於蒙古可知也 此二者 皇帝之心已苦矣"

日記』의 〈黃敎問答〉의 序文이다. ①은 임진왜란 때 의병장이었던 金千鎰의 薦擧에 대한 내용으로, 실제 崔頲의 천거 사실과 유희춘의 반대 내용을 객관적으로 기술하는 한편, 다시 자신의 생각을 주관적으로 기술하고 있다. 결과적으로는 주관적 기술이라 하겠다. 김천일은 유희춘이 가장 아꼈던 후배 중의 한 사람이었다. ②는 三角山의 모습을 묘사하고 있는데, 바위와 숲이 조화를 이루어 솟아있는 광경을 잘 나타내고 있다. 朴趾源의 치밀한 관찰력과 분위기 묘사가 돋보인다. ③에서 박지원은 황제의 熱河 避暑와 番僧을 黃金殿에 둔 것에 대해 蒙古와 西番의 강함을 의식하여 국방을 튼튼히 하려는데 그 의도가 있음을 간파하였다. 이처럼 박지원은 淸이 안고 있는 문제점과 정치적 허실과 장래 등, 중국인들 조차도 감지할 수 없었던 것을 투시하고 있는바, 이는 그의 예리한 관찰력 때문이라 하겠다. 박지원의 주관적 기술과 寫實的 묘사의 일면을 엿볼 수 있다. 이상에서 보듯, 日記는 主觀的 記述과 寫實的 描寫를 아우르고 있음을 알 수 있다.

(라) 自己告白 · 自己省察 · 自己解明 및 誇示의 共存

일기는 주로 자기 위주로 쓰게 되는바, 그 날이나 지난날에 있었던 일이나 체험 등을 기술하는 가운데 자기 자신의 내면을 고백하고 성찰하게 된다. 한편, 일기는 비공개적 속성이 있으면서도, 문자로 기록하여 남긴다는 자체가, 비록 備忘을 위한다는 일면도 있겠지만, 他者의 전달을 전제로 하는 것이기 때문에, 일부 특정인을 '可能態로서의 독자'[93]로 염두에 두기도 한다. 그러므로 기술자는 자신이 겪은 특별한 체험이나 일상생활에서 보고 들은 특이한 일, 그리고 여행을 통한 새로운 세계에 대한 관심뿐만

93) 고봉진, 「수필과 일기문 형식」, 『수필문학의 이론』, 춘추사, 1991, 118.쪽 참고

아니라 자신의 학문과 문학적 능력 등을 후인들에게 알리기 위해 쓰기도 한다. 또 자신을 解明하기 위해 쓰기도 한다. 따라서 일기에는 自己告白과 自己省察, 그리고 自己 解明 및 誇示의 세 가지 特性이 共存한다고 하겠다. 그러면 자료를 통해 그 특성을 확인하여 보기로 하자.

①"해남에서 온 편지를 보니, 부인이 血淋을 앓는 모양이다. 이는 前日 나의 淋疾에서 전염된 것인데, 나는 사오십리를 가면서도 오줌을 누지 못해서 이 병을 얻은 것이었다."[94]

②"朋友와 더불어 편지를 주고받으며 講究한 말들은 不得已하여 그리 하였으나 새삼스레 부끄러움을 이기지 못한다. 이미 말한 것이지만 편지를 받은 쪽은 잊어버리지 아니한 것도 내가 잊었거나, 彼我가 함께 잊어버린 것이라 해도 기탄없이 말을 하여 수치스럽고 두렵기만 하다. 여가로 찾아 써놓고 때때로 읽으면서 자주 반성하는 것이다."[95]

③"아! 우리나라에서 중국에 사신으로 가는 사람들은…(中略)…전후 수백 년 동안에 사신으로 오간 사람들이 수없이 많지만, 어떤 이는 다만 중국의 閣老들과 문답한 것만을 기록하였으며, 여러 가지 일을 기록한 것이 있다해도 이 책처럼 자상하게 기록한 것은 없으니, 이는 참으로 우리나라 역대에 처음 있는 문학작품이다."[96]

위의 예문 ①·②·③에서 보듯, 기술자는 일상생활이나 체험 등을 통해 보고 듣고 느낀 것을 쓰는 가운데 스스로 고백하거나 성찰하기도 하며, 의도적은 아닐지언정 자신의 기록이 후세에 전해진다는 것을 때론

---

94) 『眉巖日記』<辛未 8月 26日>. "見海南書 知夫人患血淋 乃前日染我之淋疾 而我則以經過四五十里 不放溺而得之也"

95) 『增補退溪學全書』 三, <自省錄識>. (權五鳳, 「退溪의 日錄과 日記의 比較 新探」, 『退溪學研究』 第 8輯, 檀國大 退溪學研究所, 1994, 103쪽 재인용.

96) 崔康賢 譯註, 『五友堂燕行錄』, <序>, 國學資料院, 1993, 5쪽.

의식하였던 것으로 보인다. 그러므로 오늘날의 일기처럼 의도적으로 자기를 誇示한 것이 아니라, 은근히 자신을 誇示하기도 하였다. 이처럼 일기에는 自己告白과 自己省察, 自己解明 및 誇示의 기능을 共存하고 있다고 하겠다. 따라서 우리는 이 세 가지 특성을 받아들이는 가운데, 한편으로는 기술자의 진실도 밝혀낼 필요가 있다.

(마) 勸善懲惡 志向

勸善懲惡이란 글자 그대로 해석하면 '善을 권장하고 惡을 징계한다.'는 뜻이다. 인간이 참되게 살도록 가르쳐 인도하기 위한 방편으로 勸善懲惡은 사회의 규범으로 내려오고 있다. 이 경우 懲戒는 어디까지나 善을 행하도록 하기 위한 수단에 불과한 것으로, 勸善이 本이고 懲惡은 末에 해당되는 것이다. 즉 勸善을 위한 懲惡인바, 이는 시대를 초월하여 문학작품의 구원하고도 至高한 주제가 되는 것이다.[97]

歷史性・事實性・寫實性・記錄性・實存性을 중시하는 日記에서 勸善懲惡은 일기 작가의 의식 속에 잠재하면서 일기 기술에 부단히 작용하고 있다고 보아야 한다. 일기는 진솔한 기록을 생명으로 한다. 일기 형성의 근원을 제공한 孔子의 『春秋』는 이른바 春秋筆法으로 '正名實'・'辨是非'・'寓褒貶'을 그 목적으로 한다. 이는 역대의 史書도 마찬가지이다. 일기도 이에 귀결되면서 결국 勸善懲惡에서 그 특성을 찾아보게 된다.

日記의 勸善懲惡的 特性은 公的 日記 뿐만 아니라 개인의 일기에도 적용된다. 개인 일기의 경우, 기술자는 주로 체험한 사실을 기록하는데, 여기에는 眞僞・善惡・是非 등과 관련된 온갖 사실들이 포함되게 마련이다. 그렇다면 기술자가 이 같은 사실을 기록하는 이유는 무엇일까? 기

---

97) 본고는 '勸善懲惡 志向'을 日記文學의 특성 중의 하나로 구명하는 과정에서 姜在哲의 논문 (「勸善懲惡 理論의 傳統과 古典小說」, 인하대 박사학위논문, 1993, 4~55쪽.)에 도움 받은바 크다.

술자 자신에게 뿐만 아니라, 후세의 독자들에게(의도적이지는 않지만) 善을 권장하고 惡을 징계하고자 하는 내면적 의도가 작용한 때문이다. 따라서 일기에는 명시적 또는 묵시적으로 善惡의 문제가 다루어지며 善 또는 惡이 드러나기도 한다. 예를 들어 기술자가 자신의 부정한 행위를 기록했다고 치자. 그 이유는 무엇일까? 자신의 악한 행위를 誇示하기 위한 것은 물론 아닐 것이다. 고백이나 반성을 통해 善해지려는 데에서 그리한 것이 아닐까? 다시 말해 人性・本性의 回復을 통해 自己를 止揚하는데 있었다고 해야 하겠다. 그러므로 일기는 公・私的 日記를 막론하고 그 지향하는 바는 저절로 勸善懲惡에 있다고 하겠다. 그러면 日記의 序・跋을 통해 이같은 사실을 살펴보기로 하자.

①"아! 한 가닥 천성이 강개로 가득 차 있어 옳지 않은 줄을 알면서도 그만두지 못하고 책망을 당할 것인데도 스스로 억제하지 못한 것이다.…(中略)…궁벽한 시골이라 견문이 고루하여 사실과 어긋난 기사도 없지 않을 것이나, 그 가운데에는 또 善을 권면하고 惡을 징계하여 사람을 감동시키려는 뜻도 많이 들어 있으니, 이것이 어찌 한 때 잠을 안 자고 심심풀이로 읽는데 그칠 뿐이랴. 공자가 이르기를 '나를 알아주는 것은 춘추를 통해서일 것이고 나를 벌하는 것도 춘추를 통해서일 것이다.' 하였는데, 나는 이 말의 뜻을 가지고 외람 되지만 후세의 군자들에게 기대를 건다."[98)]

②"柳夢井의 편지에 쓰기를 '선생께서 각 고을에 政化를 펴시어 비록 작은 善이라도 반드시 찾아서 권장하려고 하시니, 이는 近古에 없던 바입니다. 小子가 몸소 만난 것이 어찌 기쁘지 않겠습니까! 前日 천거했던 鄭時誠 외에도 務安에 사는 羅德元은 羅悅兄의 아들로서 글만 잘 짓는 것이 아니라, 古人의 학문에도 뜻을 두어 그 居家와 行事가 칭찬할 만한 것이 많습니다. 우리 고을에 사는 李有慶도 또한 道를 向하는 선비입니다. 이들은 모두 선생께서

98) 趙慶男, 『亂中雜錄』, <自序>. 『국역 대동야승』 6, 민족문화추진회, 1971, 291~292쪽.

포상해야 할 사람이므로 감히 아룁니다.' 柳君의 善을 좋아함이 지극하다 하겠다."[99]

③"글을 써서 가르침을 말한 것으로서 신명의 근원을 통하고 사물의 법칙을 꿰뚫는 것으로서는 역경과 춘추보다 더 나은 것이 없을 것이다.…(中略)…또 그 이치를 논한 것도 어찌 황홀히 헛된 이야기를 늘어놓은 것에 그쳤을 뿐이겠는가! 그리고 풍속이나 관습이 治亂에 관계되고 성곽이나 건물, 농업·목축·製器·鍊鐵 등 일체 이용후생의 방법이 모두 그 가운데 들어 있어야만 비로소 글을 써서 가르침을 말한 本旨에 어긋나지 않을 것이다."[100]

위의 예문들에서 勸善·風敎·立言說敎·鑑戒 등의 의도를 읽을 수 있다. 이는 문장에 대한 효용론적 태도 때문으로, 日記 역시 勸善懲惡의 鑑戒性이나 敎訓性을 가진 것으로 인식하였음을 알 수 있다. 결국 日記는 善을 권장하고 惡을 징계한다는 勸善懲惡으로 志向하려는 特性을 지니고 있다고 하겠다.

(4) 맺음말

本稿는 지금까지 日記文學論을 입론화하였다. 이제 앞에서 논의된 사항을 요약하여 결론으로 삼고자 한다.

일기는 당초 孔子의 『春秋』에서 그 형성의 근원을 찾을 수 있고, 역사인식과 기록정신은 그 형성의 근본바탕이 되었다. 이후, 왕의 재위기간 동안의 사실을 후세에 남겨 주로 통치의 거울로 삼았던 實錄은 일기의

---

99) 『眉巖日記』, <辛未 6月6日>. "柳夢井書云 先生宣化列邑 雖小善 必欲搜訪而勸奬之 此近古所未有之擧 而小子親逢 寧不踊躍 向所薦鄭時誠外 務安居羅德元 乃羅悅兄之子也 非徒善屬文 有志於古人之學 而居家行事 多有可稱者 吾州居李有慶 亦向道之士也 此皆先生所當褒賞者 故敢達 柳君之好善至矣"

100) 『熱河日記』, <序>. "立言說敎 通神明之故 窮事物之則者 莫尙乎易春秋…(中略)…又其所謂談理者 豈空談恍惚而已耶 風謠習尙 有關治忽 城郭宮室 耕牧陶冶 一切利用厚生之道 皆在其中 始不悖於立言設敎之旨矣"

연원이요, 원형이라 하겠다. 그러므로 公的 日記는 왕을 주 대상으로 하는 治者 中心의 기록인 實錄에서부터 비롯되었다. 公的 日記는 역사의식과 시간의식, 기록정신 등을 바탕으로 敎化에 그 근본목적을 두었다. 반면, 개인의 일기는 주로 역사적 사건이나 時事에 대한 생각, 인간생활에서의 다양한 체험과 견문을 자성하거나 회고하려는 개인의식과 진솔한 기록태도에서 비롯되었다. 우리나라의 경우, 現存하는 최초의 개인일기는 李穀의 〈東遊記〉를 꼽을 수 있다.

日記의 명칭은 日記 이외에도 日錄・日省・日乘・日課・~記・~錄 등 다양하게 사용되었다. 그리고 조상의 사적・공문 수발부・지출장부, 심지어 소설이나 가사 등에 일기라는 명칭을 붙이기도 하였다. 또한 우리의 先人들은 일기를 實記, 雜記, 筆記, 雜錄, 紀行文, 小品, 隨筆 등과 같은 개념으로 인식하기도 하였다. 이는 이들 장르를 구별하지 않고 같은 類로서 공통적인 성격을 가진 것으로 간주한데서 기인된 것이다.

일기란 기술자가 일상생활이나 체험 등을 통해 보고 듣고 느낀 것을 일정기간동안 축일 또는 부정기적 日字 順으로 기술한 글이다. 그리고 일기는 광의의 일기와 협의의 일기로 대분할 수 있다. 전자는 事實性・客觀性을 띤 일기로 대부분 비문학적 일기가 이에 해당된다. 반면, 후자는 寫實性과 主觀性을 띤 일기로 대개 문학적 일기가 이에 해당한다. 이 가운데 事實性・客觀性, 寫實性・主觀性이 혼용된 일기도 있는데, 협의의 일기에 해당된다고 하겠다.

한편, 필자는 일기 연구의 효율성을 위해 일기의 범위와 시대구분(문학사적 전환기라 할 수 있는 임진왜란을 기준으로 함)을 제시한 후, 性格(公的 日記, 私的 日記), 性別, 文字表記(漢文, 國文, 國・漢文 등), 身分(兩班, 中人, 平民), 體驗素材[일상생활일기, 기행일기(유람일기・사행일기・표류일기), 전쟁일기(포로일기・피난일기・진중일기), 유배

일기, 궁중일기, 역사일기] 등으로 유형 분류를 하였다. 특히 일기의 序·跋, 또는 내용 등을 중심으로 일기문학의 특성을 체험의 사실성과 정서적 반응, 文·史·哲의 유기적 결합, 주관적 기술과 寫實的 묘사로의 지향, 자기고백·자기성찰·자기해명 및 과시의 공존, 권선징악적 서술 등으로 구명하였다.

이상과 같이 입론화한 일기문학론을 일기문학 작품에 적용하여 고찰하면 그 실상이 분명하게 밝혀질 것이다.

필자가 제시한 日記文學論은 試論이다. 그럼에도 불구하고 입론화한 일기문학론은 일기문학의 연구에 새로운 계기를 마련했다고 하겠다.

제2부

고전작가의 이해

1 추파 송기수

(1) 머리말

秋坡 宋麒壽(1507~1581. 中宗 2년~宣祖 14년)가 살았던 시기는 격동과 변화의 시대였다. 주지하는 바와 같이, 이 시기는 정치・사회・경제를 주도했던 훈구파와 중앙 정계에 진출하여 새로운 정치 풍토를 조성하고자 했던 사림파와의 대립과 갈등, 이로 인한 사화의 발생, 그리고 문정왕후의 수렴청정과 외척 윤원형의 전횡, 宣祖 즉위와 사림파의 집권 등이 있었던 시기였다. 따라서 정국은 실로 한치 앞을 내다볼 수 없을 정도로 격변기였다. 이 같은 시대에서 추파는 중앙 정계의 핵심 요직에 있으면서 유교적 의리와 학자적 양심 등에 입각해 살고자 한 官人・學者였다.

추파는 비주류의 인물로 중용적 자세를 가지고 사림 중심의 정국 운영을 지향하되, 훈구 척신세력을 점진적으로 해체시키려는 입장이었고, 이를 위해 이들과 어느 정도 암묵적으로 타협・조정을 통해 그것을 실현해 보려고 시도한 인물이라 할 수 있다. 그러나 을사사화 때 도승지로 본인의 의사와는 무관하게 僞勳에 錄勳되고, 사촌형 宋麟壽가 양재역벽서 사건에 연루되어 죽임을 당했는데도 자신은 마지못해 조정에서 벼슬살이를 한 것 등은 불의의 시대에 참여한 관료로서 어쩔 수 없는 오해와 시비를 받게 되었다. 특히 이러한 오해와 왜곡은 큰 아들 宋應漑(1536~1588)가 李珥를 맹렬하게 비판하자, 이로 인해 객관적인 평가를 어렵게 했다(특히 서인계열 인물들)고 볼 수 있다. 따라서 본고에서는 당시의 대표적인 관인·학자의 한 사람이었던 추파의 생애와 학문, 그리고 문학에 대하여 살펴보고자 한다. 이를 통해 추파의 삶과 학문과 문학세계의 실체도 밝혀질 것이다.

(2) 傳記的 考察

(2-1) 家系

宋麒壽의 字는 台叟, 號는 秋坡· 秋坡居士· 訥翁이다. 貫鄕은 恩津이다.

시조 宋大原은 고려조에서 判院事를 지냈다. 7대조 宋明誼는 고려 공민왕 때 과거에 급제하고 可憲執端을 역임하였다. 宋明誼는 신흥 사대부의 일원으로 활동하면서 鄭夢周·李崇仁 등과 교유하였다. 은진 송씨는 宋明誼 때에 이르러 처(회덕 황씨)의 고향인 회덕에 정착하며[101] 활동기반을 마련하기 시작하였다.

6대조 宋克己는 진사였는데, 그의 부인 柳氏가 회덕에서 新村洞(土井)에서 시부모를 봉양하고, 아들 宋愉를 양육하였다.[102]

5대조 宋愉는 덕망과 고고한 절개를 지녔던 인물로 '隱德不仕'하였으며, 세상에 '遯世白靖 '으로 알려졌으며, 이러한 배경으로 인해 가문의 중시조로 불리어지고 있다.

高祖 宋繼祀는 사헌부 지평을 지냈으며, 김종서의 형 김종흥의 사위

101) 고려가 망하자 宋明誼는 신하로서 두 임금을 섬길 수 없다는 의리로, 개성에서 처가가 살고 있는 회덕으로 내려와 은둔생활을 했다.

102) 은진 송씨가 대전 지역에 본격적으로 정착하게 된 것은 추파의 5대조인 雙淸堂 宋愉 때부터이다. 쌍청당의 편액은 박연, 기문은 박팽년과 김수온이 썼다.

였다.[103]

曾祖 宋順年은 宋繼祀의 차남으로 예조정랑을 지냈는데 홍문관 부제학으로 추증되었다. 宋順年은 金宗直이 石友라고 불렀으며, 주역에 조예가 깊었다.[104] 宋順年은 3남 2녀를 두었다.[105]

祖父 宋汝諧는 예조참의와 안동부사를 지냈으며 예조참판을 추증 받았다. 그의 처는 당대 거족 李石亨의 딸이며[106] 2남 2녀를 두었다.

부친 宋世忠은 가평군수를 지냈으며 이조판서를 추증 받았다. 宋世忠은 당시 사림세력의 宗匠이었던 김종직의 문하에서 정여창과 동문수학을 했던 宗室 朱溪君 李深源의 제자이다. 宋世忠은 스승의 딸을 부인으로 맞았다. 부인 이씨는 성리학에 조예가 있었다고 한다. 1남 3녀를 두었다.[107]

宋麒壽는 대사헌 蔡忱의 딸과 혼인하여 3남 4녀를 두었는데 申欽은 외손자이다.[108]

이상에서 추파의 가계를 살펴보면, 가문 내에서는 사림적 성향을 가진 인물뿐만 아니라 훈구적 성향을 가진 인물도 있었음을 알 수 있다. 그런데 점차적으로 사림계열 쪽으로 기울면서, 이 과정에서 사림의 진보적이고 개혁적인 성향에 동참하기 보다는 점진적이거나 관망적인 입장을 취

---

103) 宋繼祀는 박팽년의 삼종숙이 된다.

104) 宋繼祀의 장남 宋遙年은 강희맹의 손녀사위이다. 참고로 宋時烈은 宋順年의 6대손이며, 宋浚吉은 宋遙年의 5대손이다. 그리고 宋遙年의 고손자인 宋爾昌은 장인이 金殷輝인데, 金長生의 아버지인 金繼輝와 사촌간이다. 宋爾昌의 아들은 宋浚吉이다.

105) 차남 宋汝翼은 金淨의 외조부가 되며, 삼남 宋汝礪는 정광필의 장인이 된다. 그리고 宋汝諧의 차남 宋世良은 金安國과 교분이 있었다. 또, 宋世良의 손자 宋應期는 李潤慶의 사위이며, 宋時烈의 조부가 된다.

106) 李石亨의 장인은 정몽주의 손자인 鄭保이다.

107) 秋坡의 외조부 이심원은 종실이지만 학문적으로 인정을 받아 사림세력의 중추적인 위치에서 활동을 하였다. 그런데 이심원은 고모부인 임사홍의 부정을 성종에게 고했다가 임사홍의 미움을 받아 갑자사화 때 아들 형제와 함께 죽임을 당했다.

108) 신흠은 송기수의 둘째사위 申承緖의 아들이다. 신흠은 김장생과는 고종사촌간이다.

했던 것으로 짐작된다. 특히 후일 恩津 宋門은 정치적인 견해 차이 때문이겠지만, 학맥이나 인척관계(처가, 외가) 등과도 연관되어 남인과 노론으로 갈라지게 되는 것 같다.

(2-2) 生涯

秋坡 宋麒壽는 1507년(中宗 2년) 12월 29일 丑時에 한양 돈의문 밖 盤松坊 鍮店洞 옛집에서 부친 宋世忠과 모친 전주 이씨의 1남 3녀 중 장남으로 태어났다.[109]

3세 때 할아버지가 안동부사로 부임하자, 따라갔다가 이듬해 4세까지 안동에서 생활하였다. 4세 때 할아버지가 임지인 안동에서 별세하자 아버지와 함께 3년 시묘를 위해 회덕에서 생활하다가, 6세 때 시묘살이가 끝나자 아버지는 가족들을 데리고 한양으로 올라간다. 이 때 어머니가 추파를 시골집에 머물게 하고 유모로 하여금 보호 양육하여 열 살이 지난 다음 한양으로 올라올 것을 명하였다. 이듬해 7세 때 아버지가 과거에 급제하게 된다. 추파는 어릴 때부터 단아하고 정중하며, 특히 응대하고 무릎 꿇고 절하는 것이 남달라 보는 사람 누구나 그 비범함을 칭찬했다고 한다. 또 7세 때부터는 유모의 처소에 거처하는 것을 싫어하고 동네의 어른들을 따라 山寺에 올라가 글을 읽으며 행동거지도 점잖았다고 한다. 9세 때 부모를 연모하니 어머니가 혹여 병이 날까 염려하여 한양 집으로 데려왔다. 10세가 되자 어머니에게 글을 배우기 시작하여 13세 때에는 경전과 역사 연구에 몰두했다고 한다.[110] 어머니 이씨 부인은 당시 대부분의 여성들과는 달리 부친 이심원의 영향 때문인지 성리학에 조예가 있

109) 추파의 선조 平山公이 개성으로부터 한양 반송방에 옮겨 살았는데, 成宗이 특별히 전교를 내려 증조부 宋順年에게 평산공의 제사를 받들게 하니, 이때부터 대대로 그 其址를 지켰으며, 시골집은 懷德 注山里에 있었다. (『秋坡先生文集』, <秋坡先生年譜>.)
110) 『秋坡實記』.

었다고 한다. 아무튼 추파의 학문적 출발은 어머니에게서 비롯되었다고 하겠다. 그런데 추파가 어머니에게 수학한 배경은 아버지가 급제 후 주로 외직을 역임했던 이유도 있지만, 외조부 이심원으로 부터 영향을 받은 어머니의 학문적 수준도 한 배경이 되었던 것으로 보인다. 그러니까 추파의 학문적 연원은 모친의 훈육이 거의 전부였던 것 같다. 그럼에도 불구하고 그는 14세 때 학업이 크게 성취하여 經史子集을 통하지 않음이 없었으며, 특히 『論語』에 대한 공부가 깊었고, 늙으신 부모를 위해 과거공부에도 충실하였다.[111]

16세가 되는 1522년, 추파는 成悌元과 성리학을 공부하면서 밤낮으로 강론을 하였다. 이 때는 기묘사화로 인해 사림들 모두가 理學으로 화근을 삼아서 性理書를 가지고 다니는 사람이 없었는데, 추파 홀로 『近思錄』과 『心經』, 『性理大全』 등 性理諸書에 뜻을 두어 聖賢을 목표로 삼았다.[112] 추파는 사촌형 宋麟壽 그리고 사촌매부 성제원 등과 더불어 학문을 강론・연마 하였던 것으로 보인다.

18세가 되는 해 1524년, 추파는 대사헌 蔡忱의 딸과 혼인을 하였다. 채침은 사위 송기수가 뜻을 돈독하게 하고 학문에 힘쓰는 것을 사랑하여, 그의 학문을 시험하고 말하기를 '이는 나의 스승이지 나의 벗이 아니다'라고 하여 칭찬하였다.[113]

추파는 20세 때 할머니 상, 21세 때에는 부친상을 당한다. 이 때 그는 喪祭에 관한 절차를 朱文公家禮에 따르고 3년간 시묘를 하였다.

25세 되는 1531년 式年 생원시와 진사시에서 3등으로 합격하고, 대책시험에서는 1등으로 뽑히었다. 그리고 27살 때 金安國을 방문하였다. 김

111) 『추파선생문집』, <추파선생연보>.
112) 『추파선생문집』, <추파선생연보>.
113) 『추파선생문집』, <추파선생연보>.

안국은 추파의 사촌 매부이자 절친한 친구요 道友인 成悌元의 스승이기 도 했다. 이 때 김안국은 추파의 인품을 높이 칭찬하였다.114)

추파는 모친으로부터 성리학의 기초를 닦고, 친구 성제원과 더불어 강학하면서 성리학 연구에 정진하였다. 그리하여 마침내 28세인 1534년 문과시험에 급제하였다. 급제 후 예문관 검열에 임명되고 전임사관을 역임한 뒤, 옥당에 피선되고 이어 사가독서를 하였다. 여기서 사가독서와 사관을 역임했다는 것은 추파 자신뿐만 아니라 가문의 영광이라 할 수 있다. 특히 金安老가 국권을 휘두를 때 자신의 비리를 사관이 기록했음을 확인하고 부제학 許沆을 시켜 이를 삭제하고자 하였다. 이 음모를 파악한 추파는 불가함을 당시 영의정 韓孝元에게 극간하여 저지시켰다.115) 권력과 타협하지 않고 곡필을 해서는 안 된다는 사관으로서의 기본적인 원칙과 자세를 견지했던 것이다. 결국 이 일로 인해 김안로에게 밉보여 벼슬을 그만두게 된다.116) 1537년 김안로가 유배 · 사사되자, 1538년(32세) 2월 홍문관 수찬에 제수되어 이후 조정의 요직을 두루 역임하게 된다. 추파가 역임했던 관직을 대략 열거하면 다음과 같다. 시강원의 사서 · 문학 · 필선 · 보덕, 사헌부의 장령 · 집의 · 대사헌, 의정부의 좌참찬 · 우참찬, 홍문관의 수찬 · 교리 · 응교 · 전한 · 직제학, 사간원의 대사간, 이조의 좌랑 · 정랑 · 판서, 승지로는 동부승지 · 도승지, 형조 · 호조 · 공조 · 예조의 참판과 판서, 중추부의 동지사와 지사, 경연 · 춘추관 · 성균관 · 의금부의 各館을 겸임하였고, 외직으로는 경기도와 강원도의 감사를 지냈다. 이처럼 그의 관직 경력은 화려하다. 그런데 추파가 관직에 있으면서

114) 『추파실기』.
115) 『추파실기』.
116) 김안로는 추파의 학문과 인품을 보고 자신의 부하로 삼고자 名香龍墨을 기증하였으나, 추파가 소인의 물건이라 해서 담장 사이에 방치하였다고 한다. 후일 김안로가 유배 · 사사되고 추파가 복직하자, 그는 방치해 두었던 명향용묵을 다른 사람들에게 나누어 주었다고 한다.

얼마나 나라와 백성을 위해 기여했느냐 하는 점을 따져본다면 비교적 괜찮은 평가를 받아도 무방하다고 생각된다. 그러면 추파의 관리로서의 면모와 을사사화 때 본인의 의사와는 관계없이 僞勳에 錄勳되면서 삭훈될 때까지 자괴감을 가지고 살았던 일, 그리고 사촌형 송인수가 양재역벽서 사건에 연루되어 죽임을 당했는데도, 자신은 조정에서 벼슬살이를 하는 데 대한 심적 고통이 매우 컸던 일과 처신 등을 중심으로 살펴보기로 한다.

먼저 추파의 관리로서의 면모를 대략 살펴보면, 왕위 교체 시 도승지로서 뛰어난 위기대처 능력을 보여주었고, 형조참판과 판서 재임 시 탁월한 능력을 발휘했으며, 목민관(경기 · 강원 감사)으로서 선정을 베풀어 백성들의 존경을 받았다는 점이다. 몇 가지만 실례를 들어 구체적으로 제시하면 다음과 같다.

첫째, 추파는 1545년 도승지로서 仁宗의 병환이 위급한 상황에 처하자, 원만한 왕위계승 절차를 행해 왕위를 무난하게 승계하는데 기여를 하였다.[117] 인종의 병세가 악화되자 대비가 밤중에 왕의 병세를 살핀다는 이유로 행차하려 하였다. 이때 추파는 分院의 서리를 불러 '대비의 거동이 야반에 경동하지 못할 것인데, 하물며 分司의 관원이 本院의 지휘를 기다리지 않고 급히 호령을 먼저 하니 어찌 있을 수 없는 일을 하느냐?'고 꾸짖고 대비의 야간 행차를 저지시켰다. 그리고 인종의 침소 가까운 忠順堂에 대기하면서 인종의 병세를 파악하며, 만일의 사태에 대비하여 주도면밀하게 대처하였다. 인종의 유언에 따라 밤중에 慶原大君을 인종 앞에 임석하게 한 후 傳位의 명을 듣도록 조치하여 왕위 계승의 혼란을 방지하고 도승지로서의 책임과 의무를 다하였다.[118] 당시 훈구 척신세력

117) 『인종실록』.
118) 『추파선생문집』, <추파선생연보>.

의 권력다툼이 심각한 상황에서 12살의 明宗이 즉위한다고 할 때 일어날 수 있는 왕권의 위기를 지혜롭게 해결했다. 이 일로 인해 명종과 문정왕후는 추파를 고맙게 여겼다.

둘째, 추파가 형조참판으로 근무하였을 때, 탁월한 능력을 보여주었다. 당시 윤원형의 당으로 형조판서였던 曺光遠이 무고한 사람들을 감옥에 가두는 일이 빈번해 백성들의 원성을 많이 받았다. 이때 추파는 판결을 자청해 죄 없이 억울하게 수감된 사람들을 모두 석방하여 감옥이 텅 비게 되었다. 이 일로 당시 사람들이 칭찬하였다[119]고 한다. 추파는 형조판서로 있었을 때에도 일 처리를 잘했다고 한다. 이처럼 추파는 법을 담당하는 관리로서 탁월한 면모를 보여주었다.

셋째, 경기감사로 있었을 때 백성들에게 선정을 베풀어 칭송을 받았다. 경기감사 시절, 해마다 國喪이 나고 중국 사신의 행차가 네 차례나 계속되어, 경기도 백성들의 민폐가 극심하고 흉년까지 겹쳐 뿔뿔이 사방으로 흩어질 지경에 이르게 되었다. 이때 추파는 경기도 백성들을 위해 폐단을 제거하는데 진력을 다하였다. 그 결과 경기도 백성들이 어느 정도 안정을 찾을 수 있었다. 이 일로 인해 추파는 경기도 백성들에게 칭송과 존경을 받았다[120]고 한다. 또, 강원감사로 있었을 때에도 그러했다고 한다.

다음은 추파가 위훈에 녹훈되어 삭훈될 때까지 자괴감을 가지고 살았던 일에 대해 알아보자.

인종의 승하와 나이 어린 명종의 즉위는 정국운영의 새로운 변수로 등장했다. 게다가 문정왕후의 수렴청정과 척신 윤원형의 등장으로 인해 새로운 정치를 열망하는 시대적 분위기와는 달리 정국은 다른 방향으로 상황이 전개되었다. 그리하여 급기야 명종 즉위년에 을사사화가 발생한다.

---

119) 『추파선생문집』, <추파선생연보>.
120) 『추파선생문집』, <추파선생연보>.

이로 인해 사림파 인물들이 제거되기에 이른다. 을사사화는 소윤파인 윤원형과 그 일당 정순붕·이기·임백령·허자 등이 대윤파인 윤임·유관·유인숙 등과 사림파를 제거하기 위해 이들을 무고하게 역모 죄로 몰아 일으킨 사화였다. 을사사화 당시 추파를 비록한 조정의 일부 중신들은 죄상을 분명하게 밝힌 뒤에 처리할 것을 주장하였다. 그러나 소윤파의 집요한 주장으로 대윤파 및 사림파는 화를 입게 된다. 이때 사림파의 세력이 꺾일 것을 우려한 추파·이언적·신광한·정옥형 등은 얼굴빛이 참혹하고 나머지는 모두 떠들며 웃기를 평소와 다름이 없었다.[121]고 한다. 결국 추파는 위사공신 3등에 녹훈된다. 을사사화가 일어날 당시 추파는 도승지였다. 그가 맡은 도승지라는 직책으로 인해 사화의 가담 정도와 무관하게 관례대로 공신록에 이름이 올랐다. 윤원형 일파는 자신들이 자행한 사림파 숙청을 정당화하기 위해서도 추파를 비롯한 이언적·신광한·이윤경 등 명망 있는 인물들을 정략적으로 끌어들일 필요가 있었다. 양사에서는 추파는 공이 없으니 훈록에서 삭제할 것을 거듭 상소하였으며, 사화 주동자인 허자 등도 녹훈에서 삭제할 것을 상소하였다. 뿐만 아니라 이후 사촌형 송인수를 탄핵할 때도 사화 주동자들과 양사에서 추파가 승지 직에 있었으나 참여한 사실이 없으니 공훈 삭제를 요구하였다. 추파 또한 僞勳을 부끄럽게 여겨 위훈 철회를 거듭 요청하였지만(이후 위훈 철회가 이루어질 때까지 20여 차례에 걸쳐 삭훈 상소를 함), 그러나 문정왕후는 '비록 공이 없더라도 예로 참여되었으니 고사하지 말라'[122]고 하였다. 명종과 문정왕후는 인종 사후 왕위에 오를 수 있었던 것은 추파 때문이라고 여겨 그 후의를 잊지 않았다. 그러므로 사촌형 송인수가 양재

---

121) 『명종실록』권1, 즉위년 8월·9월.

122) 계유정난 당시 무관했던 성삼문이 승지 직에 있었다는 이유로 정난 3등 공신에 책봉된 것도 동일한 맥락으로 이해할 필요가 있다.

역 벽서사건에 연루되어 화를 면하기 어려운 상황에서도 추파는 명종과 문정왕후의 이러한 특별한 배려로 면할 수 있었던 것이다. 아무튼 추파는 위훈이 내려진 이후, 위훈 때문에 항상 근심과 울분이 가득하여 하사한 집도 폐기하고 수리하지 않은 채 방치하였으며, 노비는 방면까지 하였다. 이에 윤원형은 항상 이기에게 말하기를 '송 모가 하사한 집을 폐기하고 수리하지 않으니 훈적을 싫어하는 것을 짐작할 수 있다'고 하였다. 추파는 이 말을 듣고 미워하여 곧 남에게 팔고 돈을 별도로 보관한 채 아내에게 쓰지 말라고 하였으며, 하사한 노비까지도 모두 마음대로 출입하게 방면하였다고 한다.[123] 이처럼 추파는 본의 아니게 위훈 받은 것을 부끄럽게 여겨 사양하였으며, 정대한 처신을 하고자 노력했을 뿐만 아니라, 71세에 삭훈될 때까지 심적 고초가 매우 심하였음을 알 수 있다. 위훈은 추파 생애 중 가장 곤혹스럽고 어려웠던 일이었다고 하겠다.[124]

그러면 명종 2년 사촌형 송인수가 양재역벽서사건에 무고하게 연루되어 죽임을 당했는데도, 추파 자신은 조정에서 벼슬살이 했던 일에 대해 알아보기로 하자.

추파는 을사 잔당들을 피하기 위해 경기감사를 자청해 나갔다가, 정미년에 이조참판을 제수 받고 귀임하였는데 등창이 재발하여 부임하지 못하고 집에서 요양 중이었을 때, 사촌형의 사사 소식을 듣고 기절하였으며 그 충격으로 背瘡이 터졌을 정도의 심적 고통을 겪었다고 한다. 그러나 이를 두고 당대는 물론 후세까지 추파가 간쟁을 통해 왜 막지 못했느냐 보고만 있었느냐 등의 비방을 하기도 하고, 심지어는 도리어 좋아했다는 식으로 날조한 유언비어를 퍼뜨리기도 하였다. 추파로서는 을사 잔당이

123) 『추파선생문집』, <추파선생연보>.

124) 추파는 가족이나 주변친지, 교유인물들에게 "내가 삭훈이 되지 않고 죽게 되면 지하에 가서도 죄인을 면치 못한다."고 말하였다.(『추파실기』)

조정을 포진하고 있는 어쩔 수 없는 상황에다, 병석에 있어서 미리 알지도 못한 날조된 전격적인 피화라서 내면에는 이루 말할 수 없는 아픔을 삭여야 했다. 이 일과 을사 녹훈은 추파 일생 동안 짐이요 고통이었다. 사실 추파도 一死諫爭을 결심하고 상소까지 준비하였다. 그러나 정치적 희생양이 되어 죽임을 당한 외할아버지 주계군 이심원의 유일한 혈육으로 홀로 자식 추파만을 의지하고 살아온 80세의 노모가 상소문을 태우고 자결하겠다며 한사코 눈물로 만류하는 상황에서 뜻을 꺾어야만 할 수 밖에 없었던 심정을 충분히 짐작하고도 남음이 있다.[125] 사촌형이 죽었다는 소식을 듣고 기절했던 추파는, 깨어나서 송인수의 사위에게 시신을 수습하고 상장례의 일을 수습하도록 주선하는 한편, 그 후에도 집안을 계속해서 돌보아 주었고, 후사가 없어 종회를 열어 양손자 입후 문제를 해결해 주었으며, 수차례 송인수의 신원을 계청하고 직첩을 환급받는 등 최선을 다하였다. 뿐만 아니라 진실을 밝히고 공적을 기리는 묘갈명, 신도비명을 지어 비를 세우게 하는 등 사촌형에 대한 미안함과 함께 애모・애통의 마음을 이황에게 보낸 편지 등을 통해 엿볼 수 있다.[126]

추파는 을사사화와 정미변고를 겪고 난 후, 관리・학자・선비로서의 수호적인 삶과 활동을 적극적으로 하였던 것 같다. 을사공신 녹훈과 정미변고는 추파에게는 멍에요 억울한 굴레였다. 그래서 위훈 삭훈을 기회가 있을 때마다 주청하였고, 을사 간당의 탄핵을 여러 번 계청하였으며, 을사 피화 선비들의 억울한 누명과 원통함을 풀어주라는 신원 상소와 사촌형의 신원과 기묘피화인 조광조의 신원 상소 등을 하였다. 추파는 명분과

125) 『추파선생문집』 권7.
친정아버지인 왕자 주계군의 억울한 죽음(갑자사화)과 喪夫한 상황에서 오직 자식 하나만을 의지하고 살았던 노모의 간곡한 만류를 추파는 거역할 수 없었던 것 같다.
126) 『추파선생문집』, <추파선생연보>.
송인수는 추파에게 가족을 부탁한다는 유언을 남겼다.(<행장>)

의리를 존중하고 따르고자 하였다. 그는 억울하게 처형당한 선비들의 뜻을 따라주는 것이 살아남은 선비가 해야 할 사명이라고 인식했기 때문인 것 같다.

한편, 추파는 당시 권력을 농단하였던 훈구 척신 핵심세력과 어느 정도 거리를 두었으며, 사림을 대변하는 비주류로서의 행적을 보이고 있다. 그의 비주류로서의 태도는 여러 면에서 확인할 수 있다. 그의 관직 생활 중에 보여준 태도나 성리학 이념과 사상을 바탕으로 한 현실관을 볼 때, 추파의 행적은 사림과 연관된 면이 크다. 그것은 사촌형 송인수가 사사되었던 일과 외조부가 주계군 이심원 이었던 사실, 그리고 교유인물들이 사림과 깊이 연관되어 있다는 점에서이다.[127)]

아무튼 추파는 사림 중심의 정국 운영을 지향하되 비사림계 훈구 척신 세력을 점진적으로 해체하거나 어느 정도 타협과 조정을 통한 정치를 실현하고자 했던 것으로 보인다. 이 과정에서 본인의 의지와 무관하게 사림파에서 섭섭한 감정을 가질 수도 있었을 것이다. 그러나 추파는 근본적으로 신진사류의 진출에 상당히 깊은 관심을 가졌고, 이들에 의한 정국 주도를 기대했다. 그가 명종 14년, 16년, 21년의 세 번에 걸친 시무상소의 전체적인 내용은 성리학적 질서체계의 확립에 있었다. 특히 선비의 사기를 진작시켜야 한다고 강조한 것은 사림세력의 성장에 대한 확고한 태도와 의지를 보여주는 것이라고 하겠다.[128)]

을사, 정미 이후 추파의 관리로서의 행적을 살펴보면, 시무상소를 올려 간흉들의 권력 농단으로 어지러워진 국정을 바로잡기 위한 방안을 제시하자, 명종은 충간하는 신하의 도리를 다했다고 하면서 유념하겠노라고

127) 추파 사위의 가문들은 대부분 당시 훈구 척신파의 핵심 집권층을 반대하는 성향이 강했다.
128) 『추파실기』.

화답하였다. 그리고 윤원형 · 이기 등과 소원하였다.[129] 이는 추파가 당시 훈구 척신 세력과 권력을 향유했다는 관찬 실록의 내용과 다르다.

여하튼 추파는 민생 우선과 실용에 중점을 두면서, 조광조의 신원 복권을 주청하여 윤허를 받았으며, 윤원형의 서녀 사위인 진도군수 이숙남이 근무지를 무단이탈하자 탄핵하였고, 심통원 · 이량의 아들들의 과거시험 부정에 대해 그 잘못을 개진하여 관철시켰으며, 이량 등 六姦의 유배를 거듭 주청하여 윤허를 받았고, 윤원형의 삭탈관직을 5회나 주청하였으며, 을사사화 때 유배당한 사림들의 석방과 을사 피화인들의 신원 복권, 이조판서로 있을 때 백인걸 · 노수신 · 유희춘 · 김난상 등을 발탁 등용할 것을 주청하였다.

그리고 추파가 71세 되는 해, 마침내 선조는 을사 위훈을 삭훈 하라는 전교를 내린다. 추파는 평생의 소원을 이룬 것이다.

추파는 선조 14년(1581) 1월 3일 유동 옛 집에서 75세의 나이로 별세한다. 그는 별세하기 전 자손들에게 다음과 같은 경계의 시를 남겼다.

忠於君國孝於親	나라와 임금에 충성하고 부모에게 효도 하면
事業元無此外眞	할 일은 원래 이것밖에는 참된 것이 없느니라.
萬善俱新全體佯	만 가지 착한 것 새로움을 갖추면 전체가 커지고
百凡主忍一家春	모든 일에 참을 인자를 주로 삼으면 온 집안은 늘 봄이니라.
願從誠厚寬仁友	원컨대 성실 중후하고 어진 벗을 널리 사귀어
不管東西南北人	동인 서인 남인 북인 누구든 관계치 말라.
懷寶執鞭那有異	귀한 손님이나 마부나 어찌 다름이 있으랴
蹶然差足混同倫	발 한 번 미끄러지면 한 가지 꼴이 되느니라.[130]

129) 추파가 강원감사에 제수될 때 흉년으로 백성들이 곤궁에 빠졌는데 강원도가 가장 심했다. 이때 윤원형과 이기가 "송기수가 무단히 신병을 핑계로 몇 해 동안 벼슬에 나오지 않으니 마음의 소재를 알 수 없는데, 지금 강원도가 흉년이 심하니 감사로 임명하여 책임을 지게 하자."고 하였다.(『명조실록』 권9, 4년 1월 ; 『추파실기』)

추파가 자손들에게 동서남북인 어느 편에도 끼지 말라고 당부한 것을 보면, 당쟁이 악화될 것을 예견한 것 같다. 그리고 그는 정월 초하룻날 자제들에게 시호를 청하지 말 것, 서원을 건립하지 말 것, 時論에 아부하지 말라는 세 가지 유언을 남겼다.

현재 대전시 동구 주산동 고용 골에는 추파의 묘소와 재실, 유택과 象谷祠[131]가 있다. 신도비는 외손자 申欽이 짓고, 李觀徵이 썼다. 그리고 유허비는 유림과 후손들이 뜻을 모아 李家源의 글을 새겨 1989년에 세워졌다.

추파는 중종・인종・명종・선조 4대를 거치는 동안 참혹한 사화 등을 겪으면서도 조정의 요직을 두루 역임한 인물로 16세기의 격변기에 살았던 대표적인 官人이요 學者였다. 추파의 생애는 김안로에게 미움을 받은 것, 을사 위훈, 사촌형 송인수의 죽음 등을 제외하고는 대체로 순탄하였다고 말할 수 있다.

그러나 을사 위훈과 사촌형의 죽음은 그의 평생의 고통이요 부담이며 굴레였다. 어찌 보면 이 두 사건은 어떤 의미에 있어서는 추파도 피해자인 셈이다.

추파는 역사의 진실을 밝히고 을사의 간당을 논죄함으로써 사림의 억울함을 풀고 사림의 기상을 되살리는 것이 그의 사명이요 의무였던 것 같다. 실제로 많은 기여를 한 것도 사실이다. 그러나 그의 마음속의 멍에, 그리고 역사 속에서 당파적 갈등과 맞물려 씌워진 오해의 멍에는 벗어날 수 있었는지…….

추파는 훈구 척신 세력과 함께 정국의 주도권을 행사했던 주체 세력이기보다는 비주류의 입장이었으며, 그 과정에서 훈구 척신파의 비리와 부

---

130)『추파선생문집』 권1, <誡子孫>
131) 상곡사는 1966년 건립하였다.

정을 비판하는 태도를 견지하였다. 이는 여러 차례에 걸친 위훈 삭훈 요청과 훈구 척신계 인사들의 견제 등을 통해 확인할 수 있다. 추파는 사림 중시의 정국 운영을 지향하는 것이 목표였다. 이와 더불어 훈구 척신 세력을 점진적으로 해체하거나, 차선책으로 어느 정도의 타협과 조정을 통한 정치를 실현하고자 했던 것으로 짐작된다. 그러면서 그는 관리로서 탁월한 능력을 보였으며, 중용적 자세로 현실적 대안을 제시했던 인물이다. 따라서 그의 현실참여는 비난의 대상이 되지 않을 뿐 아니라 별로 문제가 없는 것 같다. 특히 16세기 사화시대의 행정가 · 학자로서 국정과 민생을 책임졌던 그의 능력과 업적을 과소평가해서는 안 될 것이다.

추파는 사화기라는 불행한 시대에 관직생활을 했지만, 나름대로 학자적 양심과 유교적 의리에 입각해 살고자 한 그의 고뇌의 흔적을 엿볼 수 있다. 그리고 불의의 시대, 정치적 격변기를 살아가는 관인 · 학자로서의 처세가 얼마나 어려운가를 외손자 신흠의 〈신도비명〉을 통해 알 수 있다. 그는 불의의 시대에 참여한 관료로서 어쩔 수 없는 오해와 시비를 받기도 하였지만, 누군가가 해야 할 역사의 몫을 무난히 해냈다는 평가를 받을 만하다.

그러나 추파의 큰 아들 송응개가 이이를 비난하는데[132] 앞장서고, 이로 인한 당쟁의 와중에서 추파의 삶과 인품이 왜곡되고 오해된 측면을 간과해서는 안 될 것이다. 다시 말해 당쟁의 격화로 객관적인 평가를 어렵게 했다. 더욱이 아들 송응개의 정치적 성향에 의해 추파의 직계는 자

---

132) 선조 16년 이이가 병조판서로 있을 때 왕의 재가를 받지 못한 상태에서 몇 가지 편의책을 먼저 시행하고, 또 왕의 부름을 받고도 즉시 입대하지 못한 일을 들어 송응개는 '專擅慢君'의 죄목을 들어 '誤國小人'이라 하였다. (『선조실록』 권17, 16년 7월 참조). 이 일을 송응개는 동인의 입장을 취하고 있던 허봉 · 박근원 등과 주도하였는데, 송응개가 가장 맹렬하게 비판하였다. 이 일로 세 사람은 귀양을 가게 된다. 그런데 외삼촌 송응개가 이이의 탄핵안을 가지고 와서 신흠에게 의견을 구한 적이 있었다고 한다. 이때 신흠은 이이를 두둔했다고 한다. 외삼촌은 동인계의 대표, 조카는 서인계였으니…….

연스럽게 동인(추후 남인)이 되는 결과를 초래하였다. 그 결과 추파는 주로 서인계열의 인물들에게 부정적인 평가를 받게 된다.[133] 물론 그에 대한 평가는 당대의 기록과 인정이 우선되어야 하고, 주변 인물들과의 교유관계, 평소의 소신과 지론, 현실정치에서의 경세와 정치이념 등을 살펴보면서 이루어져야 한다. 그러나 유감스럽게도 추파의 경우는 그러한 객관적 평가 기회를 잃은 인물 중의 한 사람이다.

여하튼 16세기의 대표적인 관인・학자였던 추파의 삶을 이해할 필요가 있다. 더욱이 불의와 권력이 횡행하는 난세에서 명분과 실리를 조화하며 그 균형추를 유지하고자 노력했던 추파를 새롭게 재인식할 필요가 있다.

추파 송기수는 당시 恩津 宋門 중 중앙 정계의 핵심 요직에 있었던 인물로, 은진 송문을 명문가로서 확고히 하게 하는데 중요한 역할을 한 인물이다.

(2-3) 人品

추파는 어렸을 때부터 단아하고 진중하며, 특히 남보다 뛰어나며, 응대하고 무릎 꿇고 절하며 溫恭스럽고 삼가 하여 보는 사람 누구나 그의 비범함을 알았다고 한다.[134] 그리고 그는 부모에 대한 효성이 극진했다. 그가 어렸을 때 생과일을 먹어 복통으로 부모님께 걱정을 끼쳐드렸다 하여,

133) 추파를 평가한 인물 중, 이긍익은 『연려실기술』에서 추파를 혹평하고 있다. 여기서 이긍익은 추파가 사촌형 송인수를 위해한 공신으로 분류하고 있다. 그런데 이긍익은 남인계 인물이다. 남인 계열 중에는 부정적 평가를 하는 사람도 간혹 있다. 그러나 이는 오해의 소산이다. 추파가 사촌형을 위해 했다면, 송인수가 죽을 때 추파에게 유언의 편지를 남겼겠는가? 그 내용을 보면 '내 자녀를 그대에게 부탁하니 무슨 근심이 있겠는가?'라고 하였다. 이긍익의 착오로 보인다. 추파는 송시열의 종증조부가 된다. 그러므로 이긍익은 추파를 서인계열로 착각했는지도 모른다. 그리고 이긍익은 추파의 아들 송응개의 후손들과는 남인계열이되 계통이 다르다. 그런데 남인계열인 이익은 추파를 긍정적으로 평가하고 있다.

134) <추파선생연보>, 5세조.

이 후 생과일을 먹지 않았다고 한다.[135]

추파는 부모님 생존 시 아침・저녁으로 항상 문안을 드렸고, 부모님이 아프실 때에는 약을 손수 끓였으며 잠도 자지 않았다고 한다. 그리고 부모님이 돌아가셨을 때에는 상례 절차에 따르고 3년 동안 시묘살이를 했다.[136] 그의 부모에 대한 지극한 효성을 짐작할 수 있다. 뿐만 아니라 그는 자신을 돌보는 데에는 인색했지만 부모님 봉양과 제사를 지낼 때에는 극진함을 다했다고 한다. 그는 항시 부드러운 용모와 화한 빛으로 겸손하게 사람들을 대했으며, 특히 부모님과 어른들에게 공경을 다해 부모와 일가친척, 다른 사람들이 그의 효를 칭찬했다 한다.[137] 추파의 성품은 온순하고 공손하게 처신하면서 남과 다투지 않으려고 했다. 그리고 그는 〈箴銘〉을 지어 스스로 수양의 방편으로 삼고자 하였다. 잠명 중 일부를 보면 '생각한 후 일을 행하면 후회가 없고, 의리가 있고 몸가짐을 바르게 단정히 하며, 마음을 겸손하게 하고, 잘못이 있을 때에는 고치고, 공부는 쉬지 않고 하며, 혀를 조심하라'[138]고 하여, 그가 심성 수련에 얼마나 노력하였는가를 알 수 있다.

추파의 3남 宋應洵은 추파의 인품에 대해 다음과 같이 언급하고 있다.

> "부군께서는 젊었을 때부터 儀容이 端重하시고 淸秀하심이 세속을 초월하시어, 바라보매 正人君子됨을 알 수 있었다. 일찍부터 師友와 더불어 의리의 학문을 講磨하여 실천함이 독실하셨다. 평생에 몸소 행하고 立身함이 莊重하고 安詳하시며, 剛直方正하시고 정직하셨다. 또 명예를 좋아하지 않으시어 깊이 온축하고 감추시었다. 어긋나고 괴이한 행실이나 가식적 행동을 하신 적이 없었다. 평생에 여색을 가까이 하지 않으시고 매번 말씀하시기를, 先賢이

---

135) 『추파선생문집』, <행장>.
136) <추파선생연보>.
137) <추파선생연보>.
138) 『추파실기』, <잠명>.

이르기를 부모님이 주신 몸을 비천한 娼妓에 짝할 수 있으랴 했으니, 참으로 格言이다 하시었다. 성품이 또 儉約하시어 번화한 일을 좋아하지 않으시고…….”[139)]

비록 자식의 입장에서 아버지를 추앙해 썼다는 점을 감안하더라도 추파의 훌륭한 인품을 짐작할 수 있다. 그리고 추파는 별세하던 해 정월 초하루 자식들에게 세 가지 유언 즉, 시호를 청하지 말 것, 서원을 건립하지 말 것, 시론에 아부하지 말 것을 당부하였다. 또 자손들에게는 경계의 시를 남겼다. 이를 통해서도 추파의 고결한 인품을 짐작할 수 있다.

추파의 외손자였던 신흠은 〈신도비명〉에서 추파의 인품을 다음과 같이 썼다.

“중종 · 인종 두 대왕이 이어서 승하하고, 간신들이 국권을 농락하여 명종 초년에 이르렀다. 선비로서 형틀을 밟지 않으면 또한 도깨비라도 나올 것 같은 장소에 위리안치 되었다. 이러한 때를 당하여 그 이름을 온전히 한 사람은 세상을 떠났거나, 혹은 때로는 일어났다 때로는 주저앉아 겨우 액운을 면해 온전했던 사람들이다. 만약 정상적인 행로를 밟고 바르게 살아 명망과 실지가 아울러 높고 오복을 받아 그 지위에서 考終을 하여 보전하기를 기하지 않고 스스로 안전했던 사람은 오직 우리 외조부 참찬공일 것이다”[140)]

신흠이 외손자라는 점도 있지만, 추파에 대한 이러한 평가는 매우 적절하다고 생각된다. 그러면 추파가 교유했던 인물들의 추파에 대한 평을 알아보자.

김안국은 일찍이 사람들에게 말하기를 “이 시대의 사류 중에서 단아 정중하고 굳세고 정직하며 곧고 명백하여 절개로 죽을 사람은 宋台叟가 바로 그

139) 『추파선생문집』, <행장>.
140) 『추파선생문집』, <神道碑銘>.

사람이다."라고 칭찬하였다. 정광필은 "풍채 단중하고 기품이 안정되며 정성스러운 용모는 바라볼수록 사랑스러우니 다만 원대한 지경에 도달할 뿐만 아니라 일대에 福人이다."라고 하였다. 또 성제원은 "우리 친구 중에 천성이 순수하여 잡된 기질에 병들지 않은 사람은 오직 송태수 뿐이다."라고 하였다. 당대 명사들의 이 같은 평을 통해 추파의 인품이 어떠하였는가를 짐작할 수 있다. 만약 추파의 인품과 처신에 문제가 있었다면 이러한 평을 하지 않았을 것이다.

그러나 큰 아들 송응개가 대사간으로서 이이를 탄핵하자, 추파의 삶과 인품이 왜곡・오해를 받게 된다. 즉 반대편에 의한 일방적 평가가 일반화되면서 올바른 평가를 받지 못하게 된다. 그런바 추파에 대한 사후 평가는 다소 부정적인 면이 많다. 추파에 대한 혹평의 대표적인 것을 예로 들면, 조헌은 상소를 통해 '추파가 송인수의 墓誌를 지을 적에 찬양을 한 것에 대해 공론에 죄를 얻지 않으려 한 것이라' 하였고, 『乙巳傳聞錄』의 〈宋麟壽傳〉을 보면, 추파를 '윤원형의 일파로 사촌형에게 해를 가한 장본인이라'고 하였으며, 『선조수정실록』을 보면, 추파가 '사촌형의 죽음을 방관하였다'고 평하였다. 그러나 이들의 추파에 대한 평가는 문제가 있다. 그것은 이들이 대부분 서인계열의 인물들로 이이를 추종하거나 그의 문인들이라는 점이다. 또 『선조실록』의 편찬은 북인들이 주도 하였고, 『선조수정실록』의 편찬은 서인들이 주관하였다. 따라서 객관적인 평가를 기대하기 어렵다.[141] 그리고 추파가 송인수에게 해를 끼쳤다면, 어째서 사촌형인 송인수가 죽기 전 '하늘과 땅만이 이

---

141) 이는 유희춘의 『미암일기』를 통해서도 알 수 있다. 『선조실록』 10년까지의 기본 자료는 『미암일기』였다. 그런데 후일 『선조수정실록』 편찬 시 일부 내용을 삭제 누락시키거나 수정하였다. 유희춘은 자신이 성병에 걸린 사실, 뇌물성 선물 등을 받은 사실까지 『미암일기』에 기록하였다. 그리고 『미암일기』의 사실성과 객관성은 필자(「미암일기의 서지와 사료적 가치」, 『퇴계학연구 제12집』, 단국대 퇴계학연구소, 1998) 에 의해 입증된 바 있다. 서인 계열의 인물들은 『선조실록』 편찬 시 이이의 『석담일기』를 참고했다고 했는데, 필자가 대조한 결과 거의 참고하지 않았다.

마음을 알 것이다. 내 자녀를 그대에게 부탁하니 무슨 근심이 있겠는가?'라고 쓴 서신을 추파에게 보내 부탁했겠는가? 부탁 했을 리 만무하다.

한편, 남인 계열인 이긍익의 『연려실기술을 보면, 추파를 '사촌형을 危害한 공신이라' 하였다. 이 또한 생애에서 언급한 것처럼 추파를 서인계열의 인물로 보았거나 (추파는 송시열의 종증조부가 됨), 아니면 이긍익과 송응개의 직계 후손들은 남인 계열이지만, 그 계통이 다르기 때문이든지, 이긍익이 추파에 대해 부정적인 평가를 한 관찬 실록과 개개인의 문집 등을 보고 『연려실기술』에 기록한 것 때문 등으로도 보여 진다. 그런데 남인 계열인 이익은 『추파집』 〈서문〉에서 '추파 송공은 명대부로 을사의 변을 당했다'라고 언급하고 있다. 아무튼 추파에 대한 평가는 붕당의 파쟁에 의하여 희생적으로 다루어진 면이 있다. 요컨대 인물에 대한 평가는 정국 변동 상황에 따라 시비가 극명하게 달라진다. 따라서 관찬 실록과 개인 문집 등의 자료, 그리고 주변 인물들과의 교유관계 등을 절충하여 객관적으로 살펴보는 것이 필요하다. 이는 추파의 경우 더욱 그렇다.

(2-4) 交遊關係

추파가 교유한 인물들에 대해서는 아들 송응순이 찬술한 〈행장〉을 보면, "在外에서는 成東洲 형제와 趙龍門昱 諸公이요, 在朝는 李退溪・李東皐 형제・金大諫鸞祥・金慕齋安國 諸賢이 모두 사모하고 공경하여 시종 한결같았다." 또 외손자인 신흠이 찬술한 〈신도비명〉을 보면, "공의 교유를 살펴보면 선배로는 문익공 정광필・모제 김안국이 있다. 조정에서는 相國 이준경・대사간 김난상이 있다. 학문으로는 퇴계 이황・東洲 成悌元・北窓 鄭磏・龍門 趙昱 등이 좌우에 있었다."라고 하여 추파의 교유관계를 언급하고 있다. 송응순과 신흠의 언급을 통해서 살펴보면, 추파의 교유인물은 在朝의 관료에서부터 재야의 사림 인물까지 매우 다양하다. 실제로 추파의 문집에 있는 왕래한 서간이나 시 등을 살펴보면, 많은 관리・학자들과 폭넓게 교유하고 있음을 알 수 있다. 특히 근기・호서는 물론 영남・호남 지역 등의 학자들과도 교유하였다. 이는 추파의 인품과 유학사적 위상을 이해하는데도 참고가 된다. 추파는 당대를 대표하는 학자들과 영호남을 막론하고 폭넓게 교유하였다. 추파의 문집 등을 토대로 연배를 기준으로 살펴보면, 10살 이상 차이가 나는 선배들은 한효원・이현보・김안국・권발・유희령・신광한・이언적・윤관・백인걸・성운・조성 등이 있고, 비슷한 연배로는 이황・나세찬・조욱・이준경・조식・이항・곽순・조사수・임형수・민기・홍섬・정렴・김난상・김취문・김인후・유희춘・윤현・김주・정유길 등이 있으며, 후배로는 김성일・오건・정구 등이 있고 문인으로는 권응시 등이 있다. 재조와 재야뿐만 아니라 지역적으로도 교유의 폭이 상당하고 넓었다. 지역적으로 보면 서울・경기 지역 출신들이 태반인데, 한효원・김안국・이준경・이윤경・백인걸・조사수・임형수・민기・홍섬・김난상・김주・정유길・노수신 등이며, 경상도 지역 인물들로는 이현보・이황・권벌・이언적・조식・곽순・김취문・오건・김성일・정구 등을 들 수 있으며, 전라도 지역 인사들로는 이항・김인후・유희춘 등이 있고, 강원도 지역 출신으로는 최연・윤풍연 등이 있다. 또 학통으로 보면, 김굉필-조광조-김안국의 문인으로는 윤관・백인걸・조욱・민기・김인후・유희춘 등이 있으며, 이윤경의 문인으로는 이준경・노수신 등이 있고, 박영의 문인으로는 이항・김취문 등이, 이황의 문인으로는 김성일・정구 등이, 조식의 문인으로는 오건 등이 있다. 여기서 서울과 경기 지역 인물들이 많은 것은 오랫동안 관직에 있었기 때문이다. 아무튼 추파의 교유 인맥은 재조와 재야뿐만 아니라 지역적, 학문적으로 상당한 폭을 가지고 다양한 인맥과 교유가 이루어졌음을 알 수 있다.[142]

추파는 김안국・정광필・이준경・김난상・성제원・정렴・조욱 등과 마음 깊이 교유를 하였다. 특히 추파는 선배 정광필・김안국, 동년배 이황・성제원・정렴・조욱・이준경・이윤경 등과 깊게 교유하였다. 그는 학문과 정치의 선배로서 이언적을 존중하였고, 이황과는 비슷한 연배로서 시국에 대한 인식과 입장을 함께 하였다. 그리고 성제원・정렴・조성 등은 모친상을 당하자 호상을 맡았을 정도로 친밀하였다. 특히 추파가 교유한 인물 중 성제원과 이황을 주목할 필요가 있다. 성제원은 기묘사화를 경험한 후 科業을 포기한 인물로, 은진 송문의 사위일 뿐만 아니라, 추파・송인수 등과 매우 절친하게 지냈다. 추파・성제원・송인수 등은 젊은 시절 함께 강학하였는데, 이때 그 집 앞을 지나는 사람들은 이를 공경하여 '三賢閭'라 칭송하였다고 한다.

이황 역시 추파와 긴밀한 관계를 유지하였다. 이는 『추파선생문집』〈舊序〉에 보면, '두 사람이 서로 뜻이 통하여 깊고 자상했으며, 믿고 의지함이 심중하여 참으로 아름답다'라는 내용을 통해 알 수 있다. 『추파선생문집』권6・권7에 수록된 112편의 서간문 가운데 25편이 이황과 왕래한 서간으로 이들의 관계가 돈독했음을 알 수 있다. 이황은 조정의 혼탁한 정치상황을 보고 향리에 은거하고 있을 때, 추파는 퇴계를 방문하거나 서간을 왕래하면서 교유했으며, 서로의 신뢰 속에서 추파는 이황에게 부친 송세충의 묘갈명을 부탁해서 받기도 하였다. 그리고 이황 또한 추파가 모친상을 당하자 위로의 편지를 보내기도 하였다. 명종 7년 무렵 이황은 청송부사 李公幹에게 작은 초 4자루를 전별품으로 받은 적이 있었는데, 이때 이황은 그 가운데 2자루를 추파에게 보내며 청주에서 사사된 추파의 사촌형 송인수의 제사에 쓰도록 당부하였다. 그러면서 이 일을 비밀로 붙여주기를 부탁하였다.[143] 이황의 신

142) 추파 문집에 실린 <湖堂修稧錄> (호당에서 함께 동학한 계첩임)을 보면, 이황・나세찬・김인후・민기・최연・엄흔・윤현・임열・임형수・김주・상덕제・정유길・이홍남 등이 있다. 추파는 이들과도 지속적인 교유를 하였다. 추파는 이러한 교유를 통해 사림의 왕도정치 실현과 경세치용을 실천하려고 했던 것 같다.

중한 자세를 엿볼 수 있는데, 당시는 을사사화 때 사사된 송인수가 신원되지 않았기 때문이었다. 또 명종 10년 이황이 관직 제수를 마다하고 향리로 내려가면서 '말미를 얻은 것도 아니고 파직을 당한 것도 아니며, 致仕한 것도 아닌데 떠나게 되면 사람들이 의아해 하고' 비난한 것을 의식하여 추파에게 편지를 보내 '서로 깊이 알고 어여삐 여기는 사람이 조정에 있어서 힘써 보호해 주기를 바란다.'라고 하며 자신을 변호해 줄 것을 부탁하였다.[144] 이에 추파는 이황을 변호해 주었다.[145] 두 사람은 서로 흉금을 터놓고 지내는 막역한 사이였다.

추파는 교유인물들과의 만남이나 서신을 통해서 자신의 정치 방향이나 정국조정에 대한 입장 등을 조율하고 협조를 구했던 것으로 보인다. 특히 사림과의 교유는 추파가 조정에서 정치 활동을 하는데 협력 관계 구축으로까지 이어지며, 피화된 사림파 인물들의 신원에도 주력했다.

추파의 교유 및 정치 활동은 본인의 인품과 뛰어난 능력에 의한 것이지만, 그를 둘러싼 친인척들, 연안 이씨 이석형, 전주 이씨 주계군 이심원, 경주 김씨 김정, 나주 정씨 정옥형 가문 등도 배경이 되었을 것이다. 특히 고모부인 임사홍의 부정을 고발했다가 아들들과 함께 사사된 이심원이 교유관계나 정치 활동에 도움이 되었을 것이다. 추파의 외조부 이심원은 종친으로 김종직의 문하에서 정여창과 동문수학하였다. 이심원은 宗室이지만 학문적으로 인정받아 사림세력의 중추적인 위치에서 활동하였다.[146]

추파가 교유했던 인물들은 조정의 관리, 재야 사림 등 그 대상이 다양하였다. 특히 그는 지역을 초월했을 뿐 아니라 학문적으로도 특정 학맥에 고착화되

---

143) 『퇴계집』 권9, <書>.
144) 『퇴계집』 권9, <書>.
145) 『추파선생문집』 권6, <學退溪>
146) 이심원은 당시 사림의 종장 역할을 하였다. 추파는 이심원이 신원되지 않은 상황에서 외조부의 유고를 문집으로 간행하였다.

지 않고 여러 계통의 학자들과 교유하면서 학문적 포용성도 보여 주었다. 이러한 교유 관계를 통해 추파는 인간적 신뢰를 바탕으로 학문적 교류나 정치 상황 등을 이들과 토론하면서 때론 협력자로 때론 지원자로 활동한 것 같다.[147)]

(3) 學問

추파의 문집을 보면 전문적인 학설 등은 그리 많지 않다. 그 이유는 알 수 없다. 아마 추파가 오랫동안 관직생활을 하였기 때문에 학문에 전념할 시간적 여유가 없었기 때문으로도 볼 수 있으나, 문집의 내용 등을 보거나 여러 정황으로 짐작컨대 꼭 그렇지 만은 않은 것 같다. 그것은 3차례의 문집 간행(초간본〈5권2책〉: 1753년, 중간본〈5권2책〉: 1894년, 삼간본〈8권4책〉: 1931년)이 있었지만, 초간본이 추파 사후 170년이 지난 후에야 간행된 것으로 보아 상당량의 유고가 유실 되었기 때문인 것 같다. 더욱이 초간본의 간행 장소와 지역이 불명인 상태로 보더라도 그런 것 같다.[148)]

여하튼 추파의 학문세계의 실체를 파악하는데 어려움이 있는 것은 사실이다. 그럼에도 불구하고 현전 자료로도 추파의 학문세계의 실체를 어느 정도 파악할 수 있다. 그러므로 현전 자료를 통해 그의 학문세계를 살펴보겠다.

추파는 모친으로부터 성리학의 기초를 배우고, 친구 성제원과 더불어 강학하면서 성리학 연구에 정진하였다. 추파는 성리학을 독학했다고 볼 수 있

---

147) 추파의 교유 관계는 당대뿐만 아니라 후대까지 후손들에 의해 계속된 듯하다. 추파의 조부 宋汝諧의 묘갈을 정광필이 찬하고, 배위의 묘갈은 주세붕이 찬했으며, 부친 宋世忠과 배위 전주 이씨의 묘비는 퇴계 이황이 찬했고, 큰아들 송응개의 묘갈은 허목이 찬했다.

148) 초간본은 여러 차례의 병란과 오랜 세월을 겪은 뒤였으므로 유고의 분량이나 내용이 매우 빈약하였으며, 중간본 역시 가장 유고의 유실로 지금 전하는 것은 천백의 일이에 불과하다고 하였다. 그런데 필자가 대학시절 상주의 우복 정경세 종가를 답사한 적이 있었다. 이때 추파 문집 4책을 보았던 기억이 있다. 40여 년 전 일이라 기억이 확실하지 않지만, 기억을 더듬어 짐작컨대 지질 상태 등 여러 가지로 보아 (문헌학적 측면에서) 三刊本은 아니었던 것 같다.

다. 그럼에도 그의 학문적 수준과 위상은 당대에서 높이 평가받았다. 이는 추파가 서신 왕래와 시문을 주고받으면서 교유한 인물들 중에는 당시의 유명 학자들이 상당히 많았기 때문이다. 이로써 보건대 추파의 학문적 위상을 짐작할 수 있다. 더구나 교유 인물들과의 서신 내용을 보면, 理氣문제 · 심성문제 · 4단 7정론 등 당시 학계에서 주로 논의하였던 학문적 주제를 언급하고 있다. 특히 추파는 당대의 대표적인 禮學者 가운데 하나였다.[149]

(3-1) 學問觀

추파의 학문적 기본자세는 일생동안 자신의 삶은 언제나 양심의 가책이 없고, 살아감에 있어서는 언제나 옳고 바르게 살겠다는 신념하에, 이러한 자세로 학문에 임하였다. 그리고 그는 선진 유학의 구현을 중시하였다.[150] 또한 그는 평생을 학문을 숭상하고, 학문하는 이를 중시하면서 군왕을 성군으로 인도하기 위하여 학문으로서 올바로 보필해야 하며, 학문이 깊은 선비를 중용하고 선비의 기상을 되살려 진작시켜야 된다고 보았다.[151] 뿐만 아니라 추파는 불교의 배척을 통한 실천적 유학사상의 정립이라는 유학자의 원칙을 견지하였다.[152]

추파 학문관의 일차적 의의는 학문하는 길이 훌륭한 지도자가 되는 길이며, 인격과 올바른 삶을 이루는데 있다. 그 다음으로는 지도자적 위치에 이르지 못하더라도 선비와 군자의 인격과 학식을 갖추는 것을 학문의 목적으로 여겼다. 그러므로 추파가 추구하는 도는 학문을 좋아하는 길이 되며, 학문하

---

149) 고영진, 『조선중기예학사상사』, 한길사, 1996, 69쪽.
『추파실기』에 보면, 추파가 자제들에게 祭禮遺敎를 쓰라 명하고, 행사하는 儀節(行祀儀節)을 썼다는 기록이 있다.

150) 이는 이황을 비롯한 여러 학자들과의 서신 왕래의 글 속에서 그 단편적인 표명을 엿볼 수 있다.

151) 『추파선생문집』 권2, <李曹陳時事疏>.

152) 추파는 보우를 요승이라 하여 처벌할 것을 주장했을 뿐 아니라, 승려들과 내통하고 대비의 편지를 위조하는 등 국정을 농단한 錦原君 齡의 파직을 간하기도 하였다.

는 방법을 제시하는 것이 된다. 그는 학문을 논하는 편지에서 '옛 학문하는 사람은 눈으로는 바르게 보고, 마음으로는 바르게 사유하고, 힘으로는 실천을 한 뒤에 언어로써 나타나는 것이라'고 하였으며, '만약 이치를 깨닫고자 하면 투철하게 실천 이행해야 하고, 견고하고 확실함을 얻어야 하며, 공부는 불가불 급하게 해야 하지만 기한은 한정하지 말라'[153]고 하였다. 결국 학문의 길은 聖門 德業의 주체성을 세우고 輔世하는 방도임을 밝히고,[154] 학문에 매진하는 요체는 매사에 조심하여 정밀하게 살피는 것이라[155]고 하였다. 추파의 이러한 학문에 대한 인식은, 그 바탕에 유학의 근본정신과 至治之道가 들어 있다. 특히 天에 대한 입장은 상제천관에 근거를 둔 것이다. 이는 선진성학의 근본으로 그의 학문의 특징이라 할 수 있다. 추파는 언제나 먼저 선진 공맹유학의 天道에 근거한 유학의 인간 심성론에 기본을 둔 문제를 제기하면서 왕도정치론을 주장하고 있다. 이는 在朝의 모든 관리들이 거의 일반적으로 주장하고 표방하는 기본적 사항이다. 그러나 실제로는 진실 되게 주장한 사람은 많지 않다. 그렇지만 추파는 진실 되게 민생을 위하고 지치지도를 건의한 많지 않은 재조 선비 가운데 한 사람이다.

추파 학문관의 근본은 태반이 선진유학의 기본정신에 근거하고 있다. 추파 학문관은 여타 학자들과 별 차이가 없다. 그러나 그는 사화와 당쟁을 목도하면서 실제적으로 요순지치를 지향하고, 사화와 당쟁을 없애고 학문을 숭상하는 선비의 기상을 진작시켜야 한다는데 인식이 서있다는 점에서 주목할 만하다.

---

153) 『추파선생문집』 권7, <答權應時>.
154) 『추파선생문집』 권7, <與鄭濟卿淑>.
155) 『추파선생문집』 권7, <答李退溪>.

(3-2) 理氣說

추파는 평생을 거의 관직에 있었지만, 그 나름대로 성리학설을 이기의 개념과 이기의 관계로 정리하면서 특징적인 해석과 이론을 내 보이고 있다. 이는 주로 정렴과의 서신왕래를 통해 드러난다. 특히 이 · 기에 대한 견해와 四 · 七론에 대한 견해는 간결하지만 비교적 논리적으로 명확하게 밝히고 있다. 그러면 이기설에 대해 살펴보기로 하자.

"무릇 理는 形而上의 것이요, 氣는 形而下의 것이다. 비록 형이상, 형이하라고 말하나, 또한 東에 있고 西에 있는 것은 아니다. 둘은 원래부터 서로 분리되어 있지 않고 서로 혼용하여 간격이 없는 것이며, 또 선후와 본말이 없어 그 둘로 보이지 않는 것이다. 왜냐하면 理는 氣가 아니면 의착할 곳이 없고, 氣는 理가 아니면 근저를 두는 바가 없으니, 理는 氣의 주재자요, 氣는 理의 타는 곳이다. 理가 비록 주재한다 하나 지각과 운용과 조작이 없이 다만 소위 순수한 善뿐이요, 氣는 스스로 운동하는 사물이어서 오르고, 내리고, 나르고, 날려서 잡되게 얽히고 가지런하지 않아서 만 가지의 변화가 생긴다. 그러므로 理가 氣를 탔다면 理도 또한 편벽과, 온전함과, 선과 악이 있게 되는 것이니 편벽과 악, 이것은 곧 氣의 所爲이다. 또는 비록 氣의 소위라 하나, 반드시 理가 주재하고 있으면 그 편벽과 악이라는 것도 역시 理가 당연히 이와 함께 함이지, 理는 이와 같지 않은데 氣가 홀로 이와 같이 하는 것이 아니요, 情은 비록 여러 가지이나 무엇이든 理에 근원하지 않은 것이 있겠는가? 그러므로 이를 가리켜 理에서 근본하지 않음이 없다고 함은 가하나, 理의 본연이라고 함은 불가하다. 다만 그 근원이 서로 원래 떨어져 있는 것이 아니고 그 흐름 또한 부득이 그러함이다. 만약 혹자가 말하듯이 '理와 氣가 각각 發하여 씀에 理가 발할 때에는 氣가 간섭하지 않고, 氣가 발하였을 때에는 理가 간섭하기 않는다고 이르는 것은 어리석은 내가 보더라도 본말과 선후와 이합의 嘆이 있어서 서로 떨어지게 되지 않을 수가 없는 것이 분명하다. 또 未發할 때 理는

> 理대로, 氣는 氣대로 따로 있게 되고, 발할 즈음에 한 理는 善에서 발하고, 한 氣는 惡에서 발한 것이 되고 그런 연후에 선과 악이 이에 나뉘게 된 것이다고 하여 말은 비록 근사하나 그 실은 하늘과 땅만큼의 현격한 차이가 있으니 어찌 생각 못함이 심한 것 아니리요. 대저 理氣之妙는 보기도 어렵고, 또 말하기도 어려우니 요는 배워 따라보고 나아가 보아 행동이 깊어 가면서 과일이 익으면 반드시 스스로 떨어지듯 되리라."[156]

추파는 理氣의 개념과 관계성, 발용의 문제를 밝히고 있다. 그의 이와 기에 대한 기본적인 개념의 이해는 다른 학자들과 대개 같다. 그러나 이기의 관계에 대해서는 不相雜은 거론조차 안 하고, 不相離의 관계만을 밝히면서 이기가 發用 때에는 理는 主宰者로서 기를 타고 주재를 하나, 氣의 乘降飛揚의 偏·全·善·惡에 따라서 발용 후에도 理를 떠난 상태가 아니라 氣와 함께 있다고 보았다.[157] 所以然으로서 理에서 근본하지 않은 것이 없지만, 發用者는 氣이며, 이는 따로 존재하는 것이 아니다. 그러므로 추파는 '理之發'은 인정하지 않는 대신에 주자의 천명도설에서 표현한 '理於發'만을 인정하고, '理氣各發'이나 '理氣互發'은 인정하지 않는 입장이다. 따라서 추파는 존재론적 입장으로 理氣를 보고 있다. 특히 추파는 發이라는 글자를 단독으로 쓰지 않고 發用이라 표현하고 理氣 관계를 '理氣之妙'라고 표현한 점이 특이하다. '理氣之妙'는 '氣發於理論'이라고도 할 수 있을 것이다. 이기 관계를 理氣之妙로 표현한 것은 한국유학사에 있어 상당히 선구적인 개념 사용으로 보인다.

156) 『추파선생문집』 권7, <答鄭北窓>.

157) 『추파선생문집』 권8, <漫錄>에 보면, "天下未有氣外之理 亦未有理外之氣…(中略)…論性不論氣 則聖跖無分 論氣不論性 則天人有二性 善方於心得 其正時識取"라고 하여 理와 氣가 밖에 있지 않고, 본성과 기질도 둘 다 같이 논해야 된다고 하였다.

(3-3) 四端七情論

추파는 四端과 七情의 理氣 發用의 관계를 어떻게 보았는지 알아보기로 하자.

"……기수의 이른바 '四端七情이 선악이 겸하였다' 운운함을 깊게 배척할 필요가 없습니다. 대저 사단은 理에서 많이 발하고 칠정은 氣에서 많이 발하나, 聖人은 기질이 극히 맑고 극히 순수하여 칠정도 굳이 氣를 띤다는 말을 할 수 없는데, 衆人은 四端도 또 氣가 주장하는 때가 많아서 비록 삽시간이라도 理에서 발하는 것을 능히 배양치 못하니, 마침내 衆人에 머무를 뿐입니다. 이제 聖人 · 凡人을 불문하고 사단에는 일체 氣字를 금해야 하고, 칠정에는 일체 理字를 금해야 한다면 밝은 거울과 백옥이 우연히 진흙과 흙에 묻혀 더럽혀지려 한다는 것입니다. 만약 吾兄의 정밀하고 자상함으로 어찌 이를 살피지 못하였으리요."158)

" ……기수가 말하는 바는 역시 맹자 · 정자 두 부자의 뜻이니 어찌 기수의 억설이겠습니까? 특히 두 부자가 미처 자세히 말씀 않으셨을 뿐입니다.…(중략)…지금 이런 뜻으로 추론하면 사단을 또 이르기를 氣가 發함이라 할 것이니, 만약 측은하지 않은 것을 측은해 하고, 마땅히 사양하지 않을 것을 사양하고, 마땅히 부끄러워하지 않을 것을 羞惡하고, 마땅히 시비로 따지지 않을 것을 是非하면 그것들 일체를 理에서 發한 것으로 돌릴 수 있습니까? 대개 칠정은 절도에 안 맞는 것으로부터 많이 發하는 것이니, 특히 그 폐단을 구원하기 위하여 立言함이라. 그러므로 程子는 단순히 氣를 주로 하여 말씀하시어 四端이 善한 일변에서 많이 發한다 하신 까닭이고, 맹자는 단순히 理를 주로 하시어 논한 것이니, 어찌 형이 사단칠정을 泛論함과 같은 것이겠습니까? 만약 범론하면 맹자 · 정자의 뜻도 역시 四之理, 七之理와 七之氣 · 四之氣가

158) 『추파선생문집』 권7, <與鄭北窓>.

서로 통해 보인다고 말할 수 있을 뿐이오."[159)]

" ……주자께서 또 이르기를 '마음이 부드럽고 온화하면 四端이 감정을 따라 나타나니, 어버이를 사랑하고, 형을 공경하고, 임금에게 충성하고, 어른에게 공손함은 이는 타고난 천성의 떳떳한 지킴이라' 하는데, 만약 감동이 없이 스스로 동한다면, 곧 이는 어버이 없이 사랑이 發하며, 형이 없이 공경이 發하며, 임금이 없이 충성이 發하며, 어른이 없이 공손이 발하는 것이니, 이 어찌 사람의 정이겠는가?…… "[160)]

추파는 理氣論 특히 理氣의 發用 관련 문제의 연장으로 四端七情을 해석하고 있다. 그는 사단이라고 모두 선한 것이 아니며, 칠정이라고 다 나쁜 것은 아니라는 점을 예를 들어 말하면서 나라의 역적이나 파렴치한의 중죄인을 사형시킴에도 측은지심이 나올 수 있는 지 이의를 제기한다. 이와 같이 不節한 四端之心이 발로 될 수 있고, 칠정도 이로부터 나온 중절한 것이 얼마든지 있기 때문에 四端은 반드시 理에서 發한 것이니 사단에는 氣字를 절대로 쓸 수 없다든가, 七情은 꼭 氣가 發한 것이니 칠정에는 理字를 절대로 쓸 수 없다는 것은 있을 수 없다고 밝히고 있다. 四端은 多發於理하고, 七情은 多發於氣라고 하였다. 그러므로 孟子의 四端은 단순히 理를 위주로 논한 本性의 측면에서 말한 것이며, 程子는 단순히 氣를 주로 말하면서 四端이 선한 일변에서 많이 發한다고 본 까닭이지 범론하여 四之理, 七之理와 七之氣, 四之氣가 서로 혼동됨을 말하지 않았다고 보았다. 사단과 칠정의 선악문제와 이기 배속문제를 심각하게 논의하고 있다. 추파는 사단이나 칠정 모두 동기에서 보면 理에서 온 것이지만, 發의 결과에서는 善과 惡이

159)『추파선생문집』 권7, <答鄭北窓>.
160)『추파선생문집』 권7, <答鄭北窓>.

나뉘는 것으로 理氣 중 어느 쪽에서 多發하는가의 차이에 있어 순선의 성인은 주로 사단에서, 범인의 선악은 주로 칠정에서 動起할 뿐이며, 사단칠정으로 發하기 전에는 心의 근원인 본성의 뿌리(理)에서 연유한다. 그러나 發한 후에 보면 四・七 모두가 心의 所現(氣)이므로 그 상태는 이미 언행 및 표정으로 나타난다. 그러므로 결국 나타난 것은 氣라고 할 수 있다.

(3-4) 心性論

추파의 심성론은 이기설・사단칠정론 보다는 논리적인 치밀성이 다소 떨어진다. 여기서는 문헌에 나타난 기록 중 사서의 심성에 대한 추파의 해석을 통해 그의 심성론을 대략 살펴보고자 한다.

추파는 孔子는 '仁은 人이라' 하여 심성에 대하여 한쪽으로 치우치는 말을 하지 않았는데, 대학을 보면 단순히 '心'만을 언급했고, 중용은 단지 '性'만을 말했다. 孟子 역시 합하여 '在心養性'이라 하여 전수는 하나로 말해서 했는데 같지 않게 말하고 있는 이유가 무엇이냐는 답신에서 다음과 같이 언급하고 있다.

"대개 性은 하늘의 명령이니 진실함, 순수함, 착함으로서 악이 없는 것이요, 心은 사람의 신명이니 모든 이치를 갖추어 만사에 응하는 존재이다. 大學은 초학자의 德에 들어가는 門인데, 별안간 性理를 가지고 말하면 반드시 고상하고 의미가 깊고 황홀함에 눈이 팔려 멍하니 아주 가까운 덕을 닦는 방법을 모르기 때문에 먼저 心을 말하여 학자가 그 본체의 밝음으로 인하여 밝게 나가게 한 것이다. 그리고 中庸은 군자의 도를 밝히는 글로, 자주 심신을 가지고 말하면, 필시 이 말 저 말이 뻗어 어지럽고 싫증을 내는 병폐가 있기 때문에 함양과 혼용・온전함의 실효를 구하지 못하는지라 오로지 性만을 말하여 군자로 하여금 善을 얻으면 받들어 가슴 속에 지니고 잃지 않는 것이다. 이것이 중용·대학에서 각각 心을 말하고 性을 말하는 까닭이며, 말을 주는데도 사람이 다르기 때문이다. 그러나 性은 心을 떠나 있지 않고, 心은 性을 떠나 있지 않음을 말하므로, 朱子가 大學序文에서 특히 성품을 말하여 '性 밖에 心이 없다' 하고 中庸序文에서는 오로지 心을 말하여 '心 밖에 性이 없다.' 하니 立論은 비록 다르나 그 실은 같다. 孟子에 이르러서는 당시 이단을 물리치고 聖道를 호위하는 글이기 때문에 그 문답 간에 비록 千萬의 말이 있지만, 그 뜻의 귀결점은 사람이 '욕심을 막고 天理를 호위하는 글이기 때문에 그 문답 간 비록 천만의 말이 있지만, 그 뜻의 귀결점은 사람이 욕심을 막고 天理를 지키라'는 말에 지나지 않아 '天理에 心을 두고 하늘을 섬기라'고 한 것이다. 또는 告子의 무리가 이르기를 '生이 性이고 義는 밖이 된다' 하여 절연히 心·性을 二物이라 하니, 孟子가 어찌 불합리한 말을 용납하여 학자의 병을 구하지 않으랴. 이는 소위 聖賢의 주고받는 오묘함을 비록 말은 그렇지만, 뜻은 각기 마땅한 것이 있음이다."[161]

추파는 心과 性은 떨어져 존재하는 두 가지가 아니지만, 性은 하늘이 명한 순수지선의 본체이고, 心은 인간 안에 주어진 신명이며, 萬事 萬理에 응하여 구현할 수 있는 일신의 주재자이다.[162] 아울러 四書의 핵심문제가 심성의 문제임을 비유적으로 잘 밝히고 있다. 아무튼 心의 발현에 있어서 계교상량·경영왕래로서의 의지를 말하고 있는 점은 의미가 있다고 하겠다.

결론적으로 말한다면 추파 학문의 궁극적 특색은 역행궁리의 실천학에 있는 것 같다.

(4) 文學

추파 송기수의 작품은 이익이 〈추파선생집 서문〉에서 "유고가 흩어지고

161) 『추파선생문집』 권7, <答或人問目>.
162) 『추파선생문집』 권8, <漫錄>.

잃어버린 것들이 있다."고 밝혔듯이, 원래 많았던 것으로 보이는데 정확한 작품 수는 확인할 길이 없다. 다만, 현재 전하고 있는 추파의 문학작품은 한시 53수(오언고시 1수, 오언율시 11수, 오언배율 1수, 칠언절구 13수, 칠언율시 11수, 만사 7수, 逸詩 9수), 文 266편(遺敎 2편, 疏〈상소〉 4편, 箚 5편, 啓 143편, 書〈편지〉 112편)이다.[163]

한시의 경우, 오언보다는 7언이 많은 편이며, 인물(교유관계)들과 연관된 送詩, 次韻詩 등이 많다. 산문의 경우, 啓와 편지 등이 대부분이다. 啓文이 많은 것은 관직에 있었기 때문으로 보인다. 그리고 편지(書)는 이황과 주고받은 글이 제일 많고, 김안국, 이언적, 권벌, 이준경, 신광한, 성제원, 정렴, 정유길, 김난상, 유희춘, 권응시 등등과는 3번 이상 주고받은 것 같다.

추파는 시보다는 문에 능했던 것으로 보인다.(과거시험 때 대책에서 1등을 한 적이 있다.) 그러면 추파의 한시와 산문에 대하여 간단히 살펴보겠다.

(4-1) 漢詩

추파 한시는 散佚되어 현재 53수(逸詩까지 포함)가 전해지고 있다. 7언이 5언보다 많은 편이며, 인물들(특히 교유인물 중 친구)과 관련된 시들이 많다. 시적 기교는 별로 없고 비교적 平易한 편이며, 진솔하게 자신의 감정을 시로서 표출시키고 있어 인간적인 면모를 엿볼 수 있다. 그러면 추파의 시세계를 살펴보겠다.

① 교유인물들과의 정

추파의 시를 보면, 교유인물들과의 시들이 많은데, 작품을 통해 이들과의 인간적 관계를 엿볼 수 있다.

---

163) 『國譯 恩津宋公 秋坡先生文集』, 은진송씨 추파공파종중, 2012.

去莫悤悤留莫遲　가되 서두르지 말고 머무르되 더디지 말게
留遲傷懷去還悲　더디 머물면 회포가 상하고 가면 오히려 슬픈 것을
去留誰使愁吾思　떠나고 머무름 누가 내 생각을 서럽게 하는가?
欲向蒼天更問之　푸른 하늘을 향해 다시 묻고 싶구나.

〈原韻〉[164]

추파의 절친한 친구 중에 한 사람이었던 성제원에게 보낸 시이다. 두 사람의 우정이 매우 돈독했음을 엿볼 수 있다. 그래서 추파는 친구와의 이별의 아쉬움을 시로 곡진하게 표출시키고 있다. 시 전편을 통해 추파의 성제원에 대한 깊은 우정을 느낄 수 있다. 평이하게 표현하고 있지만, 은근히 울림을 주는 작품이라 하겠다.

死別呑聲不復回　사별할 때 소리를 삼키고 다시 돌아오지 못하니
笑談誰與共新醅　웃고 말하며 새로 익은 술을 누구와 마시리?
明知一氣終歸盡　분명히 알겠노라 한 가닥 기운이 마침내 돌아가 다함을
儻有遊魂相往來　혹시 떠도는 혼이 있거든 서로 왕래를 하세.

〈又悼亡友〉[165]

죽은 친구를 생각하며 슬픔과 그리움을 잔잔하면서도 리얼하게 드러내고 있다. 평소에 추파의 친구간의 우정을 엿볼 수 있는 시라 하겠다. 죽은 친구에 대한 그리움과 보고 싶은 심정을 4구에서 보듯, 혼이 있으면 왕래하자고 한 표현에서 시인의 애틋한 마음을 엿볼 수 있다. 추파는 표현기교와 시어를 쉽게 구사하면서도 마음을 울리게 하고 있다.

164) 『추파선생문집』 권1.
165) 『추파선생문집』 권1.

② 자손에 대한 사랑

추파는 임종 시에도 자손들에게 유언을 남기고 있는데, 이는 앞에서 언급한 그의 생애를 보면 이해할 수 있다. 자손과 관련된 시는 많지 않지만, 文 등을 통해서 자손에 대한 언급들이 있는바, 추파의 시를 이해하는데 필요하다고 보았다.

忠於君國孝於親	나라와 임금에 충성하고 부모에게 효도 하면
事業元無此外眞	할 일은 원래 이것밖에는 참된 것이 없느니라.
萬善俱新全體佯	만 가지 착한 것 새로움을 갖추면 전체가 커지고
百凡主忍一家春	모든 일에 참을 인자를 주로 삼으면 온 집안은 늘 봄이니라.
願從誠厚寬仁友	원컨대 성실 중후하고 어진 벗을 널리 사귀어
不管東西南北人	동인 서인 남인 북인 누구든 관계치 말라.
懷寶執鞭那有異	귀한 손님이나 마부나 어찌 다름이 있으랴
蹶然差足混同倫	발 한 번 미끄러지면 한 가지 꼴이 되느니라.

〈誡子孫〉166)

추파가 자손들에게 동서남북인 어느 당파, 어느 편에도 끼지 말라고 당부한 것을 보면, 당쟁이 악화되고 여기에 참여하게 되면 자손들에게 화가 미칠 것을 예견한 것 같다. 그래서 시로서 경계할 것을 남겼던 것이다. 추파의 자손을 사랑하는 마음을 엿볼 수 있다. 그러나 추파의 당부에도 불구하고 큰 아들 송응개는 당시 대사간 재임 시 이이를 '專擅慢君' 했다고 비판함으로써 동인의 편에 서게 된다.

위의 시 내용을 보면, 구구절절 자손에 대한 사랑이 담겨 있음을 느낄

166) 『추파선생문집』 권1.

수 있다. 〈示孫輩〉[167]에서도 자손들(특히 손자들)에게 착하게 살고 聖人之道를 추구할 것을 당부하고 있다. 그리고 〈戒箴〉에서도 손자들에게 "의리에 정진할 것을 생각하고, 너희들의 몸가짐을 바르게 하고, 너희들의 용모를 단정히 하고, 너희들의 마음을 겸손하게 하라.(義思精 正爾躬 端爾容 虛爾衷)"[168] 하였는바, 자손들에 대한 사랑을 짐작할 수 있다.

③ 자기성찰

추파는 평생 자신을 성찰코자 노력하였다. 이는 그의 성격이나 생애, 당시의 정치상황 등과도 연관이 있을 것으로 보인다. 따라서 그의 시를 보면, 자성과 관련된 작품들이 있는데, 특히 노년에 지은 시들이 태반이다.

老去無如改歲何	늙어가는 것을 막을 수 없는데 해가 또 바뀌니 어찌 할고?
知非籧玉十年加	잘못을 깨달은 거백옥은 십년이나 더 살았다네.
卽今衰病渾無賴	이제 곧 쇠하고 병들어 도무지 의지할 데가 없으니
指點兒孫筆老斜	어린 손자들 글씨 줄 삐뚤어진 것이나 지적해 주리라.

〈丁卯歲除日感舊〉[169]

추파는 자신이 늙어 거의 아무 것도 할 수 없는 지경에 이르렀음을 자성하면서, 그럼에도 손자들에게 글씨를 제대로 썼는지를 살펴주겠다는 마음을 시에 담고 있다. 1구를 보면, 노년에 나이를 한 살 더 먹는 것에 대하여 인생무상과 쓸쓸함을 느끼는 심사를 표출시키고 있다. 그래서 시인은 2구의 '籧伯玉' 이라는 시어를 통해 자신의 감정을 드러내고 있다. '거백옥'은 孔子 생

167) 『추파선생문집』 권8.
168) 『추파선생문집』 권8.
169) 『추파선생문집』 권1.

존 시 衛나라의 대부이다. 공자에게 사자를 시켜 안부를 물었을 때, 그 사자에게 거백옥의 근황을 물으니 자신의 허물을 줄이려고 하는데 잘 안 된다고 하였다 하니, 공자가 사자가 돌아간 뒤에 매우 칭찬했다고 한다. 이 내용은 『論語』, 「憲問」편에 있다. 여기서는 朱子 주석, 즉 莊子의 말인 '거백옥이 나이 50세에 지난 49세 때의 잘못을 깨닫고 60세까지 더 살았다'는 말을 인용하여 시어로 사용한 것이다. 추파도 거백옥의 시어를 차용하여 자성의 입장을 내비친 것이다. 그리고는 3・4구에서 보듯, 늙고 병들었지만 그래도 손자들이 글씨를 제대로 썼는지 여부를 지적하겠다는 마음을 드러내고 있다. 추파는 글씨에도 능했다.(그의 큰아들인 송응개는 글씨를 매우 잘 썼다고 함) 자기성찰을 통해 달관된 시인의 마음을 엿볼 수 있다.

殘年七十病相仍	쇠잔한 나이 칠십에 병만 더 하니
身世都如粥飯僧	신세가 죽과 밥만 축내는 중과 같구나.
三丈日高慵未起	해가 세 길쯤 높았는데도 게을러 일어나지 못하고
坐看雜烏薄雲層	겨우 앉아서 까치가 구름에 닿도록 날아갈 때까지 볼 뿐이로다.

〈老境偶吟〉170)

추파는 칠십 세에 병만 깊어지고 죽과 밥만 축내는 자신을 중에 비유하며 자괴감에 빠졌음을 알 수 있다. 추파는 유학자로서 불교에 대해 당시 儒者들과 마찬가지로 부정적이고 비판적이었다. 그러므로 중에 대해서도 좋지 않게 생각했다. 그래서 칠십 노인인 자신을 중에 비유해 비하했다. 그러므로 3・4구를 보면, 늙어서 자기 몸도 제대로 못 추스르고 망연자실 하는 듯한 자신의 모습에 안타까움도 함께 드러내고 있다. 어쩌면 자기성찰을 통해 노

170) 『추파선생문집』 권1.

년을 정리하려는 심적 상태에서 체념 또는 달관된 마음도 은연중에 엿볼 수 있다. 추파가 쓴 〈自警〉[171]을 보면, 그는 항상 자기성찰을 통해 스스로 자신을 경계하고자 했다. 그런 그도 점점 늙어가자 자성을 통해 인생무상을 느꼈던 것으로 보인다.

추파의 한시는 기교가 뛰어나지 않고 평이하지만, 교유인물들과의 정, 자손들에 대한 사랑, 자기성찰 등을 내용으로 담고 있어 인간적인 측면과 함께 진솔함과 담백함을 느낄 수 있다.

(4-2) 文

추파의 산문은 시에 비해 압도적으로 많다. 추파는 시보다는 문에 더 능했던 것으로 보인다. 그런데 대부분 啓나 편지로, 계문 등은 上疏類라 문으로서 논하는 데에는 한계가 있다. 그리고 편지는 그의 학문과 사상에서 다루었기 때문에, 여기서는 당시 예학에 대가였던 추파의 〈祭禮遺敎〉에 대한 글만 살펴보겠다.

> "무릇 제사 받드는 자가 된 사람은 사치하지도 말고 검약하지도 말며 공정하고 삼가 해서 오직 계실 때와 같이 정성을 다 하여야 하거늘, 지금은 이에 반하여 예의를 좇지 않고 망령되게 제 의견을 시행하여 있으면 너무 사치하고 없으면 너무 검소하매 풍족함과 절약함에 제도가 없으니 모두 다 제사 올리는 도리가 아니다. 내가 가만히 생각하니 식자가 되어서 부끄러운지라. 예를 행하는 절차와 문채가 심히 엄하고 선대 유학인의 강론으로 정함이 밝게 나타났는데, 한 때의 의견으로서 지름길로 잘못 간다면 멀리서부터 내려오는 조상을 추모하는 예의에 삼가지 않을까 두렵다. 우리 집의 제례는 다 우리 선조 쌍청

171) 『추파선생문집』 권8. <自警>에 보면, "天喜天怒 卽人祥與殃存焉"이라 하여 하늘을 '上天(신령스런 하늘)'의 의미로 파악한 것 같다. 이는 당시 사대부・儒者들의 인식태도였고, 이러한 인식태도는 조선이 일본에 강제로 병합될 때까지 지속되었다.

당 부군께서 남겨주신 가르침인데 주문공의 가례를 참작하여 정한 것이라.

시제와 기제는 의례대로 봉행하고, 사시 명절 향사에는 그 시절의 식품으로 행하고, 초하루 보름 참례는 술과 과일로써 하고, 무릇 새 음식을 만나면, 곧 새벽에 참알하여 천 올림은 우리 집이 정한 예절이며, 제사 행사 의례 절차도 또한 정한 규칙이 있나니, 오직 우리 자손들은 한결같이 남겨 가르쳐주신 예를 좇아 행하되, 무릇 제사에는 삼일 전에 재실에 별도로 거처하고 드릴 제수꺼리를 친히 보고 점검하되 정결함에 힘을 쓰고, 제수의 가지 수는 더하지도 감하지도 말지니라.

〔제삿날에 주인이하 참사자 모두가 일찍 일어나 세수하고 제사 드릴 곳에 나가라.〕

○채소와 과실을 진설함(설소과〈設蔬果〉)

〔집사가 먼저 약과와 실과와 식혜를 진설하고, 다음에 생어육과(주자가 말하기를 생물을 제사에 쓰는 것은 모두 다 이 생기를 빌어 영을 위하는 것이라고 하였다.) 초접시를 진설하고, 다음에 수저 접시와 잔반을 진설하라.〕

○신주를 받들어 위(位)에로 나옴(봉주취위〈奉主就位〉)

〔주인 이하 참사자가 모두 사당에 나아가 재배한 다음 주인이 분향하고 고하기를 마치면 독축을 맡은 축관이 신주를 받들어 정침에로 나와 탁자에 편히 모시고 신주의 독을 연다.〕

○신에 참배하는 참신(參神, 지방〈紙榜〉으로 행사하면 먼저 강신하고 뒤에 참신하라.)

〔주인 이하 차례로서 재배한다.〕

○신을 내려오시도록 하는 강신(降神)

〔주인이 손 씻고 나가 분향하고 집사가 강신 술 잔대를 내려오면 주인이 받아 모사기에 붓고(먼저 모사기를 두 그릇 놓아 하나는 초헌으로부터 쓰라.) 재배하고 원위치로 돌아온다.〕

○찬을 올리는 진찬(進饌)

〔집사가 채소와 좌반과 회젓장을 내오고 다음에 떡, 면, 밥, 국을 내오고

다음에 탕을 내온다.〕

○처음 잔을 올리는 초헌(初獻)

〔주인이 신위 전에 나가 부복했다 일어나 탁상의 잔반을 받들어 향로안 앞에 물러서 동향해서 서고, 집사가 술 주전자를 받들어 서향하여 술을 잔에 부으면, 주인이 받들어 제자리에 놓고 향안 앞에 물러나 북향하여 꿇어앉으면, 집사가 고위(考位)의 잔반을 받들어 주인의 왼쪽에 꿇어앉으면, 주인이 받아 모사에 조금 붓고(그릇에는 붓지 않음) 도로 집사에게 주면 집사가 받들어 제자리에 놓는다. 비위(妣位) 행사도 똑같이 하고 집사가 육적을 드리고 물러나면, 축관이 축판을 갖고 주인의 왼쪽에 꿇어앉아 독축하면 주인 이하 부복하여 곡하며 애곡을 다하고, 주인이 일어나 재배하고 부복한다.〕

○두 번째 잔을 올리는 아헌(亞獻)

〔행사는 초헌의식과 같고 닭고기 적이나 꿩고기 적을 내오고 곡읍(哭泣)이 없이 절차가 이어진다.〕

○세 번째 잔을 끝으로 올리는 종헌(終獻)

〔행사가 아헌과 같고 어적(魚炙)을 내와 올린다.〕

○흠향을 권하는 유식(侑食)

〔주인이 신위(神位) 전에 나아가 술병을 만들어 탁자 위 잔반에 가득히 붓고, 메에 숟가락을 꽂으며, 갱(국) 그릇 위에 젓가락을 놓고 물러나 재배한다.〕

○흠향하시도록 잠깐 물러나 문을 닫는 합문(闔門)

〔주인 이하 모두 문밖에 나가고, 축관이 문을 닫고 주인 이하 참사자 모두가 부복하여 한식경 있다가〕

○다시 문을 열고 제청으로 나오는 계문(啓門)

〔축관이 세 번 기침하고 곧 문을 열면, 주인 이하가 들어와 제 위치에 나가고, 집사가 나와 젓가락을 적(炙) 위로 옮겨 올려놓고 국을 물리고 차를 올리고, 숟가락을 찻그릇에 옮기고 물러나 위치로 돌아가고, 주인 이하가 부복하여 엄숙히 잠깐 기다린다.〕

○신을 사직하는 사신(辭神)

〔집사가 나와 메 뚜껑을 덮고 시저를 걷어 접시 위에 두고 물러나고 주인 이하가 일어나서 재배한다.〕

○신주를 사당에 들여 모시는 납주(納主)

〔집사가 먼저 잔반을 물리고 축관이 주독을 닫고 신주를 사당에 도로 모시기를 모셔올 때의 의식과 같이 하고 축관이 분축(焚祝)하고 집사가 철상(撤牀)한다.〕[172]

〈祭禮遺敎〉를 살펴보면, 추파는 제사를 받는데 있어 너무 사치하거나 너무 검소하게 하는 것에 대하여 제사 올리는 도리가 아니라고 하였다. 분수에 맞게 성의껏 제수를 준비하라는 것 같다. 그리고 제례는 추파의 5대조 쌍청당이 남겨 놓은 것에 주문공(朱子) 가례를 참작한 것이라 하였다. 이로써 보면 은진 송씨(특히 추파공파와 그 지파 후손들)는 家禮가 별도로 있었고, 여기에 주자가례를 참고 했던 것으로 보인다. 뿐만 아니라 기제, 시제, 삭망례 등도 물려준 가례를 따르라고 하였다. 이로써 짐작컨대, 16세기에도 사대부가에서는 제례절차를 주자가례에만 따르지 않았음을 알 수 있다. 어떤 사대부 가문에서는 주자가례를 主로, 가례를 副로 해 제례를 행했는가 하면, 반대로 또 다른 사대부 가문에서는 가례를 主로, 주자가례를 副로 해 제례를 행했던 것으로 보인다. 그리고 제례방식과 절차는 추파공파(지파 포함)는 추파의 〈제례유교〉를 따랐다. 다만 세부적으로는 지파마다 약간씩 차이를 보이기도 한다. 예를 들어 계문 시 축관이 세 번 기침하고 문을 연다고 하였는데, 일부 지파에서는 주인이 기침을 하는 집안도 있기 때문이다.

그런데 제례 시 참신과 강신을 실행하는 순서에 있어 논란이 있다. 참신을 먼저 하는 가문이 있는가 하면, 강신을 먼저 하는 가문도 있다. 그러

172) 『國譯 恩津宋公 秋坡先生文集』, 468~470쪽.

니까 신주(神主)가 있는 가문에서는 참신을, 신주가 없는 가문에서는 강신을 먼저 하는 경우이다. 우암 송시열 종가처럼 출주(出主)・참신(參神)・강신(降神) 순서로 하지만, 소종가(小宗家)에서는 출주・강신・참신 순서로 한다고 한다. 출주를 하고 참신을 했다면 신이 강림한 것을 인정한 것이기에 다시 강신하는 의미가 없기 때문으로, 출주・강신・참신의 순서로 한다고 한다.[173] 그리고 신주가 없는 가문에서 참신을 먼저 하는 경우도 있다. 그러니까 신주에 조상이 깃들어 있기 때문에 신주를 모신 가문에서는 당연히 참신부터 먼저 해야 한다는 주장과, 기제사에는 사당에서 신주를 모셔올 때 이미 출주 고유를 했기 때문에 참신을 먼저 해야 한다는 주장이 있다. 위의 두 견해는 참신을 먼저 하는 것은 같지만 그 이유가 다르다. 그리고 출주를 하지 않고 자손들이 사당에서 지내는, 즉 명절의 차례 같은 제사에는 아무리 신주가 있더라도 강신을 먼저 해야 한다는 주장도 있다. 또, 기제사에는 출주할 때에 이미 고유했기 때문에 참신부터 먼저 해야 한다는 견해가 있다. 신주가 있더라도 강신을 하지 않으면 신이 강림하지 않는다는 의미로 신주 자체가 신이 아니라는 뜻의 주장도 있다.[174] 필자가 보기에는 신주가 있다면 참신이 먼저이고, 신주가 없는 경우에는 강신이 먼저라고 본다.

(5) 맺음말

필자는 秋坡 宋麒壽의 생애와 학문과 문학에 대하여 살펴보았다. 앞에서 논의된 사항들을 종합하여 결론으로 삼겠다.

추파는 사화와 당쟁이 점철된 시기에 살았던 官人・學者로, 사림 중심의 정국 운영을 지향하는 것이 목표였다. 추파는 비주류의 인물로, 훈구 척신 세

173) 이병혁, 『한국의 전통 제사의식-기제・차례・묘제』, 국학자료원, 2012, 71쪽.
174) 위의 책, 71~72쪽 참고.

력을 점진적으로 해체하거나, 차선책으로 어느 정도의 타협과 조정을 통한 정치를 실현하고자 했던 것으로 보인다. 그리고 관리・학자로서 국정과 민생을 책임졌던 추파의 능력과 업적은 평가되어야 한다.

추파는 不義의 시대에 누군가 해야 할 역사의 몫을 무난히 해냈다는 평가를 받을 만하다. 그럼에도 큰아들 송응개의 이이에 대한 비판과 당쟁의 격화로 인해 추파의 삶과 인품이 왜곡되고 오해된 측면이 있다. 특히 을사 공신 녹훈과 사촌형 송인수의 피화에 대한 대응은 실상을 파악해 보면 그렇지 않은 데도 불구하고 후대까지(특히 서인계열) 오해와 비난을 받았다. 이에 대한 재평가가 필요하다. 그리고 추파의 현실대응방식에 대한 평가는 논쟁의 소지가 될 수도 있다. 그러나 이는 앞에서 언급한 것처럼 당쟁과 몰이해에서 비롯된 것이다. 그러므로 그에 대한 평가는 제고되어야 한다.

한편, 추파는 조정의 관리, 재야 사림, 지역이나 학맥 등에 구애받지 않고 여러 계통의 관인・학자들과 폭넓게 교유하면서 인간적 신뢰와 함께 관리로서의 역량과 학문적 포용성도 보였다. 이는 추파의 인품과 행정가로서의 면모, 그리고 유학사적 위상을 이해하는데 참고가 된다.

추파 학문관의 근본은 선진 유학의 기본정신에 근거하고 있다. 그는 理氣관계를 '理氣之妙'라고 논하고 있는바, 이는 한국 유학사에서 상당히 선구적인 개념 사용으로 주목할 필요가 있다. 또, 심성론에 있어 心의 발현의 경우, '계교상량', '경영왕래'로서의 의지를 언급하고 있는 점은 그 의미가 크다고 하겠다.

추파의 문학세계의 경우, 한시는 인물들(특히 교유인물 중 친구)과 관련된 시들이 많으며, 주로 교유인물들과의 정, 자손들에 대한 사랑, 자기성찰 등을 내용으로 담고 있다. 비교적 平易한 편이며, 진솔하게 자신의 감정을 시로서 표출시키고 있어 인간적인 면모를 엿볼 수 있다. 산문은 시에 비해 압도적으로 많다. 추파는 시보다는 문에 더 능했던 것으로 보인다. 그런데 대부분 啓나 편지로, 계문 등은 上疏類라 문으로서 논하는 데에는 한계가 있다. 그러나 제례에 대한 글은 은진 송씨 추파공파에서 실제적으로 행했던 자료로, 추파의 5대조 쌍청당이 남겨준 家學에 朱子家禮를 참고로 하였는바 주목된다. 추파는 문학보다는 학문에 더 능했던 것으로 보인다.

추파는 恩津 宋門을 명문가로 확고히 하는데 중요한 역할을 한 인물이다. 뿐만 아니라 그는 16세기의 대표적인 관인·학자로, 난세에서 명분과 실리를 조화하여 그 균형추 역할을 했는바 새롭게 재인식·재평가 할 필요가 있다.

2 미암 유희춘

(1) 머리말

주지하는 바와 같이, 16세기는 성리학의 전성기로서 뛰어난 학자들이 많이 배출된 시기였다. 특히 眉巖 柳希春은 宣祖 때의 대표적인 학자의 한사람으로서 李滉・曺植・盧守愼・奇大升・李珥 등과 함께 당시의 학계를 주도적으로 이끌었다.

眉巖은 관리로서 忠節을 지키다 을사사화 때 파직당하고, 이어 鄭彦慤・李櫓 등이 일으킨 丁未年 良才驛 壁書事件에 무고하게 연루되어 21년 동안 濟州・鍾城・恩津 등에서 유배생활을 하였다. 그는 오랜 유배생활 중에도 좌절하지 않고 오로지 교육과 저술, 성리학 연구에만 몰두하였다. 그리고 解配・復官되어서는 經筵官・學者로서 그 이름을 朝野에 크게 떨치었다. 특히 그는 宣祖 초기의 학풍 진작에 기여한 공이 지대하였다.[175)]

그러므로 필자는 여기에 주목하였다. 따라서 본고는 眉巖의 생애와 학문과 문학세계의 실체에 대하여 살펴보겠다. 이상의 논의를 종합할 때 그

---

175) 졸고, 「眉巖日記 硏究」, 단국대 박사학위논문, 1996, 39~189쪽 참고.

의 한국 유학사적・문학사적 위치도 밝혀질 것이다.[176]

(2) 傳記的 考察

(2-1) 家系

柳希春의 字는 仁仲, 號는 眉巖・眉巖居士・寅齋・漣溪・漣溪倦翁이다.[177] 眉巖이란 號는 眉巖을 비롯하여 그의 가족들이 海南의 金剛山 남쪽 산기슭에 살았을 때, 집 뒤에 바위가 있었는데 蛾眉처럼 생겼다고 한다.[178] 그래서 號를 眉巖으로 삼았다고 한다. 그리고 그의 貫鄕은 善山이다.

善山 柳氏는 본래 文化 柳氏였으나, 高麗 때 都僉議贊成事를 지낸 中始祖(眉巖의 八代祖) 柳甫가 善山을 食邑으로 받음으로써, 善山을 本貫으로 삼게 되었다.[179] 善山 柳氏는 眉巖이 중앙 정계에 진출하여 官人・學者・文人으로 이름을 날리게 됨으로써 名門家로 자리 잡을 수 있게 되었다. 그러므로 眉巖은 善山 柳氏의 中興祖라 하겠다.[180]

---

176) 본고에서는 親筆本『眉巖日記』를 主資料로, 朝鮮史編修會本『眉巖日記草』와『眉巖先生集』(民族文化推進會 影印本)을 副資料로 삼았음을 밝혀둔다. 이후,『眉巖日記』를 인용할 때에는 親筆本은 年月日만, 朝鮮史編修會本은 書名과 年月日을 모두 표기하겠다.

177) <庚午 6月 8日>. "余到春秋館 見去年仲冬初六日時政記 於希春除副提學之下註云 字仁仲 英敏疎淡 博雅好文"
<癸酉 3月 7日>. "余買得女訓 手書云 萬曆元年 寅齋與尹氏女."
『眉巖先生集』卷4, 219쪽. "嘉靖己未仲春初吉 眉巖居士書…(中略)…厥明漣溪倦翁書 漣溪亦先生自號"

178)『眉巖先生集』卷20, <諡狀>, 540쪽. "公海南所居 乃金剛山之南麓 家後有巖如蛾眉 故自號眉巖"

179)『善山柳氏派譜』(光州: 南振石版印刷所, 1930), <序>. "善山柳氏先祖諱甫 高麗都僉議贊成事 食邑于善山始爲州人"『善山柳氏派甫는 국립중앙도서관(朝 58-34-13)에 소장되어 있다. 善山 柳氏는 上祖를 柳榮緖 一世를 柳昌, 二世 柳甫를 中始祖로 보고 있다.

180) 眉巖의 五代祖(柳澥)까지는 高官을 지냈으나, 高祖 以下 특히 曾祖・祖・父代에 이르기까지는 벼슬을 하지 못하였다. (<癸酉 1月 1日>. "有人曰 文起四代衰 蓋希春玄祖書雲正諱澥以上 皆高官大爵 自高祖甘浦萬戶諱文浩以下 四世不顯 至于先考 教誨二子 兄及希春 相繼文科 希春又位至宰相 光生九族 實一家之中興也")

眉巖의 家系를 간단히 살펴보면, 高祖 柳文浩는 甘浦萬戶를 지냈으며, 嶺南에서 湖南의 順天으로 遷居하였다.[181]

曾祖 柳陽秀(1405~1482)와 祖父 柳公濬(1448~1500)은 仕宦하지 못하였다. 이들은 후일 眉巖이 전라감사에 임명되자, 曾祖 柳陽秀는 通訓大夫 通禮院左通禮, 祖父 柳公濬은 承政院左承旨兼經筵參贊官을 追贈받게 된다. 둘 다 二子를 두었다.[182]

부친 城隱 柳桂隣(1478~1528)은 吏曹參判兼同知義禁府事를 追贈받았으나, 사실은 隱居不仕하였다.[183] 그는 당시 海南에 移居하고 있던 錦南 崔溥의 딸과 혼인하면서 妻鄕인 海南으로 移住하게 된다.[184] 柳桂隣은 金宏弼과 丈人 崔溥의 門人으로 性理學에 상당한 조예가 있었던 것으로 보인다. 여기서 柳桂隣이 金宏弼과 崔溥의 門人이었던 사실을 주목할 필요가 있다. 金宏弼과 崔溥는 金宗直의 門人으로서 두 사람은 가장 절친한 친구사이였다. 더욱이 이 두 사람은 戊午・甲子士禍때 함께 화를 입었다. 柳桂隣은 金宏弼이 順天으로 移配되어 오자, 그의 제자가 되었던 것으로 보인다. 따라서 柳桂隣은 金宏弼・崔溥의 학문과 사상적 영향을 함께 받았다고 하겠다. 결국 金宏弼・崔溥 등의 학통은 柳桂隣・崔山斗 등을 거쳐 柳希春・金麟厚 등에게 이어짐으로

---

181) 『善山柳氏派普』 참고. 이후, 眉巖의 家門은 부친 柳桂隣이 海南으로 이주하기 전까지 順天에서 世居하였다.

182) 『善山柳氏派普』 참고.
<辛未 3月 5日>. "早朝 吏曹書吏柳熙祥 持昨日政下批追贈三世官誥來 希春具冠帶出迎受而向闕伏地 入而展讀 則先考贈吏曹參判兼同知義禁府事 祖贈承政院左承旨兼經筵參贊官 曾祖贈通訓大夫通禮院左通禮"
柳陽秀는 柳文浩의 長子, 柳公濬은 柳陽秀의 次子, 柳桂隣은 柳公濬의 長子이다.

183) 『眉巖先生集』 卷20, <諡狀>, 530쪽. "參判公受室而師事之 早棄擧子業 潛耀不仕 味書史自誤 鄕里推爲長德焉"

184) 柳桂隣의 海南 移住는 부득이 했던 것으로 보인다. 『眉巖先生集』 卷4, <事親第三>, 205쪽. "先君年二十三庚申歲 丁外艱 守廬于順天 哀慕備至 小祥後爲事故 不得已而往返海南"

써 호남 정통 사림파의 맥을 잇고 興起의 계기를 이루었다고 하겠다.[185] 그러므로 柳桂隣은 호남 정통 사림파의 학맥을 잇는 중요한 인물 중의 한 사람이었던 것으로 보인다. 또한 그는 學德이 높아 鄕里의 子弟들이 負笈從師하였다. 그리고 그도 眉巖과 같이 日記를 썼던 것으로 보이나 現傳하지는 않는다.[186] 그의 저술로는 『居家十訓』이 전한다.[187] 柳桂隣은 二男三女를 두었는데, 이들은 우애가 돈독했을 뿐만 아니라, 학문과 문학에도 능했던 것으로 보인다.[188]

柳成春(1495~1522)은 眉巖의 兄으로, 字는 天章, 號는 鷲巖·懶齋이다. 그는 1514년(中宗 9년) 文科에 급제한 후, 工曹·禮曹·吏曹佐郎을 지냈다.[189] 그러나 柳成春은 己卯士禍에 연루되어 金陵으로 유배되고, 1521년(中宗 16년) 解配되어 寓居하다가, 1522년(中宗 17년) 28세로 早死하였다.[190] 柳成春은 己卯名賢으로, 尹衢·崔山斗와 함께 湖南三傑로 불리었다. 그는 道德과 文章이 높았으며, 특히 賦에 뛰어났

---

185) 趙湲來,「士禍期 호남사림의 學脈과 金宏弼의 道學思想」,『東洋學』第二十五輯, 檀國大 東洋學硏究所, 1995, 263~271쪽 참고. ; 尹榮善 編,『朝鮮儒賢淵源圖 上』, 동문당, 1941, 上, 4쪽 참고. ;『東儒師友錄』卷5, <金文簡門人> 참고.
<壬申 9月 18日>. "沃川君守金立來訪 相與道闕祖寒暄堂之事 其在順天 我先人及孟權氏 實從學 孟權氏之母薛氏 以子之故 盡心饋供 寒暄既酷沒 廢主令籍沒 而喪事薛氏皆辦 卽光孫叔父之妻也"

186) <辛未 5月 22日>. "頃閱先君子日記"

187)『眉巖先生集』卷4,「庭訓 十訓」, 205쪽. "先君贈吏曹參判 城隱公言行文章 爲粹無玷而孤早失敎訓 常抱終天慟 又不肖無以顯父母於世 今不記載 恐至湮沒 謹泣血而記得居家篤行十條" 유계린의「居家篤行十條」는 스승 김굉필의『家範』中「居家儀」를 모방한 것으로 보인다. 이는 김굉필로부터 이어 받은 도학사상이 반영된 것이라 하겠다. 이 같은 김굉필·유계린의 사상적 영향은 유희춘에게까지 이어진다. (유희춘의「庭訓」內外篇」참고) 유계린의 門人으로는 아들인 柳成春·柳希春, 그리고 閔龜·金鯉 등을 들 수 있다.

188) 拙稿, 앞의 논문, 41쪽 참고.

189)『國朝文科榜目』, <中宗 甲戌 9月 別試> 참고.
<癸酉 4月 8日>. "取郎廳先生案觀之 則先伯氏 於己卯十二月 自工曹佐郎 爲禮曹佐郎 庚辰五月 遷吏曹佐郎矣" 그런데『善山柳氏派譜』에는 유성춘의 관직(이조정랑)과 제수 받은 시기가『眉巖日記』와 차이를 보이고 있다.

190)『善山柳氏派譜』참고.

다고 한다.[191] 그 역시 일기를 썼던 것으로 보여 지나[192] 現傳하지 않는다. 다음은 眉巖의 外家와 妻家에 대하여 살펴보기로 하자.

眉巖의 外祖父 錦南 崔溥(1454~1504)는 貫鄕이 耽津으로 1482년(成宗 13년) 文科에 급제하여[193] 司憲府 監察 · 弘文館 校理 · 應敎 등을 역임하였다. 그는 1498년(燕山君 4년) 燕山君의 失政을 極諫하는 상소를 올렸다가 좌천되었다. 同年 7月 戊午士禍 때 스승 金宗直의 文集을 소장했다는 혐의로 端川에 유배되었고, 1504년(燕山君 10년) 甲子士禍에 연루되어 賜死되었다.[194] 崔溥는 金宗直의 門人으로 호남의 대표적인 性理學者였다. 그는 부친 崔澤이 驪陽 陳氏와 혼인하게 됨에 따라 世居하던 耽津(康津)에서 羅州로 移居하였다. 그리고 그는 湖南에 상당한 경제적 기반을 지니고 있던 海南 鄭氏 訓鍊院 參軍 鄭貴瑊의 딸과 혼인하게 되자 妻鄕인 海南으로 이주하였다. 아울러 그는 개인적으로도 경제적 기반을 확보하게 된 듯하다. 이런 연유와 함께 그는 학문이 뛰어나 호남지역 사림의 학문적 구심점이 된 것으로 짐작된다. 崔溥는 海南에서 尹孝貞 · 林遇利 · 柳桂隣 등에게 학문을 가르쳤다.[195] 그는 호남 사림파의 學風을 振作시키는데 큰 역할을 했다고 하겠다. 특히 호

---

191) <癸酉 7月 11日>. "吾鄕文章 相繼迭出 若尹橘亭之文 吾伯氏之賦 與此石川林公之詩 皆大鳴於世"
<辛未 10月 17日>. "茂長一邑 先兄年十八 以劒閣賦 爲東堂壯元"

192) <戊辰 1月 7日>. "見伯氏乙亥日記 亦爲感愴"
유성춘의 遺稿 1冊이 있었으나 現傳하지 않는다. (<乙亥 12月 11日>. "予光雯 先伯氏遺稿一冊亦付之"

193) 『國朝文科榜目> <成宗 壬寅試> 참고.

194) 『耽津崔氏族譜』(국립중앙도서관 소장본) 참고.
『錦南集』(民族文化推進會 影印本) <錦南事實>, 362쪽. "戊午七月 士禍起…(中略)…公獨以家藏佔畢集 受拷訊 尋杖流端川…(中略)…甲子十月 燕山命拿致詔獄 將行刑……(後略)"

195) 『東儒師友錄』 卷5, <金文簡門人>(崔錦南傳) 참고. ; 『耽津崔氏族譜』 참고.
윤효정은 해남 윤씨의 중시조격인 인물로, 호남삼걸의 하나인 윤구의 부친이다. 또 윤구의 사위는 李仲虎인데, 이중호의 아들은 호남 동인계 사림의 영수인 李潑이다. 그리고 임우리는 임억령의 숙부이며 스승이다.

남의 東人系列은 崔溥의 門人들로부터 형성되기 시작한 듯하다. 한편, 그는 학문이 해박하여 徐居正과 함께 『東國通鑑』을 편찬하기도 하였다.[196] 眉巖의 역사인식은 外祖父 崔溥의 영향을 입은 듯하다. 그리고 崔溥는 『漂海錄』의 作者로도 유명하다.

眉巖의 丈人 宋駿은 貫鄕이 洪州로, 1507년(中宗 2년) 生員試에 합격하고, 蔭仕로 司憲府 監察 등을 역임하였다. 眉巖의 妻外祖父는 燕山君 때 全羅監司·大司憲 등을 역임한 李仁亨이다.[197] 특히 洪州 宋門은 眉巖의 부인 宋德峯, 權韠의 부인 宋氏 등 여류문인들을 배출한 家門이다.[198]

이상에서 살펴본 바와 같이, 眉巖의 親家·外家·妻家는 名門巨族은 아니었지만, 호남지역에 근거를 둔 사림파 가문이었다고 하겠다.

(2-2) 生涯

柳希春은 1513년(中宗 8년) 12월 4일 子時, 海南縣에서 父親 城隱 柳桂隣과 母親 耽津 崔氏의 第 2子로 태어났다.[199] 眉巖의 兒名은 喜孫으로 불리기도 하였다.[200] 그는 어려서부터 총명하고 재주가 뛰어났으

---

196) 韓永愚, 『朝鮮前期 史學史硏究』, 서울大 出版部, 1981, 72~77쪽.
『대나무村』 제2호, 담양향토문화연구회, 1994, 30쪽 참고.

197) 『洪州宋氏世譜』(洪州宋氏族譜編纂委員會, 1976) 참고.

198) 權韠의 장인 宋濟民(初名, 後改濟以齊)은 眉巖의 妻從姪이다. [『海狂先生集』 下(목판본, 모현관 소장본), <遺事>(權韠 撰) 참고. ; 『洪州宋氏世譜』 참고.]

199) 『善山柳氏派譜』 참고.
『眉巖日記』(全南 潭陽郡 大德面 章山里 宗家 慕賢館所藏, 筆寫本), <眉巖先生平生事實記> 참고.
현재 眉巖의 생애에 대한 기록 중 1567년 10월 1일 以前, 특히 유배기간의 자료는 빈약한 실정이다. 그러므로 『眉巖日記』·『眉巖先生集』·『善山柳氏派譜』와 現傳하는 眉巖에 대한 각종 자료들을 참고로 하여 그의 생애를 간략히 논급하겠다.

200) <辛未 5月 22日>. "頃閱先君子日記 辛巳年夏云 喜孫者始讀通鑑 一日之受 僅只二張 然時以其意論古今人物 出人意表 今年又蒙上札 以爲卿前在經帷 論說古今 出人意表 不勝感激"

며, 아이들과 노는 것을 좋아하지 않았고 매양 단정히 앉아 讀書를 했다고 한다.[201] 그는 또 5세 때 능히 詩를 지을 줄 알았다. 그가 5세 때 지은 시를 보면, "折柳鞭白馬 驚失一枝春"[202]이라 하였는바, 그의 詩的 역량과 함께 자질이 뛰어났음을 엿볼 수 있다. 그런데 眉巖은 이 해 왼쪽 다리에 생긴 종기를 부모님이 침을 잘못 놓아 이후, 잦은 足病을 앓게 되었다.[203] 이로 인해 그는 평생을 다리 때문에 고생하게 된다.

眉巖의 親家와 外家, 특히 兩親은 총명했을 뿐만 아니라[204] 자녀교육에도 남달랐다. 그 또한 7・8세부터 뜻이 원대했다고 한다.[205] 9세 되는 여름, 그는 부친 柳桂隣에게 『通鑑』을 배우기 시작했는데, 古今의 인물들을 그 나름대로 논평하자, 부친으로부터 칭찬을 받기도 하였다.[206] 그는 특히 『通鑑』을 배울 때, 國家亂亡의 대목에 이르러서는 탄식을 하며 눈물을 흘리니 부친이 기특하게 여겨 사랑하였다고 한다.[207] 이로써 짐작컨대, 眉巖의 역사인식의 일면은 어려서부터 형성된 듯하다.[208] 그

---

201) 『眉巖先生集』 卷20 <諡狀>, 530쪽. "生異質 不與群兒嬉戲 每端坐讀書"
202) 『眉巖詩稿』(日本 天理大 所藏本, 목판본, 3卷 1冊).
203) <壬申 12月 16日>. "又啓 小臣近以華使接待時別雲劒 以足疾辭免 而未能詳陳 蓋臣五歲而遭瘡疹 左脚有大腫 父母誤加針刺 因成蹇脚之疾"
204) <乙亥 12月 11日>. "因遷冊 伏覩先君子日記先夫人幼年事實 爲之悲感 蓋兩家尊聰明俱第一"
205) 『眉巖先生集』 卷20, <諡狀>, 530쪽. "七八歲 趣向已遠大"
李錫禧, 『楸城誌』 참고.
206) 註 200) 참고.
207) 『眉巖先生集』 卷20, <諡狀>, 530쪽. "參判公親授以通鑑 公時以其意論往事 多出人意表 至於國家亂亡之故 輒掩卷太息 或繼之以流涕 參判公奇愛之"
208) 眉巖은 이성계의 역성혁명이나 세조의 왕위찬탈 등에 대하여 탐탁지 않은 시선을 보이고 있다. 이 같은 역사인식 때문인 듯, 그는 <六臣傳>이나 『東峯集』・成三問의 文集 등을 거리낌 없이 가까이 했던 것으로 짐작된다. 이처럼 그는 당시의 사대부들과는 다른 역사의식을 지녔다고 하겠다. [<戊辰 10月 22日>. "麗末南谷先生李公釋之 年五十 以版圖判書致仕 歸龍仁田 遂自脫於李氏革舊之際…(中略)…釋之之孫李宗儉 當我朝文宗時 知幾引退 亦尋乃祖之高風 亦能遠蹈於世祖受禪之際 余聞之 深有契云"]
그러나 그는 신라 법흥왕의 연호사용을 통렬하게 비판하기도 하였는바, 그의 사대주의적 의식을 엿볼 수 있다. 이는 당시의 사대부들의 일반적인 인식태도이기는 하나 아쉬운 감이 있다. [<戊辰 6月 8日>. "新羅法興王 僭行年號 不知事大之義 其時臣下 無識甚

러므로 그는 『眉巖日記』를 통하여 가식 없는 역사를 기술하고 역사적 진실을 밝히려 했던 것으로 보인다.[209]

학문에 전념하던 그는 16세 때(1528년), 父親喪을 당하게 된다. 兄에 이은 부친의 別世는 그에게 큰 충격이었다. 평소 자신을 아끼고 사랑해 주었던 兄 柳成春이 뜻을 펼치지 못하고 己卯士禍에 연루되어 유배생활을 하다가 解配된 뒤, 1년 만에 28세로 요절하자 충격을 받았었다. 더욱이 자신의 스승이기도 했던 부친마저 他界하자, 그의 비통함이 이루 말할 수 없었다. 부친의 기대를 한 몸에 받았던 그는 哀毁가 심한 중에도 禮를 갖추어 初終葬禮를 치렀다.[210] 그리고 그는 어린 나이임에도 불구하고, 家門을 일으키고자 결심했던 것으로 보인다. 그래서 그는 과거준비와 학문연마에 전념하였다. 그는 스승 鄭自和에게 韓愈의 詩를 배우고,[211] 金安國에게 찾아가 학문을 연마하여[212] 그의 高弟가 된다. 그리고 그는 20세 때(1532년) 金宏弼과 外祖父 崔溥의 제자인 崔山斗에게 찾아가 학문을 배웠다.[213] 그의 스승들은 學德과 志操로 당시 士林의 추앙을 받았던 인물들이었다. 또한 이들은 대부분 己卯士禍에 연루되어 곤욕을 치른 적이 있었다. 眉巖은 스승들에게 많은 영향을 받았다고 하겠다. 특히 당대의 대표적인 性理學者였던 스승 김안국의 가르침은, 그의 학문적 경향과 인격형성, 官人으로서의 자세와 처신 등에 커다란 영

矣 凡諸侯外國 當恪謹事天子之國 臣下則敬事其邦君 乃大義也." 이는 외조부 崔溥의 영향이 크게 작용한 듯하다. 崔溥, 『錦南集』 卷1 · 2, <東國通鑑論>, 375~421 참고.)

209) 그 대표적인 例는 恭愍王의 子孫인 禑 · 昌王, 金宗直의 부관참시 모면 등을 들 수 있다.(拙稿, 앞의 논문, 288~290쪽 참고.)

210) 『眉巖先生集』 卷20, <諡狀>, 530쪽. "十六歲 參判公沒 哀毁過甚 執禮不怠"

211) <丁卯 12月 17日>. "尋鄭公自和墓而入 鄭公裕 已到墓前以相迎 余行再拜于鄭公墓前 以幼時受韓詩故也"

212) 『慕齋集』(民族文化推進會 影印本), <序>, 3쪽. "希春以海隅章甫 嘗游門而質疑 先生不鄙而提撕之"

213) <辛未 8月 13日>. "忙草祭蘿葍先生文…(中略)…昔在弱冠 負笈尋師 先生念舊 親余猶兒 館置門傍…(中略)…敎導愈勤"

향을 끼쳤던 것으로 보인다.

스승들로부터 기대를 한 몸에 받았던 眉巖은, 한때 학문에 더욱더 정진하기 위해 大屯寺・道岬寺 등에서 공부하였다. 그리하여 그는 21세(1533년)와 23세(1535년) 때, 羅州牧師가 실시한 都會試取에서 연달아 壯元을 하여 이름을 떨친다.[214] 24세(1536년) 되는 해, 그는 평생의 반려자이자 詩友인 宋德峯과 혼인하게 된다. 이 때 母親 耽津 崔氏는 손수 婚書를 쓰기도 하였다.[215]

眉巖은 25세 때(1537년) 生員試에 합격하고, 그 이듬 해(1538년) 가을 文科 別試에 丙科로 급제한다.[216] 이 때 考試官이었던 李彦迪이 그의 科文을 특이하게 여겨 뽑았다고 한다.[217] 이 해 겨울 그는 成均館 學諭에 임명된다.

眉巖은 實錄廳兼春秋館 記事官과 藝文館 檢閱을 거쳐 30세가 되는 해(1542년), 世子侍講院 說書에 임명되어 스승 金安國과 함께 당시 東宮이었던 仁宗의 輔導에 힘쓴다. 이 때 그는 스승 김안국으로부터 "柳某와 함께 經筵에 入侍하면 아무 걱정이 없다."[218] 는 칭찬을 받기도 하

---

214) <辛未 5月 25日>. "追憶癸巳年五月望日都會試取時 余登斯樓 作繩墨賦 以次上叅榜 因居接于此州之校 又登斯樓 作賦連居魁 乙未五月望 復觀都會試取 又而棄繻賦居魁 儒生時 四登此樓"

215) <丙子 2月 11日>. "伏覩先夫人所送爲男希春納采婚書 乃丙申年十月初六日所成者也…(中略)…希春少有文名 而婚事差池 至丙申 年二十四 游學于京 而先夫人 因南原柳氏邊四寸故安克詳妻柳氏之言 乃送婚書 是月望後 希春自京下來 先夫人喜而告之"
眉巖의 부인 洪州宋氏는 이름은 鍾介, 字는 成仲, 號는 德峯이다. 德峯이란 號는 眉巖이 婚姻後, 妻鄕인 潭陽郡 大德面 章山里(당시 地名 大谷)로 移住하였는데, 德峯아래에서 살았기 때문에 自號로 삼았던 듯하다. 그녀는 經史를 두루 섭렵하고, 詩・文에 뛰어났던 당시의 대표적인 여류문인이었다.
<丙子 5月 23日>. "夢與夫人 同居一新宅 相謂曰 不如歸居德峯下第 相與同歸 吉兆也"
『眉巖日記草』 五, 324쪽. "是月二十四日 更思留住德峯下……(後略)"
『宣祖修正實錄』 <丁丑 5月條>를 보면, 眉巖의 卒記에서 그가 海南에서 世居한 것으로 기록되어 있는데 이는 잘못이다.

216) <辛未 10月 17日>. "余年二十五 以疑心二下 爲生員試壯元"
『善山柳氏派譜』 참고. ; 『國朝文科榜目> <中宗戊戌試> 참고.

217) 『眉巖先生集』 卷20, <諡狀>, 530쪽. "擢別擧丙科 晦齋李公爲考官 異其文而取之"

였다. 이미 이 무렵 그는 經學에 상당한 조예가 있었던 것으로 보인다. 그러나 그 다음해(1543년) 1월, 그가 가장 존경했던 스승 김안국이 他界하였다. 그는 자신을 가장 아끼고 사랑해 주던 스승 김안국이 別世하자 충격을 받았던 것으로 보인다. 이 해 弘文館 修撰이었던 眉巖은 어머니를 모시고 고향에 내려가 정성껏 봉양하기 위해 사직을 청하였다. 中宗은 그의 뜻을 헤아려 특명으로 그를 茂長縣監에 제수하였다. 무장현감이 된 眉巖은 善政과 敎化에 힘썼다. 특히 당시 전라감사였던 宋麟壽와 南平縣監 白仁傑 등과 서로 마음이 맞아 매우 즐겁게 지냈다고 한다.[219]

32세가 되는 1544년 11월, 中宗이 昇遐하고 仁宗이 즉위하였다. 眉巖은 그 이듬해(1545년) 大司憲 宋麟壽의 천거로 弘文館 修撰에 임명된다.[220] 그는 이 해 여름, 仁宗이 하사한 御酒를 仙桃盃에 따라 마시는 영광을 입었다. 6월 26일 그는 都承旨 宋麒壽 등과 함께 仁宗께 問安을 드렸다.[221] 그러나 이 날이 마지막 問安이 되고 말았다. 이 해 7월 仁宗은 마침내 승하하고 만다.[222]

---

218) 尹國馨,『聞韶漫錄』,『국역 대동야승』 14, 민족문화추진회, 1982, 49쪽.
眉巖은 仁宗이 東宮으로 있을 때, 綱目을 강의한 적이 있었다. 이 때 中宗은 眉巖에게 兒馬를 下賜하였으나, 해배후 받게 된다.(<己巳 7月 2日>. "余卽書甲辰年十月 東宮綱目進講 賜給兒馬 希春 在外未受云云")

219)『국역 연려실기술』Ⅲ, <명종조고사본말>, 116쪽 참고.
『眉巖先生集』 卷20, <諡狀>, 531쪽. "三十八年二月 授弘文館修撰 四月兼司書 時崔夫人在家 公爲晨昏之奉 浩然有歸思 五月又乞暇 六月辭司書 中廟量其意 特命銓曹 授公茂長縣監以便養"

220) <辛未 10月 17日>. "癸卯爲縣監 奉萱堂來享專城之養 乙巳夏 以弘文修撰 受有旨書狀"

221) 宋麒壽,『秋坡集』, 回想社 影印本, 1983, 38쪽 참고.

222) 그런데 仁宗 승하에 대해 病死가 아니라, 독살설을 주장하는 기록이 있다.『河西先生年譜』 草本이나『河西先生傳』(筆寫本)에서는 仁宗이 독살된 것으로 기록되어 있다. 즉 姜公望이 文定王后와 尹元衡이 독살을 모의하는 현장을 목격한 적이 있었고, 乙巳年 7月 1日 仁宗이 음식을 먹고 위독한 상태에 빠지자, 姜公望이 음식 맛을 보고 통곡한 적이 있었다고 한다. 또 이때 權機도 '大妃가 차마 이런 일을 할 수 있는가?'라고 말한 적이 있었다고 한다.『秋坡集』에도 仁宗 임종 시 尹興仁 혼자 옆에서 부축하고 앉아 있어, 사람들이 해괴하게 여겼다는 기록이 있다. 이로써 짐작컨대, 仁宗 승하에 필시 곡절이 있었던 것 같다.

7월 明宗이 어린 나이에 즉위하자, 文定王后는 수렴청정을 하게 된다. 당시 司諫院 正言이었던 眉巖은 동료들과 함께 時務十策을 건의하였다. 그러나 8月 21日 文定王后는 尹元衡에게 尹任 · 柳灌 · 柳仁淑을 治罪하라는 密旨를 내린다. 이 때 大司憲 閔齊仁과 大司諫 金光準 등이 윤원형의 지시를 받고 兩司의 관원들을 中學에 모아 회의를 하면서 三人의 처벌을 주장하였다. 이에 柳希春 · 白仁傑 · 宋希奎 · 閔起文 · 金鸞祥 · 鄭希登 · 朴光祐 · 金石諸 · 李彦忱 등은 이를 반대하였다.[223] 이 날 저녁 母親 耽津 崔氏의 再從弟였던 林百齡이 동생 林九齡을 眉巖의 집으로 보내 中學 모임의 전말을 묻게 하였다. 그 때 그는 舍人 鄭潢과 마주 앉아 시국을 논의하던 중이라 임구령에게 말하지 않고 섭섭하게 대하였다. 이에 화가 난 임구령이 돌아와 임백령에게 '眉巖이 문을 닫고 보지 않았다'고 말하자, 임백령이 크게 원한을 품었다고 한다. 또 眉巖의 옆집에 살던 金光準이 몰래 와서 합류할 것을 청했다. 이 때 眉巖이 화를 내면서 꾸짖기를 "仁宗께서 빈소에 계시고 시신도 아직 식지 않았는데 만일 큰 옥사를 일으키어 공로 있는 옛날의 대신들을 죽인다면 국가의 체면을 크게 손상시킬 뿐 아니라, 왕위를 계승하신 임금의 덕에 누를 끼치지 않겠느냐?"[224]고 하였다.

한편, 弘文館 및 兩司의 관원들은 密旨의 부당함에 대하여 논박을 하였다.[225] 이로 인해 眉巖을 비롯한 백인걸 · 송희규 · 김난상 · 민기문 · 노수신 등 사림과 관료들은 파직을 당한다.[226]

35세가 되는 해(1547년) 9월, 副提學 鄭彦慤이 宣傳官 李櫓와 함께

한편, 李芑는 仁宗이 해를 넘기지 못할 임금이라고까지 말한 바 있다. [<庚午 6月 7日>, "上曰 李芑非但爲人兇慝 以仁宗爲未踰年之君 至爲過甚……(後略)"

223) 李中悅, 『乙巳傳聞錄, 『국역 대동야승』 3, 민족문화추진회, 1982, 370~371쪽 참고.

224) 『국역 연려실기술』 Ⅲ, <명종조고사본말>, 100~101쪽.

225) 『明宗實錄』, <明宗 卽位年 8月 壬子條> 참고.

226) 『明宗實錄』, <明宗 卽位年 8月 癸丑條> 참고.

良才驛 壁書事件을 일으킨다. 벽서사건으로 인해 眉巖은 濟州로 絶島安置되게 된다.[227] 이 때 眉巖을 死地로 보내려고 했던 자들에 의해 제주도는 향리인 海南과 가깝다 하여 유배지를 鍾城으로 옮기게 된다.[228]

이 해 12월 제주에서 종성으로 옮길 때, 항해 도중 풍랑과 파도가 갑자기 일어 동행한 두 척의 배가 침몰하는데도 眉巖은 조금도 얼굴빛이 변하지 않고 시종 태연자약했다고 한다.[229]

그 다음 해(1548년) 2월, 眉巖은 유배지 종성에 도착하였다. 그는 종성에서 유배생활을 하면서 性理學을 깊이 연구하는 한편, 교육과 저술에 힘썼다.[230] 그리고 그는 외로움을 달래고 자기성찰을 하기 위해서인 듯,

---

227) 『明宗實錄』<明宗 2年 9月 丁卯條> 참고.
『국역 연려실기술』 Ⅲ, <명종조고사본말>, p.100쪽 참고.
丁未 良才驛 壁書事件은 乙巳士禍의 여파로 일어난 士禍이다. 一名, 丁未士禍 또는 壁書의 獄이라고도 한다. 1547년 9월 부제학 정언각 등이 양재역 壁上에 '女王이 집정하고 李芑 등이 권세를 농하여 나라가 망하려 하니 이를 보고만 있을 것인가?' 라는 뜻의 朱書로 된 壁書를 발견했다며, 이를 조정에 바치었다. 이 일을 기화로 이기 일당들은 乙巳獄의 뿌리가 남아있는 증거라 하여 그 여당으로 지목된 宋麟壽 · 柳希春 · 白仁傑 등 사림파 관료 20여명을 賜死시키거나 유배보냈다.
<己巳 9月 9日>. "見丁未九月十八日日記 副提學鄭彦慤與宣傳官李櫓 同啓良才驛壁書 其書朱書曰 女主執政於上 而姦臣李芑等 弄權於下 國之將亡 可立而待 豈不寒心哉…(中略)…盧守愼 · 丁潢 · 柳希春 · 金鸞祥 已上絶島安置……(後略)"

228) 『明宗實錄』, <明宗 2年 9日 壬午條> 참고. ; 『국역 연려실기술』 Ⅲ, <명종조고사본말>, 100쪽 참고.
許篈이 쓴 『先生行狀草』(單冊, 모현관 소장 필사본.)를 보면, 戊申年(1548)봄, 黃憲 등 여러 사람들이 공신녹권을 만들려할 때, 정황 · 노수신 · 유희춘 · 김난상 등을 지목하여 반드시 죽이려고 했다고 한다.

229) 『眉巖先生集』 卷20, <諡狀>, 538쪽. "倉卒不動其色 自濟州遷于北也 入大洋 風濤猝起 同行二船旋敗沒 舟中人失聲痛哭 公容色自若 取紙筆作家書處後事"

230) 『眉巖日記草』 五, <甲戌 10月 25日>. "臣謫居時 用十年之功 硏窮四書 有所論說"
『眉巖日記草』 五, <甲戌 11月 8日>. "上又曰 卿之學問 何如是之每書皆精博乎 非人力所到 深可歎也 臣對曰 臣處謫中 粗嘗窺測"
<戊辰 5月 15日>. "蔚珍儒生李淳太初 以會試上來見我 乃乙卯年鍾城訓導子弟 時受學於我……(後略)"
<庚午 6月 8日>. "至丁未初竄耽羅 又移鍾城 旣至謫所 唯以讀書爲事 教誨後生 多所成就"
<癸酉 1月 8日>. "語草 乃謫鍾城十數年燈下用工之書 那知發用於今日乎"
李中悅, 『乙巳傳聞錄』, 『국역 대동야승』 3, 민족문화추진회, 1982, 373쪽. "이 뒤에 여러 사람의 원망이 합세하여 반드시 선생을 죽이려고까지 하여 제주는 고향이 멀지 않은 까닭으로 종성으로 이배하였다. 3년 2월에 적소에 이르렀는데, 선생이 곤경에 처하여도

많은 시를 지었다.[231)]

한편, 아무도 찾아오지 않는 북쪽의 먼 유배지에 절친한 친구 김인후만이 詩를 지어 보내 眉巖의 안부를 물었다. 그래서 眉巖은 "塞北無人問 河西獨我思"[232)]라 하여 친구 김인후를 고맙게 여겼다. 그리고 두 사람은 詩를 주고 받는 가운데 性理學에 대한 관심을 표명하기도 하였다.[233)]

眉巖은 鍾城에서 유배생활을 하는 동안 누님(1554년 死)과 어머니(1558년 他界)의 別世[234)]소식을 연달아 접하고 슬픔에 잠겼다. 특히 그는 母親喪을 당하자 커다란 충격을 받았다. 유배생활을 하는 죄인의 몸으로서 자신을 끔찍이도 사랑해 주시던 어머니의 시신조차 볼 수 없는 신세인지라, 그의 망극함과 비통함은 이루 말할 수 없었다. 그나마 다행인 것은 사랑하는 아내 宋德峯이 禮에 따라 葬禮를 치루고 三年喪을 치렀다. 三年喪을 마친 宋德峯은 단신으로 유배지 종성으로 眉巖을 찾아왔다.[235)]

그가 53세 되는 해(1565년), 文定王后가 죽고, 이어 尹元衡이 축출되자, 乙巳・丁未年 被罪人들에 대한 伸雪이 제기된다. 마침내 眉巖은

뜻을 수행하여 마음을 편히 하기를 천명과 같이 여겨서 바야흐로 생각을 깊게 하고, 글을 지을 적에는 입으로는 외우고 손으로는 쓰면서 밤과 낮을 이었고, 가슴속 기운은 태연하였다. 六鎭은 말갈과 가까워서 풍속이 활 쏘고 말 타기를 좋아하고 글자 아는 이가 적었는데, 선생이 이르자, 선생의 이름을 듣고 배우기를 원하는 이가 많았다. 선생이 재질에 따라 인도하고 가르치기를 부지런히 하고 자세하게 하니, 멀고 가까운 데에서 다투어 와서 집이 항상 찼었고 말년에 이르러서는 문학이 彬彬하였다."

231) 眉巖은 종성에서 유배생활을 할 때, 많은 詩를 지었으나, 현재 거의 散佚된 실정이다. 『眉巖詩稿』(日本 天理大 所藏本)는 詩 127首・文 4篇으로, 眉巖이 유배지 종성에서 주로 지은 시를 북방의 선비들이 그의 덕을 잊지 못해 死後에 수합・간행한 것이다.

232) 『眉巖先生集』 卷2, <和金河西 中 其二>, 169쪽.

233) 『眉巖先生集』 卷2, <又寄河西 中 其二>, 170쪽. "聞道無先後 觀瀾有淺深 若窮源出處 應契聖賢心" ; <附次韻> "太極無窮妙 流行宇宙間 倀倀誰與問 日夕待君還"

234) 『善山柳氏派譜』 참고.

235) <庚午 6月 12日>. "夫人作長書 令光雯寫送…(中略)…荊妻昔於慈堂之喪 四無顧念之人 君在萬里 號天慟悼而已 至誠禮葬 無愧於人 傍人或云 成墳祭禮 雖親子無以過 三年喪畢 又登萬里之路 間關涉險 孰不知之 吾向君如是至誠之事"

恩津으로 中道 量移된다.[236] 恩津에서 移配生活을 하던 그는 55세(1567년) 때 李恒의 방문을 받는다. 이 때 眉巖은 이항과 學問을 토론하였는데, 이항이 탄복하여 말하기를 "君非復昔日仁仲也"[237]라 하였다. 謫配期間에 眉巖은 性理學에 전념하여 大家가 되었던 것이다.

이 해(宣祖 卽位年) 10월 12일, 그는 21년간의 길고도 고통스러웠던 유배생활에서 解配되고 동시에 經筵官兼成均館 直講으로 再仕宦하게 된다.[238] 이 후, 그는 經筵官으로서 이름을 날리게 되고 宣祖의 신임을 받게 된다. 당시의 經筵官은 李珥・柳成龍・李山海・奇大升・盧守愼・李後白・金貴榮・尹根壽 등 당대의 대표적인 學者들이었다. 眉巖은 그 중에서도 第一의 經筵官이었다. 그는 博學했을 뿐만 아니라 총명하여 한번 외우면 잊지 않았으며, 進講 時 탁월한 식견과 해박한 지식으로 宣祖의 學問 補導에 크게 기여하였다.[239] 뿐만 아니라 그는 교육의 중요성을 강조하였으며, 학풍을 쇄신시키고 斯文을 흥기시키고자 노력하였다. 또한 尊朱主義者로서 陽明學을 통렬히 비판하기도 하였다.[240] 이와 함께 그는 당대 經學의 권위자로서 他學者들과는 달리 四書五經의

---

236) 『明宗實錄』, <明宗 20年 12月 乙丑條> 참고.

237) 『眉巖先生集』 卷20, <諡狀>, 538쪽.

238) <丁卯 10月 14日>. "吏曹下典 持十二日上敎云 柳希春盧守愼金鸞祥放送 職牒還給 經筵官差出"
<丁卯 10月 17日>. "十二日政草亦來 金季應(鸞祥)及余 各入直講首望而受點"

239) 尹根壽, 『月汀漫筆』, 『국역 대동야승』 14, 민조문화추진회, 1982, 312쪽 참고.
『국역 연려실기술』 Ⅲ, <명종조고사본말>, 100쪽 참고.
『국역 성소부부고』 Ⅲ, 민족문화추진회, 1988, 152쪽 참고.
『眉巖日記草』 5, 327~328쪽. "備忘記曰 學究精一 融貫古今…(中略)…物我無間 十年啓沃…(中略)…只承旨知悉 博古通今之儒 予所素敬"

240) <辛未 3月 4日>. "掌令愼喜男 於經席 陳柳希春有學問之人 必能振起斯文 敎育人才"
<己巳 閏 6月 16日>. "司藝徐崦來訪 談話間 聞館中儒生翕然丕變 庸言鄙談之風頓絶云"
<辛未 11月 30日>. "伏念昨日晝講 講官鄭彦智 於朱子之曰 皆不尊稱 上讀時皆尊稱 乃臣前日所陳者 其採行之誠如此"
<辛未 12月 3日>. "希春曰 臣嘗觀九淵文集 以觀書窮理之儒 爲不及於楊墨 至詆爲異端之甚 此蓋暗譏朱子之學也"

口訣과 諺釋에 깊은 관심을 가졌다. 그러므로 宣祖는 그에게 四書五經의 口訣과 諺釋事業을 전적으로 책임지고 진행하도록 命하였다.[241]

한편, 그는 官人으로서도 성실히 직무를 수행하였으며, 청빈하였다. 특히 그는 婉辭諷諫의 정신[242]으로 宣祖의 啓沃과 補導에 힘썼다. 또한 그는 원칙주의자로서 엄정한 자세로 직무에 임했다. 그가 復官되어 別世하기까지 11년 동안 역임한 주요 직책으로는 大司成·大司憲·副提學·禮曹參判·吏曹參判 등이며, 外職으로 全羅監司를 지냈다. 특히 弘文館 副提學을 가장 오래 역임하였는데, 그는 당대 제일의 副提學이었으며,[243] 그동안에 經筵官으로 활동하였고, 수많은 서적을 印行하였다.[244]

또한 그는 관리로서 백성들을 '慈'로서 대하였다. 그리고 그는 당시의 政界現實에서 신중한 처신과 함께 중도적 입장[245]을 취했던 관계로 제도 시행이나 정책 시행에 있어 온건하면서도 점진적인 입장을 견지하였다. 그는 특히 붕당의 피해를 우려하였다.[246]

---

241) 『眉巖日記草』 五, <甲戌 10月 19日>. "臣頃蒙上命 詳定四書五經口訣諺釋"
242) <戊辰 10月 12日>. "入侍承旨金啓 退謂人曰 柳某官 婉辭諷諫 納約自牖 然此乃聖上自覺差失 不遠而復 臣特聞其下諭耳"
243) <庚午 8月 7日>. "直提學李君山海過訪 深以我之欲呈辭爲惘然云 余入玉堂 陪副提學亦多矣 未有如令監者也 令監若辭退 則大學或問之疑處 亦誰卞之"
244) 眉巖은 수많은 서책을 인행하였는데, 주로 經書類를 인행하였다. 또한 宣祖에게 장서각 소장 서책들에 대한 보존 방법 등을 건의하기도 하였다. (<癸酉 4月 12日> 참고.)
245) 『眉巖先生集』 <序>, 142쪽. "柳夢井所傳洛中語 惟先生及本栗谷爲中立不倚者 蓋實際也…(中略)…爲士林所信 向如先生四五公"
<乙亥 12月 25日>. "又言士林以先生及李公珥 爲中立不倚云"
246) <丙子 4月 3日>. "傳聞朝廷士林之禍又起云 信斯言也 爲國憂慮云云 聞之驚怪且疑是何平地生崎嶇耶"
<丙子 3月 3日>. "昨聞金沈二黨 相攻擊如仇讐 蓋當初沈詆金 金譏沈 而各分朋黨 相爲傾軋…(中略)…士林之不靖 乃至於是 爲國家憂嘆不已"
『眉巖日記草』 五, <丙子 8月 16日>. "鄭芝衍來訪 談及東西兩邊 以爲年少氣銳好議論之人 雖或過越 終不至於與獄事起大害 只彈駁人物而已 鄉大夫以至大臣 當裁抑其過激而保護 勿使敗可也 衍之議論 正與我意合"
『眉巖日記草』 五, <丙子 10月 4日>. "朝 典籍姜緒 來謂余曰 兩朋角立 終必有一敗 中立

眉巖은 64세가 되는 해(1576년), 건강과 宣祖의 四書五經 口訣 및 諺釋 저술의 命을 이유로 사직을 청한다. 이에 宣祖는 그의 사직을 윤허하지 않았으며,[247] 朝臣들도 사직을 반대하였다. 그럼에도 그는 세 번의 사직소를 통해 이 해 10월 마침내 허락을 받게 된다. 宣祖는 그를 불러 다시 부르면 즉시 서울로 올 것을 약속받는 한편, 그에게 御衣와 黑靴 등을 하사하였다.[248] 宣祖가 그를 끔찍이도 아끼고 총애하였음을 알 수 있다. 歸鄕하여 저술에 전념하고 있던 眉巖은, 그 다음 해(1577년) 3월 다시 副提學에 임명된다. 그는 병을 이유로 사직소를 올렸으나, 宣祖는 副提學으로서는 前例에 없는 正二品 資憲大夫를 제수하였다.[249] 그는 聖恩에 감사드리고 다시 辭職을 請하기 위해 서울로 올라왔다. 그러나 그는 勞熱이 大發하여 5월 15일 끝내 別世하고 만다.[250] 이 때가 그의 나이 65세, 21년간의 귀양살이 끝에 다시 복관되어 宣祖의 총애를 한 몸에 받았던 그는, 官人・學者・文人으로서 後人의 귀감이 되었다. 그는 한 인간으로서 모범적인 삶의 자세를 보인 인물이었다. 그리고 그는 죽기 이틀 전까지 日記를 써서 후세에 남겼다. 宣祖 13년(1580년) 특명으로

者當如何 余曰 當以中正存心 而無所偏黨 散有以私意害人者 當正色攻之 不可畏其姦鋒而回或也 若事未著現 而遽然激發 則非徒從無益 又有大害矣 姜君曰 敢不服膺."

247) 『眉巖日記草』 五, <丙子 9月 9日>. "伏願聖慈憐臣頑殘老病之危 諒臣廢疾安分之情 容臣管窺修書之志 特給三四年之暇 以施天地成就之恩 不勝幸甚…(中略)…上曰 卿之事 固與他人不同 但在京亦可保護衰病 雖從仕而閒暇 則亦可著書 何必退去乎 經筵甚重 豈容許退乎"

248) 『眉巖日記草』 五, <丙子 10月 13日>. "上傳敎于政院曰 柳希春肅拜後 予將引見…(中略)…上出思政殿 引見臣希春 希春進于榻前 上語臣曰 卿當以何時還來…(中略)…欲專意調治 竢差復則還來…(中略)…中官以紅袱二裹 大紅襴帖裹一事 白錦紬裹肚一事 黑靴一雙 置於臣希春前 上曰 此乃予所著持之物 卿勿辭而受臣卽起謝 上謂曰 後日召卿 卿當必來 臣無辭 卽抱上賜御衣服退 伏地持出 至思政殿門西夾 下人乃代受"

249) 『眉巖日記草』 五, <丁丑 5月 7日>. "今年春 臣以病不能赴召…(中略)…至於擢升正二品之階"
尹國馨, 『聞韶漫錄』, 『국역 대동야승』 14, 민족문화추진회, 1982, 58쪽 참고.

250) 『眉巖日記草』 五, <丁丑 5月 14日>. 5월 14일 小註에 후손 또는 후인이 쓴 것으로 보이는 '病患極重 不得日記 十五日卒' 이라는 기록이 있다.

崇政大夫 左贊成에 追贈되었고, 仁祖 12年(1634년) 文節의 諡號를 받았다.[251)]

眉巖은 1男 1女와 4名의 庶女를 두었다.[252)] 그의 부인 宋德峯은 1578년 1월 1일 別世하였다. 그의 墓는 潭陽郡 大德面 泥八谷에 부인 宋德峯과 雙墳으로 모셔져 있다.[253)] 그리고 그의 幽宅 옆 약간 아래에 妾 南原 房氏의 墓가 있다.

이상에서 살펴본 바와 같이, 眉巖의 생애는 대략 ①학문연마 및 과거 준비기(1세~25세), ②仕宦期(26세~34세) ③유배 및 교육과 저술, 성리학 연구기(35세~55세) ④再仕宦 및 저술과 경연관·학자로서의 名聲期(55세~65세)로 4分할 수 있다.

(3) 學問

(3-1) 經學

(가) 學問의 자세와 經學에 대한 識見

① 學問의 자세

眉巖은 流配生活이나 官職에 있을 때를 막론하고 틈만 나면 학문연구에 몰두하였다. 특히 그의 학문적 자세는 타학자들이나 관리들에게 귀감이 되었다. 다음의 記事들은 그의 학문적 자세를 분명하게 보여주고 있다.

---

251) 『善山柳氏派譜』 참고.

252) 『善山柳氏派譜』 참고. ; 『先生行狀草』 참고.
그런데 『眉巖日記草』 五, <善山柳氏世系>를 보면, 眉巖의 庶女가 5명으로 되어 있다. 그러나 이 기록은 착오인 듯하다. 眉巖의 庶女인 海成은 두 번 혼인(吳沄, 鄭鴻의 妾)하였다. (<甲戌 5月 12日> 참고. "恩遇又言及海成喪夫事曰……(後略)" ; <乙亥 11月 28日> 참고. "孼女四人 俱得洗身爲良 何幸如之")

253) 眉巖의 비석은 神道碑이나 崔益鉉이 쓴 神道碑銘과는 달리, 너무 작고 초라한 상태이며 글씨도 조잡하다.

"밤 二更 末에 내가 갑자기 일어나 소리를 질렀다. 이는 종일토록 글씨를 쓰고, 글을 본 피로 때문이다."[254)]

"語錄에 의심난 곳을 뽑아 기록하여 遠接使 朴淳公에게 보내 조용한 틈을 타서 질문을 해 보게 했더니, 다행히 天使의 상세한 대답을 얻어 얼마나 다행인 줄 모르겠다."[255)]

"내가 奇明彦(大升)의 말로 인하여 '不自棄文'이 실로 文公(朱子)의 所作이 아님을 깨닫고, 完山府에 편지를 보내어 삭제하라 했다. 또 편지로 明彦에게 알렸더니, 明彦이 아주 좋아하여 서로 뜻이 맞는다고 하였다. 또 그가 말하기를 '胡氏의 仁者不爲의 뜻을 선생의 지시로 인하여 몰랐던 것을 알게 되었습니다.' 했다."[256)]

"경상감사 朴大立公이 퇴계 선생의 답서를 보내 주었는데, 나의 말을 따라 주어 趙靜菴의 행장을 고쳤는데 매우 합당하게 되어서 몹시 다행이다."[257)]

"前日에 語錄字義를 承旨 金亨彦(啓)이 고치자고 말한데 대해 내가 그 중 옳은 말은 따르고, 잘못된 말은 고쳐 正書를 하여 著作을 시켜 承政院에 바쳤다."[258)]

위에서 보는 바와 같이, 眉巖은 學問에 남다른 열정과 진지한 자세를 가지고 있었으며, 연구에서 매우 치밀했을 뿐만 아니라 공정하려 했다. 특히 그는 의심스럽거나 모르는 부분에 대해서는 다른 사람에게 물어보았으며, 또 다른 사람이 질문을 하면 성실히 가르쳐 주었다. 그리고 자신이 모르는 부분에 대해서는 솔직히 인정하는 한편 이를 알고자 노력하였다. 뿐만 아니라 자신의 저술이라도 잘못된 곳은 즉시 이를 수정하고 보완하기를 꺼리지 않았다.[259)]

---

254) <己巳 6月 5日>.
255) <戊辰 7月 4日>.
256) <戊辰 5月 4日>.
257) <庚午 5月 23日>.
258) <戊辰 5月 21日>.

眉巖은 학문에 대한 자부심도 강해 자기가 옳다고 생각되는 부분에 대해서는 자신의 견해를 굽히지 않았다. 퇴계와 같은 大家가 지은 글이라도 잘못된 부분이 있으면 이를 고치고자 하였다. 그렇다고 그가 자신의 주장만을 고집한 것은 아니었다. 때로는 융통성을 발휘할 줄도 알았을 뿐 아니라, 타인의 견해가 자신의 견해보다 낫다고 생각되면 이를 따랐다.[260)]

이처럼 그의 학문하는 자세는 타인의 모범이 될 만한 것이었다.[261)] 이 같은 학문 자세는 그가 經筵官으로서 進講할 때에도 변함이 없었다.

"내가 近思錄을 大學衍義보다 먼저 강의할 것을 閔君(起文)과 상의했더니 閔君도 그렇다고 했다. 곧 領相을 찾아가 뵙고 말씀드렸더니 領相 李公(浚慶)도 매우 옳은 말이라고 했다 한다. 그래서 즉시 나에게 편지로 알려 오니 매우 기쁘다. 원래 이 議論을 낸 분은 李退溪 · 四宰 朴和叔(淳) · 奇明彦(大升) · 李季眞(後白) 등이었고, 領相도 처음부터 생각하기를 近思錄을 먼저 해야 한다고 여겼었다."[262)]

"내가 말씀드리기를 '臣이 지난 해 11월 초닷새에 夜對를 할 때, 大學에 「此謂修身在正其心」의 한 대목을 강의하면서 풀이하기를 「몸 닦음이 그 마음 바름에 있나니라」 했던 바, 주상께서 풀이하시기를 「그 마음이 바름에 있음이니라」 하셨는데, 신이 그 때에는 분간을 하지 못했사오나 물러나와 생각을 해보니 신의 풀이는 소활하고 주상께서 하신 풀이는 정확하셨습니다.' 하였다.……(後略)"[263)]

---

259) <丁卯 11月 12日>. "因奇明彦(大升)金亨彦(啓)等語 改續蒙求退之歌履王昶海裘"

260) <戊辰 8月 29日>. "任承旨鼐臣 釋寧有是耶 差强余釋 余卽從之 任云 汝等烏有是耶 語不迫切 而意實檢勅"

261) 許筠은 眉巖의 學問에 대하여 평하기를, "眉巖은 학문이 매우 정밀하고 행실이 극히 독실하였으며, 배우는 이를 대할 때마다 誠明之學으로 자세히 가르쳐 게을리 하지 않았다"고 하였던바, 이는 매우 적절한 평이라 하겠다.(『국역 성소부부고』, 민족문화추진회, 1989, 152쪽 참고.)

262) <戊辰 10月 25日>.

263) <戊辰 2月 24日>.

宣祖初 經筵官으로서 이름을 날리고 經筵에 가장 많이 참석했던 眉巖은, 進講時 자기의 의견을 독자적으로 주장하기보다는 동료들의 의견을 수용하는 한편, 자신이 잘못 풀이한 사실을 宣祖에게 실토하는 등 그의 經筵官으로서의 자세는 곧 그의 학문하는 자세와 일맥상통하는 것이었다. 이처럼 眉巖의 학문 자세는 독실하고 진지하며 열의가 있었을 뿐만 아니라 겸손하였으며, 자신의 잘못을 인정하는 데도 솔직하였다.[264]

② 經學에 대한 識見

眉巖의 經學에 대한 식견은 李滉이나 李珥에 버금가는 실력이었다. 그는 총명하여 무슨 책이든지 한번 보면 모두 외웠다고 한다. 그러므로 經書, 史書, 諸子百家書를 줄줄 외웠을 뿐만 아니라, 이를 깊이 연구하여 모두 통달했다고 한다.[265]

---

264) 眉巖은 독서의 중요성을 강조하였다. 그래서 그는 학문하는 순서에 대하여 小學을 첫번째로 꼽았다. 이는 小學이 유교 교화 · 인간 교화에 적합하다고 판단했기 때문인 것 같다. 특히 미암은 김굉필의 학풍을 이어받은 부친과 스승 김안국의 교육방법 때문에 실천적 도학의 지침서인 소학을 중시하였다. 또한 그는 經書 가운데 三經보다는 四書를 더욱 중시하였다. 이는 四書가 道理를 밝히는데 가장 중요하다고 보았기 때문이다.(<戊辰1月22日>, <庚午7月7日>, <丙子9月9日> 참고.)

265) 『眉巖先生集』, <序>, 142쪽. "國朝人才 至穆陵之初 彬彬矣 然眉巖先生以學問淵海特著館閣 有疑文闕義必先生是咨" ; 『眉巖先生集』, <備忘記> · <致祭文> · <賜祭文>, 140~141쪽. "學究精一 融貫古今"<備忘記>. ; "博索精研…(中略)…紫陽是師"<致祭文>. "不離經幄 師于國子 講明聖學 平生著言 凡幾卷帙 發揮詩禮 有輗有軏 上述孔孟 下稽程朱…(中略)…未極其道 謫中日月 多於在朝 諸儒所宗"<賜祭文>.
『국역 연려실기술』, <명종조고사본말>, 100~102쪽.
"공은 책을 많이 읽었으며, 기억력이 좋아서 당시 명성이 높았고 성격도 온화하였다.…(中略)…경서에 널리 통하였고, 한편으로는 諸子와 역사에도 능하여 책을 들면 곧 줄줄 내리외웠다. 일찍이 경연에서 글에 대하여 말씀을 올릴 적에 性理大全을 인용하는 대목이 있어 책 반장을 전부 외워 내려갔는데 하나도 틀리지 아니하였다.…(中略)…格物致知 誠意正心 같은 학문에 대한 것이나 정치하는 도리에 관한 말을 꺼내면, 그의 투철한 소견과 해박한 지식은 남들이 도저히 생각 못한 것을 토로하였다.…(中略)…선조는 임금이 되기 전에 공에게 배웠으므로 항상 이르기를 '내가 공부하게 된 것은 유희춘에게 힘입은 바가 많았다' 하였다. 오랫동안 경연에 모시면서 정성껏 계도해 드렸으니, 선조가 그의 정확하고 해박한 것을 좋아하여 질문을 하면, 공은 곧 대답하는데 반드시 옛날 사실을 인증해 가며 설명하였으므로 명백하지 않은 것이 없었다."

“召對한 뒤에 校理 李珥가 近思錄을 가지고 와서 의심나고 어려운 곳을 묻더니, 저녁 강의를 할 적에 나의 말을 많이 사용하고, 또 召對한 때에 경연청에서나 주상의 앞에 나갔을 때에도 내 말을 많이 따랐다. 참으로 마음씨가 공손한 사람이다.”[266]

“들으니 太學의 諸生들이 나를 두고 ‘묻는 말에 척척 대답하고 의심난 대목을 아주 정밀하게 푼다고 글귀신이라’고 한다.”[267]

“서울에서 온 서리가 말하기를, ‘館員들이 매양 冊을 校正하는 一會에서 의심나고 어려운 곳이 있으면 서로 말하기를, 만약 柳令公께서 이 자리에 계신다면 어려울 곳이 없을 것이다’ 하였다.”[268]

“내가 조정에 있을 때, 卿士大夫가 글을 읽다가 의심이 나서 질문하러 오는 사람이 수도 없었는데, 金德龍・金貴榮・朴啓賢・閔起文・李湛・許曄・李憲國・權德輿・辛應時・尹斗壽・尹根壽・沈守慶・禹性傳・元混・朴淳公 및 玉堂의 모든 學士가 더욱 부지런히 물었다.”[269]

“주상께서 ‘李靖治第章’의 강의를 들으시고 물으시기를, ‘王祜는 그 아들이 반드시 귀하게 될 것을 알고서 미리 높은 문을 만들었는데, 이 李文靖은 이와 같이 했으니 어떤 쪽이 옳은 것이오?’ 하였다. 희춘이 대답하기를 ‘왕호의 일은 세속의 인정이옵고, 이문정의 일은 부귀에 처하여도 自克하며 자손을 가르쳤으니 법도가 있는 것입니다’ 하였다. 그러자 李滉公이 말하기를 ‘두 사람이 모두 자기 아들의 어질고 어질지 못한 것을 알아서 미리 대처한 것입니다’ 하였다.”[270]

“夕講에 다시 들어가 近思錄 제 3권을 강의하였다. 李珥가 「經을 해석하는 것이 동일하지 않아도 해가 없다」는 것에 대하여 말씀드리기를, ‘무릇 국사를 논의하는 것도 역시 그러하옵니다. 어제 아침 강의에 말씀 드린 바와 같이 奏對를 청하는 것은 당연히 해야 한다 부당하다 하는 말이 다 이와 마찬가지

그런데 宣祖가 즉위하기 전에 眉巖에게 학문을 배웠다는 기록은 확실치 않다.

266) <己巳 8月 28日>.
267) <己巳 閏 6月 3日>.
268) 『眉巖日記草』 五, <丁丑 3月 3日>.
269) <乙亥 11月 21日>.
270) <戊辰 11月 3日>.

입니다. 다만 임금을 堯舜으로 만들고 세상을 唐虞三代의 태평성대로 만들려는 것이 正論이며, 上古의 정치를 할 수 없다고 말하는 것은 邪說입니다' 하였다. 李珥는 또 '前代에는 간혹 權奸이 나라의 권세를 손아귀에 넣고 제멋대로 휘두르며, 또한 오랑캐들이 번갈아 침범한 일이 있어 국가가 다난한 때였지만, 지금은 조정에 權臣이 없고 국경에는 오랑캐의 침입이 없으니 王道를 올바르게 행할 때 이옵니다' 했다. 그러나 주상께서 말씀하시기를 '이 說은 그렇지 않다. 비록 사방의 오랑캐가 번갈아 침범한다 할지라도 어찌 나라에 왕도를 행하지 못할 까닭이 있겠소? 孟子가 전국시대 때 제후에게 왕도를 권하였지, 전쟁이 잦았다고 해서 왕도를 행할 수 없다고 말하지는 않았소.' 하였다. 희춘이 말씀드리기를 '임금은 국가의 운명을 좌우할 수 있습니다. 하물며 道를 自任한다면 亂世도 治世로 바꿀 수 있습니다. 주상의 분부가 지당하옵니다.' 하니, 李珥도 역시 칭찬하며 복종하였다."[271]

"강의가 끝나자, 희춘이 어전으로 나아가니 주상께서 말씀하시기를, '어제 卿의 말을 듣고 聖賢의 일도 사람들에 의해 잘못 전해진 것이 있음을 확연히 알았는데, 오늘 또 역대의 와전된 일을 논변하는 것을 듣고 과인은 처음으로 그 진상을 알게 되었소. 경의 학문은 어찌 이다지도 대단하오. 이것이 어찌 우연한 일이겠소' 하셨다."[272]

위의 例에서 보는 바와 같이, 그가 당대의 뛰어난 經學者였음을 알 수 있다. 宣祖뿐만 아니라 성균관 유생들까지도 그의 학문이 學究精一하고 博索精硏하며 融貫古今하여 諸儒所宗으로 평가하고 있음을 알 수 있다. 뿐만 아니라 『眉巖日記』에는 明宗、宣祖年間에 대제학을 지냈던 人物中 鄭惟吉、朴忠元、朴淳、李滉、李珥、李山海、柳成龍、李陽元、黃廷彧、李德馨、洪聖民、尹根壽、沈喜壽、盧守愼、金貴榮、李好閔, 그리고 이외 奇大升、鄭澈、李潑 등과 같은 당시의 大家

271) <己巳 8月 28日>.
272) <甲戌 2月 5日>.

들 태반이 眉巖에게 의심난 곳을 질문하거나, 또는 경연석상에서 잘못된 곳을 지적받거나 토론을 했다는 내용이 기록되어 있다. 이로써 보건대, 그의 학문이 얼마나 뛰어났던가를 짐작할 수 있다.

(나) 尊朱主義와 中和思想

① 尊朱主義

眉巖은 철저한 朱子 신봉주의자였다.[273] 주지하다시피 朱子는 경전해석의 권위자였을 뿐만 아니라, 天文·曆算·地理·法制로부터 釋·老에 이르기까지 정통하지 않은 데가 없었다.[274] 그러므로 眉巖은 朱子의 인품과 학문을 숭상하였고 이를 따르고자 하였다. 이 같은 尊朱主義는 眉巖이 경연관으로서 進講時 經書解釋[275]을 함에 있어 朱子의 학설을 근거로 하여 설명하고 있는 것을 보아서도 알 수 있다.

"또 내가 말씀드리기를, '학문의 道는 모름지기 의심난 곳을 찾아서 밝히고, 정치의 요체는 모름지기 中道를 써야 합니다. 朱子가 말씀하시기를 「모름지기 의심이 없는 속에서 의심난 점을 볼 줄 알아야 하며, 의심이 있는 곳에서 곧 의심이 없는 점을 보아야 한다」 하였습니다. 또 中이란 치우치지(偏) 않고 기울어지지(倚) 않고 지나치지(過) 않고 不及하지 않는 것이라 하였으니, 엎

273) 『眉巖先生集』, <序>, 142쪽. "先生之學 有異於人二事 其一曰門路正 自章句集註之行於世 世皆尊朱子…(中略)…先生自初爲學 卽大聖朱子 只此一句…(中略)…盧玉溪曰 惑於朱子而變也 蓋先生之尊朱子…(中略)…求其合於朱子者 捨其不合於朱子者"
『眉巖先生集』 卷1, <惑興四首 中 其二, 四>, 149쪽. "我生後朱子三百年已疎 我居遠建陽 其里萬有餘 儀形不可見 空讀所著書" ; "朱聖主世盟 長夜變白晝 玄思徹萬徵 後生那易究"

274) 가노 나오키, 吳二煥 譯, 『中國哲學史』, 乙酉文化社, 1991, 393~410쪽 참고.

275) 眉巖은 경연에 참석하여 주로 소학·사서·삼경·대학연의·근사록·강목·사략 등을 進講하는데, 이때마다 朱子의 학설을 근거로 설명하면서 宣祖의 학문과 治道에 힘썼다.
諸家들은 眉巖이 朱子를 항상 大聖人('余常稱朱子爲大聖人')이라 하자, '柳仁仲可謂惑於朱子'(『眉巖日記草』 五, <丁丑 4月 3日> 참고.)이라 하였다.

드려 원하옵건대 유념하옵소서.' 하였다."276)

"또 내가 말씀드리기를 '孔子가 齊나라에 계시면서 韶(舜의 음악)를 들으시고 「배우는 3개월 동안 고기 맛을 모르셨다」고 했는데, 이는 성인으로서 성인과의 느낌이 합했기 때문입니다. 孔子의 大學 · 論語를 천백년 동안 알아보는 자가 없다가 宋에 이르러 두 程子가 顔子 · 孟子와 같은 자질로 그 대강을 토론했으며,…(中略)…朱子에 이르러서는 諸儒의 학문을 집합하여 대성한 聖哲로서 또 四書集註를 이룩하였습니다. 이제 주상께서 진실로 연구하고 맛보시어 뜻이 맞으신다면 또한 孔子가 舜의 韶를 嘆美하시던 바와 똑같이 될 것입니다' 하였다."277)

위에서 보는 바와 같이, 眉巖은 경서 해석 시 朱子의 학설을 例로 들어 宣祖에게 설명하는 한편, 학문이나 政事를 모두 朱子의 학설에 따라할 것을 건의하였다. 뿐만 아니라 선조에게 朱子를 숭상토록 은근히 권하고 있다. 마침내 그는 선조가 經筵席上에서 朱子에게 존칭을 사용하도록 하기에 이른다.

"엎드려 생각하니 어제 晝講에서 講官 鄭彦智는 朱子의 말씀에 모두 존칭을 쓰지 않는데도, 주상께서 읽으실 때에는 모두 존칭을 쓰셨다. 이는 臣이 前日 말씀드렸던 바인데, 주상께서 채택하신 정성이 이와 같았다."278)

이 같은 그의 朱子 신봉은 朱子를 비난한 陸九淵을 비판할 뿐만 아니

276) <戊辰 3月 10日>. "又曰 學問之道 須尋疑而明之 政事之要 須求中而用之 朱子有言 須於無疑中看得有疑 有疑 却看得無疑 又曰 中者不偏不倚無過不及之名伏願 聖明潛心焉."

277) <戊辰 9月 6日>. "又曰 子在齊聞韶 學之三月 不知肉味 此以聖人而感契聖人也 孔子之大學論語 千百年未有解者 至宋兩程 以顔孟之資 討論大略…(中略)…至朱子以集諸儒大成之聖哲 又成集註 今聖明誠能玩味而契合 是亦孔子嘆美舜韶之意也"

278) <辛未 11月 30日>. "伏念 昨日晝講 講官鄭彦智 於朱子之曰 皆不尊稱 上讀時皆尊稱 乃臣前日所陳者 其採行之誠如此"

라, 朱子를 성인이 아닌 현인으로 보는 李滉에 대해서는 유감을 표하는 것으로 표출되기도 하였다.

“주상께서 말씀하시기를, ‘朱子가 말씀하시기를 「江西의 頓悟를 만약 물리치지 않으면 道가 밝아질 수가 없다」고 하였지요?’ 하셨다. 희춘이 말씀드리기를 ‘臣이 일찍이 陸九淵의 문집을 보았는데, 책을 읽고 도리를 연구하는 선비를 楊朱・墨翟만도 못하다고 하여 異端으로 몰아 꾸짖기를 심하게 하였으니, 이는 은근히 朱子의 학문을 비난한 것입니다. 육구연은 성격이 거만하고 고집스러웠습니다. 육구연이나 吳澄・王守仁이 모두 江西 사람입니다. 대저 江西 사람들은 거개가 문장을 잘하고 才氣가 뛰어나지만, 성질이 거만하고 고집스러우니 그 土風이 그렇습니다.’ 했다.”[279]

“희춘이 묻기를 ‘대감께서는 朱子를 大聖이라 여기십니까? 大賢이라 여기십니까?’ 했더니, 대답하기를 ‘어떻게 聖人이야 되겠소. 다만 공부가 극진함에 이르렀을 뿐이니, 이른바 學知利行(배워서 알았고 利롭게 여겨 행함)을 한 大賢이라고 할 수 있지요’ 하였다. 退溪의 이 말은 世俗에서 먼 것을 貴하게 여기고 가까운 것을 賤하게 여기는 울타리를 벗어나지 못한 것이니 유감이 아닐 수 없다.”[280]

이처럼 眉巖은 철저한 尊朱主義者였다. 그러므로 그는 朱子의 학설을 수용하여 자신의 사상 체계를 확립하였다.

---

279) <辛未 12月 3日>. “上曰 朱子曰 江西頓悟 若不闢此 道無由得明 希春曰 臣嘗觀九淵文集 以觀書窮理之儒 爲不及於楊墨 至詆爲異端之甚 此蓋暗譏朱子之學也 九淵 性傲而拗 陸九淵吳澄王守仁 皆江西人 大抵江西人 皆能文章 才氣秀拔 而性倨傲執拗 其土風然也”

280) <戊辰 8月 14日>. “希春問 大監以朱子爲大聖歟 大賢歟 答曰 安得爲聖人 只是工夫到極 所謂學知利行之大賢也 退溪此見 未能超出乎世俗貴遠賤近之樊籠 不能無憾”

② 中和思想

中和思想은 先秦時代에 체계화된 사상으로, 『中庸』의 '喜怒哀樂之未發謂之中 發而皆中節謂之和, 中也者 天下之大本 和也者 天下之達道, 致中和天地位焉 萬物育焉' 이라고 한 구절을 근간으로 한다. 中和思想은 예로부터 정치적인 관점에서 수용・전개되었으니, 禮樂思想은 그 대표적인 발상이라 하겠다.

'中和'의 핵심이 되는 '中'의 개념은 흔히 '不偏不倚'와 '無過不及'의 두 가지 의미로 이해할 수 있다. 즉 '不偏不倚'가 본체론적 중립성을 의미한다면, '無過不及'은 실제론적 適合性으로 이해할 수 있다. 그러나 '中'과 '和'는 그 개념에 있어 미세한 차이점이 있으니, '中'은 中立性을 뜻하고, '和'는 中節性・適合性을 뜻하는 것이다. 그러나 실제에 있어서는 '中'과 '和'는 같은 종류의 개념으로 본다.[281]

眉巖은 中和에 대하여 다음과 같이 언급하였다.

"낮에 論語 雍也篇의 '子華使於齊'(자화가 제나라에 사신갈 때)章을 강의하였는데,…(中略)…또 아뢰기를, '朱子가 이 章에서 말씀하시기를 「학자가 中行을 얻지 못하고 불행히 지나치더라도 차라리 많이 줄지언정 인색하지 말아야 하며, 차라리 청렴할지언정 탐내지 말아야 한다」고 하였습니다. 임금이 아랫사람에 대해서도 또한 반드시 취하는 것에 제한이 있게 하여 항상 위를 덜어다가 아래를 보태주는 것으로 마음을 삼고 백성을 괴롭혀서 자기를 이롭게 하는 지경에 이르지 않으면 그보다 더 큰 다행이 없사옵니다.' 하였다."[282]

"또 '中庸之爲德'(中庸의 德이 됨)을 강론하면서 '어질고 지혜 있는 자는 지나쳐서 中道를 잃어버리고, 어리석고 不肖한 자는 미치지 못해서 중도를

281) 洪順錫, 『成俔文學硏究』, 韓國文化社, 1992, 70~71쪽.
282) <戊辰 7月 15日>. "晝講論語雍也子華使於齊章…(中略)…又曰 朱子於此章 以爲學者未得中行 不幸而過 寧予無吝 寧廉無貪 人君之於下 亦必取之有制 常以損上益下爲心而不至於剝民以利己 幸甚幸甚"

잃어버립니다. 오직 中和의 기질을 부여 받아야만 되는데 중화의 기질을 부여 받은 터에, 또 存養과 省察의 공부를 더 한 자라야만이 過不及이 없습니다. 洪範의 三德(正道·剛克·柔克)은 당연히 剛할 때에는 강하고, 당연히 정직할 때에는 정직함으로써 中을 삼았으니 원컨대 잠심하시옵소서.' 하였다."[283]

"또「事物을 응접하여 그 합당한지 합당하지 않은지에 처함이 다 窮理다」라는 말을 강론하기를, '일에 응하고 물에 접하는 즈음에 옳고 합당한 것이 있으니, 합당이 '中'을 이르는 것입니다. 前日에 講官이 '可與立未可與權'(더불어 설 수는 있어도 더불어 변통할 수 없다)을 講論하면서,「성인이 아니면 權을 쓸 수 없다」고 하였는데, 이는 일의 變을 만나 부득이 쓰는 權道인 것입니다. 그러나 일을 조처하는데 있어서의 알맞게 조절하는 일(權衡)은 본디 日用하는 사이에 빠뜨릴 수 없는 것입니다. 대저 權이란 저울의 추입니다. 움직여서 왔다 갔다 하여 물건의 무게를 달아 고르게 하는 것이니 이것이 中입니다' 하였다."[284]

"또 말씀드리기를…(中略)…'그러나 그 요점을 들어 말하오면 이 마음을 공경으로써 存하고 만사를 中으로써 처리하는 것입니다. 세상의 임금이 항상 中으로써 정치를 해나가지 못하는 이유는 항상 사사로운 욕심이 앞을 가려서 지나치거나 미치지 못하는 것이옵니다. 그러므로 사사로운 욕심을 버리고 中을 얻고자 하면 오직 정밀히 하고 기미를 살피는 것보다 나은 것이 없으니 대개 知를 이룸이 먼저 있어야 하기 때문입니다. 知를 이루고자 하는 자는 반드시 남에게서 취해 오게 되므로, …(中略)… 朴民獻이 말씀드리기를, '희춘의 中을 얻는다에서 얻는다(得)는 말만은 잘못입니다. 中이란 처사가 자연적으로 이치에 합당한 것을 말함이요, 밖에 있는 것을 구해서 얻는 것이 아닙니다' 하

283) <戊辰 8月 4日>. "又論中庸之爲德曰 賢智者失之過 愚不肖者失之不過 唯稟中和之氣稟中和而又加存養省察者 乃能無過不及 洪範三德 以當剛而剛 當正直而正直 爲中 伏願潛心焉"

284) <庚午 7月 17日>. "又論應接事物 而處其當否 皆窮理也 應事接物之際 有是有當當者中之謂也 前日 講官講可與立未可與權 以爲非聖人 不能用權 此乃遇事之變 而不得已之權也 若制事之權衡 則固日用之不可闕者也 蓋權者稱錘 遊移前却以適於平物之平 卽中之謂也"

였다. 그래서 희춘이 아뢰기를 '옛사람의 말에 일마다 中을 구해서 써나가야 한다 하였사온즉 역시 얻는다고도 말할 수 있습니다. 다만 中庸 서문에 이르기를 「행동거지에 저절로 過不及의 어긋남이 없다」 하였으니, 이로 보면 得이라는 글자가 과연 병통이 있는 것 같습니다' 하였다."[285]

위에서 보는 바와 같이, 眉巖은 朱子의 학설을 수용하여 '中和'에 대한 자신의 견해를 밝히고 있다. 그는 中和 가운데에서도 본질적인 中에 대해 治者의 治道의 핵심으로, 일상생활에서 지켜야 할 道理로서 더욱 중시하였다. 그 결과 中和思想은 곧 그의 학문과 정치, 처신 등에 모두 적용된다. 특히 '중'을 중시한 그는 이를 정치・학문・처신 등에 적용하여 中立・中正・中道・中行・合理的 태도를 내비치고 있다. 또 그는 '得中'에 대해 朴民獻이 中이란 '處事之自然合理者'로 '非在外而求得之也'이라 지적하자, '事事求在中而用之'이라 변론하는 가운데 '得'의 병통을 지적하기도 하였다.

이처럼 그의 中和思想은 학문과 정치・처신 등에서의 이념이요, 행동강령이었다.

(다) 理氣論과 氣稟說

宋代 程伊川이 理氣說을 創設한 것은 그 당시 성행하던 佛敎 天台宗의 理具事造의 思想이나, 華嚴宗의 理事思想에서 영향을 받은 것이지만, 천태종이나 화엄종에서 말하는 理는 本體로서 萬物平等 常恒不易이며, 普遍平等인 眞如를 가리키는 것으로서 理氣論에서 말하는 理

---

285) <壬申 10月 19日>. "又曰…(中略)…然撮其要而言之 則存此心以欽 而處萬事以中而已 世之人君 常患不能中以爲治者 以私意爲之蔽 或過或不及 欲去私意而得中 莫著惟精而惟幾 蓋致知在先故也 欲致知者 必取於人…(中略)…朴民獻曰 此說得中誤矣 中者處事之自然合理者 非在外而求得之也 希春曰 古人云 事事求在中而用之 亦可以得言 但中庸序云 動靜云爲 自無過不及之差 則得字果似有病'

와는 그 의미를 달리하고 있다. 그리고 중국에 있어서는 先秦時代에 이미 理字가 사용되었는데, 그 理는 細條理의 뜻으로서 原理·法則·當爲 등의 개념으로 사용되었다.

程伊川은 義와 氣를 註하여 '在物爲理 處物爲義 體用之謂也'라 했다. 萬物은 모두 그 존재의 이치를 가지고 있는데, 사람은 그 존재의 이치에 대해 意味(義)를 부여하고, 거기에 대처함에는 마땅히 해야 할 義, 곧 當爲가 있어야 한다. 다시 말하면 物 中心으로 보면 理요, 人 中心으로 보면 當爲라는 것이다. 그러므로 이 외적인 理와 내적인 義는 같은 것으로서 그것은 다만 外的으로 보는 것과 內的으로 보는 것의 차이일 뿐이다. 따라서 孟子가 이른바 理와 義는 결국 同一한 것이며, 그것은 理氣論의 理에 해당하는 것이다. 정리하자면 程伊川의 이른바 '在物爲理'는 객관적 存在之理이요, '處物爲義'는 사람이 거기에 행동으로 대처하는 心性의 주관적 當爲之理를 말한 것이며, 理와 義의 관계를 體와 用의 관계로 본 것이다. 이처럼 先秦時代에 이미 理字가 사용되었으며, 그 내포하는 뜻이 理氣說에서 말하는 理와 같은 것임을 알 수 있다.

그러나 理氣論이 창설된 것은 漢唐을 지나 北宋의 程伊川에서부터이며, 그것이 集大成된 것은 南宋의 朱子에 의해 체계화된 性理學에 와서이다.[286] 朱子는 程伊川의 理氣說과 周濂溪의 太極圖說을 종합하여 그의 철학체계를 세움에 있어 太極을 理, 陰陽을 氣라 하여 理氣를 定義하기를 "蓋氣則能凝結造作 理却無情意 無計度 無造作 只此氣凝聚處 理便在其中"[287]이라 하여 理氣의 개념을 명료하게 제시하였다.

眉巖은 당대의 뛰어난 학자로서 理氣說에 대하여 자신의 견해를 다음과 같이 피력하고 있어 주목된다.[288]

---

286) 裵宗鎬, 『韓國儒學史』, 延世大出版部, 1983, 13~15쪽 참고.
287) 『朱子語類』 卷1.

"그리고 그 주석 가운데 있는 '上達天理'(위로 天理에 통달함)에 의하여 말씀드리기를, '이른바 理라는 것은 세상의 모든 만물에는 반드시 그렇게 된 까닭과 또 마땅히 그렇게 되어야 하는 법칙이 있으니 이것이 곧 理입니다.'……(後略)"[289]

"臣이 또 '氣로써 形을 이룸에 理도 賦與된 것입니다'라고 하였더니, 주상께서 말씀하시기를 '그렇다면 이른바 이 理가 있은 뒤에 이 氣가 있다는 것은 무슨 말이요?' 하셨다. 신이 대답하기를 '인물이 생기기 전에 먼저 이 理가 있지만, 인물이 생긴 뒤에 이르러서는 理가 氣에 부여되는 것입니다. 대개 形氣가 있은 뒤에야 이 理致가 붙어있을 곳이 있는 것입니다' 하였다."[290]

"이는 朱子가 말씀한 '기질이 아름다운 사람은 한 번만 퉁겨주면 곧 바뀌어서 종신토록 惡을 하지 않는다.'는 것입니다."[291]

"주상께서 물으시기를 '氣稟은 무엇 때문에 서로 같지 않느냐?' 하시므로, 臣은 '父祖의 기운을 받는 수가 있사옵고, 또 山川의 기운을 받는 수도 있사온데, 萬가지가 다 같지 않습니다.'라고 대답하였다. 주상께서 말씀하시기를, '진실로 이 말과 같다면 기질의 性은 변화하기가 매우 어려우니 비록 賢人 君子라도 역시 기품의 병통을 면하지 못할 것이 아니요?' 하셨다. 희춘이 말씀드리기를 '무릇 사람이란 그 기품에 장점이 없을 수 없고 단점도 없을 수 없으므로, 군자의 학문은 능히 그 기질을 변화시키는 것을 귀히 여깁니다. 옛사람이 이르기를 「사람을 가르치는 데에는 당연히 그 단점을 시정해야 하고, 사람을 쓰는 데에는 당연히 그 장점을 취해야 한다」고 하였습니다.'…(中略)…주상께서 말씀하시기를 '明道 선생이 스스로 생각하기를 「자기는 사냥을 좋아하는 마음이 완전

---

288) 眉巖은 조선시대 대부분의 儒者가 그러했듯, 性善說을 신봉하였으며, 특히 性惡說이나 性善惡混合說에 대하여 통렬한 비판을 가하였다.
<己巳 8月 28日>. "希春對曰 荀卿明王道述禮樂 而其歸主於明法勅罰 出入申商之間 至以性爲惡 揚雄尊孔孟黜申韓 而主於黃老 至以性爲善惡混 此擇不精語不詳之實也"

289) <戊辰 9月 5日>. "因註中上達天理言 所謂理者 天下之物 必有所以然之故 與夫所當然之則 所謂理也……(後略)"

290) <庚午 5月 21日>. "臣又言及氣以成形而理亦賦焉 上曰 然則所謂有是理而後有是氣者何也 臣對 未生人物之前 先有是理 及生人物 則理賦於氣 蓋有形氣 然後此理有掛搭處"

291) <戊辰 11月 2日>. "此朱子所謂質美之人 一撥便轉 終身不爲惡也"

히 없어졌다고 여겼는데, 그 후 10년 만에 사냥꾼을 보자 자기도 모르게 좋아하는 마음이 들었다」 하였으니 아무래도 기질의 병통은 항상 잠재하는 모양이오.' 하셨다. 신이 대답하기를 '이것이 바로 기질을 옳게 변화시킨 예인 것입니다. 대개 어렸을 적에 사냥을 좋아하다가 뒤에 道를 알고서는 그 좋아하는 것을 끊어버렸습니다. 10년이 지난 후, 저물녘에 돌아오다 우연히 사냥꾼을 보고서 자기도 모르게 좋아하는 마음이 들었으나 따라가지 아니하였으니, 이것이 바로 일에 따라 省察하여 생각을 성실하게 하는 것입니다' 하였다."[292]

"지난번에 전하께서 사람의 기품이 아름답고 악함이 있는 까닭을 하문하셨는데 신이 자세히 대답하지 못하였습니다. 그래서 물러가 朱子의 註語와 胎産과 延壽 등에 관한 서적을 살펴 보았사온바, 삼가 부연하여 아뢰옵니다. 사람의 기품이 천만가지로 동일하지 아니함과 동시에 그 아름답고 악하게 된 까닭에 있어서도 그 내력 역시 단서가 많습니다. 父祖의 氣를 받은 자도 있고 生母의 氣를 받은 자도 있어서 그 氣의 맑고 흐리고 순수하고 잡박함은 한결같지 않으며, 山水와 風土의 氣를 받은 자도 있어서 높고 낮고 평탄하고 험하고 강하고 약하고 더럽고 깨끗함의 동일하지 않음이 있으니, 이 세 가지가 가장 긴요한 관건이 되는 것입니다. 또 天時의 氣에 감동을 받은 것이 있기에, 청명하고 화창하고 비바람치고 음침하고 상서롭고 재앙스러움의 차이가 있으며, 또 사람의 氣에 감동을 받은 것이 있기에 聲色과 貌象, 水・火・金・木・土・草・穀・衣服・器皿・鳥獸・蟲魚 따위가 있는 것입니다. 마음과 기를 감동시키는 것은 陰陽의 淑慝・和順・乖戾의 차이가 있지 않은 것이 없습니다. 또 천에 하나 상도에 벗어남이 있어 부모는 비록 착하더라도 혹 喜怒・憂懼의 심기가 평정하지 못할 경우도 있으며, 부모가 비록 착하지 못할지라도 간혹 善端이 싹터 움직일 때가 있습니다. 대개 수태한 처음에 발원

292) <癸酉 2月 4日>. "上曰 氣稟緣何不同 臣對曰 有稟父祖之氣 有稟山川之氣 然有萬不同 上曰 誠如此言 氣質之性 變化甚難 雖賢人君子 亦未免氣稟之病 希春曰 凡人莫不有氣稟之所長 亦莫不有氣稟之所短 君子之學 貴能變化其氣質 古人云 教人當於其所短 用人當用其所長…(中略)…上曰 明道先生 自謂已無畋獵之好 後十年 見獵者 不覺有喜心 信乎氣質之病常存也 臣對曰 此乃變化氣質之善者也 蓋童稚時好獵 後知道而絶嗜好 及十年之後 暮歸偶見畋獵 不覺有喜心 而不肯往從 此乃隨事省察 而誠之於思者也"

되어 임신한지 3개월째에 변화되는 것이니, 孕婦가 느끼고 접하는 것, 먹고 마시는 것에 따라 능히 변화하게 되는 것입니다. 이처럼 그 유래가 이미 한결 같지 않음과 동시에 아름답고 악한 자도 이에 따라서 천만가지로 달라지는 것입니다. 그렇기 때문에, 옛사람이 터를 가려 살며 積善을 하고 胎教를 하여 어진 자손을 낳았던 것입니다.' 주상께서 웃으시며, '注書를 시켜 가져오라' 하여 한두 줄을 보시더니, 곧 臣에게 말씀하시기를 '내가 오래전부터 이 설을 알고자 하여 여러 번 입시한 신하들에게 물었으나 그 상세한 것을 듣지 못하였는데, 지금 경이 나를 위하여 자상히 말해주니 진실로 기쁘다' 하시므로, 신이 일어나 사은하고 따라서 啓하기를 '신이 초를 잡아 洪迪에게 보여서 병통이 있는 것은 삭제하였고, 또 신이 글씨를 잘 쓰지 못하기 때문에 洪迪을 시켜 써서 올린 것입니다' 하였다. 洪迪이 말씀드리기를,…(中略)…'희춘이 오늘 진상한 기품에 대한 설은 지극히 완비되었거니와 그 말미에 말한 부모가 비록 착할지라도 간혹 심지가 불편할 때가 있어 어질지 못한 자식을 낳게 되고, 부모가 비록 착하지 못할지라도 간혹 善端이 싹터 움직이는 때가 있어 선량한 자식을 낳게 된다는 것이야말로 先儒가 말하지 못한 것으로서 마침내 희춘이 사색하여 스스로 터득한 학설이온데 진실로 至論이옵니다' 라고 말씀드리니, 주상께서 말씀하시기를 '내가 마땅히 궁중에서 조용히 음미해 보겠다.' 하셨다."[293]

293) 『眉巖日記草』 五, <甲戌 10月 25日>. "頃日 殿下下問人之氣稟 所以美惡之故 臣不能詳對 退而考朱子註語胎産延壽等書 謹敷衍而陳之 人之氣稟 千萬不同 其所以爲美惡者 所從來亦多端 有稟其父祖之氣者 有稟其生母之氣者 而其氣有淸濁粹駁之不同 有稟其山水風土之氣者 而有高卑平險强弱汚潔之不同 玆三者最爲緊關 又有稟所値天時之氣者 而有淸明和暢風雨晦冥祥瑞災沴之異焉 又有稟所感之人之氣者 凡有聲色貌象水火金木土石草穀衣服器皿鳥獸蟲魚之類 動心與氣者 莫不有陰陽淑慝和順乖戾之異焉 又有千一之變 父母雖善 亦或有喜怒憂懼心氣不中之時 父母雖不善 亦或有善端萌動之時 蓋發源於受胎之初 變化於姙娠之第三月 孕婦所感觸所飮食 皆能變化 所從來者旣不一 而美惡亦隨 而千萬不同 此古人所以卜居積善 胎敎而生賢子孫也 上莞爾笑 命注書取進 纔覽一二行 卽謂臣曰 予久欲知此說 屢問於入侍之臣 而未得聞其詳 今卿爲我詳說來 良善良善 臣起謝 仍啓曰 臣起艸以示洪迪 削病痛處 臣又不能寫 令迪寫而進…(中略)…希春今日所獻氣稟之說 極爲完備 其末所言父母雖善 亦有心氣不平之時 或生不賢之子 父母雖不善 或有善端萌動之時 或生良善之子 此則先儒所未言 乃希春思索自得之說 誠至論也 上曰 予當於宮中 從容玩味之"

위에서 보는 바와 같이, 眉巖은 尊朱主義者였던 관계로 主理的 경향을 띠고 있다. 朱子에 있어 理는 存在의 理와 當爲의 理의 양면이 있으며, 存在의 理는 當爲의 理의 근거가 된다. 存在의 理란 生生之理요, 當爲의 理란 道德의 原理라 할 수 있다. 朱子는 理를 所以然과 所當然의 양면을 겸유한 것으로 보았는데, 所以然은 存在之理로서의 天道이고, 所當然은 當爲之理로서의 人道이다.[294] 眉巖 역시 朱子의 학설을 수용하여 理는 所以然과 所當然의 양면을 겸유한 것으로 보았다. 특히 氣稟說에 있어 朱子의 說을 수용하면서도 그 나름대로의 독특한 견해를 밝히고 있다. 즉 父母가 善하더라도 心氣가 不平하면 不賢한 자식이 태어나고, 부모가 不善하더라도 善端이 싹트면 良善의 자식을 낳게 된다는 설은 그의 독창으로 보인다. 그리고 그는 선비의 기품을 3등급으로 나누었는데, 도덕에 뜻을 둔 자는 上, 공명에 뜻을 둔 자는 中, 부귀에 뜻을 둔 자는 下로 보았다.[295] 또 鬼神의 幽顯에 대하여 神은 氣가 이르러 伸한 것이요, 鬼는 氣가 反하여 歸한 것으로 보았다.[296] 뿐만 아니라 그는 陰陽[297]에 대해서도 남다른 식견을 보이고 있다.

(3-2) 字學

眉巖은 박학하고 경서해석에 뛰어났을 뿐만 아니라, 당시의 학자들과는 달리 字學에 관심이 많았고 당대의 권위자였다.[298] 또 이 방면에 저

---

294) 裵宗鎬, 앞의 책, 27~29쪽 참고.
295) <戊辰 9月 6日>. "希春曰 士之品大概有三 志於道德者爲上 志於功名者爲中志於富貴者爲下 苟不安其分 求不當之富貴 亦將無所不爲矣"
296) <庚午 7月 21日>. "又說鬼神之幽顯曰 神是氣之至而伸者 鬼是氣之反而歸者"
297) <庚午 7月 21日>. "上問 氷至冷而有氣蒸上何也 臣對 以未能詳知 疑是陰陽相根之意 上又問 兩氷相合何也 臣對曰 此氣類相感 所謂同氣相求也 上又問曰 天地旣有形之物 地當有極 天外亦似有物 如何 對曰 地固當有限 人力所不能至 故未能窮測天外 古人所不論也 上曰 土底有水否 對曰 土上有水 非水上有土也…(中略)…又邵子曰…(中略)…蓋天動而物象之 地靜而故其首向上 地靜而靜物象之 故其首向下."

술도 가장 많다.

"주상께서 말씀하시기를 '무릇 문자에 있어 吐와 釋音을 혹자는 대단한 것이 아니니 반드시 유의할 필요가 없다고 하지만, 그러나 聖賢의 말씀을 文義에서 터득하지 못하고서 그 精微한 뜻을 훤히 통달하는 자는 없을 것이다. 지금 四書와 經書의 口訣과 諺釋에 대한 의견이 일정하지 아니하니 세상에 보기 드물게 학문이 정하고 해박한 卿이 四書와 經書의 구결과 언석을 모두 자세히 살펴 정해준다면 局을 설치하겠으며, 혹시 經學을 강론하는 관원을 취택하고자 한다면 이 역시 경의 선택을 기다리겠다.' 하시므로, 臣이 奏對하기를 '이 일은 따로 局을 설치할 필요까지는 없사오며, 오직 경학에 精明한 사람과 더불어 마땅히 두루 의논해서 결정하면 되옵니다.'……(後略)"[299]

"또 내가 陳啓하기를, '臣이 지난번에 四書五經의 口訣과 諺釋을 자상히 정하라시는 주상의 명을 받았사오나, 신은 진실로 역량이 부족하고 책임이 중하여 잘 받들기 어렵사오며, 어떤 사람들은 그렇게 할 필요성이 없다고도 합니다. 만약 부득이하여 하게 된다면 모름지기 李滉의 說로써 근거를 삼고, 널리 여러 儒臣, 儒生의 說을 들어야만 할 것입니다' 하였다. 주상께서 말씀하시기를 '지난번에 右相(盧守愼)도 꼭 그렇게 할 필요는 없다고 했소. 그러나 다른 사람은 비록 좋아하지 않더라도 나는 좋게 여기오. 또 반드시 四書五經이 다 이루어지기만을 기다려서 올리기로 한다면 나는 얻어 보기가 쉽지 아니할 것이니 한 가지씩 서적이 이루어지는 대로 곧 진상하는 것이 좋겠소.' 하시었다. 신이 또 아뢰기를 '이황이 교정한 朱子大全, 朱子語類 및 四書五經의 구결과 언석에 대한 그의 설을 아울러 가져다가 참고하기를 바라옵니다.' 하였다. 주상께서 말씀하시기를 '그 말이 진실로 옳소. 무릇 글을 저술하는 자가 어찌 그것을 비밀리에 감추어 두고자 하였겠소. 그 의도는 확실히 사람들에게 보여주자는 것이겠지요.'……(後略)"[300]

---

298) 朴趾源, 『熱河日記』 卷15. <銅蘭涉筆>. "吾東不知叶音之妙 故柳眉巖號能知音"
299) 『眉巖日記草』 五, <甲戌 10月 10日>.

"그리고 또 啓하기를 '周易 大文은 光廟께서 程傳에 의거하여 토를 달았으니, 이에 대해서는 議論이 미칠 바가 아니옵고, 다만 마땅히 本義로서 大文의 구결을 삼는다면 이제 다시 전에 없던 것을 增補해야 하옵니다. 또 春秋는 文義가 한 모양이므로, 吐와 釋音을 일삼을 것이 없고 단지 곡절이 있는 10여 곳에 구결만 있을 따름인즉, 춘추는 반드시 吐釋할 필요는 없습니다.' 주상께서 말씀하시기를, '춘추를 토석하지 않는다면 五經에서 하나가 빠지는 것이 아니요. 사람들의 말이 經書의 吐는 고쳐서는 안 된다 하는데 이 말은 무엇을 이른 것이오?' 하셨다. 그래서 신이 다음과 같이 아뢰었다. '柳崇祖 등이 정한 토는 진실로 잘 되었습니다. 그러하오나 지금 진상한 尙書에는 간혹 그릇된 곳이 있사오니 당연히 고쳐야 할 것입니다. 우리나라에서 이황같이 經訓을 깊이 음미하고 朱子의 文語에 몰두하여 연구를 거듭한 자는 없습니다. 신이 귀양살이를 할 적에 10년의 공력을 들여 四書를 연구하여 論說한 바가 있었사온데, 나중에 이황의 설을 보니 서로 합하는 것이 열에 일곱 여덟이었습니다. 이황의 經說은 매우 정밀하오며 비록 어쩌다 많은 생각 속에 한두 가지의 잘못된 곳이 있다고는 하겠으나 소득 되는 것이 워낙 많아서 좋습니다. 또 李珥가 大學을 토석한 것이 있사온데, 臣이 일찍이 이이와 더불어 옥당에 있을 적에 말이 대학에 미치자 서로 계합되는 곳이 많았습니다. 지금 그 책도 역시 가져와야겠습니다. 대개 신이 조정에 있을 때 널리 묻고 수집하여 벼슬을 물러나 쉬는 한가한 틈에 모두 참작해서 장점을 취하여 매양 두 가지 서적을 만들어 바로 보내 드리려고 하오나 다만 절충하기가 매우 어려울 것 같습니다.' 주상 전하께서 말씀하시기를, '만약 두 학설을 모두 버릴 수 없는 경우에는 두 가지를 다 두는 것이 옳소. 주자가 혹자의 설에 있어 역시 두 가지 다 그대로 두었으니 이 점을 본받아야 하오' 하셨다."[301]

이상에서 보듯, 선조는 眉巖의 經學, 특히 字學에 대해 높이 평가하고

---

300) 『眉巖日記草』 五, <甲戌 10月 19日>.
301) 『眉巖日記草』 五, <甲戌 10月 25日>.

있음을 알 수 있다. 그러므로 眉巖에게 四書五經의 口訣과 諺釋事業을 전적으로 책임지도록 명하였다. 그러나 당시 이에 대한 반대도 만만치 않았던 듯하다. 그럼에도 불구하고 선조는 이를 실행하려는 강력한 의지를 표명했을 뿐만 아니라, 眉巖에게 전폭적인 지지를 보냈다. 또 위의 기록들을 보면, 眉巖이 종성유배 시 이미 四書論說을 저술한 것으로 짐작된다. 그리고 이황이 이미 주자대전, 주자어류 및 사서오경의 구결과 언석을 했다는 사실과 이이 또한 대학을 토석 했다는 사실도 확인할 수 있다.[302] 그런데 眉巖과 이황의 설은 별로 차이가 없는 듯하나, 이이의 설과는 차이를 보니고 있는 듯하다. 위의 기록들은 語學史나 經學史에 있어 주목할 만하다. 특히 眉巖은 宣祖의 命을 받아 경서구결 및 언석 사업에 주도적 역할을 하였다.

(가) 字釋

眉巖의 字釋에 대한 식견은 당대 제일로 가히 독보적이었다. 이러한 그의 字釋에 대한 해박함은 특히 경연석상에서 돋보이게 나타난다.

"희춘은 '日과 月과 歲에 때(時)가 이미 바뀌면서' 부터 六極까지 강론한 뒤 '幷'자를 다음과 같이 설명하였다. 「'竝'字와 '幷'字는 뜻이 서로 비슷해서 분별할 수가 없습니다. 대개 '竝'字는 두 물건의 등급이 가지런함을 논한 것이요, '幷'字는 主客과 大小와 多寡를 합병하는 뜻이니, 大가 小를 겸하고 多가

302) 『眉巖日記』에는 字學에 대한 기록이 매우 많다. 개인의 문집이나 일기 중에서 『眉巖日記』만큼 字學에 관한 기록이 많은 서책은 찾아 볼 수 없다. 또한 『眉巖日記』에는 經書口訣과 諺釋에 대한 저술이 많은 바(특히 이황), 이에 대한 검토도 필요하다. 참고로 『眉巖日記』에 수록된 諸家들의 經書口訣과 諺釋에 대한 저술을 대략 간단히 제시하면 다음과 같다.
이황[四書五經口訣과 諺釋, 孟子釋, 易釋, 四書說, 心經後說, 心經附註跋文, 朱子大全說, 校正朱子大全, 晦菴書節要(8冊, 요약 및 註解)], 기대승(四書疑辨), 이이(詳定吐釋大學, 論語口訣), 윤근수(四書吐釋), 양응정(中庸釋) 등등.

寡를 겸하여 모두 이것으로써 저것을 포함하는 뜻이옵니다.」('皆以此包彼之義')하였다."[303)]

"어제 낮 강의에서 '一貫'章에 나오는 '渾然'의 두 字에 대해 말씀드리기를 '前日에 '渾然'의 뜻을 下問받고 자세하게 대답을 못하였습니다. 이는 '蓋有渾然之意 有完全無欠之意 有純粹無雜之意'(대개 渾圓하고 가이 없다는 뜻과 완전하고 모자람이 없다는 뜻, 순수하고 섞인 것이 없다는 뜻)이니 이 세 가지 풀이로 생각한다면 渾然의 뜻을 알 수 있습니다' 하였다."[304)]

위의 기록에서 보듯, 眉巖의 字學에 대한 조예를 확인할 수 있다.

(나) 其他

眉巖은 구결, 이두, 토에 대해서도 당대의 권위자였다.『眉巖日記』에는 이에 대한 기록이 많다. 여기서는 그 一例만 간단히 適期하겠다.

"然寅之不能行 朱子以爲見不眞確 又陳 王忱不艱ソ寸面 此口訣誤 當云王忱ソ寸面 不艱乀亽 傳亦依此改正爲當 盧守愼以爲不可改 希春力辨 會李後白尹晛 亦以爲可改 希春遂陳 朱子於經訓 亦存兩說 今當據小註陳氏說而改正 遂改正而講 上亦從改正而讀 不艱乀亽口訣 則權德輿所說也"[305)]

"希春 因釋猶求友生曰 猶字方言之釋 云오히려 不若云그려도 益分明"[306)]

"玉堅還 持郭仇里山徬音決折莫來"[307)]

"州吾乙下下里七寸叔陳君世儉來訪"[308)]

"金宰 以籠一隻…(中略)…紫細小亦古一部・柳器二部・又盛冊大笥

303)『眉巖日記草』五, <甲戌 11月 8日>.
304) <戊辰 6月 3日>.
305) <甲戌 4月 28日>.
306)『眉巖日記草』五, <甲戌 12月 6日>.
307) <己巳 10月 23日>.
308) <辛未 6月 4日>.

三……(後略)"[309]

"經筵重地 不可久曠 臣矣職乙良 本差爲白只爲 詮次以善啓云云"[310]

이상과 같이 적기한 字釋·구결·이두·토 등은 16세기 국어의 한 단면을 보여주고 있어 주목된다.

(3-3) 著述

眉巖의 저술은 현재로서는 주로 『眉巖日記』의 기록을 통해서만 짐작할 수 있다. 그는 저술을 위해 치밀한 준비를 하였을 뿐만 아니라, 간행 전이나 후에도 계속 수정·보완하였다. 『眉巖日記』에 나타난 眉巖의 편·저술을 간단히 소개하면 대략 다음과 같다.

續蒙求, 歷代要錄, 續諱辨, 川海錄, 獻芹錄, 治平格言, 六書附錄, 國朝儒先錄, 九州圖, 孔孟圖, 玩心圖, 童蒙習, 致堂管見註解, 致堂管見略註, 新增類合, 類合諺解, 類合諺釋, 新增類合飜譯, 語草, 語釋, 語類, 語錄解, 朱子大全語類, 小學吐, 小學附錄, 小學定吐, 史略懸吐, 十九史略吐, 通鑑吐, 論語釋, 論語吐, 論語口訣, 論語釋疏, 論語吐釋, 孟子釋, 孟子口訣, 孟子釋疏, 大學釋, 大學註吐, 大學吐, 大學口訣, 大學釋義, 大學釋疏, 大學或問懸吐, 中庸釋, 中庸釋義, 中庸釋疏(丁丑 4月부터 시작), 庸學釋, 詩釋, 詩吐釋, 尙書吐, 校正尙書, 易書釋, 四書口訣釋義, 四書吐釋, 近思錄吐.

이상의 편·저술들로 미루어 보건대, 眉巖은 당대 제일의 經學者요 語學者라고 하겠다. 특히 그는 선조의 下命도 있었지만, 마치 자신의 운명을 예감이나 한 듯, 丙子·丁丑年(특히 丙子年)에 四書三經의 口訣

309) <丁卯 10月 15日>.
310) <甲戌 3月 27日>.

및 諺釋 등을 많이 편·저술하였다. 이 밖에 『眉巖日記』 이외의 기록물에는 眉巖의 또 다른 편·저술이 있다.

綱目考異·藝園閑採·國語類註解·朱子語類箋解·兩聖辨·新敎俚釋中華語錄註解(語錄解의 異本으로 보임)·歷代要錄·國朝儒先錄·新增類合·語錄解·詩書釋義·風秘史 등이 그것이다.[311)]

현존하는 眉巖의 편·저술은 續蒙求(分註)·歷代要錄·國朝儒先錄·新增類合·語錄解(新敎俚釋中華語錄註解 포함)·詩書釋義 등이 있다.[312)]

眉巖의 이 같은 저술은 타의 추종을 불허한다고 하겠다. 그러나 현재 그의 편·저술이 대부분 失傳하고 있는바, 그의 학문의 실체를 규명하는데 아쉬움을 남기고 있다. 그럼에도 불구하고 위에서 보는 바와 같이, 그의 학문의 깊이와 넓이를 넉넉히 짐작할 수 있다.

---

311) 李德泂, 『松都記異』 참고. "高麗禑昌父子定爲王氏之說…(中略)…抑眉巖柳希春風秘史 而傳之信"

312) 南豊鉉·金斗燦 교수에 의해 소개·연구된 『詩經釋義』가 있는데, 眉巖의 저술로 추정하고 있다.(南豊鉉, 「借字表記의 詩經釋義에 대하여」, 『退溪學硏究』 第 7輯, 檀國大 退溪學硏究所, 1993, 119~139쪽. ; 「借字表記의 詩經釋義」, 『退溪學硏究』 第 8集, 檀國大 退溪學硏究所, 1994. 155~192쪽. ; 「借字表記의 詩經釋義註解(1)」, 『退溪學硏究』 第 9集, 檀國大 退溪學硏究所, 1995, 133~180쪽). 필자가 보기에도 『詩經釋義』가 柳希春의 저술일 가능성이 높은 듯하다. 그런 바, 필자는 저자 추정을 위해 『미암일기』의 내용 가운데 시경 관련기사를 찾아보았다. 그 결과, 6~7항목을 찾을 수 있었다. 그러나 실제 『시경석의』와 대비·검토해 보니 관련이 없는 부분들이었다.
『시경석의』는 남풍현 교수가 밝힌 바와 같이, 언어현상 등으로 보아 최범훈 교수가 발굴한 『서경석의』의 자매편임이 분명하다. 그렇다면 『시경석의』의 저자가 유희춘이 틀림없을까? 이에 대해서는 현재 그 가능성만 높을 뿐 확실하지 않다. 그러므로 저자 추정을 위해 『시경석의』와 『서경석의』, 그리고 『미암일기』에 나타난 차자표기 등을 서로 대비·고찰할 필요가 있다. 그러나 필자는 국어학 전공자가 아니므로 이 분야 연구자에게 맡긴다.
한편, 『미암일기』의 記事를 보면, 경연에서 본격적인 『시경』 강의가 없었다. [『眉巖日記草』 五, <丁丑 3月 3日> 참고. "京來吏曰…(中略)…又尙書今畢 第九冊不久當畢 而繼以詩傳進講 尤爲渴急望余還云"]. 그리고 『시경석의』는 1569년에 쓴 『詩釋』(<己巳 8月 21日> 참고. "又以許篈所請書詩釋一件見遺.")을 토대로 지은 것이 아닌가 추측되며, 1575년 이전에 쓴 초고인 듯하다.

(3-4) 學問的 位相

眉巖의 학문적 위상은 그의 별세 시 당시의 대부분의 관료들과 학자들이 쓴 祭文과 輓詞 등을 통해 엿볼 수 있다.

그런 바, 『眉巖先生集』 卷19~20 (508~540쪽) 에 실려 있는 祭文과 輓詞 등을 중심으로 간단히 적기한 후, 언급하겠다.

"學海之宗 儒林之首…(中略)…領袖斯文"(宋純) ; "儒林失師 士類孤德"(許曄) ; "造詣精微 睿眷日注 士論咸推 澈也後生 山斗久仰"(鄭澈) ; "豈博學多識 高出一世"(金宇顒) ; "賢聖爲師 耽書嗜學 博究典墳"(金宇宏外 六人) ; "情若父師 訓戒有書"(金應南) ; "維學之博 國家所重 士林所式 何圖不幸…(中略)…斯文已矣 後學何拓"(禹性傳) ; "博問强記 於天下書 目無不視"(具鳳齡) ; "邦國蓍龜 斯文宗匠"(宋言愼) ; "學問該當 後進之所歸仰…(中略)…士之生長京師者…(中略)…士林之悲"(黃廷彧) ; "貫穿經傳 探究皇王 淵源浩渺 學海江洋"(具思孟) ; "則天下之賢人君子…(中略)…貫古之聰明"(朴啓賢) ; "上古典墳皆在口 百年模範每書紳"(朴淳) ; "研窮眞獨詣…(中略)…學博功深造…(中略)…宸衷悲國士 ??掖喪宗盟"(洪暹) ; "聰明誦三篋 博學通奧義"(李珥) ; "達識君王眷 餘風士子循"(尹根壽) ; "便自作嚴師…(中略)…聖眷優儒老"(金玄成) ; "撐腸元有五經笥 文彩風流百世師"(宋麒壽) ; "名聳士盡傾…(中略)…吾道嗟誰"(鄭琢) ; "吾道其東後 文星降海堧…(中略)…經幄有誰賢"(權德輿) ; "名高南斗士 身任道東時"(沈忠謙) ; "間世英豪氣 兼人博洽才…(中略)…論文探微奧"(沈守慶) ; "聲名薄南斗 道義振儒林"(崔顥) ; "用舍關吾道…(中略)…材是儒林棟 學爲當世師"(朴枝華) ; "儒林宗匠早推先"(鄭彦智) ; "碩學宏才荷聖知 一代儒林爲領袖"(姜士尙) ; "當代儒臣席上珍"(尹鉉)[313)]

313) 『眉巖日記草』 五, <甲戌 12月 9日> 참고. "美叔(許篈)在中原 遇陝西長安王之符 問我國如今理學之人 以成大谷運・李一齋恒・盧蘇齋守愼及希春對云"

이상에서 보듯, 眉巖은 당시의 대표적인 학자로서 士林의 영수요, 宗師였다.

(4) 文學世界

유희춘은 生前에 많은 작품을 남겼으나 태반은 散佚된 것으로 보인다. 現傳하는 작품이 수록된 文集・日記・詩稿 등에 실린 유희춘의 작품 수를 제시하면 대략 다음과 같다.

『眉巖先生集』〔民族文化推進會 影印本(國立中央圖書館藏本), 1989〕: 漢詩 281首, 文 59편.

『眉巖日記』(親筆日記 및 異本 포함) : 漢詩 83首, 時調 3首, 文 20餘 篇.

『眉巖詩稿』(日本 天理大 所藏本, 木板本, 3卷 1冊) : 漢詩 126首,[314] 文 4篇.[315]

『德峯文集幷眉巖集』(筆寫本, 2卷 1冊, 1718년 또는 1724년 필사로 추정)[316] : 漢詩 118수,[317] 文 15篇[318]

그런데 위의 작품들은 중복이 많다. 이들 작품들을 종합하면, 현재 漢詩 300餘 首,[319] 時調 3首, 文 70餘 篇, 그리고 日記(1567년 10월 1

---

314) 『眉巖詩稿』에는 漢詩가 128首 실려 있는데, 유희춘의 漢詩는 126수이다.

315) 文 4편은 「祈雨祭祝文」이다. 그리고 부록에는 유희춘의 제자 許篈이 쓴 2편의 제문(「祭柳眉巖文」. 1편만 『眉巖先生集』에 있음)과 1612년 許筠이 쓴 序文(「眉巖先生詩集序」)이 있다. 그런데 1618년 허균이 역적으로 처형된 때문인 듯, 이후 印出 時 허균의 이름을 삭제하거나, 아니면 판목에 있는 허균의 이름을 삭제한 것으로 보인다.

316) 外表紙題는 『德峯文集』(유희춘의 부인 洪州 宋氏의 문집)으로 되어 있다. 그러나 宋德峯의 漢詩는 20수, 文은 3편에 불과하다. 그러므로 書名은 內表紙題의 『德峯文集幷眉巖集』이 합당하다고 본다.

317) 『德峯文集幷眉巖集』에는 漢詩가 157首 실려 있는데, 이 중 유희춘의 漢詩는 118首이다.

318) 文은 20편인데, 이 가운데 유희춘의 文은 15편, 宋德峯의 文은 3편, 친척의 文은 2편이다.

319) 필자는 現傳하는 유희춘의 漢詩를 320餘 首로 추산한바 있다.(송재용, 「미암 유희춘의 시세계-한시와 시조를 중심으로」, 『동양학』 제30집, 단국대 동양학연구소, 2000, 98쪽.) 그런데 이번에 다시 조사해보니 300餘 首를 넘을 것 같지 않다. 그리고 필자가 현재

일~1577년 5월 13일)가 전하고 있다. 그러면 한시, 시조, 일기 순으로 논의하기로 한다. 먼저 유희춘의 한시에 대하여 살펴보기로 하자.[320]

(4-1) 漢詩

(가) 詩的 교감을 통한 부부사랑

雪下風增冷　눈 내리고 바람 더욱 차가우니
思君坐冷房　냉방에 앉아있는 당신이 생각나오.
此醪雖品下　이 술이 비록 下品이긴 하지만
亦足煖寒腸　당신의 언속을 덥히기엔 족하겠지요.

〈送酒于夫人兼贈小詩〉[321]

菊葉雖飛雪　국화잎에 비록 눈발은 날리오나
銀臺有煖房　銀臺엔 따뜻한 방이 있겠지요.
寒堂溫酒受　차가운 방에서 따뜻한 술을 받아
多謝感充腸　창자를 채우니 고마움 그지없어라.

〈次韻〉[322]

파악한 유희춘의 漢詩는 285首이다. 앞으로 『眉巖集』 이본과 『眉巖日記』에 실린 漢詩와 文을 면밀히 비교해보면, 유희춘의 漢詩와 文의 총 작품수가 좀 더 분명하게 밝혀질 것이다. 그리고 유희춘의 시작품은 많이 散佚되어 유배 이전의 시는 거의 찾아 볼 수 없다.

320) 유희춘의 한시에 대한 연구는 송재용, 「미암 유희춘의 시세계-한시와 시조를 중심으로」, 『동양학』 제30집, 단국대 동양학연구소, 2000, 95~116쪽. ; 황수정, 「미암 유희춘 문학 연구」, 『한국한시연구』 제14집, 한국한시학회, 2006, 135~173쪽. ; 이연순, 「미암 유희춘의 유배기 문학 연구」, 『동양고전연구』 제32집, 동양고전학회, 2008, 1~27쪽. ; 박명희, 「미암 유희춘 시문의 典故 運用 양상과 의미」, 『고전문학연구』 40집, 한국고전문학회, 2011, 231~263쪽. ; 박명희, 「미암 유희춘 시문에 나타난 종성 유배기 활동 양상」, 『고시가연구』 29집, 한국고시가문학회, 2012, 115~142쪽. ; 박명희, 「미암 유희춘의 영사시에 나타난 사유와 지향」, 『한국언어문학』 제82집, 2013, 155~179쪽. ; 박명희, 「미암 유희춘 시문의 수사적 표현기법 양상」, 『고시가연구』 32집, 한국고시가문학회, 2013, 97~128쪽. 등을 대표적으로 들 수 있다.

321) 『德峯文集幷眉巖集』, 張18 ; 『眉巖日記』, <1569년 9월 1일>.

유희춘은 승지로 入直하면서 6일 동안 집에 가지 못하자,[323] 집에 있는 아내 宋德峯에게 母酒 한 동이와 시 한 수를 지어 보냈다.[324] 유희춘은 객지인 한양에서 벼슬살이를 하는 자신을 위해 뒷바라지하는 아내에게 할 말이 없었다. 그가 21년간 귀양살이를 할 수 있었던 것은 아내 때문에 가능했다. 그래서 그런 아내가 고마웠는데, 이제 해배・복관되어 관직생활을 하면서 뒷바라지 하는 아내에게 고생을 시키니 그저 미안할 따름이다. 더구나 늦가을 때 아닌 눈과 찬 날씨에 며칠 동안 아내 혼자 있었으니 방은 더욱 추울 수밖에……. 그래서 유희춘은 자신 때문에 평생 고생만 하는 아내에게 미안함과 함께 술과 사랑의 뜻이 담긴 시 한 수를 지어 보냈던 것이다.

남편의 시를 받아 본 宋德峯은, 다음날 차가운 날씨에 銀臺(승정원)에서 入直하고 있는 남편의 건강을 걱정하는 한편, 술을 보내준 남편에게 고마움을 시로써 화답하였다.[325]

위의 두 번째 시 〈次韻〉은 술 한 동이와 시 한 수를 받은 宋德峯이 남편에게 보낸 화답시다. 전구의 '寒堂'과 '溫酒'는 조화를 이루면서 결구의 "多謝感'을 통해 남편에 대한 사랑을 곡진하게 내비치고 있다. 위의 두 시에서 유희춘과 宋德峯 두 사람의 부부애를 엿볼 수 있다. 유희춘과 宋德峯은 시적 교감을 통해 夫婦之情을 돈독히 했다.[326]

이처럼 유희춘은 부인 宋德峯과 함께 시를 생활의 일부로 여겼다.[327]

---

322) 『德峯文集幷眉巖集』, 張18 ; 『眉巖日記』, <1569년 9월 2일>.

323) 『眉巖日記』, <1569년 9월 2일>. "與夫人六日相離"

324) 『미암일기』, <1569년 9월 1일>. "以母酒一盆送于家 遣成仲詩曰"

325) 『미암일기』, <1569년 9월 2일>. "夫人和詩來云"

326) 『미암일기』, <1575년 12월 1일>. "夫人和我詩甚佳" 두 사람의 부부금슬은 말년으로 갈수록 더욱 깊어져 갔다.(<1572년 10월 20일>. "與夫人相賀同享太平之樂 和氣懽然 琴瑟之調 晩年尤甚")

327) 이밖에도 「至樂吟」과 「答夫人」, 「詠東堂贈眉巖」과 「次韻」 등의 시들을 보면, 유희춘과 송덕봉 부부의 각별한 부부애를 엿볼 수 있다.(송재용, 「여류문인 송덕봉의 생애와

그러므로 그는 부인과 일상생활에서 있었던 일을 시로써 수창하며 서로 교감하였던 것이다.

(나) 自己修養과 自己省察

……(前略)

昨看考亭訓	어제는 朱子의 가르침을 보고
忽覺轉戶樞	문득 문짝이 열리는 듯 깨달았네.
丁寧收放心	정녕 放心을 거두면
步步進長途	한 걸음 한 걸음 먼 길로 나아가겠구나.

…(中略)…

自警輒自存	스스로 경계하여 문득 마음을 잡으니
暗室生明珠	어두운 집에서 밝은 구슬 생겨난 듯하네.
從玆窮萬里	이로부터 온갖 이치를 窮究히 하니
顯微燭九區	은미함이 드러나 온 세상을 밝히는구나.
驅車萬里道	수레를 몰아 만리 길을 가려고 했는데
兩輪不可俱	두 수레바퀴가 함께 굴러가지 못하는구나.
卅九日終斜	서른아홉해가 마침내 기울어가니
豈無收桑楡	어찌 노년에 거둔바가 없으리.
他年記困學	후일 困學을 기억할 때는
渺渺鍾山隅	아득한 鍾山의 모퉁이라오.

〈困學〉328)

유희춘이 유배지 종성에서 39세 겨울에 지은 시이다. 이 시의 제목인 〈困學〉은 『中庸章句』 제20장의 '困而知之 學而知之'와 『論語』 「季氏

문학」, 『국문학논집』 제15집, 단국대 국문과, 1997, 215~238쪽 ; 송재용, 「송덕봉 문학 연구」, 『동아시아고대학』 제28집, 동아시아고대학회, 2012, 31~66쪽 참조.)

328) 『眉巖先生集』 권1, 149~150쪽.

篇」의 '困而學之'에서 취한 것이다. 유희춘은 유배지 종성에서 마음공부가 잘되지 않았는데, 朱子의 가르침으로 인해 마음을 잡을 수 있었다. 즉, 朱子의 가르침을 받은 이후 마음을 잡을 수 있었고, 朱子가 자신이 나아가야 할 학문의 방향을 제시했음을 강조하였다. 뿐만 아니라 이를 통해 학문을 연마할 수 있었고, 이는 마침내 自己修養과 연결된다. 유희춘은 척박한 유배지 종성에서 결코 학문을 단념하지 않고 학문연마를 통해 자신을 수양하려는 모습을 보여주고 있다. 유희춘은 困學을 기억할 때는 종성에서의 이러한 마음가짐과 자기 수양의 모습을 결코 잊지 않겠다고 다짐하였다. 이러한 자세와 모습은 해배·복관되어서도 계속되었지만, 특히 귀양살이 하는 중에 더욱 그러했다. 유희춘이 유배생활 중에 지은 시에는 이러한 작품들이 비교적 많다.

다음은 자기성찰과 관련된 시를 살펴보자.

會泛南溟億丈深	억장이나 깊은 남쪽 바다에 배를 탔었지
如今又上最高岑	이제 또 最高岑에 올랐노라
蹄涔丘垤那堪覩	웅덩이 물 언덕배기를 어찌 볼 수 있으랴
始識當年孔孟心	비로소 당시의 공자·맹자의 마음을 알겠구나.

〈壇上口占〉329)

유희춘이 紺嶽山 壇上에 올라가 지은 시이다.

유희춘은 일찍이 제주도에서 종성으로 유배지를 옮길 때, 배를 타고 간 적이 있었다. 起句는 이를 잘 표현한 것이다. 지금은 해배·복관되고 또 헌관이 되어 감악산의 壇上에 올랐다. 유희춘은 단상에 올라 웅덩이 물이나 언덕배기를 보지 않고 孔子·孟子의 말씀을 되새겼다. 이 시에서

329) 『미암일기』, <1573년 5월 6일>. 『眉巖先生集』에는 「登北嶽 其二」로 되어 있다.

유희춘은 자신이 무엇을 해야 할 것인가를 성찰하였다. 즉 浩然之氣를 기르는 한편, 性理學 硏究에 전념할 것을 다짐한 것이다.

이처럼 유희춘은 일생동안 자신을 진솔하게 반성하고 성찰하였다. 그러므로 자기성찰의 시가 비교적 많은 편이다. 특히 그는 처신이나 학문 등에서 자신을 성찰하는 시를 남기고 있다.

학문 연마를 통한 自己修養과 自己省察 시들은 서로 연관이 있고, 이들 작품들은 眉巖 시 가운데 비교적 많다.

(다) 忠君之情과 愛民之心

柳綠花紅三月暄	푸른 버들 붉은 꽃 따뜻한 봄 3월
旌旗節鉞蔽川原	旌旗와 節鉞이 강과 들을 덮었네.
金花誥又榮三世	金花의 誥文으로 三世를 追榮하니
螻蟻那酬天地恩	개미 같은 이 몸이 큰 은혜를 어찌 갚나.

〈詠懷〉[330]

유희춘이 전라감사로 列邑을 시찰하던 도중에 지은 시이다.

꽃피는 春三月, 유희춘은 列邑을 시찰하게 되었다. 억울하게 귀양 갔던 시절이 엊그제 같은데, 이제는 해배・복관되어 전라감사를 하고 있다. 더구나 감사의 시찰이니 당연히 화려할 수밖에 없었다. 게다가 三世追贈까지 받았으니 미천한 자신이 어떻게 聖恩에 보답해야 할지 막막함을 고백하고 있다. 이 시는 忠君之情을 극명하게 내비치고 있다.

이처럼 유희춘의 시에는 忠君의 衷情을 읊은 시들이 많다. 이는 그가 宣祖의 총애를 많이 받았기 때문일 것이다. 더욱이 宣祖는 그를 '知心友'[331]로 여겼다.

---

330) 『미암일기』, <1571년 3월 26일>.

다음은 愛民之心과 관련된 시를 살펴보기로 하자.

去年曾歎疫虔劉	지난해에는 역병창궐을 한탄했었는데
今又愆陽怪底由	금년에는 愆陽으로 괴질이 생겼네.
黃犢家家顚四足	누런 송아지 집집마다 네 다리 힘 못쓰고
蒼生日日泫雙眸	세상 모든 사람들 날마다 두 눈에 눈물만 흐르네.
窮民休怕田爲穢	곤궁한 백성들은 밭이 거칠어질까 두려워마오.
賢守應敎釰化牛	賢守가 응당 칼을 써서라도 소를 관리할 것이네.
更喜飛霙連日降	다시 連日 내린 진눈깨비를 기뻐하는 것은
爲收瘴氣布淸飍	瘴氣 거두어주고 맑은 바람 펼쳐주기 때문이라네.

〈牛瘴嘆〉332)

유희춘은 소의 돌림병으로 인해 백성들이 고충을 겪는 모습을 목도하고 이를 시로써 형상화하였다. 지난해에는 역병창궐로 백성들이 고통을 겪었는데, 금년에는 기상이변으로 겨울날씨가 덥고 건조해 소들이 돌림병을 얻어 백성들은 고난의 연속이다. 유희춘은 이를 목도하고 안타까운 마음을 금할 수 없었다. 수련의 '愆陽'은 절기에 맞지 않는 날씨, 지나친 陽氣를 말한다. 함련에서는 괴질로 인한 소의 상태와 백성들의 참담한 모습을 사실 그대로 그리고 있다. 그리고 경련에서는 백성들을 염려하고 위안하는 애민의 모습을 엿볼 수 있다. 마침내 미련에서 진눈깨비가 날린다는 것은 찬바람이 불면서 돌림병의 기운이 사그라진다는 것을 암시하고 있다. 이 시는 유희춘의 애민의식을 표출시키고 있다.

유희춘은 종성에서 19년간 유배생활을 하면서 백성들의 고통과 어려움을 자주 목도하였다. 그래서 그는 백성들을 위하고 사랑하는 마음을 시에

331) 『眉巖先生集』 권2, 177면. 「伏蒙上敎以講官爲知心友 感激有作 其二」, "君王欲許知心友"
332) 『眉巖先生集』 권1, 159면.

자주 담았다.

眉巖의 시 가운데 忠君之情과 愛民之心을 내용으로 한 시들은 많은 편이며, 이들 시들은 서로 연관성이 있다.

(라) 友情

二十年前舊	20년 전 옛 벗이
三千里外來	三千里 밖에서 왔네.
一盃相屬處	한 잔 술 서로 권할 때
紅日照江臺	붉은 해 강가의 누대를 비추어 주네.

〈與申正字大壽飮〉[333]

유희춘이 해배·복관된 후, 휴가를 얻어 고향에 내려와 선영에 성묘하는 도중, 길에서 기다리고 있던 벗 申大壽와 재회하자 즉석에서 지은 詩이다. 유희춘은 20년 전의 옛 친구가 자신을 만나보기 위해 멀리서 찾아오니 그저 고마울 따름이었다. 두 사람 서로 한 잔 술로 회포를 나누다 보니 어느덧 시간이 빨리 흘러 저녁놀이 붉은 빛의 얼굴로 情겨운 酒席을 축하해 주는 듯했다. 유희춘은 결구에서 신대수와의 우정의 시간을 '紅日照江臺'라 하여 시간의 빠름을 상징적으로 드러내고 있다.

한편, 유희춘이 종성에서 유배생활을 할 때 절친한 친구이자, 사돈 간인 金麟厚만이 거의 유일하게 자주 시를 지어 보내어[334] 그의 외로움을 달래주었다.

유희춘은 信義를 중시하였는바, 그의 시 중에는 우정을 읊은 작품들이

333) 『미암일기』, <1568년 1월 3일>.

334) 『眉巖先生集』 권2, 169면. 「附原韻 其二」, "有美眉巖子 胡然使我思 何當共一榻 開卷析毫釐" 『眉巖先生集』에는 유희춘이 종성 유배 중 김인후와 주고받은 시 16수가 전하고 있다.

많은 편이다.

(마) 感懷

南溟北海淒凉地　남쪽 북쪽 바다의 거칠고 쓸쓸한 땅에
二十三年棄置身　23년 동안 버려졌던 이 몸
懷舊空吟聞笛賦　옛 친구 생각하며 聞笛賦만 읊다가
到鄕翻似爛柯人　고향에 돌아오니 신선이 된 듯하네.
沈舟縱見千帆過　가라앉은 배의 신세여서 남들이 앞질렀지만
病枝猶含一點春　병든 가지에도 一點 봄은 있다네.
今夜聞鐘長樂畔　오늘밤 長樂宮 곁에서 종소리 들으니
不憑杯酒暢精神　술 마시지 않아도 정신이 상쾌하구나.

〈效劉中山詩〉[335]

유희춘이 해배·복관되어 처음으로 경연에 참석하기 전날, 만감이 교차하고 신경이 쓰여 잠 못 이룰 때 지은 시이다.

유희춘은 제주와 종성, 은진 등에서 무려 23년간 귀양살이를 하는 동안(실제는 21년임), 옛 친구들을 생각하며 그 옛날 晋의 向秀가 지은 〈聞笛賦〉를 연상하며 시를 읊었다. 그러나 해배·복관되어 한양에 돌아와 보니 자신은 남들보다 뒤쳐지는 신세가 되고 말았다. 그저 모든 것이 막막할 뿐이었다. 늙은 몸이지만 경연관으로 참석하니 그나마 다행이었다. 잠도 오지 않는 밤 인경소리 들으니 정신이 상쾌해졌다.

이 시는 唐의 詩人 劉文房의 詩를 본떠 지은 것으로, 유희춘의 심정을 잘 그려낸 작품이다. 그 표현이 적절하고 운치가 있다고 하겠다.

유희춘의 시는 오랫동안 유배생활을 하고 해배·복관된 탓인지 자신

335) 『미암일기』, <1567년 11월 4일>.

의 感懷를 읊은 시가 많다.

유희춘의 시는 일상생활이나 체험사실 등과 관련된 작품들이 주류를 이루고 있다. 또 태반은 담담하게 사실 그대로를 자연스럽게 표현하고 있다.

(4-2) 時調

유희춘의 時調는 3首이다. 이들 시조는 모두 初中終 三章으로 分段할 수 있고, 各章은 基本字數律인 3・4調를 밟고 있으며, 平時調 형태를 취하고 있다. 이들 작품을 살펴보기로 하자.

① 〈感上恩歌〉

머리를　고텨뀌워　王簪은　ᄀᆞ라고죄
녀근　디나가되　니미혼자　과□ᄒᆞ시니
진실로　과ᄒᆞ시면　그예더언　이리이시가[336]

② 〈獻芹歌〉

미라리　ᄒᆞᆫ펄기ᄅᆞᆯ　ᄏᆞ여셔　시수이다
녀ᄃᆡ　아냐　우리님ᄭᅴ　바ᄌᆞ오이다
마시아　김디　아니커니와　다시시버보쇼셔[337]

③ 〈제목미상〉

우흐로　聖主乙이고　아라로　英俊乙ᄃᆞ리고
淸明ᄒᆞᆫ　時節에　됴히노ᄂᆞᆫ　오ᄂᆞ리야
이몸이　退休田里ᄒᆞᆫᄃᆞᆯ　니즐저기　이시랴[338]

---

336) 『미암일기』, <1570년 11월 2일>.

337) 『미암일기』, <1571년 6월 10일>.

338) 『미암일기』(慕賢館 所藏, 筆寫本), <1574년 11월 11일>. 위의 時調들의 分段과 띄어쓰기는 필자가 임의로 했음을 밝힌다.

〈感上恩歌〉는 유희춘이 宣祖에게 『獻芹錄』을 進上하자, 선조는 당일 褒奬의 備忘記를 내리고 御酒를 하사하게 되는데, 유희춘이 이를 받아 마시고 城門을 나와 上恩에 감격하여 馬上에서 醉中 口占 作歌한[339] 作品이다. 머리를 매만지고 玉簪을 갈아 꽂는 여인의 形象을 빌어 戀君愛君의 至情을 流露시킨 이 노래는 鄭澈의 〈思美人曲〉과도 상통한다.[340]

〈獻芹歌〉는 完山의 鎭安樓에서 實錄 奉安使로 내려온 朴淳과 함께 놀면서 지은 時調이다.[341] 시골의 하찮은 미나리, 그 맛은 시원찮지만 임금님께서 이를 씹어 보시라는 내용인데, 여기서 미나리는 작자 자신을 의미한다. 즉, 작자 자신이 미나리와 같은 보잘것없는 인물이지만, 君王의 治道를 위해 충성을 바치겠다는 뜻이 내포되어 있다. 싱싱한 표현이 눈길을 끈다. 이 시조는 당시 善歌者나 기생들 사이에서 널리 불리어진 것으로 보인다.[342]

〈제목미상〉은 유희춘이 玉堂에서 동료들과 함께 宣祖가 하사한 御酒를 마시고 大醉한 상태에서 지은 작품이다.[343] 위로는 聖君이 계시고 조정엔 英俊한 인재들이 있어 태평성대를 이루고 있으므로 마음 편히 사직

---

339) 『미암일기』, <1570년 11월 2일>. “上以備忘記褒奬曰 觀此所進一編 特採歷代言行 使予爲法 其愛君之誠 求之古人 亦何以加焉 予雖不敏 敢不留神 臣希春又蒙賜酒于慶會南門三盞 臣伏受而盡釂 大醉扶人而出城門 馬上感上恩 口占作歌曰”

340) 「感上恩歌」의 소개 및 복원, 그리고 해석은 황패강에 의해 자세히 논의되었는바 이를 수용하였다.(황패강, 「短歌 感上恩歌考」, 『국문학논집』 제2집, 단국대 국문과, 1967, 81~90쪽 참고.)

341) 『미암일기』, <1571년 6월 10일>. “追記 去五月十二日 在完山鎭安樓 與奉安使朴和叔(淳)歡飮 作歌 曰” ; <1571년 5월 12일>. “朴歌獻梅 余歌獻芹”

342) 『미암일기』, <1571년 9월 6일>. “夕 醉中 令玉瓊兒唱獻芹歌 令侍兒唱歌”
그런데 이 시기는 양반과 기생, 善歌者들이 歌曲唱을 많이 부른 듯하다.(<1574년 5월 26일>. “今日 爲結姻李同知陽元及余 特設酌 善歌者石介亦來”)

343) 『미암일기』(慕賢館 所藏, 筆寫本), <1574년 11월 11일>. “大殿誕日朝賀…(中略)…至玉堂與校理尹晛申點金宇顒金應南李敬中金晬同詣經筵廳之西 請可謁入門安單子 上命中使賜酒…(中略)…賜酒伏地而飮 飮畢 畢後行巡盃…(中略)…希春亦相酬酌大醉 令崔彦國唱歌 余作歌令唱 其辭曰”

할 수 있지만, 고향에 돌아간들 이를 어찌 잊을 수 있겠는가 하는 내용이다. 몇 차례 사직소를 올렸던 자신의 歸田의 당위성을 은근히 내비치고 있다.

유희춘의 시조 3편 모두 戀君愛君의 至情과 太平聖代를 노래하고 있다. 그리고 유희춘은 자신의 심정을 절제된 표현으로 時調에 담아 문학적으로 잘 형상화하고 있다. 그러므로 그의 時調는 높이 평가된다.

(4-3) 日記

현재 전하고 있는 유희춘의 親筆『眉巖日記』는 1567년 10월 1일부터 解配・復職되어 1576년 7월 29일까지의 기록이다. 본래의 親筆日記는 14책으로, 1567년 10월 1일부터 他界하기 이틀 전인 1577년 5월 13일까지의 기록이다. 그러나 1576년 8월 1일부터 1577년 5월 13일까지의 親筆日記의 일부는 유실되었고, 현전하는 이 부분의 기록은 後人(또는 後孫)이 원본을 필사한 것이다. 그리고 친필『미암일기』의 原本은 21책이었다고 한다.[344] 그러니까 현재 우리가 접할 수 있는『미암일기』의 기록은 移配地인 恩津에서부터 별세하기 이틀 전까지의 기록이다.[345]

---

344) 송재용,「미암일기의 서지와 사료적 가치」,『퇴계학연구』 제12집, 단국대 퇴계학연구소, 1998, 117~151쪽. 그리고『미암일기』의 서지사항이나 사료적 가치에 대해서는 송재용,『미암일기 연구』, 제이앤씨, 2008, 81~104쪽을 참고할 것.

345)『미암일기』에 대한 연구로는 송재용,「미암일기 연구」, 단국대 박사학위논문, 1996. ; 송재용,『미암일기 연구』, 제이앤씨, 2008. ; 이연순,「미암 유희춘의 일기문학 연구」, 이화여대 박사학위논문, 2009. ; 이연순(2012),『미암 유희춘의 일기문학』, 2012, 혜안. 등을 대표로 들 수 있다. 그리고 권수용이『미암일기』 전사본을 소개한바 있다.(「眉巖 후손 유복삼의 爲先 활동」,『국학연구』 23집, 한국국학진흥원, 2013, 251~281쪽) 이를 통해 누락된 일자의 기록을 보완할 수 있어 다행이다.
참고로 유희춘이 언제부터 일기를 썼는지는 확실히 알 수 없으나 1567년 10월 1일 이전, 그러니까 젊어서부터 별세하기 이틀 전까지 평생 동안 일기를 썼던 것으로 보인다.(송재용, 위의 논문,「미암일기의 서지와 사료적 가치」, 135쪽.) 그리고 유희춘이 일기를 쓰게 된 동기는 家風과 당대인들의 일기에 대한 관심(글을 남기려는 버릇, 일상적 삶의 문제들을 세밀하고 구체적으로 다루는데 적합한 산문의 필요성 확대) 등 때문이며, 眉巖의 꼼꼼하고 솔직한 성품과 선비정신, 진솔한 자기고백 내지는 자기반성, 시대에 대한 증언

『미암일기』는 분량이 방대해 유희춘의 일기문학세계를 논하기에는 지면관계상 무리가 있다. 그러므로 여기서는 『미암일기』의 일기문학적 특징 내지는 문학사적 가치나 위치 등을 중심으로 논의하겠다.346) 이를 언급하면 다음과 같다.

① 『미암일기』는 日記文學 측면에서 대단히 주목되는 일기이다.

첫째, 진솔한 자기고백을 담고 있다. 유희춘은 『미암일기』에 부인을 淋疾에 걸리게 한 사실, 옷에 설사를 한 사실, 경연석상에서 宣祖나 동료들에게 실수한 사실 등, 부끄럽고 창피한 일을 포함한 온갖 사실들을 숨기지 않고 진솔하게 고백하고 있다.347) 한 점의 거짓도 없이 진솔하게 자신을 고백하고 있는 記事에서 유희춘의 인간적 면모를 엿볼 수 있다. 이 같은 사실을 기록한 일기야말로 우리 삶의 실제적 증언이며 문학적 감동을 불러일으킨다고 하겠다. 그러므로 『미암일기』는 체면이나 격식을 따지는 당시의 사대부들이 쓴 일기와는 그 차원이 다르다.

둘째, 간명한 표현을 통해 자신의 심경을 명확히 드러내고 있다.348) 유희춘은 주로 日記文 末尾에 疊語를 사용하여 자신의 심적 상태를 간명하게 나타내고 있다.

의식, 春秋大義(춘추필법의 계승)와 朱子의 治史精神 등을 본받아 가식 없는 역사기술과 철저하고도 정확한 기록을 한 것으로 보인다.(송재용, 위의 논문, 「미암일기의 서지와 사료적 가치」, 134~136쪽. ; 송재용, 「일기를 통해본 조선 중기 사대부들의 기록정신」, 『동아시아고대학』 제21집, 동아시아고대학회, 2010, 39~67쪽.) 그리고 이연순은 「미암일기의 저술배경과 작가의식」(『한국고전연구』 통권 18집, 한국고전연구학회, 2008, 351~380쪽 참고.)에 대해 논의한바 있다.

346) 『미암일기』의 일기문학적 특징 내지는 문학사적 가치나 위치 등에 대해서는 송재용의 논급(위의 책, 370~384쪽.)을 참고하여 요약 정리했음을 밝힌다. 그리고 『미암일기』의 일기문학적 의의에 대해서는 이연순이 언급한바 있다.(위의 책, 241~251쪽 참고.)

347) 『미암일기』, <1571년 8월 26일>. "見海南書 知夫人患血淋 乃前日染我之淋疾" ; <1570년 6월 16일>. "中暑患痢 再如厠 初度則汚褌 令玉石浣于厠簷下" ; <1567년 11월 5일>. "余到經筵廳 讀經文於領事前 頗傷急速 典經戒之 余於入講便頗舒緩 亦規諷之益也"

348) 『미암일기』, <1571년 2월 22일>. "宋四宰及奇明彦之奴亦來 奇公今日爲訪我 出于中路相違不得見云 深恨深恨"

셋째, 철저하고도 정확히 기록하고 있다. 『미암일기』에는 주로 日常事나 公的 事實이 철저하고도 정확히 기록되어 있다. 그러므로 『미암일기』를 보면, 追錄이니 追記니 하는 단어들을 도처에서 접할 수 있으며, 실상 그대로를 정확히 솔직하게 기록하고 있다.[349] 유희춘의 철저하고도 정확히 기록하려는 자세에서 기록정신의 일면을 엿볼 수 있다. 그러므로 기록의 철저성과 정확성 등에서 『眉巖日記』는 선구적이다.

넷째, 逸話 등을 통해 진실을 밝히고 있다. 『미암일기』에는 逸話들이 많이 수록되어 있다. 그 중에서도 역사적 사건과 관련된 일화가 가장 많다. 이는 유희춘의 가식 없는 역사기술과 연관된다. 逸話 가운데 눈길을 끄는 것은 恭愍王의 子孫 禑・昌, 金宗直의 剖棺斬屍 모면, 孔德里의 石 등이다. 특히 김종직의 부관참시 모면에 대한 내용은 『미암일기』에만 기록되어 있다.[350] 유희춘은 이 같은 사실을 기록화 하여 진실을 밝히고 있다.

다섯째, 권선징악을 지향하고 있다. 유희춘은 권선징악에 대해 누구보다도 많은 관심을 가졌던 인물로, 『미암일기』를 보면 도처에서 권선징악과 관련된 記事를 접할 수 있다.[351] 日記는 公・私的 日記를 막론하고

---

349) 『미암일기』, <1568년 3월 12일>. "追記 宋海容屢請余爲潭陽京在所 昨日 余署京在所座首" ; 송재용, 「미암일기의 글쓰기 방식 일고찰」, 『동양고전연구』 제30집, 동양고전학회, 2008, 43~67쪽 참고.

350) 『眉巖日記草』, <1576년 10월 4일>. "北部參奉金天瑞 佔畢齋宗直之曾孫也 來謁 余問佔畢齋何年生而何年及第 對曰 生於宣德辛亥 二十九天順己卯登第 族系詳見彝尊錄 今在於鄭壯元崑壽家云 弘治戊午 李克墩柳子光所起史禍 金馹孫被鞫詔獄 獄事至於將剖棺戮屍 在洛門弟子 急通密陽本宅 得移置屍體 以他屍代之 得免慘刑云 余曾因許篈 聞此聞 今更問之 果不虛矣 追幸追幸 其時後室夫人 以緣坐 付處雲峯 男綸년十歲 以幼弱得免云"

351) 『미암일기』, <1571년 6월 6일>. "柳夢井書云 先生宣化列邑 雖小善 必欲搜訪而勸奬之 此近古所未有之擧 而小子親逢 寧不踊躍 向所薦鄭時誠外 務安居羅德元 乃羅悅兄之子也 非徒善屬文 有志於古人之學 而居家行事 多有可稱者 吾州居李有慶 亦向道之士也 此皆先生所當褒賞者 故敢達 柳君之好善至矣" ; 송재용, 「한국 일기문학론 시고」, 『한문학논집』 제14집, 단국대 한교과, 1993, 393~431쪽 참고.

勸善하고 懲惡하려는 측면을 가지고 있다. 『미암일기』는 이의 대표적인 사례이다.

여섯째, 『미암일기』는 체험소재에 있어 특수체험(전쟁, 표류, 외국사행)을 제외한 일상생활・기행・유배・궁중・경연・역사일기의 유형적 제반 속성을 내포하고 있다. 『미암일기』에는 日常事나 신변잡기, 노정기, 전라감사 시절의 列邑 및 各浦 視察記, 恩津에서의 유배생활, 궁중사건, 경연내용, 政事나 관청의 公的 事實 등이 총망라되어 기록되어 있다.[352] 유희춘의 인간의 폭과 생활의 폭이 넓음을 엿볼 수 있다. 現傳하는 개인의 일기 중 이 같은 記事를 다양하게 담은 일기는 그리 흔치 않다.

『미암일기』는 유희춘의 官人・學者・文人으로서의 삶의 모습, 즉 그가 삶을 어떻게 살았는가를 여실히 보여주고 있다.[353] 따라서 사실이 주는 감동은 허구적 감동의 문학 작품과는 비교되지 않는다. 바로 이런 점에서 그 문학적 가치가 높다고 하겠다.

② 『미암일기』에는 〈感上恩歌〉・〈獻芹歌〉・〈제목미상〉의 時調 3首가 실려 있다. 이들 시조들은 모두 平時調 형태를 취하고 있는데, 戀君愛君의 至情과 太平聖代를 노래하고 있다. 이들 시조는 記事 내용과 관련되어 있는데, 유희춘의 심정을 절제된 표현으로 문학적으로 형상화하고 있다.[354]

③ 『미암일기』에는 漢詩 83首 등이 수록되어 있어 문학사적으로 높이

---

352) 『미암일기』, <1567년 10월 20일>. "伏覩今月十五日傳敎 乙巳年以後被罪之人 橫罹無辜 陷於大惡之名者 厥數甚多 當時立朝之士 豈是擧皆叛逆之徒 皆緣其時公臣如李芑尹元衡之徒 懷夙昔之憤 乘先王幼冲 睚眦小忿 纖芥微嫌 必於此焉發之 一時端人正士 稍有知識之人 擧加叛逆之名 牢籠構陷 使人喪氣垂頭 不敢開口 致使士氣頹喪 國勢委靡 言之可爲於泣…(中略)…並只職牒還給事 下吏曹" ; <1567년 11월 5일>. "是日 觀先生案 凡被極禍之人如宋公麟壽之類 皆以逆黨圍抹 痛恨孰甚 余輩竄謫之類 幸免點汚"

353) 송재용, 「미암일기에 나타난 인간 유희춘」, 『퇴계학연구』 제16집, 단국대 퇴계학연구소, 2002, 153~166쪽 참고.

354) 송재용, 앞의 책, 249~252쪽 참고.

평가된다. 이들 시들은 대부분 일상생활이나 당일의 체험사실과 연관되어 있다. 그리고 비교적 평이한 편이며 자연스럽게 표현되고 있다. 유희춘의 시는 대체로 담담하게 사실 그대로를 그리고 있다.[355]

뿐만 아니라 『미암일기』에는 유희춘을 포함한 사림파 문인들의 載道的 文學觀과 宋風 위주의 詩・文, 詩・文의 作法과 자세와 감식력, 그리고 詩・文에 대한 評 등이 언급되어 있다. 특히 유희춘은 唐風, 그 중에서도 韓愈의 詩・文을 선호하였으며, 형식보다는 내용을 중시하였다. 또 詩・文에 대한 감식력도 남 못지않았으며,[356] 文에 대한 안목이 상당한 수준이었던 것으로 보인다. 詩・文에 관한 내용이 이만큼 많이 수록된 일기도 그리 흔치 않다.

④ 『미암일기』에는 書冊儈・粧冊匠・書士 등과 같은 영리를 목적으로 한 서적전문 담당자나 종사자, 서책인출 및 유통과정, 그리고 「六臣傳」・『三國志』・『秋江冷話』・『剪燈新話』・『稗官雜記』 등 서책들에 대한 기록이 있어[357] 서지사적으로나 문학사적으로 주목된다. 특히 고전소설이나 고전문학 작품의 유통과정을 새롭게 조명하는 단서를 제공하고 있다고 하겠다.

⑤ 民俗에 대한 내용을 매우 많이 담고 있어 민속학적으로 높이 평가된다. 『미암일기』에는 歲時風俗, 민속놀이 등 각종 민속에 대한 내용이

---

355) 위의 책, 234~249쪽 참고.

356) 『미암일기』, <1568년 3월 16일>. "許生(篈)詩極高 以二上科次" ; <1568년 6월 3일>. "金倜來 觀其所作表甚佳 足科三上" 그리고 宣祖는 眉巖의 문학을 으뜸으로 인정한 적도 있다.(『미암일기』, <1573년 7월 19일>. "同知經筵官敎來 蓋上素知獎臣希春文學眷予甚至 故於副提學於大司成於校書館提調於藝文提學於同知經筵 文字華選 無不落點 臣希春之遭遇 所謂千一之大幸 感激之情" ; 송재용, 앞의 책, 253~255쪽 참고.

357) 『미암일기』, <1573년 3월 13일>. "外館唱准李傑 送印粧詩說綱領一冊來 又印出龍飛御天歌五冊來 金給粧衣紙 令粧來" ; 『미암일기』, <1568년 3월 14일>. "書冊儈宋希精來謁約條同契・皇華集・謏聞瑣錄・杜詩等而去" ; 『미암일기』, <1568년 2월 14일>. "校書館億亨印剪燈神話來"

기록되어 있다. 특히 歲畫・冊曆・歲酒・立春帖・立春裸耕・石戰・水團・省墓・팥죽・舊歲拜와 歲拜・大小男兒의 귀고리・新來侵虐 등이 눈길을 끈다. 이 중에서 立春裸耕과 大小男兒의 귀고리 다는 民俗에 관한 기술은 『미암일기』에서만 볼 수 있다. 입춘 날 아침에 행한 '木牛裸耕'은 중요한 農作을 이루기 위하여 땅을 재생시키려는 의도에서 행해진 의식으로 鍾城 고유의 민속이다. 또 大小男兒의 귀고리 다는 풍속은 한때 사라졌다가 고려 말 중국 원나라의 영향으로 다시 행해져 宣祖때까지 유행된 듯하다. 귀고리를 다는 이유는 신분상징이나 벽사의 의미로 여겨진다. 그리고 冠・婚・喪・祭禮 등 儀禮도 주목된다.[358]

⑥ 鼇山雜戲・綵棚놀이・輪棚놀이・山臺놀이 등 궁중이나 민간에서 성행한 놀이에 관한 기술이 보인다. 특히 중국 사신이 올 때마다 나라에서 공연장(주로 궁궐이나 四大門 大路)을 마련하여 이 같은 놀이와 才人들의 공연을 실시하게 하였던바, 演劇史的으로 중요한 자료라 하겠다. 이들 놀이들은 주로 관청에서 주관하였다고 한다. 채붕이란 무대공연장소를 뜻하는바, 윤붕놀이도 채붕놀이의 일종인 듯하다.[359] 그런데 이들 놀이들은 중국 사신이 올 때마다 행해졌는데, 이들이 한양에 도착하기까지 몇 군데 지역을 지정하여 실시한 듯하다.

이상에서 살펴본 바와 같이, 『미암일기』는 주로 政事(禹性傳의 『癸甲日錄』)나 生活箴誡(李滉의 『甲寅日錄』), 中國使行(蘇巡의 『葆眞堂燕行日記』) 등을 기록한 壬亂 이전의 16세기의 단편적인 일기들과는 그 문학성이나 내용 등에서 차이를 보이고 있다. 그 뿐만 아니라 『미암일

---

358) 송재용, 「미암일기에 나타난 민속 일고찰」, 『동아시아고대학』 제15집, 동아시아고대학회, 2007, 359~390쪽 참고. ; 송재용, 「미암일기에 나타난 점복과 조짐, 꿈과 해몽에 대한 일고찰」, 『한문학논집』 제25집, 근역한문학회, 2007, 69~94쪽. ; 송재용, 「묵재일기와 미암일기를 통해 본 16세기의 관・혼・상・제례」, 『한문학논집』 제30집, 근역한문학회, 2010, 303~320쪽 참고.

359) 위의 논문, 「미암일기에 나타난 민속 일고찰」, 359~390쪽 참고.

기』는 임진왜란을 겪으면서 전쟁의 참혹한 실상과 백성들의 고통을 구체적이고도 사실적으로 그린 전쟁일기의 출현에 교량적 역할을 했거나 간접적인 영향을 끼친 것으로 짐작된다. 따라서 『미암일기』는 문학사적으로나 역사적으로도 그 의의가 높이 평가된다.

『미암일기』는 문학적 가치가 높은 일기일 뿐만 아니라, 百科全書的 자료의 성격도 지니고 있다. 그런데 이로 인해 『미암일기』의 문학적 의미나 문학사적 가치에 대하여 이의를 제기할 수도 있다. 그러나 일기는 원래 雜居性을 띠고 있다는 점을 인식할 필요가 있다. 이는 그 문학성을 인정받고 있는 『熱河日記』도 마찬가지이다. 일기는 다양한 문학 장르의 내용을 담을 수 있고, 또 문학 이외의 내용도 수록할 수 있다. 그리고 이 같은 내용들은 일기를 총체적으로 파악하거나 일기 작가의 실체를 구명하는데 중요한 역할을 한다고 하겠다. 따라서 조동일이 논급한 바와 같이[360] 이들 내용들은 일기문학의 구실을 수행하고 있는바, 관심과 함께 긍정적으로 받아들여야 한다. 그러므로 일기는 특수체험만을 기술한 일기보다는 다양한 내용을 담고 있는 일기가 더욱 중요하다.

『미암일기』는 당시의 한 지식인이 겪었던 官人・學者・文人으로서의 삶의 모습을 사실적으로 그리고 있어 문학적 감동을 주고 있다. 특히 개인의 日常生活事 뿐만 아니라, 왕조사회의 상층부에서 國事를 논의한 사실 등을 여실히 보여주고 있어 주목된다. 이처럼 『미암일기』는 당시의 모든 면을 총체하고 있다. 진정한 의미에서의 일기요, 일기다운 일기라 하겠다.

지금까지의 논의를 종합할 때, 『미암일기』는 16세기의 대표적 일기일

360) 조동일은 "각종 실기, 신문칼럼, 구전되는 것으로는 정치적 유언비어 등이 문학으로 인정되지 않는 가운데 문학의 구실을 수행하고 있는데 대해서도 관심을 가질 필요가 있다."고 논급한바 있다. (「국문학의 개념과 범위」, 『한국문학사의 쟁점』, 집문당, 1986, 22쪽.)

뿐만 아니라, 조선시대 개인일기로도 質量面에서 높이 평가된다.

이 밖에 文의 경우, 疏·書狀·書·序·跋·記·銘·祭文·碣·雜著·議·說 등이 있다. 이 중 書가 가장 많고, 祭文이 그 다음이다. 유희춘의 文은 대체로 平易하면서도 그 文義가 분명하다.[361]

(5) 맺음말

眉巖 柳希春은 賢人·君子로, 宣祖代의 名臣이며 碩學이었다. 그는 忠節을 지키다 21년간 유배생활을 하였고, 해배·복관되어서는 宣祖의 신임을 받았다. 또한 그는 경연관·학자로서 朝野에 명성을 떨쳤다. 이처럼 그는 영욕이 중첩된 굴곡 많은 인생을 살았다. 그러나 眉巖은 이 같은 파란만장한 삶속에서도 당당하였으며, 지조와 신의가 있었다. 특히 宣祖의 輔導와 성리학연구 및 저술 등에 전심전력을 다하였다.

眉巖은 학자로서 독실하고 진지하였으며 열정적이었을 뿐만 아니라, 솔직하고 겸손하였다. 이와 함께 그의 학문적 깊이와 폭, 그리고 지적 욕구 또한 당시의 학자들과는 비교되지 않았다. 그는 학자로서의 자세와 학문의 목적, 그리고 교육목표가 분명하였다. 특히 경연석상에서 宣祖의 학문과 治道에 도움을 주고자 하였다. 그러므로 그가 宣祖의 총애를 받게 된 것도 박학하고 진솔한 자세, 그리고 中和思想을 통해 유교적 질서체계를 유지하고 군왕의 治道에 이바지 하고자 노력했기 때문이라 하겠다. 따라서 그는 학자로서 학문의 도리를 구명하는데 힘쓰는 한편, '唯註前經助聖明'[362]하려는 忠君의 至情과 편·저술을 통한 학문연구의 이

361) 송재용, 앞의 책, 76~80쪽 참고. 『미암선생집』에 실려 있는 「庭訓」(十訓, 內·外篇)은 조선시대 사대부들의 학문과 문학뿐만 아니라 생활과 예절, 교육 등의 지침서요, 心得書라 할 수 있다. 앞으로 이에 대한 심도 있는 논의가 필요하다.

362) <辛未 11月 13日>.

론적 근거 제공, 그리고 교육을 통한 백성들의 교화에 중점을 두었다. 그런 바, 그의 학문은 다분히 實踐儒學이었다. 그는 朱子學을 적극 실천하려고 한 官學의 대표적인 인물로 山林의 유학자들과 다른 유형의 학자였다. 眉巖은 당대의 대표적인 학자로서, 학구적 자세와 학문연구의 질 등에서 당시의 학자들에게 귀감이 되었다.

한편, 眉巖은 김인후와 함께 호남 사림을 흥기시켰으며, 학문의 구심점 역할을 하였다. 또한 그는 호남 사림의 영수・宗師로서 호남지방의 학풍쇄신과 교육에도 힘을 기울였다.

특히 당시의 儒林에서 이황은 영남, 유희춘은 호남을 대표하는 학자였다. 眉巖은 이황 死後, 사림의 宗師로서 학계를 주도적으로 이끌었다고 하겠다.

眉巖은 이황・이이에 버금가는 학자로서 그의 유학사적 위치는 우뚝하다고 하겠다. 특히 그의 중화사상과 기품설, 그리고 경서연구(주로 경서언해)에 대한 업적은 높이 평가되어야 한다.

眉巖은 문학을 載道的 관점에서 이해하려고 하였다. 한시의 경우, 작시에 있어 형식보다는 내용을 중시하였으며,[363] 絶句(특히 7언)가 가장 많다. 그리고 詩題에 吟・送・次韻 등이 붙은 작품이 많다. 유희춘의 시는 詩的 교감을 통한 부부사랑, 自己修養과 自己省察, 忠君之情과 愛民之心, 友情, 感懷 등으로 나눌 수 있다. 그리고 그의 시는 유배기와 해배・복관 이후기로 나눌 수 있다. 유배기는 학문 연마를 통한 自己修養, 友情, 愛民之心 등을 표출한 시들이 주목되며, 해배・복관 이후기는 詩的 교감을 통한 부부사랑, 忠君之情, 感懷, 自己省察 등을 내용으로 한 시들이 많다. 특히 부인 송덕봉과의 시를 통한 문학적 교감과 부부

---

363) 『미암일기』, <1573년 2월 9일>. "夕 以大忌齋戒 遷坐工外房 與宋震同宿 誨以押强韻先幾布置之法"

애는 유희춘 시의 특장 중의 하나이다. 그리고 유희춘의 시는 일상생활이나 체험사실 등과 관련된 작품들이 주류를 이루고 있으며, 태반은 담담하게 사실 그대로를 자연스럽게 표현하고 있다. 유희춘의 시는 일상생활이나 체험사실 등과 관련된 작품들이 주류를 이루고 있으며, 태반은 담담하게 사실 그대로를 자연스럽게 표현하고 있다.

時調의 경우, 3수 모두 평시조 형태를 취하고 있는데, 戀君愛君의 至情과 太平聖代를 노래하고 있다. 유희춘은 자신의 심정을 절제된 표현으로 時調에 담아 문학적으로 형상화하였는바 평가된다.

日記의 경우, 『미암일기』(친필 및 이본 포함)는 1567년 10월 1일부터 1577년 5월 13일까지의 기록이 현재 전하고 있다. 『미암일기』는 진솔한 자기고백 · 간명한 표현과 심경묘사 · 진실구명 · 남다른 역사인식과 기록정신 · 권선징악 지향 · 유형적 제반속성 내포 등 일기문학으로서의 특성과 時調(3首) · 漢詩(83首) · 文學論과 詩 · 文에 대한 評 · 서책인출 및 고전소설 유통과정 · 민속 · 연극 · 일화와 야담 등 다양한 내용을 담고 있다. 現傳하는 일기 중 『미암일기』와 같이 다양한 문학 장르를 담고 있는 일기는 그리 흔치 않다. 특히 일기문학 측면에서 매우 높이 평가된다.

眉巖은 문학작품, 그 중에서도 특히 『미암일기』를 통하여 朝와 野에 걸친 폭넓은 관심과 통찰을 표출하고 있다. 뿐만 아니라 문인의 자세와 사명감이 무엇인가를 보여 주었다. 따라서 그의 문학사적 위치(특히 일기문학사적 위치)는 우뚝하다고 하겠다.

3 사암 박순

(1) 머리말

조선 중기는 穆陵盛際로 불리어졌던 시기로, 뛰어난 시인들이 많이 배출된 시기였다. 이 같은 시대에서 思庵 朴淳은 당대의 뛰어난 시인들 가운데 한 사람이었다. 그리고 大提學으로서 文風을 바꾸었을 뿐만 아니라, 특히 唐詩風의 필요성을 제창하고 三唐派 시인들(특히 李達)에게 큰 영향을 끼친 인물이었다. 그럼에도 불구하고 思庵 朴淳에 대한 연구는 미진한 상태라 해도 과언이 아니다.[364)]

따라서 본고는 조선 중기 한문학연구(특히 한시)를 위한 일련의 작업의 하나로서 思庵 朴淳의 삶과 문학을 구명하겠다. 이는 조선 중기 한문학사를 조명하는데 일조가 될 것이다. 그러므로 먼저 그의 전기적 측면을 살펴보고, 이를 바탕으로 그의 문학세계(주로 시세계)를 검토하겠다.

---

364) 현재 朴淳에 대한 연구 논문은 몇 편정도 밖에 안 되는바 연구사는 생략하겠다.

(2) 生涯와 人物

(2-1) 生涯[365]

朴淳(1523~1589)의 字는 和叔이고, 號는 思庵·青霞子이며, 貫鄕은 忠州이다. 1523년(中宗 18) 10월 羅州에서 태어났다. 부친은 全州府尹을 지낸 六峰 朴祐로, 己卯名賢의 한 사람인 訥齋 朴祥의 아우이다. 訥齋와 六峰은 문장과 節操 있는 行實로 당대에 '眉山 二蘇(軾, 轍)'로 일컬어졌던 인물들이다. 思庵은 이러한 강직·근엄한 家風 속에서 소년 시절을 보냈다. 모친은 生員 金孝楨의 딸이다.

思庵은 어려서부터 남다른 자질이 있었다고 한다. 6세 때 모친인 金氏夫人이 돌아가시자, 光州의 庶母 집에 가서 의탁하였으며, 다른 아이들과 달랐다고 한다. 그리고 8세 때부터 시를 지을 줄 알았다고 한다.[366] 思庵은 18세에 進士試에 합격하였으나, 이에 만족하지 않고 학문에 뜻을 두고 花潭 徐敬德 門下에서 학문에 진력하여 그의 高弟子가 되었다.

思庵이 25세가 되던 해(1547년) 부친이 別世하자, 3년간 墓幕을 지키며 효성을 극진히 하였고, 책을 다 치우고 읽지 않았다고 한다. 廬墓가 끝난 뒤에는 책을 싸들고 入山하여 학문에 정진하였다. 31세 되던 해(1553년) 明宗이 庭試를 개설하였는데 『中庸』의 심오한 뜻을 辨別 解析하고 應對가 정확 민첩하여 群臣이 주목하였다. 思庵은 이때 장원급제하였고 成均館典籍에 임명되었다. 이때부터 그의 관직생활이 시작되었다.[367] 이후 그는 吏曹·工曹佐郎·弘文館修撰 등을 거쳐, 36세가 되는 明宗 13年에는 湖堂에서 賜暇讀書를 하였다. 39세 되는 1561년(明宗 16)에 弘文館應教로 승진했었는데, 이때 林百齡의 諡號를 논의

---

365) 朴淳의 생애는 그의 문집과 실록, 야사 그리고 단편적으로 언급된 몇몇 문헌을 통해 대략 살펴볼 수 있다.

366) 『思菴集』 卷5, <行狀>. 이후 『사암집』 인용 시 권수와 제목만 명기한다.

367) 卷5, <行狀>. ; 『明宗實錄』, 明宗 9年 9月 戊申.

하게 되었다. 당시에는 林百齡과 친분이 두터웠던 尹元衡이 領議政으로 있었기 때문에 눈치 보기에 급급할 뿐 아무도 개인적인 의견을 제시하지 못했다. 思庵은 이 같은 분위기와 상황에도 아랑곳 하지 않고 奮然히 '昭恭'이라 할 것을 주장하였다. 이는 林百齡을 貶下한 것으로 諡法에 따르면 과오를 저질렀다가 고칠 수 있을 때 恭字를 쓸 수 있기 때문에 그런 것이었다.[368] 尹元衡이 이를 듣고 '百齡은 나라의 元動인데 諡號에 忠字가 없으니 그렇게 한 마음이 흉측하다'고 하며, 思庵을 심문하여 그 죄를 다스릴 것을 간하였다. 明宗 또한 大怒하여 중형에 처하려고 했으나, 安玹 등이 힘써 구원하여 羅州 舊家로 罷黜을 당하는 것으로 끝났다. 나주 향리로 돌아온 思庵은 奇大升과 왕래하며 학문을 강론하면서 서로 즐겼다. 이때 당시 세도가의 한 사람인 李樑이 思庵의 명성을 존중하여 사귀기를 청했으나 응하지 않았다.

그 후 思庵은 강직한 성품과 文翰의 재능이 당시 제일로 꼽히어, 1565년(明宗 20)에 大司諫에 임명되었다.[369] 이때 '尹元衡을 탄핵하고 竇憲을 처참하여 世道를 회복하는 것이 나의 책임이니 직책에서 죽을 뿐이다'라고 말하고, 당시 大司憲이었던 李鐸과 함께 尹元衡을 탄핵하였다. 思庵은 두 차례에 걸쳐 長文의 啓를 올려 尹元衡의 잘못을 論하였다. 이로 인해 결국 尹元衡을 削黜하여 田里로 放歸시키게 하였다. 이 같은 일들은 士林들이 훈구세력을 척결해 나가는 일련의 조치로, 士林이 정권을 잡는 중요한 계기의 하나가 되었다. 이 일로 인해 '백성들이 길에서 歌舞하고, 儒者들은 점차 기를 펴게 되었으며, 父子君臣의 道를 지향하는 뜻을 갖게 되었다'[370]고 하였다.

---

368) 卷5, <行狀>. ; 金舜東, 『典故大方』, 回想社, 1969.
369) 『明宗實錄』, 明宗 20年 5月.
370) 卷5, <行狀>.

46세가 되는 1568년 8월(宣祖 1) 大提學에 임명되었는데, 退溪 李滉이 자신보다 학문과 德行이 뛰어남을 알고 大提學의 자리를 李滉에게 양보하였다.[371] 이일로 모든 士林의 推仰받는바가 되었다.

47세 되는 해(1569년) 吏曹判書에 임명되었으며, 57세(1579년)에는 領議政으로 제수되었다. 이때 思庵은 높고 밝은 명망으로 사림의 영수 역할을 하였다. 이로 인해 사림들이 안심하게 되었다. 李珥는 '朴淳은 몸가짐을 검약하게 하여 비록 정승자리에 있어도 門庭이 쓸쓸해 벼슬 없는 집과 같다'고 하였다.[372] 이때는 沈義謙과 金孝元 사이에 銓郎職을 놓고 암투가 계속되어 朋黨의 조짐이 보이기 시작하던 시기였다. 이 당시 思庵은 徐敬德의 門人인 同門 許曄의 탄핵을 받자 수차례 사직을 청했으나 받아들여지지 않았다. 이렇게 된 것은 종이 주인을 죽인 변이 생겨 국문할 때 思庵이 委官으로 옥사를 주관한 일이 있었다. 이때 검시가 잘못되어 살해자를 검시 결과가 틀리다는 이유로 석방시키라고 宣祖가 명하였다. 이에 피살자의 친척뻘 되는 許曄이 분개하여 思庵을 파직시킬 것을 상소한 적이 있었다. 이에 思庵이 사직을 청했으나, 宣祖가 사직을 허락하지 않았다. 그런데 許曄의 파직 상소는 한편으로 思庵이 李珥를 두둔하고 서인 편에 동조하고 있다고 판단했기에 그렇게 한 것 같다. 한편, 이때는 서인이 동인에 밀리던 시기였고, 宣祖가 '李珥는 뜻은 고상하나 강하고 내 신하가 될 뜻이 없는 것 같다'고 하여 배척하였다. 李珥는 학문 연구와 정치 현실에 대한 실망 등으로 조정을 떠났다.[373] 李珥는 조정을 떠나면서 思庵에게 조정에 남아 정사를 바로 잡아 주기를 부탁하였다.[374] 그리하여 思庵은 붕당을 초월하여 바른 인재를 등용하는 것이

---

371) 『朝野說聞』.
372) 『石潭日記』 上.
373) 『石潭日記』 下, 萬曆 4年 丙子.
374) 『混政編錄』, 丙子 3月.

당쟁을 막는 길임을 주장하였다.[375] 이에 대해 柳成龍 등도 같은 주장을 하였으나, 끝내 받아들여지지 않았고 파당은 더욱 격화되기에 이르렀다.

1583年 영의정으로 병조판서를 겸하고 있을 때 兩司에서 관리 등용에 사심이 있다고 상소를 올렸다. 思庵이 李珥와 내통하여 정사를 그르치고 있다는 등의 10가지 죄목으로 모함을 당하게 되자, 세 차례나 사직을 청했다. 그러나 宣祖는 사직을 허락하지 않았다.[376] 이는 그만큼 思庵에 대한 宣祖의 신임이 두터웠음을 뜻하는 것으로, 결국 그가 歸鄕을 결행치 못한 주원인의 하나가 된다.

1584년 李珥가 죽자, 당쟁은 더욱 심해지고 東人이 득세하자, 思庵은 西人의 영수로 몰리었다. 이러한 상황에서 思庵은 더 이상 宦路에 머무를 뜻을 버리고 永平縣에 내려가 나오지 않았다. 이에 선조는 세 차례나 불렀으나 끝내 응하지 않았다. 이때가 64세 되는 해(1586년)였다. 思庵은 30 여 년 동안 관직에 있으면서 尹元衡 일파를 추방하고, 사림의 기반을 공고히 하였다. 그리고 李珥 등과 함께 붕당을 막아보려고 했으나, 서인의 영수로 지목받는 등 관직생활에서의 갈등을 체험하였다. 思庵의 청렴한 생활과 불의를 용납지 않는 성격은 마침내 관직에 대한 깊은 회의를 갖게 한 요인으로 작용했던 것 같다. 그의 행장을 보면 '항시 세속 밖에 관심이 있었다.'[377]고 한다. 金尙憲이 쓴 〈文集序〉를 보면, '道가 행해지지 않음과 말이 받아들여지지 않음을 보고는 높은 벼슬을 헌신짝 버리듯 했고, 萬鍾의 俸祿을 草莽같이 여겼으니 그 退居가 이와 같다'고 하여, 思庵이 벼슬길에 연연해하지 않고 退居한 것을 높이 평가하였다.

思庵이 영의정을 사직하고 永平縣에 내려가면서 지은 〈肅拜後歸永

375) 『宣祖實錄』, 宣祖 14年 5月 丙戌.
376) 『宣祖實錄』, 宣祖 16年 10月 庚寅.
377) 卷5, <行狀>.

平〉 詩를 보면,

答思無術寸心違　임금의 은혜에 보답할 길 없어 한 치의 마음 바로잡지 못하고
收得殘骸返野扉　남은 해골 추려가지고 초가집으로 돌아 왔네.
一點終南看漸遠　한 점의 종남산은 점점 멀리 보이는데
西風吹淚碧蘿衣　서풍은 碧蘿衣에 눈물을 불어대는구나.[378]

당쟁에 시달린 자신의 모습을 여실히 보여주고 있다. 영평현으로 돌아와 생각해 보니 관직생활에서 남은 것은 殘骸와 눈물뿐 이었다.

그럼에도 그는 宣祖의 은혜를 잊을 수가 없었다. 宣祖 또한 세 차례의 교지를 내려 다시 조정으로 돌아올 것을 권했으나 '自笑枉爲悽鳳客 不嫌今作祝鷄翁'[379] 이라고 하면서 관직에 복귀하지 않았다. 그리하여 그는 영평현의 白雲溪에 머물며 속세에 관심을 두지 않고 낚시질과 약초캐기 등으로 소일하면서 금강산・백운산 등 명산을 찾아 유람을 하기도 하였다. 그리고 때로는 山僧과 담론하고 혹은 田野의 村夫들과 자리를 함께 하며 세상일을 잊었다. 그러나 이러한 말년의 自適的인 생활도 67세 되는 1589년 7월 거처하던 白雲溪 가에서 부인 高氏에게 '나는 가오.'라는 말을 남기고 別世함으로써 끝나게 된다. 4년여에 걸친 짧은 기간이었지만, 관직생활에서 가질 수 없었던 평정심을 되찾은 기간이었다고 하겠다. 이 같은 사실은 이때의 심정을 읊은 시들이 많음에서 알 수 있다.

이러한 그의 말년생활에 대해 李濟臣은 '朴相公淳 淸修苦節 人莫能及 作相十年無闕失 退溪于永平 其間適自在之意 孤苦拔俗之標 可

378) 卷2.
379) 卷2, <贈尹秀才悌元>.

爲兩備'[380]라 하였다. 肅宗 때의 〈賜祭文〉에서는 '進退憂切 俯仰鵑窩 丹哀耿潔 晩節寒花 淸芬靡歇'[381] 이라고 하였다. 이처럼 말년의 退居生活은 자연 속에서 자족하는 그의 일면을 보여주고 있으며, 이상이 실현된 平靜心의 시기였다고 짐작된다.

이상으로 그의 생애를 간략하게 살펴보았다. 思庵의 생애는 그의 삶에 있어서 행적 및 정신적 갈등을 통해볼 때 대략 宦路期와 退居期로 大別할 수 있다. 특히 이 두 시기는 思庵의 시세계를 파악하는데 중요한 시기로 보여 진다.

思庵의 부인은 제주 고씨(1526~1604)로, 신중하고 덕이 있었다고 전한다. 思庵은 아들이 없고 딸(郡守 李希幹의 부인) 하나만 두었다. 思庵은 仁祖 때 '文忠'의 시호를 받았다.

(2-2) 人品

思庵은 타고난 자질이 온화 순수하였고, 기질이 맑고 밝았다고 한다. 思庵의 人品에 대해서는 諸家의 人物 評과 수백수가 넘었다고 하는 輓詩[382]를 통해 그의 인간적인 면모를 살펴볼 수 있다.

李滉은 '朴淳과 마주보고 있으면 밝기가 맑은 얼음 같아 정신이 곧 상쾌해진다'[383]고 하여 그의 맑은 정신세계를 칭찬하였다. 宣祖 또한 '몸가짐이 근엄하고 절조를 지키기에 힘써 높은 명성을 지니게 되었다'[384]고 하였다. 그리고 奇大升은 '의리를 분석하는데 분명하게 판별함이 아주 적절하여 내가 이미 미치지 못 한다'[385]고 하였다. 특히 成渾이 쓴 〈挽

380) 卷7.
381) 卷6.
382) 許筠,『惺所覆瓿藁』, 卷25, 說部.
383) 卷5, <行狀>.
384) 卷6, <宣祖敎書>.
385) 卷6.

思庵〉은 널리 알려진 작품으로 思庵의 진면목과 인품을 함축적으로 표현하고 있다.

世外雲山深復深	세상 밖의 구름 걸린 산은 깊고 깊은데
溪邊草屋已難尋	시냇가의 초가집은 이미 찾아보기 어렵구나.
拜鵑窩上三更月	拜鵑窩 위에 뜬 삼경 달은
應照先生一片心	先生의 一片丹心을 비출 것이라네.[386]

許筠은 이 시를 보고 감정을 그대로 겉으로 드러내지 않은 절창이라 평했는데, 비유적 표현을 통해 더욱 깊은 뜻을 나타내고 있다. 成渾의 아들인 成文濬의 〈曾葬思庵先生次絶筆韻〉에서는 '淸溪水 · 白王'[387] 등으로 思庵의 인품을 표현하였고, 李安訥은 〈有感思庵先生〉에서 '麒麟'[388]으로 표현하였다.

한편, 李廷龜의 〈次思庵集韻〉에서는 思庵의 인간됨을 '神仙'[389]으로 표현하고 있다. 이상 諸家의 人物 評이나 輓詩, 次韻詩 등은 주관적일 수밖에 없지만, 면밀하게 살펴보면 한결같이 思庵의 인품에 대해 '松筠節操 水月精神'을 지닌 인물로 평하고 있다. 이상에서 思庵은 官人 · 文人 · 學者로서 뛰어난 인물이었음을 짐작할 수 있다.

(3) 文學世界

思庵의 詩文은 대부분 散佚되었다. 그것은 思庵은 딸을 하나만 두었을 뿐 후손이 없었으며, 게다가 逝去 후 3년째 되던 해에 임진왜란이 일

---

386) 卷7.
387) 卷7.
388) 卷7.
389) 卷7.

어나 이때 많은 작품이 유실되었기 때문이다.[390] 死後 60여년이 경과한 孝宗 3年 (1652년)에 와서야 외증손 李文望에 의하여 6卷 2冊의 『思庵集』初印本이 간행되었다. 그 후 哲宗 8年(1857년)에 思庵의 백부인 朴祥의 後孫 頤休·源應 등이 부록 1卷을 덧붙여 7卷 3冊으로 重刊하였다. 중간본의 체제는 여타 문집과 마찬가지로 문체에 따라 분류 편집하였는데, 시가 대부분을 차지한다. 詩는 五言古詩·七言古詩·五言絶句·七言絶句·五言律詩·七言律詩·五言排律 등 각체의 시 456首가 수록되어 있는데, 七言이 353首로 압도적이다. 그 중에서도 七言絶句가 가장 많다. 특히 思庵은 絶句에서 그 精華를 발휘하였다. 思庵의 시는 五言보다 七言이 특장인데, 艶潔한 것으로 평하기도 했지만, 絶句는 艶麗와 淨潔을 겸한 경지가 뚜렷하게 나타난다. 絶句는 雍容自若한 가운데 시상이 자연스럽게 전개되어 거세고 무리한 점이 전혀 없다. 그러면서 읽는 사람들에게 喜悅을 안겨주면서 意境의 깊이를 玩味하게 만든다. 思庵의 시는 시상을 妙致 있게 응집시키는 巨匠의 솜씨를 餘蘊 없이 드러냈다고 하겠다. 그리고 기행시, 贈詩, 次韻詩 등과 중국 사신과 주고받은 시들이 많고, 詩題에 '有感', '口號' 등의 시가 많아 눈길을 끈다. 본고에서는 중간본을 Text로 삼았다. 여기서는 시세계에 초점을 맞추어 논의하겠다.

思庵은 8세 때에 詩를 지어 世人들을 놀라게 할 만큼 詩才가 뛰어났다. 盛唐의 風格을 지닌 그의 시들은 특출한 경지에 도달하였는바 諸家들의 인정을 받았다. 이를 간단히 소개하면 다음과 같다. 申欽은 '公의 시는 더욱 奇警하게 드러나 힘써 唐詩의 경지를 추구하였다. 훗날 崔慶昌·白光勳·李達의 流派는 그 근원이 다 公의 제창에서 비롯된 것이

390) 金尙憲, <文集序>.

다.'[391]라고 하였다. 宋時烈도 '公은 道學을 論하면『心經』과『近思錄』을 근본으로 삼았고, 문장을 논하면 韓愈·司馬遷·李白을 주로 하여 선비들의 習俗을 크게 변하게 하였다.'[392]고 평하였다. 이들은 思庵詩의 唐詩的 風格을 언급한 것으로, 이에 대해서는 許筠의 〈蓀谷山人傳〉에 자세히 언급되어 있다.[393]

이 같은 諸家의 평들을 통해 唐詩의 대표적인 시인으로 일컬어지는 李達이 처음 唐詩를 접하게 된 것은 思庵에게서 비롯된 것임을 알 수 있게 한다. 그리고 思庵 자신도 시의 정도를 唐詩에서 찾으려 했던 것도 파악할 수 있다.

사림파와 훈구파의 문학관 대립·古文復興運動·唐詩風 경향 등의 상황 속에서 思庵은 사림의 영수격 인물로 영향력을 지니고 있었고, 詩는 당대의 대표적인 시인들 가운데 하나였다.[394] 이러한 思庵이 美麗典雅한 唐詩의 수용을 선도했던 점을 이해할 수 있다. 그러므로 그의 〈行狀〉을 보면,

> "당시의 문체가 浮薄에 흐르는 것을 근심하여 그 陋習을 변개하고자 힘써 깨끗이 하였고, 문장을 논하면 班固·司馬遷·韓愈·柳宗元·李白·杜甫를 근본으로 았다."[395]

고 하여 浮薄한 당시의 문체를 변개하려 했음을 간파할 수 있다.

---

391) 申欽,『象村集』, 卷60.
392) 卷5, <神道碑銘>.
393) 一日思庵相謂達曰 詩道當以爲唐爲正 子瞻雖豪放已落第二義也 遂抽架上太白樂府歌吟 王孟近體以示之 達瞿然知正法之在是(『惺所覆瓿藁』 卷8.)
394)『明宗實錄』, 明宗 20年 5月, 21年 10月.
395) 先生 疾當時文體尙浮薄 欲力變陋習 澡雪之 論文章 則首以班馬韓柳李杜爲本(卷5, <行狀>.)

思庵의 생애는 앞에서 언급한 바와 같이 관직생활을 30여년이나 했기 때문에 金時習이나 南孝溫 등과 같은 方外人들처럼 자유분방한 자기세계를 구축하지는 못하였다. 그러나 1580년을 전후 한 東西分黨은 그의 생애와 연관시켜 볼 때 중요한 의미를 갖는다. 그것은 宦路에서 당쟁으로 인한 정신적 갈등을 통해 그의 정신세계는 회의와 해방이라는 두 개념으로 대립되고 있기 때문이다. 따라서 본고는 여기에 초점을 맞추어 思庵의 시세계를 살펴보겠다. 思庵의 문집을 보면, 젊은 시절보다 동서붕당이 시작된 시기를 전후한 시들이 자신의 내면세계를 극명하게 표출시키고 있다.

(3-1) 宦路에서의 葛藤

思庵은 전형적인 관료였는바 자기 나름의 세계를 구가하기가 어려웠다. 그가 지향하는 길은 어디까지나 '佑君治世'였다. 그러나 이에 대한 회의가 나타나기 시작한 것은 동서붕당으로 갈라져 당파싸움을 할 때, 思庵이 成渾과 李珥를 두둔한다고 하여 東人의 탄핵을 받았던 때부터 비롯된 것 같다.

洛城寒食雪初盡	한양성에는 한식 때라 눈이 막 녹았고
南國桃花錦浪春	남쪽 땅에는 복숭아꽃이 비단 물결치는 봄이구나.
抗疏乞骸歸尙懶	돌아가고자 상소하였으나 갈 길은 아득하기만 하니
綠蓑烟雨夢中身	안개비 속 도롱이 걸친 꿈을 꿈꾸네.

〈有感 其二〉[396]

1583년에 쓰여 진 시로, 이때는 동서붕당이 표면화 되고 상호간의 비

396) 卷1.

방이 극심했던 때였다. 東人들에게 西人으로 몰렸던 思庵은, 자신이 걸어온 벼슬길에 대하여 환멸을 느껴 수차례 사직할 것을 청했으나 받아들여지지 않았다. 이 시는 이때의 심정을 나타낸 것이다.

賢才를 등용하여 올바른 정치를 하고자 했던 자신의 의중과는 달리 치열하게 전개되는 정치적 현실, 즉 당쟁의 소용돌이 속에서 자신 또한 빠져 나오기 힘들었다. 그래서 그가 택하려고 했던 것은 시시비비를 떠나 안개 비 속에 도롱이를 걸친 평상, 평정심의 모습이었다. 그러나 이마저 아득하여 꿈속에서나 그릴 뿐이었다.

이 시에서 보여주고 있는 현실적인 갈등의 모습은 이때를 전후하여 쓰여 진 시들에서 주로 엿볼 수 있다.

久沐恩波役此心	오래토록 은혜의 물결에 목욕하며 이 마음 수고롭게 왔거니와
曉鷄聲裏戴朝簪	새벽 닭 소리 듣고 조복을 챙긴다.
江南野屋今蕪沒	강남의 들판 집 지금은 황폐해 버렸는데
却倩山僧護竹林	그래도 山僧에게 대 수풀을 보호해달라고 부탁을 하네.

〈贈堅上人〉[397]

강호에 은거하지 못하는 자신의 모습을 내비치고 있다. 귀향의 뜻은 있었지만, 이마저 관직에 있는 관계로 물러날 수가 없었다. 귀향해 초옥에 살고 싶지만 뜻대로 안 되니 번민만 있을 따름이다. 이렇게 된 것은 '恩波'가 作用하고 있기 때문이다. 허균은 이 시를 평하기를, '사대부로서 退居하고 싶은 마음이 없겠는가마는 寸錄에 마음을 두어 이 마음을 저버리는 자가 많을 것이다. 이 시를 읽으면 한 번 탄식의 소리를 내게 하

397) 卷1.

기에 족할 것이다.'[398]고 하였다.

한편, 思庵이 鄭雲龍에게 보낸 〈答鄭雲龍書〉에서 '北村에서의 卜居는 본래부터 뜻이 있었지만, 형편상 어려운 점이 있다.'[399]고 하여 자신이 귀향을 실현하지 못하는 이유를 술회하고 있다. 여기서 이 같은 宦路 현실의 굴레에서 벗어나지 못하는 자신을 자조하고 있다.

이 같은 자조적 경향은 佛僧에 대한 동경으로 나타나기도 한다. 자신이 '이 몸은 白居易와 같이 속세 밖에 있는 친구 중에 중들이 많다.'[400]고 한 바와 같이, 중들과의 교유를 통하여 자신의 갈등을 해소해 보려 시도했다. 贈詩나 次韻한 僧으로는 天尊上人・天然上人・天原上人・六浩上人・休正上人・一元上人・行思山人・守眞比丘・學祥比丘・太能比丘 등이 있다. 이 중에서도 天然上人 등에게 준 여러 수의 贈詩가 있는 것으로 보아 각별한 사이였던 것 같다. 그러나 불교의 심오한 사상을 언급한 내용은 없다. 思庵은 儒者로서 유가적 입장을 고수하였다. 天然에게 『近思錄』을 주면서 쓴 시를 보면,

學道階梯自有初 도를 배우는 단계는 본래부터 시초가 있는 것
高才亦誤墮空虛 높은 재주를 지닌 사람도 역시 잘못하여 공허한데로 떨어진다네.
三乘演法非眞訣 三乘의 불법 풀이는 참된 비결 아니고
四子微言是聖書 四子의 미묘한 말이 聖書인 것이라네.

〈贈天然近思錄〉[401]

398) 許筠, 『惺所覆瓿藁』, 卷25.
399) 卷4. "病物 獨留人間 倀倀奈何 加以疾病支離 日退無進 無足道也…(中略)…北村之亭 今 才草就 至如修粧 當隨力而爲之"
400) 卷1.
401) 卷2.

思庵은 불교의 공허함을 부정하고 오히려 道學의 요체를 밝힌 『近思錄』을 주었다. 이처럼 佛僧들과 교유는 하되, 유가적 입장을 견지하면서, 다만 그들의 자유자재한 생활만을 동경했을 뿐이다. 이는 속박된 宦路에서 벗어나고자 하는 뜻을 간접적으로 은근히 내포한 것이기도 하다.

특히 思庵은 자신이 어찌해서 간악한 당파의 괴수로 지목되었는지[402] 한탄하면서 벼슬을 버리고 귀향할 결심을 굳힌다.[403]

(3-2) 退居에서의 自適

갈등과 회의 속에서 번민하던 思庵은 수차례의 상소를 올린 끝에 마침내 관직에서 물러나 永平으로 돌아온다. 그리고 그는 宣祖의 부름에도 응하지 않았으며 다시는 벼슬길에 나오지 않았다. 자신을 끝까지 신임해 주었던 宣祖의 만류에도 불구하고 배고프면 산나물 캐먹으며 마음 편안한 것이 오히려 재상보다도 낫다고 판단해 시골로 와 自然에서 自適하고자 하였다.[404]

思庵은 당쟁만 일삼는 정치현실에서 스스로 退居 自適의 길을 택한 것이다.

李睟光의 『芝峯類說』을 보면, "朴思庵儀容美哲 如永玉 詩亦淸峭近唐…(中略)…旣免相 退居永平絶意世事 淸苦一節 老而彌卲近代大臣進退 終始如公者少矣"라고 하여 思庵의 退居를 높이 평가하고 있는데, 이러한 자의적 退居에는 불만이나 원망이 없었다. 오로지 주어진 환경 속에서 自然의 眞樂을 누릴 뿐이다. 이수광은 우리나라의 대표적인 退居의 인물로 李賢輔 · 金麟厚 · 朴淳 등을 꼽았다.

402) 卷1, <有感 其一>. "如何又見魁姦黨 自怪光華萃此身"
403) 卷1, <寄南中友人>. "京洛風塵寄足難 海隅歸去篳篷寒 北山薇蕨南江水 我亦從君與共餐"
404) 卷2.

永平의 白雲溪에 拜鵑窩·牛頭亭을 짓고 여기서 은거하며 지은 시들은 대부분 自然에 대한 즐거움을 노래하고 있다. 宦路에서의 갈등을 표출한 시들과는 달리 해방과 탈속의 모습을 보여주고 있다. 思庵의 退居는 자신의 뜻을 실현한 탈속의 공간이라 할 수 있다. 바로 이 점이 申紫霞가 〈東人論詩絶句〉에서 思庵의 시를, '青修苦節無人及 想見詩中絶俗姿'[405] 라고 평한 이유가 된다.

〈答友人〉 시를 보면 思庵이 退居해 자연을 찾게 된 이유를 밝히고 있다.

故人問我東歸意	친구가 나에게 동쪽으로 돌아온 뜻을 묻기에
自許浮生着處家	덧없는 인생이 귀착할 집이라 스스로 허락해서라 하였네.
只爲白雲山月去	단지 흰 구름과 산 달 때문에 온 것인지라
石田秋穫未應多	돌밭의 추수는 응당 많지는 않을 것일세.[406]

思庵 자신이 귀착할 곳은 宦路가 아닌 자연임을 확인케 한다. 단지 白雲과 山月에 뜻을 두었을 뿐 그 밖의 것에는 관심이 없다. 또, '자신이 돌아온 것은 단지 거처를 하기 위해서일 뿐이다'[407]라고 한 것처럼 세상일에 관심을 끊고, 杜甫처럼 歸鄕을 택한 것이다.[408] 그러한 절실한 심정을 시로 형상화하여 표현하고 있다.

此翁今始解朝衫	이 늙은이 이제야 조복을 벗었으니
鳥出雕籠馬脫銜	새가 조롱에서 빠져 나온 것 같고 말이 재갈을 풀은 것이라네.

405) 申緯, 『申紫霞詩集』, 卷5.
406) 卷2.
407) 卷2, <感興>. "我來今二載 茅屋蔓蒼藤 地僻隣山鬼 門閒引野僧 敢期鮭菜足 惟愛馬淵澄但腹松風裏 渾無毒熱蒸"
408) 卷2, <卜居 其三>. "東去行裝只一鑱 少陵後身又思庵 掃却白髮黃精在 好向秋山斸翠嵐"

寄語東山猿鶴道	원숭이와 학에게 말을 전하거니와
江楓未落掛孤帆	강가의 단풍이 떨어지기 전에 외로운 돛을 달겠다.

〈肅拜後口號〉[409]

思庵에게 있어 宦路는 자신을 구속하고 있는 것으로, 그 상징인 조복을 벗으니 자유로운 세계와 공간이 열리고 확보된 것이다. 그러므로 〈次李秀才宗厚韻〉에서는 오랫동안 화살에 놀란 새노릇한 것을 스스로 가련하게 생각하며, 귀향하는 자신의 심정을 바다에서 풀려난 물고기에 비유하기도 하였다.[410]

또, 永平에서 쓴 시들을 보면 외부와 단절한 채 자신만의 세계에 침잠하고 있는 일면을 보여주기도 하였다.

俗客不來門晝扃　속된 사람 오지 않아 문은 낮에도 잠겨 있네.

〈口號 其三〉[411]

門扃白晝雲生徑　문은 대낮에 잠겨 있고 구름에서는 길이 생겨나며

〈寓居牛韻亭〉[412]

이렇게 된 원인은 思庵의 宦路에 대한 갈등이나 회의 때문으로 짐작된다.

世事紛紛劇亂繩	세상일 어지러움이 뒤얽힌 새끼보다 심하니
求田寧避忤陳登	밭을 찾아가는데 어찌 陳登의 거슬림을 피하겠는가?

---

409) 卷1.
410) 卷3. "自憐久作驚弦鳥 誰料今爲縱壑魚"
411) 卷2.
412) 卷3.

乾坤眼捲靑雲冷　乾坤이 눈에 들어오니 푸른 구름 차고
江漢秋晴玉露登　江漢이 가을에 비 개이니 옥 같은 이슬이 맑구나.

〈將歸永平聞馬鬣之勝詩以寓懷〉413)

思庵은 새끼줄처럼 뒤얽힌 현실을 스스로 차단해 보려고 했다. 2句의 陳登은 혼란하던 삼국시대에 이를 澄淸코자 했던 인물로, 許氾이 그를 찾아가 '求田問舍'하는 말을 비치자, 세상을 환란에서 구할 뜻을 가진 자가 그런 말을 한다고 대꾸도 하지 않았다고 한다. 그런바 관직을 버리고 귀향하는 자신이 삼국시대 名士인 陳登과 같은 이에게 비난을 받을지 모르겠지만, 이에 개념 하지 않겠다는 의지를 나타낸 것이다.

半生憂患更堪論　반생의 우환이야 다시 따질게 되랴
白首抽簪臥白雲　흰머리에 벼슬길 버리고 백운산에 누워 있네.
怊悵是非何日定　서글프다 시비는 어느 날에나 결정지어질것인지
泰山毫末本難分　泰山과 터럭 끝은 본래 구분 짓기 어렵거늘

〈口號〉414)

자신의 영욕을 위하여 다투고 있는 현실이 시인의 입장에서 보면『莊子』에 나오는 泰山과 毫末의 비유처럼415) 서로들 자신의 입장만을 가지고 고집하니, 시비는 결말나지 않을 것임을 시사하고 있다. 그렇기 때문에 자신은 벼슬을 버리고 退居해 백운산에서 문 닫고 살겠노라고 은근히 내비치고 있다. 이러한 退居에서의 自適한 생활을 하는 가운데 思庵은 때론 산중의 승려들과 한가롭게 어울리기도 하였다.

---

413) 卷3.
414) 卷2.
415)『莊子』, <齊物論>. "天下莫大於秋毫之末 而太山爲小 莫壽於殤子 而彭祖爲大"

常謂山林亦有朋	山林에도 역시 벗이 있다고 늘 말하면서도
自慙簪組久相仍	벼슬살이 오래한 일이 스스로 부끄러워지는구나.
今來獨臥楓林下	이제 와서 홀로 단풍나무 수풀 아래에 누워
滿谷溪聲只對僧	골짜기 가득한 계곡물 소리에 단지 중과 마주하고 있네.

〈永平雜詠 其三〉[416]

오랜 벼슬길에 있을 때에도 僧들의 自在한 생활을 동경해 왔다. 이제 계곡물 소리만 가득한 산중에서 僧과 대하면서 자연을 맛보고 있다. 이는 思庵이 자연에서 얻은 평정의 세계며, 구속을 벗어난 상태를 은근히 고백하고 있는 것이다. 이것이 바로 思庵 자신이 원했던 세계라 할 수 있다. 자연에 은거하면서 느끼는 자족 자적의 마음을 토로하고 있다.

그런데 思庵은 退居 生活을 하면서도 나라를 걱정하는 모습을 간혹 내비치기도 하였다.[417] 그러나 이는 우국충정에서 기인된 것일 뿐이다. 思庵은 退居한 후, 당쟁에 관심을 갖지 않았다. 오직 한가로이 自適할 따름이었다.[418]

(4) 맺음말

본고는 지금까지 思庵 朴淳의 삶과 문학을 살펴보았다. 앞에서 논의한 사항들을 종합하여 결론으로 삼겠다. 官人이자 文人이었던 思庵은 백부와 아버지의 家風을 이어받아 청렴・강직한 성격으로, 당시 사림의 영수가 되어 외척 尹元衡 등을 몰아내는데 앞장서는 한편, 사림의 기반을 공고히 했다. 그는 인재를 고르게 등용하여 선정에 힘쓰고자 했다. 그

416) 卷2.
417) 卷1, <有感>. "猶餘憂國淚 霑灑閉門中"
418) 卷2, <題紫烟巖>. "世路交爭錐與刀 不辭膏火自煎敖…<中略>…獨向空山採澗毛" ; 卷2, <感興 其一>. '未赴君恩歲再終 萬重山裏一衰翁 此生自斷何論命 休怪淹留守桂叢'

러나 말년에 이르러 당파싸움이 표면화되자 이를 막아보려고 노력했지만, 끝내는 西人의 영수로 지목되었다. 이는 30여 년간의 관직 생활에 회의를 품게 되는 결정적인 요인이 되었다.

思庵은 대제학으로서 唐詩風을 제창하였으며, 삼당시인에게도 큰 영향력을 끼쳤다.

思庵의 문학세계(특히 시세계)를 삶과 연관시켜 그의 내면세계를 잘 표출시키고 있는 관직을 물러나기 전과 은거 후로 초점을 맞추어 살펴보았다. 宦路의 경우, 정치 현실에서의 갈등으로 인해 관직에 회의를 느낀 思庵은, 귀향의 뜻을 갖고 수차례 사직을 청했으나 실현되지 못하였다. 그래서 이 시기 그의 시들을 보면, 이러한 자신을 자조하며, 宦路에서의 갈등으로 인해 귀향에 대한 의지를 표출시키고 있다. 그러나 이마저 뜻대로 될 수 없음에 자조적인 마음을 시를 통해 내비치기도 하였다.

한편, 諸家들이 높게 평가하는 退居 후의 시들을 보면, 해방과 탈속의 공간으로 자연을 인식하면서 자족의 시를 썼다.

思庵의 문학에 대한 논의는 단편적인 언급만 있을 뿐, 본격적인 논의는 별로 없는 실정이다. 본고 역시 전체적인 조명보다는 생애와 연관시켜 시세계를 확연히 드러내는 작품들(文은 작품이 거의 없어 논의하기 어렵다)에 초점을 맞추었다. 그런바 자신의 내면세계를 표출시킨 宦路期와 退居期의 시를 중심으로 다루었다.

4 석주 권필

(1) 머리말

우리 문학사에서 자신이 처한 시대와 사회의 병리적 현상을 문학화 하여 비판한 일군의 文人들 가운데 石洲 權韠을 주목하지 않을 수 없다. 그는 당쟁과 왜란, 군왕의 실정 등 혼란과 격변의 시기에서 비판적 사대부로서의 자세를 견지하는 한편, 당시로선 드물게 뚜렷한 창작의식을 갖고 문학 활동(특히 시)에 전념했다.

石洲는 야인으로 일생을 보내면서 실생활에서 목도한 현실세계의 부조리와 모순에 대하여 울분을 느꼈고, 문인으로서 시대적 사명감을 자각하게 되었다. 결국 그는 宮柳詩가 화근이 되어 44세에 생을 마감했다.

본고는 권필의 시인・소설가로서의 면모와 비판적 사대부로서의 면모를 구명하려고 한다. 그러기 위하여 시인・소설가(특히 시인), 비판적 사대부로 형성되어 나간 과정을 전기적 사실 구명을 통해 추적하고, 아울러 그의 작품세계[419]를 살펴보려고 한다. 그럼으로써 한 작가의 인간과 문학의 통합적 전(全) 체계, 즉 그의 문학세계의 실상을 파악할 수 있게 될

---

419) 권필의 작품에 대한 논의는 『石洲集』(旿晟社 影印本, 1982)을 Text로 하였음을 밝혀둔다. 以下 『석주집』 인용은 권수와 페이지만 표시한다.

것이다.

(2) 傳記的 考察

(2-1) 시대적 배경

권필이 살았던 선조~광해군 연간은 정치・사회・경제적으로 혼란이 극에 달했던 시기였다. 이 시기에 발생했던 중요한 사건들로는 東西分黨의 시발(선조 5년, 1572), 당쟁의 본격화(선조 8년, 1575), 여진족의 북방 변경침입 및 약탈사건(선조 16년 1583, 선조 20년 1587), 鄭汝立 모반사건(선조 22년, 1589), 建儲問題(선조,24년, 1594), 壬辰倭亂(선조,25년, 1592), 宋儒眞의 亂 (선조 27년, 1594), 李夢鶴의 亂(선조 29년, 1596), 丁酉再亂(선조 30년, 1597), 和議問題 (선조 31년, 1598), 왕위계승 다툼(선조 39년, 1606), 臨海君 賜死(광해군 1년, 1609), 金直哉의 誣獄(광해군 4년,1612), 永昌大君 살해(광해군 6년, 1614), 仁穆大妃 西宮 幽廢(광해군 7년, 1615) 등을 들 수 있다.

특히 날로 극렬해져가는 당쟁으로 인해 지배계층 간 첨예한 대립과 분열양상을 띠게 되었고, 급기야는 당파간 보복의 악순환으로 이어져 마침내 치유불능의 상태가 되어버렸다. 더욱이 참혹한 왜란을 겪은 뒤, 나라 안에는 賣官의 성행, 집권층의 무능과 부패, 지방수령과 토호들의 횡포와 부정, 외척의 발호, 국가 재정의 고갈, 田地의 황폐화와 거듭되는 흉년, 기근과 질병, 과중한 부역, 도적떼의 극성과 유랑민 속출, 세속의 타락 등 많은 문제들이 범람하게 되었다.

그러나 이러한 파탄 수습책의 일환으로 시행된 납속책, 서얼허통, 鄕吏의 東班進出・奴婢放浪 등으로 신분질서가 허물어져 사회기강이 점점 더 문란해졌고, 백성들의 생활은 더욱 더 처참하였다. 한편, 전란이후 현격히 증가된 明使의 잦은 來朝[420]는 막대한 재정적인 손실과 갖가지 폐단을 야기시켜 민중들의 고통을 가중시켰다.

이 같은 정치·사회·경제적 혼란의 만연으로 인해 부모를 죽인 重罪人도 뇌물로 면제를 받는 작태까지 발생하였으며, 심지어는 사람을 相食하는 일까지 일어나 민심은 극도로 흉흉하였다.[421]

그러나 이 시기는 이러한 난세였음에도 불구하고, 文運은 융성하였다. 소위 館閣三傑(鄭士龍, 盧守愼, 黃廷彧), 三唐詩人(崔慶昌, 白光勳, 李達), 한문4대가(李廷龜, 申欽, 張維, 李植), 8문장(宋翼弼, 李山海, 崔岦, 崔慶昌, 白光勳, 李純仁, 尹卓然, 河應臨), 그리고 許筠, 權韠, 李安訥, 車天輅, 李睟光, 鄭徹, 柳夢寅, 鄭斗卿, 李好閔, 趙緯韓 등등 쟁쟁한 詩·文 大家들이 속출하였다. 또 시·문에 있어서 復古的경향이 흐르고 있었다. 특히 시풍에 있어서의 일대 전환을 주목할 필요가 있다. 즉, 철학적이고 사변적인 宋詩에서 진솔한 인간감정을 표현하는 唐詩로 그 흐름이 바뀌게 되었다.[422]

아무튼 이러한 시대적 배경은 작품 창작에 있어 많은 영향과 재료를 제공했다고 본다.

(2-2) 家系

權韠의 字는 汝章, 號는 石洲, 貫鄕은 安東이다. 그의 始祖 權幸은

420) 선조 때 明使의 來朝가 35回에 달했다고 한다.(李鉉宗, 「明使接待考」, 『향토서울』 12호, 서울특별시 편찬위원회, 1961, 89~90쪽.)

421) 震檀學會, 『韓國史』, 을유문화사, 1982. ; 국사편찬위원회 편, 『한국사』12, 탐구당, 1981. ; 玄相允, 『朝鮮儒學史』, 민중서관, 1977. ; 『宣祖實錄』. ; 『光海君日記』 참고.

422) 이러한 시·문에 있어서의 변화는 시대적 조류, 즉 사신들의 빈번한 왕래로 당시 중국 문단의 흐름을 수월하게 파악·수용할 수 있었고,(특히 '文必秦漢 詩必盛唐'을 외치며 복고의 기치를 높이 든 明의 前後七子들의 영향) 사화와 당쟁, 왜란을 겪는 동안 진솔한 인간감정의 표현을 추구하는 唐詩에 대한 선호도, 정치·사회적 혼란으로 인한 문인들의 자성과 두시언해의 잦은 印行 등이 주원인이 된 듯하다.

고려 초 三重大匡太師를 지냈으며, 권필에게는 22代祖가 된다.

시조 권행 이후, 시인·문장가로 이름을 드날린 그의 선대들을 살펴보면 대략 다음과 같다.

9대조 菊齋 權溥는 永嘉君으로 封함을 받았는데, 安珦의 門人이자 李齊賢의 장인이었다. 그는 문장이 뛰어났으며, 『四書集注』의 간행을 건의하여 성리학 발전에 공헌하였다.

6대조 陽村 權近은 李穡의 문인으로 조선조 성리학의 터전을 닦은 대학자였으며, 그의 『入學圖說』은 후대의 성리학에 큰 영향을 끼쳤다. 그는 성리학자이면서도 문학을 존중하여 詩賦 詞章의 學을 실용 면에서 중시 장려하여 경학과 문학의 양면을 조화시키는 데 공헌하였다. 권필은 祭文뿐 아니라 그의 시에 和作하기도 하였는바, 권필의 권근에 대한 숭앙심을 엿볼 수 있다.

권필에게 가장 큰 영향을 끼친 인물은 부친 習齋 權擘이었다. 그는 史官으로서 中宗·仁宗·明宗實錄의 편찬에 참여하였으며, 시·문에 뛰어나 제술관, 종사관, 서장관 등을 역임하였다. 권벽은 성품이 강직·청렴하였으며, 언행이 신중하고 공리적 영달에 마음을 두지 않았다고 한다. 그는 집이 가난하여 끼니를 거를 때가 많았으나, 家事에는 마음을 두지 않고 종일 글만 읽었다고 한다. 자제들이 배우고자 청하면 기쁜 마음으로 가르쳐 주었고, 글을 읽고 가르칠 때에는 이른 새벽에도 冠帶하고 정좌하여 종일 부녀자를 접근시키지 않았다고 전하고 있다.[423] 또 그는 시를 申光漢에게 배워서 당대의 추종을 받았다. 이식은 그의 시가 峻整하고 聲氣가 渟古하다 하였으며, 車雲輅는 근래 우리나라의 시는 권벽이 으뜸인데 원숙하여 흠을 찾을 수 없다 하였다. 유몽인 또한 권벽은 일생 시

423) 『澤堂集』別集 卷7, 「贈禮曹參判習齋權公擘墓碑銘幷序」, 景文社 影印本, 1982, 370쪽.

를 전공하여 시에 대한 감식이 매우 뛰어나 어떤 사람의 시나 글을 한 번 보면, 그 사람이 서울 사람인가 시골 사람인가를 알아냈다고 한다.[424] 권필의 성품, 인생관, 학문적 자세, 문학적 재능, 작가정신 등은 부친 권벽에게서 많은 영향을 받은 것으로 짐작된다.

권필의 형제들[425] 또한 빈곤한 생활 속에서 엄격한 가정교육을 받고 자랐다. 이들은 모두 강직하고 우애가 있었으며, 시・문(특히 시)에 능하였다.

맏형 권위는 어려서부터 영민하였으나, 술병으로 인해 과거를 포기하고 오직 좌우에 책만 쌓아놓고는 쓸쓸히 지냈다고 한다. 그 역시 唐詩를 좋아하고 시에 능했으며, 특히 七言絶句를 잘 지었다고 한다.[426] 둘째형 권인과 셋째 형 권온 또한 정철의 문인으로 시에 뛰어났다고 한다.[427] 넷째 형 권갑은 성품이 강직하고 氣節을 숭상하였으며, 권필과 가장 의기가 상통하였다. 그는 광해군이 인목대비를 유폐하자 벼슬을 버리고 해주에 은거하면서 세태를 풍자하는 시(특히 북인들의 부정과 무능을 풍자・비판함)를 많이 지어냈으며, 『草樓集』을 남겼다. 권필의 유일한 아우인 권도 역시 시문에 능했다고 한다. 권필이 화를 입자 이에 연루되어 세 번이나 유배당하는 불행을 겪었다.[428]

권필의 형제들은 모두 시에 뛰어나 세상에 이름을 떨쳤으며, 이들 형제들의 시를 모은 『五兄弟聯珠錄』이 세상에 전하였다고 한다.[429] 이로써 보건대, 권필의 문학이 형제들의 영향 속에서 발전되었다는 추측도 가능

424) 『선조실록』18年 乙酉 4月 戊午條. ; 『광해군 일기』권52 4년 임자조.
425) 권벽은 6남 1녀를 두었다. 처음에 海州 鄭氏와 결혼하여 韡를 낳았는데, 해주 정씨는 産後病으로 일찍 죽었다. 다시 慶州 鄭氏와 재혼하여 韌, 韞, 韐, 韠, 韜와 李晟의 부인이 된 딸을 두었다. 권필은 숙부 權擘이 無後하여 일찍 그의 양자로 입적되었다.
426) 別集 卷2, 「伯氏行狀」470~471쪽.
427) 『安東權氏世譜』下, 卷3.(이하 世譜로 略함) ; 『典故大方』, 「門人編」.
428) 『세보』.
429) 『세보』.

하리라 여겨진다. 권필은 담양의 節士인 宋齊民의 딸에게 장가를 들었다. 부인 洪州 宋氏는 『석주집』에〈室人勸我一酒詩以答之〉, 〈醉後命室人呼韻〉 등의 詩題가 있는 것으로 보아, 시에도 상당한 조예가 있었으며, 권필의 파란만장한 일생의 동반자였다.[430] 권필은 1남 1녀를 두었는데, 아들은 權伉이다.

이상에서 살펴본 바와 같이, 이러한 가정환경은 권필의 기질과 인생관, 문학에 영향을 끼친 요인 중의 하나로 작용했다고 하겠다. 특히 권필 가문의 문학적 가풍을 주목할 필요할 있다.

(2-3) 交遊人物

권필이 고유했던 인물들은 대부분 당대의 뛰어난 시·문 대가들이었다. 그러나 그는 사귐이 엄정하여 不義人 및 권세가(특히 북인)들과는 사귀지 않았다.(물론 허균은 예외지만) 당시의 세도가 이이첨이 그의 인간됨을 사모하여 교제를 청했으나 이에 응하지 않았다는 일화[431]로 보건대, 그의 사귐이 얼마나 엄정했음을 알 수 있다. 『석주집』에는 권필과 고유했던 인물들이 많이 등장하고 있다. 이 가운데 그의 인생관, 창작활동, 문학사상 등에 영향을 끼쳤던 사람들에 대하여 간략히 살펴보겠다.[432]

이정구는 권필보다 5세 연장자였다. 1601년 接伴使에 임명되자, 선조에게 청하여 권필을 제술관으로 데리고 간 적이 있었다. 권필의 시를 높이 평가한 이정구는 明使의 수창에 응하기 위해 그를 뽑아간 것이다. 국조 이래 공식적으로 포의를 제술관으로 데리고 간 것은 이 때가 처음이었다.[433] 또 그가 예조판서로 있을 때, 권필이 가난하게 사는 것을 불쌍히

430) 부인 송씨는 병자호란 때 적에게 사로잡히게 되자 목매어 자살하였다.
431) 尹拯, 『明齋遺稿』, 卷43, 「童蒙敎官 贈司憲府持平權公行狀」, 이하 「行狀」으로 약함.
432) 스승 정철(권필은 정철의 풍류와 인간됨을 사모했을 뿐 아니라, 그에게 많은 영향을 받았다.), 그리고 그가 흠모하고 존경했던 成渾, 朴淳, 洪至誠 등은 논의에서 제외하겠다.

여겨 동몽교관에 천거한 적도 있었다. 이처럼 이정구는 권필에게 있어서 좋은 벗이었다. 권필은 평소 이정구가 자기를 알아준다고 하여 그 고마움을 잊지 않았다. 이정구는 권필의 부친인 권벽의 『習齋集』 서문을 썼고, 후일 권필이 죽은 뒤 『석주집』 서문도 썼다. 『석주집』에는 이정구와 관계된 시가 많은바, 두 사람의 돈독한 교유관계를 알 수 있다.

구용은 권필과는 소년시절부터 사귄 친구였다. 임진왜란이 일어나 선조가 의주로 파천하자 권필과 더불어 상소를 했던 강직한 성품의 소유자였다. 사람됨의 순후하고 질직해서 長者의 풍도가 있었으며 시를 잘 지었다고 한다. 권필은 구용이 죽자, 1602년 가을 그가 남긴 시 100여 수를 모아 그의 작품이 전할 수 있도록 『竹窓遺稿』[434]를 편찬해 주었다.

권필이 4명의 벗을 위해 지은〈四懷詩〉[435] 중에는 구용을 위한 시도 있는바, 절친한 친구였음을 알 수 있다.

조위한은 권필의 절친한 벗으로, 재주가 있으면서도 장지를 펴지 못하고 불우하게 지냈다. 詩酒를 즐길 뿐 아니라, 불기의 기질에다 병서를 탐독하는 것까지 권필과 서로 같았다. 그는 문장이 奇峻하고 풍자의 글을 잘 지었으며, 소설〈崔陟傳〉이 전하고 있다. 권필은 조위한과 그의 동생인 趙纘韓과 함께 土泉・黃溪에서 약 1500餘言을 짓기도 하였다.[436] 권필은 이들 형제들과 시주로 자오하며 현실을 한탄하기도 하였다.

차천로는 권필의 平生之友였다. 1601년에는 함께 제술관이 되어 여러 달을 같이 지내기도 하였다. 권필은 차천로의 인물과 시를 높이 칭찬한 바 있다.[437]

---

433) 『선조실록』 34년 신축 11월 임인조.
434) 外集 卷1, 「跋竹窓遺稿」, 467~468쪽.
435) 권1, 23~26쪽 참고.
436) 별집 권2,「師友錄」, 452~453쪽. ; 권8, 325쪽 참고.
437) 권2, <君不見對酒走筆>, 95~97쪽 참고.

이안눌은 권필의 詩友이자 마음을 허락한 知己로서, 권필의 가장 절친한 친구였다. 당시 詞壇에서는 이들을 唐의 李白과 杜甫 , 明의 李攀龍과 王世貞에 견주었다. 그는 권필・조위한 등과 詩社를 결성하여 시작활동을 하였으며, 1591년 江界로 귀양 간 정철을 만나러 갈 때도 동행하였다. 또, 1601년 종사관이 되어 권필과 여러 달 동안 의주에서 같이 지낸 적도 있었다. 이처럼 이들은 서로 의기가 相合하였다. 이안눌은 권필이 죽은 뒤 죽고 싶은 심정을 시로써 표출하기도 하였다.[438) 『석주집』에는 이안눌과 관계된 시가 약 40여수 실려 있고, 『東岳集』에는 권필과 관계된 시가 약 100여수 실려 있다. 이로써 보건대, 두 사람의 돈독한 우정과 문학적 교류가 얼마나 성했는가를 짐작할 수 있다.

허균은 권필과 동갑으로 『許筠全書』를 보면, 두 사람의 교유가 빈번했음을 알 수 있다. 그러나 『석주집』에는 허균과 관계된 시문을 찾아보기 힘들다. 허균의 글이 실리지 않은 이유는 문집 선집 시 이식이나 송시열이 반역죄로 죽은 허균에 관계된 글을 의도적으로 빼버렸기 때문인 듯하다. 허균은 권필의 시와 시 감식 능력을 높이 평가하였다. 당시 시 감식에 거봉이었던 허균이 『國朝詩刪』을 선집 할 때, 許氏家門의 시를 권필에게 선별해 줄 것을 부탁한 일도 있었다. 그리고 권필이 한양에 오면 허균의 집에서 며칠씩 머무르면서 시주를 즐겼고, 권필 또한 허균에게 험난한 세상에 잘 처신하라고 위로와 격려를 하기도 하였다.[439) 이처럼 두 사람은 서로 문학적 교류와 교분이 있었다.

이 밖에도 권필과 교유가 있던 인물들을 대강 살펴보면, 다음과 같다. 林悌의 친동생들로 사람됨이 강개하고 신의가 있었던 林愃・林懽형제,

438) 李肯翊, 『燃藜室記述』 卷19, 「廢主光海君故事本末」. ; 『東岳集』 卷10, <哭石洲>, 驪江文化社 影印本, 1984, 153쪽 참고.

439) 허균, 『惺所覆瓿藁』 卷2, 「前五子詩序」. ; 卷4, 「石洲小稿序」. ; 卷20, 「與石洲牘」 참고,

강직한 성품의 소유자로 '書淫'이라 불렀던 李春英, 不羈人 成輅, 1601년 명나라 사신을 같이 맞이하였던 洪瑞鳳 · 金玄成 · 朴東說 , 시문의 대가인 이호민 · 황정억 · 최립 · 이수광, 일본에 억류되었다가 돌아온 강항 등과 관계되는 시가 있는바, 이들과 교분이 두터웠음을 알 수 있다.

이상에서 살펴본 결과, 권필이 고유했던 인물들은 모두 문학에 뛰어났고, 벼슬길이 순탄치 않았거나, 태반은 野人들이었다. 이들은 권필처럼 강직한 성격에 氣節이 높았으며, 대부분 서인이거나 서인과 가까운 사람들이었다. 이들 또한 권필의 문학에 영향을 끼쳤던 것으로 짐작된다.

(2-4) 生涯

권필의 생애는 그의 행적과 정신세계 그리고 작품경향 등을 연관시켜 볼 때 대략 세 시기로 정리된다. 첫 번째 시기는 과거준비 및 학문연마기라 할 수 있는 19세까지 이다. 두 번째 시기는 방랑 및 문학 활동기라 할 수 있는 19세~35세까지 이다. 세 번째 시기는 은거 및 성리학 몰두기라 할 수 있는 35세~44세까지 이다.

(가) 과거준비 및 학문연마기

권필은 1569년(선조 2년) 12월 26일 한양 도성 근방인 玄石村(지금의 마포구 서강 부근)에서 권벽의 다섯째 아들로 태어났다.[440] 부친 권벽은 강직한 성품에 氣節이 우뚝하였으며 詩名도 높았다. 권필은 빈곤한 생활 속에서도 부친의 엄격한 가정교육 하에 형제들과 우애 있게 자랐다. 그의 형제들은 성격도 강직했을 뿐만 아니라 시에도 능했다. 권필은 천성이 강골이요. 불의와 타협할 줄 모르는 義男兒였다. 어려서부터 총명하

---

440) 『세보』. ; 「행장」.

였던 그는 가문의 문학적 가풍을 이어받았다. 이런 연유 때문인 듯, 9세(1577년)에 능히 시를 지을 줄 알았다.[441] 兒時 作 〈驅車兒〉[442]는 문학성이 뛰어난 작품으로, 그의 사물에 대한 예리한 관찰력과 날카로운 시각을 엿볼 수 있다. 시인으로서 성장하기에 좋은 가정적인 분위기와 타고난 문학적 재능, 그리고 어지러운 시대상황과 강직한 기질 등은 뚜렷한 창작의식을 가진 전문적 시인으로서의 출발을 예견했는지도 모른다.

권필 역시 다른 사대부들과 마찬가지로 仕宦의 길로 나아가 濟世의 웅지를 펼치고자 과거준비 공부에 전념을 다하였다. 그는 1587년(19세) 과거에 응시, 초시・복시에 연달아 장원을 하였다. 그러나 試紙에 위정자의 뜻을 거스르는 글자가 있다 하여 黜榜당하였다. 출방은 그에게 있어 큰 충격이었다.[443] 사대부로서 그가 품었던 이상과 포부가 정치현실의 불합리와 무능, 모순 등으로 인해 좌절되었다는 것은 엄청난 충격이라 하겠다.

(나) 방랑 및 문학 활동기

권필은 충격을 해소키 위해 山海 間을 떠돌며 시주로 자오 하거나, 老莊에 심취되기도 하였다. 그러나 그는 방랑과 여행을 통해 혼탁한 세상을 목도하고는 이를 해소하기는커녕 오히려 분노와 혐오감만 더 해갔다. 따라서 그는 이러한 현실세계의 부패와 병폐에 대하여 과격한 비난의 언사를 서슴지 않았을 뿐 아니라, 이를 시로써 과감하게 풍자・비판하였다. 떠돌아다니던 그는 1590년(22세) 여름, 이안눌과 兩宜堂에서 놀았다. 이때 시집 『唱酬集』을 지었다. 이 해 이안눌・조위한 등과 어울려 詩社를

441) 「행장」.
442) 권2, 68~70쪽 참고.
443) 『세보』. ; 「행장」.

만들어 본격적인 시작활동을 하였다. 이것이 후일 이안눌이 주도한 東岳詩社(또는 東岳詩壇)의 선구였다.

1591년(23세) 건저문제로 인해 江界에 귀양 가 있던 스승 정철을 이안눌과 함께 찾아가 뵙자, 정철은 '天上二謫仙'을 얻었다 하며 기뻐하였다. 그러나 스승의 귀양살이를 목도한 그는 정치에 환멸을 느껴 과거 포기를 결심하고,[444] 야인으로 평생을 보내기로 작정하였다. 이러한 연유로 인해 현실을 바라보는 그의 시각은 더욱 더 비판적인 집장을 취하게 된다.

1592년(24세) 임진왜란이 발발하자, 당쟁만 일삼던 조정에서는 아무런 대책도 없이 의견만 분분할 뿐이었다. 이렇게 우왕좌왕 하는 동안 왜적은 충주를 점령하고 한양으로 계속 진격하였다. 이에 선조는 의주로 파천하였다. 이때 백성들은 조정의 무능과 무책임에 분격하여 격렬한 항의를 하였다. 국가기강이 혼란된 상황을 목격한 권필은 친구 구용과 더불어 상소를 올려 당시의 대신 이산해・유성룡을 誤國의 죄로 목을 베어 백성들에게 사죄할 것을 청했으나 선조의 비답이 없었다. 是非를 가리고자 했던 권필의 소신은 묵살되고 말았다고 하겠다.[445] 이 해, 권필은 가족들을 데리고 伊川으로 피난을 갔다가 다시 강화 누님 댁으로 거처를 옮겼다. 강화에 머무르고 있던 그는 김천일의 의병부대에 일시 합류하기도 하였다.[446] 1593년 4월 왜적이 경상도로 철수하자, 권필은 한양으로 돌아왔다. 그러나 이 해 8월과 12월에 부친과 스승 정철의 상을 당하게 된다.

---

444) 권필의 과거 포기는 당시의 정치적 상황(부정부패하고 무능한 위정자들이 판치는 조정, 피비린내 나는 정권쟁탈전, 북인의 득세), 그리고 그의 不羈的 성격과 깊은 연관이 있다. 특히 서인의 몰락(그 중에서도 1591년 서인의 영수였던 스승 정철의 유배 '自辛卯黨事之後 無意世事 不赴科擧')으로 인한 북인의 집권은 그의 과거포기의 결정적 원인이 된다. 이긍익, 앞의 책, 「권필조」. ; 『광해군일기』 3년 임자 4월조.

445) 같은 책, 「宣祖朝故事本末」.

446) 권필은 의병부대에 참여하였으나, 직접적인 전투에는 참가하지 않았던 것 같다. 이에 대해서는 졸고, 「석주 권필의 풍자시에 관한 일고찰」, 『우리문학연구』 제9집, 1992, 122~123쪽 참고.

가장 존경했던 부친과 스승의 죽음은 그에게 있어 충격이었다. 이러한 연유 등으로 인해 그의 방랑벽은 다시 도지게 된다.

권필은 정유재란이 발발할 때까지 경기・호서・호남지방 등을 주로 떠돌아 다녔다.[447] 급기야 그는 자기 뜻대로 된 것이 없는 반생을 회고하며 절망감에 빠져 버렸다.[448] 마침내 그는 1599년(31세) 강화에 우거하여 다시 성리학 공부를 하고자 하였다.[449] 그러나 이때는 전란이 끝난 직후인지라 혼란이 극심했다. 따라서 이런 와중에 학문에 전념하기란 결코 쉬운 일이 아니었다.[450] 그가 강화에 우거하여 학생들을 가르치고 있을 때, 梁澤의 弑父 사건이 일어났다. 이에 분격한 강화부민들이 조정에 진정을 하였다. 그러나 양택이 지방관과 조정에서 파견된 조사관에게 뇌물을 바치어 이 사건을 유야무야시켜 버렸다. 권필은 이를 알고 분노하여 상소를 통해 강화부민들의 억울함을 풀어주었다.[451]

1601년(33세) 詩名이 높았던 明使 顧天峻이 오자, 이정구가 추천하여 백의로 제술관에 임명되는 영예를 안았다. 이때 그의 뛰어난 詩才를 알지 못했던 선조가 그의 시를 보고 크게 기뻐하며 순릉참봉과 동몽교관을 제수하였으나 不拜 하였다.[452] 이는 당시의 정치상황 때문인 듯하다. 이후, 그는 접빈 행차에 참여하여 시로써 이름을 세상에 드날리었다. 이때가 그의 파란만장한 생애 중 그나마 가장 좋았던 시절이었던 것 같다. 그렇지만 그의 생활은 여전히 빈궁하기 짝이 없었다.

---

447) 특히 그는 호남지방을 1차(1594년), 2차(1596년), 3차(1597년)에 걸쳐 떠돌아다녔다. 그가 방랑한 이유는 여러 가지가 있겠으나, 현실에 대한 울분과 갈등 해소의 일환, 방랑벽 등이 주원인인 듯하다.(위의 논문, 100쪽 참고.)

448) 권1, <述懷>, 29~30쪽 참고.

449) 별집 권2,「答宋弘甫書」, 433~435쪽 참고.

450) 졸고,「석주 권필의 고시에 관한 일고찰」,『도솔어문』 제6집, 단국대 국문과, 1990, 50쪽 참고.

451) 외집 1권,「請誅賊子梁澤疏」, 457~462쪽 참고.

452)「행장」. ;『선조실록』 34년 신축조.

1603년(35세) 이정구가 그의 곤궁한 생활을 보다 못해 동몽교관이라는 벼슬을 주선해 준 적이 있었다. 그러나 예조에 參謁하라고 하자, '爲斗升折腰 非素志也'라 하면서 즉시 사임하고 말았다.[453] 그는 격식이나 형식에 구애받기 싫었던 것이다. 마침내 그는 더욱 더 불합리해져가는 현실세계에 대하여 극심한 좌절과 실의를 맛보고 은거를 결심한다.(1603년, 35세 강화에 은거)[454]

(다) 은거 및 성리학 몰두기

권필은 강화에 은거하여 학생들을 가르치는 한편, 성리학 공부에 몰두하였다. 그러나 그는 은거생활 중에도 부정과 모순으로 가득 찬 현실세계를 묵과할 수 없었다.

1611년(43세) 봄, 任叔英이 策問試에서 당시 時政을 풍자 비판한 글을 쓰자, 광해군이 그 시지를 보고 대로하여 임숙영을 삭방시켜버린 일이 있었다. 이에 兩司에서는 찬반양론의 논쟁이 일어났고, 가을에 가서야 광해군이 발표를 허락하였다. 권필이 이 사실을 알고 분노하여 궁류시를 지어 광해군의 외척 유씨 일가를 풍자 비판한 적이 있었다. 그런데 1612년(44세) 봄, 김직재의 무옥에 연좌된 趙守倫의 집에서 그의 시가 발견되었다. 마침내 그는 광해군의 친국을 받게 되었다. 이때 그는 조금도 두려운 기색 없이 광해군에게 임숙영의 사실을 이야기하고, 조정에 직언하는 신하가 없었으므로 이 시를 지어 조정신하들을 勉勵케 하기 위한 것이라고 당당하게 말하였다. 불의와 타협할 줄 모르는 그의 선비적 기상과 節操정신을 엿볼 수 있다. 그는 당시의 재상이었던 이항복·이덕형 등의

---

453) 「행장」. 그는 1606년(38세) 柳根이 종사관으로 같이 갈 것을 권했으나 사양하였다. 또 1610년(42세)에는 동몽교관에 제수되었으나 나아가지 않았다.

454) 그가 강화로 돌아오면서 지은 시를 보면, "京口移家計巳非 又將書劍決然歸 他時若問吾消息 海上孤村獨掩扉"(권7, <歸江都留別邊明叔應>, 258쪽.)

읍간으로 사형만은 면하였다. 그러나 유배지 慶源으로 출발하던 4월 7일 동대문 밖 객점에서 杖毒으로 인해 죽고 말았다. 이때 그의 나이 44세였다.[455] 그는 귀양 갈 때 『近事錄』, 『朱子書』 등을 가지고 갔다 한다. 이로써 보건대, 그의 근본은 儒者였음을 알 수 있다. 젊은 날의 노장에 대한 심취는 갈등 해소책의 일환이었을 뿐이다.

이해 봄부터 병들어 있던 권필은 죽음을 예감했는지 죽기 3일 전 제자이자 생질인 심기원에게 자신의 詩稿보자기를 맡기면서 자신의 파란만장한 삶을 자성하는 시 1수를 써주었다.[456] 파란과 격변의 시대에서 자신의 이상과 포부를 펼치지 못한 채 울분과 갈등, 좌절과 실의 속에 생애를 보낸 비판적 사대부 권필, 그는 난세에서 흔들리지 않는 기절로 자신을 다스렸고, 불의와 時政의 병폐를 시로써 비판한 시인이었다. 결국 시로 인해 죽음까지 이른 인간 권필의 일생은 儒者의 지표요 시인의 표상이라 하겠다.

(3) 文學的 考察

(3-1) 문학적 배경

권필의 경우, 문학의 배경으로서 시대적・가정적 배경, 詩友, 기질, 시적 영향과 시정신 등을 들 수 있다. 이 중 문학적 가풍과 諷諫의 정신 등은 그의 문학의 핵심 배경이라 할 수 있다. 그는 대대로 이어온 문장가의 가풍을 소중히 여겼고 이에 대한 자부심도 대단했다.[457] 특히 부친 권벽으로부터 성품, 문학적 재능, 시정신 등을 많이 이어 받았다. 전술한

455) 「행장」. ; 『광해군 일기』4년 임자 4월조 참고.

456) 이긍익, 앞의 책, 「권필조」. "平生喜作俳諧句 惹起人間萬口喧 從此括囊聊卒歲 向來宣聖欲無言" 졸고, 「權石洲研究」, 단국대 석사학위논문, 1983, 14~23쪽 참고.

457) 『광해군 일기』4년 임자 4월조. "父擘師申光漢 以詩擅名 韠承其緒 專力爲詩" ; 권7, <僧軸中有先人手書絶句敬次韻題卷尾> 268쪽. "先子文章會瑞世 小生才薄忝家風" ; 권3, 158쪽. "詩句吾家事" 위에서 권필의 문학적 가풍을 입증하고 있다.

바와 같이, 권벽은 강직한 성품의 소유자로서 일생동안 시를 전공하였고, 시 감식에 뛰어났던 인물이었다. 그런바 문학적 가풍은 그의 문학의 배경이 되었다고 하겠다.

다음은 그의 문학적 배경의 핵심이라 할 수 있는 풍간의 정신[458]에 대하여 알아보자.

권필은 어지러운 시대상황, 척당불기한 성격, 부친 권벽의 가르침과 영향, 현실과의 괴리감, 杜甫・白居易 등의 작시태도 등으로 풍간의 정신이 싹트게 된 것 같다. 이 가운데 주목할 것은 그가 흠모하고 영향을 받은 두보・백거이 등의 작시자세이다. 이들은 民情의 表達과 時政의 비판을 통해 민중들의 고통을 구제하고 정치의 결함을 시정하려는 의도 하에 시를 지었다.[459] 그러므로 권필은 이들의 작시자세를 높이 평가했고, 또 이들의 시인정신을 본받고자 했다.[460] 이는 그의 풍간의 정신으로 나타난다. 그러면 권필의 풍간의 정신을 史官의 평과 광해군 친국 시 그의 진술을 통해 간단히 살펴보자.

> "사람됨이 뜻에 크게 얽매이지 않았으며 말이 시원스러웠다.…(중략)…무릇 우울하고 불평스러운 것이 있으면 반드시 시로써 나타내었고 매번 조정의 득실을 들으면 또한 시를 지어 비웃었다."[461)]
>
> "권필 너는 어떤 사람이기에 감히 시를 지어서 방자하게 기자하느냐? 이는 無君不道의 죄가 극에 이른 것이다.…(중략)…권필이 아뢰기를…(중략)…임

458) 풍간의 중요성을 처음으로 제기한 인물은 孔子였다. 『孔子家語』, 「辯政」. "孔子曰 忠臣之諫君 有五義焉…(中略)…五曰諷諫 唯度主而行之 吾從諷諫乎"

459) 車柱環, 『中國詩論』, 61~78 참고. 권필의 시관은 전통적 시관(공자・맹자・두보・백거이・원진)을 바탕으로 한 듯하다.

460) 졸고, 앞의 논문, 103쪽 참고. 권필의 시에는 두보・백거이 시의 詩題・韻・說意 등을 취해서 지은 시들이 많다.

461) 『인조실록』 원년 계해 4월조. "爲人倜儻不羈 言論爽豁…(中略)…凡有壹鬱不平 必以詩發之 每聞朝家得失 亦作詩嘲之"

숙영이 포의로서 왜 이 같은 위태로운 말을 했겠습니까? 대체로 옛 시인들은 흥에 의탁하여 풍간하는 일이 있습니다. 그러므로 신도 이를 본받아 이 시를 지은 것입니다. 임숙영이 포의로서 감히 이 같은 말을 한 것은 조정에 직언하는 자가 없음을 지적한 것입니다. 그러므로 이 시를 지어 諸公을 풍간하여 면려하기를 바란 것입니다."[462]

권필이 풍간의 정신을 詩作의 요체로 삼고 있음을 알 수 있다. 이처럼 권필의 작시태도가 음풍농월류가 아닌 시인의 남다른 창작의식, 즉 풍간의 정신을 근간으로 시를 지었음을 알 수 있다.

권필의 遺稿는 시문집『石洲集』,『道學正脈』, 시집『唱酬集』등이 있다. 이 가운데『영가세첩』은 희귀하여 상고할 길이 없고 후손들이 개편한 것만 전하고 있다. 또『唱酬集』은 임란 때 불타 버렸다. 이 밖에도 그의 저술이 더 있을 것으로 추정되나, 꼼꼼하지 못한 성격에다 갑자기 죽은 관계로 알 길이 없다.[463]

(3-2) 文學世界

(가) 詩

현전하는 권필의 시는 그의 문집과 타인의 문집 등에 수록된 작품을 포함하여 약 850여수 정도로 추산된다. 이를 詩體 別로 살펴보면 律詩, 絶句, 雜體詩 순이다. 이 가운데 7언 절구가 가장 많고, 그 다음은 5언 율시이다. 또한 타 시인들 보다 고시가 많은 편이다. 특히 연작시가 많은 것으로 보아 그의 시적 역량이 왕성했음을 알 수 있다. 작품 수로 짐작컨

462)『광해군 일기』4년 임자 4월조. "韠是何人也 乃敢作詩恣其譏刺 其無君不道之罪極矣…(中略)…韠供云…(中略)…叔英以布衣 何爲如此危言乎 大抵古之詩人 有托興規諷之事 故臣欲倣此爲之 以爲叔英以布衣 敢言如此 而朝延無有直言者 故作此詩 規諷諸公輩有所勉勵矣. 여기서 '古之詩人'은 두보 · 백거이 등을 지칭한 것으로 보인다.

463) 권필의 저술에 대한 문헌소개 및 작품개관은 졸고, 앞의 논문, 36~42쪽을 참고할 것.

대, 고시와 율시는 5언, 절구는 7언을 선호했던 것으로 보여 진다. 더욱이 주목할 것은 다양한 시체를 구사하고 있다는 점이다. 이는 그가 詩道에 통달했기 때문인 듯하다. 운율에 있어 5언은 측기식, 7언은 평기식을 주로 사용하고 있다. 그리고 시어는 조탁의 흔적이 거의 보이지 않고 대체로 平易하면서도 자연스럽게 표현되고 있다. 그러면 권필 시의 내용을 중심으로 그의 시세계를 살펴보자.

권필 시는 내용상 ①자연과의 친화 ②자기성찰 ③현실비판으로 3分할 수 있다. 그런데 생애와 관련시켜 시기별[464]로 작품 수의 비율을 대충 살펴보면, 중기, 후기, 전기 순이다. 헌데 전기의 시는 단 1수뿐이다.

① 자연과의 친화

권필의 경우, 그의 壯志가 현실에 좌절된 상태에서 보내야 했던 생애, 비판적 기질 때문에 서정적 자아가 자연에 동화·몰입되는 시는 적은 편이다.

地僻無人跡	땅이 외지니 인적도 드물고
林深有鳥言	숲이 깊으니 새소리만 들리네.
方知別世界	이제야 깨닫노니 별세계라는 것은
不獨在桃源	무릉도원에만 있는 것은 아니었구나.

〈次牛溪先生韻〉[465]

떠돌이 생활을 하고 있던 권필이 경기도 파평에 살고 있던 成渾을 방

464) 본고는 (2-4)에서 권필의 생애를 대략 3分하였다. 그의 시 역시 여기에 초점을 맞추어 ①전기(1세~19세) ②중기(19세~35세) ③후기 (35세~44세)로 3分하였다. 시기 명칭은 필자가 편의상 사용하였다.

465) 별집 권1, 401쪽.

문하고 그의 시에 차운하여 지은 시다. 인적이 드문 깊은 숲속에 오로지 새소리만 들리는 이런 곳에서 자신이 安住하고 싶었다. 그러므로 이러한 고요한 분위기에 압도된 그는 '別世界', '桃源'의 시어를 통해 이상향에 대한 동경을 극명하게 나타내고 있다.

자연을 관조하고 있는 권필의 차분한 정서와 함께 이상향을 동경하고 있는 그의 정신적 면모를 엿볼 수 있다. 여기서 그의 이상향에 대한 동경은 갈등해소책의 한 방편으로, 좌절을 준 현실에 대한 자기 위안의 의미로 이해되어야 한다. 방랑생활을 하던 권필은 다시 가정으로 돌아와 전원에 安住하고자 하였다.

睡起仍無事　잠깨어 일어나니 아무 일 없어
開牕面小園　창문 열고서 작은 뜨락 바라보네.
雨餘觀草性　비온 뒤라 풀은 더욱 푸르고
林晩聽禽言　해 저문 숲 속에서 새소리 듣네.
倩婦呼詩韻　예쁜 아내에게 시의 운을 부르게 하고
敎兒進酒樽　아이로 하여금 술 단지를 내오라 한다.
牛羊各歸巷　소와 양들도 각각 마을로 돌아오니
吾亦閉柴門　나 또한 사립문 닫네.

「醉後命室人呼韻」[466]

권필이 술에 취해 아내에게 운을 부르게 하여 지은 시로, 전원생활에 대한 만족감을 나타내고 있다. 여기서 그는 '無事', '面小園', '觀草性', '聽禽言' 등의 시어를 구사하여 사물을 있는 그대로 관조하고 있는 심적 상태를 보여주고 있다. 그러므로 끝구의 '閉柴門' 은 그의 安分・閒靜

466) 권3, 124쪽.

된 마음을 담고 있다 하겠다. 자신의 웅지가 현실에서 어그러진 상태를 엿볼 수 있다. 그러나 그의 이러한 생활도 오래가지 못했다. 그는 현실에서의 울분과 갈등, 방랑벽 등으로 인해 다시 방랑의 길을 떠난다. 다음은 그가 방랑 도중 친구 金龜城의 집에 머물면서 지은 시다.

雨後濃雲重復重　비온 뒤 짙은 구름이 겹겹이 덮였는데
捲簾淸曉看奇容　맑은 새벽에 발을 걷고 기이한 모습을 바라다보네.
須臾日出無蹤跡　잠깐 사이에 해 뜨니 종적은 사라지고
始見東南三兩峰　비로소 동남쪽에 두 세 봉우리가 보이는구나.

〈金龜城湖亭八景 中 三角晴雲〉467)

비온 뒤 구름에 가린 삼각산 봉우리의 모습과 일출 후 삼각산 봉우리들이 본래의 모습을 드러내는 장면을 빠른 템포로 리얼하게 묘사하고 있다. 권필은 이러한 시상전개과정에서 '濃雲', '奇容', '日出', '始見' 등의 시어를 적절히 사용하여 삼각산 봉우리의 청정한 자태와 그 絶景을 담고 있다. 그가 정신의 쇄락한 희열을 느끼는 감정을 엿볼 수 있다. 그러나 이러한 희열감도 잠시 뿐, 그는 다시 고난의 방랑길로 떠난다. 마침내 그는 떠돌이 생활을 청산하고 강화 五川里 에 草堂을 짓고 은거한다.

簾外雲山雨乍晴　주렴 밖 구름 산에 내리던 비가 갑자기 개니
北牕筠簟午風淸　북창 아래 대자리에 불어오는 마파람은 맑기만 하구나.
靑苔滿院人無事　푸른 이끼 가득한 집에 사람은 일어 없어
臥聽流鶯一兩聲　누워서 나무사이로 날아다니는 꾀꼬리의 한 두 울음소리만 듣네.

〈五川草堂四時詞爲尹而性題 中 夏〉468)

467) 권7, 249쪽.

여름날 초당 주변의 경개를 담담하게 그리고 있다. 마치 한 폭의 푸른 색채화를 연상케 한다. 여기서 푸른색은 시각적 색채감뿐만 아니라 맑고 서늘한 淸凉의 푸르름이다. 시각적 효과와 이미지가 뛰어난 작품으로, 권필의 고요한 자세를 감지할 수 있다. 安閒한 가운데 자연을 관조하고 있는 그의 차분한 심적 상태를 엿볼 수 있다.

이상에서 그는 강화에 은거한 이후 성리학에 침잠하는 한편, 安分知足의 생활태도를 취하고자 노력하였다. 따라서 그의 자연친화적인 시들은 변모되어 나타난다. 즉, 淸淨의 경지를 형성하였다.

그러나 그는 유교에의 회귀와 낭만성 지향과의 충돌로 인해 종당에는 자기 내면세계에 파탄을 가져왔다.

② 자기성찰

권필은 소년시절부터 濟世의 웅지를 품고 있었다. 그러나 그의 이러한 이상과 포부는 현실에서 좌절되고 말았다. 결국 그는 울분과 갈등, 좌절과 실의 속에 일생을 보내면서 자기 자신을 성찰하였다. 그러므로 권필의 시 가운데 자기성찰시는 가장 많은 작품을 차지하고 있다. 그 중 5언이 7언 보다 많다. 작품 수는 후기시가 중기시 보다 약간 많은 편이다. 자기성찰시는 외부대상을 통해 자신을 성찰하고 자기 자신의 존재 상태나 내면세계로의 지향을 나타낸 시가 있는 반면, 자기 자신의 내면풍경을 통해 보다 명백히 자신을 성찰하는 시가 주류를 이루고 있다.

天邊梅柳又沾衣	하늘 끝 가에 매화와 버들을 보고 눈물이 흘러 옷을 적시니
意落江南尙未歸	강남까지 떠돌며 아직도 돌아가지 못했네.

468) 권7, 265쪽.

夢裡茫茫無限事　한정 없는 인생살이 꿈속처럼 아득하기만 하고
回頭二十九年非　스물아홉 해 세월 돌이켜 보면 뜻대로 된 게 없구나.

〈初春〉469)

권필이 방랑생활을 할 때 지은 시로, 그는 매화와 버들을 보고 봄이 되어도 고향에 돌아가지 못하는 자신의 반생을 회한 속에 반성하고 있다. 여기서 시인의 서정적 자아의 주된 관심은 매화와 버들 자체에 있는 것이 아니라, 자신의 서글픈 심정과 방랑하는 모습을 '茫茫'의 첩어를 사용하여 극명하게 나타냈다. 결국 이러한 서글픈 심정을 통해 도달한 객관적 인식은 자아상실과 다름없는 것이었다.

권필은 한 때 떠돌이 생활을 청산하고 강화에 우거한 적이 있었다. 그러나 현실에서의 갈등은 해소될 수 없었다. 그래서 그는 다시 방랑의 길을 떠난다.

韡也龍鍾心　내 자신 너무도 초라하여
經秋守竹扉　대나무 사립문 닫고서 가을을 보낸다.
田園爲計晩　전원으로 돌아갈 계획도 이미 늦었고
功業與心違　공업은 마음과 더불어 어긋났네.
未有玉堪獻　임금에게 바칠만한 구슬도 있지 않고
更無金可揮　마음대로 뿌려댈 황금도 없다.
寒天登遠道　추운 날 먼 길 떠나는데
只着去年衣　다만 지난해의 옷을 입었네.

〈自歎〉470)

자기 자신을 스스로 못난 인간으로 전제하고 시상을 전개하고 있다.

---

469) 권7, 235쪽.
470) 권3, 130쪽.

이러한 자기비하는 3·4구에서 보는 바와 같이, 자신이 지니고 있던 포부와 壯志가 현실에서 실현되지 못한 데에 대한 정신적 갈등으로 이어진다. 결국 7·8구에서 보듯, 이러한 현실에 대한 갈등을 해소키 위해 방랑의 길을 떠나는 권필의 서글픈 심정을 담고 있다. 그런데 6구는 시 전체의 이미지를 손상시키고 있는 듯하다. 강직한 성품의 소유자인 그가 '金可揮'라 표현한 것은 아무래도 적절하지 못한 것 같다. 그러나 이는 공업 포기의 결의로 이해하면 무방할 듯하다.

권필은 현실에 처한 자신의 모습을 통해 현실과의 괴리를 자각하고 갈등을 더욱 노출시켰다. 급기야 그 스스로 절망감에 빠져버려 자신을 조소하고 있다. 결국 그는 방랑생활을 청산하고 강화 오천리에 은거한다. 강화에 은거하고 있던 그는 38세 때 병이 들었다. 이때 그가 지은 시를 보면 자기 삶의 정신적 갈등을 표출시키고 있다.

素心元不在榮名	애당초 마음은 원래 영예로운 이름에 있지 않았고
欲佐明君致太平	현명한 임금을 도와 태평성대를 이루고자 했다네.
人莫我知斯已矣	남들이 나를 알아주지 않으니 이미 끝났음을
白頭重覺負平生	흰머리 되어서야 평생을 저버렸음을 깨닫네.

〈病中聞夜雨有懷草堂因敍平生二十四首 中 其二十〉471)

본래 권필이 현실 사회에서 자신의 포부와 장지를 펴보고자 한 궁극적 목표는 '榮名'에 있지 않고 明君을 도와 태평성대를 이루는 데 공헌하는 것이었다. 그러나 濟世의 웅지를 인정해주는 현명한 임금을 만나지 못했으니 그의 계획은 수포로 돌아가고 말았다. 더구나 그는 자기를 알아주는 사람이 없음에 모든 것을 포기하였다. 따라서 이제는 世人들이 자신을

471) 권7, 275쪽.

알아주기를 고대하지 않는다. 다만 이상도 실현되지 못한 상태에서 헛되게 보낸 자신의 삶에 대해 회한과 함께 자성만 할 따름이다. 마침내 그는 체념과 허무의 상태에 이르게 된다.

平生喜飮酒　평생에 술 마시기를 좋아하여
一石嫌未痛　한 섬 술에 취하지 않음을 한탄하였지.
居然喫不得　어디서고 마시질 못하니
造物眞好弄　조물주는 참으로 장난을 좋아하는구나.
祇恨身早衰　몸이 일찍 노쇠함을 한탄하지만
敢言心不動　감히 마음이 흔들리지 않는다 말하네.
任情得新懶　제 멋대로 뜻에 맡기니 새로이 게으름만 생기고
求道喪前勇　도를 구하니 지난날의 용기를 잃었네.
行年四十四　지금 나이 마흔 넷
閱世夢中夢　세상을 지내온 것이 꿈속의 꿈이로구나.

〈新春病不能飮慨然有作〉[472]

권필이 죽기 얼마 전, 44세 때 지은 시로, 자신의 삶에 대한 허무감을 표현하고 있다. 두주불사했던 지난날의 자신의 건강한 모습과 병들어 술 마시지 못하는 현재의 자신을 대비시켜 이를 조물주의 탓으로 돌리면서 시상을 전개하고 있다. 이러한 시상전개는 5・6구와 7・8구를 대조시켜 자신의 心志를 분명하게 나타내고 있다. 여기서 그는 '心不動', '喪前勇', '夢中夢' 의 시어를 통해 자신의 내면세계를 내비치고 있다. 즉 '心不動'은 修道의 길에 들어선 그의 의지의 표현이요,[473] '喪前勇'은 지난날의

472) 권1, 65쪽.
473) 다음의 시구들은 권필이 지향하는바가 무엇인가를 극명하게 보여주고 있다. "少讀仙經慕伯陽 中年沈酒趁風光, 半生虛作歧行 至理元來在六經"

기상이 상실된 데에 대한 자성과 허탈감의 표출이다. 그리고 '夢中夢' 은 반복의 효과를 살린 기발한 수법으로, 자기 인생을 회고하면서 느낀 체념의 표현이다.

이상과 같이 살펴 본 결과, 자기성찰시는 자성을 통해 자탄과 자조와 체념의 상태에 이르러 주로 자기비하, 자기연민, 자아상실 등으로 나타났다. 그런데 35세를 전후로 권필의 의식세계의 변모를 보이고 있다. 35세 이전의 시는 자신의 포부와 장지를 펼쳐보지 못한 데서 오는 현실에 대한 울분과 갈등을 시를 통해 표출시켰다. 자신을 성찰함으로써 극복하려는 의지도 엿보였으나, 결국 이를 극복하지 못하고 좌절과 실의의 연속이었다. 따라서 자탄과 자조가 섞인 자기비하나 자기연민을 담은 시가 태반이다. 35세 이후의 시는 儒者 본연의 자세로 돌아와 성리학에 몰두했던 만큼 內省과 修身을 통해 安分知足하는 修養된 모습도 엿볼 수 있었다. 그러나 종당에는 체념의 상태에 이르러 자아를 상실하는 작품들이 주류를 이루고 있다. 이처럼 권필은 자신의 존재나 모습을 자성한 결과, 울분과 갈등, 좌절과 실의의 의식세계를 시를 통해 표출했다. 그러나 그가 시를 통해 겸허한 자세와 中正된 마음으로 자신을 성찰코자 부단히 노력했다는 점에서 권필의 진솔한 인간성을 엿볼 수 있다.

③ 현실비판

권필은 비판적 사대부로서 현실세계를 냉철히 인식하였다. 따라서 그의 비판적 자아나 강직한 기질은 실생활을 통해 목도한 현실세계의 갖가지 부조리와 모순을 용납지치 않았다. 특히 그는 풍간의 정신을 바탕으로 주로 부조리한 정치현실과 모순투성이인 인간사회를 시로써 풍자·비판하였다. 그러므로 현실을 비판·고발한 시는 풍자적인 시가 많다.

권필의 현실비판시는 다른 유형의 시보다 태반이 장형이다. 따라서 시상을 전개하는데 있어, 자신의 입장도 분명하고 구체적이다. 그의 현실비판시는 율시나 절구에는 많지 않고 대부분 고시에 집중되어 있다. 이 중 7언이 5언보다 많은 편이다. 현실비판시는 주로 중기作으로, 정치 부조리와 부패에 대한 비판, 사회모순과 병폐에 대한 고발, 애민의 정 등으로 나타난다.

誰投與狗骨	누가 개에게 뼈다귀를 던져주었나?
群狗鬪方狼	여러 개들이 사납게 싸우는구나.
小者必死大者傷	작은 놈은 반드시 죽을 것이고 큰 놈은 다칠 것이니
有盜窺釁欲乘釁	도적은 그 틈을 타려 엿보고 있네.
主人抱膝中夜泣	주인은 무릎을 끌어안고 한밤중에 우는데
天雨墻壞百憂集	하늘엔 비 내리고 담장마저 무너져 온갖 근심 모여드네.

〈鬪狗行〉[474]

당쟁만 일삼는 朝臣들을 개싸움에 비유하여 풍자・비판한 작품이다. 뼈다귀를 놓고 목숨을 걸고 싸우는 '鬪狗'를 보조관념으로 하여 시를 전개하고 있다. 여기서 '群狗'는 당쟁만 일삼는 조신들을 뜻한다. 3구는 당파싸움에서 승자・패자 모두 손실만 입을 것임을 내비치고 있다. 이러한 계속되는 당쟁 때문에, 4・5구에서 보는 바와 같이, 도적(왜적과 여진족, 특히 왜적)이 엿보기 마련이다. 따라서 주인(선조)도 어쩔 수 없었다. 권필은 임금의 무능을 은근히 꼬집고 있다. 그럼에도 6구를 보면, 당쟁과 나라를 걱정하는 그의 모습이 그려져 있다. 야인 권필은 이러한 정치 부조리에 대한 비판을 통해 당쟁의 치열함과 함께 국력이 쇠잔해가는 비생산적 상황을 찔러 조신들을 각성시키고 있다.

---

474) 권2, 85쪽.

권필은 특히 당시 정국을 어지럽게 만들었던 외척들의 부정과 비리를 통렬히 비판하였다.

戚里多新貴	외척들 가운데 새로 귀하게 된 사람 많아
朱門擁紫微	붉은 칠한 대문이 대궐을 둘러쌌네.
歌鍾事遊讌	노래 부르고 춤추며 놀이와 잔치만 일삼고
裘馬鬪輕肥	갖옷은 가벼운 것 말은 살찐 것을 다투네.
秖可論榮辱	단지 영욕만 논할 줄 알았지
無勞問是非	애써 옳고 그름을 문제 삼지 않네.
豈知蓬屋底	어찌 알까 쑥대로 이은 지붕 아래에
寒夜泣牛衣	추운 밤 쇠가죽 덮고 울고 있는 백성을

〈詠史〉[475)]

외척들은 정치를 담당할 자질도 갖추지 못한 인물들로, 단지 외척이라는 이유 때문에 왕실을 등에 업고 온갖 부귀를 누린다. 따라서 이들은 훌륭한 저택을 짓고 치부와 사치를 일삼으며 영욕만 논할 뿐이다. 이런 무리들은 나라와 백성들을 위한 올바른 정치는 관심 밖의 일이었으며, 자신의 이해만 따지기에 급급했다. 그러므로 굳이 是非를 논의할 필요가 없었다. 그런바 이들은 백성들이 비참한 생활을 하는 것을 알 까닭이 없었고, 또 관심 밖의 일이었다. 이처럼 권필은 당시의 부조리한 정치현실과 외척들의 전횡을 용서치 않았다. 뿐만 아니라 그는 실생활을 통해 목도한 인간들의 비인간적 행태를 용납지 않았다.

---

475) 권3, 155쪽.

幽居所居屋	그윽하게 거처하는 집에
繞屋多古木	집을 둘러싸고 고목나무 많이 있네.
有鳥半夜鳴	한밤중에 우는 새가 있어
聲如小兒哭	소리가 어린애 울음소리 같네.
其名曰訓狐	그 이름이 올빼미인데
鳴則主人厄	울면 주인이 액을 당한다 하네.
主人語訓狐	주인이 올빼미에게 말하길
爾聲雖甚毒	네 소리 비록 심히 나쁘나
擧世皆爾曹	온 세상 사람들이 모두 네 무리인 것을
不祥爾豈獨	상서롭지 못한 것이 어찌 너 혼자 뿐이랴
呢呰弄巧舌	아첨하고 헐뜯느라 교묘한 혓바닥을 놀리고
睗睒張奸目	이리저리 두리번거리며 간사한 눈을 치켜뜨네.
對面設機阱	얼굴을 맞대고 덫과 함정을 설치하여
陷人動不測	사람을 예측 못할 곳에 빠뜨리네.
以爾比世人	너를 세상 사람들과 견주어 본다면
焉知不爲福	복이 되지 않는다고 어찌 아나?

〈夜坐醉甚走筆成章三首 中 其三〉[476]

인간과 올빼미와의 대화를 통해 세상 사람들의 간교함을 지적하고 있다. 주인은 올빼미가 흉조라 울면 자신에게 화가 미친다는 사실을 알면서도, 오히려 올빼미가 세상 사람들보다 선하다고 여긴다. 세상에는 아첨·시기·모함 등 온갖 방법을 동원하여 남을 궁지에 몰아넣고 자기 이익만 추구하는 자들이 활개치는 실정이다. 그러므로 권필은 인간의 간교함을 구체적으로 제시하기 보다는, 세상 사람들과 올빼미를 비교해 악조인 올빼미가 더 선함을 주장함으로써 인간의 사악함을 고발하고 있다. 이처럼

---

476) 권1, 28쪽.

그는 당시 사회에 팽배되었던 인간들의 위선을 용납지 않았다. 이러한 인간사회의 모순은 급기야 人倫之道까지 흔들리게 만들었다.

姑惡姑惡	고악고악(시어머니는 악독해 시어머니는 악독해)
姑不惡婦還惡	시어머니가 악한 것이 아니라 며느리가 도리어 악하다네.
摻摻之手可縫裳	가냘프고 고운 손으로 치마를 꿰매고
桑葉滿筐蠶滿箔	뽕잎은 광주리에 가득하고 누에는 잠박에 가득한데
但修婦道致姑樂	다만 부도를 닦아 시어머니를 즐겁게 해드려야지
何須向人說姑惡	어찌하여 남들에게 시어머니가 악하다고 말하는가?

〈姑惡〉[477]

황폐화된 사회로 인해 人倫이 붕괴되어 가는 상황을 '姑惡'이라는 새소리에 가탁하여 풍자・비판하고 있다. '姑惡'은 물새의 일종으로, 속설에 며느리가 시어머니의 모진 학대로 죽었는데 그 혼이 새가 되었다고 한다. 그러나 여기서는 시어머니가 며느리에게 악한 것이 아니라, 며느리가 시어머니에게 악하다는 것을 역설적으로 이야기하고 있다. 권필은 윤리도덕마저 상실되어가는 당시의 상황을 목도하고 통탄과 함께 각성을 촉구하고 있다. 이러한 정치・사회 현실의 병리적 현상으로 인해 백성들의 생활은 참담하였다. 권필은 이를 시를 통해 고발하고 있다.

切切何切切	애절하고 정말 애절한지고.
有婦當道哭	부인이 길바닥에서 울고 있네.
問婦何哭爲	묻노니 부인은 어째서 웁니까?
夫壻遠行役	남편이 멀리 전쟁터에 나가
謂言卽顧反	곧 돌아오신다더니

477) 권8, 293쪽.

三載絶消息　삼년이나 소식이 끊기었답니다.
一女未離乳　딸 하나는 아직 젖도 떼지 않았는데
賤妾無筋力　저는 근력이 없답니다.
高堂有舅姑　고당엔 시부모님이 계시니
何以備饘粥　무엇을 가지고 죽이라도 쑨단 말입니까?
拾穗野田中　들판 논에서 이삭을 주우려니
歲暮衣裳薄　한 해가 저무는데 옷은 얇답니다.
北風吹郊墟　북풍이 벌판에서 불어대고
寒日慘將夕　겨울 해는 쓸쓸히 저무는군요.
獨歸茅簷底　홀로 띠풀 집으로 돌아오니
哀怨豈終極　슬픈 원한 어찌 다함이 있으리오.

〈切切何切切〉[478]

전쟁터에 나간 남편을 대신해 혼자 집안을 꾸려나가는 아낙네의 애절한 하소연을 대화체 형식을 빌려 묘사하고 있다.

권필은 길바닥에 주저앉아 울고 있는 아낙네의 참담한 모습과 상황(남편의 생사불명, 어린 딸 양육, 시부모 봉양, 추운 날씨, 입을 것도 먹을 것도 없는 형편)을 생생하게 담아 이렇게 만든 위정자들에게 각성을 촉구하고 있다. 여기서 최하층 백성들에 대한 그의 애민의 정을 엿볼 수 있다. 이러한 그의 애민의식은 어려서부터 생성된 듯하다. 그것은 그의 兒時 作 〈驅車兒〉[479]에서 소 달구지꾼을 통해 부역과 수탈에 시달리는 백성들의 고통과 참상을 사실적으로 묘사・비판함에서 알 수 있다.

이상에서 살펴 본 경과, 현실비판시는 정치부조리와 위선에 가득 찬 부정부패한 세도가들, 당시의 말기적 사회풍조, 그리고 탐관오리들에게 착

478) 권1, 30쪽.
479) 권2, 67~68쪽 참고.

취당하는 백성들의 고통과 비참한 생활상 등을 풍자・비판하였다. 그러나 이러한 비판은 비판 일변도로만 끝났을 뿐, 그 개선을 위한 대안이나 해결책을 제시하지 못했다는 점에서 아쉬움이 남는다.[480] 권필의 현실비판시는 그의 개인적 울분에서 우러나온 비판의 목소리, 시인의 본분을 다하고자 하는 그의 시적 외침, 이 두 측면에서 이해되어야 한다.

(나) 소설

권필의 본령은 시에 있다. 그러나 그에게 있어서는 소설도 상당한 비중을 차지하고 있다. 권필이라는 한 사람의 작가를 총체적으로 이해하기 위해서는, 우리는 그의 소설을 검토할 필요가 있다.

권필은 소설에 많은 관심을 가진 듯하다.[481] 그러므로 그 역시 당시의 사대부들에게 널리 애독되었던 중국의 傳奇小說類 그 중에서도『태평광기』,『전등신화』등에 수록된 소설들과『금오신화』, 〈육신전〉 등을 읽은 것으로 짐작된다.[482] 따라서 그는 어지러운 시대상황, 척당불기한 성격, 울분과 갈등, 좌절과 실의 속에 보내야 했던 삶, 그리고 풍간의 정신 등이 자신의 문학적 기량을 발휘해보고자 하는 욕망과 서로 맞물려 몇 편의 소설(그것도 다분히 의도적인 작품)을 쓴 것으로 보인다.

현전하는 권필의 소설은 〈周生傳〉, 〈韋敬天傳〉, 〈酒肆丈人傳〉, 〈郭

---

480) 권필이 대안이나 해결책을 제시하지 못한 이유는 화를 입을까 두려워했기 때문이 아니라, 그가 야인이었고 서인을 지지하는 입장이었으며, 또 당시의 조정 분위기가 이를 수용할 상황이 아니었기 때문이다. 뿐만 아니라 옛 시인들의(특히 두보, 백거이 등) 풍간의 시 정신을 본받으려는 그의 작시 태도도 그 이유 중의 하나였던 것으로 짐작된다.

481) 권7, 「題柳淵傳後」, 281쪽. "一回披讀一傷神 寃屈從知久乃伸 得附靑雲眞幸耳 世間何限不平人"

482) 柳希春(1513~1577)의『眉岩日記』를 보면, 유희춘뿐만 아니라 당시의 사대부들이『태평광기』・『전등신화』・『금오신화』・<육신전> 등을 印行하거나, 또는 베껴서 이를 읽었다는 기록을 도처에서 접할 수 있다. 이로써 보건대, 권필 역시 이러한 소설들을 읽은 것으로 보인다.

索傳〉 등이 있는데, 4편 모두 한문소설이다. 이 가운데 〈주사장인전〉과 〈곽색전〉은 『석주집』에 수록되어 있다. 그리고 〈주생전〉, 〈위경천전〉은 별도의 필사본으로 전해지고 있다. 그런데 〈위경천전〉은 작자에 대한 논란이 있는바[483] 논의에서 제외하고자 한다.

① 〈周生傳〉

〈주생전〉은 권필의 소설 가운데 가장 문학성이 뛰어난 작품이다. 여기서는 그동안 논란이 되었거나 재고되어야 할 부분들을 중심으로 간단히 언급하겠다.

〈주생전〉은 근자에 북한본이 영인되어 소개됨으로써 그 작자와 이본 그리고 창작시기 등이 어느 정도 밝혀졌다고 하겠다. 북한본을 보면, 작품 끝에 '癸巳仲夏 無言子 權汝章記'[484]라 明記하고 있는바, 여기서 그

483) <위경천전>은 원래 李明善이 『朝鮮文學史』 연표에 그 출처를 밝히지 않은 채 <章敬天傳>으로 明記함으로써 이후 잘못 알려져 있다. 그러나 최근 林熒澤이 <위경천전>을 발굴하여 이를 학계에 소개함으로써, <장경천전>은 연표의 오식이었거나, 글자모양의 비슷함 때문에 발생한 착오로 판명되었다. 그런데 현재 <위경천전>의 작자 시비가 관심사로 등장하고 있다. <위경천전>의 작자에 대하여 임형택은 <주생전>을 읽고 자극을 받은 어느 문인의 作으로 추정하고 있는 반면, 정민은 권필 作으로 단정하고 있다. 이에 대해서는 이들의 논문 (林熒澤, 「傳奇小說의 戀愛主題와 韋敬天傳」, 『東洋學』第二十二輯, 36쪽. ; 鄭珉 「韋敬天傳의 낭만적 悲劇性」, 한국고전문학연구회 하계연구발표대회 발표요지, 1993, 8.23, 2쪽.)을 참고하기 바란다.
필자의 소견으로는 작품 제목아래 '權石洲製'라 명기하고 있다는 점, 그리고 주제의식이나 공간배경, 작품구조나 모티프 등이 유사하다는 점 등에서 비록 삽입시의 수준이 <주생전> 보다 뒤떨어진다고는 하나, <위경천전>은 권필이 지은 것으로 여겨진다. 조선조의 경우, 한 작가가 유사한 내용의 소설작품들을 썼다고 할 때, 삽입시의 수준이나 사건의 구성면, 장면의 형상화 등은 작품에 따라 차이를 보일 수도 있다. 더구나 작품 제목 아래 '權石洲製'라 밝히고 있는바, 확실한 근거 제시가 없는 한 일단은 권필의 작으로 보아야 할 것 같다. 아무튼 작자에 대해서는 좀 더 면밀한 검토와 논의가 필요하다.
<위경천전>은 남주인공 韋岳(字 敬天)과 여주인공 蘇淑芳의 아름답고 슬픈 비극적 사랑이야기로, 그 창작연대는 <주생전>의 창작연대와 별 차이가 없는 듯하다.

484) 리철화 역, 『림제 · 권필작품선집』, 『조선고전문학선집』13, 조선문학예술총동맹출판사, 1963, 359쪽.

단서를 찾을 수 있다. 앞의 기록으로 보건대, 「주생전」의 작자는 권필임이 분명하다. 또한 이본의 경우, 북한본이 소개되기 전까지 작자가 明記되어 있지 않은 金九經本을 필사・활자화한 文璇奎本이 유일본이었다. 북한본이 소개됨으로써 〈주생전〉 연구에 활기를 불어넣었다고 하겠다. 북한본은 〈주생전〉 연구에 있어 귀중한 자료로 평가된다. 그것은 〈주생전〉의 이본이 존재한다는 사실, 더욱이 북한본이 글자의 異同 상태나, 확대부연된 대목 등에서 문선규본과 차이를 보여주고 있으며, 특히 작품의 끝부분이 문선규본과는 다른 내용으로 대체되어 있다는 점, 이는 〈주생전〉이 여러 경로의 필사를 거칠 만큼 독자들(양반계층)의 호응을 받았다는 사실을 확인시켜 주는 것이라 하겠다. 이로써 짐작컨대, 당시의 사대부들이 〈주생전〉과 같은 소위 애정류 한문소설에도 상당한 관심을 가진 것으로 보이며, 여기에 그 의의가 있다고 하겠다.

창작시기의 경우, 위의 기록에도 불구하고 논란이 계속되고 있다. 다시 말해 '癸巳仲夏'를 작품설정에 불과한 것으로 보고, 明軍의 철수가 구체화 되던 경자년을 전후한 시기에〈주생전〉을 지은 것으로 보는 이[485]67) 도 있다. 그러나 확실한 근거 제시가 없는 한 '癸巳仲夏'(1593년 5월)를 창작시기로 보는 것이 온당하다고 여겨진다.

다음은 논란이 되고 있는 주생의 정체와 작품 말미의 가탁여부 그리고 창작동기 등에 대하여 알아보기로 하자.

주생의 정체에 대해서는 작자 권필설, 裵鳳鳴說, 胡慶元이나 루봉명 등을 모델로 한 허구적 인물설, 실존인물 주생설 등을 주장하고 있다.[486] 그러나 권필이 덕수현에 간 기록[487]이 있고, 작품 말미의 기록 또한 신빙

485) 鄭珉, 「주생전의 창작기층과 문학적 성격」, 『한양어문연구』 제9집, 한양대 한양어문연구회, 1991, 91~94쪽.

486) 졸고, 「周生傳」, 『黃浿江敎授定年退任記念論叢2-古典小說硏究』, 일지사, 1993, 870~871쪽 참고.

성이 높다는 점 등에서, 1593년 권필이 실제 개성에 갔었다고 본다. 이때 그는 주생을 우연히 만난 것으로 보인다.

작품 말미의 기록에 대해서는 대부분 가탁설을 주장하고 있다.[488] 그러나 필자는 작품 말미의 기록을 완전히 가탁으로 보는 데는 동의하지 않는다. 다시 말해 〈주생전〉은 실화만으로 이루어진 것이 아니라, 권필이 주생에게 들은 이야기를 토대로 하여 그의 허구까지 상당 부분 포함시켜 꾸민 작품이라 하겠다.

〈주생전〉의 창작동기에 대해서는 논자들마다 견해를 달리하고 있는데,[489] 이는 작품 말미의 기록에 대한 의식의 차이 때문이다. 〈주생전〉은 권필이 주생이라는 실제인물로부터 〈주생전〉과 비슷한 神奇한 소재를 얻고 이에 느낀 바가 있어,[490] 자신이 평소 읽었던 중국의 傳奇小說, 그 가운데에서도 〈곽소옥전〉·〈앵앵전〉·〈가운화환혼기〉 등을 어느 정도 의식한 상태에서, 자기의 文才 를 발휘하여 지은 것으로 여겨진다.

〈주생전〉은 주생과 선화·배도와의 비극적 사랑이야기다. 그런데 권필은 실제인물 주생에게 들은 이야기를 토대로 〈주생전〉을 썼다고는 하나, 작품 결말을 비극적으로 진행시켜 처리하고 있는바 주목된다. 이는 〈위경천전〉의 주인공의 비극적 죽음과도 결코 무관하지 않다. 이러한 비극성은 당대의 현실을 올바르게 인식하고 체험한 결과의 산물인지도 모른다.

그리고 〈주생전〉의 삽입 시·사는 애정시라 할 수 있는데, 이 또한 당

---

487) 별집 권1, 「家有佳木七株……」, 341~342쪽. "癸巳夏京城平 余自江都歸…(中略)…秋自德水歸 海松又無恙"

488) 졸고, 앞의 논문, 872쪽 참고.

489) 위의 논문, 873쪽 참고.

490) 작품 말미의 "丈夫所憂者 功名未就耳 天下豈無美婦人乎…(中略)…莫慮喬氏之鎖於他人之院也 明早泣別 生再三稱謝曰 可笑之事 不必傳之也"(리철화 역, 앞의 책, 359쪽)라 한 대목에서 그 일단을 감지할 수 있다.

시의 통념으로는 파격이다. 그의 이러한 낭만성은 현실로부터의 일탈 내지는 자기 위안의 의미로 이해되어야 한다. 그러나 작품 결말의 비극성, 이는 불합리한 현실에서의 갈등과 좌절, 그리고 전쟁 참상 목도 등을 통한 그의 현실에 대한 절망감을 반영한 것이라 하겠다. 그만큼 당대 현실은 그에 있어 심각한 상태였을 뿐 아니라 한계였다.

아무튼 〈주생전〉은 『금오신화』를 위시한 조선전기 傳奇小說과 후기소설을 잇는 교량적 작품일 뿐 아니라, 傳奇小說의 志怪的 요소를 제거한 작품으로 그리고 현실적 비극미를 지닌 작품으로 높이 평가할 만하다.

② 〈酒肆丈人傳〉

〈주사장인전〉은 邵子와 老翁 간의 학문적・사상적 논쟁 이야기이다.[491] 여기서 소자는 邵康節을 말하고, 노옹 곧, 酒肆丈人은 술을 빚어 파는 술집노인을 의미한다. 이러한 술집노인의 성격은 술보다는 老・莊에 더 가깝다고 하겠다. 그런바 주사장인은 술이 아니다.[492] 따라서 〈국순전〉・〈국선생전〉과는 그 성격이 다르다.

이 작품에서 노옹은 先天圖를 지은 소자와 『周易』을 찬술하는 데 참여한 복희・문왕・공자 등을 우주와 자연의 질서를 파괴한 인물로 보고, 그들의 잘못을 꾸짖음으로써 소자가 믿고 있던 세계관을 흔들리게 만들었다. 여기서 복희・문왕・공자, 즉 3대 성인을 비판한다는 것은 당시로서는 충격적이라 하겠다. 이러한 노옹의 비난은 소자에게만 국한되는 것이 아니라 모든 유학자들에 대한 꾸짖음이다. 따라서 주역을 비롯해 유학을 공부한다는 것은 그 자체가 거짓이요, 그런 학자들은 위선에 가득 찬

---

491) 외집 권1, 474~480쪽 참고.

492) 소재영, 『古小說通論』, 二友出版社, 1983, 157쪽.(이에 대해 소재영은 <주사장인전>을 소자와 노옹의 대화체로 술을 의인화한 작품이라 하였다.)

俗儒일 뿐이다. 그러므로 소자는 자신의 세계관이 흔들린 상태에서 자신을 지켜야만 했다. 그런바 소자는 주역의 중심 사상이 開物成務의 道인데, 노옹의 꾸짖음은 잘못된 것이라고 반론을 제기한다. 이에 대해 노옹은 우주의 질서를 술에 비유하여 주역의 인위성을 비판하였다. 이는 소위 성인이라고 하는 자처하는 사람들의 허위와 위선을 폭로한 것이라 하겠다. 결국 노옹은 복희, 문왕, 공자와 같은 성인이 되고자 하는 소자를 꾸짖음으로써 비참하게 만들었던 것이다. 이것은 주역, 즉 유학의 노옹에 대한 열세를 의미하는 것이다. 마침내 소자는 유학을 포기하고 말았다. 그 스스로 참과 거짓을 분별할 수 없었기 때문이다. 그러므로 그는 진솔한 사람이 되어 살겠다고 자기 자신에게 약속했다.

작자 권필은 노옹이란 가상의 인물을 설정하여 학문적·사상적 대립에서 소자의 패배를 의도적으로 만들었다. 이는 그가 노옹에게 주도권을 부여했기 때문이다. 따라서 소자의 반박은 형식적인 반박이었는바 그 한계를 드러내고 말았다. 이러한 그의 편중된 의도가 작품에 노출됨으로써 작품구성을 다소 미흡하게 만들었다.

작품 말미에서 보듯, 노옹은 老·莊 계열의 隱士임을 암시하고 있다. 그러므로 노옹이 유교와는 대립적인 인물임을 감지할 수 있다. 결국 노옹의 정체는 노·장 계열의 方外人이라 하겠다.

〈주사장인전〉은 인물의 일대기를 서술한 것이 아니라, 인물의 事行에 寄託해서 작자의 의식을 寓意하려고 했다. 기탁되는 작자의 중심의식은 풍자다. 여기서 독자에게 전달하려는 것은 사건을 통한 작자의 의취를 제시하는 일이다. 그런 점에서 〈주사장인전〉은 托傳이다.

〈주사장인전〉은 권필이 출방당한 후, 갈등 해소책의 한 방편으로 山海을 떠돌며 詩酒로 자오하거나, 노장에 심취되었던 시기(특히 19세~31세)에 지은 것으로 보인다. 그리고 유교사회에 있어서 유교에 대한 비판은 바로 현실에 대한 비판이라고 할 수 있다. 이것이 〈주사장인전〉의 창작 동기라 하겠다.

〈주사장인전〉은 傳으로서의 구성을 어느 정도 갖춘 작품으로 볼 수 있다. 그리고 탁전으로서 소설양식의 발전에 기여한 작품이라 하겠다. 특히 난세에서 과감한 현실비판 의도를 담고 있는바 주목된다.

③ 〈郭索傳〉

〈곽색전〉은 '게'를 의인화한 假傳이다.[493] 작자 권필은 의인화된 곽색을 방외의 인물로, 개결한 선비로 설정하여 그의 일대기를 서술하고 있는데, 이는 현실에 대한 자신의 입장을 표명하기 위해서이다. 그러나 그는 직접적인 표명을 지양하고 소극적 방편인 우의적 표현을 통해 자신의 입장을 독자들에게 전달하고 있다. 즉 世人警戒가 그 핵심이라 하겠다.

권필은 鬪蛙나 彭蜞와 같은 권세가나 이중적 성격을 지닌 인물들을 내세워 이들의 위선을 폭로하고 있는데, 이는 겉만 번지르한 속물근성의 인간들을 비난하기 위한 의도에서였다. 이러한 그의 의도는 평결부의 태사공의 말을 빌려 자신의 생각을 내비치고 있다. 즉 창자 없는 '게'이지만 그의 일대기를 보면, 오히려 世人들이 곽색 보다 나은 것이 없음을 나타낸 것이라 하겠다.

권필은 곽색을 아름다운 공자, 깨끗한 선비, 세속에 구애받지 않는 인물, 그리고 벼슬을 사양하거나 주역을 배운 인물로 묘사하고 있다. 여기서 우리는 권필 자신과의 공통점을 쉽게 찾을 수 있다. 그러므로 곽색의 전기는 곧 권필의 자서전이라고 볼 수도 있다.

〈곽색전〉은 戒世懲人하는 교훈적 요소가 들어있는 작품으로 소극적

493) 외집 권1, 480~482쪽 참고.

현실비판의 성격을 띠고 있다. 그런데 권필은 의인화된 곽색을 주역을 배운 자로 표현하고 있는바, 이는 〈주사장인전〉과 대조적이다. 따라서 〈곽색전〉은 그가 성리학에 뜻을 두었던 31세 이후, 또는 강화에 은거하여 성리학에 몰두하던 때(35세 이후)에 지은 것으로 짐작된다. 후자(35세 이후)일 가능성이 더 높은 것으로 보인다. 그리고 창작 동기는 현실에서의 갈등과 그의 문학적 우월감에서 비롯된 듯하다.

〈곽색전〉은 고려시대 이윤보의 〈無腸公子傳〉을 잇는 가전으로, 그리고 조선 후기 가전의 교량역할을 하는 작품으로 평가된다. 비장감이 그 특징이라 하겠다.

(다) 其他作品

시와 소설을 제외한 권필의 작품은 시조 2수와 산문 23편이 있다.

시조의 경우, 〈過鄭松江墓有感〉의 한역시조를 제외한 나머지 1수는 성삼문의 시조에서 說意를 취해 지었다.[494] 그러므로 그 문학적 가치는 반감되었다고 하겠다. 그러나 그의 節操정신과 높은 기상을 나타내고 있는바, 그의 삶과 문학의 일면을 짐작케 한다.

산문의 경우, 그의 기질과 삶의 자세와 정신세계 그리고 학문・사상 등을 엿볼 수 있다. 따라서 이를 통해 그의 삶과 문학을 추찰해 볼 수 있다. 그러면 수필[495]에 해당하는 그의 산문작품들을 살펴보기로 하자.

---

494) 이몸이 되올찐대 무어시 될고ᄒᆞ니
崑崙山 上上頭에 落落長松 되얏다가
群山에 雪滿ᄒᆞ거든 홀로웃둑 ᄒᆞ리라.
黃忠基, 『校注 海東歌謠』, 泰和出版公社, 1988, 68쪽. 여기서 <過鄭松江墓有感>시를 한역한 시조는 논의에서 제외하고자 한다.

495) 필자는 권필의 산문을 수필로 보고자 한다. 고전수필의 경우, 특히 개념과 장르, 범위와 종류 등에 대한 그간의 논의가 매우 미진한 상태일 뿐 아니라 많은 문제점이 제기되고 있다. 이에 대한 규명이 시급하다고 하겠다. 필자는 잠정적이기는 하나 고전수필을 문자표기와 문체 등을 기준으로 다음과 같이 분류하고자 한다.

여기서는 문학성과 함께 그의 삶과 문학을 이해하는 데 일조가 되는 작품들의 핵심내용만 각 편별로 간단히 언급하겠다.

ⓐ答宋弘甫書 (별집 권2, 433~434쪽) : 권필의 소탄하고 시속에 어울리지 못하는 성격, 천대받는 하층민들에 대한 애정, 권문세도가들에 대한 비판, 성리학을 공부하게 된 동기 등이 주 내용으로, 신변잡기류에 속하는 작품이다. 그의 인간적 고뇌를 엿볼 수 있다.

ⓑ宗稧序 (별집 권2, 449~451쪽) : 권필이 43세(1611년) 때, 권근의 직계자손들과 종계를 만들고 이에 서문을 붙인 글이다. 미풍양속이 쇠락 해지고 인륜이 문란해져가는 당시의 사회모습을 지적한 내용이 주목된다. 전기류에 해당하는 작품이다.

ⓒ答寒泉手簡(별집 권2, pp.454~455쪽) : 권필은 친구의 과거시험 권유에 대해 과거에 뜻이 없음을 말하고, 자신의 삶의 좌표를 제시한 글이다. 그는 시주와 더불어 한적한 삶을 보내는 것만이 知足하는 군자의 자세임을 은근히 내비치고 있다. 安分知足의 선비적 처세관을 엿볼 수 있다. 신변잡기류에 속하는 작품이다.

ⓓ請誅賊子梁澤疏(외집 권1, 457~462쪽) : 권필이 강화에 우거하고 있을 때, 양택의 弑父事件이 일어난 적이 있었다. 이때 양택이 지방관과 조사관에게 뇌물을 바치어 이 사건을 유야무야시켜 버린 일이 있었다. 그가 이를 알고 분노하여 상소를 올린 글이다. 권필은 부모를 죽인 자식도

한문수필 – 白文體 한문수필, 현토체 한문수필
국문수필 – 차자체 국문수필, 번역체(역어체) 국문수필, 순수체 국문수필
또 그 내용에 따라 ㉠公共記錄物類(상소문, 표전, 장계 등) ㉡傳記類(서발, 행장, 제문, 비명 등) ㉢見聞紀行類 ㉣身邊雜記類(일기, 편지 등) ㉤詩話稗說類 ㉥其他 등으로 나누고자 한다.
권필의 산문(수필)에는 견문기행류가 없는 듯하다.

뇌물로 면죄 받는 세상임을 알고 이에 분격하였다. 당시의 관리들에 대한 비판과 함께 그의 강직한 성격을 엿볼 수 있다. 공공기록물류에 해당하는 작품이다.

ⓔ雜述(외집 권1, 462~463쪽) : 권필은 자신을 방문한 두 사람에게 이기관계를 설명한 글이다. 여기서 권필은 이기이원론을 지지한 듯하다. 신변잡기류에 관계되는 작품이다.

ⓕ倉氓說(외집 권1, 463~464쪽) : 권필이 고령 신질부에게 들은 이야기를 기록한 글로, 한 욕심쟁이 백성이 허욕으로 인해 죽임을 당했다는 내용이다. 자기 분수를 지켜 살아가야 한다는 교훈을 시사하고 있는데, 世人警戒의 의도를 담고 있다. 시화패설류에 해당하는 작품이다.

ⓖ從政圖說(외집 권1, 465~466쪽) : 권필이 윷놀이와 유사한 종정도 놀이에 대해 자신의 견해를 피력한 글이다. 그는 종정도 놀이가 현명하고 어리석음과 상관없이 운수에 따라 승패를 좌우한다는 것을 목도하고 이를 의도적으로 풍자·비판하였다. 그는 이 놀이를 통해 정계에서의 집권·실권 여부는 정치적 능력보다 운수에 달려 있음을 은근히 내비치고 있다. 정치현실에 대한 그의 부정적인 시각을 엿볼 수 있다. 신변잡기류에 관계되는 작품이다.

이밖에 「重峯先生封事後跋」(별집 권2, 437~442쪽)에서는 조헌의 우국충정과 서인의 입장을 지지하고 있던 그의 북인에 대한 비판적 시각을 엿볼수 있다. 그리고「祭牛溪先生文」(별집 권2, 435~437쪽) 에서는 포은→일두·한훤당→정암·회재→퇴계→우계 등, 우리나라 성리학의 맥을 설명하고 있다.[496] 그런데 학통상의 입장 때문에 야은·율곡 등을 제외시킨 듯하다. 또「宋生名行記」(별집 권2, 446~448쪽)에서는 하늘이 善人

496) 그가 지은 『도학정맥』을 보면, 朱熹를 비롯한 중국의 유학자 50여명을 간단히 소개하고 있는바, 그의 사상이 유교에 뿌리박고 있음을 엿볼 수 있다.

을 저버리는바 하늘의 공평하지 못함과 믿을 수 없음을, 「竹梧堂記」(외집 권1, 468~469쪽)와 「花不小臺記」(외집 권1, 469~470쪽)에서는 군자의 처신을 봉황의 性行에 비유하거나, 한적의 생활에서 삶의 진리에 대한 깨달음을 나타내고 있다.

이상에서 살펴본 바와 같이, 권필의 산문(수필)은 문학성이 높은 작품으로, 주로 그의 삶의 자세와 의식세계, 그리고 사상 등을 드러내고 있다. 특히 날카로운 필치가 돋보인다.[497]

(4) 맺음말

권필의 문학은 한 인간으로서, 자신에 대하여, 또 그가 속해있던 시대와 사회에 대하여 확고하게 지키려 했던 의식세계를 제시해주고 있다. 권필의 문학에서 엿볼 수 있는 비판의식은 어지러운 시대상황, 가정적 환경, 강직한 기질, 출방, 현실과의 괴리감, 풍간의 정신 등에서 생성된 것이다. 이러한 그의 비판의식은 풍간의 정신을 바탕으로 문학화 되었다. 따라서 그는 작품을 통해 부조리한 정치현실과 인간사회의 모순을 풍자・비판하는 것을 사명으로 삼았다. 그러나 그 대안이나 해결책을 제시하지는 못했다는 점에서 아쉬움이 남는다.

권필의 문학에서 방랑은 특별한 의미를 갖는다고 하겠다. 짧은 인생에 비해 잦은 여행과 방랑은 불안정한 그의 의식의 위상을 말해준다. 갈등해소책의 한 방편이라 하겠으나, 이것은 현실부적응의 의식세계를 노출시킨 것밖에 안 된다. 노・장에 대한 심취나 자연과의 친화도 결국 이러한 의식세계와 일맥상통한다고 하겠다. 그러므로 자신과 사회에 대한 斜視的 시각과 풍간의 정신은 특색있는 문학세계를 이루었다. 당시의 사회가

497) 南克寬, 『夢囈集』坤, 張24a. "疎菴之文奇峻 石洲之文警妙……後略)"라 한 대목을 보면, 그의 文의 일면을 간파할 수 있다.

안고 있는 부조리와 모순 때문에 고민하면서도, 조선조 사회의 존재원리가 되는 유교주의에의 회귀와 낭만성 지향과의 충돌, 이는 자신의 내면세계에·파탄을 가져왔다고 하겠다. 안분지족과 내성수양에도 불구하고, 마침내 절망과 실의의 의식세계를 표출시키고 말았다.

그리고 권필의 작품세계(시 · 소설 포함)는 그 주류적 흐름이 대체로 현실비판(중기)에서 자기성찰(후기)로 변모되어 나타난다.

권필은 당대 제일의 시인이자, 조선중기의 대표적인 시인이다.[498] 특히 그의 현실비판시는 작품의 질과 양, 시작자세, 역사적 의의 등으로 보아 그를 능가할 인물은 당대나 후대에서 좀처럼 찾아보기 어렵다. 따라서 그를 조선시대의 대표적인 비판시인으로 꼽아도 이의를 제기할 수 없을 것이다. 소설 또한 그 성격이나 발달과정, 역사적 의미 등에서 주목된다. 그러므로 그를 조선 중기의 대표적인 소설가의 한 사람으로 꼽아도 무방할 것이다. 삶과 문학이 일치한 권필, 그의 문학사적 위치는 우뚝하다 하겠다.

---

498) 졸고, 앞의 논문, 112~119쪽 참고.

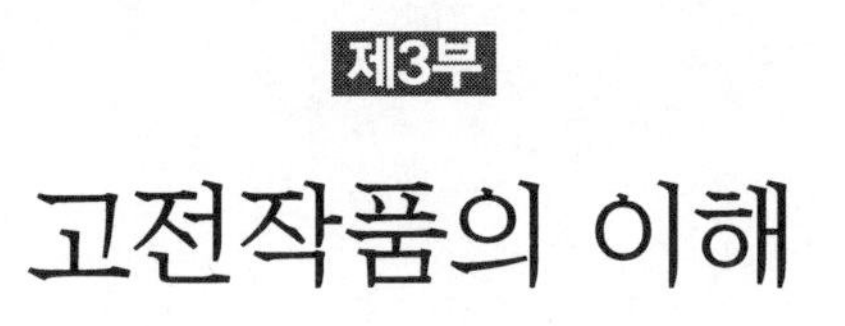

제3부

고전작품의 이해

권필의 풍자시

(1) 머리말

石洲 權韠(1569~1612)은 宣祖・光海君 年間에 詩名을 드날렸던 시인이다. 그가 생존했던 시대는 소위 穆陵盛際의 文運이 융성했던 外華와는 달리, 內外로는 당쟁과 외적의 침입 등 혼란과 격변의 시기였다. 그는 이 같은 난세에서, 울분과 갈등, 좌절과 실의로 점철된 불우한 삶을 보냈다. 이러한 가운데에서도 그의 비판적 자아나 강직한 기질은 실생활에서 목도한 현실세계의 부조리와 모순 등을 용납하지 않았다. 따라서 그는 비판적 사대부로서의 자세를 견지하는 한편, 당시로선 드물게 뚜렷한 창작 의식을 갖고 詩作에 전념했다. 그러므로 그는 그 시대 시인들과는 달리 諷刺詩를 선호하였다. 그의 풍자시는 대부분 문학성과 사회성이 뛰어난 작품들인바, 필자는 이 점을 주목하였다.[499]

풍자시란 본래 표현론적인 차원에서 붙여진 명칭이다. 그러나 그 명칭

---

499) 그러나 석주의 풍자시 중에는 과도한 풍자로 인하여 오히려 문학성과 예술성이 반감되는 작품도 있다.
권필의 풍자시에 대한 대표적인 연구논문은 다음과 같다.
허권수 「權韠의 諷刺詩에 대한 小考」, 『경상대 논문집』 23집, 1984. ; 정민, 「石洲 풍자시의 구조와 주제」, 『한양어문연구』 제8집, 한양어문연구회, 1990. ; 정민, 「石洲 풍자시의 특수어법」, 『한국한문학연구』 제14집, 한국한문학연구회, 1991.

이나 개념에 대한 논급은 매우 적을 뿐 아니라,[500] 그 개념에 대한 일부 연구자들의 인식부족으로 풍자시가 아닌 작품을 풍자시로 파악・해석하는 오류를 범하는 경우도 있다.

풍자시란 시인이 실생활을 통해 목도한 인간과 현실세계의 악덕과 부조리 등을 비유적인 표현으로 詩化함으로써 독자로 하여금 자각케 하여

500) 중국의 경우, 諷刺詩라는 명칭 이외에도, 諷刺가 諷諫, 諷諭와 함의가 동일하다고 해서 풍자시를 諷諫詩(韋孟, 趙整 등이 사용), 諷諭詩(白居易, 元稹 등이 사용) 등으로 쓰이기도 하였다. 참고로 『辭源』을 보면, "諷刺, 以婉言隱語譏刺人. 本作 風刺, 風化, 風刺, 皆謂譬喩, 不斥言也."라 하여 諷刺를 風化와 같은 의미로 보고 있다. 그러나 이는 엄밀히 말하면 구분해야 된다. 茶山 丁若鏞의 『與猶堂全書』, 「詩經講義補遺國風」을 보면, "風有二義 亦有二音 指趣逈別 不能相通 上以風化下者 風敎也風化也風俗也 其音爲平聲 下以風刺上者 風諫也風刺也風喩也 其音爲去聲"이라 하였는데, 〔그런데 다산은 말년에 風에 대한 자신의 관점을 약간 수정・보완했다. 그 핵심은 "若其風刺 則作者之本旨也"(與猶堂全書補遺)인바, 이는 오히려 풍자를 시의식의 특질로 발전시킨 견해였다.〕 그 함의에서 風化는 風敎, 風俗과 같고, 風刺 는 風諫, 風喩와 동일하다.(風刺, 風諫, 風喩는 諷刺, 諷諫, 諷諭와 동일한 의미이다.) 따라서 風化와 諷刺는 그 의미가 다르다.('諷', '刺'에 대해서는 『辭源』・『玉篇』・『廣雅』・『集韻』・『詩經』・『文心雕龍』・『大漢和辭典』 등을 참고할 것.)
諷刺의 字義는 주로 아랫사람들이 윗사람의 잘못을 비유적인 표현으로 완곡하게 돌려서 諫言하는 것이라 할 수 있다. 이는 말하는 사람이 화를 입지 않기 위해서이다. 이때 듣는 사람은 그것으로 경계・교정하면 된다, 다음의 글들은 풍자에 대해 시사하는 바가 크다.
"古人凡欲諷諫 多借此以喩 臣不得于君 多此妻以思夫 或託物陣喩 以通其意"(楊載, 『歷代詩話』, 「詩法家數 諷諫條」.)
"詩…(中略)…通諷諭也 若言不關世教 義不存於比興 亦徒勞而已"(洪萬宗, 『洪萬宗全書』, 「小華詩評」.)
"風者諷也 或鋪陣義理 使自喩之 或此物連類 使自喩之 或託寓深遠 使自喩之 此皆風詩之體也"(丁若鏞, 『與猶堂全書』, <詩經講義補遺國風>. 그런데 '鋪陣義理'는 正言으로서 直敍的인바, 풍자에 해당되지 않는다. 따라서 풍자의 방법은 '比物連類', '託寓深遠'을 들 수 있는데 이들은 '比・興'에 해당된다.
풍자시에 대한 개념 규정은 홍인표(『柳河東詩硏究』, 서린출판사, 1981, 266쪽.)가 주목된다.
근자에 이르러 우리 문학의 경우, 풍자문학에 대한 관심이 고조되어 이에 대한 논의가 비교적 활발하게 이루어져 왔다. 그러나 주로 소설의 풍자성 내지는 풍자기법에 관한 연구가 주류를 이루어 왔다.(특히 박지원과 채만식을 위주로). 이러한 연구들은 대부분 서구의 문학이론에 의거한 것들이다. 더구나 풍자시론에 대한 論究는 그리 흔한 편이 아니다. 특히 한시의 경우, 古典詩學에 의거한 풍자시론에 대한 논의는 손꼽을 정도이다. 이에 대해서는 김성진(「고전풍자시론시고」, 『한국문학논총』 제10집, 한국문학회, 1989.)이 눈길을 끈다.

鑑戒로 삼게 하거나, 그렇게 만든 인간과 현실세계를 교정하려는 의도 하에서 지어진 시를 말한다.

필자는 석주 풍자시를 검토함에 있어, 먼저 그가 풍자시를 쓰게 된 배경을 살펴보겠다. 이를 기반으로 그의 풍자시를 분석하겠다. 이 같은 논의를 종합할 때, 그의 풍자시 세계의 실상이 드러날 것이다.[501]

(2) 창작배경

(2-1) 어지러운 시대상황

한 시인의 작품은 그가 살았던 당시의 시대상황의 영향을 받지 않을 수 없다.[502] 특히 석주의 풍자시는 현실세계를 비판의 주 대상으로 삼았다는 점에서 재론할 여지가 없다.

석주가 살았던 선조와 광해군 연간은 혼란이 극에 달했던 난세였다. 이 시기에 발생했던 중요한 사건들로는 東西分黨의 시발(선조 5년, 1572), 당쟁의 본격화(선조 8년, 1575), 女眞族 尼湯介(선조 16년, 1583) · 沙途阿(선조 20년, 1587) 등의 북방 변경 침입 및 약탈사건, 鄭汝立 모반사건(선조 22년, 1589), 建儲問題(선조 24년, 1591), 壬辰倭亂(선조 25년, 1592), 宋儒眞의 亂(선조 27년, 1594), 李夢鶴의 亂(선조 29년, 1596), 和義問題(선조 31년, 1598), 왕위계승 다툼(선조 39년, 1606), 臨海君 살해(광해군 1년, 1609), 金直哉의 誣獄(광해군 4년, 1612) 등을 들 수 있다. 특히 날로 극렬해져가는 당쟁으로 인해 지배계층 간 첨예한 대립과 분열양상을 띠게 되었고, 급기야는 당파간 보복의 악순환으로 이어져 마침내, 치유불능의 상태가 되어버렸다. 더욱이 참혹한 왜란을 겪은

501) 텍스트는 『石洲集』(旿晟社, 影印本, 1982.)을 주 대상으로 하였음을 밝혀 둔다.

502) <毛詩序>의 "治世之音安以樂 其政和 亂世之音怨以怒 其政乖 亡國之音哀以思 其民困 故正得失 動天地 感鬼神 莫近於詩"라는 구절은 시사하는 바가 크다.

뒤, 나라 안에는 賣官의 성행, 집권층의 무능과 부패, 지방수령과 토호들의 횡포와 부정, 외척의 발호, 국가재정의 고갈, 田地의 황폐화와 거듭되는 흉년, 기근과 질병, 도적떼의 극성과 유랑민 속출, 세속의 타락 등 많은 문제들이 범람하게 되었다.

이 같은 정치・경제・사회적 혼란의 만연으로 인해, 重罪人도 뇌물로 면제를 받는 작태까지 발생하였으며, 심지어는 사람을 相食하는 일까지 일어나 민심은 극도로 흉흉하였다.[503] 이러한 어지러운 시대상황이[504] 석주가 풍자시를 쓴 배경의 하나로 작용했으며, 그가 풍자시를 짓는데 많은 재료를 제공했음에 틀림이 없다.

(2-2) 파란만장한 삶과 강직한 기질

석주는 당시 시로 명성을 떨쳤던 강직한 성품의 소유자 習齋 權擘의 第 5子로 태어났다(1569년). 그는 빈곤한 생활 속에서도 부친의 엄격한 가정교육 하에 형제들과 우애 있게 자랐다. 그의 형제들은 성격도 강직했을 뿐 아니라, 시에도 능했다. 이러한 가정환경 속에서 성장한 석주는 濟世의 웅지를 펼치고자, 19세 때(1587년) 과거에 응시, 進士 초시・복시에 연달아 장원을 하였다. 그러나 試紙에 위정자의 뜻을 거스르는 구절이 있다 하여 黜放당하였다. 출방은 그에게 있어 큰 충격이었다. 석주는 그 충격을 해소키 위해 山海 間을 떠돌며 詩酒로 自娛하였다. 그러나 그는 방랑을 통해 혼탁한 세상을 목도하고는, 이를 해소하기는커녕 오히려 분노와 혐오감만 더해갔다. 따라서 그는 이러한 현실세계의 부패와 병

---

503) 震檀學會, 『韓國史』, 을유문화사, 1982. ; 국사편찬위원회 編, 『한국사』12, 탐구당, 1981. ; 李基白, 『韓國史新論』(개정판), 일조각, 1982. ; 玄相允, 『朝鮮儒學史』, 민중서관, 1977. ; 『宣祖實錄』. ; 『光海君日記』 참고.

504) 석주시 <驅車兒>, <切切何切切>, <述懷示五山三首中其二>, <征婦怨>, <賦退後入京>, <西河歌>, <詠史> 등은 당시의 상황을 리얼하게 묘사하고 있다.

폐에 대하여 과격한 비난의 언사를 서슴지 않았을 뿐 아니라, 이를 시로써 과감하게 풍자・비판하였다. 이러던 중, 1591년(23세) 스승 鄭澈이 建儲問題로 인해 江界로 귀양 가게 되자, 그는 세상과 뜻이 맞지 않음을 절감하고 과거 포기를 결심한다.[505] 즉, 석주는 야인으로 평생을 보내기로 작정하였던 것이다. 이러한 연유로 인해 현실을 바라보는 그의 시각은 더욱 비판적인 입장을 취하게 된다.[506]

1592년(24세) 임진왜란이 발발하자, 석주는 가족들을 데리고 伊川으로 피난을 갔다가, 다시 강화 누님댁으로 거처를 옮겼다. 강화에 머무르고 있던 석주는, 1593년(25세) 4월, 왜적이 경상도로 철수하자, 한양으로 돌아왔다.[507] 그는 한양으로 돌아온 뒤, 정유재란이 발발할 때까지 경기, 호서, 호남지방 등을 돌아다녔다.[508]

석주는 전란이 끝난 뒤, 백의로 제술관이 되기도 하였다.(1601, 33세)

---

505) 석주의 과거 포기는 당시의 정치적 상황, 그리고 그의 성격과 깊은 연관이 있다. 석주는 부정부패하고 무능한 위정자들이 판치는 조정, 피비린내 나는 정권쟁탈전, 북인의 득세 등을 목도함으로써, 이 같은 정치 현실에서 더 이상 자신의 포부를 펼칠 수 없음을 인식하였다. 석주의 이러한 현실 상황인식은 그의 不羈的 성격과 어우러져 마침내 과거를 포기한다. 특히 서인의 몰락〔그 중에서도 1591년 서인의 영수였던 스승 정철의 유배("自辛卯黨事之後 無意世事 不赴科擧"『光海君日記』四年 壬子 四月條.)〕과 북인의 집권은 그의 과거 포기의 결정적 원인이 된다.

506) 석주의 兒時 作 <驅車兒>를 보면, 그는 어려서부터 사물에 대한 예리한 관찰력과 날카로운 시각을 가진 듯하다.

507) 이해 8월 부친상을 당하였고, 12월에는 스승 정철이 죽었다.

508) 특히 그는 주로 호남지방을 1차(1594년), 2차(1596년), 3차(1597년)에 걸쳐 떠돌아다녔다. 그런데 전란이 비록 소강상태였지만, 이 와중에도 그가 떠돌아다닌 이유는 무엇일까? ①시인으로서 참혹한 현장을 확인키 위해 ②부친과 스승의 죽음으로 인한 충격을 해소키 위해 ③현실에 대한 그의 울분과 갈등을 해소키 위해 ④친구들과 누이의 생사를 확인키 위해 ⑤방랑벽 때문에 ⑥본시 빈궁했던 석주는 전란으로 인해 폐허가 된 집과 굶주리는 가족들의 고통을 보다 못해 이를 잊고자 ⑦의병에 참여키 위해서였을까? 그의 방랑 동기는 ③・⑤가 주원인인 듯하다. 석주는 정유재란(1597년)이 일어나자, 나주에 있던 벗 임환과 한동안 함께 있다가, 그 후 다시 한양으로 돌아왔다. 그런데 석주는 그의 생애에 있어, 기호・관서・관동・호남지방 등을 두루 여행하였으나, 영남지방 여행은 극히 드물었던 것 같다. 이는 아마 이 지역에 知人이 별로 없었기 때문인 듯하다.

그렇지만 석주의 생활은 여전히 빈궁하기 짝이 없었다. 李廷龜가 그의 곤궁한 생활[509]을 보다 못해 동몽교관이라는 벼슬을 주선해 준 적이 있었다.(1603, 35세) 그러나 예조에 參謁하라고 하자, '爲斗升折腰 非素志也'라 하면서 즉시 사임하고 말았다. 그는 격식이나 형식에 구속받기 싫었던 것이다.

마침내 그는 더욱더 불합리해져가는 현실세계에 대하여 극심한 좌절과 실의를 느끼고 은거를 결심한다.(1603년, 35세, 강화에 은거) 당시 그가 목도했던 현실세계는 당쟁의 극렬함, 위정자들의 무능과 부패, 말기적 사회풍조 등이 만연했던 때였다. 그러나 석주는 은거생활 중에도 부정과 모순으로 가득 찬 현실세계를 묵과할 수 없었다.[510] 결국 그는 宮柳詩로 인해 파란만장한 생의 종지부를 찍게 된다.(1612년, 44세).[511]

이 같은 석주의 불우했던 삶은, 그가 풍자시를 쓴 한 요인이 되었던 것으로 보인다. 특히 그가 풍자시를 짓게 된 가장 큰 이유 중의 하나는, 그의 강직한 기질이 크게 작용했기 때문이다. 이는 史官・史家 들의 석주에 대한 評이나, 그가 宋弘甫에게 보낸 편지 등을 보면 알 수 있다.

"自以性剛口快 深懼禍及 務欲韜藏 顧好作詩譏諷"[512]

(스스로 성품이 강직하고 바른 말을 잘해 화가 미칠 것을 심히 두려워하여 몸을 숨겨 다만 즐겨 시를 지어 기자하고 풍간코자 했다.)

---

509) "朝臣賀國富 野老歎家貧 欲上治安策 恐遭丞相嗔 躬耕難望腹 儒術豈謨身 私事又逢旱"<夜坐無眠寄柳勉之> 당시의 정치・경제・사회적 상황은 심각하였다. 특히 경제적 어려움은 석주도 예외는 아니었다.

510) 다음 시구들을 보면, "物議隨時異 人情逐勢偏"<述懷寄宋天翁>, "人心入于彼 天道至於斯"<過坡州有懷牛溪先生>, "時危人事自栖遑 三更催稅此州吏"<述懷示五山>, "官史恤供給 割剝至膏血…(中略)…月刑戒酷吏"<迷李子敏安訥出守端川> 당시의 인심, 세태, 관리들의 부정부패와 무능 등을 확인할 수 있다.

511) 졸고, 「權石洲硏究」, 단국대 석사학위논문, 1983, 9~23쪽 참고.

512) 『光海君日記』 四年 壬子 四月條.

"爲人倜儻不羈 言論爽豁…(中略)…凡有壹鬱不平 必以詩發之 每聞朝家得失 亦作詩嘲之"[513]

(사람됨이 뜻에 크게 얽매이지 않았으며 말이 시원스러웠다.…(중략)…무릇 우울하고 불평스러운 것이 있으면 반드시 시로써 나타내었고, 매번 조정의 득실을 들으면 또한 시를 지어 비웃었다.)

"權韠…(中略)…自知骯髒不能苟合"[514]

(권필은 뻣뻣하여 능히 구차스럽게 합하지 못할 것을 스스로 알았다.)

"每遇朱門甲第 則必唾而過之 而見陋巷蓬室 則必徘徊眷顧…(中略)…而見任俠屠狗 爲鄕里所賤者 則必欣然願從之遊 日庶幾得見 悲歌慷慨者乎"[515]

(매양 대문에 붉은 칠을 한 훌륭한 집을 지날 때마다 반드시 침을 뱉고 지나갔으며, 누항의 가난한 집을 보면 반드시 배회하며 돌아보고…(중략)…임협한 개백정으로 향리에서 천대받는 자를 보면 반드시 기뻐하며 따라서 놀기를 원하면서 슬피 노래하는 강개한 사람도 얻어 볼 수 있구나 했습니다.)

그가 倜儻不羈하고 강직한 기질의 소유자였음을 알 수 있다. 이러한 석주의 강직한 기질은 그의 삶을 통해서도 확연히 드러난다.

석주가 24세(1592년) 때, 친구 具容과 함께 임진왜란 발발의 책임이 李山海·柳成龍 두 정승에게 있다고 하여 斬할 것을 상소한 일이 있었다.[516]

---

513) 『仁祖實錄』 元年 癸亥 四月條.

514) 李肯翊, 『燃藜室記術』 卷19, <廢主光海朝故事本末>.

515) 『石洲集』 別集 卷2, <答宋弘甫書>.
이하 『石洲集』 인용은 권수만 표시한다.(別集과 外集의 경우, 각각 別集, 外集이라 쓰고 卷數만 표 시한다.).

516) 李肯翊, 앞의 책 卷14, <宣祖朝故事本末> 참고.
그런데 석주의 시나 문 그리고 생애를 살펴보면, 그는 주로 북인계열의 위정자들을 또한 그가 31세(1599년) 때 강화도에서 梁澤의 弑父事件이 일어났다. 이에 분격한 강화부민들이 조정에 진정을 하였다. 그러나 양택이 지방관과 조정에서 파견된 조사관에게 뇌물을 바치어 이 사건을 유야무야시켜 버렸다. 석주가 이를 알고 분노하여 상소를 통해 강화부민들의 억울함을 풀어준 일도 있었다.[517] 그리고 광해군 시절 석주가 한번은 친구 집에서 술에 취하여 자고 있었는데, 광해군의 처남이자 당시의 세도가였던 柳希奮이 찾아왔다. 석주가 눈을 부릅뜨고 "네가 유희분이냐? 네가 부귀를 누리면서 국사를 이 지경에 이르게 하였느냐? 나라가 망하면 네 집도 망할 것이니, 도끼가 네 목에는 안 들어갈 줄 아느냐?"라고 꾸짖은 일[518] 등이 있었다. 일개 포의의 신분이었음에도 불구하고, 석주의 대담하고 소신 있는 기개를 엿볼 수 있다. 더욱이 그가 43세(1611년) 되던 봄, 策問試에서 任叔英이 試紙에 당시의 時政을 풍자하는 글을 썼다 하여, 광해군이 大怒하여 削榜시켜 버린 일이 있었다. 석주가 이 사실을 알고 분노하여 〈宮柳詩〉를 지어 광해군의 외척 柳氏一家를 풍자・비판한 일이 있었다. 이것이 화근이 되어 그 다음해 44세(1612년) 되던 봄, 석주는 광해군의 친국을 받게 되었다. 그는 조금도 두려운 기색 없이 광해군에게 임숙영의 사실을 이야기하고, 조정에 직언하는 신하가 없었으므로 이 시를 지어 조정 신하들을 勉勵시키기 위한 것이라고 당당하게 말하였다. 결국 석주는 杖毒으로 죽었지만,[519] 그의 강직한 성품과 節操精神을 엿볼 수

신랄하게 비난하고 있다. 이는 석주가 비록 포의의 신분이었지만, 그의 가문이나 師友들이 대부분 서인계통이었던바, 서인을 옹호하는 입장을 취했기 때문이다. 따라서 그는 북인이 득세하고 있던 당시의 정치현실에 대해 부정적인 시각을 가졌고, 또 이들에게도 비판적이었다.(이는 그의 시 <君不見對酒走筆>, <古長安行>, <海村雜興>, <醉時歌> 등을 보면 알 수 있다.) 이 점이 비판적 사대부였던 석주와 그의 시의 한계의 한 요인이라 할 수 있다.

517) 外集 卷1, <請誅賊子梁澤疏> 참고.

518) 李肯翊, 앞의 책 卷19, <廢主光海朝故事本末> 참고.

519) 李肯翊, 같은 책 같은 글, 『光海君日記』 四年 壬子 四月條 ; <權韠 墓碣銘>. ; <行狀>

있다.

이처럼 석주는 부귀영화에 마음을 두지 않았으며, 남에게 굽히거나 구속받지 않는 뜻이 크고 강직한 성격의 소유자였다. 이로써 보건대, 석주의 강직한 기질이 풍자시 창출배경의 한 요인으로 작용했음을 알 수 있다.

(2-3) 시적 영향과 풍간의 정신

조선 중기 宣祖朝는 詩風에 있어서 일대전환이 일어났던 시기였다. 즉 宋의 시풍에서 唐의 시풍을 추총 하던 시대였다. 이러한 문예사조 아래 석주 역시 唐詩를 숭상하였다.[520] 그러므로 그는 當代詩人들 가운데 李白・杜甫・白居易 등을 흠모했고, 또 이들의 시를 본받으려고 했다.[521] 그는 특히 두보와 백거이 등의 영향을 많이 받았다. 석주시를 보면, 두보나 백거이 시의 詩題・韻・說意등을 취해서 지은 작품들을 볼 수 있는데, 거의 절반이 풍자시에 해당된다는 점을 주목할 필요가 있다. 이는 석주가 이들의 시인정신을 숭상하고 풍자시를 썼기 때문이다. 두보와 백거이 등은 종래의 시인들과는 달리 읽히는 시를 썼을 뿐 아니라, 이들은 民情의 表達과 時政의 비판을 통해 백성들의 고통을 구제하고 정

참고.

520) 석주가 唐詩를 숭상한 것은 다음과 같은 네 가지 이유 때문이라고 판단된다. 첫째, 그에게 시를 가르쳤던 부친 권벽은 唐詩만을 배웠던 申光漢의 제자였던 점 둘째, 철학적이고 사변적인 宋詩보다는 典雅淸麗하고 기교와 시적인 맛이 집약되어 있는 唐詩가 그의 체질에 맞았다는 점 셋째, 唐代 詩人들의 영향을 받았다는 점(특히 석주는 두보의 시를 시의 전범으로 삼았다.) 넷째, 當時 시단의 주류를 이루었던 唐詩를 추종했다는 점(졸고, 앞의 논문, 99~100쪽 참고.) 등을 들 수 있다.

521) 석주의 시 <秋懷戱李白>, <行路難>, <醉時歌>, <贈李明應>, <憶秦娥>, <自一言至十言五首> (一名. 寶塔詩. 金相洪,『韓國 漢詩論과 實學派文學』, 啓明文化社, 1989, 25쪽 참고.), <四懷詩>, <詩酒歌>, <卜居>, <重陽>, <遺悶>, <九月九日在務安縣沙湖對酒有作>, <切切何切切>, <征婦怨>, <病中聞夜雨有懷草堂因敍平生二十四首中其二首>, <讀杜詩偶題>, <記異效白樂天>, <有木不知名白樂天>, <忠州石效白樂天>, <憶天磨三首效白樂天>, <自遺效白樂天>, <天何蒼蒼醉中走筆> 등을 보면, 이백 ・두보・백거이 시의 詩題, 韻, 說意 등을 취해서 지었는바, 이들의 영향을 받았음을 알 수 있다.(위의 논문, 98~100, 113~119쪽 참고.)

치의 결함을 시정하려는 의도 하에 시를 지었다.[522] 그러므로 석주는 이들의 작시태도를 높이 평가했다. 따라서 자신도 이들의 시인정신을 본받고자 했다.[523] 이는 그의 풍간의 정신으로 나타난다.[524]

광해군의 親鞫 時, 석주의 항변이나, 史官, 史家 들의 그에 대한 評 등을 살펴보자.

> "韠是何人也 乃敢作詩 恣其譏刺 其無君不道之罪極矣…(中略)…韠供云…(中略)…叔英以布衣 何爲如此危言乎 大抵古之詩人 有托興規諷之事 故臣欲倣此爲之 以爲叔英以布衣 敢言如此 而朝廷無有直言者 故作此詩 規諷諸公冀有所勉勵矣"[525]
>
> (권필 너는 어떤 사람이기에 감히 시를 지어서 방자하게 기자하느냐? 이는 無君不道의 죄가 극에 이른 것이다.…(중략)…권필이 아뢰기를…(중략)…임숙영은 포의로서 왜 이와 같은 위태로운 말을 하게 되었는가에 있습니다. 대체로 옛 시인들은 흥에 의탁하여 풍간하는 일이 있습니다. 그러므로 신도 이를 본받아 이 시를 지은 것입니다. 임숙영이 포의로서 감히 이 같은 말을 한 것은 조정에 직언하는 자가 없음을 지적한 것입니다. 따라서 이 시를 지어 諸公을 풍간하여 면려하기를 바란 것입니다.)

---

522) 車柱環, 『中國詩論』, 서울대 출판부, 1990, 61~78쪽 참고.
석주 역시 읽히는 시를 썼다. 더구나 그는 주로 현실 문제를 시로써 형상화시켰기 때문에 독자(당시 사대부 계층, 주로 서인 계통)들의 많은 관심을 끌었다. 따라서 그의 시 한 편이 나오면 다투어 애송했다는 기록을 보면,(이는 "崔有源曰 權韠此詩 播在閭閻 小臣亦知"에서 확연히 알 수 있고, "時人每一篇出 都下喧然傳誦"에서 명백히 확인된다. 『光海君日記』 四年 壬子 四月條 참고.) 그가 많은 독자를 가졌던 시인이었음을 알 수 있다.

523) 석주가 광해군에게 천국을 받을 때, "大抵古之詩人 有托興規諷之事 故臣欲倣此爲之…(中略)…而朝廷無有直言者 故作此詩 規諷諸公 冀有所勉勵矣"(『光海君日記』四年 壬子 四月條 참고.)라고 하였는바, 여기서 '古之詩人'은 두보와 백거이 등을 지칭하는 것으로 보아야 한다.

524) 풍간의 중요성을 처음으로 제기한 인물은 孔子였다. "孔子曰 忠臣之諫君 有五義焉 · 一曰譎諫 二曰戇諫 三曰降諫 四曰直諫 五曰風諫 · 唯度主而行之 吾從其風諫乎"(『孔子家語』,<辯政>.)

525) 註 523) 참고.

"放浪江湖間 唯以詩酒自娛 凡有壹鬱不平 必以詩發之 每聞朝家得失亦作詩嘲之"[526)]

(강호 간을 방랑하며 오직 詩酒로서 자오하였다. 무릇 우울하고 불평스러운 것이 있으면 반드시 시로써 나타내었고, 매번 조정의 득실을 들으면 또한 시를 지어 비웃었다.)

"其詩類多譏刺時政"[527)]

(그의 시에는 당시의 정사를 기롱하고 풍자한 것이 많았다.)

석주가 풍간의 정신을 詩作의 요체로 삼고 있음을 알 수 있다. 이처럼 그는 當代 詩人들의 吟風咏月이나 吟咏性情類의 작시자세와는 달리, 남다른 작시태도, 즉 풍간의 시 정신을 근간으로 하여 풍자시를 지었다. 이는 그의 유교적 문학관에서 기인된 것이다. 따라서 풍자시를 쓴 그의 기본적인 시각은, 단순한 현실부정이나 현실도피가 아니라 현실에 대한 냉철한 인식에 근거한 것이다.

(3) 풍자시 고찰

(3-1) 형식

석주의 풍자시는 대부분 古詩에 집중되어 있다.[528)] 그의 풍자시가 고

---

526) 『仁祖實錄』元年 癸亥 四月條.

527) 李肯翊, 앞의 책 권 19, <廢主光海朝故事本末>.

528) 석주의 풍자시는 문집에 실려 있는 작품보다 훨씬 더 많았다. 宋時烈지은 『石洲集』跋文을 보면, "其詩所餘六百…(中略)…以李公意來以示余曰 亦有可以取捨者乎 余曰然矣 昔之視今亦猶今之視後也 遂選其百餘首以寄之 其少時戲作 洎與緇流酬唱幻語及澤老所謂譏刺已甚者 皆不錄" 尤菴이 『石洲集』改刪 時, 석주의 도학자로서의 면모를 부각시키려는 의도에서 600여 수 중 풍자와 기롱이 극심했던 500여 수를 빼버렸는바, 이를 보아 알 수 있다. 이는 우암 송시열의 공정하지 못한 편집태도 때문이다. 이 시들 태반은 고시였던 것으로 짐작되며, 대부분 석주의 19~35세 作으로 추정된다. 또한 석주가 22세 때 지은 『唱酬集』도 그의 생애와 연관시켜 볼 때, 풍자시가 많이 있었던 것으로 추측된다. 특히 그의 풍자시는 주로 고시의 성격을 띠고 있다는 데 주목할 필요가 있다.

시인 경우, 5言은 매 句 5字로서 이를 엄격히 지키고 있다. 반면 7言은 매 句 7字를 주로 쓰고 있으나, 3·4·5·6·8·9字 등이 섞여 있는 작품도 있다.[529] 이처럼 그가 7언에서 폭넓고 융통성 있게 字數를 조정 사용한 것은, 시상을 전개함에 있어서 변화기복을 잘 구사하려고 했기 때문이다. 그리고 그의 풍자시 중에는 擬古詩가 있어 눈길을 끈다.[530] 이 가운데 특히 백거이 시의 題名이나 說意 등을 취한 작품들이 있는바 주목된다.[531] 이는 석주가 백거이의 '兼濟之志'의 시인정신을 본받으려는 의도에서 연유된 것으로 짐작된다.

이 밖에 그의 풍자시 가운데 雜體詩에 속하는 禽言體가 있어 흥미롭다.[532] 금언체란 새 울음소리를 따서 짓는 시체를 말하는데, 일종의 특이

참고로 현존하는 석주의 시는 그의 문집과 타인의 문집 등에 수록된 작품을 포함하여 약 850여수 정도로 추산된다. 그런데 석주가 생전에 남긴 작품은 임란 때 소실된 『唱酬集』(석주는 22세 때 이안눌·조찬한 등과 함께 詩社를 결성하였다. 『唱酬集』은 이해 여름 이안눌과 함께 兩宜堂 에서 노닐 때 지었다.)을 제외하고, 당시 세상에 전해졌던 『五兄弟聯珠錄』과 위의 우암의 발문을 상고컨대, 1100~1400여 수 정도로 추산된다.

『석주집』은 원래 『家藏亂藁』를 근거로 심기원이 選한 舊本 700여 수(권필은 죽음을 예견했는지, 죽기 3일 전 제자이자 생질인 심기원에게 자신이 지니고 있던 詩稿 보따리를 맡기었다. 아마 이때 석주가 급히 맡겼던 듯하며, 詩稿 전부가 아니었던 것 같다.)와 新本 400여 수를 참고하여 간행하였다. 그러나 간행과정에서(初刊·重刊 時) 기롱과 풍자가 심했던 작품들은 빼버렸다.("石洲先生集今已抄定付標 幷新舊本及家藏亂稿 付其胤子伉去 所謂舊本則靑原君所選 新本則出東岳叔父家 未知誰選 舊本七百餘首 似雜而間有譏刺已甚者 新本四百餘首 太略而闕於文 今據家藏亂稿 參以二家本 定爲此集"『澤堂集』, <寄洪府尹寶>. ; "沈生拾其傳誦者數百篇 辯曰石洲小稿"『惺所覆瓿藁』, <石洲小稿序>)

529) <忠州石效白樂天>, <鬪狗行>, <天何蒼蒼醉中走筆>, <栖烏問答>, <目前謠>, <飛光戱贈友人>등을 그 예로 들 수 있다.

530) <行路難>, <有木不知名白樂天>, <忠州石效白樂天>, <天何蒼蒼醉中走筆>, <古長安行>, <古意入首中其二, 三, 四, 五, 七>, <夜坐醉甚走筆成章三首中其三>, <感懷三首中其二,三>, <雜詩>, <鬻兒行> 등을 들 수 있다. 우리나라의 경우(조선시대), 의고시를 많이 지은 대표적인 시인들은 成俔·申欽·柳夢寅·鄭斗卿 등을 꼽을 수 있다.(졸고, 「石洲 權韠의 古詩에 관한 一考察」, 『도솔어문』 6집, 25~51쪽 참고.)

531) 특히 <忠州石效白樂天>, <有木不知名白樂天> 등은 풍자성이 뛰어난 작품이다.

532) 우리나라의 경우(조선시대), 금언시를 쓴 대표적인 시인들은 金時習(25수), 柳夢寅(13수), 權韠(4수), 張維(4수), 柳得恭(4수), 金允植(4수) 등을 들 수 있다. 중국은 蘇軾·朱熹의 <五禽言詩>, 高啓·周紫芝의 <五禽言詩>, 梅堯臣·梁棟의 <四禽言>, 陸游의 <夜聞姑惡> 등을 대표로 들 수 있다.

한 戱文體이다. 형식적인 면에서 비교적 자유로운바, 글자 수에 얽매이지 않는다. 석주의 금언시는 3・4・6・7言 등을 사용하였는데, 한자의 音과 訓을 적절히 借用하여 寓言으로 당시의 사회현실을 풍자하였다.

한편, 석주 풍자시는 태반이 장형이며, 7언이 5언보다 약간 많은 편이다. 특정집권층・지배층의 무능과 부패, 인간 사회의 모순과 병폐를 풍자하여 이를 비판・고발하는 내용이 주류를 이루고 있다. 그리고 詩形에 있어, 單形이 많고 連形은 적은 편이다. 연형은 거개가 5언이며, 短篇이 많은데, 대부분 세태나 당쟁을 풍자하는 내용이다. 또한 운율에 있어 5언은 측기식, 7언은 평기식을 주로 사용하고 있다. 그런데 압운 시 同一韻目의 글자가 많지 않은 글자로 압운을 하게 되면 거의 환운을 하지 않는 작품(〈鬻兒行〉 등)도 있다. 특히 고시의 형식을 취하고 있는 그의 풍자시에는, 蟬聯法(〈行路難〉 등)과 聯錦法(〈古意八首 中 其二〉 등)을 사용한 작품이 눈에 뜨인다. 이는 寓意의 한 방편으로써 반복과 함께 의미를 강조하기 위해 사용된 듯하다.

(3-2) 표현

석주 풍자시에 쓰인 시어는 조탁의 흔적이 거의 보이지 않고, 대체로 평이하면서도 자연스럽게 표현되고 있다.[533] 주로 쓴 시어는 '歌舞', '甲第', '江上', '姑惡', '冠盖', '歸去', '今人', '氣象', '寄語', '男兒', '大道', '萬物', '忘說', '糞水', '性名', '世間', '水仙', '如此', '危言', '人生', '日暮', '一朝', '長安', '主人', '進退', '天地', '天下', '靑雲', '最難', '何處', '黃金', '訓狐' 등을 들 수 있다. 이러한 시어를 통해 그가 현실세계를 냉철히 인식

533) 석주의 제자이자 생질인 沈器遠이 쓴 『石洲集』(정신문화연구원 소장본) 跋文의 "先生曰 詩之蓋難言也 詩者之精也 精之精者爲正 得正者爲宗", 석주의 시 <任寬甫典挽詞>에서, "詩書記朝夕 不是要佳句"라는 시구 등은 의미하는 바가 크다.

하고 있을 뿐 아니라, 불합리한 현실상황을 譏刺하고 있음을 감지할 수 있다. 그리고 그의 풍자시는 부정사의 사용이 비교적 많은 편이다. '不', '無', '莫', '否', '勿', '非', '未' 등을 볼 수 있는데, '不'이 가장 많이 쓰이고 있다. 석주가 부조리한 현실세계를 시로써 풍자화 할 때, 그의 비판적인 입장을 표출시키려는 의도의 하나로 부정사를 적절하게 구사한 것 같다.

석주는 그의 풍자시에서 다양한 수사법을 사용하고 있는데, 그 중에서도 의인・은유・중의・풍유법 등이 그의 풍자시의 특징이다. 그런데 석주가 자주 구사한 의인・풍유법은 대부분 조류나 동・식물 등을 소재로 하여 현실문제, 그 중에서도 주로 정치・사회현실을 다루고 있는 것이 특색이다. 이처럼 그가 다양한 수사법을 사용한 것은 좋은 작품을 창출키 위해 내용의 풍부성과 예술적 세련성, 강한 호소력과 생동감, 풍자・비판성을 염두에 두고 作詩에 임했던 때문으로 여겨진다.

한편, 석주 풍자시의 어조 상의 특질로는 조롱을 들 수 있다.[534] 이러한 조롱의 주 대상은 대부분 위정자들이다. 그의 풍자시는 비판대상의 시시비비를 주로 독자들의 판단에 맡기고 있는바, 독자들에게 강한 호소력과 설득을 주고 있다.

석주는 특히 그의 풍자시에서, 형식이나 표현기교적인 측면보다는 그 안에 담겨진 意義(내용)를 더 중시하였는바, 이를 간과해서는 안 될 것이다.[535]

---

534) 석주 풍자시의 어법에 대해서는, 鄭珉(㉡ 앞의 논문)이 심도있게 분석하였다.

535) 沈器遠이 쓴 『石洲集』跋文, "見後生 必勉以窮理盡性之學 以徒尙詞華爲戒". 『光海君日記』四年 壬子 四月條, "而朝廷無有直言者 故作此詩 規諷諸公 冀有所勉勵矣" 등은 의미하는 바가 크다. 이로써 보건대, 맹자의 '說詩法'은 시사하는 바가 크다.(이에 대해서는 강재철이 앞의 논문에서 자세히 논급하였다.). 석주의 시관은 전통적인 시관(주로 공자・맹자・두보・백거이・원진 등의 시관)을 바탕으로 한 듯하다.

(3-3) 내용

석주는 비판적 사대부로서 현실세계(주로 정치 · 사회현실)를 냉철히 인식하였다. 따라서 그의 비판적 자아나 강직한 기질은 부조리한 정치현실과 인간사회의 모순을 용납지 않았다. 그리하여 그는 풍간의 시 정신을 바탕으로 풍자시를 지었다. 더욱이 그는 내용을 중시한 시인이었다.

석주의 풍자시는 詩題에 行 · 謠 · 言 · 意 · 懷 · 難 · 走筆 등이 붙은 작품이 주류를 이루고 있다. 소재 역시 조류나 동 · 식물 등이 태반인데, 소재가 복합적으로 들어 있는 작품도 비교적 많은 편이다. 석주의 풍자시는 주로 중기(19~35세)作으로, 대부분 정치 · 사회현실을 풍자하거나 비판 · 고발하고 있다.

석주 풍자시는 내용을 살펴 본 결과, (가)부조리한 정치현실에 대한 비판 (나)인간사회의 모순에 대한 고발 등으로 대별할 수 있었다.

(가) 부조리한 정치현실에 대한 비판

석주의 풍자시는 부조리한 정치현실을 비판하는 작품이 태반이다.

석주가 살았던 시기는 당쟁의 극렬함으로 인해 그 폐단이 혹심했던 때였다. 석주는 특히 파당만 일삼는 朝臣들의 작태를 묵과할 수 없었다.

誰投與狗骨	누가 개에게 뼈다귀를 던져 주었나?
群狗鬪方狠	여러 개들이 사납게 싸우는구나.
小者必死大者傷	작은 놈은 반드시 죽을 것이고 큰 놈은 다칠 것이니
有盜窺窬欲乘釁	도적은 그 틈을 타려고 엿보고 있네.
主人抱膝中夜泣	주인은 무릎을 끌어안고 한밤중에 우는데
天雨墻壞百憂集	비까지 내려 담장이 무너지니 온갖 근심만 쌓이는구나.

〈鬪拘行〉536)

이 시는 당쟁을 개싸움에 비유하여 정권 다툼만 일삼는 조신들을 비판한 작품이다.

뼈다귀를 놓고 목숨을 걸고 싸우는 '鬪拘'를 보조관념으로 하여 시를 전개해 나가고 있다. 2구의 '群狗'는 당쟁만 일삼는 조정의 신하들을 뜻한다. 3구에서 小者는 죽고, 大者는 다친다는 것은, 당파싸움[537]에서 승자・패자 모두 손실만 입는다는 것을 뜻한다. 그러나 계속되는 당쟁 때문에 4・5구에서 보는 바와 같이, 도적(왜적과 여진족, 특히 왜적)이 엿보기 마련이다.[538] 이러한 우환(당쟁) 속에 주인, 즉 임금(선조)도 어쩔 수 없음을 암시하고 있다. 특히 5구에서 시인은 임금의 무능을 은근히 꼬집고 있다. 그럼에도 6구를 보면, 당쟁과 나라를 걱정하는 시인의 모습이 그려져 있다.

시인은 당쟁만 일삼는 조신들에게 환멸과 혐오감을 느끼고 그들의 이러한 작태를 개싸움에 비유하여 작품화하였다. 개와 다를 바 없는 조신들을 풍자 비판하여 각성시키려는 시인의 의지가 담겨져 있다.

宮中氣候風兼雨　궁중의 기후 비바람이라면
妾似盈盈枝上花　첩의 신세 가지에 가득한 꽃과 같지요.
昨日被催今被妬　어제는 재촉 입고 오늘은 미움을 사니
可憐零落委泥沙　가련하여라 진흙 속으로 떨어지다니

〈無題〉[539]

536) 卷2, 85쪽.
537) 鄭弘溟의 『畸庵漫筆』을 보면, 이 시는 대북과 소북의 정권다툼을 지칭한다고 했다.
538) "廟堂成算未易測 棄此不守非萬全 似聞老虜頗掘强 畜銳向釁今有年 至尊旰食勞聖躬…(中略)…目中久已無西胡 野人白頭何所識"(<鐵甕行送張晩節度>) 석주는 조정의 국방대책 소홀을 비판함과 아울러 전란을 예견하고 있는 듯하다.
539) 卷7, 280쪽.

이 시는 제목이 시사하듯, 그 의미가 심장하다. 표면적으로는 궁녀들의 신세 한탄을 그리고 있으나, 그 이면은 政爭의 소용돌이에서 소속 당파의 집권·실권 여부에 따라 명암이 교차되는 관료들의 운명을 비유적으로 표현한 작품이다. 조정은 날로 격렬해져가는 당쟁으로 인해 파당 간 반목과 대립이 극에 다다른 상황이었다. 따라서 조신들은 앞날을 장담할 수 없었다. 이러한 피비린내 나는 정권 쟁탈전에서 소속 당파의 승패는 그들의 生死를 좌우한다. 즉, 승자에게는 권력과 부, 패자에게는 보복이 뒤따를 뿐이다. 따라서 실각한 관료들은 사약을 받거나, 아니면 귀양을 가게 된다. 4구는 이를 함축적으로 표현하고 있다.

시인은 당시의 불합리한 정치현실을 개탄하는 한편, 이와 같은 상황에서 부질없이 파쟁만 일삼는 부나비 같은 조신들에 대해 연민의 정을 내비치고 있다.

이처럼 날로 심각해져가는 당쟁은, 官界에 진출한 신진관료들에게까지 파급되었다.

種蘭盈九畹　난초를 심어 밭두둑에 가득한데
雨露日芳菲　비와 이슬 맞아 날로 파릇해졌네.
坐冀枝葉茂　가지와 잎 무성해지길 기다려
庶用充佩幃　치장하는 佩蘭으로 쓰려고 했었네.
嚴霜昨夜下　어젯밤에 된서리 내려
百草倏已腓　온갖 풀들이 시들어 버렸다네.
杉篁尙不免　삼나무 대나무도 오히려 견디지 못했거늘
況乃蕙茝微　하물며 연약한 난초쯤이야
仰視白日光　우러러 밝은 햇빛을 보니
有淚霑我衣　눈물이 흘러 옷깃을 적시는구나.
豈徒感時節　어찌 한갓 시절만 느끼랴

君子有所思　군자는 생각하는 바가 있도다.

〈感懷 三首 中 其三〉[540]

이 시는 당쟁의 혹심함을 풍자 비판한 작품이다.

이 시의 핵심소재인 '蘭'은 젊고 유능한 신진관료를 비유한 것이다. 2~4句는 젊고 재능 있는 신진관리들이 장차 나라를 위해 중용될 날을 고대하는 시인의 마음을 담고 있다. 그러나 '嚴霜', 즉 당쟁의 된서리는 그 기대감을 여지없이 무산시켜 버렸다. 된서리가 내리면 모든 풀들은 시들어 버리고 만다. 마찬가지로 당쟁의 된서리를 맞으면 조신들은 목숨을 부지하기 힘들었다. 하물며 '杉篁', 곧 나라의 중신들조차도 목숨을 보존하기 어려운 상황이었다. 이 같은 상황에서 어리고 연약한 난초, 즉 젊고 능력 있는 신진관료들이야 말할 것도 없다. 9~12구는 당쟁으로 인해 나라가 위태로운 지경에 이른 것을 염려하는 시인의 우국충정이 담겨져 있다. 야인 석주는 이러한 정치 부조리에 대한 비판을 통해 당쟁의 치열함과 함께 국력이 쇠잔해가는 비생산적 상황을 찔러 조신들을 경각시키고 있다.

석주는 조신들이 爲國爲民은 도외시한 채, 權貴(특히 외척)에 빌붙어 아첨만 일삼는 것을 목격하고 이를 용납하지 않았다.

宮柳青青花亂飛　궁 버들은 푸르르고 꽃은 어지러이 나는데
滿城冠蓋媚春暉　성에 가득한 벼슬아치들은 봄빛에 아첨을 하는구나.
朝家共賀昇平樂　조정에서 함께 태평의 즐거움을 축하하는데
誰遣危言出布衣　누가 포의로 하여금 위태한 말 하게 했는가?

〈聞任茂叔削科〉[541]

540) 卷1, 27쪽.
541) 卷7, 289쪽.

이 시는 任叔英의 削科事件을 풍자한 작품으로, 율동적이며 생동감 있게 표현되고 있다.

1구의 '宮柳'는 '宮'과 '柳'의 의미가 내포하듯, 외척인 柳氏 一家를 비유한 것이다. 이는 '靑靑'과 조화를 이루어 상징적인 의미를 띠게 된다. 즉 외척 유씨 일가의 한없는 권세를 은연중 묘사한 것이다. 그렇게 때문에 시인은 '花亂飛'[542]를 통해 이들의 전횡을 풍자・비난하고 있다. 2구의 '媚春輝'는 아첨하는 무리들의 작태를 비난하기 위한 의도적인 표현이다. 따라서 3구의 '昇平樂'은 태평성대를 축하하려는 것이 아니라, 이를 역설적으로 풍자 비판하기 위한 의도적인 표현이다. 그러므로 4구에서 보는 바와 같이, 아첨만 일삼는 무리들이 조정에 득실거리기 때문에 '布衣'에서 '危言'이 나왔다고 말하고 있다.

柳氏 일족들이 정치를 망쳐 놓았는데도,[543] 조정의 신하들은 직언은 커녕 오히려 자신들의 직위를 유지키 위해 이들에게 아첨만 할 뿐이다. 시인은 직언도 하지 못하는 못난 조신들을 대신해 포의 임숙영이 이를 했으니 얼마나 장한 일인가 반문하고 있다. 그런바 시인은 포의 임숙영만도 못한 조신들의 무능을 준엄하게 비난하고 있다. 이로써 보건대, 당시의 조정이 얼마나 부패・무능했던가를 알 수 있다.

석주는 특히 당시 정국을 어지럽게 만들었던 외척과 권세가들의 부정과 비리를 통렬히 비판하였다.

---

542) 다른 문헌에는 '花亂飛' 대신 '鶯亂飛'로 되어 있는 경우가 많은데, '鶯亂飛'라는 표현이 더 적절하다고 본다. '鶯亂飛'는 황금이 난무한다는 뜻도 될 수 있겠으나, 관직(벼슬)에 대한 욕구의 표현이다. 즉, 돈으로 벼슬을 산다는 뜻인데, 여기서는 柳氏一家의 賣官賣職을 의미한다. '花亂飛'를 같은 의미로 파악해도 무방할 듯하다.

543) 그의 시 <詠史>는 외척들의 전횡을 리얼하게 비판하고 있다.

有木不知名　이름을 알지 못하는 나무가 있는데
三株互蟠結　세 그루가 서로 엉키어 서려 있었네.
地高偏受露　땅은 높아서 이슬을 받기가 넉넉하였고
陰重巧遮日　그늘은 넓게 드리워져 햇볕을 가리기 적당하였네.
群蟻喜心空　개미 떼는 속 비었음을 좋아하였고
衆鳥欣葉密　뭇 새들은 잎 빽빽함을 기뻐하였네.
兼爲魍魎宅　거기다가 도깨비 집에 되어 있어
百怪中夜發　온갖 괴이한 일들이 밤중에 일어났다네.
有人不量力　어떤 사람이 자기 힘도 헤아리지 못하고
持斧擬翦伐　도끼를 들고 나무를 찍어 베어버리려 하였지만
爲近社壇下　사직단 아래서 가까워
欲進還股慄　나가고자 해도 다리만 떨렸다네.
一朝霰雪繁　하루아침에 싸래기 눈 많이 내려
天道有肅殺　추운 날씨에 말라 죽어버렸네
豈若澗底松　어찌 산골물 밑 소나무가
千載自蕭瑟　천년 동안 스스로 뛰어남만 같으리요.

〈有木不知名效白樂天〉[544]

이 시는 백거이의 〈有木詩〉를 본받아 부정부패한 외척과 권세가를 비난하기 위해 지은 작품이다.

그런데 이 시에서 주목할 것은, 2구의 '三株'의 본 의미 이다. 여기서 '三'은 많다는 의미로 파악해야 된다.[545] 따라서 '三株'는 외척과 권세가들의 부정부패가 많음(극심함)을 의미한다. 그런바 2~4구는 부정부패한 외척과 권세가들이 자신들의 정치적 목적이나 개인적 욕망을 충족키 위

544) 卷1, 64쪽.
545) 姜在哲, 「3의 法則硏究」, 『陶谷鄭琦鎬博士華甲記念論叢』, 동간행위원회, 1991, 129~157 참고.

해 서로 결탁하고 있음을 표현한 것이다. 5・6구의 '群蟻', '衆鳥'는 아첨만 일삼는 수많은 관료와 政商輩들을 의미한다. 이들은 자신들의 목적을 달성하기 위해 탐욕스럽고 추악한 외척・권세가들과 야합하였다. 그러니 좋아하고 기뻐할 수밖에 없다. 따라서 이를 위해 권모술수와 중상모략을 서슴지 않았다. 8구는 이들의 음모와 부정과 비리의 현장을 폭로하려는 시인의 의지가 담겨져 있다. 마침내 의기 있는 한 사람(시인)이 자신의 힘도 헤아리지 못한 채, 도끼를 들고 나무를 찍어 베어버리겠다고 나섰지만, 이를 행하기도 전에 포기하고 말았다. 11구는 그 이유를 설명하고 있다. 이들은 왕실의 비호를 받고 있었다. 그러므로 12구에서 보는 바와 같이, 위세 당당한 이들에게는 역부족이었다. 시인은 자신의 나약함과 함께 무능을 탓하고 있다. 그러나 13・14구에서 보듯, '天道'는 이를 용서치 않았다. 15・16구에서 시인은 芃芃한 지조와 절개의 상징인 소나무를 칭송하는 한편, 棟樑之材를 알지 못하는 임금과 조정을 '澗底松'에 빗대어 은근히 꼬집고 있다.

우리는 여기서 당시의 부정부패한 정치현실을 넉넉히 짐작할 수 있다.

당시의 정치상황에 남다른 관심을 가졌던 석주는, 세도가들의 무능과 부패 또한 용서치 않았다.

猿狙法服擬周公	원숭이가 관복을 입고 주공에 견주니
俗眼何曾辨異同	보통 사람의 눈으로 어찌 같고 다름을 분별하리오.
鸚鵡未應承顧問	앵무새가 고문을 맡는 것도 적당치 않다네.
啄餘紅粒滿金籠	먹다 남은 붉은 낱알이 황금새장에 가득하구나.

〈可歎〉546)

546) 卷7, 289쪽.

세도가들을 인간의 흉내를 잘 내는 원숭이와 앵무새에 비유하여 이들의 무능과 부패를 풍자하고 있다. 1구의 '猿狙'는 '權貴'들을 의미한다. 이들은 周代의 명재상이었던 '周公'에 자신들을 견주고 있다. 그러나 2구에서 보듯 '俗眼'들이 어찌 그 진위를 판별할 수 있으랴. 이들은 오로지 관복 입은 원숭이를 주공으로 착각하고 높이 받들 따름이다. 더구나 앵무새가 고문의 직책을 맡다니 기가 찰 노릇이다. 앵무새는 본래 아첨하는 속성을 갖고 있다. 그런 즉 임금에게 조언은커녕 오히려 임금을 미혹시켜 권세를 누리면서 사리사욕을 채울 것이 뻔하다. 4구는 이들의 부정이 얼마나 심각한가를 폭로하고 있다.

시인은 역대인물 중, 가장 훌륭한 인물 가운데 하나였던 주공을 인간의 흉내를 잘 내는 동물과 동일시하였다. 이는 풍자대상인 세도가들을 평가절하하기 위한 것이었다. 세도가들에 대한 시인의 경멸어린 조롱이 담겨져 있음을 엿볼 수 있다.

이상에서 살펴 본 바와 같이, 석주는 패도정치[547]를 펼쳤던 당시의 위정자들(특히 외척과 세도가)의 정치적 무능력과 부조리, 부패와 전횡 등을 통렬히 비판하면서, 이들에게 경고와 함께 각성을 촉구하고 있다.

(나) 인간사회의 모순에 대한 고발

석주는 실생활을 통해 목도한 인간들의 비인간적 행태를 용서치 않았다.

547) 다음 시구들에서 보듯, "不爭榮利不爭名"<記異>, "少年志氣壯 長嘯望伊呂"<述懷>, "素心元不在榮名 欲佐明君致太平"<病中聞夜雨有懷草堂因叙平生二十四首> 석주는 영리나 명예에 관심이 없었다. 그는 이윤과 여상처럼 명군을 보좌하여 나라를 태평스럽게 하는 것이 바램이었다. 즉, 그의 정치적 포부는 왕도정치를 구현하는 것이었다. 그러나 "欲陳濟時策 天門何崔嵬"<贈林子定悰>, "人莫我知斯已矣 白頭重覺負平生"<病中聞夜雨有懷草堂因叙平生二十四首>에서 보는 바와 같이, 현실은 그렇지 않았다.

幽居所居屋　그윽이 거처하는 집에
繞屋多古木　집 주위엔 고목이 많네.
有鳥半夜鳴　새가 있어 한밤중에 울어대는데
聲如小兒哭　소리가 어린아이 울음소리 같네.
其名曰訓狐　그 이름 올빼미라 하는데
鳴則主人厄　울면 주인이 액을 당한다 하네.
主人語訓狐　주인이 올빼미에게 말하길
爾聲雖甚毒　네 소리 비록 심히 나쁘나
擧世皆爾曹　온 세상 사람들이 모두 네 무리인 것을
不祥爾豈獨　상서롭지 못한 것이 어찌 너 혼자 뿐이랴.
呪呰弄巧舌　아첨하고 헐뜯느라 교묘한 혓바닥 놀리고
睗睒張奸目　이리저리 두리번거리며 간사한 눈을 치켜뜨며
對面設機阱　얼굴을 맞대고 함정을 만들어
陷人動不測　사람을 예측 못할 곳에 빠뜨리네.
以爾比世人　너를 세상 사람들에 견주어 본다면
焉知不爲福　어찌 복이 되지 않는다고 하겠는가?

〈夜坐醉甚走筆成章 三首 中 其三〉[548]

이 시는 인간과 올빼미와의 대화를 통해 世人들의 간교함을 지적한 작품이다.

중국의 長沙지방에는 올빼미가 人家로 날아오면 주인이 죽는다는 풍속이 있다. 시인은 이를 채용한 것이다. 그러나 올빼미가 흉조라 울면 주인에게 화가 미친다는 사실을 주인은 알면서도, 오히려 올빼미가 世人들보다 선하다고 여긴다. 겉으로는 자신의 악행을 은폐하지만, 실제로는 그렇지 않은 사람이 세상에 많음을 암시하고 있다. 이들은 아첨・모함 등

548) 卷1, 28쪽.

온갖 방법을 동원하여 남을 궁지에 몰아넣고 자기이익만 추구한다. 9~14구는 이런 자들이 현실에서 활개 치는 실정임을 이야기 하고 있다.

시인은 인간의 간교함을 구체적으로 제시하기보다는, 世人들과 올빼미를 비교해 악조인 올빼미가 더 선함을 주장함으로써 인간의 간악함을 고발하고 있다. 이처럼 석주는 당시 사회에 팽배되었던 인간들의 위선을 용납지 않았다. 그러므로 그는 이들의 비행을 폭로하는데 앞장섰다.

麕也鹿之徒	고라니는 사슴류라
瞻白故善驚	흰 빛만 보아도 놀라기를 잘하네.
喜山或喜澤	산도 좋아하고 못가도 좋아해
同實浪異名	실물은 같으면서도 이름만 다르다네.
産子豐林中	우거진 숲 속에서 새끼를 낳아
纍纍相隨行	떼 지어 서로 따라 다니다가
偶落樵夫手	우연히 나무꾼에게 붙들렸는데
跳擲何生獰	날뛰고 덤비는 것이 어찌나 사납던지
毛骨未及壯	아직 덜 자란 것이어서
不足充炰烹	고아 먹기에는 족하지 않네.
啼號若嬰兒	울음소리가 어린아이 소리와 같아
殺却豈我情	인정상 어찌 죽일 수 있나
催僮樹短柵	아이에게 시켜 조그마한 우리를 세우고
飼之等養牲	먹이고 기르는데 힘썼다네.
見人必倬偟	사람을 보면 놀라고 두려워하여
豎耳突眼睛	귀를 쫑긋 세우고 눈이 휘둥그레진다네.
摩挲稍相近	손으로 쓰다듬어 조금씩 서로 가까이 하였더니
漸覺趨和平	점점 평온을 되찾아
終然擾且順	마침내는 길들여져 유순해지면서

傾倒喜人聲　기울어 넘어갈 듯 사람소리를 좋아하였네.
每遇當飼時　매번 먹이를 줄 때면
昂首先來迎　머리를 쳐들고 먼저 맞이한다네.
此物本山野　이 짐승은 본래 산야의 생장이라
與人不相營　사람과는 서로 사귄 적이 없건만
由其善畜養　그 잘 길들여짐으로 인해
習性若天成　습성이 천성처럼 되었네.
況乎人與人　하물며 사람과 사람이야
元自同胞生　원래 한 탯줄에서 태어났거늘
夷狄縱異倫　오랑캐가 인륜에 벗어났다 해도
亦可就羈纓　또한 갓끈을 매게 했건만
小人君子間　소인과 군자 사이에
只隔毫釐爭　단지 사소한 일로 다투니
初豈與我異　처음에는 어찌 나와 다르랴
遇之當在誠　만나서 대함에 있어 정성을 다한다면
苟能得其懽　진실로 그 즐거움을 얻을 수 있고
敵讎爲弟兄　적과 원수도 형과 아우가 되네.
笑談或失意　웃음과 말이 혹 뜻에 거슬리면
骨肉生五兵　골육 간에도 싸움이 벌어지네.
至人齊萬類　성인은 만사를 가지런히 하여
與物無所攖　만사에 걸림이 없게 하였네.
豈學群小態　어찌 뭇 소인들의 추태를 배워서
爭鬪紛硜硜　천박하게 다툼만 일삼는가?
丁寧告同志　정녕 뜻이 같은 그대에게 고하노니
此詩君且評　이 시를 그대는 평해주게나.

〈麢兒行〉[549)]

549) 卷1, 57~58쪽.

이 시는 고라니와 인간들의 이야기로 구성된 작품이다.

고라니는 본시 山野에서 사는 동물이다. 그러므로 사람과 더불어 살 수가 없다. 그런데 우연히 나무꾼이 새끼를 잡아 기르게 되었다. 처음에는 날뛰고 사납게 굴어 사람과 함께 살 수가 없었다. 그러나 정성을 들여 길렀더니 잘 길들여져서 사람을 따르게 되었다. 하물며 미물인 고라니도 이러하건만, 우리 인간들은 어떠한가? 인간은 '同胞生'임에도 불구하고, 사소한 일로 다투고 있으니 참으로 한심스럽기 짝이 없다. 이러한 인간들에 대한 시인의 분노를 감지할 수 있다. 이처럼 인간들의 다툼, 이는 '誠心'이 없기 때문이다. 그런바 '在誠'하면 '敵讎爲弟兄'이 될 수 있다. 그럼에도 불구하고, 인간들은 소인배들의 행태를 본받아 서로 싸움질만 일삼고 있으니 통탄할 일이다.

시인은 고라니만도 못한 현실의 속물적 인간들에 대해 환멸을 느끼고, 이들의 위선과 추악함을 폭로하고 있다. 인간성이 상실된 사회에서 世人들을 각성시키고자 하는 시인의 의지를 엿볼 수 있다.

석주는 이 같은 인간사회의 병리적 현상에 대하여 통분하였다.

匏瓠貯糞水　바가지에 똥물을 담아
窒以三生石　三生石으로써 막았네.
蟯蚘滿其內　구더기가 그 안에 가득하고
臭穢汩回薄　고약한 냄새가 풍기네.
汎在滄溟中　푸른 바다 가운데 떠 있으니
沈浮寧自覺　잠겼다 떴다 하는 것을 어찌 스스로 깨달으리.
水仙偶見之　水仙이 우연히 이를 보고
告以海之樂　바다의 즐거움을 말하나
糞水激聲笑　똥물이 큰 소리로 웃으며
云自適其適　스스로 그 갈 곳으로 간다하면서

反謂水仙愚　도리어 水仙을 어리석다고 하네.
汝言太匏落　네 말이 너무 허황되구나.
不知身去來　몸이 가고 오는 것을 알지 못하는구나.
盡是波濤力　이는 모두 파도의 힘 때문이라.
人生一匏瓠　인생은 하나의 바가지이며
宇宙一大壑　우주는 하나의 큰 구렁이라.
以我觀此世　내가 이 세상을 보니
世人無乃惑　세상 사람들이 이에 미혹한 것이 아닌가.

〈寓言〉[550]

이 시는 바가지를 의인화하여 세태를 풍자 비판한 작품이다.

여기서 똥물이 든 바가지는 탐욕스럽고 위선에 가득 찬 타락한 인간을 의미하며, '水仙'은 시인 자신이다. 똥물이 든 바가지는 그 안에 구더기가 가득하고 고약한 냄새를 풍긴다. 그럼에도 불구하고, '滄溟中'에 떠 있다. 뿐만 아니라 '沈浮'도 '自覺'하지 못한다. '水仙'이 우연히 이를 보고 바다의 즐거움을 이야기한다. 이는 인간이 사회생활을 함에 있어서, 善心을 갖고 순리대로 행한다면 삶의 즐거움을 누릴 수 있다는 의미이다. 그러나 똥물은 큰소리로 웃으며 스스로 갈 곳으로 간다 하며, '水仙'을 어리석다고 비웃는다. 가고 오는 것은 파도의 힘이건만, 똥물이 스스로 간다 함은, 제 분수도 모르는 무모한 짓에 불과하다는 것을 의미한다. 결국 똥물, 즉 탐욕과 위선이 주위까지 더럽히어 世人들을 미혹하게 만들어 버렸다.

시인은 모순투성이인 세상에서 愚行과 惡德만 일삼는 인간들과 결코 타협하지 않겠다는 의지를 내비치고 있다.

석주는 세상을 이 지경으로 만든 몰염치한 인간들을 묵과할 수 없었다.

---

550) 卷1, 327쪽.

我欲死我欲死　나죽나죽(나 죽겠네. 나 죽겠네.)
四月千山萬山裏　4월 온 산 속에는
食有果兮巢有枝　먹을 과일 있고 둥지에는 가지 있어
生無所苦死奚爲　살아서 괴로울 바 없는데 죽기는 왜 죽는가?
爾不見　너는 보지 못했는가?
去歲東郡避甲兵　지난해 동쪽 고을로 난리를 피했을 적에
若辛到骨猶願生　고생 뼈저렸어도 오히려 살기 원했던 것을

〈我欲死〉[551]

'我欲死'는 구체적으로 어떤 새를 지칭하는 지 알 수 없다.[552] 1구의 '我欲死'는 현실사회에서의 삶의 어려움을 그린 것이다. 그런데 2·3·4구를 보면, 그나마 먹을 양식과 집이 있어 괴로움이 없는데, 죽기는 왜 죽느냐고 반문하고 있다. 이는 역설적인 표현이다. 6·7구를 보면 이를 간파할 수 있다. 지난 해 동쪽 고을로 난리를 피했을 적에, 그 혹심한 고생에도 불구하고 오히려 살기를 원했다. 그러나 이것은 표면적인 이유에 불과하다. 다시 말해 현재가 피난 때보다 생활여건이 더 좋아졌다는 것을 의미하는 것이 아니라, 그 이면은 참담한 사회현실[553]에 대한 자위의 표출이다. 인간이 인간을 믿을 수 없는 현실, 파렴치한 인간들이 판치는 사회, 인간다운 삶을 누릴 수 없는 피폐화된 세상, 왜 이 지경에 이르렀으

551) 卷8, 293쪽.

552) 그 한문음이 와새와 비슷하다 하여 와새로 번역하거나(리철화 역, 『림제권필작품선집』, 조선문학예술총동맹출판사, 1963, 37쪽. ; 박충록 편, 『림제권필작품집』, 북경 : 민족출판사, 1987, 245쪽. 박충록 편本은 리철화 역주본을 대본으로 삼았음), 두견새의 방언인 주걱새로 번역한 예(정민, 앞의 논문, 122쪽.)도 있다. 한편 '死去鳥'를 '我欲死'와 같은 새로 보는 이(卞鍾鉉,「於于柳夢寅의 漢詩硏究」, 연세대 석사학위논문, 1987. 40쪽.)도 있다.

553) 다음의 시구들은 전쟁의 피폐상과 백성들의 비참한 삶을 극명하게 표출하고 있다. "故園荊棘沒黃埃　歸家空携一影來　千里山河流幾血　百年城闕有荒坮"(<賊退後入京>), "問婦何哭爲 夫壻遠行役 謂言卽顧反 三載絶消息, 一女未離乳 賤妾無筋力 高堂有舅姑 何以備饘粥…(中略)…歲暮衣裳薄(<切切何切切>)

며, 이는 누구의 잘못이란 말인가?

시인은 치유불능의 황폐화된 사회에서 의식주의 해결보다도 더 중요한 인간다운 삶을 기대할 수 없음에 통탄했다. 이러한 인간사회의 모순은 급기야 人倫之道까지 흔들리게 만들었다.

姑惡姑惡	고악고악(시어머니는 악독해 시어머니는 악독해)
姑不惡婦還惡	시어머니가 악한 것이 아니라 며느리가 도리어 악하다네.
摻摻之手可縫裳	가냘프고 고운 손으로 치마를 꿰매고
桑葉滿筐蠶滿箔	뽕잎은 광주리에 가득하고 누에는 蠶箔에 가득한데
但修婦道致姑樂	다만 婦道를 닦아 시어머니를 즐겁게 해드려야지
何須向人說姑惡	어찌하여 남들에게 시어머니가 악하다고 말하는가?

〈姑惡〉[554]

이 시는 황폐화된 사회로 인해 人倫이 붕괴되어 가는 상황을 '姑惡'이라는 새소리에 가탁하여 풍자 비판한 작품이다. '姑惡'은 물새의 일종으로, 속설에 며느리가 시어머니의 모진 학대로 죽었는데, 그 혼이 새가 되었다고 한다.[555] 그러나 여기서는 시어머니가 며느리에게 악한 것이 아니라, 며느리가 시어머니에게 악하다는 것을 역설적으로 표현하고 있다. 그러므로 3・4・5구를 보면, '婦道'의 중요성을 강조하고 있음을 알 수 있다. 그럼에도 6구에서 보듯, '婦道'를 지키지 못하면서 오히려 남들에게 '說姑惡'하는 실정이다.

시인은 윤리도덕마저 상실되어가는 당시의 상황을 목도하고, 통탄과

554) 卷8, 293쪽.

555) '姑惡'을 접동새로 번역하거나(리철화, 앞의 책, 326쪽. ; 박충록, 앞의 책, 244쪽.), 까마귀로 본 경우(정민, 「石洲 權韠의 雜體詩 硏究」<其一>, 『한양어문연구』 제4집, 한양어문연구회, 1986, 135쪽.)도 있다. 변종현은 '慈烏鳥'를 까마귀로 보았다. 〔柳夢寅의 시 <'慈烏鳥 梆梆'(까마귀가 곽곽 우는데)>, 변종현, 앞의 논문, 40쪽.〕

함께 각성을 촉구하고 있다.[556]

이상에서 살펴본 바와 같이, 석주의 예리한 시선은 당시의 인간사회의 병리적 현상을 포착하여 이를 고발함과 아울러 각성을 촉구하고 있다.

(4) 맺음말

이상으로 석주 권필의 풍자시 세계를 살펴보았다.

석주는 난세에서 울분과 갈등, 좌절과 실의 속에 불우한 생애를 보냈다.[557] 그의 강직한 기질은 실생활을 통해 목도한 현실세계의 갖가지 부패와 병폐를 용납하지 않았다. 이는 석주 자신이 흠모하고 영향을 받은 두보・백거이 등의 시인정신, 그리고 그의 풍간의 시정신과 서로 맞물려 풍자시를 많이 창출한 요인이 되었다. 특히 풍간의 시정신은 그가 풍자시를 쓴 직접적인 동인이 되었다. 이를 바탕으로 창출된 석주의 풍자시는, 의인・은유・중의・풍유법 등을 주로 사용하여, 부조리한 정치현실과 모순투성이인 인간사회를 비판・고발하였다. 그러나 그 개선을 위한 대안이나 해결책을 제시하지 못했다는 점에서 아쉬움이 남는다.[558]

---

556) 석주는 허례허식이나 형식주의를 배격하였다. 그는 특히 허황된 민간신앙 등에 대하여 통렬한 비판을 가하였다. 한번은 그가 젊었을 때, 북악산에 올라간 적이 있었다. 그는 이때 백악신사 안에 있는 여자 영정 앞에서 사람들이 절하는 것을 보고 영정을 찢어 버린 일도 있었다. 이처럼 그는 미신을 철저히 부정하였다. 또한 그는 이용후생의 실용정신과 함께 진보적 사상도 가진 듯하다.(<叢祠行>, <夜坐無眠寄柳勉之>, <後政圖說>, <周生傳>, 文一平의 『湖岩全集』3 참고.) 그러나 그는 儒者였다. 따라서 그가 당시의 보편적인 세계관(유교적 질서체계와 유교윤리 존중)을 탈피했다고는 볼 수 없다. 이는 그의 유교적 문학관 때문이다.

557) 석주의 불행했던 삶은 그의 死後, 가족들과 자손들에게까지 이어졌다. 특히 그가 사랑하는 부인 송씨는 병자호란 때 적에게 잡히자 목매어 자살하였다.

558) 먼저 다음 시구들을 주목할 필요가 있다. "欲陳濟時策 天門何崔嵬"<贈林子定怪>, "欲上治安策 恐遭丞相嗔"<夜坐無眠寄柳勉之>.
석주가 그 대안이나 해결책을 제시하지 못한 이유는, 화를 입을까 두려워했기 때문이 아니라, 그가 야인이었고 서인을 지지하는 입장이었으며, 또 당시의 조정 분위기가 이를 수용할 상황이 아니었기 때문이다. 뿐만 아니라 옛 시인들의(특히 두보・백거이 등) 풍간의 시정신을 본받으려는 그의 작시태도도 그 이유 중의 하나였던 것으로 짐작

석주의 풍자시는 그의 개인적 울분에서 우러나온 비판의 목소리, 시인의 본분을 다하고자 하는 그의 시적 외침, 이 두 측면에서 이해해야 된다.

석주 풍자시의 주제적 의미는 권선징악[559]에 있다고 하겠다.

특히 석주가 살았던 시기는 당쟁과 왜란,[560] 군왕의 실정 등으로 인해 정치 · 사회 · 경제적 암흑기였다는 점을 주목할 필요가 있다. 석주는 이 같은 난세에서 풍간의 시 정신을 바탕으로 그 문학성과 사회성이 뛰어난

된다.

559) 강재철, 「古典小說의 主題 '勸善懲惡'의 意義」, 『檀國大 師大論叢』, 단국대 사범대, 1987, 참고.

560) 필자는 석주 권필을 우리 한시사에서 조선 중기의 대표적인 시인이자, 조선시대의 대표적인 비판시인의 한 사람으로 평가한바 있다. 〔졸고, 앞의 논문들 참조. 참고로 南克寬은 읍취헌 박은이 석주의 짝이 될 만하다고 하였다.("挹翠當爲石洲之匹"『夢囈集』坤, 張 28b.)〕 또한, 석주는 생존 시 친구인 허균에게서 당대 제일의 시인이라는 평을 들었던 인물이다. 그리고 그는 강직한 기질에 기개도 드높았고, 병법을 익혔을 뿐만 아니라, 〔그가 일생동안 읽은 책 가운데 반 이상이 병서였다.(<偶作> 참조).〕 검을 차고 다녔다.(그의 칼 소지는 호신보다는 시의 기상과 관련이 더 있다.) 이러한 것들을 참작한다면, 임란 시 그의 의병 참여 여부에 대해 한 번쯤 생각해 본다는 것은 지나친 욕심일까?
다음의 기록들을 보면, "聞倡義師金公千謚自湖南來 卽迎見於延安 與林公惓 金公象乾 李公光宙 權公韠…(中略)…議兵事 推公爲書記"(『鳴皐集』). ; "時權石洲韠 趙玄州纘韓 在湖南 軍中皆曰 得二公然 可以倚仗 使公往邀 時年二十二奪袂 而權趙二公 見其少年 言論慷慨 奬而許之"(『湖南節義錄』)(鄭珉, <주생전의 창작기층과 문학적 성격>, 『한양어문 연구』 제9집, 1991, 88~89쪽 재인용.) 석주는 임진년(1592) 8월, 강화에 주둔하고 있던 김천일의 의병부대에 벗 임환 등과 함께 일시 합류하였다. 그러던 중 계사년(1593년) 4월, 왜적이 한양에서 경상도로 철수하자, 석주는 한양으로 돌아왔다. 아마 부친 권벽의 병환 때문인 듯하다. 이해 8월 부친상을 당하였다. 또 정유재란 때(1597년) 벗 임환이 나주에서 거병하자, 진중의 여론이 그 곳에 머물고 있던 석주와 조찬한에게 합류할 것을 청하였으므로 이에 일시 참여하였다. 그러나 직접적인 전투에 참가하지는 않았던 것 같다.("赤光在地戈揮日 白氣漫空劒倚天 未着祖鞭吾老矣 欲投班筆意茫然 可憐玉帳秋宵夢 還繞西江舊釣般<題林子中陳中>).
그렇다면 그 이유는 무엇일까? 다음의 몇 가지 측면에서 그 이유를 생각해 볼 수 있다.
①당시의 소규모 의병부대는 주로 유격전 위주였다는 점을 인식할 필요가 있다. 이 점을 감안한다면, 석주는 詩 · 文에 뛰어났던바, 직접적인 전투보다는 비전투분야에 참여했던 것이 아닌가 생각된다.
②석주는 불안정한 심리상태에서 오랜 기간 떠돌아다녀 심신이 피로하였을 것이다. 더욱이 그는 원래 허약한 체질이었던 관계로 병도 잦았다. 이러한 허약한 체질로 인한 잦은 병도 그 이유 중 하나였던 것으로 짐작된다.
③석주의 의병활동은 그의 의병 가담 당시의 상황을 미루어 짐작컨대, 적극적 · 능동적이었다기보다 소극적 · 수동적이었던 것 같다.

풍자시를 창출하였다. 이를 통해 부조리한 정치현실과 인간사회의 모순을 비판·고발함과 아울러, 인간과 현실사회를 각성 교정시키려는 의지를 보였다. 그런바 석주 권필을 조선 시대의 대표적인 풍자시인의 한 사람으로 꼽아도 무방할 것이다. 그러므로 그의 풍자시는 우리 漢詩史에서 높이 평가되어야 한다.

2 〈춘향전〉 인물의 의식세계

(1) 머리말

〈춘향전〉에 대한 연구는 質量 面에서 가장 특색 있는 업적을 남기고 있다. 〈춘향전〉의 경우, 가장 풍성하고 다양한 업적을 남긴 연구 분야는 원전 및 서지적 연구일 것이다. 원전연구는 선행 기본 연구라는 점에서 다른 어떤 분야의 연구보다 많은 업적이 나오는 것은 당연하다고 하겠다. 이 방면의 연구 업적으로 괄목할 만한 것은 새 자료(이본) 발굴과 아울러 이본에 대한 전면적 고찰을 바탕으로 '판소리→정착→판소리계 소설'이라는 〈춘향전〉 계통 발생의 원리를 확립하고, 기생계 〈춘향전〉과 비기생계 〈춘향전〉의 분수령적 시기를 갑오경장으로 해명한 金東旭을 들 수 있다.[561] 이것은 원전연구가 밝혀낼 수 있는 최상의 업적으로 평가할 만하다. 그럼에도 불구하고 이본들의 서지 비평적 검토는 아직도 완결되지 않은 상태이다.

지금까지 〈춘향전〉 연구를 보다 본질적 연구로 유도한 영역으로는 주제연구, 인물연구, 구성에 관한 연구, 사회적 의미를 추적한 연구, 문체론

561) 김동욱, 「春香傳 異本考(續)」, 『春香傳寫本選集』 Ⅰ, 明知大 出版部, 1977.

적 연구, 비교문학적 연구, 비평적 연구, 해석학적 연구, 춘향가 사설연구 등등을 들 수 있다.[562] 이처럼 풍부하고 다양한 연구업적을 남겼음에도 불구하고 연구가 미진한 부분도 없지 않다.

필자는 〈춘향전〉 역시 판소리에서 나온 일련의 소설 가운데 하나로, 소설론적 관심의 대상이 될 수 있고, 또 소설사적 구도 속에서 판소리, 판소리 사설, 판소리계 소설들을 모두 다룰 필요가 있다는데 비교적 긍정적인 입장이다. 그런데 유의해야 할 것은 이러한 연구가 본질적 연구의 핵심은 아니라는 점이다. 따라서 자칫 잘못 다룰 경우 그 독자적 성격을 왜곡하거나 훼손할 수도 있다는 점을 염두에 두어야 한다.

본고는 이 점에 유의하면서 〈춘향전〉 인물의 의식세계에 대하여 주목하였다. 이러한 검토는 판소리 연구에서 문학적인 측면과 음악적인 측면을 통합하여 확대 심화시킬 때 사설과 더불어 중요한 의미가 부여된다고 판단하였다. 왜냐하면 인물의 의식세계의 지향점이 사설에 나타난 작가 내지는 창자의 의식세계 지향과 상보적 관계가 있기 때문이다. 따라서 필자는 내용을 토대로 인물의 본질적 의식세계 구명에 초점을 맞출 것이다. 이를 위해 먼저 내용의 충실한 검토를 바탕으로 객관적 실상 파악을 선행할 것이다. 이를 통해 사회적 측면의 타당성을 검증할 때 그 의식세계의 구명도 정당성을 인정받을 수 있을 수 있을 것이다.

본고에서 기본 자료로 삼은 〈춘향전〉은 이본 가운데 중간본인 1846년으로 추정되는 완판 33장본 〈열녀춘향수절가〉이다.(이하 33장본으로 약칭함)[563] 이 자료는 완판본 중에서 초기의 30장본을 계승하며 후기의 85장본 〈열녀춘향수절가〉의 바탕이 된 이본이다.[564]

---

562) 기존 연구업적은 너무 많아(200여 편 이상으로 추산) 여기서는 소개를 생략한다.
563) 본고의 기본 자료는 설성경(『춘향전』, 시인사, 1986)이 원문을 싣고 주석한 자료이다.
564) 위의 **책**, 31쪽.
춘향의 본래 신분에 대해 1962년 진단학회와 동아문화연구소 공동 주체한 '제 1회

(2) 인물의 의식세계 검토

(2-1) 춘향의 수절의식

봉건왕조사회에서 기생은 양반의 애완물에 불과했다. 官妓의 경우, 중앙 관청에서 공무로 온 관리나 목민관에게 수청을 들어야만 했다. 특히 지방 官衙에 소속된 官妓는 수령의 수청을 납득할만한 사유를 제시하지 않는 한 거부할 수 없었다. 그럼에도 불구하고 춘향은 그 시대 기생들의 일반적 사고관과는 다른 유교적 도덕관을 지닌 자각한 기생이었다. 춘향이 자신의 정조를 지킬 수 있었던 주요인은 이도령에[565] 대한 사랑 때문으로, 이는 춘향의 유교적 사고관과 당시의 지배적 이념인 유교윤리와 일치되었기 때문이다. 즉 유교적 윤리를 방패삼아 자신의 사랑을 끝까지 고수하는 춘향의 열녀적 태도에 기인된다. 그만큼 춘향은 기생 신분이었음에도 불구하고 다른 기생들과는 달리 유교 윤리적 사고로 무장된 여인이었다. 그런바 그녀는 어디까지나 봉건적 열녀형의 여인이라 할 수 있다. 따라서 시종일관 봉건의식을 토대로 춘향의 기본적 태도가 유교적이었음은 변학도에게 내세운 명분이나 소위 십장가를 보면 뚜렷이 알 수 있다.

"츙불사이군이요 역(열)불경이부절을 본밧고자 ᄒᆞᄋᆸ거늘 분부 시힝 못ᄒᆞ것소"[566]

동양학 심포지옴의 <춘향전의 종합적 검토>'에서, 장덕순은 "경판본의 춘향은 시종 기생의 신분인데, 이에 반해 완판본의 춘향은 양반의 씨며 퇴기의 딸로 절름발이 양반"이라고 하였으나,(최진원, 「춘향전의 합리성과 불합리성」, 『판소리의 이해』, 창작과비평사, 1982, 201~202쪽 재인용.) 33장본과 경판 17장본 <춘향전>(설성경, 『춘향전』, 시인사, 1986.)을 보면, 춘향의 신분은 엄연히 기생으로 되어 있다.

565) 본고에서 '이몽룡'이라 칭하지 않고 '이도령'으로 사용하는 것은 33장본에 '이도령'으로 명기되었기 때문이다. 또한 경판 17장본 <춘향전>에는 '이령'으로 되어 있는바, 본고에서 '이도령'으로 사용하는 것이 서지적 차원에서 볼 때도 합당하다고 본다.

566) 33장본, 84쪽.
인용문의 띄어쓰기는 필자가 편의상 한 것임을 밝힌다.

"처지 낫슬 짝붓치니…(중략)…일부종사 ᄒᆞ올 년이 일심으로 구더쁘니 일(인)역으로 ᄒᆞ오릿가?

두ᄎᆡ 낫슬 짝부치니 불경이부 이ᄂᆡ 심사 이ᄆᆡ 맛고 죽인ᄃᆡ도 이도령은 못잇것소!

셰ᄎᆡ 낫슬 짝부치니 삼종지도 지즁ᄒᆞᆫ 법 삼강오륜 알어쁘니 삼치형문 졍ᄇᆡᄒᆞ어도 분부시힝 못ᄒᆞ것소!

네ᄎᆡ 낫을 짝부치니 사ᄃᆡ부 사또님은 사긔ᄉᆞ를 모로시오? ᄉᆞ지를 갈너ᄂᆡ여 ᄉᆞᄃᆡ문의 회시ᄒᆞ여도 사부집 도령임은 못잇것소!

다셧ᄎᆡ 낫 짝부치니 오ᄆᆡ불망 우리 사랑 오날이나 소식올가 ᄂᆡ일이나 기별올가?

여섯일곱 짝부치니 육시ᄒᆞ야 쓸ᄃᆡ 잇소 칠척검 드난 칼노 동동장글르제 형장으로 칠것 잇소?

야달ᄎᆡ 낫 짝부치니 팔도방빅 수령임네 치민ᄒᆞ러 ᄂᆡ려 왓제 학정ᄒᆞ러 ᄂᆡ려왓소?

아홉ᄎᆡ 낫 짝부치니 구곡간장 흐르난 눈물 구천의 사뭇ᄎᆞ니 주긴ᄃᆡ도 씰ᄃᆡ업소!

열ᄎᆡ 낫 짝부치니 십실부로도 츙여리 잇삽거든 고금 허다 창기 즁의 열녀 ᄒᆞᆫ나 업스릿가?"567)

〈필자 밑줄〉

위 대목에서 보는 바와 같이, '忠不事二君 烈不更二夫', '一夫從事', '不更二夫', '三從之道', '三綱五倫'…… 등, 춘향은 유교적 윤리에서 반항이나 항거의 당위성을 찾고 있다. 변학도에 대한 춘향의 반항이나 항거는 사랑의 방해자에 대한 반항이나 항거이지 계급 의식적 반항이나 항거는 아니다. 오히려 4장에서 보는 바와 같이, 춘향 자신이 사대부나 사부

567) 33장본, 86~88쪽.

집(사대부집)에 대해 아무런 반감을 갖고 있지 않다. 오히려 사대부나 사대부집에 일말의 동경 또는 선망의 감정을 가지고 있음을 감지할 수 있다. 따라서 10장에서 보듯이, 춘향은 사랑의 방해자로부터 자신의 사랑을 지켜 나가기 위해 유교의 윤리를 방패삼아 변학도에게 대항했던 것이지, 신분상승을 위한 목적의식에 연유된 계산된 의도와 관련시켜 해석할 아무런 근거가 없다. 여기서 조선 왕조사회의 유교논리가 춘향이 지향하는 논리와 부합됨을 알 수 있다.

그러므로 춘향 항거의 명분론은

> "<u>ᄉᆞ또님은 세상이 변ᄒᆞ오면</u> 두 무릅을 ᄶᅮ러 <u>두 인군을 섬기려 ᄒᆞ시난잇가</u>? <u>ᄉᆞ또 이 말을 듯더니 목이 며여</u>……"568)
>
> 〈필자 밑줄〉

에서 보듯, 춘향이 변학도를 '事二君'의 역적으로까지 몰고 가자, 변학도는 이에 대응할 논리를 상실해 버렸다. 유교를 국시로 하는 나라에서 두 임금을 섬긴다는 것은 불충이요 대역 죄인이다. 더구나 관리에게는 치명타일 수밖에 없다. 그러므로 변학도는 죽음을 각오하고 이러한 유교 윤리적 논리를 내세우는 춘향에게 대응 논리를 펼칠 수가 없었던 것이다. 결국 이는 사랑의 방해자에 대한 치명적인 공격이었다. 이처럼 기생임에도 불구하고 정절을 주장할 수 있었던 것은 당시의 유교적 세계관 때문에 가능할 수 있었다. 춘향은 이를 대응 논리로 제시하여 사랑을 정당화 하려고 했다.

한편, 이처럼 외적으로는 변학도에게 강한 반항을 나타내 보이면서, 내적으로는 흔들리는 자신에 대한 반복되는 자기 확인 내지 자기 약속과

---

568) 33장본, 84쪽.

무관하지 않다. 이는 기생과 양반의 불법화된 사랑임에도 불구하고, 두 사람의 사랑에 관한 일종의 쌍무협정[569] 때문이다. 결국 이들은 서로 사랑의 의무를 지게 된다. 따라서 〈춘향전〉은 사랑의 약속에 충실한 두 남녀의 이야기다.

그러나 약속에 충실한 이야기가 되기 위해서는 약속을 위협하는 장치가 설정되는 것은 당연하다.[570] 그런바 춘향은 변학도의 수청 명령과 박해도 당당하게 거부하고 인내할 수 있었으며, 옥중에서 걸인 행색의 이도령을 보고도 그녀의 사랑은 조금도 변하지 않았던 것이다. 이는 이도령이 어사 신분을 숨기고 춘향의 절개를 시험코자 수청을 요구했을 때 거부한 것과 동차원의 의미다.

그러므로 춘향의 수절의식의 의미는 계급의식 또는 민중의식의 의미로 이해되기 보다는 오히려 그것을 초월하여 이루어진 純愛的 자세에서 연유된바, 이는 춘향의 유교적 사고방식 때문에 가능하였다. 변학도에 대한 춘향의 반항 내지 항거는 양반과 평민과의 대립에서 일어난 문제로 보기 보다는, 사랑의 방해자에 대해 사랑을 지키기 위한 것이었다. 그러므로 계급 의식적이니 민중의식이니 하는 시각은 다분히 목적론적 논리에서 기인된 것인바 수용하기 어렵다. 따라서 춘향의 신분상승은 춘향 개인에게만 국한되는 부차적인 것이며, 민중의 승리로[571] 확대 해석할 근거로는 설득력이 약하다.

---

569) 황패강, 「春香傳 전달의 두 가지 국면」, 『朝鮮王朝小說硏究』, 韓國學硏究院, 1978, 200쪽.
570) 같은 책, 같은 곳.
571) 김태준, 『증보 조선소설사』, 학예사, 1939, 210쪽.
김태준은 춘향을 계급의식적인 민중의 인물로 보았고, <춘향전>을 반봉건적인 민중의식을 반영한 작품으로 보았다. 이는 <춘향전>을 자각한 민중의 봉건체계에 대한 항거와 승리라는 시각에서 그 의미를 찾으려고 했기 때문인데, 필자는 동의할 수 없다.

(2-2) 이도령의 인간주의와 그 한계

이도령은 이상과 야망, 인간적인 감정과 아량을 지닌 지성인이요, 교양인이었다. 그는 당시의 왕조사회에서 사상과 감정의 자유를 누리는 계층, 즉 양반계급에 속하는 인물이었다. 그런데 그는 양반임에도 불구하고 현실적 이해관계를 떠나 보다 자유로운 심정으로 인간의 문제를 파악하고, 그 나름의 이상과 낭만에 경도할 수 있었다.[572)]

이도령이 춘향을 대하는 태도는 봉건 관료가 보통 기생 대하듯 하는 일방적이며 위압적인 것과 근본적으로 달랐다. 비록 양반 출신으로서 그런 분위기에 젖었던 것은 사실이나, 그의 인간성은 착하고 양심적이었던 까닭에 신분적 격차에도 불구하고, 일개 기생에 불과한 춘향을 대등한 인간적 관계로 대하고 있다. 이러한 그의 인간주의적 의식세계는 작품 도처에 나타난다. 이는 춘향과 첫 대면에서,

> "츙불사이군이요 열불경이부절은 옛글의 잇ᄉᆞ오니 도련임은 귀공ᄌᆞ요 소녀ᄂᆞᆫ 천첩이라 ᄒᆞᆫ번 탁정ᄒᆞᆫ 연후의 인ᄒᆞ야 바리시면 독숙(수)공방 홀을노 누워 우난 ᄂᆡ 안이고 뉘가 ᄒᆞᆯ고 그런 분부 마ᄋᆞᆸ소셔…(중략)…네 말을 드러보니 어이 안이 기특ᄒᆞ리 우리 두리 인연 ᄆᆡ질 적의 금셩뇌약 ᄆᆡ질리라……"[573)]
>
> 〈필자 밑줄〉

춘향이 이도령에게 신분적 문제를 제기하자 사랑의 '金石牢約'을 맺는다.[574)] 이도령이 춘향을 탐할 요량으로 金石牢約을 맺을 수도 있겠지만, 이도령은 끝까지 약속을 지킨다. 그런바 이도령의 이러한 태도는 춘향을

572) 황패강, 앞의 책, 227쪽.

573) 33장본, 44쪽.

574) 두 사람의 이러한 신분 문제 내지는 신분 의식에 대하여 황패강은 "두 사람의 사랑에 제동을 걸고, 동시에 그 사랑을 상승시키는 역동적 구실을 하고 있다"고 하였다.(황패강, 『朝鮮王朝小說硏究<증보판>』, 檀國大 出版部, 1991, 282쪽 참고.)

일개 기생으로 밖에 보지 않는 변학도의 관료적이며 강압적인 태도와 대조가 된다. 이는 춘향과의 이별 장면에서 보듯,

> "긔런 사랑 ᄒᆞᆫᄐᆡ 만나 이별마자 ᄇᆡᆨ옌긔약 죽지마자 ᄒᆞᆫᄐᆡ 잇셔 잇지 마자"[575)]
>
> 〈필자 밑줄〉

극명하게 나타난다. 또한 작자의 대목을 보면,

> "이ᄯᆡ 이도련임은 셔울노 올나가셔 츈향상봉 ᄒᆞᆫ잔 마음 구곡의 ᄆᆡᆺ고ᄆᆡᆺ쳐 사셔삼경 ᄇᆡᆨ가어를 주야 일고 쓰니……"[576)]
>
> 〈필자 밑줄〉

이도령은 신분적 격차에도 불구하고 춘향과 재회의 약속을 지키고자 학업에 정진했음을 알 수 있다. 이는 신분적 제약을 극복해 보려는 그의 인간주의적 세계관과 무관하지 않다.

이상에서 살펴본 바와 같이, 춘향을 대하는 이도령의 행동과 태도는 신분을 초월하려는 그의 인간주의적 사고관과 연관된 것으로 보여 진다.[577)] 그러나 그의 이러한 인간주의도 유교사회에서의 봉건적 제약을 벗어난 것은 아니었다.

---

575) 33장본, 68쪽.

576) 33장본, 104쪽.

577) <춘향전> 결말을 보면, 춘향은 正妻가 된다. 현실적으로는 불가능한 얘기를 작자는 작품을 통해 실현시키고 있다. 이는 작자의 의도적인 장치 때문이다. 이런 점 등으로 볼 때 <춘향전>은 조선 후기 신분제도가 붕괴, 문란했던 시기나 그 이후, 18 또는 19세기에 창작되었을 가능성이 높다. 만약 조선왕조 초기나 중기에 창작되었다면 이러한 결말은 나올 수 없다고 본다.

"……양반의 자식이 ᄒᆞ방의 천첩ᄒᆞ면 문호의 욕이 되고 사당참예 못ᄒᆞ기로 못다려 가나니 부ᄃᆡ부ᄃᆡ 조히 잇거라…(중략)…수이 단여오마."[578]

"너만ᄒᆞᆫ 년이 수절ᄒᆞᆫ다 ᄒᆞ고 관장의게 포악ᄒᆞ여 쓰니 살기를 바릴소냐? 죽어 맛당 ᄒᆞ건마 ᄂᆡ의 수청도 거역ᄒᆞᆯ가?"[579]

〈필자 밑줄〉

위의 대목에서 보는 바와 같이, 양반이 천민(기생)을 아내로 받아들이면 가문의 욕이 되고 사당참여도 못한다는 당시의 유가적 신분제도의 현실을 내비치고 있다. 이도령 또한 춘향과 마찬가지로 신분의식에서 자유롭지 못한 것도 사실이다. 더구나 조선왕조는 班常의 구분이 엄격한 시대로, 특히 기생 출신이 正妻가 된다는 것은 법률적으로나 사회적 관습으로나 불가능했다. 현실적으로는 일종의 꿈같은 얘기였다. 그럼에도 작자는 작품을 통해 이를 실현 가능하게 만들었다. 그리고 이도령 또한 학문에 힘써 과거 급제를 통해 입신양명하여 왕도정치를 지향하고자 하는 봉건적 양반들과 별 차이가 없다. 다만 비인간적이며 양반의 품격을 떨어뜨리고 부정부패만 일삼는 변학도 부류의 일부 양반들과 차원이 다를 뿐이다.

한편, 이도령은 어사 출도 하여 자신을 춘향에게 숨긴 채, 기생 주제에 수절한 것을 의도적으로 비꼬면서 수청들 것을 요구하고 있다. 이는 당시 양반들의 기생들에 대한 일반적인 인식태도라 할 수 있다. 이도령이 춘향의 수절을 떠본 것이지만, 자신의 신분을 은연중 의식하고 있음을 감지할 수 있다. 이는 儒者로서 왕조사회의 보편적 세계관을 탈피하지 못한데서

578) 33장본, 70쪽.
579) 33장본, 138쪽.

기인된다. 여기에 그 한계가 있다고 하겠다.

결국 이도령의 인간주의도 유교사회에서의 봉건적 사고의식을 벗어난 것은 아니다. 다만 양반으로서 자신의 신분을 고수하는 가운데, 당시의 사대부들과는 달리 하층계급을 인간적이면서도 긍정적으로 이해하려고 했으며 양심적이었다. 그러나 이는 자각 이상의 차원에서 이해되어서는 안 된다.

(2-3) 변학도의 色貪 및 收奪意識

변학도는 탐관오리의 전형적인 인물로 그의 색탐 및 수탈의식은 작품을 통해 극명하게 나타난다. 이에 대해 살펴보기로 하자.

> "……자학골 막바지 변학도라 ᄒᆞ난 양반이 이ᄡᅳᄃᆡ 셩정이 혹독ᄒᆞ여 음졍이라 ᄒᆞ면 범연치 안이ᄒᆞ더니 이ᄯᅢ 남원부이 ᄉᆡᆨ힝(향)이란 말 듯고 염문ᄒᆞ야 춘향의 어진 일흠 반기듯고 마ᄋᆞᆷ을 진정치 못ᄒᆞ던 차의……"580)

> "……사ᄯᅩ ᄇᆡᆨ셩의게 무섭게 ᄒᆞᄂᆞ라고 눈을 둥글둥글……"581)

〈필자 밑줄〉

위의 대목에서 보듯, 변학도는 근본적으로 포악과 호색의 소유자였다. 이 같은 그의 잔학성과 부도덕성은 신분과 지위를 악용한 그의 霸道的 지배관념과 어우러져 극치를 이룬다. 이는 주로 춘향에 대한 그의 色貪을 통해 강조된다. 따라서 그는 남원부사로 제수되자, 남원부가 색향이란 말을 듣고, 부임 전에 廉問하여 춘향의 미색을 알아내고는 좌불안석이

---

580) 33장본, 72쪽.
581) 33장본, 76쪽.

다. 목민관으로서의 책임과 사명은 망각한 채, 오로지 토색과 여색만 일삼으려는 貪官의 비정상적 사고를 엿볼 수 있다.

그런바 부임 삼일 만에 행해진 기생점고는 그의 貪淫과 收奪의 前兆이다. 더구나 그가 군침을 흘리고 있던 춘향이 기생점고에서 빠지자, 춘향을 강제로 불러 수청을 강요하지만 뜻대로 안 되자 杖刑하고 下獄한다.

> "몸단장 정이ᄒᆞ고 오날부텀 수청ᄒᆞ라! 수청ᄒᆞ거드면 관청고이 네 반찬이 될 거시오 관수미가 네 곳집이 될 거시오 관고 돈이 다 네 돈이 될 거시니 잔말말고 수청들나!"[582]

> "팔도방ᄇᆡᆨ 수령임네 치민ᄒᆞ러 ᄂᆡ려 왓제 학정ᄒᆞ러 ᄂᆡ려 왓소?"[583]

> "국곡투식 ᄒᆞ엿던가? 엄형중장 무삼일이며 살인죄인 안이여든 항쇄족쇄 엄수옥즁 무삼 일고?"[584]

〈필자 밑줄〉

위의 장면에서 보듯이, 비인간적이고 비양심적인 파렴치한 부패관료의 치졸한 작태를 보이고 있다. 이와 같은 악독한 관료 밑에서 사는 백성들은 惡疫을 치르는 것과 같은 처지라고 하겠다. 이는 춘향의 경우를 통해 집중적으로 표출된다. 한편,

> "……우리 골 사ᄯᅩ가 모지도다!…(중략)…월삼동취 독ᄒᆞᆫ형벌 몹시도 쐉쐉 ᄊᆡ려서 거의 죽게 ᄉᆡᆼ겨쓰되 종시훼절 안이ᄒᆞ고 죽기로만 결단ᄒᆞ니 그런 열녀

---

582) 33장본, 84쪽.
583) 33장본, 90쪽.
584) 같은 책, 같은 곳.

어ᄃᆡ잇나?…(중략)…서마지기 논ᄇᆡ미 반달만금 남언네…(중략)…이 농사를 어셔지여 왕셰국곡 ᄒᆞ여보ᄉᆡ…(중략)…여바라 농부더라 농사 어셔지여 부모 쳐자 보존ᄒᆞᄉᆡ……"[585]

"우리 ᄉᆞ또 정쳐 엇더 ᄒᆞᆯ 것 잇소. 원임은 노망이요 좌수는 주망이요 아젼은 도망이요 ᄇᆡᆨ셩은 원망이니 사망이 물미듯 ᄒᆞ지요"[586]

〈필자 밑줄〉

에서 보듯, 변학도의 폭정은 이제는 남원부민들에게 까지 미치고 있다. 그러나 이들의 원망은 탐관오리의 전형인 변학도 부류(일부 부패관료)에게만 한정된다. 이는 변학도 생일잔치에서 비판시를 지은 어사 이도령 또한 양반 위정자 부류에 속하지만, 변학도 부류와는 다르다. 이는 작자의 기본적 태도가 왕도정치 구현에 있기 때문이다.[587] 그러므로 작자는 색탐과 수탈만 일삼는 변학도와 같은 인물을 설정하여 이를 극명하게 내비침으로써 자신의 의도를 독자들에게 표출시키고 있는 것이다.

이상에서 살펴본 봐와 같이, 변학도의 횡포와 악정은 춘향을 통해 극명하게 부각되는데, 춘향에 대한 색탐 이는 수탈과 동일시된다. 왜냐하면 앞에서 언급한 바와 같이, 변학도가 사랑의 방해자라는 사실을 입증시키고 있을 뿐만 아니라 동시에 그와 같은 부류의 부패 관료에 대한 백성의 저항과도 일맥상통하기 때문이다.

585) 33장본, 108쪽.
586) 33장본, 110쪽.
587) "숙종ᄃᆡ왕 직위 초의 성덕이 너부시사 성지성손은 게게승승ᄒᆞᄉᆞ 금고옥족은 요순시절이요 의관문물은 우탕의 버금이라 좌우보필은 주석지신이요 용왕호위 간성지장이라 조정의 흐르난 덕화 힝곡의 페여잇고 사히의 구든기운 원근의 어리였다 츙신은 만조정이요 효자열녀 가가직라 미직미직여 우순풍조ᄒᆞ니 일ᄃᆡ건곤 셩명셰라…(중략)…이할임으로…(중략)…남원부사 제수ᄒᆞ시니…(중략)…남원부의 도임ᄒᆞ고 션치민졍ᄒᆞ니 사방의 일이 업고 ᄇᆡᆨ셩덜은 더디오믈 칭송ᄒᆞ고 강구연월의 문동요라. 시화연풍ᄒᆞ고 ᄇᆡᆨ셩이 효도ᄒᆞ니 요순시절이라"(33장본, 34쪽. 필자 밑줄).

따라서 앞에서 제시된 바와 같이, 변학도의 색탐 및 수탈의식 역시 무자각한 지배의식을 기반으로 한 그의 색욕과 탐욕에서 기인된다. 그러므로 그의 의식세계의 본래적 의의도 여기에 있는 것이다. 그리고 이는 사회적 측면에서 볼 때, 변학도 부류의 일부 부패 위정자에 대한 민중의 항거와도 연관 지을 수 있다.

(2-4) 방자의 노비근성의식

방자는 양반의 종으로서 시종일관 상전 비위맞추기에 급급한 인물이다. 이 같은 인물이기 때문에 현실에 순응하면서 철저하게 자신의 손익계산을 따지고 처신한다. 그러므로 상전인 이도령을 대할 때에는 수족처럼 충복의 역할을 다 했을 뿐만 아니라, 춘향이나 다른 사람을 대할 때에도 주인인 이도령의 말과 뜻을 충실히 받들어 모시는 충실한 종의 태도를 취하고 있는 것이다. 이는 노비근성의식에서 비롯된 것이라 하겠다. 다음 대목을 살펴보기로 하자.

> "글공부 세우난 도련임이 경쳐 알어 무엇 ᄒᆞ시랴오?…(중략)…져 건네 하류간의 알는알는 ᄒᆞ난게 무어신지 알건난야? 방자놈 엿자오ᄃᆡ 과연 분명 몰라난이다…(중략)…네 말리 그러ᄒᆞᆯ진ᄃᆡ 네 정영 무엇인다? 방자 다시 엿자오ᄃᆡ 이 고을 기ᄉᆡᆼ 월ᄆᆡ ᄯᆞᆯ 춘ᄒᆡᆼ(향)이란 기ᄉᆡᆼ아히 나지면 추천ᄒᆞ고 밤이면 풍월공부 ᄒᆞ와 돌ᄒᆞ긔로 일읍의 낭자ᄒᆞ여이다…(중략)…글어ᄒᆞᆯ시 분명ᄒᆞ면 잔말말고 불어오라! 방자놈 거동보소.도령임 분부뫼아…(중략)…ᄎᆡᆨ방 도련임 분부ᄂᆡ의 너를 급피 부르신다…(중략)…오날 ᄒᆡ가 언의 ᄡᅵ뇨? 방자 엿ᄌᆞ오ᄃᆡ 동의서 ᄋᆞ구트난이다…(중략)…여보 도련임 사ᄯᅩ게옵셔 ᄉᆞ종 낫소! 도련임 놀ᄂᆡ여 여바라 춘향아 ᄂᆡ 잠간 단여오마…(중략)…방자놈 거동보소…(중략)…사ᄯᅩ 알으시면 도련임 ᄉᆞ종듯고 나난 곤장맛고 네의 늘근 어미 형문 맛고 귀양가면 네게 유익ᄒᆞ리요? 아셔라.우지 말고 잘 잇스라"[588]

〈필자 밑줄〉

위에서 보는 바와 같이, 방자의 반항은 양반의 수족의 범위를 넘어서까지 이루어지지 않는다. 그의 비판이나 풍자는 상전의 비위를 거스르지 않았을 뿐 아니라 그 비판형식도 어디까지나 익살이나 농담으로 나타나고 있다. 무엇보다 그는 결정적인 순간에 언제나 이도령의 말과 뜻을 받들어 모시는 충복이었다. 이는 그가 현실을 철저히 인식한 현실주의자이기 때문이다. 즉 그의 의식세계는 현실적 이해관계에 민감한 노예근성에서 형성된 것이다.

춘향에게 가서 이도령의 뜻을 전하는 대목을 보면,

"……도련임 네 틱도 잠간 보고 경신이 히미ᄒᆞ야 너를 급피 부르시니 네 어이 거역ᄒᆞ리…(중략)…네 괴틱 ᄒᆞᆫ번의 ᄂᆡ의수로 갈듸잇야 ᄉᆡ양말고 밧비 가자!"[589]

〈필자 밑줄〉

춘향의 교태를 빌어 首奴의 덕을 보겠다는 속물적 사고관을 드러내고 있다. 이는 상전에게 영합하여 자기 실속을 채우려는 노예적 속성 때문인데, 다음 대목은 이 같은 노예적 속성을 여실히 내비치고 있다.

"너다려 츈향인이 오양인이 고양인이 잘양이니 종조리ᄉᆡ 열씨ᄉᆞᆺ듯 다 외야 바치라던야"[590]

〈필자 밑줄〉

그런바 방자는 이러한 신분적 격차 때문에 인간적 감정도 없다. 이는

588) 33장본, 36~70쪽.
589) 33장본, 42쪽.
590) 같은 책, 같은 곳.

이도령과 춘향의 이별 장면에서 보듯,

> "이러타시 이별홀제 방자놈 거동 보소 와당퉁탕 밧비와서 안아 이익 춘향아 이별이라 ᄒᆞ난거시 도련님 부딕 편이 가오 오냐 춘향아 네 잘잇거라 이거시 여쩨 나리 지우도록 이별이란 말리 되단말가?"591)
>
> 〈필자 밑줄〉

현실 문제를 제기해 곤궁에 처한 상전을 도와 줄 뿐이다. 그에게 있어 인간적 갈등과 고뇌는 문제가 되지 않는다. 단지 현실에 처한 상황을 현실적으로 요령 있게 처리할 뿐이다.

> "사또 알으시면 도련님 ᄶᅮ종듯고 나난 곤장맛고 네의 늘근어미 형문맛고 귀양가면 네게 유익ᄒᆞ리요? 아셔라 우지말고 잘 잇스라 ᄒᆞ며 나구를 칙처모라 이모롱이 지닉여 저모롱이 지닉여 박석틔를 너머서니……"592)
>
> 〈필장 밑줄〉

위 대목에서 보듯, 방자는 이해득실을 따져 현실에 민감하게 대처하고 있는바, 이것이 방자의 사고방식이자 처세였던 것이다. 이처럼 방자는 양반에 순응하고, 양반의 수족으로 양반의 기호에 무조건 적응하는 인물이었다.

그러므로 방자의 노비근성의식은 현실적 이해관계에 민감하게 대처함으로써 자신의 신분(양반의 종)을 고수하려는 노예적 근성에서 기인된 것이라 하겠다.

---

591) 33장본, 70쪽.
592) 같은 책, 같은 곳.

(2-5) 월매의 賤妓意識

월매는 현실의 변화에 민감하게 적응하는 무자각한 인간이다. 특히 월매는 오랜 기생생활로 인해 기생의 굴레를 벗어나지 못하고 있다. 退妓 월매에게 있어 순정이나 꿈은 사치에 불과할 뿐 아니라 생각할 수도 없는 일이었다. 이처럼 월매는 노회한 기생으로 다른 기생들과 마찬가지로 현실적이고 타산적이며 이기적이다. 이는 기생생활을 통해 생리화 된 양반에 대한 상전의식이 작용했기 때문이다. 다음 대목을 보면 이를 확인할 수 있다.

"……도련임 말삼은 잠시 춘향과 ᄇᆡᆨ연기약한단 말삼이오나 그런 말삼 마르시고 노르시다 가옵소셔……"[593)]

"이년아 우리는 너만썩 힝차의로 이별을 여러번 ᄒᆞ여쓰ᄃᆡ 저ᄃᆡ지 ᄒᆞ여 본 일 업다"[594)]

〈필자 밑줄〉

에서 보듯, 신분적 열등의식에 사로잡혀 있음을 간파할 수 있다. 이는 기생 생활로 인한 상전의식이 작용했기 때문이다. 그녀의 이러한 천기의식은 신분적 굴종감에서 나온 것이다.

그러므로 춘향의 수청거부 장면에서,

"이 아희야…(중략)…못ᄉᆡᆼ긴 박금이도 ᄎᆡᆨ방양반 슈청ᄒᆞ여 제 몸 호의호식ᄒᆞ고 제 어미ᄭᅡ지 팔ᄌᆞ 됴와 ᄇᆡ부르고 등더운게 이 세상의 제일리지 네 고집

593) 완판 84장본 <열녀춘향수절가>, 제24장.
594) 33장본, 72쪽.

엇지 ᄒᆞ야 쳘이이별 보ᄂᆡᆫ 셔방 일신슈졀ᄒᆞ여 늘근어미 간장 써기넌야"[595]

〈필자 밑줄〉

이 같은 힐난은 춘향이 변학도의 수청을 들면 월매 자신도 편안하게 살 수 있다는 염원에서 비롯된 것으로, 다분히 이기적이며 타산적이다. 이는 오랜 기생 생활을 통해 습관화된 월매의 노예근성적 사고관과 처세관 때문이다. 그렇기 때문에 월매는 거지행색의 이도령을 보자, 원망과 분노로 돌변할 수 있었고, 하대도 서슴지 않았던 것이다. 이러한 그녀가 어사 출도 후 이도령을 대하는 태도는 거지행색 때와는 정반대이다. 다음 대목은 이를 분명하게 보여주고 있다.

"사령드라 삼문 잡어라 어사장모 드러간다 오날 ᄂᆡ 눈의 미운 연놈 쥐길난다 ᄉᆞ우ᄉᆞ우 어사ᄉᆞ우 조을시고!…(중략)…우리 ᄉᆞ우 걸ᄀᆡᆨ으로 왓던구나…중략…그일 부ᄃᆡ 노어마소 노어하면 엇지 ᄒᆞᆯ나? 넌 ㅇㅇ이면 춘향 날ᄭᆞ? 얼시고절시고 지와자 조을시고! 여보소 남원읍ᄂᆡ 사ᄅᆞᆷ덜 ᄂᆡ 말을 드러보소 아들나ᄏᆡ 심쓰지 말고 춘향갓턴 ᄯᆞᆯ을 나어 이린 질검덜 보ᄉᆞ!"[596]

〈필자 밑줄〉

위 대목에서 보듯, 거지행색의 이도령에게 온갖 망발을 하던 월매는, 사위 이도령이 암행어사인 것을 알자 태도를 돌변하여 칭찬과 함께 정절을 지킨 자신의 딸 춘향을 침이 마르게 자랑하고 있다. 여기서 상황에 따라 태도를 바꾸는 월매의 속물근성을 엿볼 수 있다. 이는 그녀의 천기의식이 작용한 결과이다.

월매에게 있어 자신의 신분에 대한 사무친 한[597]은 이도령과 춘향의 재

595) 완판 84장본 <춘향전>(고대본), 제15장.
596) 33장본, 140쪽.

회로 인해 해소된다. 그러나 "우리 ᄉᆞ우 걸ᄀᆡᆨ으로 왓던구나…(중략)…부ᄃᆡ 노어마소", "춘향갓턴 ᄯᆞᆯ을 나어 이린 질검덜 보소"에서 보는 바와 같이, 그녀의 천기의식은 惰性的인바 이를 벗어나지도 버릴 수도 없었다.

따라서 월매의 천기의식은 기생 생활을 통해 생리화 된 그녀의 노예적·속물적 근성의 소산으로, 이는 신분적 열등의식과 굴종감 때문이다.

(3) 맺음말

이상에서 〈춘향전〉 인물의 의식세계를 고찰해 보았다. 앞에서 요약한 사항들을 요약하여 결론지으면 다음과 같다.

① 춘향의 수절의식은 그녀의 순애적 자세에서 연유된다. 이는 춘향의 유교적 사고의식, 즉 애정윤리 때문이다. 따라서 춘향의 신분상승은 그녀 자신에게만 국한되는 부수적인 것이다.

② 이도령의 인간주의는 당시의 양반들과는 달리 자각한 상태에서 하층 계급을 인간적·긍정적으로 이해하려고 했으며 양심적이었다. 따라서 그의 인간주의는 이러한 차원에서 이해되어야 한다. 그러나 사대부로서 유교사회에서의 봉건주의적 세계관을 탈피하지 못했다는데 그 한계가 있다.

③ 변학도의 색탐 및 수탈의식은 무자각한 지배의식을 기반으로 한 그의 색욕과 탐욕에서 기인한다.

④ 방자의 노비근성의식은 현실주의자인 그가 자신의 신분을 고수하기 위한 노예 근성적 사고관의 소산이다.

⑤ 월매의 천기의식은 기생 생활을 통해 생리화 된 그녀의 노예적·속물적 근성의 소산으로, 이는 신분적 열등감과 굴종감 때문이다.

이상에서 언급한 바와 같이, 〈춘향전〉 인물의 의식세계는 유교윤리로

597) "네 신세 ᄂᆡ 팔자야 셔릅고 분ᄒᆞᆫ 마ᄋᆞᆷ 엇지 ᄒᆞ야 ᄋᆡ를 석일거나."(33장본, 126쪽.)

무장된 당시의 보편주의적 세계관을 극복하지 못했다. 어쩌면 당연하다고도 할 수 있지만, 이것이 바로 그 한계라 하겠다. 한편, 인물들의 의식세계를 통해 작자의 왕도정치 구현 의지를 감지할 수 있을 뿐 아니라, 일부 부패 관료들을 비판하려는 의도도 간파할 수 있었다. 이처럼 작가의식은 기본적으로 유교적이다.

필자가 논한 〈춘향전〉 인물의 의식세계에 대한 구명은 미진한 감이 없지 않다. 그럼에도 불구하고 인물의 의식세계는[598] 어느 정도 파악되었다고 본다. 따라서 앞으로 사설에 나타난 작가 내지는 창자의 의식세계[599]를 검토하여 인물의 의식세계와 종합할 때, 그 본질적 의식세계의 실체도 심도 있게 밝혀질 것이다.

598) 본고에서 논한 인물의 의식세계는 기본 자료를 중심으로 언급하였다. 그러나 갑오경장(1894년)을 경계로 그 이전의 이본과 이후의 이본은 인물의 의식세계에 변화의 조짐을 보이는 일면도 있는 듯하다. 예컨대 갑오경장 이전 이본은 전통적인 유교적 사고관이 중심인 반면, 갑오경장 이후 이본에서는 유교적 사고관을 탈피하려는 경향의 일면도 엿보인다. 뿐만 아니라 사회비판적인 측면도 감지된다.

599) 사설에 대해서는 田耕旭의 『춘향전의 사설형성원리』(고려대 민족문화연구소, 1990)를 참고할 것.

3 〈마원철녹〉

(1) 머리말

宣祖때 名譯官으로 활약한바 있는 唐陵君 洪純彦(1530~1598)에 관한 이야기는 널리 알려져 있다. 그는 역관의 신분으로 宗系辯誣와 請兵(壬亂 時) 問題를 해결하는 데 큰 공을 세운 인물이다. 특히 그는 종계의 잘못을 辯證한[600] 공로로 光國二等功臣으로 錄勳되고 唐陵君에 봉해졌기 때문에 화제의 인물로 부상했다. 이로 인해 홍순언 이야기는 널리 회자되어 무수한 일화를 창출[601]하였을 뿐 아니라, 소설화[602] 되기에 이르렀다.

〈마원철녹〉은 홍순언의 일화를 소설화한 작품으로, 기존의 이본들과 차이를 보이고 있을 뿐만 아니라, 그 문학적 가치가 있는바 살펴보겠다.[603]

---

600) 宗系辯誣란 조선 개국 초부터 약 200여 년간 明나라의 『大明會典』 등에 잘못 기록된 조선 太祖 李成桂의 宗系(이성계가 고려 李仁任의 아들로 기록되어 있음) 등을 改錄하여줄 것을 奏請한 일이다.

601) 현재 40여 종의 자료에 홍순언 일화가 실려 있다.

602) 홍순언 일화를 소재로 한 소설은 <李長伯傳>·<李長白傳>·<洪彦陽義捐千金設>·<季氏報恩錄> 등이 있다. 또한 樂府體로 된 <報恩錦>도 있다. 이들 이본들에 대한 연구 논문들은 대략 20여 편 정도 된다.(논자와 논문소개 생략.)

603) <마원철녹>은 필자에 의해 1994년 소개되었음을 밝힌다.(송재용, 「<마원철녹> 소고」, 『국문학논집』 제14집, 단국대 국문과, 1994.) 여기서는 기존 소개 논문의 오탈자 정도만

(2) 서지사항

〈마원철녹〉[604]의 서지 사항을 살펴보면, 책의 크기는 세로 32.5cm, 가로 17.6cm이다. 매 면 10행, 각 행 평균 22자로 되어 있다. 모두 49장(표지 2장, 본문 47장, 끝부분은 落張임)으로 된 墨書 반흘림체 국문필사본이다. 지질은 韓紙이며, 보존상태도 비교적 양호한 편이다. 表紙題는 '馬元哲錄', 內紙題는 '마원쳘녹'으로 되어 있다. 여기서는 內紙題('마원쳘녹')를 따르고자 한다.

표지는 '口(馬?)伊洞宅 冊子 馬元哲錄 諺抄'로 되어 있다, 그런데 '口伊洞宅'에서 소장하고 있던 이 작품이 원래 국문본이었는지, 아니면 한문본이었는지는 알 수 없다. 그러므로 필사자가 국문본으로 보고 抄한 것인지, 아니면 한문본을 보고 抄한 것인지 확실하지 않다. 필자의 소견으로는 본문 말미의 판소리식 사설 등으로 미루어 국문본이 아닌가 추측되며 重抄本인 듯하다.[605] 內紙는 '마원쳘녹 권디일'로 되어 있다. 그러나 그 내용으로 보아 계속 이어지는 것 같다. 비록 본문 말미가 낙장이지만, 내용면에서 볼 때 한 가지 이야기는 일단락된 작품이다. 그런바 이 부분만으로도 분석이 가능하며 그 가치도 충분하다고 본다. 여하튼 〈마원쳘녹〉이 독자들에게 계속 읽혀져 왔음을 알 수 있다.

〈마원쳘녹〉은 작자・필사자, 창작연대・필사연대를 알 수 없다. 그러나 한문투 문장이 비교적 많고, 주인공의 신분이 상인인 점 등으로 보아 작자는 한문 소양이 어느 정도 있는 평민계층의 남자로 추정된다. 필사자 역시 필체 등으로 보아 남자로 추측된다. 필사연대는 표기법[606], 글자꼴,

---

확인하고 출판하였는바 양해를 바란다.

604) 필자에게 본 자료를 보여준 <마원쳘녹>의 소장자 홍윤표 교수에게 이 자리를 빌려 감사드린다. 홍 교수에 의하면, 이 작품은 현재 한국정신문화연구원에 M・F 촬영되어 있다고 한다.

605) 그렇다고 해서 한문본을 배제할 수는 없다. 어쩌면 한문으로 쓴 傳 형식을, 후에 국문으로 소설화 했을 수도 있다.

지질 등으로 볼 때, 1800년대 중엽에서 1900년대 초엽(특히 1800년대 중·말엽)으로 짐작된다. 그리고 구개음화 현상이 일어나거나 일어나지 않은 단어('쳔지', '딘동', '잇슬지라', '뭇한디라' 등)가 자주 눈에 띄는바, 경기·황해도 지방(특히 황해도)에서 필사된 듯하다.(혹 본 작품이 이 지역에서 창작된 것은 아닌지?) 그러나 K구개음화 현상('지달이되' 등)이 간혹 보이는바, 호남지방에서 필사되었을 가능성도 배제할 수 없다.

(3) 작품세계

(3-1) 개관

대명 황제 즉위 초, 조선국 송도 땅에 마경안 이라는 사람과 그의 벗 김수일이 살았다. 마경안은 강호자연을 벗 삼아 지내는 가난한 사람이었고, 김수일은 大商이었다. 마원철이 9세 때 마경안 부부가 죽자, 김수일 부부는 원철을 양육하였다. 17세까지 학문에 전념하던 원철은, 김수일의 청에 의해 그를 도와 商賈 일을 맡아 보았다. 원철은 상고 일을 능숙하게 처리하는 한편, 사람들에게 인심을 얻었다.

홍무 천자는 조선인으로 胡元을 평정하고, 천자가 되어 列國과 교역을 하게 하였다. 이로 인해 자연히 조선 상인들도 왕래하였다. 원철은 장사 일을 배우러 상인들을 따라 중국으로 들어갔다. 그러나 초행길에 심신이 피곤하여 일행들과 헤어졌다. 뒤늦게 연주에 도착한 원철은, 큰 집을 상인 집으로 착각하고 그 집에 들어가 융숭한 대접을 받는다. 원철은 여기서 유배 왔다가 죽은 한림학사 화철의 딸 화소저를 만난다. 화소저는 자기 몸을 팔아 부모의 유골을 고향에 반장하려 한다. 원철은 이 말을 듣

---

606) <마원철녹>의 필사연대는 표기법에서 구개음화('심을'), 비음운화('마암', '오날날'), 전부 고모음화('닛시되'), 원순모음화('몬져'), 어두된소리화('쑴박긔') 현상 등이 일어나는 것으로 보아 1800년대 중엽에서 1900년대 초엽으로 추정된다.

고 감동하여 銀子 천 냥을 주고 의남매를 맺었다. 이때 원철은 화소저에게 의남매를 맺은 문서를 써 주었다. 귀국길에 오른 원철은 소전평에서 변을 당하고, 요원진 진장에게 공문 미소지죄로 구금을 당하는 등 갖은 고생을 한다. 얼마 후 원철은 연주자사의 공문 확인 및 석방 지시로 풀려난다. 조선으로 돌아온 원철은 재물 잃은 사유를 묻는 김수일에게 거짓말을 했다, 그 후, 원철은 김수일의 딸과 결혼했다.

한편, 중국에서는 화소저의 효성이 널리 알려져서, 그녀는 황후의 조카인 한림학사 장위의 재취가 되었다. 화소저는 원철의 은혜에 보답하기 위해 비단을 짜는(비단에 '보은단'이라는 글자를 수놓았다)[607] 한편, 원철의 소식을 수소문 했다. 마침내 화소저는 원철과 면식이 있는 상인을 만나게 된다. 화소저의 부탁을 받은 상인은 원철에게 은자 200냥을 주면서, 화소저가 중국으로 들어오기를 바란다는 말을 전한다. 그러나 원철은 중국에 가고 싶었으나, 화소저의 일로 인해 장인 김수일의 눈치만 보고 말도 못한 채 전전긍긍 세월만 보냈다.

15년 후, 중국 황제의 명을 받은 사신이 조선에 통보도 없이 의주 송산에 와서 산삼을 캐다가, 의주부윤에게 체포되어 곤장을 맞고 구금되었다가 중국으로 쫓겨난 일이 있었다. 이 사건으로 황제는 大怒하여 조선이 사죄하지 않으면 조선을 응징하겠다고 하였다. 이 소식을 전해들은 조선왕은 대경실색하여 급히 의주부윤을 투옥하고 중국에 사신을 보냈다. 이때 울적한 마음으로 세월만 보내던 원철은, 장인 김수일의 명에 의해 조선 사신을 따라 중국으로 들어갔다. 그러나 사신들은 越境採蔘事件으로 인해 옥에 갇힌다. 이 일로 인해 원천 일행은 곤궁에 처하게 된다. 이 때 화소저는 원철이 왔다는 소식을 듣고 그를 만나 '보은단'이라 수놓은 비단

607) 종계 변무 해결 이후, 홍순언이 사는 동네를 '報恩緞 골', '報恩緞洞'(지금의 茶洞 근방)으로 불렀다고 한다.(『동국여지비고』; 『통문관지』; 『성호사설』 참고.)

과 많은 재물을 선사한다. 그리고 사신들은 원철의 의로운 일로 인해 석방 된다. 마침내 원철은 황제를 알현하고 광덕군 벼슬을 제수 받는다. 원철이 귀국하자, 그 이야기를 들은 조선왕은 그에게 통명군 벼슬을 내린다.

화소저는 마원철의 은혜를 잊지 못해 그를 아예 중국에 와서 살게 하려 한다.(이하 낙장)

(3-2) 주제

〈마원쳘녹〉은 義와 孝, 報恩에 대한 내용이다. 특히 의기와 보은을 강조하고 있다. 따라서 그 주제적 의미의 본질, 즉 立言本意는 '勸善懲惡'임을 알 수 있다.[608] 이에 대해서는 다음 구절이 시사하는 바가 크다.

> 小說何爲而作也 日勸善也 以懲惡也…(中略)…忠孝節義・奸盜邪淫・貧賤富貴・離合悲歡…(中略)…亦可爲勸懲之一助
>
> (소설은 무엇 때문에 짓는가? 선을 권장하고 악을 징계하기 위해서이다.…중략…충효・절의와 간도・사음과 빈천・부귀와 이합・비환…중략…또한 권선징악의 일조가 될 수 있다.)[609]

그러나 이 작품에서는 '징악'의 요소를 찾아 볼 수 없다.

마원철은 義氣人이요, 善人이다. 그가 자신을 길러준 김수일의 은혜에 보답하기 위해 학문을 포기하고 상고 일을 돕는 대목을 보면,

> 원쳘이 염용 ᄃᆡ왈 옛날 한신이 표모의 일반식도 쳔금으로 갑앗나니 허물며 소ᄌᆡ ᄃᆡ인의 관ᄃᆡ하신 은ᄐᆡᆨ으로 팔연을 양육ᄒᆞ와 문무를 ᄇᆡ와 이러탓 장셩ᄒᆞ

608) 이에 대해서는 姜在哲의 논문(「勸善懲惡理論의 傳統과 古典小說」, 인하대 박사학위 논문, 1993)을 참고할 것.
609) 靜恬主人, 「金石緣序」(위의 논문, 37~38쪽 재인용.)

여ᄉᆞ오니 부모나 다음이 업고 ᄯᅩ한 슈화즁이라도 엇디 피ᄒᆞ오며 무슴 일을 ᄉᆡ양 ᄒᆞ오리잇가 삼가 가르치물 바라ᄂᆞ이다 슈일이 원쳘 손을 ᄌᆞᆸ고 왈…(중략)…션상 등을 불너 원쳘의게 맛기니 열읍 슈쇄을 여합부졀 ᄒᆞ여 간 곳마다 그 인심을 칭송ᄒᆞ더라[610]

부친의 친구이자, 자신을 키워준 양부와 다름없는 김수일의 은혜에 보답하겠다는 생각, 이는 바로 효요, 보은인 것이다.

마원철이 화소저를 만나 색정을 억누르고, 그 효성에 감동하여 은자 천금을 주고 의남매를 맺는 장면에서도,

마ᄉᆡᆼ이 부셜 ᄌᆞᆸ고 특별이 화젼의 쓰되 그 글이 ᄒᆞ야시되 ᄃᆡ동 조션고려국 송도 상고 마원쳘은 우연히 연쥬부의 장ᄉᆞ왓더니 쥬인을 졍ᄒᆞ야 화소져를 만나 그 말슴을 듯고 경셩을 보니 효셩이 지극ᄒᆞ도다 그 부모를 위ᄒᆞ야 션산의 반장코져 ᄒᆞ야 몸을 창가의 부탁ᄒᆞ오니 극히 잔잉한디라…(중략)…그 경ᄉᆡᆨ을 ᄃᆡᄒᆞ니 ᄆᆞᄋᆞᆷ이 셤ᄊᆡᆨ올지라 ᄃᆡ장부 ᄆᆞᄋᆞᆷ이 엇지 돌보디 아니 ᄒᆞ리오 가진바 은ᄌᆞ 쳔금이 비록 박약ᄒᆞ나 반장지슈의 보부ᄌᆞᆨ ᄒᆞ거니와 원쳘은 타국 상고요 화소져난 황셩 사부녀라 평ᄉᆡᆼ 초면으로 창우가의 남녀 상ᄃᆡᄒᆞ야 나란 슈ᄌᆞᆨᄒᆞ고 일흠 업난 ᄌᆞ물을 쥬면 밧고 표적업시 흣터지면 피ᄎᆞ 졍은 뉘 알 ᄇᆡ 이시리요 그런고로 창모 황화ᄋᆡ와 시비 션ᄆᆡ로 증인을 ᄉᆞᆷ아 남ᄆᆡ의 졍니를 ᄆᆡᆺ으니[611]

그의 의기로움을 엿볼 수 있다. 이는 '感發人之善心'과 직결된다. 또 마원철이 의남매를 맺는 문서를 작성하는 대목에서,

610) 張 5a~6a.
611) 張 15b~16b.

우리 소저는 천하절식이라 저러한 직식을 보고 청춘남주로 저러탓 관딕흐야 남믹지의을 믯고 소저의 더러온 일홈을 천상슈로 싯쳐 쥬시니 옛 글의 적션지가의 필유여경이요 적악지가의 필유여앙이라 흐여ᄉ오니 상공이 반드시 음덕이 잇슬지라[612]

'권선징악'을 강조하고 있음을 알 수 있다. 화소저 역시 효녀요, 인간의 도리를 아는 性情이 바른 여인이다. 그녀가 부모님의 유골을 返葬할 돈이 없어 몸을 팔려고 한다든가, 마원철의 은혜를 갚으려고 애쓰는 대목 등을 보면,

소져 왈 부모을 반쟝흐올딘딕 슈화라도 피치 안니흐리라 흐후거날 닉 가르쳐 왈 낭즈의 즈식은 천하무썅이라 천금 방을 부쳐…(중략)…반장이 엇지 어려우리요 소져 눈물을 흘며 왈 엇지 닉 몸을 앗겨 부모의 양육한 은혜를 갑지 아니흐리오[613]

마원이 보은단이라 이 필이나 볼가 져 필이나 소식 알가 평싱의 원흐기을 마싱의 얼골을 다시 보아 그 은혜를 갑고져 흐더니[614]

이 또한 효와 보은을 강조한 것이라 하겠다.

마침내 15년 만에 만난 두 사람, 화소저는 마원철의 은혜에 보답하고, 그의 의기 있는 행동은 널리 알려져 국가적인 문제를 해결하게 된다.

이상에서 보건대, 〈마원철녹〉은 의기와 보은, 특히 의기를 부각시킨 작품이다. 그런바 본질적 주제는 '권선징악'이다.

---

612) 張 17a.
613) 張 13b.
614) 張 27a.

(3-3) 구조

〈마원철녹〉은 주인공 마원철과 화소저에 초점을 맞춘 작품이다. 두 사람 다 조실부모했다는 공통점이 있다, 그러나 고전소설에서 흔히 볼 수 있는 天上界의 도움이 설정되어 있지 않다. 이들은 아버지의 친구와 娼母에 의해 양육되었다. 이러한 이야기는 현실감을 주는 요소라 할 수 있다. 마원철이 학문을 버리고 상인이 된 것은, 김수일에게 은혜를 갚겠다는 현실적・윤리적 의도에서이다. 화소저 역시 마찬가지다. 그녀가 부모님의 유골을 반장할 돈이 없어 몸을 팔겠다고 할 때도 현실성・윤리성이 강하게 부각되고 천상계의 도움은 있지 않다. 화소저가 정절을 지킬 수 있었던 것은, 하늘이 도와서가 아니라 그녀의 효심에 대한 마원철의 감동, 즉 善心의 발로로 처리하고 있다. 마원철과 화소저의 만남과 이별, 이로 인한 두 사람의 고난과 애처로움은 작품의 흥미를 더해주고 있다.

그 뒤, 화소저는 은혜를 갚기 위해 마원철을 찾으려 애쓴다. 반면, 마원철은 화소저를 도운 일 때문에 김수일에게 거짓말을 했고, 중국에는 15년만에야 다시 갈 수 있게 되었다. 화소저가 은혜를 갚으려고 애쓸수록 두 사람은 서로 만날 수 없게 되는 안타까움과 긴장감이 작품 중반부를 구성한다. 이러한 구성은 제목이 『마원철녹』으로 되어 있어 마원철을 중심으로 진행된다. 그러나 그와 긴장상태를 이루는 화소저 편이 마원철 만큼 파란을 겪는 인물로 나타난다. 그러므로 이 작품은 어느 한 편에 비중이 더 주어지지 않고 팽팽한 대응을 이루고 있다.

마침내 두 사람은 15년 만에 만나게 된다. 그리고 화소저는 마원철의 은혜에 보답한다. 결국 義를 행한 마원철, 은혜를 갚은 화소저, 이들은 도덕적 윤리관을 실행한 善人들이다. 그러므로 독자들에게 소설적 흥미와 함께 교훈성을 강조하고 있다고 하겠다.

한편, 작품 말미를 보면, 이제까지 작품 속의 사건을 설명만 하던 화자가 독자들에게 교훈적인 사설을 판소리식으로 늘어놓고 있어 흥미롭다.

엇지 아니 반가오리 쥬먹 춤이 절노 난다 헛우심이 버어지니 닉 집이 일허 훌제 남은 오직할가 누어도 잠이 업고 안져기도 난쳐한지라 유웃 스름 자죠 오고 먼딕 스름 즈죠 오니 아달 던 집 자랑마쇼 쏠이라고 다 그러훌가 녀식을 도라보며 수회 즈랑 슴작흐다 이바 져 스람드라 마원의 츈결 보쇼 직물이 즁타 흐되 식계상의 영우인가 두어라 상봉흐면 쥬효로 셰스을 보닐이라[615]

그리고 작품 가운데,

홍무 쳔지 조션국 사람으로 강남 호원을 멸흐고 쳔직되여 국홀을 대셩이라 흐고 의관문무와 예악 법되 더욱 엄숙흐고 언어 동졍이 쏘한 조션과 일반이라[616]

한 대목도 있어 눈길을 끈다. 명나라를 건국한 초대 황제 홍무제 주원장이 조선 사람이라는 설이 있는데, 이를 수용한 것으로 보인다.

이상에서 살펴 본 〈마원철녹〉은 만남과 이별의 구조로 설정되어 있다. 이를 도표로 간단히 보이면 다음과 같다.

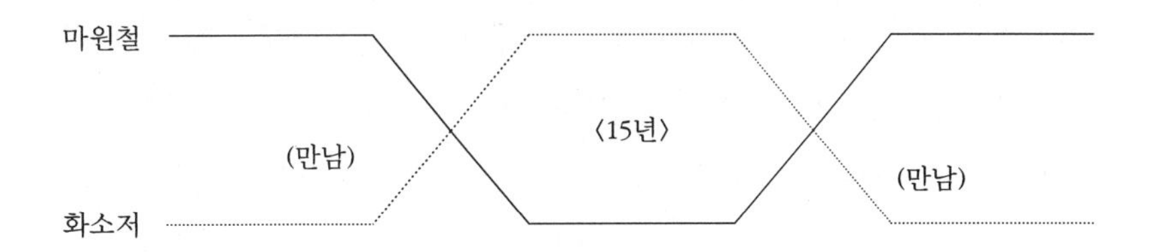

이들은 생을 통해 두 번의 만남과 이별을 겪는다. 첫 번째 만남과 이별

615) 張 43b~44a.
616) 張 6a, b.

의 결과가 선행과 부귀공명, 고난과 안타까움이었다면, 두 번째 만남과 이별의 결과는 부귀공명과 보은, 기쁨과 아쉬움의 교차다. 그러나 작품 끝부분의 낙장으로 인해 이들이 다시 만나 함께 생활하게 되었는지는 알 수 없다.

이상에서 살펴 본 결과, 〈마원철녹〉은 천상계를 설정하지 않았다. 또, 마원철의 출생부분에 있어 꿈이니 징조니 하는 것도 보이지 않는다. 이는 작품 후미부분까지도 마찬가지다. 모든 일이 우연이라고 설명할 수 있을 지언정 천상계의 조화는 볼 수 없다. 다시 말해 이 작품은 꿈이니 징조니 하는 비현실적인 요소를 배제하고 현실적으로 있을 수 있는 이야기를 소설화 하였다.(비록 홍순언의 일화를 소설화 했을지라도) 결국 이 소설은 상당히 뒷시대에 만들어지고 읽혀졌던 것으로 보인다. 뿐만 아니라 〈마원철녹〉은 현실성을 토대로 윤리도덕, 즉 '권선징악'을 부각시킨 소설임도 알 수 있다. 따라서 이 소설이 교훈성을 유달리 강조해야 할 시기에 창작된 소설임을 짐작케 한다.

그리고 소설의 주인공을 상인으로 설정했다는 것도 시사하는 바가 크다. 더구나 마원철은 김수일의 은혜를 갚기 위해서라지만 학문을 포기하고 상인이 되었다. 또한 그의 의기 있는 행동은 조선의 관리가 저지른 조선의 죄까지도 구하게 하는 힘이 되었다. 비록 학문을 계속 했을지라도 얻을 수 있을지 알 수 없는 벼슬을 중국에서 얻을 수 있게 되었다. 여기서 학문보다는 상인의 인간적인 행위에 대한 평가가 훨씬 비중 있게 나타나고 있는바, 새로운 시대의 가치관을 엿볼 수 있게 한다. 이런 점에서 볼 때, 이 작품은 상인의 역할이 활발해진 이후에 창작된 듯하다.

또한 소설에서 화소저는 기생의 신분으로까지는 떨어지지 않았지만, 그녀의 효행이 소문나자, 그 소문만으로 재상가의 며느리로 삼는 설정을 하여 독자들에게 흥미를 끌게 한다.

〈마원철녹〉은 의기와 보은을 주 내용으로 담고 있다. 이러한 작품구성은 두 가지 측면에서 이해해야 한다. 첫째, 실존인물 홍순언의 역사적 사실과 일화를 소재로 하여 소설화했기 때문이다. 둘째, 작자의 '感發之意' 때문이다. 즉, 이야기를 흥미롭게 전개시켜 독자들에게 '권선징악'을 새롭게 인식시키고자 하는 작자의 의도 때문이다. 후자에 더 비중이 있다고 하겠다. 결국 작자는 평민출신인 상인을 주인공으로 등장시켜 당대 현실을 반영하고, 권위주의에 빠진 양반계층에 대해 자성과 함께 본성실현을 촉구하려는 의도에서 이 소설을 지은 것으로 보인다. 따라서 작자는 한문소양이 어느 정도 있는 평민출신의 남자로 짐작된다.

(4) 이본대비를 통한 〈마원철녹〉의 변이양상

우리 고전소설에서 실존인물이나 사건이 소설화된 예를 종종 볼 수 있다. 그 一例로 '홍순언의 이야기', '桂月香의 이야기', '柳淵獄死事件' 등을 들 수 있다. 그런데 '홍순언 일화의 소설화'는 국가의 중대사를 해결한다는 점에서 타 작품과는 그 차원을 달리한다고 하겠다. 〈마원철녹〉 역시 선조 때의 명역관 홍순언을 소재로 소설화된 작품이다.

그러므로 본고는 〈마원철녹〉의 이해를 위해, 먼저 실존인물 홍순언의 생애를 살펴보겠다.[617] 이를 토대로 이본과의 대비를 통해 〈마원철녹〉의 변이양상을 검토하겠다.

(4-1) 홍순언의 생애

홍순언의 字는 士俊, 貫鄕은 南陽이다. 그는 1530년 8월 11일 洪謙의 장남으로 태어나서, 1598년 5월 22일 69세를 일기로 사망하였다. 『南陽文獻錄』에 의하면, 初名은 德龍이었다[618]고 하나 확실하지 않다. 이후,

617) 현재 홍순언에 관한 자료가 빈약한바, 그의 傳記的인 측면을 구체적으로 조명할 수 없는 실정이다. 그러므로 『조선왕조실록』과 『족보』 등을 중심으로 그의 생애를 간략히 논급하겠다.

그의 성장과정 등에 대해서는 알 수 없다.

『南陽大譜』·『南陽洪氏世譜』를 참고로 하여 홍순언의 가계를 도표로 나타내면 다음과 같다.[619]

〈南陽洪氏 禮史公派 世系圖〉

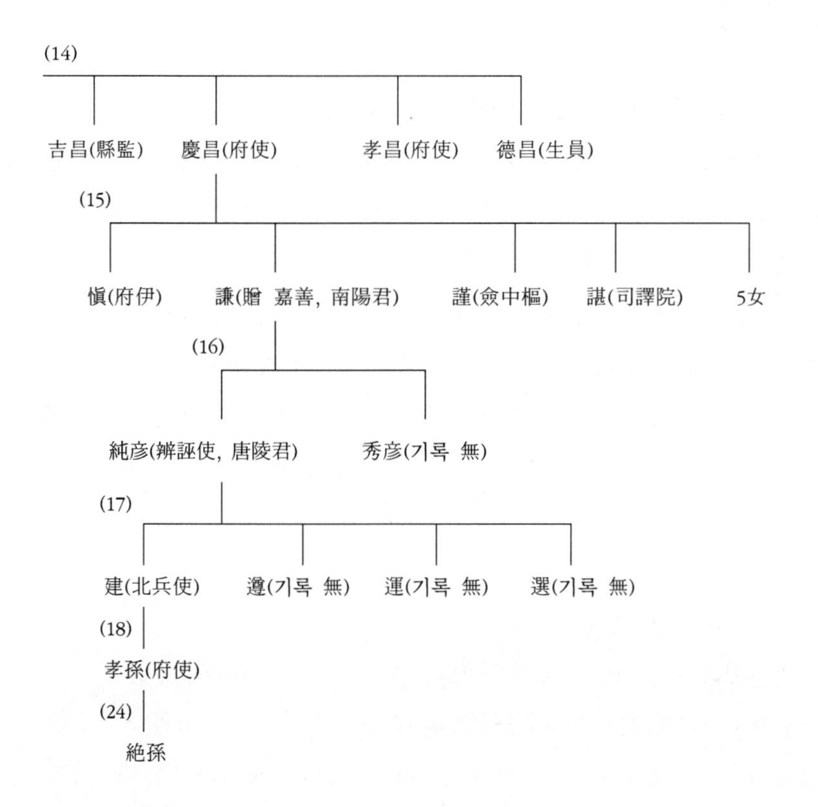

618) 李愼成, 「古典小說의 實在人物에 대하여」, 『어문학교육』 제10집, 한국어문교육학회, 1987, 118쪽 재인용.

619) 이 世系圖는 이신성의 위의 논문 118~120쪽에서 재인용했음을 밝혀둔다.

위에서 보듯, 홍순언은 부친이 증직(가선대부) 받는 것을 제외하고는 대대로 벼슬을 했던 양반 집안에서 태어났다. 그런데 『朝鮮王朝實錄』과 비교해 보면 다음과 같은 의문점을 발견할 수 있다.

㉠ 족보 : 辨誣使, 왕조실록 : 역관[620]

㉡ 족보 : 양반출신, 왕조실록 : 서얼 출신[621]

㉠의 경우, 南陽洪氏宗中에서 大譜・世譜를 발행할 때, 홍순언이 光國二等功臣으로 錄勳되고 唐陵君으로 봉해진 사실을 들어 고친 것으로 보인다.

㉡의 경우, 홍순언은 양반 출신이라고 단정 지을 수 없다. 왜냐하면 당시의 실정으로 보아 사대부 출신이 역관 노릇을 한다는 것은(혹 서얼이라면 몰라도) 납득할 수 없기 때문이다. 이에 대해서는 좀 더 정밀한 검토가 필요하다.[622]

홍순언은 사역원에서 근무하던 숙부 諶의 권유 내지는 영향을 받아 역관이 된 듯하다. 그러나 그 시기는 알 수 없다.

아무튼 홍순언은 명역관으로서 큰 활약을 했다. 이는 그가 종계변무와 請兵問題[623] 해결하는데 큰 공을 세웠다는 사실에서 알 수 있다. 특히 그는 종계변무를 해결한 공로로 인해 광국2등공신으로, 또 당릉군으로 책봉되었다.[624] 그러나 책훈된 이후의 삶은 그리 순탄한 것이 아니었다.

---

620) "宗系及 惡名辨誣 奏請使 黃廷彧 書狀官 韓應寅等 奉勅而還 黃帝錄示 會典中改正全文…(中略)…上通使 洪純彥等 加資"(『선조실록』 17년 11월조)
"八月朔 庚午 頒光國平難 兩勳臣券 二等功臣 洪純彥(唐陵君 譯官)等 七員(『선조수정실록』 23년 8월조)

621) "羽林衛將 洪純彥 係出庶孼爲人所賤…(中略)…請幷命遞差"(『선조실록』 24년 5월조)

622) 필자가 보기에는 홍순언은 서자일 가능성이 높다.

623) "上曰 然則 宋侍郞不來而大軍先來乎 宋侍郞通報中 有緩救朝鮮之語 以此觀之 大軍之來 必遲矣…(中略)…然此旬前 無確的聲息 亦難持也 上曰 無詳知路乎 應寅曰 洪純彥今日當還 必知師期矣(『선조실록』 25년 10월조)

624) 許葑이 찬한 『朝天記』의 경우, 홍순언이 종계변무의 해결에 있어 얼마나 큰 역할을 했는가를 구체적으로 언급하고 있다. [『연행록전집』 권1, 민족문화추진회, 1982, 146~147

이러한 이유는 여러 측면에서 찾을 수 있다. 그 가운데 특히 그의 신분문제와 성격에서 연유된 듯하다. 그것은 홍순언의 지위가 올라갈수록 조정에서는 계속 그의 신분문제를 제기했다는 사실[625]에서 알 수 있다. 당시의 관료층의 시선이 그의 신분상승에 대해 탐탁치않게 여겼음을 짐작할 수 있다. 이는 당시대 지배계층의 고착화된 의식의 결과로 보여 진다. 또한 홍순언은 倨傲한 성격을 지녔던 것 같다.[626] 이로 인해 그는 파직 당하기도 하였다. 그러므로 그의 관직생활은 평탄하지도, 또 오래가지도 못했던 것 같다.

그런바 조정에서는 2등공신이요, 당릉군인 홍순언에게 지속적으로 거기에 상응하는 대접을 하지 않은 것 같다. 그러나 使行 길에 행한 의기로운 행위와[627] 종계변무・청병문제를 해결하는데 큰 공을 세운 그의 명성

쪽. ; 157쪽 참고. ; 주 619) 참고.]

625) "司諫院啓…(中略)…羽林衛將 洪純彥 係出卑微 不合禁族之師 請命遞差…(中略)…答曰 洪純彥 以功臣嘉善之人 未爲不可 不允"(『선조실록』 24년 5월조)

626) "員外請大駕 出于道上則 爲譯官者 所當越跪駕前 啓達其語以稟下敎而 唐陵君 洪純彥 乃敢立于道上 高聲傳語 直請出接 其苟簡不謹 甚矣"라에서 그의 성품의 일면을 엿볼 수 있다.(『선조실록』 26년 1월조)

627) 과문인지 몰라도 왕조실록에서는 홍순언의 의기로운 행위에 관한 기록을 찾아볼 수 없다. 그러나 야담집에는 구체적으로 나타나 있다. 그런데 여기서 중요한 것은 사실 기록의 성격을 띠느냐에 있다.
柳夢寅의 『於于野談』에 실려 있는 홍순언에 관한 기사는 사실 기록의 성격을 띤다고 하겠다. 그것은 유몽인(1559~1623)이 홍순언과 동시대에 살았고, 또 같은 마을 사람이었다는 사실, 그리고 『어우야담』에 수록된 홍순언에 관한 기사가 가장 선행된 기록이라는 점 등 때문이다. 따라서 유몽인은 홍순언의 의기 있는 행동을 그대로 채록했을 가능성이 매우 높다고 하겠다.
참고로 『어우야담』의 기록을 대략 살펴보면 다음과 같다.
"홍순언이 중국에 갔을 때, 구면이 있는 사람을 만났다. 그런데 그 사람은 가업을 패하여 처자를 다 팔아 버렸다. 이에 홍순언이 500냥을 써서 그 처자와 田庄을 찾아 주었다. 이 일로 인해 홍순언의 이름이 중국에 알려져 중국인들은 그를 보면 洪老爺라 칭하였다."
유몽인은 이를 예로 들어 홍순언을 의기인으로서 높이 평가하고 있다.(『어우야담』 권4, <음덕조> 참고.)
또한 홍순언은 종계변무 시 우리 사신들이 중국 대신들에게 뇌물을 쓰려고 하자, 이를 구차스럽고 正大하지 못한 것으로 여겨 반대했던 적도 있었다.(『영조실록』 2년 1월조 참고.)

은, 世人들의 가슴 속에서 지워질 수 없었다. 그러므로 그의 의기 있는 행동과 공훈담은 당시의 사람들에게 신선한 충격과 함께 화제 거리를 제공했다고 하겠다.

그 결과, 홍순언을 소재로 한 수많은 일화가 창출되었고, 마침내 그를 소설 속의 인물로 부각시키기에 이르렀다.

홍순언은 孟氏를 부인으로 맞아 四男을 두었다. 그의 묘는 서울 뚝섬 근처에 있었다고 하나[628], 지금은 어디에 있는지 알 수 없다. 그의 후손은 24代에서 絶孫되었다.

(4-2) 변이양상

홍순언 이야기는 형태상 홍순언 일화, 일화에서 소설로 향하는 단계의 이야기, 소설 등으로 3대별 할 수 있다.[629] 현재 홍순언 일화를 소재로 한 소설은 〈李長伯傳〉(한문필사본, 단권 단책, 정경주 소장본, 1882년 이후), 〈李長白傳〉(한문필사본, 단권 단책, 天理大 도서관 소장본, 필사연대 미상), 〈洪彦陽義捐千金設〉(한문필사본, 단권 단책, 김동욱 소장본, 필사연대 미상), 〈李氏報恩錄〉(한문필사본, 단권 단책, 정명기 소장본, 1882년 필사), 등이 전하고 있다.[630] 이들 4이본은 서술면모상에 있어 뚜렷한 차이를 보이고 있는바, 〈伯傳〉 系(〈伯傳〉, 〈白傳〉, 〈報恩錄〉)와 〈洪彦陽說〉 系로 2분할 수 있다.[631]

필자는 홍순언 이야기와 관련된 야담집들과 〈마원철녹〉과의 주된 의미항을 대략 살펴본 후, 이본들을 중심으로 〈마원철녹〉의 변이양상을 검

628) 李愼成, 「『西浦漫筆』에 실린 洪純彥逸話」, 『우리말교육』 제1집, 부산대 국어과, 1986, 49쪽.
629) 정명기, 「野談의 變異樣相과 意味研究」, 연세대 박사학위논문, 1988, 37쪽.
630) 이하 <伯傳>, <白傳>, <洪彦陽說>, <報恩錄>으로 약칭함.
631) 정명기, 앞의 논문, 64쪽 참고.

토하겠다.

먼저, 홍순언 일화는 주된 의미항으로 다음 7가지 양상을 생각해 볼 수 있다. ㈀종계변무 ㈁보은단 ㈂청병 ㈃종계변무 · 보은단 ㈄종계변무 · 청병 ㈅종계변무 · 보은단 · 청병 ㈆보은단 · 청병의 양상이 그것이다.[632] 그런데 현재 ㈁, ㈂의 의미항으로만 이루어진 홍순언 일화는 찾아볼 수 없다.

필자가 대략 살펴본 바에 의하면,[633] 야담집 가운데 〈마원철녹〉과 유사한 서사 단락은 주로 4, 7, 8, 9, 13, 14, 15, 16, 19 등이다. (뒤의 ※ 〈표〉 참고) 그러나 홍순언 일화군에서는 12를 발견할 수 없다. 〈마원철녹〉과 홍순언 일화를 비교할 때 공통된 의미항은 (ㄴ)뿐이다. 그러나 〈마원철녹〉의 주된 의미항을 ㈁으로만 볼 수 없다. 〈마원철녹〉의 주된 의미항은 ㈃로 보아야 한다. 다시 말해 '보은단'은 공통 의미항, '월경채삼삽화'는 '종계변무'의 유사 의미항이다. 여기서 〈마원철녹〉』의 '월경채삼삽화'는 '종계변무'로 인해 주인공과 여인이 다시 만나게 된다는 홍순언 일화의 서술문면을 개변한 것으로 생각된다. 따라서 '월경채삼삽화'를 '종계변무'의 유사 의미항으로 볼 수 있다. 그리고 이러한 개변은 〈마원철녹〉이 창작되던 당대의 시대적 상황의 반영으로 보여 진다.[634] 그러므로 〈마원철녹〉의 작자는 독자들에게 현실감과 아울러 흥미와 관심을 끌기 위해, 숙종 때 중국과의 사이에서 실제 발생했던 역사적 사건[635]을 삽화

632) 위의 논문, 56~59쪽 참고.

633) 정명기는 33종의 야담집 소재 홍순언 일화에서 그 주된 의미항을 구명하여, 이를 토대로 홍순언 일화의 뼈대와 의미에 대해 구체적으로 논급하였다.(위의 논문, 45~65쪽 참고.) 필자도 이에 힘입은바 크다.

634) <伯傳>系에서는 홍순언 일화의 '종계변무'나 '청병'이란 서술면모를 찾아볼 수 없고, '월경채삼삽화'로 개변되어 나타난다.(위의 논문, 69쪽 참고.)

635) 숙종 11년(1685년) 함경도의 채삼꾼들이 월경하여 산삼을 채취하다가 중국 관원에게 적발되자, 그를 조총으로 쏘아 부상 입힌 일이 있었다. 이를 알게 된 淸 황제 康熙는 조선에 勅使를 보냈다. 일이 심각하게 되자, 월경을 허락하고 그들에게 軍器까지 준 첨사와 군관 · 사병들이 잇달아 자살하였다.
한편, 이 사건을 조사한 칙사는 숙종에게 관리들의 처벌을 요구하였다. 이에 숙종은 관리들을 처벌하고, 犯越人들을 체포 · 처단하였다. 조정은 이 사건 처리를 위해 부심

로 채택했던 것 같다.

홍순언 일화의 뼈대는 의기와 보은이다. 〈마원철녹〉의 뼈대 역시 의기와 보은이다. 이 둘 다 개인적인 의기의 베풂이 종당에는 개인적인 성격의 보은과 국가적인 성격의 보은으로 나타난다. 그리고 그 의미는 주인공이 행한 의기로 인해, 주인공이 속해 있던 국가, 즉 조선의 위기가 해결되었다는 문면에서 찾아야 한다. 따라서 그것은 주인공이 행한 의기와 국가적 위기의 해결에 결정적인 계기로 작용한 여인의 보은행위를 기리는 가운데, 이들의 善한 인간성을 찬양하고자 했던 의도로 여겨진다.

그러므로 홍순언 일화와 〈마원철녹〉의 핵심적 의미는 홍순언과 마원철의 義氣와 爲人됨을 선양하는 데 있다고 하겠다. 이는 결국 '勸善'과 직결된다. 여기서 우리는 유교적 가치이념을 공고하게 하려는 작자나 필사자의 의식의 일면을 감지할 수 있다.

※ 〈표〉

		a. 李長伯傳	b. 李長白傳	c. 李氏報恩錄	d. 洪彦陽義損千金設	e. 마원철녹
1	시대적 배경	皇明時 ○	萬曆間 ○	즁흥원년 ○	宣祖朝 ○	ᄃᆡ명황졔즉위초 ○
2	爲人됨	용모 출중, 뜻 우뚝 ○	영민, 비범, 풍채당당, 도량창해 ○	성정관후, 의기강개 ○	호걸풍모, 호방, 오활 ○	심지활달, 영민, 문무겸전 ○
3	卜兆	점장이와 지관, 李長伯과 褚娘子의 운명 예언 ○	×	×	×	×

하였고, 함경도・평안도 지방의 민심도 한동안 흉흉하였다.(『숙종실록』 11년 11월, 12월조 참고.) 숙종은 이 사건을 계기로 越境採蔘禁斷의 節目을 정했다.(『숙종실록』 12년 1월조 참고.)
참고로 『영조실록』을 보면, 영조 때 의주부윤이 蔘商의 금화를 적발하여 고의로 本主를 쫓아버리고 그 蔘을 몰수하여 남모래 감추어 두었다가 발각된 일이 있었다. 의주부윤은 발각된 뒤에도 약간의 斤으로 속여 보고하여 책임을 때우고는, 그 나머지를 수천금과 바꿔 착복했다가 적발된 사건이 있었다.(『영조실록』 2년 2월조 참고.)

4	중국에 가게 되는 상황	역관 신분으로 사신들을 따라 가게 됨 ○	역관 신분으로 사신들을 따라 가게 됨 ○	역관 신분으로 사신들을 따라 가게 됨 ○	역관 신분으로 사신들을 따라 가게 됨 ○ (得寶橫財)	상인 신분으로 사신들을 따라 가게 됨 ○
5	주인공의 소원	절세미인을 취하고자 함 ○	절세가인을 취하고자 함 ○	절세가인을 취하고자 함 ○	천하절색을 얻고자 함 ○	×
6	매개인	중국인 崔迪 (최적을 통해 절세미인 소개 받음) ○	조선의 범죄인 崔德 (최덕을 통해 절세가인 소개 받음) ○	조선의 범죄인 崔德 (최덕을 통해 절세가인 소개 받음) ○	윤낭자상봉전 *南門밖 紫烟岩의 전문 뚜쟁이 老媼 *慕華館 老媼 ×	(娼母 겸 유모 황화애〈39세〉) △
7	여인의 근본에 대한 탐문	貴家之女 褚娘子 ○	貴家之女 桂娘子 ○	貴家之女 桂娘子 ○	貴家之女 尹娘子 ○	貴家之女 화소저(한림학사 화철의 딸) ○
8	주인공의 행동	효성에 감동 의기 베풂 (관계치 않음) 별부은 1천 냥 줌 ○	효성에 감동 의기 베풂 (관계치 않음) 별부은 줌 ○	효성에 감동 의기 베풂 (관계치 않음) 은자 1천 냥 줌 ○	효성에 감동 의기 베풂 (관계치 않음) 은자 천 냥 줌 (이상서 부인 부모 반장 시 도와줌) ○	효성에 감동 의기 베풂 (관계치 않음) 은자 천 냥 줌 (남매지의를 맺고, 그 문서를 징표로 써 줌) ○
9	그 후 여인의 신분	황후 ○	황후 ○	황후 ○	예부상서 부인 ○	상서 부인 ○
10	귀국 후 고난	별부은 유용죄로 처자식 관노비. 이장백 곤장 맞고 부상. 유리걸식 ○	별부은 유용죄로 가족 노비. 구걸 ○	별부은 유용죄로 가족 노비. 유리걸식 ○	×	(거짓 변명으로 모면. 갈등과 불안감으로 전전긍긍) △
11	여인의 수소문	역관을 통해 ○	사신을 통해 ○	역관을 통해 ○	(남편이 사신을 통해) △	상인을 통해 ○
12	別付銀 삽화	개성유수 李長伯에게 별부은 1천 냥 주고 물화를 무역하여 오도록 명함 ○	송경유수 李長白에게 별부은 1천 냥을 주고 물화를 무역하여 오도록 명함 ○	송도유수 홍언순에게 별부은 1천 냥 주고 물화를 무역하여 오도록 명함 ○	×	(송도상인 김수일 마원철에게 은자 천 냥을 주고 물화를 무역하여 오도록 명함) △

	思恩竹 삽화		사은죽 반쪽을 주고 後會를 기약 ○	사은죽 반쪽을 주고 後會를 기약 ○	사은죽 반쪽을 주고 後會를 기약 ○	×	(화소저에게 의남매 맺은 문서를 써 줌) △
	越境 採蔘 삽화		관서 채삼군 월경. 태수살해 ○	의주 부윤의 명받은 조선인 월경. 중국인 살해 ○	의주 나졸 월경. 중국 병사 살해 ○	×	중국 사신 무단 월경. 의주부윤 구금 후 추방 ○
13	재차 중국에 가게 되는 상황		역관 신분 ○ (이 때 上使 前의 개성유수)	역관 신분 ○ (이 때 上使 前의 송경유수)	역관 신분 ○ (이 때 上使 前의 송도유수)	역관 신분 ○ (이 때 上使 이정구)	상인 신분 ○
14	여인과의 재회와 환대		사은죽으로 진위 확인. 황제와 황후 說宴 베품 ○	사은죽으로 진위 확인. 황제와 황후 說宴 베품 ○	사은죽으로 진위 확인. 황제와 황후 說宴 ○	윤부인, 전일의 행적 물어 확인. 이상서와 윤부인 說宴 베품 ○	화부인 얼굴 보고 알아 봄. 장상서와 화부인 說宴 베품 ○
15	국가적 문제 해결	종계변무	×	×	×	○	×
		청병	×	×	×	×	×
		월경채삼사건	○	○	○	×	○
16	여인의 보은		보은단 선물. 국가적 문제 해결. 東使 한 달간 더 留하게 함 ○	보은단 선물. (보은단이라 수놓음) 국가적 문제 해결 (그 후 보은계속) ○	보은단 선물. 국가적 문제 해결. 東使 한 달간 더 留하게 함(그 후 보은 계속) ○	보은단 선물 (무늬로 보은단 새김). 국가적 문제 해결 ○	보은단 선물 (보은단 3자 수놓음). 국가적 문제 해결. 한 달간 더 머무름(그 후 보은 계속) ○
17	황제, 조선국 왕에게 효유문을 내림		○	(사신 편에 조선왕에게 벼슬 제수를 명함) △	황제의 효유문을 받은 조선왕, 표 올림 ○	×	(사신에게 마원철의 의기로 용서해 준 것임을 전하도록 명함) △

18	향리 잔치와 금은보화 나누어 줌	×	×	(귀국 후 아내와 재회) ○	×	(선물로 받은 비단과 금은보화 왕에게 바침) ×
19	奉勳時 상황	중국 : 예부주청, 和寧君, 奉朝賀. 종남산 아래 明禮洞에 저택과 밭, 노비 하사 조선 : 上使, 벼슬 제수 주청 ○	조선 : 1등 공신, 판서 제수, 安寧君. 궁실과 노비 하사 ○	조선 : 판서 제수, 안양군. 도성 십리 밖에 궁을 지어 하사 ○	조선 : 선전관 후, 언양군. 전답하사. 왕, 친필교지 내림(자손 대대로 벼슬) ○	중국 : 광덕군, 비단과 금은보화 하사. 조선 : 충훈부 堂上, 통명군. 한양에 대저택 하사. 삼대 추증 ○
20	여인의 중국 초청	×	×	홍언순 사오년에 한 번씩 황제와 황후 알현 ○	×	마원철 이따금씩 중국에 들어가 화부인과 장상서, 황제 알현 ○
21	주인공의 사망	이장백 90세에 死 ○	황후, 이장백 사망소식을 듣고 향촉을 갖추어 예관을 보내 弔問케 함 ○	×	×	(이후 낙장으로 그 내용 알 수 없음) ×(?)
22	후손	×	×	(계왕후의 致誠으로 아들 얻음) 홍언순 4대손 홍유, 중국의 공물요구 해결 ○	×	×(?)
23	評結部	훗날 역관 홍순언의 의기와 예부상서 부인의 보은예. 이장백과 홍순언을 의기인이라 평함. 조선의 大君子, 眞丈夫 많은 이유 언급 ○	仁德의 필요성 역설. 이장백 의기 칭송 ○	仁義 강조. 홍언순의 의기와 계왕후의 효성 선양 ○	홍가신의 행위를 영웅적으로 처리 ○	×(?)

그러면 〈표〉 순서에 따라 〈마원철녹〉과 이본들을 대략 살펴 보자.

1 : a를 제외한 b, c, d, e는 시대적 배경이 구체적이다. (여기서 b, d는 다른 이본들 보다 홍순언 일화의 시대적 배경을 가장 충실히 수용하고 있다.) 그런데 e는 시기상으로 일화와 약 200여 년의 차이가 나는바, 현실감이 떨어진다. 이는 작자의 착각의 결과인 듯하다. 혹 작자가 『西浦漫筆』의 일부 내용을 착각하고 채록한 것은 아닌지.[636]

한편, 공간적 배경에 있어 홍순언 일화의 경우, 북경 또는 통주만이 설정되어 있는 데 반해, 이본들은 燕京(지금의 北京), 燕州(지금의 順義縣), 松京(=송도. 지금의 개성) 또는 한양으로 설정되어 있다. 이로써 보건대, 서사공간의 확대가 두드러지게 나타나고 있음을 알 수 있다. 특히 e는 타 이본들 보다 路程지역이 비교적 많이 등장하고 있다.

2 : 공통적으로 주인공을 출중한 인물로 그리고 있다. 이러한 면모는 주인공이 행할 앞으로의 의기를 보다 타당성 있게 보이기 위한 작자 또는 필사자의 개인적 의도의 소산으로 여겨진다.

3 : a를 제외한 다른 이본들에서는 卜兆삽화를 찾아볼 수 없다. a의 경우, 점쟁이와 지관을 등장시켜 李長伯과 褚娘子의 운명을 예언하고 있다. 이 같은 운명론적인 사고관, 이는 동양적 예정론에 입각한 작자의 개인적 의도의 소산으로 짐작된다.

4 : a, b, c, d ; 역관, e ; 상인 신분으로 사신들을 따라간다. 여기서 a, b, c, d가 홍순언 일화를 충실히 수용한 반면, e는 변이이다. 이는 작자의 개인적 의도가 작용한 결과로 보인다. 그런데 e는 주인공의 신분(상인)으로 보아 상인의 역할이 활발해진 이후에 창작된 듯하다.

---

636) 김만중의 『서포만필』을 보면, 고려 말 조선 여자로서 洪武宮人이 된 자가 있었는데, 그녀가 이태조의 종계를 잘못 전했다는 기록이 있다. 작자 또는 필사자가 아마 이 기록을 참고로 하여 시대배경을 'ᄃᆡ명황제 즉위 초'로 설정한 것은 아닌지.

5 : e를 제외한 타 이본들에서는 주인공의 소원이 한결같이 절세미인을 얻는 것으로 되어 있다. 특히 d의 경우, 타 이본들과는 달리 주인공이 적극적인바 눈길을 끈다. 또 주인공의 엽색행각이 극명하게 나타나고 있다. 비록 구성면에서 결점이 있기는 하나, 작자의 개인적인 창조력을 여실히 보여주고 있다고 하겠다.

6 : 공통적으로(d제외) 여주인공과의 만남을 가능케 한 매개인이 출현하고 있다. 이는 주인공과 여주인공과의 만남을 자연스럽게 하기 위한 작자의 의도 때문인 듯하다.

a ; 중국인 崔迪, b, c ; 조선 범죄인 崔德, d ; 주인공 스스로, e ; 娼母 황화애(39세)

이들 매개인이 주인공에게 절세가인을 소개하는 장면은 d, e를 제외하고는 동일하다.

d의 경우, 주인공이 중국의 절색을 얻고자 하던 중, 은 천 냥이라 쓰여진 한 창관에 이르러 소복한 尹娘子를 만난다는 문면으로 서술되어 있다. e 또한, 주인공이 매개인의 안내로 靑樓를 찾는 a, b, c와는 달리, 주인공 마원철은 기생집을 상인 집으로 착각하고 들어간다. 거기서 창모 황화애를 만나 화소저를 소개받는 것으로 서술되어 있다.

그런데 이들 매개인에 대한 형상화가 각 이본들마다 다르게 나타나고 있다. 먼저 유사한 서사단락을 지니고 있는 a, b, c부터 살펴보자. 여기서는 ㉠주인공이 별부은을 재차 매개인 편에 여인에게 보내는 장면과 ㉡훗날 주인공이 여인과 재회한 후, 매개인을 만나는 삽화를 통해 그 양상을 추찰해 볼 수 있다.

㉠의 경우, a ; 최적은 李長伯이 별부은을 내어주는 것에 대해 그 의기를 높이 칭찬한다. 그리고 그는 이장백이 보내준 별부은을 사양하는 褚娘子에게 孟夫子 故事 등을 예로 들어 받도록 하게 한다. b, c ; 최덕은

주인공(李長白, 홍언순)이 별부은을 내어주는 것에 대해 아무런 반응을 보이지 않고, 별부은을 桂娘子에게 전해준다. a, b, c의 경우, 인물들의 행동에서 유교적 윤리관의 일면을 감지할 수 있다.

ⓛ의 경우, a에서는 이장백이 최적의 공을 치하하고 500금을 주자, 최적은 명분을 내세워 사양하다가 받는 반면, c에서는 명분 없이 사양하다가 받는다는 문면으로 되어 있다. b에서는 이장백이 최덕을 다시 만나 그에게 射禮했다는 문면은 나타나지 않는다.

이와는 달리 d에서는 홍가신 스스로 중국의 천하절색을 얻고자 창관을 찾던 중 윤낭자를 만난다. 여기서 매개인 老嫗와는 윤낭자를 만나기 전에 만난다. 홍가신은 역관으로 여러 번 使行길을 따라 갔던 연고로 가세가 부유해졌다. 그러나 자신의 천한 신분을 한탄하고 오입쟁이로서 엽색행각을 벌인다. 이때 만난 매개인 老嫗는 전문 뚜쟁이로서 淫風을 조장하는 인물이었다. 더구나 그녀는 홍가신의 아내까지 소개해 줄 정도이다.(홍가신이 시험한 것이지만) 이에 그는 노파야말로 패륜적인 행위를 조장하는 사람이라고 형조판서에게 아뢰어 그녀를 죽게 한다. 그리고 그는 빈털터리가 되어 친구들의 도움을 받아 다시 역관 신분으로 중국에 가게 된다. 반면 e에서는 황화애에 대해 화소저를 돌보아 주었을 뿐 아니라, 화소저의 처지를 안타깝게 여기는 인물로 그리고 있다. 그 후, 그녀는 황제를 알현하게 되고 세금과 부역까지 면제받게 된다. 또한 그녀는 황제의 명으로 지은 은덕사에 四時로 가서 마원철을 위해 축원한다. 그러나 마원철이 그녀와 재회했다는 문면은 발견되지 않는다. 황화애를 다분히 유교적 명분론에 의거한 인물로 묘사하고 있는 듯하다.

이러한 이본들 간의 차이점은 작자의 개인적 의도의 소산으로 보여 진다.

7 : a, b, c, d, e 모두 여인의 근본을 貴家之女로 설정하고 있다. 그러나 이들은 부모의 장례비용(a, c) 또는 返葬之費(b, d, e)를 마련키 위해

몸을 팔려고 한다. 이러한 상황 설정은 여주인공의 고난을 드러내 보임으로써 그 효과를 거두기 위한 작자의 의도적 장치로 짐작된다. 이는 주인공의 경우도 마찬가지이다.

그런데 e의 경우, 여인의 신분이나 부모의 죽음 등에 대한 서술문면이 타 이본들 보다 비교적 구체적이다. 여기서 화소저의 유교적 윤리관을 잘 드러내 보이고 있다. e는 『보은금』, 『공사견문록』, 『서포만필』 소재 서사체, 그리고 고전 소설 『淑女知己』와 유사한 면모를 보이고 있다.

8 : a, b, c, d, e의 문면을 보면, 여인의 효성에 감동한 주인공이 여인과 관계치 않고 의기를 베푸는 것으로 서술되어 있다. 이는 홍순언 일화를 충실히 수용한 결과라 하겠다. 그러나 그 세부적 정황, 특히 주인공이 여인에게 돈을 내어 주는 정황에서는 각 이본들마다 변개되어 나타난다. 이를 살펴보기로 하자.

a에서는 이장백이 최적과 더불어 옥화관에 들어가 몰래 별부은 일천 냥을 준다. 그러나 b, c에서는 주인공이 최덕의 집에 돌아와 여인의 근본을 물어 확인한 뒤, 최덕을 통해 별부은을 준다는 문면으로 되어 있다.(c에서는 별부은 금액이 일천 냥으로 나타난다.) d, e 또한 주인공이 여인에게(윤낭자, 화소저) 은자 천 냥을 준다는 문면으로 되어 있다.

그런데 장례 또는 返葬의 제반 일들을 처리하는 상황에서는 차이를 드러내고 있다. a, b, c에서는 여인 스스로 처리하는 반면, d에서는 이상서의 부인이 도와주는 것으로 서술되어 있다. 그리고 e에서는 화소저의 효행과 마원철의 의기가 세상에 알려져, 황제가 신하를 보내 도와주는 것으로 되어 있다. 이는 의기와 효행을 고양키 위한 작자의 의도적 소산이다.

9 : a, b, c에서는 황후, d, e에서는 상서부인이 되는 문면으로 서술되어 있다.

그러나 이들 이본들은 각기 개별적 면모를 보이고 있다. 그 서사단락은 다음과 같다.

a ; 황후가 죽자, 황제는 百宮과 상의하여 후궁 褚氏를 황후로 삼는다. b ; 황제는 正宮을 폐하고, 뛰어난 미모로 인해 후궁이 된 桂氏를 황후로 삼는다. c ; 황후가 되는 것으로만 서술되어 있다. d ; 윤낭자는 이상서의 아들과 결혼, 그 후 예부상서의 부인이 된다. 『대동기문』, 『기문총화』의 경우, 예부상서의 계실로, 『삽교만록』의 경우, 정실로 나타나고 있는바 이들과 유사한 면모를 보이고 있다. e ; 화소저는 황후의 조카인 한림학사 장위의 재취가 된다. 그리고 그 후 상서부인이 된다.

그런데 a, b, c의 경우, 하나같이 황후가 되는바, 주목할 필요가 있다. 이는 뒷날 여인이 행하게 될 보은의 깊이와 정도를 홍순언 일화의 그것에 비해 보다 극대화시켜 보이려 했던 a, b, c 이본들의 작자에 의한 개인적인 의도의 소산으로 생각된다.[637]

그러나 e의 경우, 비록 상서 부인으로 설정되었으나, 그 보은의 깊이와 정도는 a, b, c 못지 않다.

d, e는 홍순언 일화를 어느 정도 충실히 수용한 것으로 보인다. 특히 d는 『공사견문록』의 서술문면과 친연성을 띠고 있다고 하겠다.

10 : 주인공이 여인에게 돈을 준 뒤 겪게 되는 고난의 양상은 이본에 따라 각각 달리 나타나고 있다. 그 서사단락을 살펴보면 다음과 같다.

a ; 이장백은 별부은을 전용한 죄로, 개성유수에게 매 맞아 부상을 당하고, 그의 처자식은 관노비가 된다. 마침내 그는 동서로 걸식하며 연명한다. 이장백의 고난이 여타 이본들의 주인공 보다 가장 처절하게 묘사되고 있다. b ; 이장백은 별부은을 유용한 죄로, 그의 가속은 노비로 전락한다. 그 후, 그는 동서로 옮겨 다니며 구걸한다. c ; 홍언순은 별부은을 횡

637) 정명기, 앞의 논문, 82쪽 참고.

령한 죄로, 그의 처는 노비가 되고, 그는 유리걸식하며 연명한다. 주인공이 옥에 갇혀 고난을 겪는 상황은 『당릉군유사징』, 『국당배어』, 『해동돈사』 등의 야담집 등에만 출현하고 있는바, a, b, c와 연관이 있는 듯하다. d ; 홍가신은 使行길에 得寶橫材한 돈(황금 천 냥)을 윤낭자에게 주었는바 고난을 겪지 않는다. e ; 마원철은 김수일에게 양화진장이 준 공문을 내보이면서, 소전평에서 변을 당해 재물을 잃어버렸다고 거짓 변명한다. 이후, 마원철은 자신을 키워준 부친의 친구인 김수일에게 죄책감을 느끼고 괴로워하는 한편, 그의 눈치만 보기에 급급했다. 마원철의 고난이 미약하게 묘사되고 있는바, 흥미와 갈등 그리고 긴장감이 다소 떨어진다고 하겠다.

이본들 간의 이러한 차이점에서 주인공에 대한 작자 나름의 시각을 감지할 수 있다.

11 : a, b, c에서는 황후가 된 여주인공이 承傳을 시켜 역관(a, c) 또는 사신(b)들에게 수소문하는 반면, d에서는 윤부인의 남편인 이상서가 사신들에게 수소문한다. 그리고 e에서는 화부인이 하인을 시켜 상인들에게 수소문한다.

그런데 여주인공이 이들에게 사례하는 문면을 보면, a, b, c, e가 차이를 보이고 있다. 그 서술문면은 다음과 같다.

a ; 褚皇后는 역관에게 500냥을 주면서 그 전부를 이장백에게 전할 것을 명한다.

b ; 桂皇后는 사신에게 500금을 내어주며, 절반은 사신을 주고, 또 절반은 이장백에게 전해주어 후일 중국에 들어올 대 여비로 삼도록 부탁한다. c ; 褚皇后는 역관에게 별도로 사례를 한다. 그리고 그녀는 홍언순에게 500냥을 전할 것을 명한다. e ; 화부인은 상인에게 500냥을 준다. 그리고 그녀는 500냥 가운데 300냥은 상인이 갖게 하고, 나머지 200냥은 마원

철에게 전할 것을 부탁한다.

여기서 인편을 통해 주인공에게 전해주는 돈의 액수에 있어 차이를 보이고 있다. 이는 세태 흐름의 변화로 볼 수도 있을 것 같다. 그리고 이러한 차이점은 변이의 결과로 보인다. 여기서 d는 홍순언 일화의 서술문면과 밀접한 관계양상을 지닌 듯하다.

12 : a, b, c에서는 별부은, 사은죽, 월경채삼삽화를 설정하고 있다. 그러나 d에서는 이러한 삽화들을 전혀 찾아 볼 수 없다. e에서는 월경채삼삽화만 변개되어 나타난다.

그런데 a, b, c, e는 그 서사단락에서 뚜렷한 차이를 보이고 있다. 그러면 유사한 면모를 지니고 있는 a, b, c부터 살펴보자.

별부은삽화의 경우, 주인공이 별부은을 받는 상황을 보면 차이를 드러내고 있다. 그 서사단락은 다음과 같다.

a ; 이장백의 용모를 기이하게 여긴 개성유수는, 그에게 별부은 일천 냥을 맡기면서 물화를 무역하여 오도록 명한다. b ; 송경유수는 이장백에게 별부은 일천 냥을 주면서 물화를 무역하여 오도록 명한다. c ; 홍언순의 사람됨이 信實하다고 여긴 송도유수는, 그에게 별부은 일천 냥을 주면서 물화를 무역하여 오도록 명한다.

그런데 별부은의 경우, 관리가 별부은을 사적으로 사용한다는 것은 불법이다. 이는 갈등과 흥미를 주기 위한 작자의 개인적 의도의 소산으로 생각된다. 이 문면은 작자가 실제 사건을 채록・변개한 듯하다.

다음으로 주인공이 별부은을 전용한 후, 이를 거짓 변명하는 정황에 대해 알아보자. 그 서사단락은 다음과 같다.

a ; 이장백은 개성유수의 물화출처 추궁에 守奴에게 잃었다고 아뢴다. b ; 이장백은 송경유수에게 처음엔 미도착으로 아뢴다. 그러나 송경유수의 재추궁을 받게 되자, 창해풍파로 인해 잃었다고 아뢴다. c ; 홍언순은

송도유수의 추궁에 萬里水路로 인해 잃었다고 아뢴다.

여기서 주인공이 별부은을 전용한 뒤, 겪는 고난의 양상은 전술하였는 바 생략한다.

별부은삽화는 주인공에게 고난과 위기를 부여함으로써, 독자들에게 긴장과 흥미를 주기 위한 의도로 설정된 듯하다.

사은죽삽화의 경우, 여주인공이 주인공에게 사은죽을 주는 상황을 보면, 각기 개별적 면모를 드러내고 있다. 그 서사단락은 다음과 같다.

a, c ; 여주인공은 주인공이 귀국할 때, 그에게 사은죽 반쪽을 주면서 後會를 기약한다. 그 후, 주인공이 여주인공과 재회한 뒤 작별할 때, 여주인공은 주인공에게 사은죽 반쪽을 다시 돌려준다. b ; 계낭자는 시비에게 이장백의 거주성명을 알아오게 한 후, 사은죽 반쪽을 주면서 후일 만날 것을 약속한다. 그 뒤, 이장백이 계황후와 다시 만난 후 이별할 때, 그녀는 이장백의 은공을 기리며 思恩詩를 읊는다. 여기서 계황후가 이장백에게 사은죽을 돌려주었다는 문면은 전혀 발견되지 않는다.

사은죽삽화는 두 사람의 만남을 자연스럽게 예시하는 한편, 여인의 보은행위를 극명하게 드러내 보이기 위해 설정된 것이라 하겠다. 여기서 독자의 흥미를 끌기 위한 작자의 의도를 간파할 수 있다.

월경채삼삽화의 경우, 그 세부적 정황이 달리 나타나고 있다. 그 서사단락은 다음과 같다.

a ; 관서 채삼꾼 수백 명이 요동 땅을 월경하다 그 곳 태수에게 체포되자, 이들은 태수를 죽이고 도망쳤다. 이 사실을 鳳皇城將이 알고 天子께 아뢰었다. b ; 의주부윤이 사람을 시켜 월경하여 채삼케 하였는데, 중국인들에게 사로잡히게 되자, 이들은 중국인 5명을 살해하고 도망쳐 오는 도중, 봉황장이 그 기미를 알고 사로잡아 구금한 뒤에 황제께 장계를 올렸다. c ; 의주 나졸들이 월경하여 채삼하다가 중국병사를 살해하고 도망

쳤다. 봉황성장이 이들을 사로잡아 구금한 뒤, 황제께 謄聞하였다.

월경채삼삽화는 홍순언 일화의 서술문면을 개변한 것으로 보인다. 여기서 작자는 주인공과 여인의 재회를 예시하고 있다.

그러면 e에 대해 살펴보자. 먼저 별부은, 사은죽삽화와 어떤 차이점이 드러나는지 알아본 후, 개변양상을 띠고 있는 월경채삼삽화에 대해 검토해 보기로 하자. 그 서사단락은 다음과 같다.

송도 상인 김수일은 마원철에게 은자 천 냥을 주면서 물화를 무역하여 오라고 명한다. 중국에 들어온 마원철은 화소저를 만나 그녀의 효성에 감동하여 은자 천 냥을 준다. 그리고 마원철은 화소저와 남매지의를 맺고 그 문서를 써준다. 조선으로 돌아온 마원철은, 김수일의 물화출처 추궁에 소전평에서 변을 당해 잃어버렸다고 거짓말 했다. 그는 거짓 변명으로 위기를 넘기지만, 이로 인해 심적 갈등과 고통을 겪는다.

여기서 남매지의삽화는 홍순언 일화의 변이의 결과로, 『보은금』, 『택리지』의 서술문면과 연관성을 지닌 듯하다. 그러나 이 문서는 타 이본들과는 달리, 두 사람이 재회할 때 진위확인용으로 쓰여 지지 않는다. 따라서 작자의 의도적 소산이기는 하나, 고난과 흥미가 半減된다고 하겠다.

월경채삼삽화의 경우, 그 세부적 정황은 a, b, c와 판이하게 나타나고 있다. 그 서사단락은 다음과 같다.

중국 황제의 명을 받은 사신이 조선에 통보도 없이 의주에 와서 산삼을 캐다가, 의주부윤에게 체포되어 곤장을 맞고 구금되었다가 중국으로 쫓겨난 일이 있었다. 이 사건으로 황제는 대노하여 거병하려 하였다.

이러한 서술문면은 당대의 시대적 상황의 반영으로 여겨진다. 작자는 독자들에게 현실감과 아울러 흥미와 관심을 끌기 위해, 숙종 때 중국과의 사이에서 실제 발생했던 역사적 사건을 삽화로 채택했던 것 같다. 그런데 여기서 주목할 점은 犯越人이 a, b, c와는 달리 중국인(그것도 중국 사신)으로 설정되었다는 사실이다. 이는 역사적 사건 처리나 중국에 대한 작자 나름의 反感이 작용된 결과로 보인다.

13 : a, b, c, e에서는 월경채삼삽화를 계기로 주인공이 다시 중국에 가게 된다. 그러나 d에서는 종계변무삽화를 계기로 주인공이 재차 중국에 가게 된다. 그런데 주인공이 중국에 가게 되는 정황을 살펴보면, 이본들마다 다른 양상을 띠고 있다. 그 서술문면은 다음과 같다.

a ; 이장백은 역관 신분으로 사신들을 따라간다. 이때 이장백은 副使에게 동행할 것을 자청한다. 부사는 그를 크게 칭찬하고 동행을 허락한다.(이때 上使는 전의 개성유수였다.) 주인공의 인물됨에 대한 작자의 일관된 태도를 엿볼 수 있다. b, c ; 주인공은 역관신분으로 사신들을 따라간다. 이때 주인공은 부사에게 은자 백 냥을 뇌물로 바치어 동행을 허락받는다.(이때 上使는 전의 송경〈송도〉유수였다.) 주인공의 면모가 흐트러지고 있는바 아쉬움을 남기고 있다. d ; 홍가신은 上使인 月沙의 청에 의해 역관 신분으로 사신들을 따라 간다.(이때 上使는 李廷龜였다.) 홍순언 일화의 서술문면과 밀접한 관계를 맺고 있음을 알 수 있다. e ; 마원철은 상인신분으로 사신들을 따라간다. 이때 장인 김수일은 마원철에게 은자 수천 냥을 주면서 물화를 무역하여 오라고 명한다.

이러한 서술문면은 작자의 개인적 의도의 소산으로 여겨진다. a, b, c, d에서 주인공의 신분을 역관으로 설정한 것은, 일화에서의 주인공의 신분을 수용한 것으로 보인다. e는 변이이다.

그런데 특히 e의 경우, 중국에 사신을 파견할 때의 상황을 주목할 필요가 있다. 즉, 조정 대신들이 국가적 문제를 해결하는 데 있어 회피적 태도를 취하고 있다는 점이다. 그러면 e에 대해 살펴보자.

월경채삼사건으로 중국 황제가 조선을 치겠다고 하자, 조선의 왕과 대신들 그리고 문제를 야기 시킨 의주부윤 등, 모두가 당황하여 안절부절

어쩔 줄을 모른다. 특히 사건 발단의 장본인격인 의주부윤은 처음의 당당했던 자세와는 달리 식음을 전폐하고 죽기만을 기다릴 뿐이다. 또, 조정대신들은 왕명에도 불구하고 중국에 사신으로 가지 않으려고 한다. 이에 왕은 대노한다. 이러한 문면을 통해 작자는 권위주의를 내세우는 가운데 자기 이익이나 챙기고 보신만 일삼는 무책임한 지배계층에 대해 각성을 촉구하는 한편, 당시의 정치 상황을 은근히 꼬집고 있는 듯하다.

14 : 주인공과 여인의 만남은 예정된 결과였다고 할 수 있다. 그런데 a, b, c에서는 유사한 면모를 보이고 있는 반면, d와 e에서는 현격한 차이를 나타내고 있다. 그 서사단락을 살펴보면 다음과 같다.

a ; 承傳은 저황후에게 이장백이 중국에 왔음을 아뢴다. 그녀는 이장백에게 사은죽을 궐내에 드리게 한 후, 그 진위를 확인한다. 그리고 그녀는 틈을 타 황제에게 아뢴 후, 이장백을 만나려고 한다. 이와는 달리 이장백은 저황후가 자신을 부르지 않자 그녀를 의심한다. 이때 저황후는 황제에게 前日之行과 近間之行을 아뢰며 6죄를 청한다. 마침내 저황후는 이장백과 재회한다. 황제는 이장백에게 說宴을 베푼다. b ; 承傳은 계황후에게 이장백이 중국에 왔음을 아뢴다. 그녀는 이장백을 위해 친히 의복을 만들고 그를 만나려고 하자, 황제가 노기를 띤다. 이에 황후가 자신이 전에 겪었던 사연을 고하자, 황제는 이장백의 의기를 크게 칭찬한다. 마침내 계황후는 이장백을 만난다. 그리고 황제는 이장백에게 說宴을 베푼다. c ; 承傳은 계황후에게 홍언순이 중국에 왔음을 아뢴다. 그녀는 홍언순에게 사은죽을 궐내에 드리게 한 후, 그 진위를 확인한다. 이때 그녀는 조용히 천자에게 아뢴 후, 홍언순을 만나려고 한다. 그러나 홍언순은 계황후의 回報가 없자, 그녀를 고약하게 여긴다. 마침내 계황후는 홍언순과 재회한다. 황제는 홍언순에게 잔치를 베푼다. d ; 윤부인은 남편 이상서를 통해 홍가신이 중국에 온 것을 알게 된다. 그녀는 홍가신을 자신의

집으로 오게 한다. 이때 윤부인은 홍가신에게 전일의 행적을 묻는다. 마침내 윤부인은 홍가신이 자신에게 은혜를 베푼 사람임을 알게 된다. 윤부인과 이상서는 홍가신에게 說宴을 베푼다. 이러한 서술문면은 a, b, c, e 보다 긴장감과 흥미가 덜하다고 하겠다. e ; 화부인은 하인을 통해 마원철이 중국에 온 것을 알게 된다. 그녀는 마원철을 자신의 집으로 모셔온다. 그러나 마원철은 화부인을 알아보지 못한다. 이에 황부인과 시비가 전일의 사연을 얘기한다. 마침내 마원철은 그녀와 재회의 기쁨을 나누게 된다. 화부인과 장상서는 마원철에게 說宴 베푼다. 이러한 서술문면은 홍순언 일화를 답습하려는 태도에서 연유된 듯하다. 이로써 보건대, e는 a, b, c 보다 긴장감과 흥미가 떨어지는 것 같다. 여기서 이 작품의 한계의 일면을 엿볼 수 있다.

15 : d를 제외하고는 유사한 면모를 보이고 있다. 이를 간단히 살펴보면 다음과 같다.

a, b, c, e에서는 주인공의 의기로운 일과 여인의 보은으로 월경채삼사건을 해결하게 된다. d 역시 주인공의 의기로운 일과 여인의 보은으로 월경채삼사건을 해결하게 된다. 그러나 이들 이본들은 그 세부적 서술문면에서 차이를 드러내고 있다. 이에 대해 알아보자.

a, c ; 주인공이 직접 황제에게 조선 국왕의 죄를 면해 줄 것을 주청한다. b에서는 이러한 문면이 발견되지 않는다. d ; 윤부인은 유교적 명분론을 내세운다. 이에 그녀의 남편 이상서가 황제에게 두 사람의 의기와 보은을 아뢴다. e ; 황후와 화부인의 시아버지인 승상 장백이 황제에게 마원철의 의기와 공문 미발송 등을 예로 들어 주청한다.

여기서 각 이본의 작자 또는 필사자는 주인공과 여주인공을 유교적 명분론에 의거하여 형상화한 듯하다.

16 : a, b, c, d, e 모두 여인의 보은에 대한 문면이 나타나고 있다. 그

러나 이본들 마다 개별적 면모를 보이고 있다. 그 세부적 서술문면을 살펴보면 다음과 같다.

a ; 저황후는 황제에게 자신이 前日 겪었던 사연을 아뢰며, 보은할 수 있기를 청해 허락받는다. 또한 그녀는 황제에게 東使를 한 달만 더 머무르게 하고, 예로써 그들을 대접할 수 있기를 청해 허락받는다. 저황후는 이장백이 귀국할 때, 그에게 보은단을 선물한다. 이장백의 의기와 저황후의 보은을 구제화 시키려 했던 작자의 의도를 엿볼 수 있다. b ; 계황후는 황제에게 자신이 지난 날 겪었던 사연을 아뢰며, 보은할 수 있기를 청해 허락받는다. 그녀는 이장백과 작별할 때, 그에게 보은단을 선물한다.(계황후 손수 비단을 짜 보은단이라 수놓음) 이러한 계황후의 보은은 이장백의 사후까지 계속된다. 이장백의 의기와 계황후의 보은을 선양키 위한 작자의 의지를 감지할 수 있다. c ; 계황후는 황제에게 자신이 前日 겪었던 사연을 아뢰며 보은할 수 있기를 청해 허락받는다. 또한 그녀는 황제에게 사신들을 한 달만 더 留하도록 하고, 예로써 그들을 접대할 수 있기를 청해 허락받는다. 계황후는 홍언순이 조선으로 돌아갈 때, 그에게 보은단을 선물한다. 그 후, 홍언순 내외는 그녀의 치성으로 아들까지 얻게 된다. 계황후의 보은을 강조하려는 작자의 의도를 간파할 수 있다. d ; 윤부인은 홍가신의 은혜에 보답키 위해 친히 비단에 무늬로 보은단이라 새긴다. 그녀는 홍가신과 이별할 때, 그에게 비단 300필을 선물한다. 이러한 서술문면은 홍순언 일화를 충실히 답습한 것으로 보인다. e ; 황부인은 마원철의 은혜에 보답키 위해 손수 비단을 짜 보은단 3자를 수놓는다. 황후도 이에 감동하여 손수 비단을 짠다. 그 후, 마원철은 황부인을 만나 한 달간 머무르게 된다. 이때 화부인은 마원철을 극진히 대접하는 한편, 사신과 그들을 따라온 일행들을 자신의 집으로 초대해 잔치를 베풀어 준다. 또, 그녀는 귀국하는 마원철에게 비단 99필(보은단 3자 수놓음)과 수많은 재

물을 선물한다. 그리고 황제는 우노사에게 명하여 마원철 일행과 물화를 의주까지 안전하게 호위하도록 하게 한다. 이후, 화부인의 보은은 계속된다. 화부인의 보은의 깊이와 정도가 다른 이본들 보다 가장 구체적으로 묘사되고 있다. 여기서 화부인이 직접 비단을 짜 보은단 3자를 수놓는다는 문면은 『삽교만록』과 유사한 면모를 보이고 있다. 작자는 의기 베풀어 보은 받아 부귀 얻는다는 것을 극명하게 강조하고 있다.

17 : 황제가 조선 국왕에게 효유문을 내린다는 삽화는 a, c에서만 발견된다. 그런데 a에서는 효유문삽화만 설정되어 있는 데 반해, c에서는 효유문삽화와 함께, 天使가 귀국할 때 조선 국왕이 표를 올려 사은한다는 문면이 추가되고 있다. 그러나 b, e에서는 황제가 조선 사신을 통해 조선 국왕에게 구두로 전달한다는 문면만 나타난다.

그런데 그 세부적 문면을 보면, b에서는 이장백에게 벼슬을 제수하라는 내용인 반면, e에서는 마원철의 의기로운 일로 월경채삼사건을 용서해 준다는 내용으로 서술되어있다.

이러한 삽화는 주인공의 의기를 강조키 위해 설정된 듯하다. d에서는 이러한 삽화를 찾아 볼 수 없다.

18 : 향리잔치와 금은보화를 나누어 준다는 삽화는 c에만 나타난다. 그 서술 문면을 살펴보면 다음과 같다.

홍언순은 귀국 후, 고난을 겪던 아내와 해후한다. 그리고 鄕里故舊를 초대해 잔치를 베풀고 금은보화를 나누어 준다. 여기서 홍언순의 인간다운 면모를 엿볼 수 있다. 이는 주인공의 인간됨을 선양하려는 작자의 의도적 소산의 결과인 듯하다.

19 : a, b, c, d, e 모두 유사한 면모를 나타내고 있다. 그러나 그 세부적 서술문면을 살펴보면 차이를 드러내고 있다. 그 서사단락은 다음과 같다.

a ; 황제는 예부의 주청에 따라 이장백을 和寧君에 봉한 후, 특별히

奉朝賀로 올렸다. 그리고 終南山 아래 明禮洞에 저택을 내려주고, 또 밭 300결과 노비 각 30口를 하사하였다. 그리고 조선으로 돌아온 上使는 왕에게 사람을 알아보지 못한 죄를 청함과 아울러, 역관 이장백에게 벼슬을 제수해 줄 것을 주청하였다. b ; 왕은 귀국한 이장백에게 1등공신・판서의 직위를 제수하고, 安寧君으로 봉하였다. 그리고 그에게 궁실과 노비를 하사하였다. c ; 임금은 홍언순을 안양군에 봉하고, 도성 십리밖에 궁을 지어 그에게 하사하였다. d ; 왕은 조선으로 돌아온 홍가신을 선전관에 올렸다가 언양군에 봉하고 많은 전답을 하사한다. 그리고 자손 대대로 벼슬길이 끊어지지 않도록 하라는 친필교지를 내린다. e ; 황제는 승상 장백의 주청에 따라 마원철을 광덕군에 봉한 후, 비단 오십동과 금은보화를 하사하였다. 이때 황제는 사신과 그 일행들도 함께 불러 說宴을 베풀고, 사신들에게는 비단 한 동을 하사하는 한편, 조선 상인들에게는 환매의 혜택을 주었다. 얼마 후, 마원철이 귀국하자, 왕은 그에게 충훈부 堂上을 제수하고 통명군에 봉하였다. 그리고 그의 三代를 추증하고, 장안의 대저택을 중수・하사하는 한편, 장상서 부부를 위해 보은사를 짓게 하였다. 녹훈 시, 마원철은 선물로 받은 수많은 비단과 금은보화를 왕에게 바치었다. 완강히 사양하던 왕은 보은단을 제외한 나머지 물화를 어고에 보관케 하였다.

e의 녹훈 시 상황이 타 이본보다 구체적이고 자못 요란스럽다. 이는 의기를 베풀면 보은 받아 부귀 얻는다는 것을 극명하게 드러내기 위한 작자의 의도라 하겠다.

이본들의 녹훈 시 상황은 작자의 개인적 의도에 의해 나타난 변이의 결과인 듯하다.

20 : 여인의 중국 초청에 대한 문면은 c, e에만 나타난다. 여기서는 주인공이 사오년(c) 또는 이따금씩(e) 중국에 들어가 여주인공 부부(c, e)와

황제(e)를 알현한다는 문면으로 서술되어 있다. 여주인공의 보은이 계속되고 있음을 엿볼 수 있다.

그런데 e에서는 장상서 부부와 황후가(특히 화부인) 황제에게 마원철을 중국에서 살게 해달라고 주청한다는 내용이 보이는바 주목된다.(이하 낙장인바, 그 결말을 알 수 없다.)[638] 이러한 문면은 타 이본들에서는 찾아볼 수 없다. 여기서 화부인의 보은의 깊이와 정도를 알 수 있다.

21 : 주인공의 최후 상황은 a, b에서만 발견된다.

a에서는 이장백이 90세에 죽은 것으로만 되어 있다. 이는 홍순언 일화의 변이로,(특히 『국당배어』, 『서포만필』과 연관이 있는 듯함) 이장백의 仁者다운 풍모를 보이려는 의도에서 인 듯하다. 반면, b에서는 이장백이 죽자, 조선에서는 사신을 보내 계황후에게 부음을 고했다. 이에 황후는 향촉을 갖추어 예관을 보내 弔問케 하였다는 문면으로 나타난다. 이는 계황후의 계속되는 보은행위를 통해 이장백의 의기를 더욱 더 상대적으로 기리려 했던 태도에서 연유된 개변의 결과가 아닌가 생각된다.[639]

22 : 후손에 대한 서사단락은 c에서만 나타난다. c에서는 홍언순의 4대손 홍유 때, 중국에서 공물을 요구하자, 홍유가 전해내려 오던 진주를 조정에 바쳐 해결했다는 문면으로 서술되어 있다.

c, d는 홍순언 일화(특히 『국당배어』, 『서포만필』)의 변이로 여겨진다. 작자는 주인공의 은덕이 후손까지 이어지고 있음을 은연중 내비치려 했던 것 같다.

23 : 平言은 e를 제외한 a, b, c, d에서 나타난다. 그러면 이를 살펴보기로 하자.

---

638) 낙장이라 그 결말은 알 수 없지만, 마원철은 중국으로 가 행복하게 살다 죽는 것으로 추측된다.

639) 정명기, 앞의 논문, 86쪽.

a에서는 훗날 역관 홍순언의 의기와 예부상서 부인의 보은의 일을 예로 들며, 이장백과 홍순언을 風流郞·義氣人이라 평하고 있다. 또한 조선에 大君子·眞丈夫가 많은 것은, 임금을 바꾸지 않는 좋은 신하가 있고, 단군 기자의 옛 풍속을 보전하고 요순을 노래하며 周公의 가르침을 외워 예악과 문헌을 잃지 않는 나라이기 때문이라는 문면으로 나타나고 있다. 여기서 이 작품이 홍순언 고사를 소재로 한 것임을 입증해 주고 있다. 또한, 작자는 유교적 이념과 조선인의 자긍심을 강조하고 있다.

b에서는 인간들에게 仁德의 필요성을 역설하는 한편, 이장백의 의기를 높이 칭송하는 문면으로 서술되어 있다. 유교적 이념을 기리려는 작자의 의도를 엿볼 수 있다.

c에서는 인간들에게 仁義를 강조함과 아울러 홍언순의 의기와 계황후의 효성을 선양하고 있다. 또, 궁터와 보은단골의 유래를 밝히는 문면으로 서술되어 있다.

d에서는 홍가신의 행위 자체를 영웅적 인물만이 할 수 있는 것으로 처리하고 있다.

이러한 평결부의 기능은 작품의 주제를 다시한번 뭉뚱그려 보이는 가운데 교훈성을 고양하는 데 있다[640]고 하겠다.

필자는 이본과의 대비를 통해 〈마원철녹〉의 변이양상에 초점을 맞추어 논의하는 과정에서, 각 이본들의 변이양상도 함께 살펴보았다.

〈마원철녹〉은 타 이본들 보다 공간적 배경의 구체성과 확장성이 두드러지게 나타나고 있다. 그리고 다른 이본들과는 달리, 주인공을 상인으로 설정했다는 것도 눈길을 끈다. 뿐만 아니라 월경채삼삽화의 세부적 상황이 타 이본들과 판이하게 차이를 보이고 있다. 더욱이 작품 말미에 화부

640) 정명기, 「홍순언 이야기의 갈래와 의미」 『동방학지』 제45집, 연세대 국학연구원, 1984, 324쪽.

인이 마원철을 중국에 와서 살게 하려고 한다는 문면이 나타나는바 주목된다.

〈마원쳘녹〉의 작자는 유교적 이념을 공고히 하고 이를 선양하는 가운데, 한편으로는 당대 현실을 반영하고 새로운 시대의 가치관을 은근히 내비치고 있다. 뿐만 아니라, 권위주의적인 사대부 계층에 대한 자성과 본성 실현을 촉구하려 한다는 점에서 이본들과 차이를 보이고 있다. 그럼에도 불구하고 〈마원쳘녹〉은 홍순언 일화가 지닌 근본적인 뼈대와 의미를 수용하고 있다는 점에서 그 한계를 지니고 있다고 하겠다.

〈마원쳘녹〉은 史傳類 계통의 소설로서 〈伯傳〉系와 밀접한 관계를 지니고 있는 듯하다. 그러나 그 차이점이 있는바, 〈伯傳〉系와 〈洪彦陽說〉系와는 다른 계열의 이본으로도 볼 수 있는 소지를 남기고 있는 듯하다. 그리고 〈마원쳘녹〉이 창작된 시기는 월경채삼삽화, 상인세력의 발흥, 일화에서 소설로 정착하는 시기 등으로 짐작컨대, 1700년대 말엽에서 1800년대 중엽으로 추정된다. 또한 〈마원쳘녹〉은 현존 이본들 보다 필사연대가 앞서는 듯하다.

(5) 맺음말

이상과 같이 〈마원쳘녹〉을 대략 살펴 보았다.

〈마원쳘녹〉은 의기와 보은을 토대로 한 작품으로, 그 주제적 의미는 '권선징악'에 있다. 또한 마원철과 화소저를 축으로 한 만남과 이별의 구조는 소설적 긴장감과 흥미를 주고 있다. 특히 이 작품은 비현실적인 요소를 배제하고 현실적으로 있을 수 있는 이야기를 소설화했다는 점에서 주목할 만하다. 아울러 독자들에게 소설적 흥미와 함께 교훈성을 강조한 작품이다.

〈마원철녹〉은 소설이 주는 분위기, 수법 등 소설로서의 구성을 비교적 짜임새 있게 갖추고 있는바, 그 문학적 가치가 있는 작품이라 하겠다. 그리고 〈마원철녹〉은 현존 타 이본들 보다 필사연대가 가장 앞서는 듯하다.[641] 또한 〈마원철녹〉은 이본들과 차이를 드러내고 있는바, 특히 〈伯傳〉系 이본들의 국문본・한문본 선후 문제와 변이양상, 그리고 저본 추정에 실마리를 제공해주는 작품이라 하겠다.

〈마원철녹〉은 홍순언 일화를 소재로 한 야담집과 소설, 그리고 국문소설과 한문 단편과의 연관성과 그 성격 등을 검토해 볼 수 있는 자료로 평가된다.

(*자료소개는 지면관계상 생략함)

---

641) <마원철녹>의 필사연대는 다른 이본들보다 가장 앞서는 것 같다고 했지만, 창작연대는 어쩌면 가장 늦을 수도 있을 것 같다. 창작연대와 필사연대에 대해서는 이본들을 종합적으로 면밀히 검토하여 구명할 필요가 있다.

4 〈듸일본유람가〉에 나타난 일본과 일본관

(1) 머리말

구한말은 전근대적인 것과 근대적인 것, 민족적인 역량과 제국주의적인 외세가 맞부딪쳐 소용돌이치던 시기였다. 필자는 이러한 시기에 지식인·관리의 한사람이었던 雪汀 李台稙이 1895년에서 1896년까지 약 1년간 외교관(처음 : 駐箚日本公使館 三等參書官, 후 : 주차일본동경 조선공사관 대리공사) 생활을 마치고 귀국하여 일본에서 보고 겪은 체험을 기록한 장편기행가사 〈듸일본유람가〉에 주목하였다.

周知하다시피 조선통신사 혹은 수신사, 朝士視察團이 쓴 일본기행문이나 견문기록은 현재 어느 정도 남아있고, 이에 대한 소개 및 연구도 비교적 활발한 편이다.[642] 그러나 필자의 寡聞인지는 몰라도 현재까지 알려진 바로는 개화기에 일본을 다녀와서 쓴 장편기행가사는 〈듸일본유람가〉 1편이 유일한 것 같다.[643]

---

642) 李元植, 『朝鮮通信使』, 民音社, 1991 참고.
趙恒來 外 2人, 『講座 韓日關係史』 玄音社, 1994 참고.
孫承喆, 『近世朝鮮의 韓日關係研究』, 國學資料院, 1999 참고.
許東賢, 『近代韓日關係史研究-朝士觀察團의 日本觀과 國家構想-』, 國學資料院, 2000 참고.

643) 참고로 現傳하는 서양 관계 기행가사는 李鍾應이 1902년에 쓴 <셔유견문록>(김원모

〈듸일본유람가〉는 현재 이본 2종 [〈듸일본유람가〉(국립중앙도서관 소장본, 필사본 55장 1책)와 〈遊日錄 유일녹〉 (一名, 使日錄. 손자 李胤來 소장본, 필사 단권 1책)]이 전하고 있다. 이 두 이본은 국문 장편기행가사로 字句의 異同만 있을 뿐 거의 차이가 없으며, 〈듸일본유람가〉가 〈유일녹〉보다 더 원본에 가까운 것으로 보인다.[644] 〈듸일본유람가〉는 이태직이 1895년 6월 30일에서 1896년 4월 25일까지 일본에서 외교관 생활을 마치고 귀국하여 국내를 여행하다가 느낀 바(일본의 풍물과 문물·제도 등을 소개하고자)가 있어, 1902년 5월 10일(음력)에 쓴 使行歌辭인 동시에 報告歌辭이기도 하며 비망기록적 성격을 지닌 작품이다.[645]

교수는 한글 세계 견문 기행가사로 평가하고 있음)과 金漢弘이 1908년에 쓴 미국 기행가사 <海遊歌>(一名 西遊歌)가 있다. 이에 대해서는 金源模(「李鍾應의 西槎錄과 서유견문록 解題」, 『東洋學』 第三十二輯, 檀國大 東洋學硏究所, 2002)와 朴魯埻(「海遊歌의 세계인식」, 『韓國紀行文學作品 硏究』, 國學資料院, 1996)의 논문을 참고할 것.

644) 필자가 <듸일본유람가>를 발굴·소개한 崔康賢 교수에게 문의한 결과, <듸일본유람가>가 <유일녹>보다 더 원본에 가까운 듯하며, <유일녹>은 <듸일본유람가>보다 후에 쓰여 진 것으로 추정된다고 하였다. 최교수는 <듸일본유람가>를 이태직이 직접 쓴 것인지 의문이 가기도 하며, <유일녹>은 이태직의 구술로 첩이 받아 쓴 것으로 짐작된다고 하였다. 이때 <듸일본유람가>에 식민지 용어가 들어있어 <유일녹>으로 고친 것 같다고 하였다.

645) 서지적 사항에 대해서는 李台稙 원저·崔康賢 역주, 『조선 외교관이 본 명치시대 일본』, 신성출판사, 1999, 9~25를 참고할 것.
<듸일본유람가>는 1,618행으로 이루어져 있으며, 그 구조를 4단계(1단계 : 여행준비과정, 2단계 : 동경까지의 노정, 3단계 : 동경 체험과 견문, 4단계 : 조선으로의 회정)로 나눌 수 있다. 시간적 흐름은 부차적으로 기록하고 공간적인 흐름에 의거하여 진행·서술하고 있다. 그런데 5단계인 서울까지의 여정과 여행의 마무리 부분이 빠져 있어 다소 불완전한 구성이라는 느낌을 준다. 그렇지만 가는 길의 여정은 시간까지 정확히 적는 치밀함이 있으나, 새로운 사안이 없는 부산에 도착한 후 작품을 마무리하고 있는 것으로 보아 신문명에 대한 동경 때문으로 보인다. 그만큼 필요한 사건이 있는 곳을 선택적으로 기술한 것이다. 문명개화에 대한 이해 및 문물제도를 소개하기 위한 의도 때문인 듯하다. 또 견문 비율이 전체 1,618행 중 조선은 99행(6%), 일본은 1520행(94%), 총 303일간의 기간 중 국내일정은 8일(3%), 국외일정은 295일(97%)을 차지하고 있다. 서술 분량도 여행 준비과정 41행, 일본에 도착하기까지의 내용 48행, 국서 전달 59행, 동경에서 부산까지의 귀로 및 마무리는 54행이다. 나머지는 일본에 체류하면서 본 새로운 풍물과 일본의 사회모습, 풍속, 문물제도 등이다. 자신의 주어진 임무를 수행하면서 새로운 문명세계를 관심 있게 주시하며 문물·제도 등에 대하여 견문의 초점을 맞추고 있다. 굳이 부산에서 서울까지의 여정을 서술하지 않은 이유가 여기에 있는 것으로 보인다.(李禧承, 「朝鮮後期 日本紀行歌辭 硏究」, 仁川大 敎育大學院 碩士學位

지금까지 〈ᄃᆡ일본유람가〉에 대한 연구는 자료소개나 해제, 〈일동장유가〉와 〈ᄃᆡ일본유람가〉와의 내용별 비교 내지는 작가의식 비교 정도로 매우 미진한 실정이다.[646]

〈ᄃᆡ일본유람가〉는 구한말 일본에 대한 시각과 인식의 태도를 엿볼 수 있는 거의 유일한 일본 기행가사로 자료적 가치가 높은 작품이다. 그러므로 본고는 〈ᄃᆡ일본유람가〉에 나타난 일본과 일본관에 대하여 살펴보고자 한다. 지식인이자 외교관이었던 이태직은 일본을 어떻게 바라보고 이해하고 있었나? 그는 과연 일본기행을 통해 무엇을 보고 듣고 어떻게 느꼈으며, 이를 통해 일본에 대하여 어떤 생각과 인식태도를 보이고 있을까? 등은 본고에서의 논의사항이기도 하다.[647]

(2) 〈ᄃᆡ일본유람가〉에 나타난 일본과 일본관

(2-1) 〈ᄃᆡ일본유람가〉에 나타난 일본

(가) 아름다운 자연경관과 발전된 도시

작자는 〈ᄃᆡ일본유람가〉에 일본의 자연경관을 어떻게 그리고 있을까?

論文, 1998, 8~20쪽 참고.)

646) 현재까지 발표된 논문과 자료집을 대략 소개하면 다음과 같다.
崔康賢 譯註, 「ᄃᆡ일본유람가」, 『文學思想』, 11・12월호, 文學思想社, 1975.
______, 「使行歌辭의 比較考察(1)-일동장유가와 ᄃᆡ일본유람가를 중심으로 하여」, 『홍대논총』 9집, 홍익대, 1977.
이성후, 「日東壯遊歌와 日本遊覽歌의 比較研究-作家意識을 中心으로-」, 계명대 교육대학원 석사학위논문, 1983.
李禧承, 「朝鮮後期 日本紀行歌辭 硏究」, 仁川大 敎育大學院 碩士學位論文, 1998
李台稙 원저・崔康賢 역주, 『조선 외교관이 본 명치시대 일본』, 신성출판사, 1999.

647) Text는 편의상 최강현이 현대어로 역한 <ᄃᆡ일본유람가>(『조선 외교관이 본 명치시대 일본』, 신구출판사, 1999)를 대상으로 하였음을 밝혀 둔다. 인용 시 맞춤법 및 띄어쓰기도 최강현이 현대어로 역한 그대로 따른다.

이십육일 육로로 떠나　　화륜거를 처음타니
··························(중략)··························
건듯건듯 지나는데　　별것이 다 많은 것
수삼십리 대수풀에　　왕대도 울밀하며
큰틀에 연을 심어　　연꽃이 난개한 것
층암절벽 둘리어서　　백척이 높아 있고
비류직하 삼천척은　　폭포도 장하도다
일망무제 너른 들에　　곡식이 우거져서
농부들 모여서서　　김을 매는 모양들과
가다가 드문드문　　제일 장관 무엇인가
십리 장강 다리 놓고　　그 위로 좇아가며[648)]

신호(神戶. 고베)를 출발하여 화륜거(기차)를 타고 서경(西京. 교토)을 향해 가는 도중의 경치를 그린 것이다. 왕대가 울창한 대나무 숲의 정경, 연꽃이 난개한 넓은 들판, 장엄한 폭포의 모습에 감탄하고 있다. 그리고 끝도 없이 넓은 평야에 잘 경작된 곡식들과 농부들의 일하는 모습도 보인다. 그 중에서 제일 장관으로 눈에 뜨인 것은 십리나 되는 강 위에 사람들의 손으로 놓여 진 다리였다. 인공으로 설치된 구조물 때문에 그 광경이 더욱 장관이라고 보았다. 자연의 모습 그 자체만 감상하는 것이 아니라 인공적인 것까지도 빼놓지 않고 자세히 보고 있다. 이러한 그의 시선은 경치 좋은 금각사로 쏠린다.

금각사 좋다 하니　　거기도 구경하자
동구를 찾아 가니　　십리 장곡 유수한데

648) <딕일본유람가>, 40쪽. 이후 <딕일본유람가> 인용 시 해당 인용구절 끝에 페이지만 표시한다.

좌우로 한결같이	삼목이 울밀하고
시내가 굽이쳐서	잔잔히 흘러가며
깎아지른 석벽들은	길길이 솟았는데
이렇듯 높은 석벽	저처럼 만들 적에
재물인들 얼마 들며	인교도 신통하다
보보이 들어가니	집 전형이 멀리 뵌다
일백 새 우는 소리	수풀 속에 요란하여
어지러운 경쇠소리	구름 속에 나 보이니
절 구경 하기 전에	경개가 심히 좋다
문 앞에 다다라서	집 제도를 돌아보니
어림에 천여 간이	일평이 그득하다(59～60쪽)

금각사 입구까지의 경치를 그리고 있다. 금각사의 좋은 경치는 이미 들어 알고는 있었으나 직접 확인하고는 매우 감탄한 모습이다. 금각사는 깊은 숲 속에 자리하고 있는데 그곳까지 들어가는 길이 사람의 손을 빌어 웅장하게 닦여 있었다. 사람들의 재주와 공사에 필요한 자재를 마련한 재력 또한 작자에게 관심의 대상이 되고 있다. 신통하다고 생각하며 계속 길을 가보니 저 멀리서 절의 형체가 드러나고, 깊은 숲이라는 것을 증명이라도 하듯 많은 수의 새가 요란스럽게 지저귄다. 어지러운 경쇠소리가 구름 속에 울려 퍼져 보인다는 공감각적인 표현으로 절의 적막한 분위기와 자연의 조화로움이 효과적으로 드러나고 있다. 천여 간이나 되는 절의 규모는 경개와 더불어 탄복하기에 충분했다.

작자는 일본의 자연경관을 무척 아름답고 부러운 대상으로 표현하고 있다. 긴 강 위에 놓인 다리, 깊은 산중에 건축된 천여 간 규모의 금각사 등, 자연 속에 인간의 손길이 가미되어 이룬 조화에 찬사를 보내고 있다. 그렇다고 무조건적으로 동경하는 것은 아니다. 지진[649] 등과 같은 큰 재앙을 유발할 수 있는 자연현상을 간과하지 않는 조심스러운 태도도 취하고 있다. 다음은 도시정경에 대하여 살펴보자.…

예서부터 일본지경　　처음으로 보아 보자
거민의 즐비함과　　물색의 번화함이
처음 보는 안목에는　　대도회라 이를러라 (34쪽)
……………………………(중략)……………………………
장기지사 찾아 가니　　관사가 웅장하다
수어하고 돌아올 때　　역로에 구경하니
이층 삼층 높은 집은　　사면으로 조접하고
……………………………(중략)……………………………
집집이 화초치레　　각색을 심었으며
골목마다 시전들은　　물건도 풍성하다(35쪽)
……………………………(중략)……………………………
인민이 사는 것과　　물건의 풍성함이
처음 보는 안목으로　　대단히 휘황하다
집제도 찬란함이　　이층 삼층 높이 짓고
가로의 시전들은　　기이한 물건들에(36쪽)

작자는 장기도(長崎島. 나가사키)에 도착하여 처음으로 일본의 도시

649) "지진이 대단하여　　한 달에도 여러 번씩
조금하다 그치는 것　　오히려 예사로되
대단히 하는 때는　　이처럼 큰집이나
기둥과 대들보가　　일시에 우적우적
거의거의 넘어질 듯　　송구하기 한량없고
동경천지 이상하여　　삼동에 심한 바람
화재가 자주 나서　　날마다 몇 집씩이
여기저기 일어나며　　없는 날이 없다 하니
염려가 장 있어서　　각별히 단속하되"(97쪽.)

정경을 접하게 되었는데, 수많은 인구와 번화함에 놀라울 따름이었다. 2·3층 집들이 사방으로 있고, 집집마다 각양각색의 화초를 심어 가꾸고 있을 뿐 아니라, 시장에는 물건들이 풍성함을 서술하고 있다. 이러한 도시의 번성함은 적마관(赤馬關. 아마구찌겐)이나 신호(고베) 등, 가는 곳마다 마찬가지였다. 일본에 도착한 작자는 도시의 크기와 번성함, 물건의 풍부함에 감탄하고, 그 이유가 무엇인지 세밀히 관찰하고 있다. 그는 계속 여행 도시의 정경을 주시하고 있다.

길도 워낙 좋거니와　　일하는 것 다부지다
야경이 좋다하니　　밤에 나가 구경하자
만만가호 조접한데　　첨사층영 높은 집에
거리거리 시전들에　　줄줄이 켜 단 불
백주보다 더 밝아서　　안목이 휘황하다
인력거 탄 사람은　　남녀노소 귀천없이
길에 덮여 내왕하니　　수레소리 요란하다(38쪽)
……………………………(중략)…………………………
저녁 식후 일어나서　　큰길로 편행하니
불기구 장한 것만　　안광이 현황하고(45~46쪽)
……………………………(중략)…………………………
동경의 배포함은　　주위가 오십리니
산이 없어 평평한데　　성은 있고 뭍 없으니
성내에 큰 개천들　　줄기줄기 통하여서
좌우로 석축하여　　그 위에 다리 놓고
다리 밑에 배 내왕들　　바다로 흘러가며
성내가 십오구며　　한 구에 몇 번지씩
곳곳이 공해 집들　　양제로 지었으니

벽돌로만 쌓았으니	찬란하고 굉장하며
대관이며 평신들이	집치레가 대단하다
사면으로 통한 길이	한결같이 광활하여
조그마한 골목들도	우리나라 종로 길만
서발 막대 거침없고	평평하고 정결하다(48쪽)

현란한 전광판, 여러 층으로 지어진 높은 집들, 시장에 켜 단 전깃불, 벽돌로 지은 양옥 관청, 정리가 잘 된 넓은 도로와 깨끗함 등 작자의 눈에 비친 도시는 인구도 많을 뿐만 아니라 정결하며 번화하다. 그 이유가 무엇인지 유심히 관찰한 결과, 새로운 문물의 수용 때문임을 깨닫는다.

조선 후기 通信使로 갔다 온 사람들이 쓴 기록들을 보면, 일본에 대한 경멸이나 적개심을 내비치면서도 아름다운 풍광이나 물산의 풍성함에 대해서는 놀라움을 표했다. 그러나 도시의 사치스러운 꾸밈, 즉 일본인들이 누리고 있는 富에 대해서는 지나친 것이라며 폄하하고 있다. 이 점은 김인겸의 〈일동장유가〉에서도 마찬가지이다. 〈일동장유가〉를 보면, 일본의 자연 경관의 아름다움에는 감탄을 하지만, 도시의 번화하고 화려한 모습에 대해서는 사실 그대로만 기술하는 한편, 분에 넘친 사치함에 대해서는 비난하고 있다. 반면 〈ᄃᆡ일본유람가〉에서는 자연 경물의 아름다움에 감탄을 하지만, 그보다는 자연 속에 인간의 손길이 가미되어 이룬 조화와 도시의 발전된 모습에 관심을 더 보이고 있다.

(나) 개방적인 생활풍조와 비유교적인 민속의례

작자는 아름다운 자연경관과 발전된 도시에서 살고 있는 일본인들의 생활에 대해 많은 관심을 보이고 있다. 일본인들은 대개 낮에 일을 하고 밤에는 친구를 찾는다[650]고 한다. 그래서 밤이면 흔히 도처에서 악기를 타고 노래해 집집마다 요란하다[651]고 서술하고 있다. 그리고 작자는 딸들이 어느 정도 성장하면 직장을 다니게 한다는 얘기를 듣고 관심을 표명하고 있다.

딸 자식 나아 길러	어려서 가르친 후
이런 집에 보내어서	몇 해든지 사환하여
손님 접대 하는 범절	배우기도 하려니와
달달이 월급받아	그 돈을 모아서
시집가는 밑천 삼고	저희 부모 모르는체
그 아니 고이하냐	꽃같이 어여쁜 것
십오세 이십세라	주인 집에 손이 들면
온갖 거행 다하여서	방 쓸고 자리펴며
음식 먹는 시중까지	전수히 계집이지
사나이는 못보겠다	그 중에도 어떤 계집
난잡히 음행하여도	수치됨이 전혀 없어

……………………(중략)……………………

시집 안간 색시도	음행하기 일등이며(44~45쪽)

딸을 낳아 키우고 가르치다가 어느 정도 성장했다 싶으면 그런 집에 보내 손님을 접대하는 범절을 배우게 한다. 그러면서 월급을 받아 시집갈 밑천을 마련한다. 이에 대해서는 작자도 수긍하는 듯하다. 그러나 문제는 자기 부모를 모른 체하고 음행까지 부끄럼 없이 행하는 것에 대해 도저히 납득할 수 없다는 생각을 내비치고 있다.

한편, 목욕을 즐기는 일본인의 권고로 시험 삼아 목욕을 하게 된다.

---

650) "여기 사람 풍속들이 낮에는 일을 보고
친구 심방하는 것도 밤에 많이 한다 하네."(38쪽)

651) "밤에 앉아 들으며는 비파 타고 노래함이
처처에 일어나며 집집이 요란하되"(39쪽)

주인의 집 처음 드니　　　목욕하라 이르기에
입항승속할 양으로　　　목욕간에 가서보니
시험으로 하여 보니　　　해롭지는 아니하나
제일은 웃은 것이　　　꽃같이 젊은 계집
사나이 벗고 선데　　　태연히 들어와서
온 몸을 다 씻기고　　　온갖 시행 다 해주며
사나이 보는데도　　　저도 벗고 목욕하기
수치도 아니 알되　　　우리 보기 면괴하다
야만의 풍속이라　　　내외없긴 고사하고
이렇듯이 무례하니　　　돈견이나　다를소냐(39쪽)

목욕하는 것은 좋지만 젊은 처녀가 손님의 목욕 시중을 드는 것에 대해 충격을 받았다. 태연히 옷을 벗은 채 사내의 몸을 씻겨 주고 온갖 시중을 다 들어주는데, 전혀 수치스러운 빛을 띠지 않자 당황하는 모습이 역력하다. 사실은 직업적인 탕녀인데 이를 모르고 있을 뿐 아니라, 유가적 사고관을 지닌 작자의 입장에서는 도저히 납득할 수 없는 일이다. 따라서 이러한 행태에 대해 무례하고 돈견이나 다를 바 없다고 표현한 것이다.

작자는 특히 민속이나 관・혼・상・제례에 대해 시선을 집중시키고 있다. 일본은 역법 개혁으로 양력을 사용하고 있었다.[652] 그래서 설도 대개 양력으로 쇠나, 아직도 음력 설을 차리기도 한다.[653] 그런데 일본인들

652) 일본은 역법 개혁으로 국제사회에 진입이 용이해졌으며, 또 定時法을 채택함에 따라 중앙집권적 행정이 효율적으로 이루어졌다. 나아가 낡은 습속과 민간신앙을 한꺼번에 부정하는 효과를 얻을 수 있었으며, 황실 중심의 국가 축일을 제정하여 천황제를 중심으로 국민통합을 공고히 하고, 이를 국민들의 생활 속에 자리 잡게 하는 계기 또한 마련하였다.(허동현, 앞의 책, 193~196쪽.)

653) "여기 사람하는 말이　　　일본에 양력쓴지
이십년이 되었으되　　　지금도 시골서는
이전 음력 시행하여　　　오늘이 설이라고
남녀노소 새옷 입고　　　서로 인사한다 하니

의 설에는 왕대나무나 소나무를 대문에 심어 놓거나 걸어 놓으며, 다시마 한 오라기와 오징어 한 마리를 집집이 달아매고 벽사한다는 등 작자가 보기에는 설풍속이 괴이할 따름이다. 또 부인네와 시집 안 간 처녀들이 세배 다니는 것, 화려한 머리꾸밈과 옷치장에 대해서는 비판적이다. 이는 작자의 유가적인 시각 때문으로 보인다. 하지만 설 물건의 풍성함이나 절구에 떡을 넣고 메공이로 찌어내는 모습, 남녀노소 설빔차림 등에 대해서는 긍정적이다.[654]

작자는 유가적 의식의 소유자로 일본의 의례에 대해 보고 들은 것을 상세히 기술하고 있다. 먼저 혼례에 대해 살펴보기로 하자.

혼인예절 들어보니　　신랑신부 의혼할 때
중매가 소개하여　　두집에서 완정한 후

옛 규식 지키기는　　피아국이 일반이라"(95쪽)

654) "일본 설을 당해보니　　풍속이 이상하다
왕대와 소나무를　　대문에 심어노며
다시마 한 오라기　　오징어 한 마리를
집집이 달아매고　　벽사한다 이름하며
길에를 나가 보니　　각색 물건 풍성한 것
전마다 벌여놓고　　길에까지 놓았으니
아국으로 이르며는　　효동좌기 모양이라
떡친다 하는 것은　　절구에 떡을 넣고
메공이로 찌어내니　　그도 또한 장관이며
오락가락 하는 사람　　물건을 사가지고
분주이 다니는 것　　피아국이 일반이라
……………………(중략)……………………
남녀노소 아약없이　　새 옷을 떨쳐 입고
길에 덮여 다니는 것　　그도 또한 장관이라
……………………(중략)……………………
점잖은 집 부인들과　　시집 안간 새아씨들
각처에 세배차로　　길에 널려 다니는 것
머리에 꾸민 것과　　옷입는 것 치레함이
한 사람 단장한 것　　여러 백원 들었으니
조선계집 모양보다　　찬란은 하거니와
이목이 서툴으니　　좋은 줄은 모르겠고"(90~91쪽)

좋은 날 가리어서	그 날을 당하며는
신부의 부모 양친	신부를 거느리고
신랑집이 먼저 오되	부모없는 신부며는
일가 중 대신오고	일가도 없는 사람
타인을 얻어서도	부득불 온다하며
방 속에 배설하되	아무 음식 안차리고
상하나 들여놓고	그 위에 놓는 것은
곤포가 한 접시며	오징어 한접시오
사기분에 솔 심어서	한 가운데 들여놓고
그 아래 보를 펴고	거북 한 쌍 마주 놓고
옛적 한 사람이	내외가 해수하여
사나이는 일백세요	부인은 구십세
두 노인 화상지어	좌우로 앉혀놓고
한편으로 신랑안고	그 옆에 신부부모
중매장이 사나이는	그 가운데 앉으며는
십여세 어린 계집	의복을 단장하여
좌우로 다니면서	술잔을 거행하되
술한잔 가득쳐서	중매장이 먼저 주고
또 한잔 가득쳐서	신부 앞에 가져가면
신부가 반을 먹고	그 잔을 채워 쳐서
신랑 앞에 가져가면	신랑 또한 반쯤 먹어
그리하기 세 번하면	성례 했다더라
일가친척 다 모여서	그 이틀날 잔치하되
모양보아 하는 사람	여러천원 든다하니
이런 형세 없이	장가들기 어렵다네(63~64쪽)

작자가 듣고 기술한 일본의 혼례를 우리의 혼례와 비교해 보면, 초례상

에 놓인 음식과 화상 안치, 중매쟁이 좌석 배정, 어린 소녀가 술 쳐주는 의식 등 의식절차에 있어 현격한 차이를 보이고 있다.[655] 그럼에도 이에 대한 소감보다는 과다한 혼인비용 지출로 인해 장가들기 어렵다는데 초점을 맞추고 있다. 그런데 후일 작자는 조선 공사관에 근무하던 일본인 직원의 혼인잔치에 초대를 받아 참석하게 된다. 이때의 상황을 기록한 내용을 보면, 혼인잔치가 이상하고 무례한바, 오랑캐 풍속이라고 비판하고 있다. 뿐만 아니라 작자는 사촌간의 혼인 습속에 대하여 금수의 행실이라고 비난하고 있다.[656]

유가적 사고로 무장된 작자의 시선은 상장례에 대해서도 예사롭지 않다. 그런바 그는 세밀한 관찰과 함께 비판적인 시각을 여실히 드러내고 있다. 親喪 時의 無號哭, 염습 및 입관방식과 관 사용법, 상여의 재질과 모양, 화장 및 유골의 절 봉안, 그리고 제사 대신의 택일 불공 등[657] 그의

---

655) 한국과 일본의 관・혼・상・제례 비교에 대해서는 졸고, 「한・중・일 의례에 나타난 공통성과 다양성」, 『비교민속학』 제21집, 비교민속학회, 2001, 279~308쪽을 참고할 것.

656) "봉수하의 편지보니 혼인잔치 한다하고
오라고 청했기로 이곳에 혼인잔치
어찌하는 몰골인지 가서 구경하리로다
……………………(중략)……………………
하는 것은 무엇인지 기생과 광대불러
육각을 두드리며 잡되이 춤을 추며
요술하는 사람 불러 한편으로 요술하니
혼인잔치 한다는 말 광대는 무슨 일고
흉참한 거동으로 요술을 벌여놓게
더욱이 고이하니 풍속도 이상하다
새로 온 새 아씨가 단장을 갖춰 하고
나와서 손님 접대 온갖 수작 같이하니
내외지절 없는 줄은 이왕부터 알았으나
신부라 하는 것이 이렇듯 무례하고
이적의 풍속이라 말하여 무엇하리"(87~99쪽)
"사촌 누이 혼인하기 예사로 한다 하니
금수의 행실이라 말하기 어렵도다"(45쪽)

657) "사람죽어 장사함이 고이하고 이상하다
여기 사람 풍속들이 친상을 당하여도
소리를 크게하여 우는 법 없다 하며

눈에 비친 상장례 의식은 유가적 예법에 어긋나는 금수의 풍속과 같은 것이었다.

다음은 여기서 작자가 대리공사의 자격으로 총리대신 伊藤博文의 父喪 장례에 참석하였을 때의 장면을 살펴보기로 하자.

총리대신 이등박문　　부상을 당하여서
금일이 장사라니　　가서 회장하리로다
각 공사 각 대신과　　호환한 중놈들이
가사를 떨쳐 입고　　육각을 두르리며
일제히 염불소리　　그것이 장관이라
상제라 하는 것은　　거상여부 전혀 없고
이전 입던 그 복색에　　검은 헝겁 한 조각을
갓모자에 둘렀으니　　이것이 표라 하며
울지 않는 풍속인줄　　이왕부터 알았으나
비척하여 하는 것도　　또한 못보겠으니
인륜 패상함이　　지극히 한심하다"(9쪽9)

························(중략)························
염습하고 입관하나　　시신을 앉혀노니
관이라 하는 것이　　우뚝한 궤짝이라
························(중략)························
산상에 올라가서　　장작을 쌓아놓고
그 위에 관을 놓아　　불 놓아 사른 후에
해골만 약간 추려　　절 안에 갖다 묻어
아무의 무덤이라　　빗돌로 눌러 세면
장사했다 이름하고　　기일이 돌아와도
제사는 안지내고　　일년에 한 번씩을
좋은 날 가리어서　　절에 가서 불공하니
이것이 다름없어　　불도 숭상 하는 바라
························(중략)························
상여라 하는 것은　　흰나무로 새로한 것
아무 채색 아니하여　　모양이 이상하다"(83쪽)

이등박문은 당시 정계 제일의 실력자였다. 그러나 가서 직접 會葬하는 모습을 보고 실망을 금치 못했다. 외국의 사신들과 대신들, 그리고 그밖에 많은 사람들이 참석하고 호화찬란한 복색을 한 중들이 염불을 외워주었지만, 상제의 면모는 볼 수가 없었다. 상주인 이등박문은 상복도 입지 않고 일상 입던 복장에 상주의 표시로 검은 헝겁 한 조각만 갓모자에 둘렀을 뿐이었다. 이를 본 작자는 일본의 장례풍속을 익히 들어 알고는 있었지만, 이러한 것이 사람의 도리에 위배되는 패륜임을 지적하고 비판하였다. 특히 일본의 개방적인 생활풍조와 비유교적인 민속의례에 대하여 부정적인 입장을 취하고 있다.

(다) 새로운 문물과 서양제도의 수용

작자는 일본의 번영된 모습을 보고 놀라지 않을 수 없었다. 따라서 새로운 문물에 대하여 지대한 관심과 면밀한 관찰을 하고 있다.

전기등 켜는 것은	집집이 줄을 이어
해가 져 황혼시에	기계 고동 한번 틀면
홀연히 백주되어	추호라도 분변하며
곳곳이 전어기계	십리며 백리라도
고동을 틀어놓고	기계통에 입을 대어
무슨 말을 거기 하면	저편에 가 들리어서
마주 앉아 수작하듯	못할 말이 없다 하네(37~38쪽)

……… ……………(중략)………………………

이십육일 육로로 떠나	화륜거를 처음 타니

……… ……………(중략)………………………

방처럼 만들어서	한 수레가 삼사간씩
수십차를 연이어서	한 틀에 올려 놓고

앞으로 연통달아　　석탄을 피우며는
일시에 끌리어서　　살같이 달아나니
좌우에 보는 것이　　안목이 현황하다
건듯건듯 지나는데　　별 것이 다 많은 것
……… ……………(중략)………………………
십리 장강 다리 놓고　　그 위로 좇아가며
여러 십리산을 뚫어　　그 속으로 좇아가니
벼란간 칠야되니　　불 켜놓고 가는구나
그런 이치 뚫어내어　　이처럼 기교하니
물력인들 얼마 들며　　재주도 놀납도다
신시에 서경와서　　수레에 내려보니
천리를 왔다는데　　오륙시각 되는구나(40～41쪽)

전기불로 밝혀진 神戶를 둘러 본 후의 소감을 피력하고 있는데 매우 획기적인 일로 평가하고 있다. 스위치를 한번 틀면 먼지라도 구분할 수 있을 만큼 환해지는 전깃불, 먼 곳에 있는 사람과 서로 통화가 가능한 신기한 전화기, 석탄을 이용해 빨리 달리는 기차, 길고 넓은 강 위에 다리를 놓고 터널을 뚫는 기술 등에 놀라움과 찬사를 아끼지 않고 있다. 또 넓고 큰 권상점에 가서 가격표를 부착한 각양각색의 신기한 물건들을 구경하고 감탄한다.[658] 작자의 호기심은 끝이 없다. 박람회장에서 본 온갖 물건들과 기괴한 기계들,[659] 그리고 조선창(조선소)과 조지소(제지공장)에 가

658) "권공장 가서 보니　　몇백간 넓은 집에
층층이 올라가며　　완호지물 벌여 놓아
세상에 생긴 물건　　각색 것이 다 있으되
한냥짜리 천냥짜리　　다 각각 표를 붙여
팔도 사는 사람들이　　다투는 것 못볼러라"(50쪽)

659) "박람회라 하는 것은　　각국의 풍속들이
세상에 생긴 물건　　갖추갖추 만들어서
……………………(중략)……………………

서는 이미 들었던 것을 직접 눈으로 관찰하여 사실을 확인하는 꼼꼼함·세밀함을 드러내고 있다.

조선창 가서 보니　　화륜선 짓는 데라
처처에 집을 짓고　　각색 장인 늘어 앉아
곳곳이 기계놓고　　쇠와 나무 제작함이
풀무라 하는 것이　　집채보다 더 큰 속에
석탄을 가득 피워　　그 속에 쇠를 넣어
잠시간 불려내면　　독만한 쇠망치가
기계 한번 누르며는　　저절로 두드려져
안반 같은 쇠조각을　　간간이 금을 그어
온갖 것 하는 것이　　이처럼 다 쉬우니
눈으로 못본 사람　　믿기가 어렵도다
화륜선 고치는 곳　　게도 또한 가서 보자
……………………(중략)……………………
산같이 큰 윤선을　　기계 위에 달아 매길
힘 안들고 올라감이　　검불이나 다름없다
어디가 상했던지　　고칠 것 다 고치면
도로 땅에 내려 놓고　　수문을 열어 놓아
편각간 물이 들어　　그 배가 떠나가니
이전에 듣던 말과　　조금도 다름없다(65～66쪽)
……………………(중략)……………………
조지소 들어가서　　종이뜨는 구경하니

물형으로 말하여도　　형형색색 기기괴괴
……………………(중략)……………………
저절로 기계돌려　　층층이 돌아가면
천백가지 기교함을　　이루 형언 못하겠다
……………………(중략)……………………
천백가지 물건들이　　쓸 것도 많거니와"(42~43쪽)

여러 백간 널 집에　　화륜기계 달아놓고
각색가지 잔 기계를　　차례로 달아 놓아
잇짚을 잘게 썰어　　가마에 넣어 두면
석탄 훈기 뜨거운데　　그 짚이 무른 후에
기계통에 넣어 놓고　　무자위로 물을 대면
바퀴가 돌아가면　　저절로 마전되어
더러운 것 다 빠져서　　희기가 눈빛 같고
또 한군데 옮겨너면　　저절로 두드려서
부드럽고 연하기가　　풀솜처럼 된 연후에
또 한군데 옮겨넣어　　정한 물을 대어 노면
……………………(중략)……………………
처음부터 나중까지　　온갖 하는 기계들이
사람이 대만 노면　　이렇듯 쉽게 되며
못쓰는 휴지들과　　내버리는 헝겁조각
닥겁질 조금 섞어　　한데 넣고 마전하여
그도 또한 종이 뜨면　　상품은 못되어도
질기고 결백함이　　온갖 것 다 할러라
종이 뜨는 신통한 법　　말로만 들었더니
오늘날 당해보니　　듣던 말과 다름 없다.(87쪽)

작자는 화물선을 제작하는 곳에 가서 그 과정도 세심하게 살펴보았다. 집채만큼 큰 용광로 속에서 녹아 정련된 쇳물이 기계에 눌리고 잘려져 조각이 나는 과정 하나하나를 이해하기 쉽고 간명하게 기록하고 있다. 뿐만 아니라 화물선 고치는 곳까지 찾아가 그 과정을 일일이 살펴보고 들었던 것과 차이가 있는지 확인하고 있다. 이는 제지공장에 가서도 마찬가지이다. 기계의 작동 순서며 작업 순서에 따라 구별되는 종이의 품질 등을 이미 들었던 것과 비교하여 살펴보고 확인을 하고 있다. 여기서 작자의 경험주의적 사고의 일면을 감지할 수 있다.

작자는 일본의 사회·경제·교육·군사제도 등을 소개하면서 이에 대한 남다른 관심과 함께 나름대로의 평가를 하고 있다.

부와 현에 지사 있고　　군에는 장이 있어
치민하고 송사함이　　각기 소장 다 있으며
전답 구실 받는 것은　　국내의 전답들이
일평 이평 땅을 재어　　그 중에도 호부 보아
천원짜리 백원짜리　　다 각각 값을 정해
정부에서 문서 주면　　그 문서로 매매하되
값을 한 번 정해주면　　가감이 다 없어
백원짜리 땅이며는　　일년 세납 이원이라
사람사는 집터들도　　본래 정한 값이 있어
한사람 사는 집이　　천원짜리 터이며는
일년 후에 세납함이　　이백오십원이라 하며
각색 장사 각색 장인　　정한 세납 다 있어서
세라고 위명함을　　도무지 통계하여
정부의 이 현 세입　　팔천만원 된다 하네(67쪽)

일본의 토지제도와 조세제도에 대하여 소개하고 있다. 부와 현에는 지사, 군에는 장이 있어 백성을 다스리고 송사사건을 해결해 주는 역할도 한다. 전답을 관리하는 것도 땅의 크기에 따라 각기 값을 정해 문서로 매매하도록 하고, 한 번 정한 땅값은 변동이 없다. 이는 집터, 장사, 匠人들도 마찬가지이다. 그래서 정부가 세금을 거두어들일 때 이 곳 현에서만 팔천만원의 세입이 있었다는 수치까지도 기록하고 있다.

다음은 교육제도에 대해 살펴보기로 하자.

일본의 규모들이	귀천상하 남녀없이
사람나서 칠팔세면	교육하기 전혀 힘써
소학교 대학교며	사범학교 고등학교
나라에서 배설하여	연기조차 가르치고
그 외도 사립학교	곳곳이 배설하여
날마다 공부함이	시각을 정하여서
잘하고 잘못함을	등을 좇아 권장하니
이러므로 여기 사람	하천의 자식들과
장사하는 상천들과	사환하는 계집들도
대강 문자 알아보고	수놓기 일등하니
이런 것은 양법이라	진실로 본받을만(37쪽)

………………………(중략)………………………

소경과 벙어리를	남녀없이 모아놓고
학교를 배설하여	교사가 가르치되
글자도 가르치며	글씨 쓰고 수놓기와
온갖 물건 만드는 것	능란히 다 잘 하니

………………………(중략)………………………

사람 교육함이	병신도 아니 버려
이처럼 도저하니	본받을 만한 일이라(61～62쪽)

일본은 귀천에 구별 없이 일정교육을 받을 수 있다. 심지어 맹인·벙어리 같은 장애인까지도 교육을 받는데 예외일 수 없다. 이들을 위해 학교를 따로 마련하고 교사까지 두었으며 기본적인 문자공부 뿐 아니라 경제생활이 가능하도록 수제품 제작 방법까지 가르치고 있다. 이 시기에 일

본은 이미 남녀 모두에게 평등교육을 실시하고 있었다. 장애인을 업신여기던 우리네 관습에 비추어 볼 때, 이러한 일본의 제도는 획기적이고도 신선한바, 수용할 필요가 있음을 주장하고 있다.

자선회라 하는 것은　　내력을 들어보니
무부모한 아이들과　　의지할데 없는 사람
모두 모아 살리는데　　생재하는 회라 하네
친왕의 왕비부터　　각 대신 부인이며
경제가의 부인들이　　한가지로 주선하여
……………………(중략)……………………
몇만원 밑천들여　　각색 곳의 물건들을
그 집에 갖다놓고　　장사처럼 가게 벌여
아무 날부터 시작하여　　자선회를 한다 하고
……………………(중략)……………………
거기를 구경와서　　아니사지 못한다니
……………………(중략)……………………
그 중의 어떤 부인　　회중의 회장되어
재물을 총찰하여　　궁한 사람 섭제하되
학교도 설시하여　　교사 이하 월급주고
연기대로 조차가며　　재주도 교육하며
장사길을 열어주어　　밑천도 당해주며
당혼한 아이들을　　가취도 시킨다니
분수로 말하면　　여러 사람 돈 걷우어
구차한 사람들을　　구제하는 방략이니
부인들의 적선함이　　매우 좋은 법이로다 (78~79쪽)

국가적인 힘이 미치지 못하는 곳에 부인들이 모임을 조직하여 매년 어려운 처지에 있는 사람들을 도와주는 미담을 소개하고 있다. 자선회는 가난한 사람에게는 교육도 시켜주고 일자리도 소개해 주며 혼인도 시켜주는 등, 어려운 사람을 구원해 주는 후원회 형식의 모임이다. 당시 우리의 법에는 이러한 것이 없었기에 작자의 눈에 비친 후원회의 모습은 예사롭지 않다. 작자는 빈민구제, 교육 등의 취지를 바람직하게 받아들이면서 우리도 이런 좋은 법은 시행하는 것이 좋겠다는 생각을 은연중 내비치고 있다.

작자는 일본 경찰의 근무태도에 대해서도 호의적이다.

길가의 순사들은	환도 차고 늘어 서서
내인거객 동정이며	수상 종적 검찰하되
잠시를 안 떠나고	신지에 서 있다가
시각이 다한 후에	다른 순사 체번하니
법령 규모들이	이러해야 할 일이라
그러므로 이나라는	도적이 적다하데(48~49쪽)

절도 있는 경찰들의 근무태도에서 엄격한 법령 규제와 준수를 엿볼 수 있으며, 이로 인해 민심이 편안하게 되어 도둑이 적다는 데 관심을 보이고 있다. 작자는 치안의 중요성을 강조하면서 국가통치력이 강해야 나라의 기강이 바로 잡힐 수 있음을 피력하고 있다. 비록 일본 것일지라도 법령 규모들이 이러해야 한다고 칭찬하고 있다.

작자는 특히 군사력과 병역제도에 대해 유다른 관심을 보이고 있다.

군사의 정예한 것	육해군 각각 있어
육군이 이십오만	해군이 십일만명

대신의 아들부터 평민의 자식까지
십구세 되던 해에 의례히 군정 박되
……………………(중략)……………………
십이년 사역 후에 도로 놓아 보내어서
농사하고 장사함을 임의로 하다가서
나라에 큰일 있어 군사가 부족하면
몇만명 몇천명을 백성 중에 뽑아내도
이왕에 익힌 기예 모두 다 일등 병정
이러므로 일본 백성 군사 복색 아니하고
장사하고 농사해도 속으로는 다 군사라
황태자 존귀함과 황족의 친왕들도
교장의 기예 밸 때 군사와 한가지로
존귀지별 전혀 없어 무단히 항례하니
그 뜻이 다름없어 병권의 중한 것을
신하를 안 주고 황족이 잡으려고
연골부터 기예 배워 대장지경 닦는다네(67～68쪽)

일본의 병역제도는 지위고하를 막론하고 의무적으로 병역을 마쳐야 하며 모두가 기본적인 훈련이 되어있는 정병임을 강조하고 있다. 황족은 병권의 중요성 때문에 신하들에게조차도 뺏기지 않으려는 견제책으로 철저하게 훈련을 받는다는 것이다. 이러한 일본의 군대훈련 모습을 지켜보면서, 일본의 현실을 은근히 전하며 경계해야 함을 일깨우고 있다.

조사시찰단 가운데 어윤중・홍영식 등을 제외한 일부 보수파들이(심상학・박정양 등) 쓴 보고서를 보면, 일본의 서양화와 발전된 모습에 대해서는 대체로 비판적이다. 그러나 교육 분야에 대해서는 긍정적이다. 우리보다 앞선 일본의 문물・제도를 받아들인다면 현실보다 좀 더 나은 생활을 영위할 수 있다는 작자 나름의 의견을 제시하고 있다.

(2-2) 〈딕일본유람가〉에 나타난 일본관

(가) 문화적 우월감과 민족적 자존심

유가적 의식과 보수적 사고관을 지녔던 작자는 문화민임을 자긍하였다.[660] 전술한 바와 같이, 작자는 일본인들의 혼례와 장례 풍속, 그리고 목욕탕에서의 내외분별이 없는 일본 여성을 보고 개・돼지와 다름없는 사람들이라고 멸시하였다. 또,

일본의 못된 풍속	점잖은 집 자식들도
시집 안간 색시는	음행하기 일등이며
사촌누이 혼인하기	예사로 한다 하니
금수의 행실이라	말하기 더럽도다(45쪽)

라고 하여 여자들의 음탕한 행위를 비난하면서, 다음과 같은 독백에서

차희라 우리나라	당당한 예절로서
일시에 분발하여	부국강병 못하여서
저러한 이적에게	이처럼 견욕하니
한심하고 분한 것을	말하여 무엇하리(45쪽)

예절 문화의 차이를 국력의 열세와 관련지어 한탄까지 하며, 우리의 문화적 우월감과 민족적 자존심을 드러내 보이고 있다.

작자는 일본의 풍습이 야만적이고 예법에 어긋나고 있음을 지적한바

660) 최강현, 앞의 책, 21~22쪽.

있다. 따라서 일본인들을 이적이나 돈견으로 묘사하는 한편, 그들의 생활·풍습 등에 대해 대부분 부정적인 시각이다. 이 같은 부정적인 시각은 〈일동장유가〉나 조사시찰단의 보고서와 별 차이 없이 드러난다. 어쨌든 간접적으로는 우리나라의 문화적 우월의식을 내세우는 효과를 주는 것은 사실이다. 그러나 예전과 다름없이 인륜에 어긋난 풍속으로 살아가는 일본인들이 우리와 어떤 점에서 차이가 있어 일본을 부강한 나라로 만들었을까? 그리고 우리는 이러한 일본의 개화된 문명에 충격을 받고 이를 어떻게 수용하려고 했었나?

(나) 문명개화에 대한 충격

작자는 일본에서 체험한 과학기술의 발전된 모습과 서구식으로 개화된 문물제도를 직접 목격하고 충격을 받았다. 전깃불로 밝혀진 환한 도시, 멀리 떨어져 있는 사람도 통화가 가능한 전화기, 잘 포장된 넓은 도로, 석탄을 이용해 빨리 달리는 기차, 긴 다리와 수력 댐·터널 등의 건설공법, 조선소에서의 배 만드는 과정, 화륜차 제작과정, 제지공장에서의 종이 만드는 공정, 그리고 서양의 제도를 수용하여 시행하고 있는 개화된 토지·조세제도와 교육·병역제도 등, 한마디로 놀라움과 충격의 연속이었다.

그러나 이러한 기술문명과 새로운 문물제도 등에 대하여 감탄과 동경만 하지 않았다. 작자는 문화적 우월감에서 헤어나지 못했던 우리의 人士들과는 달리,[661] 일본이 기술이나 문물제도에 있어 우리 보다 앞서고 있음을 인정하고 과학기술과 좋은 제도를 수용하면 현실보다 좀 더 나은 생활을 영위할 수 있겠다는 생각을 하고 있었다. 특히 작자는 새로 접할

661) 조사시찰단의 경우, 서양의 사회제도와 기술을 수용하여 조선을 개혁하고자 하는 인사들도 있었다. 이에 대해서는 허동현, 앞의 책, 83~290쪽을 참고할 것.

수 있는 모든 것을 경험주의적인 태도로 받아들이고자 하였다.

말 한 필 매어 놓고	천리마라 이름하되
시험을 못했으니	알 수가 있겠는가(58쪽)

동물원에 구경 가서 여러 동물들을 보던 중에 천리마라고 소개된 종마를 보고 한 말이다. 워낙 많은 종류의 동물들을 모아 놓은 곳이라 단순하게 넘어갈 수도 있지만 여간해서는 믿지 않는다. 의심이 많다기보다는 검증된 사실에 더 가치를 두는 경험주의적 성격에서 연유된 것으로 보인다. 새로운 문명을 받아들이는데 있어 신중한 태도로 임하고 있음을 감지할 수 있다. 이는 작자가 조선소나 제지공장에 가서도 마찬가지였다.

조선창에 가서 보니	화륜선 짓는 데라
처처에 집을 짓고	각색 장인 늘어 앉아
곳곳이 기계 놓고	쇠와 나무 제작함이
풀무라 하는 것이	집채보다 더 큰 속에
석탄을 가득 피워	그 속에 쇠를 넣어
잠시간 불려 내면	독만한 쇠망치가
기계 한 번 누르며는	저절로 두드려져
안반 같은 쇠조각을	간간이 금을 내어
조각조각 오려냄이	두부베는 모양이라
온갖 것 하는 것이	이처럼 다 쉬우니
눈으로 못 본 사람	믿기가 어렵도다(65쪽)

……………………(중략)……………………

조지소 들어가서	종이 뜨는 구경하니

……………………(중략)……………………

또 한 군데 들어가면	도침이 절로 되어
반드럽고 미끄럽게	영채가 어른어른
또 한 군데 들여노면	비수 같은 큰 칼들이
번개처럼 왕래하여	수천장 쌓아 논 것
삽시간 도려하되	호리가 안 틀려서
처음부터 나중까지	온갖 하는 기계들이
사람이 대만 노면	이렇듯 쉽게 되며(86~87쪽)

화물선 제작 과정, 종이 제작 공정 등 이미 들었던 것과 비교하여 살펴보고 확인을 하고 있다. 작자는 신문명, 과학에 관심이 많은 사람이다. 이미 들었던 것을 직접 눈으로 관찰하여 사실을 확인해 보는 꼼꼼함과 세밀함을 엿볼 수 있다.

작자는 일본에서 행해지고 있는 각종 제도를 소개하는 한편 나름대로 평가를 하고 있다. 남녀 귀천 없이 누구나 평등하게 교육 받을 수 있는 교육제도, 장애인에 대한 특수교육, 공정한 토지 · 조세제도, 지위고하를 막론한 의무병역제도 등, 작자는 비록 일본의 풍속이 대부분 禮에 어긋나 비난을 하고 있지만, 본받을만한 제도에 대해서는 수용하고자 하는 긍정적인 태도를 취하고 있다. 이는 〈일동장유가〉에서 조선이 문명 시혜국이기는 하지만, 백성들에게 유용한 것이라면 취사선택하여 수용해야 한다는 입장보다 진일보한 면이 있다.

(다) 현실인식을 통한 반성적 시각

작자는 당시의 현실을 어떻게 인식하고 있을까? 먼저 현실에 바탕을 둔 그의 역사의식을 살펴 볼 필요가 있다. 작자의 역사의식은 비판적 시각을 지니고 있다. 그는 임란 당시의 수모를 기억하는 한편, 세계열강의

틈 속에서 벌어지는 사건들을 바라보는 시각을 늦추지 않고 있다.

경응의숙 학생들　　백여인이 같이 나와
면면이 인사하니　　본국사람 반가운 중
일제히 삭발하고　　일본 복색한 모양들
처음으로 당해보니　　놀랍고 한심하다(46쪽)
……………………(중략)……………………
임진년 우리 원수　　왜장의 평수길이
여기서 살던 집터　　지점하여 가르치니
여러 백년 왕사이나　　분한 마음 절로 난다(64~65쪽)

오랫동안 여행하다가 만난 동포들이 일일이 인사를 해주어서 매우 반가웠다. 그런데 우리 유학생들이 일본 복색을 하고 삭발을 한 얼굴을 보니 어이없고 한심스럽다. 본래 우리는 예의 반듯한 민족으로 자부심을 가지고 있었다. 일본의 풍속이 대부분 무례하고 야만적이라고 비난하는 차에, 아무리 일본 땅이라지만 일본 복색으로 차리고 나온 정신상태가 괘씸하다. 조선의 유학생들이 조선인다운 면모보다는 이러한 역사의식도 없이 외형부터 무너진 모습이라 무척 놀랐고 줏대가 없는 듯 보여 한심하다는 것이다. 적장 平秀吉의 집터에 들렀을 때 보인 이런 작자의 심정을 통해서도 역사인식을 짐작 할 수 있다. 그러면 우리의 현실은 어떠할까?

산호랑이 처음 보니　　참말로 무섭도다
쇠로다 우리 지어　　그 속에서 다니다가
……………………(중략)……………………
저러한 용맹으로　　어찌하여 붙들려서
우리 속에 가쳐 있어　　마음대로 못다니니
네 신세 생각하니　　도리어 가련하다(57쪽)

작자는 동물원에서 동물 구경을 하면서 은근히 우리 조선이 당면한 처지를 빗대어 말하고 있다. 호랑이는 우리 민족이 영물로 생각하는 동물이며 백수의 왕이다. 이런 동물이 우리에 갇혀 제 의지를 펴지 못하고 주는 대로 받아먹고 사람들의 눈요기로 전락하고 말았다는 것이 우리의 현실과 맞물려 측은한 마음과 울분을 자아낸다. 문화적으로나 정신적으로는 우위에 있음을 자부하지만, 현실적으로 국력이 약하다 보니 일본의 우리 측 외교사절 영접 태도도 예전의 통신사나 수신사 때의 융숭한 접대와는 사뭇 다르다. 지사들의 영접도 대개 형식적인 인사뿐이고, 게다가 떼 지어 쫓아다니는 어린이들 때문에 창피할 정도이다. 심지어 장기도에서는 마중은커녕 오히려 인력거를 잡아타고 숙소로 가야 했고, 장기 지사를 직접 찾아가는 초라한 모습이다.[662] 그러나 작자는 이러한 상황에 대해 그다지 개의치 않는 눈치이다. 실추된 나라의 국력과 영접을 연관 짓고 싶지 않았다.

과학기술의 발달과 서구식 문물제도의 도입 등으로 부강해진 일본을 보고 충격을 받고 있던 차에, 외교관이라는 사람이 그것도 일국의 대리공사가 식대 걱정이나 하고 연회를 개최할 능력도 없으니 창피할 따름이다.[663] 그런데다 일본에서 들은 국내정세는 단발령, 명성황후 시해, 아관파천 등 격변과 파란의 연속이다. 조선 침략 야욕을 획책하고 있던 일본,

---

662) "인력거를 잡아타고　　여관으로 찾아가니(34쪽)
………………(중략)………………
장기 지사 찾아가니　　관사가 웅장하다(35쪽)
………………(중략)………………
조그만한 아이들이　　우리 보고 이상하여
수십명씩 떼를 지어　　가는 대로 뒤따르니"(38쪽)

663) "우리 공관 형세 없어　　한 번 연회 못해 보고
남의 것만 얻어먹어　　마음에 부끄럽다(93쪽)
………………(중략)………………
밥 값을 셈해 옴에　　네 사람 먹은 것이
아국 돈 이백여냥　　서럽고도 우습도다"(102쪽)

그들은 일국의 국모까지도 서슴없이 시해하는 만행을 저질렀다. 이 소식을 井上馨에게 전해 들으니[664] 참으로 한심스럽고 분해 눈물이 앞을 가렸다.

차히라 우리나라　　당당한 예절로서
일시에 분발하여　　부국강병 못하여서
저러한 이적에게　　이처럼 견욕하니
한심하고 분한 것을　　말하여 무엇하리(45쪽)

이러한 일련의 사건들은 힘이 없어 이리저리 끌려 다니는 나약한 조선의 현실을 그대로 반영하고 있다고 하겠다. 작자는 우리의 현실이 왜 이렇듯 어렵게 되었는지 그 이유를 고민해 본다. 도리를 다해 살아왔던 우리 민족인데 결과적으로 나라가 부강할 기회를 놓쳐 오랑캐와 같은 일본에게 오히려 밀리게 되니 분하다. 이것은 스스로의 무방비를 반성한 것이다.

김인겸의 〈일동장유가〉에서는 임진왜란의 쓰라린 기억을 잊지 않는 한편, 나라와 백성을 걱정하면서 자신의 맡은바 임무에 충실하려는 태도를 보이고 있다. 반면, 〈ᄃᆡ일본유람가〉의 작자는 과거와 현재를 제대로

664) "팔월 이십일일 미시량에　　정상형이 찾아와서
조용히 하는 말이　　귀국에 사변 있어
난병이 입궐한 후　　왕후께서 상사났다
이것이 무슨 말고　　놀랍기 측량없어
서기생을 급히 보내　　외무성에 알아보며
본국에 전보하여　　사실을 탐지하나
자세히 알지 못해　　번울하여 못 견딜 듯
신문지를 얻어보니　　대강 짐작 하겠더라
만고에 없는 변괴　　여러번 당하여도
천우신조 입은 고로　　큰 일은 없었더니
……………………(중략)……………………
오늘날 이 변괴는　　어찌하여 이 지경고
분의가 지중하니　　통박하기 그지없다
절로 나는 무종루　　가리우기 어렵도다"(72~73쪽)

파악한 상태에서 현실반성을 통해 비교적 객관적인 자세로 앞날을 준비하고자 하였다. 그런바 일찍 서양의 문물을 받아들여 잘 활용하고 있는 일본 사회의 사소한 부분까지도 관심을 갖고 세밀히 관찰하였던 것이다. 농사에 국한되지 않고 사회간접자본의 설치 모습과 조선소나 화륜차 등의 제작광경을 제시함으로써 산업화 분야로 시야를 넓힐 수 있는 계기를 마련하고자 하였다. 뿐만 아니라 토지・조세・교육・군사제도 등 양법이나 귀감이 될 사회제도를 자세히 소개하고 좋은 점은 본받아야 한다는 의견을 피력하였다.

그러나 그 해결책이나 대안, 실행방법 등을 구체적으로 제시하지 못하였다. 여기서 일본의 초기 계몽사상가 후쿠자와 유키치가 자신들의 서구문물 탐험을 회상하면서 수신사나 조사시찰단이 보인 일본 시찰태도에 대한 지적[665]은 시사 하는바가 크다.

(3) 맺음말

본고는 지금까지 〈듸일본유람가〉에 나타난 일본과 일본관에 대하여 살펴보았다. 앞에서 논의된 사항들을 종합하여 결론으로 삼겠다.

〈듸일본유람가〉에 나타난 일본은 아름다운 자연경관, 특히 자연 속에 인간의 손길이 가미되어 이룬 조화, 규모가 크면서도 번화하고 정결한 도

---

665) "(전략) 조선 사람들은 대개 놀라기만 하고 돌아가지만, 당시 나와 동행한 일본인은 놀라는 데에 그치지 않고 몹시 부러워하며 그것을 우리나라에도 실행하겠다는 야심을 단단히 굳혔던 것이다"(허동현, 앞의 책, 280쪽 재인용.)
고종으로부터 지시를 받은 조사시찰단은 일본의 조정의론・국세형편・풍속인물・교빙통상 등 실정 전반에 관해 조사한 결과를 보고하였다. 이를 통해 조선 내정개혁의 지침이 될 방안을 강구하려고 하였다. 그리고 이들 중 일부는 유교의 가치기준에 어긋나지 않는다고 판단되는 일본의 제도에 대해서도 개방적 자세를 취하였다. (위의 책, 70~95쪽 참고.)
일본이 서양 탐험에 열중하던 1860년부터 20년 동안 우리는 알렌과 후쿠자와의 지적처럼 미몽에 사로잡혀 다시는 되돌릴 수 없는 역사의 시간을 허송했으며 서구 근대 문물을 능동적으로 섭취하는데 미흡했다.(위의 책, 289쪽.)

시, 여자들의 직장생활과 성 개방 풍조, 남녀혼욕 등의 목욕문화, 서구식과 불교식이 혼합된 혼·상장례 풍속, 전기·전화기·기차·조선 등 과학기술의 발전과 공정한 토지·조세제도 및 지위고하를 막론한 의무병역제도, 남·녀 평등의 교육제도와 장애인 특수교육제도 등의 모습을 드러내고 있었다. 이태직은 개방적인 생활풍조와 비유교적인 민속의례에 대하여 부정적이었다. 반면, 새로운 문물과 서양제도의 수용에 대해서는 긍정적이었다.

유가적 사고관을 지녔던 작자는 일본인들의 목욕문화와 혼·상장례 풍속 등을 야만적이고 예법에 어긋난다고 비판하였다. 이러한 유가적 시각을 통해 문화적 우월감과 민족적 자존심을 내세웠다. 한편, 과학기술의 발전된 모습과 서양식으로 개화된 문물제도를 직접 목격하고 충격을 받았다. 그러나 작자는 이러한 신문명과 새로운 문물제도 등에 대하여 감탄과 동경만 하지 않았다. 그는 일본이 기술이나 문물제도에 있어 우리를 앞서고 있음을 인정하고, 과학기술과 좋은 제도를 수용하려는 긍정적인 입장을 취하였다. 그러나 그 해결책이나 대안, 실천방법 등을 구체적으로 제시하지 못해 그 한계를 드러냈다.

그럼에도 불구하고 〈ᄃᆡ일본유람가〉는 〈일동장유가〉나 조선 후기 통신사의 사행기들과는 달리 개방적인 사고로 난국을 타개할 사회 전반에 걸친 개혁의 필요성을 제기했다는 점에서 평가할 만하다. 특히 〈ᄃᆡ일본유람가〉는 〈일동장유가〉보다 근대적 사고를 좀 더 명확하게 나타내고 있는 바 주목할 필요가 있다.

제4부

고전문헌과 독서법과 글쓰기

『미암일기』의 서지와 사료적 가치

(1) 머리말

『眉巖日記』는 宣祖代의 대표적 학자인 眉巖 柳希春(1513.12.4.~1577.5.15)의 自筆日記이다. 眉巖은 官人으로서 忠節을 지키다 乙巳士禍때 파직당하고, 이어 丁未年 良才驛壁書事件에 무고하게 연루되어 21년 동안 濟州・鍾城・恩津 등에서 유배생활을 하였으며, 解配・復官되어 經筵官・學者로서 그 이름을 朝野에 크게 떨치었다. 眉巖은 河西 金麟厚와 함께 호남 사림을 흥기시켰으며, 호남 사림의 영수・宗師로서 학문의 구심적 역할을 했을 뿐만 아니라, 退溪 李滉 死後, 학계를 주도적으로 이끌었다. 특히 宣祖 초기의 학풍 진작에 기여한 공이 지대하였다.

여기서 주목할 것은 眉巖이 유배지나 관직생활, 특히 중앙 정계의 핵심 직책을 맡아 多忙했음에도 불구하고, 하루도 빠짐없이 別世하기 이틀 전까지 일기를 썼다는 점이다. 그것도 개인의 일상생활사 뿐만 아니라 왕조사회의 상층부에서 國事를 논의한 사실까지 사실적으로 진솔하게 기록하였는바 주목할 필요가 있다.

『眉巖日記』는 보물 제260호로 문학적 가치뿐만 아니라, 정치・사회・경제・사상・민속・어학적으로도 그 가치가 높이 평가된다. 특히 『宣祖

實錄』 편찬에 중요한 역할을 하였는바, 역사학에서도 그 사료적 가치를 인정하고 있다. 그러나 『眉巖日記』에 대한 서지적 고찰과 사료적 가치에 대한 구체적인 검증은 전무한 실정이다. 그러므로 필자는 여기에 주목하였다. 따라서 본고는 문헌고증학적 방법을 통하여 『眉巖日記』의 서지적 측면을 고찰하고 이를 토대로 『宣祖實錄』과의 대비・고찰을 통해 그 사료적 가치를 구명하겠다.

(2) 自筆本과 異本

現傳하는 柳希春의 自筆 『眉巖日記』는 10冊[666]으로, 恩津配所에 있던 1567년 10월 1일부터 解配・復職되어 관직에 있던 1576년 7월 29일까지의 기록이다. 본래의 自筆日記는 14冊[667]으로, 1567년 10월 1일

---

666) 필자가 조사한 바에 의하면, 現傳하는 眉巖의 自筆日記는 11冊이 아니라 10冊이다. 宗家藏本 中 附錄 1冊(第11冊, 주로 眉巖과 그의 부인 宋德峯의 詩・文임)은 필자가 필체를 대조해 본 결과, 필사자가 한 명이 아니라 두 명일 가능성이 크다. 그리고 그 내용을 살펴보면, 眉巖 생존시대의 기록으로 볼 수 없는 것이 있다. 그 實例를 세 가지만 들어보기로 하겠다. <崇禎七年甲戌三月二十七日行迎諡禮>라는 제목의 글이 있는데, 여기서 '崇禎 七年'은 仁祖 12년 (1634)이다. 그리고 <觀水說> 小註에 '先君在鍾城時癸亥甲子年間作'이라 明記되어 있다. 또 말미 <田家卽事> 앞장은 한 페이지 반 정도가 국문이다.
"세히각두필식주다긔시예상쥬의휘풍두필반부쥬의十月初三日보시는산역샹쥬의뽈여둷마丶부쥬의세희게연마丶식주다귀도면나모대들보기둥七쇼들보둘 ……(後略)"에서 보는 바와 같이, 16세기의 국어표기가 아니다. 그러므로 부록 1冊은 ⓐ後人(또는 後孫)과 眉巖, 또는 ⓑ後人(또는 後孫) 2人이 기록했을 가능성이 크다. 필자가 보기에는 ⓑ일 가능성이 농후하다. 따라서 第11冊(부록 1책)은 後人(또는 後孫) 두 명이 필사한 것으로, 眉巖의 自筆로 볼 수 없을 것 같다. 그리고 自筆日記의 內・外表紙의 필체는 眉巖의 필체가 아닌 동일인의 필체로, 後人(또는 後孫)의 필체이다. 또한 『德峯文集幷眉巖集』(1718년 筆寫 추정)에는 附錄의 누락된 제목이나 내용(例를 들면 第 27張a의 <祭李公文> 題目 등)들을 수록하고 있다. 이로써 짐작컨대, 『德峯文集幷眉巖集』을 보고 附錄을 만든 듯하다. 따라서 眉巖의 自筆日記는 10冊으로 보인다.
여기서 冊數와 부록이란 명칭은 自筆日記에 明記되어 있는 것이 아니라, 필자가 편의상 임의로 사용한 것임을 밝힌다. 또 第 11冊(부록 1冊)은 內・外表紙題가 없다. 그리고 『眉巖日記』의 책의 크기는 각기 不一하다.

667) 朝鮮史編修會, 「朝鮮史料叢刊 第八 眉巖日記草解說」, 『眉巖日記草』 五, 朝鮮總督府 朝鮮史編修會, 1938, 5쪽.
"本日記は宣祖卽位年丁卯(明宗二十二年, 日本永祿十年, 明隆慶元年, 西紀一五六七年)

부터 타계하기 이틀 전인 1577년 5월 13일까지의 기록이다. 그러나 1576년 8월 1일부터 1577년 5월 13일까지의 自筆日記의 일부는 유실되었고, 現傳하는 이 부분의 기록은 後人(또는 後孫)이 原本을 筆寫한 것이다. 그리고 自筆『眉巖日記』의 原本은 21冊이었다[668]고 한다. 이 自筆 原本이 어떤 과정을 거쳐 보관되었는지 알 수 없으나, 원래는 海南 白明憲家에 있었다고 한다. 白明憲家는 眉巖의 외손녀(사위 尹寬中의 딸)와 혼인한 白振南[669](白光勳의 아들)의 후손일 가능성이 크다. 이 自筆日記(21冊)는 후일 直孫의 노력으로 潭陽 宗家에서 보관하였으나,[670] 일부가 유실되어 14冊이 전하다가 다시 10冊으로 落卷만 현재 남게 되었다. 그러니까 現傳 10冊의 自筆日記는 그가 쓴 일기 전체가 아니다. 그나마 다행스러운 것은 이 10冊의 自筆日記와 附錄 1冊이 日帝에 의해 간행되었다는 사실이다. 그렇다면『眉巖日記』가 이처럼 散佚된 이유는 무엇일까? 그것은 다음의 몇 가지로 추정해 볼 수 있다.

첫째, 후손들에 의하면 眉巖이 서울에서 갑자기 他界하자, 아들 柳景濂이 경황도 없었을 뿐만 아니라, 당시의 初終葬禮의 기간이 길었던 관계로 그의 저술이나 소장 서책들을 潭陽 本家로 즉시 옮기지 못했다고 한다. 이 과정에서 그의 일기를 포함한 저술이나 서책들의 일부가 유실된 것으로 추정된다.

十月一日卽ち希春が恩津の配所にいる時より始まり, 宣祖十年(日本 天正五年, 明 萬曆五年, 西紀 一五七七年) 五月十三日卽ち彼が死ぬ前前日まで, 凡そ十一年間に亘つている. 原本は本と十四冊あつたと傳へられているが 詳かでない”

668) 위의 책, 「眉巖日記草解說」, 6쪽. “眉巖日記原本は本と二十一冊”. 그런데 조선사편수회에서 「眉巖日記草解說」을 쓸 때, 어떤 자료를 근거로 하여 丁卯年(1567) 10월 1일에서 丁丑年(1577) 5월 13일까지의 日記 原本이 14冊이었다고 했는지를 밝히지 않았다. 따라서 日記 原本의 冊數에 대해서는 수긍은 가지만, 판단에는 좀 더 신중을 기할 필요가 있다.

669)『善山柳氏派譜』一, 南辰石版印刷所, 1930 참고.

670)『德峯文集幷眉巖集』, <答文節公書> (末尾 小註), 第 20張b, “文節公日記二十一卷 在於海南白明憲家 直孫所當極力推尋 留置本家矣”

둘째, 眉巖의 저술과 소장 서책들을 그의 아들 유경렴이 일부만 보관했거나, 아니면 丁酉再亂 時 왜구가 潭陽 章山里에 침입했을 때,[671] 그의 일기와 저술, 서책 일부가 소실 또는 散佚되거나, 왜구들이 가져갔을 가능성이 있다.

셋째, 후손들에 의하면 서울에 있던 眉巖의 저술이나 서책들을 淳昌 剛泉寺(?)로 옮겼다고 한다. 이 과정에서 그의 일기와 저술, 서책의 일부가 없어졌을 가능성이 있다.

넷째, 후손들에 의하면 義岩書院에 있던 眉巖의 저술이나 서책, 문서들을 慕賢館으로 옮겼다고 한다. 이 과정에서 그의 일기와 저술, 서책의 일부가 유실되었을 가능성이 있다.

自筆『眉巖日記』는 오랜 세월을 거쳐 오면서 후손들의 관리 소홀로 일부는 유실되거나, 병화로 소실된 것 같다. 최근 몇몇 뜻있는 후손들을 중심으로 眉巖의 저술을 수합·간행하려는 움직임이 일고 있다고 한다. 또 사적비까지 세운다니 때 늦은 감은 있으나 반가운 일이다.

筆者가 현지 답사하여 조사한 바에 의하면,[672] 현재 眉巖의 自筆日記

---

671) 潭陽郡 大德面 章山里 宗家 앞에 건립된 慕賢館의 所藏 文記 中에는, 남원에 사는 고모(韓士訥의 부인)가 丁酉再亂 때 죽은 줄만 알았던 친정 조카 유경렴이 생존한 것을 보고 기뻐 노비와 재물을 주었다는 기록이 있다. 또 후손들에 의하면 丁酉再亂 時 왜구가 章山里를 침입한 적이 있었다고 한다. 필자는『眉巖日記』가 日本에 있을 가능성이 크다고 본다. 그 一例로『老松堂日本行錄』<序文>을 보면, 丁酉再亂 時 兵火로 불타버린 것으로 여겼던 宋希璟의『老松堂日本行錄』을 일본에 포로로 끌려 갔던 鄭慶得이 倭僧이 소장한 것을 보고 후일 귀국할 때(1599년) 왜승에게 간절히 청하여 가져왔다는 기록이 있다. 한편 최근 국내에 없는 眉巖의 저술들이 김두찬·남풍현 교수에 의해 발견·소개된 적이 있다. 필자 역시 1992년 大谷森繁 교수의 호의로 日本 天理大 所藏(今西龍文庫)『眉巖詩稿』(3卷 1冊. 목판. 초간본)의 복사본을 접할 수 있었다. 이 책은 국내에 소개되지 않은(후손들조차 그 존재 사실을 모르고 있었다.) 眉巖의 詩集이다. 필자는 이를 재복사하여 후손에게 전해준 적이 있다. 위의 사실들로 짐작컨대, 日人들이『眉巖日記』를 가져갔을 가능성이 있다고 본다.

672) 필자는 1994년 9월 11일과, 1995년 1월 13일~1월 15일 2회에 걸쳐 宗家를 답사하였다. 종가 답사 시 潭陽鄕土文化研究會 李海燮 회장, 12대손 목포대 사학과 柳元迪 교수, 관리인 柳鍾夏氏(13代孫), 潭陽文化院 金貴洙 사무국장의 도움을 받았다. 특히『德峯文集』(眉巖의 부인 洪州 宋氏의 문집. 그러나 이 책은 外表紙題에는 德峯文集으로

는 宗家 앞에 건립한 慕賢館의 금고 안에 보관되어 있다. 모현관에는 自筆日記를 비롯해 眉巖의 유품(신발 · 도장 · 羅經 등등)과 手迹, 각종 書冊과 古文書, 『眉巖先生集』 판목 일부, 義巖書院 현판, 타인의 문집, 후손의 과거시험지, 眉巖에게 내린 追贈教旨 등등이 있다. 보존 상태는 비교적 양호한 편이다.[673]

自筆『眉巖日記』는 1963년 1월 21일 보물 제260호로 지정되었다. 보물지정경위에 대해서는 자세히 알 수 없다.

현재 『眉巖日記』는 慕賢館에 보관되어 있는 自筆 『眉巖日記』(10冊. 이후 自筆本으로 命名함), 모현관 소장 필사본 『眉巖日記』 일부(이후 慕賢館本으로 命名함), 서울대 奎章閣 圖書館 所藏의 필사본 『眉巖先生日記抄錄』(4卷 4冊. 후인이 원본을 보고 발췌한 듯. 이후 奎章閣本으로 命名함), 국사편찬위원회 소장의 『眉巖日記草本』(11冊. 편자 미상. 1928 寫. 이후 國編本으로 命名함), 『眉巖先生集』의 日記(1869년 목판본 20卷 10冊. 1897년 목판본 21卷 10冊의 卷5~卷18은 日記임. 이후 文集本으로 命名함), 1938년 조선총독부 조선사편수회에서 宗家藏本(自筆日記 10冊, 附錄 1冊)을 底本으로, 自筆日記의 누락 부분을 『眉巖先生集』의 日記(卷5~卷18)에서 뽑아 日字順으로 排列하여 補完 · 活

되어 있으나, 內表紙題에는 德峯文集幷眉巖集으로 되어 있다. 宋德峯의 詩 · 文은 23首에 불과하고, 眉巖의 詩 · 文은 125首이다. 따라서 內表紙題가 합당한 듯하다)과 眉巖 관련자료를 복사하여 보내준 이해섭 회장과 유원적 교수, 그리고 보물 제260호 自筆『眉巖日記』를 사진 촬영할 수 있도록 허락해 준 유종하씨께 감사드린다. 필자는 현지 답사를 통해 지금까지 알려지지 않은 眉巖 관련 자료들을 발굴하게 되었고, 새로운 사실도 알게 되었다.

673) 1967년 8월 宗家를 답사했던 황패강 교수에 의하면, 慕賢館은 정낙평이 중심이 되어 국고 보조금 120만원, 지방보조금 80만원, 문화보수비 (교량관계인 듯) 30만원, 사재 등 총 620만원의 예산으로 1957년 10월에 착공하여 1959년 4월에 낙성식을 가졌다고 한다.(지금의 후손들은 위의 사실을 잘 모르는 것 같다.) 모현관은 건물이 15평, 연못이 950평이다. 원래는 정자가 있었다고 하나, 지금은 찾아볼 수 없다. 또 宣祖가 하사한 어의를 보관하였으나 분실했다고 한다. 보존 상태는 모현관이 사당보다 비교적 나은 편이나 쇄락해 보수해야 할 상황이다.

印한 『眉巖日記草』(5冊. 이후 조선사편수회本으로 命名함) 등을 대표적으로 들 수 있다.

그런데 위의 일기들은 모두 日字와 그 내용이 일부 누락되어 있다. 그러니까 1567년 10월 1일부터 1577년 5월 13일까지 逐日記錄된 『眉巖日記』는 없는 셈이다. 이는 문집 간행 때부터 自筆日記의 일부가 이미 유실되었고, 그 후에 또 일부가 散佚되었기 때문인 듯하다.[674)]

필자가 自筆本・慕賢館本・奎章閣本・國編本・文集本・朝鮮史編修會本의 일기를 대조해 본 결과, 자필본, 모현관본, 규장각본, 국편본・조선사편수회본, 그리고 문집본으로 5分할 수 있었다. 특히 국편본은 문집간행 이후의 종가 소장 11冊(自筆日記 10冊과 부록 1冊)을 필사한 것이며, 문집본은 문집 간행 이전의 종가 소장 自筆日記를 删節抄錄한 것이다. 그러므로 『眉巖日記』는 현재로서는 자필본, 모현관본, 규장각본, 문집본, 조선사편수회본의 내용을 보완적으로 살펴야 할 처지이다. 그러면 자필본・모현관본・규장각본・문집본・조선사편수회본의 書誌的 事項을 간단히 살펴보자.

自筆本은 보물 제 260호로 全南 潭陽郡 大德面 章山里 宗家 앞 慕賢館의 금고에 11冊(日記 10冊, 附錄 1冊)이 보관되어 있다. 이 일기는 逐日記錄(1567.10.1.~1576.7.29)이나, 日字와 그 내용이 일부 누락되어 있다.

慕賢館本은 모현관에 소장되어 있는 筆寫本(落卷)들이다.[675)] 이 필

---

674) 『眉巖先生集』, <眉巖先生集跋 : 柳慶集>, 548쪽.
"獨幸手筆日記尙傳 起於丁卯 終於丁丑 雖未免有落卷 十全七八矣"

675) 筆寫本 日記들의 筆寫年代를 추정하기 위해서는 『眉巖先生集』의 간행경위와 手筆日記의 존재사실에 대해 먼저 알아 둘 필요가 있다.
○奇正鎭의 <序:1861년>: "詩藁 所刊於鍾城者 僅若而篇 雜文大抵散軼 獨幸手筆日記尙傳 起於丁卯 終於卒年丁丑…(中略)…雖未免有落卷 十全七八矣…(中略)…丁卯以前 時義自晦 闕不修歟…(中略)…今之幹事者後孫慶深甫 欲繼述先志…(中略)…其再從慶寅甫也 未知卒乃克完否"
○尹致羲의 <序:1866년>: "先生歿三百有餘年 遺集未完 重經兵燹 散軼太半 惜乎或不傳

사본 일기들은 주로 문집간행 전(대개 1869년 이전) 또는 1850년 이전에 필사되었을 가능성이 매우 높다고 하겠다. 그러면 筆寫本 日記들을 살펴보기로 하자.

1)『眉巖日記』: 後孫이 自筆日記 14冊을 주로 필사한 듯하다. 필사연대는 1850년~1869년, 또는 1850년 이전으로 추정되는데, 후자일 가능성이 높다. 逐日記錄으로 그 記錄 期間은 다음과 같다.

①戊辰(1568) 1.1~7.30 ②戊辰 8.1~11.5 ③壬申(1572) 9.1~12.29 ④甲戌(1574) 1.1~5.1 ⑤甲戌 5.1~7.29 ⑥甲戌 8.1~12.30 ⑦甲戌 閏12.1~乙亥(1575) 2.11 ⑧丙子(1576) 8.1~12.19. 여기서 ⑥・⑦・⑧의 경우, 現傳하는 自筆日記의 누락 日字와 그 내용이 기록되어 있다. ③을 제외하고는 모두 동일인의 필체이다. ③은 말미에 '丁亥閏四月初八日不肖孫基□泣血記'라 明記하고 있다. 글씨가 너무 희미해 필사자를 알 수 없다. 필사연대는 1887년으로 추정되나, 그 이전일 가능성도 있다. 그리고 위의 기록 다음에 〈眉巖先生平生事實記〉(관직 위주로 간략히

今之存者 十不過一二 手筆日記凡十一年 經筵日記凡九十日 詩凡二百八十一首 文凡六十一首 庭訓內外篇…(中略)…先生後孫廷植甫猶以爲未盡也 謀欲重刊而壽其傳'
○柳慶集의 <跋:1869년>: "獨幸手筆日記尙傳 起於丁卯 終於丁丑…(中略)…雖未免有落卷 十全七八矣 零文小詩 或載於此 而掩在篋笥 蠹魚蝕殘 越在庚戌仲兄慶深慨然先蹟之泯沒 收合家藏 往拜于丈席奇公正鎭氏之門…(中略)…不辭校正 合爲十卷也 噫 數百年未遑之事 今焉歸竟…(中略)…未及印布 而門運薄仲兄奄忽夭逝 痛迫何言 長侄廷植卽先祖之祀孫也 一日語余日 先集尙未印出 則仲父創始之意 後嗣繼述之道 安在哉 略謀出力 印出若干卷帙"
『眉巖先生集』의 간행은 진작 이루어지지 않았을 뿐 아니라, 한 번에 매듭지어지지 않았던 것 같다. 그만큼 형편이 어려웠던 듯하다. 위에서 보는 바와 같이, 鍾城에서 眉巖의 詩稿가 간행된 후, 후손 柳慶深이 1850년 家藏草稿(주로 『眉巖日記』)를 편집하여 奇正鎭의 刪定을 거친 定稿本을, 1869년 祀孫 柳廷植의 주관으로 重刊本(20卷10冊)이 간행되었다. 그 뒤 1897年 重刊本에 續附錄 1卷(卷21)을 追補하여 再刊(21卷10冊)하였다. 이처럼 『眉巖先生集』은 9代孫 柳慶深(1826~1851)・柳慶集(1834~1880) 형제와 再從 柳慶寅(1807~1858), 嗣孫(10代宗孫) 柳廷植(1831~1883) 등의 노력으로 간행되었다. 이 같은 후손들의 노력은 계속되어 1930년 柳羲迪(12代宗孫)의 주도로 『善山柳氏派譜』를 간행하게 된다. 또 眉巖의 11년간의 手筆日記가 문집 간행의 핵심이 되었음을 알 수 있다.

기록)가 수록되어 있다.

2)『眉巖先生日記』: 후손이 現傳하는 自筆日記를 필사한 것으로 짐작되며 逐日記錄이다. ①癸酉(1573) 1.1~8.21 ②癸酉 9.10~甲戌(1574) 5.13 필사자・필사연대[1)보다 후대인 듯]는 미상이다.

3)『眉巖先生經筵日記』: 후손이 現傳하는 自筆日記를 보고 발췌한 듯하다. 필사자 및 필사연대 미상(1869년 전후로 추정)으로 부정기적 日字順記錄이다. ①丁卯(1567) 11.5~庚午(1570) 6.21 ②庚午 7.17~9.9.

4)『眉巖日記抄錄』: 후손이 定稿本을 보고 발췌한 듯하다. 필사자는 미상이며, 필사연대는 후미에 '丁卯八月十五日重製'라 明記하였는바, 1867년으로 추정된다. ①甲戌(1574) 1.6~乙亥(1575) 3.21 ②乙亥 10.29~丁丑(1577) 4.13.

奎章閣本은 서울대 奎章閣 소장의 筆寫本(4卷 4冊)이다. 抄錄이어서 서문・발문 및 필사자와 필사연대를 알 수 없다. 그런데 필사자는 필체로 보아 한 명이 아니라 두 명이다. 또 필사연대는 現傳하는 自筆日記의 유실 이전으로 추정된다. 1567년 10월 9일부터 1577년 5월 13일까지의 記錄이다.

文集本은 후손들이 1)1869년에 간행한『眉巖先生集』(목판, 20卷 10冊)과 2)1897년에 續附錄 1卷을 追補하여 간행한『眉巖先生集』(목판, 21卷 10冊)이다. 1)・2)는 卷5에서 卷18까지 日記로 중요 대목만 뽑아 抄略하였다. 卷5에서 卷14까지 每卷 첫 장 右上端에 '日記'라 쓰고, 그 밑에 작은 글씨로 '刪節上經筵日記別編'이라 明記하였다. 卷15에서 卷18 역시 每卷 첫 장 右上端에 '經筵日記'(총90日)라 明記하였다. 1)・2)는 1567년 10월 3일부터 1577년 5월 13일까지의 記錄이다. 1)은 고대, 서울대, 연대, 이대, 전남대, 충남대, 국립중앙도서관, 한국정신문화연구원(현 한국학중앙연구원), 釣水樓(종로구 충신동 55-5. 忠信), 中京文庫

(개성, 9책), 大阪市立圖書館, 金仁述, 李丙燾 등이 소장하고 있다. 2)는 성균관대, 국립중앙도서관 등에 소장되어 있다. 또한 서울대 규장각 소장의 필사본 『眉巖先生文集』(20卷 10冊. 필사자 및 필사연대 미상), 필사본(등사) 『眉巖先生集』(3冊. 권1~권4, 권19, 권20만 있음), 정신문화연구원 소장의 『眉巖先生文集』(목판본. 13卷6冊) 등이 있다. 이밖에도 각 대학의 도서관이나 개인 등이 『眉巖先生集』을 소장하고 있는 것 같다.

朝鮮史編修會本은 1938년 조선총독부 조선사편수회에서 宗家藏本(自筆 日記 10冊, 附錄 1冊)을 底本으로, 自筆日記의 누락 부분을 『眉巖先生集』의 日記(권5~권18)에서 뽑아 [一名, 眉巖集 日記抄(一,二)] 日字順으로 배열하여 補完·活印한 것이다. 독자의 편의를 돕기 위해 頭注·旁注를 곁들인 것이 특이하다. 逐日記錄(1567.10.1.~1577.5.13)이나 누락 부분이 있다. 이 책은 현재 성균관대, 吳世玉, 釣水樓(종로구 충신동 55-5. 忠信) 橋雨館, 日本 今西龍文庫, 日本 東洋文庫 등에 소장되어 있다. 그런데 규장각본·문집본·조선사편수회본의 〈丁丑(1577) 五月 十四日條〉를 보면, 내용은 없고 十四日 바로 밑에 작은 글씨로 '病患極重 不得日記 十五日卒'이라 쓰여 있다. 후손이 쓴 것으로, 죽기 이틀 전까지 일기를 썼던 眉巖의 인간적 면모와 기록정신을 엿볼 수 있다.

자필본은 초서체와 행서체로 섞어 쓰는 바람에 판독이 쉽지 않다. 현재 이본 중 最善本이라 할 수 있는 조선사편수회본을 참고할 필요가 있다. 자필본의 경우, 약자·속자가 간혹 사용되었고, 誤脫과 衍文이 간혹 게재되어 있으며, 중간에 파손·마멸된 자구와 약간 빠진 것도 있다. 조선사편수회본은 이를 비교적 잘 바로 잡았다고 평가할 만하다. 그러나 여전히 誤·脫字가 눈에 뜨인다.[676]

그러면 자필본의 편차구성을 간단히 제시한 후, 자필본에 없는 日字, 그리고 모현관본·규장각본·문집본·조선사편수회본을 자필본과 대조해 자필본에는 없고, 모현관본·규장각본·문집본·조선사편수회본에만 있는 日字를 함께 明記하겠다. 自筆『眉巖日記』의 편차구성은 다음과 같다.

※ 自筆『眉巖日記』의 편차구성

冊 數	外 表 紙	內 表 紙	記 錄 期 間	비 고
1 冊	左端:眉巖先生日記 右上端:丁卯十月至十二月. 南還事實·戊辰正月至三月. 全卷二十七張.	左端:南還錄. 右上端:丁卯十月以後. 戊辰正二三月.	•丁卯(1567년, 宣祖 元年) 10월(大)1일-30일 11월(小)1일-29일 12월(大)1일-30일 •戊辰(1568년) 1월(大)1일-30일 2월(大)1일-30일 3월(小)1일-29일	
2 冊	左端:眉巖先生日記. 右上端:戊辰三月至十一月.	左端:戊辰日記. 右上端:戊辰三月以後事. 長通坊.	•戊辰(1568년) 3월 29일. 4월(大)1일-30일. 5월(小)1일-29일. 6월(小)1일-29일. 7월(大)1일-30일. 8월(小)1일-29일. 9월(小)1일-29일. 10월(大)1일-30일. 11월(小)1일-5일.	*戊辰(1568년)11월6일-己巳(1569년)5월21일 누락.

676) 이를 一例로 들면 다음과 같다.
『眉巖日記草』 一, <丁卯 10月11日>.
"細君夢見考妣及他吉兆" ⇒ "細君夢見考妣及吉兆也"
『眉巖日記草』 五, <仲冬二十七日咏雪聯句>.
"綠水風來蒲刺紋眉峯" ⇒ "綠水風來蒲刺紋眉巖"
日帝가 어떤 의도로 『眉巖日記草』를 간행하였는지 알 수 없으나, 문헌고증학적측면에 있어서는 평가할 만하다.

3 冊	左端:眉巖先生日記. 右上端:己巳五月至十二月.	左端:日記. 右上端:己巳五月以後事.	•己巳(1569년) 5월(小)22일-29일. 6월(大)1일-30일. 閏6월(小)1일-29일. 7월(大)1일-30일. 8월(小)1일-29일. 9월(大)1일-30일. 10월(小)1일-29일. 11월(小)1일-29일. 12월(大)1일-30일.	
4 冊	左端:眉巖日記.	左端:眉巖日記. 右上端:庚午四月二十四日至七月初八日.	•庚午(1570년) 4월(大)24일-30일. 5월(小)1일-29일. 6월(大)1일-30일. 7월(小)1일-8일.	*庚午(1570년)1월1일-4월23일누락. *6월19일누락.
5 冊	左端:眉巖先生日記. 右上端:庚午七月至十二日.	左端:眉巖日記. 右上端:庚午七月至十二日.	•庚午(1570년) 7월 9일-29일. 8월(大)1일-30일. 9월(小)1일-29일. 10월(大)1일-30일. 11월(小)1일-29일. 12월(大)1일-25일.	
6 冊	左端:眉巖先生日記· 右上端:庚午十二月二十五日以後事.辛未正月至十二月.	左端:日記. 右上端:庚午十二月以後事. 辛未正月至十二月.	•庚午(1570년) 12월25일-30일. •辛未(1571년) 1월(小)1일-29일. 2월(小)1일-29일. 3월(大)1일-30일. 4월(大)1일-30일. 5월(小)1일-29일. 6월(大)1일-30일. 7월(小)1일-29일. 8월(大)1일-30일. 9월(大)1일-30일. 10월(小)1일-29일. 11월(大)1일-30일. 12월(小)1일-3일.	

7 冊	左端:眉巖先生日記. 右上端:壬申九月至十二月. 癸酉正月至五月.	無.	•壬申(1572년) 9월(大)1일-30일. 10월(小)1일-29일. 11월(大)1일-30일. 12월(小)1일-29일. •癸酉(1573년) 1월(大)1일-30일. 2월(小)1일-29일. 3월(小)1일-29일. 4월(大)1일-30일. 5월(小)1일-26일.	*辛未(1571년)12월4일-壬申(1572년)8월30일 누락. •첫장 '日記' 表記.(親筆)
8 冊	左端:眉巖日記. 右上端:癸酉六月至十二月.	左端:眉巖日記 右上端:癸酉六月至十二月.	•癸酉(1573년) 6월(大)1일-30일. 7월(小)1일-29일. 8월(大)1일-30일. 9월(大)1일-30일.	*癸酉(1573년)5월27일, 28, 29일 누락.
8冊			10월(小)1일-29일. 11월(大)1일-30일. 12월(大)1일-30일.	
9 冊	左端:眉巖先生日記. 右上端:甲戌正月至九月.	左端:眉巖先生日記. 右上端:甲戌正月至九月.	•甲戌(1574년) 1월(小)1일-29일. 2월(大)1일-30일. 3월(小)1일-29일. 4월(小)1일-29일. 5월(大)1일-30일. 6월(小)1일-29일. 7월(小)1일-29일. 8월(大)1일-30일. 9월(大)1일-26일.	
10 冊	左端眉巖先生日記. 右上端乙亥十月至十二月. 只載十月二十七日事. 丙子正月至七月.	左端:日記. 右上端:乙亥十月以後事. 丙子正月至七月.	•乙亥(1575년) 10월(大)27일-30일. 11월(大)1일-30일. 12월(大)1일-30일. •丙子(1576년) 1월(大)1일-30일. 2월(小)1일-29일. 3월(大)1일-30일. 4월(小)1일-29일. 5월(小)1일-29일. 6월(大)1일-30일. 7월(小)1일-29일.	*甲戌(1574년)9월27일-乙亥(1575년)10월26일 누락. *原表紙 左端:乙亥十月二十七日以後 日記(自筆). *丙子(1576년)8월1일 ~ 丁丑(1577년)5월13일 누락.

※ [自筆本과 他異本과의 日字對照表 (自筆本에 없는 日字와 他異本에만 있는 日字를 중심으로)]

自筆『眉巖日記』(自筆本)		慕賢館所藏 筆寫本『眉巖日記』(慕賢館本)		奎章閣所藏 筆寫本『眉巖先生日記抄錄』(奎章閣本)			『眉巖先生集』(木板本)日記 (文集本)		朝鮮史編修會活印本『眉巖日記草』(朝鮮史編修會本)			비 고
2冊	· 戊辰(1568년) 11월6일-己巳(1569년)5월21일											
4冊	· 庚午(1570년) 4월1일-4월23일. 6월19일.											
7冊	.辛未(1571년) 12월4일-壬申(1572년)8월30일.											
8冊	.癸酉(1573년) 5월27일, 28일, 29일.											
10冊	.甲戌(1574년) 9월27일-乙亥(1575년)10월26일.	落卷	· 甲戌(157년) 9월27.28.29.30. 10월1일~29일. 11월1일~30일. 12월1일~30일. 윤12월1일~30일.	利	卷3	· 甲戌(1574년) 10월 1.10.12.14.15.18.19.25. 11월 3.4.6.7.8.10.12.13.18.21.23. 12월 1.2.3.7.8.10.15.18.24 윤12월 4.6.7.8.9.13.14.16.18.20.21.22.	卷12	· 甲戌(1574년) 10월 9.12.13.14.17.20.22.24.26.29. 11월 3.6.8.9.12.17.22.24. 12월 1.8.9.14.17.18.22.25 윤12월 2.3.4.8.13.14.15.18.19.22.24.25.29.30.	五卷	眉巖日記抄一	· 甲戌(1574년) 10월 9.10.12.13.14.17.19.20.22.24.25.26.29. 11월 3.6.8.9.12.17.22.24. 12월 1.2.6.8.9.14.15.17.18 22.25. 윤12월 2.3.4.8.13.14.15.18.19.22.24.25.29.30 · 乙亥(1575년) 1월 2.3.6.7.9.10.12.14.15.16.17.19.20.22.24.25.27.29.	
10冊	.丙子(1576년) 8월1일~丁丑(1577년)5월13일.		· 乙亥(1575년) 1월1일~29일. 2월1일~11일.			· 乙亥(1575년) 1월 2.5.6.7.9.10.11.14.15.17.18.19.20.21.22.29. 2월 1.2.3.4.5.6.7.8.11.15.20.21.25.26.28.30.		· 乙亥(1575년) 1월 2.3.6.7.9.10.12.14.15.16.17.19.20.22.24.25.27.29.			2월 1.3.6.9.11 (3日條 옆 3月 표기는 오기)	

			· 丙子(1576년) 8월1일~30일.			3월 1.2.5.7.9.10. 15.16.18.19.21	卷13	· 乙亥(1575년) 2월 1.3.6.9.11.				
			9월1일~30일. 10월1일~29일. 11월1일~30일. 12월1일~19일.	貞	卷4	· 丙子(1576년) 8월 1.3.4.11.19. 22.23.24.27.28 9월 3.4.5.9.10.11 12.15.17.18.19. 20.22.23.25.26. 30. 10월 1.2.3.4.5.6. 7.8.9.10.11.13. 14.15.16.17.19. 21.22.28. 11월 1.2.7.11.13. 17.20.27.28.30. 12월 2.7.11.14. 15.25.27.28.29. .丁丑(1577년) 1월 5.7.8.9.12.14 20.22.25.26.29. 2월 1.3.4.11.12. 16.17.18.24.27. 3월 2.6.8.10.16. 20.22.23.24.	卷14	· 丙子(1576년) 8월 3.6.10.14.16. 18.19.21.22.23. 27.28. 9월 2.6.7.10.11. 13.15.17.18.20. 25.26.29.30. 10월 3.4.6.8.10. 11.12.13.14.15. 16.21.25.27.28. 11월 1.7.11.13. 27.30. 12월 2.7.10.13. 14.25.27. .丁丑(1577년) 1월 1.5.7.9.12. 16.17.19.21.24. 27.29. 2월 2.3.4.5.8.9. 10.11.13.18.27. 3월 2.3.4.6.8.10. 20.22.23.24.28.	五卷	眉巖日記抄二	· 丙子(1576년) 8월3.4.6.10.14. 16.18.19.21.22. 23.27.28. 9월 2.6.7.9.10.11 13.15.17.18.20. 25.26.29.30. 10월 3.4.6.8.10 11.12.13.14.15. 16.21.25.27.28. 11월 1.7.11.13. 27.30. 12월 2.7.10.13. 14.25.27. .丁丑(1577년) 1월 1.5.7.9.12. 16.17.19.21.24. 27.29. 2월 2.3.4.5.8.9. 10.11.18.27. 3월 2.3.4.6.8.10. 20.22.23.24.28.	
						4월 1.2.5.6.9.11. 13.14.17.20.21. 24.26.27.30. 5월 1.2.3.4.5.7.8. 9.10.11.13.	卷14	4월 1.3.5.6.8.9. 10.11.12.13.14. 16.17.18.19.20. 21.23.24.27.29. 5월 1.7.8.9.10.11.13.	五卷	眉巖日記抄二	4월 1.3.5.6.8.9. 10.11.12.13.14. 16.17.18.19.20. 21.23.24.29. 5월 1.7.8.9.10.11. 13.	
							卷18	• 經筵日記(總90회) .甲戌(1574년) 10월 10.19.25. 11월 8. 12월 1.2.6.15 · 丙子(1576년) 8월 4. 9월 9.				

이상과 같이 살펴 본 결과, 自筆『眉巖日記』의 유실 등으로 인해 1567년 10월 1일부터 1577년 5월 13일까지 日字가 누락되지 않은『眉巖日記』는 하나도 없다고 하겠다. 필자가 現存 異本들을 토대로 누락 日字를 대략 확인한 바로는, 주로 戊辰(1568) 11월 6일~己巳(1569) 5월 21일, 庚午(1570) 1월 1일~4월 23일, 辛未(1571) 12월 4일~壬申(1572) 8월 30일, 乙亥(1575) 3월 22일~10월 26일까지의 기록을 거의 찾아 볼 수 없었다. 그러므로 이 기간 동안은 眉巖의 삶과 문학 활동의 실상을 조명할 수 없다. 그러나 모현관본과 같은 새로운 이본들이 발굴되고 있는바, 앞으로 그 공백을 메울 수 있을 것으로 본다. 필자가 이본을 대조한 결과, 조선사편수회본이 현재로서는 最善本임을 확인할 수 있었다. 그러나 조선사편수회본의 경우, 자필본에 있는 日字와 문집본에서 뽑은 자필본의 누락 日字만을 日字順으로 再排列·補完하는데 그쳤다. 셰익스피어 작품들을 원상대로 복원한 것처럼 자필본·모현관본·규장각본·문집본·조선사편수회본에 있는 日字 뿐만 아니라, 他異本들을 발굴하고 이를 日字順으로 再排列·校訂하여 校合本『眉巖日記』를 만드는 작업이 필요하다.

眉巖은 어떠한 이유로 일기를 쓰기 시작했고, 그 시기는 언제부터였으며, 또 몇 책의 일기를 남겼는지 현재로서는 알 수 없다. 이에 대해서는 다음과 같이 추측해 볼 수 있다. 眉巖이 일기를 쓰게 된 근본적 동기는 家風 때문인 듯하다. 그의 일기 가운데, 〈戊辰正月初七日〉의 내용을 보면, '伏覩先君日記八冊', '伯氏乙亥日記'라는 구절이 있다. 특히 〈辛未五月二十二日〉의 기록에는 "頃閱先君子日記 辛巳年夏云 喜孫者始讀通鑑 一日之受 僅只二張 然時以其意論古今人物 出人意表…(中略)…不勝感激"이라는 내용이 있는바 주목된다. 이로써 보건대, 아버지와 형의 일기가 있었던 바, 眉巖 역시 이들에게 영향을 받고 일기를 쓴 것 같다. 또 外祖父인 錦南 崔溥가 『漂海錄』을 썼다는 사실도 참고할 필요가 있다. 이 같은 가풍과 함께 당대인들의 일기에 대한 관심은 眉巖에게도 예외는 아니었던 것 같다. 이 또한 그가 일기를 쓰게 된 동기 중의 하나로 짐작된다. 주지하다시피 "1500년대는 뜻있는 先人들이 일기에 큰 관심을 쏟았던 시기"[677]이다. 이는 중국의 영향과 더불어, 옛 부터 우리 先人들은 글로 남기려는 버릇[678]이 있었다는 점에서 그 일단을 추측해 볼 수 있을 것 같다. 그리고 조선시대 사대부들은 고려의 문인들에 비해 실제적인 경험과 이념을 더 중시하였으므로, 견문과 實事를 기술하고 사물의 이치를 따지며 인물의 생애를 서술하는 등의 일에 좀 더 많은 관심을 기울였다. 아울러 조선 중기 이후의 사회・문화적 변화과정에서 시적인 절제와 함축의 언어보다 일상적 삶의 문제들을 세밀하고도 구체적으로 다루는데 적합한 산문의 필요성이 확대되면서[679] 일기에 큰 관심을 갖게 되고, 이로 인해 일기를 쓰게 된 것 같다. 이러한 연유 등이 眉巖으로 하여금 일기를 쓰게 한 동기가 된 것으로 보여 진다. 16세기는 眉巖을 비롯하여 李耔・李滉・蘇巡・盧守愼・李珥・禹性傳・鄭澈 등과 같은 당대의 학자나 문인들 일부가 일기를 썼다.

그러면 眉巖은 언제부터 일기를 쓰기 시작했고, 또 몇 冊의 일기를 남겼을까?

眉巖이 언제부터 일기를 썼는지는 확인할 수 없다. 필자가 현지답사 때 만난 사람들은(후손 포함) 한결같이 1567년 10월 1일 이전의 일기가 있었을 것으로 추정하고 있었다. 또 후손들에 의하면, 일찍이 門中의 어른들로부터 1567년 10월 1일 이전의 일기가 존재했을 것이라는 얘기를

677) 장덕순, 앞의 책, 158쪽.
678) 위의 책, 157쪽.
679) 金興圭, 『韓國文學의 理解』, 民音社, 1988, 114쪽 참고.

들은 적이 있다고 한다. 사실 1567년 10월 1일 일기의 첫 부분을 보면('初一日 陰而晴 細君夢見雲捲天晴 乃愁散憂解之兆 長水宰……'), 그 내용이 앞에 쓴 記事와 모종의 연관을 가진 것으로 보여 진다. 필자 역시 그가 아버지와 형의 영향을 받아 일기를 썼다고 본다면, 1567년 10월 1일 이전의 일기, 나아가 젊어서부터 죽기 이틀 전까지 평생 동안 쓴 일기가 존재했을 것으로 짐작된다. 그러므로 自筆日記는 14冊 또는 21冊이 존재했던 것이 아니라, 그 이상이 있었던 것으로 여겨진다. 李好閔이 쓴 〈諡狀〉을 보면, "公平居 手書一日所行事 卽錄之冊 在疾病急遽中 亦不少輟"[680]이라 언급하였는바 주목할 필요가 있다. 眉巖은 매일 매일의 행사를 기록했을 뿐 아니라, 병환 중에도 또한 일기를 썼다. 이처럼 성실하게 기록하였기에 그는 죽기 이틀 전까지의 일기를 남겨놓고 있는 것이다. 이는 그의 꼼꼼하고 솔직한 성격과 선비정신에서 비롯된 것이라 하겠다. 그는 일기를 기록함으로써 진솔 된 자기 고백 내지는 자기반성의 기회를 가졌고, 春秋大義와 朱子의 治史精神[681] 등을 본받아 가식 없는 역사기술과 철저하고도 정확한 기록[682]을 남길 수 있었다.

---

680) 『眉巖先生集』 附錄 卷二, <諡狀>, 成均館大 大東文化硏究院 影印本, 1990, 897쪽. 그런데 조선사편수회에서 쓴 <眉巖日記草解說>(5쪽)을 보면, 眉巖의 門人 許篈이 撰한 <行狀>(문집의 <행장>을 보면, 내용은 없고 그 밑에 작은 글씨로 '許篈撰文佚不傳'이라 明記되어 있다)에 의거하여 "先生平居 手錄一日所行事 卽書之冊 在疾病急遽中 亦不少輟"이라 摘記하고 있다. 필자는 이때까지 <行狀>이 존재했나 의심하던 차에, 현지답사를 통해 모현관에 소장되어 있는 편자 및 연대미상의 필사본 『先生行狀草』(單冊)를 발굴하게 되었다. 그래서 위의 기록과 대조해 보니 한 字도 틀리지 않았다. 따라서 이 『先生行狀草』는 지질 상태나 필체, 내용 등으로 보아 許篈이 撰한 <行狀>이 틀림없다고 하겠다. 조선사편수회에서 이를 보고 썼는지는 알 수 없으나, 후손들도 문집 간행시 이를 발견하지 못했던 것 같다. 이로써 짐작컨대 眉巖의 自筆日記와 저술, 소장서책, 유품 등이 모현관에 보관되기 전까지 관리가 제대로 안된 것 같다.

681) 麓保孝, 崔熙在 譯, 「朱子의 歷史論」, 『中國의 歷史認識』 下, 創作과 批評社, 1985, 471~480쪽 참고. 眉巖은 철저한 尊朱主義者였다.

682) 여기서는 몇가지 實例만 간단히 제시하겠다.
<辛未 7月 12日>. "夕 余覺得有淋症"
<壬申 9月 13日>. "余與朴大憲 初入殿庭 立于第三席 朴誤聞傍人客位之言 以爲當進一行 余亦以爲然 遂進立判書之席 旣升殿始悟 還下庭而立于第三席 可笑可笑"

(3) 『宣祖實錄』과의 關係

『眉巖日記』는 문학 이외에도 정치·사회·경제·문화·사상·어학·민속·예속·복식·의술·천문기상·풍수지리·식생활 등 각종 기록이 총망라 되어있다. 그러므로 그 자료적 의미나 가치로도 중요하다. 특히 眉巖은 조정의 핵심관직에 있으면서 國事를 논의한 사실까지 사실적으로 기록하였다. 임진왜란 때 史草가 소실되자, 國事를 사실적으로 세밀히 기록한 점이 인정되어 『眉巖日記』는 후일 『宣祖實錄』을 편찬할 때 주로 활용되어진다.

『宣祖實錄』은 『朝鮮實錄』[683]중 가장 불비한 실록으로 평가된다.[684] 이는 壬辰倭亂 때 承政院日記·房上日記·時政記·史草[685] 등이

<壬申 12月29日>. "蔚珍縣令丁龜壽 送白文魚二尾 乾廣魚拾尾 小全鰒二貼 生鰒三百介 生赤魚五尾 乾獐一口 毛獐皮一令 乾雉三首來 以蒙余薦拔 故表誠如此"

<癸酉 5月 5日>. "希春陪香祝 行三十餘里 到多樂院 得如厠 於久忍之餘 頗有所泄 自手洗滌"

<己巳 9月 9日>. "見丁未九月十八日日記 副提學鄭彦慤 與宣傳官李櫓 同啓良才驛壁書 其書朱書曰 女主執政於上 李姦臣李芑等 弄權天下 國之將亡 可立而待 豈不寒心哉"

<庚午 5月 24日>. "聞十九日 宋麒壽以特進官入侍 極陳己巳忠順堂姦兇誣陷善類之事"

<戊辰 8月 4日>. "所謂博文者 非謂雜覽無理之書 乃爲討論聖賢典訓及歷代治亂君臣之迹 以爲窮理之資也"

<丁卯 10月 3日>. "燈花太喜 追記. 昨日金可宗來去"

<戊辰 3月 10日>. "古人云 有疑須箚記 又曰 聰明不如鈍筆"

683) 裵賢淑은(「朝鮮實錄의 書誌的 硏究」, 중앙대 박사학위논문, 1989, 3쪽) 『朝鮮實錄』의 명칭사용에 대해 다음과 같이 이의를 제기하였다. "실록은 처음부터 綜合書名이 있었던 것은 아니고, 王에 따라 書名이 길고 다양하기 때문에 편의상 국사편찬위원회에서 영인할 때 『朝鮮王朝實錄』으로 총칭한 것이다. 실록에 대한 일반적인 통칭으로 볼 때 明·淸의 실록도 『明實錄』·『淸實錄』이라고 칭하고 있고, 『高麗實錄』도 '高麗王朝實錄'이라고 칭하지 않으므로 조선의 실록도 『朝鮮實錄』으로 칭하는 것이 온당하다"고 하였다. 필자도 이에 동의하는 바, 『朝鮮實錄』이라 칭하겠다. 이후 『朝鮮實錄』에 대한 書誌的 논의는 배현숙의 논문으로 미룬다.

684) 위의 논문, 68쪽 참고.

685) 위의 일기들의 존재 사실은 『眉巖日記』에서 자주 접할 수 있다. 日記의 書名과 날짜만을 간단히 요약하여 제시하면 다음과 같다.

『承政院日記』 : <戊辰 4月 25日>·<己巳 閏2月 2日> (同年日記로 표기 : 甲辰年의 承政院日記인듯) 出.

『注書日記』 : <丁卯 10月 12日> (史官이 아닌 관리도 볼 수 있었던 듯하다.) 出.

燒盡되었기 때문이다. 따라서 光海君 元年(1609)에 『宣祖實錄』을 撰修하게 되자, 壬亂 前 기록들이 불타버린 관계로 각 개인의 일기나 문집 또는 남아있는 各司謄錄・疏草 등을 수집하여 편찬하게 되었다.[686] 그런데 『宣祖實錄』은 편찬과정에서부터 문제가 있었다. 그것은 李爾瞻 등 北人이 주동이 되어 처음의 원고를 지우고 改修[687]했기 때문이다. 그러므로 仁祖反正 後 西人들이 정권을 잡게 되자, 『宣祖實錄』을 수정하자는 의견이 대두되었고, 仁祖 21년(1643) 수정작업에 착수[688]하여 孝宗 8년(1657) 완성하게 된다.

본고가 여기서 주로 논의하고자 하는 것은 현재까지 일반적으로 알려진 사실, 즉 『宣祖實錄』을 撰修할 때, 선조 즉위년부터 11년간의 사료가 주로 柳希春의 『眉巖日記』・李珥의 『石潭日記』・奇大升의 『論

『家藏史草』 : <戊辰 10月 14日> (眉巖의 家藏史草인듯) 出.
『時政記』 : <庚午 6月 8日> (眉巖은 己巳年 11月 6日字 時政記를 봄)・<癸酉 2月 22日> (注書 李準이 時政記를 베끼다 적발・처벌당함) 出.
그런데 史草는 ①時政記・房上日記 (춘추관에 비치, 他史官 열람 가능. 위의 논문, 27쪽 참고.) ②家藏史草(비공개) 등 2종류가 있다.

686) 실록편찬의 기본 자료는 승정원일기・시정기・방상일기・사초・각사등록・소초・개인의 일기・문집・야사 등을 수집하여 자료로 이용한다. 수집 자료는 편찬 시 1字도 가감해서는 안 된다. 각 방별로 분담하여 찬수를 시작하고, 찬수가 끝나면 도청에 올리고, 도청에서는 각 방 당상을 소집하여 논의・취사하되 작은 일이라도 적실한 것은 그대로 두고 그렇지 않은 것은 삭제한다.(위의 논문, 41쪽 참고.) 이로써 보건대, 실록이 객관적으로 편찬되었음을 알 수 있다. 그런데 曲筆이 가해지거나 수정・개수된 실록도 있다. 曲筆이 가해진 실록 : 선조・현종・경종・숙종실록, 수정・개수된 실록 : 태조・정종・태종・선조・현종・숙종・경종실록(위의 논문, 66쪽 참고.) 『眉巖日記』에는 『明宗實錄』 편찬을 위한 실록청 설치에서부터 구성원 선정 및 편찬과정의 일부가 기록되어 있어 주목된다. 日字와 그 내용을 간단히 요약・제시하면 다음과 같다.
<戊辰 7月 12日> : 명종실록 설립논의. <戊辰 8月 12日> : 실록청 구성원 선정 (眉巖 郎廳으로 선발). <戊辰 8月 14日> : 實錄廳 事目 마련. <戊辰 8月 18日> : 實錄廳 都廳 會合. <戊辰 8月 19日> : 家藏史草 겉표지만 이름 명기, 八道에 수합 通文. <戊辰 9月 23日> : 都廳 郎廳 업무 시작. <戊辰 9月 24日> : 時政記・日記(承政院日記)・房上日記 검토. <戊辰 9月 25日> : 家藏史草 100여종 엄중 감시하에 史庫에 보관(이때 眉巖은 乙丑年 은진 이배의 기록을 보다). 편집 節目논의. <戊辰 9月 26日> : 실록청 출근 각종 일기 검토. <戊辰 10月 6日> : 史草櫃열람. 房別(三房)분담.

687) 『국역 증보문헌비고』, <예문고>, 세종대왕기념사업회, 1980, 103쪽 참고.

688) 같은 책, 같은 곳.

思錄』 등을 근거로 편찬되었다는 견해[689]에 대해 이의를 제기하고자 하는 것이다. 필자가 조사한 바로는 宣祖 즉위년(1567) 10月부터 宣祖 10年(1577) 5월까지의 『宣祖實錄』 기록은 주로 『眉巖日記』를 참고로 하여 편찬되었다는 사실이다. 『石潭日記』는 『宣祖實錄』 편찬에 별로 활용되지 않았고, 주로 『宣祖修正實錄』 편찬에 참고 되었다는 점이다. 반면 『論思錄』은 『宣祖實錄』 편찬에 더러 활용되었다. 그러나 『石潭日記』나 『論思錄』은 부정기적 日字 順 기록인바, 분량 면에서 『眉巖日記』에 상대가 되지 않는다.

『眉巖日記』가 『宣祖實錄』을 편찬하는데 주로 활용되었다는 사실은 『宣祖實錄』과의 대비를 통해 구명될 수 있다. 그러면 그 實例를 대표적으로 하나만 들어 보기로 하자.

> 慕忽聞夜對之命 問之則近日所未有也 昏往經筵廳 承旨許曄注書尹卓然翰林鄭彦信鄭士偉余等上下番六人 上御丕顯閣西壁東向坐 臣等入房內向北而拜 就坐 上命安坐 …(後略) (〈丁卯 11月 5日〉.)

> 夜對 承旨許曄校理柳希春正字趙廷機注書尹卓然翰林鄭彦信鄭士偉入侍 上御丕顯閣西壁東向坐 (『宣祖實錄』 〈宣祖卽位年 丁卯 11月 5日條〉.)

위에서 보는 바와 같이, 『宣祖實錄』을 편찬할 때 『眉巖日記』를 활용하였음을 확인할 수 있었다. 특히 『眉巖日記』는 『宣祖實錄』보다 자세하고 생생하게 당시의 정치・사회・경제상태나 관리층의 내면세계 등을 전해주고 있다.

필자가 『眉巖日記』와 『宣祖實錄』을 대비하여 兩書에 같은 記事가

689) 『한국민족문화대백과사전』 8, 한국 정신문화연구원, 1991, 655쪽 참고.

수록된 日字를 조사해본 결과, 『眉巖日記』는 1567년 10월 9일부터 1576년 7월 25일까지 총 861日分의 記事가 『宣祖實錄』에 참고 되었음을 확인할 수 있었다.

이상에서 보듯, 『眉巖日記』는 『宣祖實錄』편찬에 대단히 중요한 역할을 하였다. 따라서 그 사료적 가치가 매우 높다고 하겠다.

(4) 맺음말

본고는 『眉巖日記』의 서지와 사료적 가치에 대하여 고찰하였다. 앞에서 논의된 사항들을 요약하여 결론으로 삼겠다.

現傳하는 自筆日記는 지금까지 알려진 11冊이 아니라 10冊으로, 1567년 10월 1일부터 1576년 7월 29일까지의 기록이다. 그리고 自筆本 및 異本들을 조사한 결과, 1567년 10월1일부터 1577년 5월13일까지 日字가 누락되지 않은 『眉巖日記』는 하나도 없었다. 그리고 現存하지는 않지만, 1567년 10월 1일 이전의 일기가 있었던 것으로 보인다. 그러니까 1567년 10월1일부터 일기를 쓴 것이 아니라, 그 이전부터 일기를 쓴 것으로 여겨진다. 따라서 現傳하는 일기보다 그 분량이 더 많았던 것으로 짐작된다. 그리고 眉巖이 일기를 쓰게 된 근본적인 동기는 올바른 역사인식과 진실구명, 자기 고백을 통한 반성 내지는 자기 성찰을 하기 위해서인 듯하다. 또 부친과 형의 일기가 존재했던 사실, 李滉・李珥・盧守愼・禹性傳・鄭澈 등과 같은 당대의 학자나 문인들 일부가 일기를 썼고 이에 대한 관심을 가졌다는 사실도 眉巖이 일기를 쓰게 된 이유 중의 하나로 보인다. 특히 眉巖은 병환 중에도 일기를 썼고, 타계하기 이틀 전까지 일기를 썼다. 이는 꼼꼼하고 솔직한 성격과 선비정신에서 비롯된 것이라 하겠다.

『眉巖日記』는 보물 제260호로 그 사료적 가치를 인정받고 있다. 그런데 현재까지 일반적으로 알려진 사실, 즉 『宣祖實錄』을 撰修할 때, 宣祖 즉위부터 11년간의 사료가 柳希春의 『眉巖日記』·李珥의 『石潭日記』·奇大升의 『論思錄』 등을 근거로 편찬되었다는 설은 시정되어야 한다. 宣祖 즉위년(1567) 10월부터 宣祖 10년(1577) 5월까지의 『宣祖實錄』 기록은 주로 『眉巖日記』를 참고로 하여 편찬되었다. 반면 『論思錄』은 『宣祖實錄』 편찬에 더러 활용되었을 뿐이며, 『石潭日記』는 『宣祖實錄』 편찬 시 별로 참고 되지 않았고, 『宣祖修正實錄』 편찬에 주로 활용되었다. 그러므로 『宣祖實錄』 편찬에 가장 중요한 역할을 한 것은 『眉巖日記』이다.

『眉巖日記』는 개인의 日常事 뿐만 아니라, 왕조사회의 상층부에서 國事를 논의한 사실까지 사실적으로 가식 없이 진솔하게 기록하고 있다. 이와 같은 사실 기록의 진실성 때문에 후일 『宣祖實錄』 편찬 시 『眉巖日記』가 史草처럼 채택되고, 또 그 편찬에 핵심적인 몫을 담당하게 되었던 것으로 짐작된다.

한편, 『眉巖日記』는 문학적·역사적 가치뿐만 아니라, 정치·사회·경제·행정·사상·예속·민속·어학·한의학·복식·풍수지리·천문기상·식생활사적으로도 그 자료적 가치가 높이 평가된다.[690] 『眉巖日記』는 당시의 모든 면을 총체적으로 담고 있어 진정한 의미에서의 日記요 日記다운 日記이다. 日記의 大作이며, 우리나라 日記의 白眉라 하겠다. 그러므로 『眉巖日記』는 새롭게 평가되어야 한다.[691]

---

690) 柳希春과 『眉巖日記』에 대해서는 拙稿(「眉巖日記 硏究」, 檀國大 博士學位論文, 1996)와 拙著(『眉巖日記硏究』, 제이앤씨, 2008)를 참고할 것.

691) 이 논문은 필자가 『退溪學硏究』 제12집(단국대 퇴계학연구소, 1998)에 게재했던 논문임을 밝힌다.

〈부 록〉

※ 『眉巖日記』와 『宣祖實錄』의 日字對照表

眉巖日記	宣祖實錄
丁卯(1567) 10.9	丁卯 10.5
10. 11	9. 1
10. 12	10. 12, 10. 6
10. 12	10. 12
10. 17	10. 12
10. 19	10. 12
10. 19	10. 6
10. 20	10. 15
10. 20	10. 15
10. 20	10. 15
10. 22	10. 17
10. 26	10. 24
10. 26	10. 23
10. 30	10. 30
11. 4	11. 4
11. 5	11. 5
11. 6	11. 6
11. 7	11. 7
12. 3	11. 22
12. 16	12. 2
戊辰(1568) 1.22	戊辰 1.14
1. 24	丁卯 12.23
1. 26	戊辰 1.27
2. 1	2. 1
2. 3	2. 3

眉巖日記	宣祖實錄
2. 6	2. 6
2. 7	2. 7
2. 9	2. 8
2. 9	2. 9
2. 10	2. 10
2. 11	2. 11
2. 14	2. 14
2. 15	2. 15
2. 17	2. 16
2. 18	2. 18
2. 20	2. 20
2. 21	2. 21
2. 23	2. 23
2. 24	2. 24
2. 25	2. 25
2. 26	2. 26
2. 27	2. 27
2. 28	2. 28
2. 29	2. 29
2. 30	2. 30
3. 12	3. 12
3. 13	3. 13
3. 19	3. 19
3. 22	3. 22
3. 27	3. 27

眉巖日記	宣祖實錄
4. 12	4. 12
4. 16	4. 16
5. 1	5. 1
5. 11	5. 11
5. 16	5. 16
5. 17	5. 17
5. 20	5. 20
5. 23	5. 23
6. 2	6. 7
6. 3	6. 3
6. 4	6. 4
6. 8	6. 8
6. 9	6. 9
6. 11	6. 11
6. 12	6. 12
6. 13	6. 13
6. 14	6. 14
6. 18	6. 18
6. 19	6. 19
6. 25	6. 25
6. 29	6. 29
7. 2	7. 2
7. 4	7. 4
7. 5	7. 5
7. 6	7. 6

眉巖日記	宣祖實錄
7. 8	7. 8
7. 12	7. 12
7. 13	7. 12
7. 14	7. 14
7. 15	7. 15
7. 17	7. 17
7. 18	7. 18
7. 19	7. 17
7. 24	7. 24
7. 24	7. 17
7. 25	7. 25
7. 26	7. 26
7. 27	7. 27
8. 3	8. 3
8. 6	8. 4
8. 6	8. 6
8. 7	8. 7
8. 8	8. 8
8. 11	8. 9
8. 12	8. 12
8. 16	8. 16
8. 22	8. 22
8. 23	8. 23
8. 24	8. 24
8. 26	8. 26

眉巖日記	宣祖實錄
9. 13	9. 12
9. 20	9. 20
9. 21	9. 21
9. 22	9. 22
9. 23	9. 23
9. 26	9. 25
9. 27	9. 26
10. 4	10. 4
10. 9	10. 9
10. 14	10. 14
10. 22	10. 22
己巳 5. 22	己巳 5. 22
5. 27	5. 27
5. 28	5. 28
5. 29	5. 29
6. 3	6. 3
6. 4	6. 4
6. 5	6. 5
6. 6	6. 5. 6. 6
6. 7	6. 7
6. 8	6. 8
6. 9	6. 9
6. 10	6. 9
6. 15	6. 15
6. 18	6. 18

眉巖日記	宣祖實錄
6. 20	6. 19
6. 25	6. 25
7. 3	7. 3
7. 6	7. 6
7. 7	7. 7
7. 10	7. 10
7. 11	7. 11
7. 13	7. 13
7. 18	7. 18
7. 25	7. 25
7. 29	7. 28
7. 29	7. 29
8. 2	8. 2
8. 6	8. 6
8. 6	8. 5
8. 7	8. 7
8. 9	8. 9
8. 14	8. 14
8. 17	8. 16
8. 19	8. 18
8. 19	8. 19
8. 20	8. 20
8. 23	8. 23
8. 26	8. 26

眉巖日記	宣祖實錄
8. 27	8. 27
8. 29	8. 29
9. 1	9. 1
9. 4	9. 4
9. 5	9. 5
9. 8	9. 8
9. 11	9. 11
9. 12	9. 12
9. 13	9. 13
9. 14	9. 14
9. 18	9. 18
9. 19	9. 19
9. 21	9. 21
9. 24	9. 24
9. 25	9. 25
10. 21	10. 21
11. 6	11. 6
12. 29	12. 29
庚午(1570) 4.24	庚午 4. 24
4. 25	4. 25
4. 27	4. 27
5. 1	5. 1
5. 4	5. 4
5. 6	5. 6
5. 8	5. 8

眉巖日記	宣祖實錄
5. 9	5. 9
5. 12	5. 12
5. 13	5. 13
5. 14	5. 14
5. 15	5. 15
5. 16	5. 16
5. 16	5. 15
5. 17	5. 17
5. 18	5. 18
5. 19	5. 18
5. 20	5. 20
5. 21	5. 21
5. 22	5. 22
5. 23	5. 23
7. 9	7. 9
7. 11	7. 10
7. 13	7. 13
7. 14	7. 13
3. 14	7. 14
3. 16	7. 15
3. 17	7. 17
3. 18	7. 18
3. 19	7. 19
7. 20	7. 20
7. 21	7. 21

眉巖日記	宣祖實錄
7. 23	7. 23
7. 27	7. 27
8. 1	8. 1
8. 4	8. 4
8. 5	8. 5
8. 6	8. 6
8. 8	8. 8
8. 9	8. 8
8. 10	8. 9
8. 12	8. 12
辛未(1571) 1.7	庚午 12. 19
1. 8	辛未 1. 8
1. 16	庚午 12. 26
1. 22	辛未 1. 22
1. 23	1. 23
1. 25	1. 25
1. 29	1. 25
2. 4	2. 4
2. 5	2. 5
2. 10	2. 10
2. 11	2. 4
2. 11	2. 11
2. 13	1. 22
2. 25	2. 26
2. 25	2. 28

眉巖日記	宣祖實錄
3. 4	3. 4
3. 6	3. 6
3. 8	3. 6
3. 11	3. 11
3. 13	3. 13
3. 15	3. 15
3. 20	3. 20
3. 21	3. 21
3. 23	3. 23
3. 24	3. 21
4. 28	4. 28
4. 30	4. 30
5. 2	5. 2
5. 3	5. 3
5. 4	5. 4
5. 18	5. 18
5. 22	5. 22
5. 28	5. 28
5. 29	5. 20
5. 29	5. 23
6. 4	6. 4
6. 5	6. 4
6. 9	6. 9
6. 14	6. 14
6. 17	6. 17

眉巖日記	宣祖實錄
6. 18	6. 18
6. 22	6. 22
6. 28	6. 28
6. 29	6. 29
7. 1	7. 1
7. 4	7. 4
7. 8	7. 8
7. 16	7. 16
8. 15	8. 15
8. 18	8. 18
8. 19	8. 20
8. 22	8. 22
8. 27	8. 27
8. 28	8. 13
8. 30	8. 24
9. 5	9. 4
9. 7	9. 4
9. 7	9. 7
9. 11	9. 6
9. 12	9. 6
9. 12	9. 12
9. 14	9. 8
9. 15	9. 14
9. 18	9. 10
9. 18	9. 12

眉巖日記	宣祖實錄
9. 29	9. 29
10. 2	10. 2
10. 14	10. 14
10. 15	10. 15
10. 19	10. 19
10. 21	9. 24
10. 27	10. 27
10. 29	10. 29
11. 1	11. 1
11. 2	11. 2
11. 3	11. 3
11. 5	11. 5
11. 6	11. 6
11. 9	11. 9
11. 12	11. 12
11. 20	11. 20
11. 21	11. 21
11. 24	11. 24
11. 25	11. 25
11. 29	11. 29
11. 30	11. 30
12. 1	12. 1
12. 2	12. 2
12. 3	12. 3
壬申(1572) 9.1	壬申 9. 1

眉巖日記	宣祖實錄
9. 3	9. 3
9. 4	9. 4
9. 5	9. 5
9. 6	9. 6
9. 7	9. 5
9. 8	9. 8
9. 10	9. 10
9. 11	9. 11
9. 13	9. 13
9. 14	9. 14
9. 15	9. 14
9. 16	9. 14
9. 17	9. 17
9. 18	9. 18
9. 18	9. 14
9. 19	9. 19
9. 20	9. 20
9. 21	9. 21
9. 22	9. 21
9. 22	9. 22
9. 23	9. 22
9. 24	9. 24
9. 25	9. 25
9. 27	9. 27
9. 28	9. 28

眉巖日記	宣祖實錄
9. 29	9. 29
9. 30	9. 30
10. 1	10. 1
10. 2	10. 2
10. 3	10. 3
10. 5	10. 5
10. 6	10. 6
10. 8	10. 8
10. 9	10. 9
10. 10	10. 10
10. 11	10. 11
10. 12	10. 12
10. 13	10. 13
10. 14	10. 14
10. 15	10. 15
10. 16	10. 15
10. 17	10. 17
10. 19	11. 19
10. 23	12. 23
10. 24	12. 24
10. 25	12. 25
10. 27	12. 27
10. 29	12. 29
11. 1	11. 1
11. 2	11. 2

眉巖日記	宣祖實錄
11. 3	11. 3
11. 4	11. 4
11. 6	11. 6
11. 7	11. 7
11. 8	11. 8
11. 9	11. 9
11. 10	11. 9
11. 10	11. 10
11. 11	11. 11
11. 13	11. 13
11. 15	11. 15
11. 17	11. 17
11. 20	11. 20
11. 23	11. 23
11. 27	11. 27
11. 29	11. 29
11. 30	11. 30
12. 1	12. 1
12. 3	12. 3
12. 4	12. 4
12. 6	12. 6
12. 7	12. 4
12. 8	12. 8
12. 12	12. 12
12. 13	12. 13

眉巖日記	宣祖實錄
12. 15	12. 15
12. 16	12. 16
12. 17	12. 17
12. 19	12. 19
12. 20	12. 20
12. 22	12. 22
12. 24	12. 24
12. 25	12. 25
12. 26	12. 26
12. 27	12. 27
癸酉(1573) 1.1	癸酉 1. 1
1. 2	1. 2
1. 3	1. 3
1. 5	1. 4
1. 5	1. 5
1. 6	1. 6
1. 9	1. 9
1. 11	1. 10
1. 12	1. 12
1. 14	1. 14
1. 16	1. 16
1. 17	1. 17
1. 18	1. 18
1. 19	1. 19
1. 20	1. 20

眉巖日記	宣祖實錄
1. 21	1. 21
1. 22	1. 22
1. 23	1. 23
1. 24	1. 24
1. 26	1. 26
1. 27	1. 27
1. 28	1. 28
1. 29	1. 29
1. 30	1. 30
2. 1	2. 1
2. 2	2. 2
2. 3	2. 3
2. 4	2. 4
2. 5	2. 5
2. 6	2. 6
2. 7	2. 7
2. 8	2. 8
2. 9	2. 9
2. 10	2. 10
2. 11	2. 11
2. 12	2. 12
2. 13	2. 13
2. 14	2. 14
2. 17	2. 17
2. 18	2. 18

眉巖日記	宣祖實錄
2. 19	2. 19
2. 20	2. 20
2. 21	2. 21
2. 23	2. 23
2. 24	2. 24
2. 25	2. 25
2. 26	2. 26
2. 28	2. 28
2. 28	3. 1
3. 1	3. 1
3. 2	3. 1
3. 2	2. 1
3. 4	2. 4
3. 6	2. 6
3. 6	3. 6
3. 7	3. 7
3. 8	3. 8
3. 9	3. 8, 3. 9
3. 10	3. 10
3. 11	3. 11
3. 13	3. 13
3. 15	3. 14
3. 17	3. 17
3. 19	3. 18
3. 22	3. 22

眉巖日記	宣祖實錄
3. 23	3. 23
3. 24	3. 24
3. 25	3. 25
3. 26	3. 26
3. 27	3. 27
3. 28	3. 28
3. 29	3. 29
4. 1	4. 1
4. 2	4. 2
4. 4	4. 4
4. 9	4. 9
4. 10	4. 10
4. 12	4. 12
4. 13	4. 13
4. 14	4. 14
4. 15	4. 15
4. 18	4. 18
4. 19	4. 19
4. 20	4. 20
4. 21	4. 21
4. 22	4. 22
4. 22	4. 25
4. 24	4. 24
4. 25	4. 25
4. 27	4. 27

眉巖日記	宣祖實錄
4. 29	4. 29
5. 2	5. 2
5. 3	5. 3
5. 4	5. 4
5. 5	5. 5
5. 6	5. 5
5. 7	5. 6
5. 7	5. 7
5. 10	5. 10
5. 11	5. 11
5. 12	5. 12
5. 22	5. 22
5. 23	5. 23
5. 24	5. 24
5. 25	5. 25
6. 1	6. 1
6. 2	6. 2
6. 3	6. 3
6. 5	6. 5
6. 5	6. 2
6. 6	6. 6
6. 7	6. 7
6. 8	6. 8
6. 9	6. 9
6. 12	6. 12

眉巖日記	宣祖實錄
6. 13	6. 13
6. 15	6. 15
6. 17	6. 17
6. 18	6. 18
6. 22	6. 22
6. 23	6. 23
6. 24	6. 24
6. 25	6. 25
6. 26	6. 26
7. 2	7. 2
7. 5	7. 5
7. 6	7. 6
7. 7	7. 7
7. 10	7. 10
7. 11	7. 11
7. 12	7. 12
7. 13	7. 13
7. 14	7. 14
7. 16	7. 16
7. 17	7. 17
7. 21	7. 21
7. 22	7. 22
7. 23	7. 23
7. 24	7. 24
7. 25	7. 25

眉巖日記	宣祖實錄
7. 25	7. 17
7. 26	7. 26
7. 27	7. 27
7. 28	7. 28
7. 29	7. 29
8. 1	8. 1
8. 2	8. 2
8. 4	8. 4
8. 5	8. 5
8. 6	8. 6
8. 7	8. 7
8. 8	8. 8
8. 9	8. 9
8. 10	8. 10
8. 11	8. 11
8. 12	8. 12
8. 13	8. 12
8. 14	8. 14
8. 15	8. 15
8. 16	8. 16
8. 17	8. 17
8. 19	8. 19
8. 20	8. 20
8. 22	8. 22
8. 24	8. 24

眉巖日記	宣祖實錄
8. 26	8. 26
8. 27	8. 27
8. 29	8. 29
8. 30	8. 29
9. 2	9. 2
9. 4	9. 4
9. 5	9. 5
9. 9	9. 9
9. 10	9. 10
9. 12	9. 12
9. 13	9. 13
9. 15	9. 15
9. 16	9. 16
9. 17	9. 17
9. 18	9. 18
9. 19	9. 19
9. 20	9. 20
9. 21	9. 21
9. 24	9. 24
9. 24	9. 26
9. 26	9. 26
9. 27	9. 27
9. 28	9. 28
9. 29	9. 29
10. 1	9. 11

眉巖日記	宣祖實錄
10. 1	10. 1
10. 2	10. 2
10. 3	10. 3
10. 3	10. 2
10. 3	10. 4
10. 4	10. 4
10. 5	10. 5
10. 6	10. 6
10. 9	10. 9
10. 10	10. 10
10. 11	10. 11
10. 12	10. 12
10. 13	10. 13
10. 14	10. 14
10. 15	10. 15
10. 16	10. 16
10. 17	10. 17
10. 18	10. 18
10. 19	10. 19
10. 20	10. 20
10. 21	10. 21
10. 22	10. 22
10. 23	10. 23
10. 24	10. 24
10. 25	10. 25

眉巖日記	宣祖實錄
10. 27	10. 27
10. 28	10. 28
10. 29	10. 29
11. 1	11. 1
11. 2	11. 2
11. 3	11. 3
11. 4	11. 4
11. 5	11. 5
11. 6	11. 5
11. 9	11. 9
11. 10	11. 10
11. 11	11. 11
11. 12	11. 12
11. 13	11. 13
11. 15	11. 15
11. 17	11. 17
11. 19	11. 19
11. 20	11. 20
11. 21	11. 21
11. 23	11. 23
11. 24	11. 24
11. 25	11. 25
11. 27	11. 26
11. 28	11. 28
12. 2	12. 2

眉巖日記	宣祖實錄
12. 4	12. 2
12. 5	12. 5
12. 6	12. 6
12. 14	12. 14
12. 15	12. 15
12. 16	12. 16
12. 19	12. 17
12. 19	12. 18
12. 20	12. 20
12. 21	12. 21
12. 25	12. 25
12. 28	12. 28
12. 29	12. 29
12. 30	12. 30
甲戌(1574) 1.2	甲戌 1. 2
1. 3	1. 3
1. 4	1. 4
1. 5	1. 5
1. 6	1. 6
1. 7	1. 7
1. 8	1. 8
1. 9	1. 9
1. 10	1. 10
1. 13	1. 13
1. 14	1. 14

眉巖日記	宣祖實錄
1. 15	1. 15
1. 16	1. 16
1. 18	1. 18
1. 20	1. 20
1. 21	1. 21
1. 22	1. 22
1. 23	1. 23
1. 25	1. 25
1. 26	1. 26
1. 27	1. 27
1. 28	1. 28
1. 29	1. 29
2. 1	2. 1
2. 4	2. 4
2. 5	2. 5
2. 6	2. 6
2. 7	2. 7
2. 7	2. 6
2. 8	2. 8
2. 10	2. 10
2. 11	2. 11
2. 12	2. 12
2. 13	2. 13
2. 14	2. 14
2. 17	2. 17

眉巖日記	宣祖實錄
2. 18	2. 18
2. 20	2. 20
2. 21	2. 21
2. 23	2. 23
2. 25	2. 25
2. 26	2. 26
2. 27	2. 28
2. 28	2. 28
2. 29	2. 29
3. 2	3. 2
3. 3	3. 3
3. 5	3. 5
3. 6	3. 6
3. 7	3. 7
3. 8	3. 8
3. 9	3. 9
3. 10	3. 10
3. 11	3. 11
3. 12	3. 12
3. 14	3. 14
3. 15	3. 15
3. 16	3. 16
3. 17	3. 17
3. 18	3. 18
3. 20	3. 19

眉巖日記	宣祖實錄
3. 20	3. 20
3. 21	3. 21
3. 25	3. 25
3. 27	3. 27
3. 28	3. 28
3. 29	3. 29
4. 1	4. 1
4. 3	4. 3
4. 5	4. 5
4. 9	4. 9
4. 10	4. 10
4. 11	4. 11
4. 12	4. 12
4. 13	4. 13
4. 15	4. 15
4. 16	4. 16
4. 19	4. 19
4. 20	4. 20
4. 21	4. 21
4. 23	4. 23
4. 24	4. 24
4. 25	4. 25
4. 28	4. 28
5. 2	5. 2
5. 3	5. 3

眉巖日記	宣祖實錄
5. 4	5. 4
5. 6	5. 6
5. 8	5. 8
5. 11	5. 11
5. 12	5. 12
5. 13	5. 13
5. 14	5. 14
5. 15	5. 15
5. 16	5. 16
5. 18	5. 18
5. 19	5. 19
5. 20	5. 20
5. 21	5. 21
5. 22	5. 22
5. 23	5. 23
5. 24	5. 24
5. 25	5. 25
5. 26	5. 26
5. 27	5. 27
5. 28	5. 28
5. 30	5. 30
6. 4	6. 4
6. 7	6. 7
6. 8	6. 8
6. 9	6. 9

眉巖日記	宣祖實錄
6. 10	6. 10
6. 11	6. 11
6. 12	6. 12
6. 13	6. 13
6. 14	6. 14
6. 15	6. 15
6. 16	6. 16
6. 17	6. 17
6. 18	6. 18
6. 20	6. 20
6. 21	6. 21
6. 22	6. 22
6. 23	6. 23
6. 24	6. 24
6. 26	6. 26
6. 27	6. 27
6. 29	6. 29
7. 4	7. 4
7. 5	7. 5
7. 6	7. 6
7. 8	7. 8
7. 11	7. 11
7. 12	7. 11
7. 12	7. 12
7. 13	7. 13

眉巖日記	宣祖實錄
7. 14	7. 14
7. 15	7. 14
7. 16	7. 16
7. 19	7. 19
7. 20	7. 20
7. 21	7. 21
7. 22	7. 22
7. 23	7. 22
7. 23	7. 23
7. 25	7. 25
7. 26	7. 26
7. 27	7. 27
7. 28	7. 28
7. 29	7. 29
8. 3	8. 3
8. 4	8. 4
8. 5	8. 5
8. 7	8. 7
8. 11	8. 10
8. 16	8. 16
8. 18	8. 18
8. 27	8. 27
8. 28	8. 28
9. 1	9. 1
9. 1	8. 30

眉巖日記	宣祖實錄
9. 2	9. 2
9. 3	9. 3
9. 6	9. 6
9. 7	9. 6
9. 8	9. 8
9. 11	9. 11
9. 15	9. 15
9. 16	9. 16
9. 17	9. 17
9. 20	9. 20
9. 21	9. 21
9. 25	9. 25
9. 25	9. 27
9. 26	9. 26
乙亥(1775) 11.1	乙亥 9. 27
11. 1	11. 1
11. 2	10. 19
11. 7	10. 26
11. 22	10. 16
11. 24	11. 11
12. 4	11. 13
12. 9	11. 28
12. 13	12. 3
12. 17	12. 7
12. 18	12. 8

眉巖日記	宣祖實錄
12. 19	12. 10
12. 19	12. 11
12. 30	12. 21
12. 30	12. 22
丙子(1576) 1.13	丙子 1. 4
1. 13	1. 13
1. 26	1. 9
1. 30	1. 30
2. 1	2. 1
2. 26	2. 26
2. 28	2. 28
3. 3	3. 3
3. 7	2. 18
3. 17	3. 16
3. 19	3. 19
3. 20	3. 20
3. 21	3. 10
3. 30	3. 19
4. 3	4. 3
4. 4	4. 4
4. 13	3. 30
4. 23	4. 16
4. 24	4. 11
4. 29	4. 29
5. 3	4. 16

眉巖日記	宣祖實錄
5. 3	4. 24
5. 3	5. 2
6. 6	5. 15
6. 9	6. 8
6. 9	5. 25
6. 20	6. 10
7. 6	6. 24
7. 8	6. 24
7. 16	6. 29
7. 21	7. 20
7. 22	7. 22
7. 23	7. 22
7. 24	7. 24
7. 25	7. 25

※『宣祖實錄』·『論思錄』,『宣祖修正實錄』·『石潭日記』對照表 [같은 記事가 수록된 日字(月)는 1567년 10월부터 1577년 5월까지로 국한한 것임.]

宣祖實錄		論思錄	
丁卯 (1567)	10. 23	丁卯	10. 23
	11. 3		11. 3
	11. 4		11. 4
	11. 16		11. 16
	11. 17		11. 17
	11. 19		11. 19
	12. 9		12. 9
戊辰 (1568)	1. 12	戊辰	1. 12
	3. 25		3. 25
	4. 3		4. 3
	12. 2		12. 2
	12. 6		12. 6
	12. 19		12. 19
己巳 (1569)	1. 16	己巳	1. 16
	4. 5		4. 5
	4. 29		4. 29
	5. 21		5. 21
	6. 4		6. 4
	6. 20		6. 20
	윤 6. 6		윤 6. 6
	윤 6. 7		윤 6. 7
	윤 6. 24		윤 6. 24
壬申 (1572)	5. 1	壬申	5. 1

※ 『論思錄』記事 中 〈己巳 3月 4日〉記事만 유일하게 『宣祖實錄』에 수록되어 있지 않다.

宣祖修正實錄(日字미상)		石潭日記(日字미상)	
丁卯 (1567)	10월	丁卯	10월
戊辰 (1568)	2월	戊辰	1, 2월
	3월		3월
	4월		4월
	5월		5월
	7월		7월
己巳 (1569)	1월		1, 2월
	3월		3월
	6월		6월
	7월		7월
	8월		8월
	9월		9월
	10월		10월
	11월		11, 12월
庚午 (1570)	1월	庚午	1월
	3월		3월
	4월		4월
	7월		7월
	8월		8월
	10월		10월
	11월		11월
	12월		12월
辛未 (1571)	3월	辛未	3월
	5월		5월
	6월		6월
	7월		7월
	겨울		겨울

宣祖修正實錄(日字미상)		石潭日記(日字미상)	
壬申 (1572)	1월	壬申	1월
	2월		2월
	윤 2월		윤 2월
	3월		3월
	4월		4월
	5월		5월
	6월		6월
	7월		7월
	8월		8월
	9월		9월
	10월		10월
	11월		11월
癸酉 (1573)	1월	癸酉	1월
	2월		2월
	3월		3월
	5월		5월
	6월		6월
	7월		7월
	8월		8월
	9월		9월
	10월		10월
	11월		11, 12월
甲戌 (1574)	1월	甲戌	1월
	2월		2월
	3월		3월
	4월		4월
	4월		5월
	6월		6월

宣祖修正實錄(日字미상)		石潭日記(日字미상)	
	7월		7월
	8월		8월
	9월		9월
	10월		10월
乙亥 (1575)	1월	乙亥	1월
	3월		3월
	4월		4월
	5월		5월
	6월		6월
	7월		7월
	8월		8월
	9월		9월
	10월		10월
	11월		11월
丙子 (1576)	1월	丙子	1월
	2월		2월
	3월		3월
	7월		7월
	8월		8월
	11월		11월
	12월		12월
丁丑 (1577)	1월	丁丑	1월
	3월		3월
	4월		4월
	5월		5월

※ 『石潭日記』記事 中 〈戊辰 가을〉·〈戊辰 11月〉·〈庚午 5月〉·〈壬申 12月〉·〈甲戌 閏12月〉·〈乙亥 12月〉의 記事는 『宣祖修正實錄』에 실려 있지 않다.

2 퇴계의 독서법과 그 활용

(1) 머리말

요즈음 각 대학은 학생들의 의사소통(읽기, 쓰기, 말하기, 듣기) 능력을 향상시키기 위해 고심하고 있다. 이로 인해 대학마다 관련 강좌를 개설하고 교양 필수로 정하여 학생들이 반드시 학점을 취득해야만 졸업을 할 수 있도록 교과 과정을 개편 시행하고 있다. 대학들의 이 같은 조치는 학생들의 의사소통 능력이 떨어진다고 판단했기 때문이다. 비록 때늦은 감은 있지만, 국문학을 전공하는 필자의 입장에서 보면 반가운 것도 사실이다. 그러나 교재 개발과 효과적인 수업 방식 모색, 그리고 전담 교수들의 신분을 보장해 주지 않는다면, 예전에 각 대학마다 개설 운영되었던 문장작법이나 글과 논리 등과 같은 교과목이 어느 날 교양 필수에서 교양 선택으로 바뀌더니, 얼마 후 과목이 폐지되었던 것처럼 또다시 그러한 사태에 직면할 수 있다. 솔직히 말해 각 대학마다 개설 운영했던 문장작법이나 글과 논리 등과 같은 교양 과목이 없어진 데에는 그동안 안이하게 대응하고 교재 개발에 등한시 했던 각 대학 국문과 교수들과 담당 강사들의 책임도 크다. 국문학을 전공하는 필자 또한 예외일 수 없다. 그리고 폐지를 주장한 타과 교수들(특히 이공계)과 학교 당국들 또한 책임을 면할 수 없다.[692] 다시 한 번 자성을 촉구하면서 심기일전의 기회로 삼았으면 한다. 왜냐하면 이러한 과목들은 교양 및 전공 수업을 위한 가장 중요한 기초 과목일 뿐만 아니라, 학문을 하거나 직장생활 시, 그리고 일상생활을 할 때 활용되는 꼭 필요한 과목이기 때문이다. 그런바 과목이 폐지되어서는 안 된다. 그러므로 이에 대한 보완책의 하나로 교재 개발이 시급하다.

그런데 현재 각 대학에서 발간된 교재들을 보면 태반은 거의 대동소이하다. 이렇게 되면 20~30년 전처럼 다른 학과 교수들에게 직격탄을 맞고 또다시 과목이 사라지지 않을까 우려된다. 이에 대한 대비가 시급히 필요하다.

필자는 효과적인 의사소통 능력을 향상시키기 위한 방법의 하나로, 우리 先人들의 글을 현대적으로 활용할 필요가 있다고 생각한다. 다시 말해 선인들의 글에서 읽기, 쓰기, 말하기의 현대적 활용을 하자는 것이다. 그러므로 본고는 이러한 작업의 일환으로 선인들의 글에 나타난 독서법을 검토하여 이를 현대적으로 활용하려고 한다.

요즈음 대학생들의 경우, 철학적이고 깊이가 있는 양서를 잘 읽지 않으려고 하는 경향이 있는 것 같다. 이는 입시 위주의 경향 때문이다. 학생들이 독서를 생활화하지 않은 상태에서 독서법까지 제대로 배우지 않았으니 그럴 수밖에 없을 것이다. 그러다 보니 양서를 읽을 경우, 태반은 4~5장을 읽다가는 머리가 아파 책을 덮기가 일쑤이다. 뿐만 아니라 다시는 양서와 같은 종류의 책들을 읽지 않으려고 한다. 참으로 문제가 아닐 수 없다.

그런바 필자는 조선시대의 대표적인 성리학자인 退溪 李滉(1501~1570)의 독서법에 주목하였다. 周知하는 바와 같이 退溪는 평생을 학문에 전념

692) 그런데 문장작법이나 글과 논리 등과 같은 교양 과목을 폐지하지 않고 지금까지 계속 개설 운영하거나 강화시킨 대학들도 있는바, 오해가 없기를 바란다.

한 학자로, 그의 한국철학사적 위치는 재론할 여지가 없다. 그러므로 본고는 退溪의 독서법을 검토하여 이를 현대적으로 활용하는데 논의의 초점을 맞추었다.

(2) 退溪의 독서법과 그 활용

우리 先人들 가운데 유명한 學者나 文人들치고 讀書法에 대해 언급하지 않은 사람은 거의 없다.[693] 그리고 이들은 讀書와 學問과 道를 동일한 의미로 인식했다. 退溪 李滉 역시 그러했다. 그러나 여기서는 退溪의 독서법 검토를 통한 현대적 활용에 초점을 맞추었기에, 학문에 대해서는 論外로 하고, 독서법에만 국한하여 논의하겠다. 그러면 退溪의 글에 나타난 독서법에 대하여 살펴보기로 하자.

한국 성리학의 대표적 인물인 退溪 李滉은 독서를 어떻게 했을까? 退溪의 독서법은 우리들에게 궁금한 사항의 하나이기도 하다. 다음의 글은 退溪의 독서법을 극명하게 나타내고 있다.

> "선생은 책을 읽을 때에는 바로 앉아 엄숙하게 외었다. 글자에서는 그 새김을 찾고, 글귀에서는 그 뜻을 찾아서, 비록 한 자 한 획의 미세한 곳까지 예사로 지나쳐 버리지 않았다.…(중략)…글을 읽는 법을 물었더니, 선생은 '그저 익숙하도록 읽는 것뿐이다. 글을 읽는 사람이 비록 글의 뜻은 알았으나, 만약 익숙하지 못하면 읽자마자 곧 잊어버리게 되어 마음에 간직할 수 없는 것은 틀림없다. 이미 읽고 난 뒤에, 또 거기에 자세하고 익숙해질 공부를 더한 뒤라야 비로소 마음에 간직할 수 있으며, 또 흐뭇한 맛도 있을 것이다.' 하였다."[694]

693) 김건우의 『옛사람 59인의 공부 산책』(도원미디어, 2003) 등을 보면 이를 짐작할 수 있다.
694) 『국역 退溪집 II』, 민족문화추진회, 1977, 226쪽.

退溪가 제자 金誠一의 독서법에 대한 질문에 답한 내용이다. 退溪가 책을 읽을 때 정밀한 독서법을 중시했음을 알 수 있다. 그러므로 제자가 글을 올바르게 읽는 법을 물었을 때에도 退溪는 '정독해서 책을 읽어야 한다.'고 강조했다. 정독할 때만이 그 뜻을 체득하게 된다는 것이다. 뿐만 아니라 退溪는 바른 자세로 책을 읽었으며, 글자 한 자까지도 그 뜻을 완전하게 파악하려고 하였다. 그러므로 독서를 할 때 예사롭게 지나쳐 버리거나 대충 파악해서 이해하려고 하지 않았다. 이처럼 退溪는 아무리 피곤해도 책을 누워서 읽거나, 혹은 흐트러진 자세로 읽은 적이 한 번도 없었다. 이 같은 근엄한 독서 자세는 어려서부터 죽을 때까지 추호도 변함이 없었다. 退溪는 책을 남달리 정독하는 편이어서 어떤 책을 읽더라도 한 번 읽기 시작하면 열 번이고 스무 번이고 다시 읽어, 그 책 속에 담겨있는 참된 뜻을 완전히 깨우치기 전에는 결코 그 책을 놓지 않았다. 다음의 글은 이를 여실히 보여주고 있다.

> "책이란 정신을 차려서 수없이 반복해 읽어야 하는 것이다. 한두 번 읽어보고 뜻을 대충 알았다고 해서 그 책을 덮어버리면 그것이 자기 몸에 충분히 배어나지 못할 뿐만 아니라 마음속에 간직할 수 없게 된다. 이미 알고 난 뒤에도 그것을 자기 몸에 배도록 공부를 더해야만 비로소 마음속에 오래 간직할 수 있게 된다. 그래야 학문의 참된 뜻을 체험하여 마음에 흐뭇한 맛을 느끼게 되는 것이다."[695]

그리고 그는 독서하는 방법으로 가장 좋은 것은 熟讀이라고 하였다. 다음 글은 숙독에 대한 내용을 잘 나타내고 있다.

---

695) 김건우, 앞의 책, 52~53쪽.

"선생은 독서에 대해 이르기를, '독서하는 방법으로 가장 좋은 것은 숙독이다. 글을 읽는 사람이 글의 뜻을 알고 있으나, 곧 잊어버리게 되는 이유는 숙독하지 않기 때문이다. 독서는 조용히 앉아 마음을 편안히 맑게 해서 하늘의 이치를 몸소 체득한다는 자세가 중요하다. 그리하여 더욱 중요한 일은 반드시 성현의 말과 행실을 본받아 찾고 조용히 익힌 다음에 학문으로 나가는 공적이 길러질 수 있을 것이다. 만일 바삐 지나치거나 예사로이 외우기만 할 뿐이라면 문장만을 익히는 제일 좋지 못한 방법이니, 비록 천 편의 글을 외우고 머리가 희도록 경전을 이야기한들 무슨 도움이 되겠는가?'라고 하였다."[696]

"성현이 가르치는 법은 經에 갖추어져 있으니 뜻하는 선비는 마땅히 熟讀하고, 심사하여 묻고 분변해야 할 것이다."[697]

이는 朱子가 숙독의 중요성을 강조한 것과 상통하는 것으로,[698] 尊朱主義者였던 退溪는 주자의 독서하는 방법에 대하여 공감을 표하고 있다. 그리고 退溪는 독서를 통해 사색과 분석을 하여 이치를 연구 · 터득하고자 하였다.

"책상을 마주하여 잠자코 앉아 삼가 마음을 잡고 이치를 궁구할 때, 간간히 마음에 얻는 것이 있으면 흐뭇하여 밥 먹기도 잊어버린다. 생각하다가 통하지 못한 것이 있을 때는 좋은 벗을 찾아 물어 보며 그래도 알지 못할 때는 혼자서 憤悱한다. 그러나 감히 억지로 통하려 하지 않고 우선 한 쪽에 밀쳐 두었다가 가끔 다시 그 문제를 끄집어내어 마음에 어떤 사념도 없애고 곰곰이 생각하면

---

696) 위의 책, 53쪽 재인용.
697) 『국역 退溪집 I』, 147쪽.
698) 『朱子語類』, 券10. "대개 책을 볼 때에는 먼저 숙독을 해서 그 말이 모두 내 자신의 입에서 나온 듯 하고, 계속해서 골똘하게 생각하여 그 뜻이 모두 다 내 자신의 마음에서 나온 듯이 한 연후에야 가히 얻는 바가 있을 것이다. 그리고 숙독을 하고 정밀하게 생각해서 이미 밝게 깨친 이후라도 또, 반드시 의심하기를 그치지 않아야만 공부에 진전이 있을 것이다."

서 스스로 깨달아지기를 기다리며 오늘도 그렇게 하고, 내일도 그렇게 하는 것이다."[699]

"대개 學을 깨달아 밝히면서 분석을 싫어하고 나눔에만 힘쓰는 것은 鶻圇呑棗라 하였으니, 그 병통이 적지 않은 것입니다."[700]

"대개 학문은 생각하여 따지고, 사물의 이치를 연구하여 지식이 지극하게 되면 이치가 밝아지지 않음이 없어서 학문이 세밀한 데로 나아갈 수 있다."[701]

"선생은 '조용히 앉아 마음을 편안하고 맑게 해서 하늘의 이치를 몸소 알아낸다는 말은 학자가 책을 읽어서 이치를 연구하는 법에 가장 중요한 것이다.' 하였다.…(중략)…만일 바쁘게 말하여 넘기고 그저 예사로이 외기만 할 뿐이라면, 이것은 다만 글자나 글귀를 들은 대로 말하는 제일 나쁜 버릇에 지나지 못할 것이다.…(중략)…또, '낮에 읽은 것은 밤에 반드시 생각하고 궁구해야 하느니라' 하였다."[702]

위의 글들에서 보는 바와 같이, 退溪는 독서를 할 때 치밀한 분석과 함께 마음을 가다듬고 사색을 통해 그 이치를 연구하려고 했음을 알 수 있다. 그러므로 그는 밥 먹는 것도 잊어버린 적이 있었고, 또 낮에 읽은 것은 밤에 반드시 생각하고 窮究히 하려고 했을 뿐 아니라, 모르는 것이 있으면 친구에게 물어보기도 했으며, 그래도 알지 못할 때에는 사색을 통해 스스로 깨달을 때까지 계속하였다. 그런데 退溪는 '책을 보는 것은 마음을 수고롭게 하지 않게 하여야 하니, 많이 보는 것은 매우 좋지 못하다'[703]고 하였다.

---

699) 『국역 退溪집 I』, p.37.
700) 『국역 退溪집 I』, 268쪽.
701) 『국역 退溪집 I』, 342쪽.
702) 『국역 退溪집 I』, 226~227쪽.

한편, 退溪가 아들 李寯에게 보낸 편지를 보면,

"三冬의 긴긴밤에 부지런히 책을 읽어라. 지금 부지런히 공부하지 않으면 안 된다. 세월은 화살처럼 한번 빠르게 가버리고나면 다시 좇기 어려우니, 천만 번 명심 하여 소홀히 하지 말고, 또 소홀히 하지 말라."[704)]

열심히 독서할 것을 명하고 있다. 공부는 때가 있기 때문에 어려서부터 부지런히 공부하지 않으면 나중에 따라가기 힘드니 명심하여 소홀히 하지 말라고 하였다.

退溪는 孔子가 말한 '배우고도 생각하지 않으면 어두워지고, 생각만하고 배우지 않으면 위태로워진다.(學而不思則罔 思而不學則殆)'[705)]를 언급하면서, '學이란 것은 그 일을 習得하여 참되게 실천하는 것을 이르는 것이라'[706)]고 하였다. 이는 『中庸』에 보면, '널리 배우며(博學), 살펴서 물으며(審問), 삼가서 생각하고(愼思), 분명하게 분별하며(明辯), 독실하게 행하라(篤行)'[707)]고 하여 독서(학문)의 다섯 가지 요체를 설명하고 있는데, 이와 상통한다. 그리고 退溪는 '글을 읽는 사람은 반드시 經書를 보며 읽지 않은 곳이 없게 하여, 그 보고 들음을 흡족하게 한 연후에야 요약한 지경에 이르게 된다.'[708)]라고 하였다. 여기서 '널리 배우고 후에 요약 한다'는 것은 孔子·顔子·子思·孟子가 모두 말한 것으로

703) 『국역 退溪집 I』, 227쪽.

704) 『해동소학』.

705) 『논어』.

'배우기만하고 생각하지 않으면 위태롭다'는 말은 아무 생각 없이 배우면 지식의 노예가 되어 판단력이 흐려질 수 있다는 의미이고, '생각만 하고 배우지 않으면 위태롭다'는 말은 주관에 빠질 우려가 있다는 의미이다.

706) 『국역 退溪집 I』, 133쪽.

707) 『중용』.

708) 『국역 退溪집 I』, 264~265쪽.

그 의의가 크다고 하였다. 뿐만 아니라 退溪는 배움에 있어서의 과정 또한 매우 중시하였다.

> "나는 12세 때 숙부 松齋 선생에게 『논어』를 배웠다. 선생은 과정을 엄하게 세워서 조금도 나에게 느리거나 예사로이 하지 못하게 하였다. 나는 그 가르침을 받들어 조심하고 힘써서 조금도 게을리 하지 않았으니, 새로운 지식을 얻으면 반드시 옛 것을 익히고, 한 권을 배워 마치면 두 권을 내리 읽었다. 이렇게 하기를 오래하니, 차츰 初學과는 달라졌다. 그래서 3,4권을 읽게 될 때에는 가끔 스스로 알아지는 데가 있었다."[709]

이처럼 배움의 과정을 엄하게 행하다 보면, 나중에는 진보와 함께 自得의 경지까지 도달할 수 있다고 고백하였다. 이와 마찬가지로 독서(학문)도 초반에는 힘이 많이 들지만, 어느 정도 수준에 도달하면 쉽다고 하였다. 그리고 그는 공부를 하는데 있어 먼저 '敬으로서 主宰를 세워야 한다.'[710]고 하였다.

또한, 그는 "朱子 가 학문에서 居敬을 중하게 여기고, 窮理를 귀하게 여기는 것이 학문을 하는데 있어서 第一義로 삼는 것을 알 것이요. 程子도 또한 학습은 專一한 때가 좋다."[711]고 하였는바, 이에 공감을 표하였다.

그런데 退溪는 책을 많이 보는 것은 좋지 못하다[712]고 하면서, '窮理(이치를 깊이 연구함) · 居敬(항상 공경하는 마음으로 있음)에 충실할 것을 강조하였다.[713] 그러면서 독서(학문)를 밤낮으로 쉬지도 자지도 않고 열심히 하여 병을 얻었다. 그래서 그는 심신의 건강을 중요시하여 活人

---

709) 『국역 退溪집Ⅱ』, 224쪽.
710) 『국역 退溪집Ⅱ』, 235쪽. 退溪는 '先主敬'을, 율곡은 '先主誠'을 주장하였다.
711) 『국역 退溪집Ⅰ』, 222쪽.
712) 『국역 退溪집Ⅰ』, 227쪽.
713) 『국역 退溪집Ⅰ』, 237쪽.

心으로 자신을 다스렸다. 그리고 학문의 뜻을 깨우쳐 줄 스승이나 벗이 없어 여러 해 동안 갈팡질팡 했음을 고백하기도 했다.[714)]

한편, 退溪는 후배나 제자, 다른 학자들이 물으면 친절하게 자세히 쉽게 가르쳐 주었을 뿐 아니라, 병환 중에도 제자들과 강론을 하였다.[715)] 退溪는 남을 위한 학문보다는 자기를 위한 학문을 하였다.[716)] 그런바 이러한 과정의 일환으로서 독서를 하였던 것이다. 退溪가 글을 읽는 가장 중요한 목적은 聖賢들의 말씀과 행동을 본받아서 그것을 자기 것으로 만들 수 있는 경지에까지 도달하는데 있었다.

이상과 같이 退溪의 독서법에 대하여 간략하게 살펴보았다. 그러면 앞에서 언급한 退溪의 독서법 검토를 통해 이를 현대적으로 활용해 보기로 하자. 먼저 현대의 독서법에 대하여 간단하게 살펴본 후, 이와 연관시켜 退溪의 독서법을 현대적으로 어떻게 활용할 것인지를 모색해 보기로 하겠다.

오늘날의 책읽기에 있어 먼저 책선정이 중요하다.[717)] 그러므로 책 선정 시 신중을 기하고, 자기 수준에 맞는 책을 골라 순차적으로 읽는 것이 효과적이다. 그러다 보면 독서에 흥미와 재미를 갖게 될 것이다. 효과적

---

714) 『국역 退溪집Ⅱ』, 221쪽.

715) 『국역 退溪집Ⅱ』, 247~402쪽.

716) 『국역 退溪집Ⅱ』, 243쪽.

717) 책을 선정할 때에는 먼저 자신이 어떤 종류의 책을 읽을 것인지 결정한 후, 이와 관련된 해당 도서들의 성격과 수준을 파악한 다음 읽을 책을 선정해야 한다. 이때 교양도서의 경우, 저자의 집필 의도와 수준 등을 파악하기 위해 서문과 목차를 먼저 살펴보아야 한다. 특히 전공도서의 경우, 저자의 집필 동기와 방법, 범위, 수준 등을 파악하기 위하여 서문과 목차, 서론, 결론 부분을 정독한 다음, 본문의 내용을 대강 훑어보아야 한다. 그런 연후에 책 제목과 비교할 필요가 있다. 이는 교양도서의 경우도 마찬가지이다.

인 독서는 무엇보다 자신의 절실한 필요성(지적 관심과 호기심, 욕구 등에 의한 강한 동기유발)에 의해 선택되어야 한다. 그리고 유의할 점은 독서 목표를 분명히 정하고, 읽고자 하는 책의 내용과 형식도 어느 정도 미리 파악하는 것이 좋다. 우리가 독서를 할 때 일반적 · 기본적으로 알아두어야 할 사항은 다음과 같다.

첫째, 처음부터 끝까지 제대로 읽어라.
둘째, 생각하면서 읽어라.
셋째, 중요한 부분에 밑줄을 치거나 자신의 느낌이나 생각을 표시해 가면서 읽어라.
넷째, 이해가 안 되는 부분은 이해할 때까지 읽어라(각종 사전류 참고).
다섯째, 독서 후 냉정한 재검토를 하라(그 좋은 방법의 하나가 독후감을 쓰는 것임) 등이다.

중요한 것은 자신에게 맞는 독서법을 찾는 것이다. 또한 우리는 적극적이고 능동적으로 독서를 할 필요가 있다. 이를 제시하면 다음과 같다.

첫째, 전반적으로 무엇에 관한 글인가를 파악하라.
둘째, 무엇을 어떻게 다루고 있는가를 파악하라.
셋째, 전반적으로, 또는 부분적으로 볼 때 글은 맞는 이야기인가를 검토하라.
넷째, 의의가 무엇인가를 파악하라 등이다.

앞에서 언급한 사항들을 바탕으로 효과적인 독서 전략을 제시하면 다음과 같다.

① 저자의 핵심 주장과 그 논거를 올바르게 파악하라.

② 저자의 견해와 내 생각을 비교해 보라.

③ 독서메모를 작성하고, 메모한 것을 다시 검토해 보라.

④ 일차 독서에서 새로운 독서 과제를 찾아내라.

⑤ 같은 책을 친구와 함께 읽고 토론해 보라.

⑥ 저자의 문체를 의식하면서 읽어보라.

⑦ 간략한 독후감이나 서평을 써보라 등을 들 수 있다.

이상은 오늘날 우리가 독서를 할 때 참고해야 할 사항들이다. 그러면 退溪의 독서법을 앞에서 언급한 오늘날의 독서법과 연관시켜 현대적으로 활용해 보자.

退溪는 책을 읽을 때 누워서 읽거나, 흐트러진 자세로 읽지 않고 항상 바로 앉아 엄숙하게 읽었고, 글자의 새김과 뜻을 찾아 한 자 한 자 까지도 꼼꼼하게 따져서 완전히 파악하며 읽었다. 이는 오늘날의 독서법에 '처음부터 끝까지 제대로 읽고, 생각하면서 읽고, 이해가 안 되는 부분은 이해할 때까지 읽는 방식'과 유사하다. 특히 숙독의 중요성을 강조하였는데, 이는 현대의 독서 방법의 전체적 측면과 별 차이가 없다. 따라서 이러한 退溪의 독서법은 오늘날에 있어서도 절대적으로 필요한 것이다. 특히 전공도서를 읽을 때 더욱 그렇다. 그리고 退溪는 독서를 할 때 정신을 차려서 수없이 반복해 읽음으로써 책 속에 담겨진 참된 뜻을 완전히 파악 이해하려고 하였다. 이렇게 읽으면 책의 내용을 확실하게 자기 것으로 만들 수 있기 때문인데, 이는 오늘날의 독서법에서도 활용 가치가 매우 큰 것으로, 특히 전공서적을 읽을 때 활용할 필요가 있다. 어찌 보면 현대에서 退溪의 독서법을 참고 활용할 필요가 있다. 退溪와 같은 성리학자들은 조용히 앉아 마음을 편안히 맑게 해서 하늘의 이치를 몸소 체득한다는 자세로 독서를 하였다. 다시 말해 退溪는 독서를 할 때 치밀한 분석과 함께 마음을 가다듬고 사색을 통해 그 이치를 연구하려고 했다. 우리가 전공도서를 읽을 때 특히 이와 같은 독서 방법을 사용할 필요가 있다. 여하튼 退溪의 이러한 독서법과 독서 자세는 독서와 학문과 도를 동일한 의미로 인식했던 것으로, 도를 추구하는데서 오는 기쁨과 인격수양에 최우선을 두는 도학주의형 독서관에서 비롯된 것이라 하겠다. 결국 退溪는 독서를 통해 심신을 수련・수양하는데 그 지향점을 두었던 것이다. 이처럼 옛날의 선비나 학자들의 독서는 자기 수양과 관련이 있다. 인성 수련보다는 암기 위주(특히 전공서적)로 독서를 하는 오늘날과 비교할 때 그 의미가 크다고 하겠다. 뿐만 아니라 退溪는 잘 이해가 안 되는 부분이 있으면 다른 사람에게 묻는 것을 서슴지 않았고, 선생의 중요성도 강조했다. 그러므로 그는 제자나 다른 학자들이 물으면 친절하면서도 자세히 쉽게 가르쳐 주었다. 또한 독서계획이나 과정, 독서의 생활화・습관화, 자기만의 독서법등을 언급하고 있는바, 오늘날 우리가 독서를 할 때 반드시 참고 활용할 필요가 있다.

그런데 退溪는 책을 폭넓게 읽되, 그 내용을 제대로 파악하지 못하고 많이 읽는 것에 대해서는 반대의 입장을 취하였다. 이는 현대의 독서법에서도 통용되는 것으로, 우리들 자신도 책을 읽을 때 이 점을 유의할 필요가 있다. 요즈음 내용은 별로 없으면서 제목만 그럴듯하게 붙인 책(특히 독서법 관련 도서)들이 불티나게 팔리고 있으니 문제이다.

그러므로 우리는 독서를 할 때 退溪가 언급한 말을 귀담아 들어야 할 것이다. 앞에서 언급한 바와 같이, 우리가 독서를 할 때 참고할 사항들과 退溪의 독서법을 비교해 보면, 退溪의 독서법은 활용 가치와 함께 그 의미가 크다는 것을 알 수 있다.

과거나 현재의 독서법은 근본적으로 다르지 않다. 그런데도 우리는 先人들의 독서법을 망각하고 있었던 것은 아닐까? 오히려 우리 先人들이 현대인들보다 더 치열하게 독서를 했다고 해도 과언은 아닐 것이다. 그런 점에서 韓國 儒學史에 있어서 대표적인 학자로, 평생 학문에만 전념한 退溪의 독서법은 우리들에게 많은 가르침과 함께 시사하는 바가 크다. 따라서 退溪의 독서법의 현대적 활용은 그 의의가 크다고 하겠다. 우리는 聖賢들과 先人들의 독서법을 잊고 있었던 것은 혹 아닌지……. 그렇다면 지금부터라도 이 분들의 독서법을 검토하여 활용하자.

(3) 맺음말

필자는 지금까지 退溪의 독서법과 그 활용에 대하여 살펴보았다. 앞에서 논의한 사항들을 종합하여 결론으로 삼겠다. 退溪는 독서를 할 때 항상 마음을 가다듬고 바른 자세로 엄숙하게 읽었고, 글자의 새김과 뜻을 꼼꼼하게 따져가면서 완전히 파악 이해하려고 했다. 특히 그는 숙독을 하였고, 이를 매우 중시하였다. 그리고 책을 읽을 때, 정신을 집중시켜 수없이 반복해 읽음으로써 책 속에 담긴 참된 뜻을 제대로 파악하려고 하였으며, 사색을 통해 그 이치를 연구하려고 했다. 이는 오늘날의 독서법과 별반 차이가 없다. 오히려 지금의 독서 방법보다 더 나은 측면이 있다.

退溪는 독서를 통해 인격 수양에 힘썼다. 退溪의 독서법이나 도학주의형 독서관 은 오늘날에 있어서도 활용할 가치가 충분히 있다. 그리고 退溪의 독서 과정이나 독서 방법 등은 오늘날의 독서법과 비교할 때 배울 점이 많다. 그런바 退溪 李滉의 독서법의 현대적 활용은 그 의의가 크다. 退溪의 독서법을 잘 활용했으면 하는 바람이다.

일기를 통해 본 조선 중기 사대부들의 기록정신

(1) 머리말

日記는 광의의 일기와 협의의 일기로 나눌 수 있다. 광의의 일기는 관청에서 주로 政事(특히 왕의 재위 기간 동안의 사실)나 공무 등과 같은 국가적 차원의 公的 事實을 후세의 자료로 남기기 위해서 기록한 『朝鮮王朝實錄』이나 『承政院日記』 등과 같은 公的 日記를 말하며, 협의의 일기는 개인이 국가적 차원의 公的 事實이나 자신의 私的 事實 등을 逐日 또는 부정기적 日字 順으로 기술한 개인 일기를 말한다.[718] 그런데 개인의 일기는 공적 사실을 사실 그대로 기록한 공적 일기와는 달리, 자신의 견해나 입장을 표명하기도 한다. 그 중에서도 정사나 사회·정치적 사건(특히 당쟁)의 경우 기록자 나름의 독특한 시각을 피력하기도 한다. 이것 때문에 후일 자료적 가치를 인정받기도 하고 인정받지 못하기도 한다.[719] 특히 조선시대 士大夫들이 쓴 일기가 그러하다.

---

718) 일기의 정의와 범위, 종류 등에 대해서는 졸고, 「한국 일기문학론 시고」(『小石李信馥敎授華甲紀念論叢』, 간행위원회, 1996, 410~414쪽)를 참고할 것.

719) 정구복은 "조선시대 사대부들의 일기의 경우, 자신을 속이는 것은 가장 큰 죄악으로 생각하는 儒學의 德目에 충실하였기 때문에 사실성과 진실성이 있다고 하면서, 다만

본고에서 논의하고자 하는 일기는 조선 중기 사대부들이 기록으로 남긴 개인 일기이다. 필자가 이들의 일기를 주목하는 이유는 1500년대부터 사대부들이 일기에 대하여 큰 관심을 가졌고, 이 시기 이후 개인의 일기가 보편화되었다는 점,[720] 그리고 이들은 공적 기록뿐만 아니라 자신이 일상생활이나 체험 등을 통하여 보고 듣고 느낀 것을 충실하게 기록으로 남겼다는 점 등이다. 특히 조선 중기 사대부들은 일기를 통해 내용적 의의 측면에서 볼 때, 외적으로는 현실세계의 실상을 진술(예를 들어 전쟁의 참상이나 사회부조리 등을 고발, 비판)하는 등 시대적 증언을 하거나, 내적으로는 진솔한 자기고백을 통해 자신을 성찰하는가 하면, 기술태도에 있어 春秋大義의 정신을 계승하여 역사적 진실 등을 구명하는 한편, 정확하게 기록하려는 자세에서 기록정신의 일면을 엿볼 수 있기 때문이다. 그런바 필자는 조선 중기 사대부들의 일기문학을 이해하기 위해서도 이들의 이러한 기록정신을 논의할 필요성이 있다고 판단하였다. 그럼에도 현재 일기를 통해본 조선 중기 사대부들의 기록정신에 대한 심도 있는 논의는 필자의 과문인지는 몰라도 거의 전무한 실정이다. 그러므로 본고는 여기에 주목하였다.

필자는 조선 중기 사대부들이 쓴 일기를 통해 그들의 기록정신을 구명하려고 한다. 이를 위해 기록물로서의 일기의 의의와 기술태도에 초점을

당시의 정치문제인 당쟁의 문제와 관련된 것은 주관성을 배제할 수 없지만, 이 경우도 필자의 주관적인 서술 목적에 기인한다기보다는 자신이 처한 상황과 주위의 사람들로부터 얻은 정보가 어느 당색의 한 편만의 견해이었던 데에 기인한 것으로 생각한다."고 하였다. 나름대로 일리가 있다고 본다.(정구복, 「조선조 일기의 자료적 성격」, 『정신문화연구』 제19권 제4호 <통권 65호>, 한국정신문화연구원, 1996, 10쪽)

720) 장덕순, 『한국수필문학사』, 새문사, 1992, 158쪽. 장덕순은 1500년대를 일기문학의 번성기로 규정하고 있다. 그리고 정구복은 "조선시대 사관(특히 승정원의 승지)은 政院日記를 매일 매일 빠짐없이 기록하였다. 이러한 문화적 전통은 문인들이 자신의 일상생활 기록을 소상히 남기려는 의식을 고조시켰고, 일기가 문인들에게 보편화되었다. 아울러 16세기는 역사기록을 중시하는 분위기가 조성된 시기"라고 하였다.(정구복, 위의 논문, 5~6쪽)

맞추어 논의하겠다. 기록물로서의 일기의 의의에서는 시대의 증언과 진솔한 자기고백, 기술태도에서는 춘추필법의 계승과 정확한 기록 순으로 살펴보겠다.

이상의 논의를 통해 일기를 통해본 조선 중기 사대부들의 기록정신의 실상이 밝혀질 것이며, 이는 조선 중기 사대부들의 일기문학을 파악하는 데도 일조를 할 수 있다고 본다. 뿐만 아니라 조선시대 일기문학의 이해, 나아가 일기문학사적으로도 나름대로 의의가 있다고 하겠다.

(2) 기록물로서의 일기의 의의

周知하다시피 조선 중기, 특히 16세기에 이르면 사대부들 태반은 일기를 썼다.[721] 그렇다면 이들이 일기를 쓰게 된 동기는 무엇일까? 앞에서 언급했듯이 1500년대는 뜻있는 사대부들이 일기에 큰 관심을 쏟았던 시기였다. 이는 중국의 영향과 더불어, 예로부터 우리 先人들은 글로 남기려는 버릇[722]이 있었다는 점에서 그 일단을 추측해 볼 수 있을 것 같다. 그리고 조선시대 사대부들은 고려의 문인들에 비해 실제적인 경험과 이념을 더 중시하였으므로, 견문과 實事를 기술하고 사물의 이치를 따지며 인물의 생애를 서술하는 등의 일에 좀 더 많은 관심을 기울였다. 아울러 조선 중기 이후의 사회·문화적 변화과정에서 시적인 절제와 함축의 언어보다 일상적 삶의 문제들을 세밀하고도 구체적으로 다루는데 적합한 산문의 필요성이 확대되면서[723] 일기에 큰 관심을 갖게 된 듯하다. 이와 더불어 사대부들이 孔子의 春秋筆法의 정신과 朱子의 治史精神[724]을 본받아

721) 졸고, 「미암일기의 서지와 사료적 가치」, 『퇴계학연구』 제12집, 단국대학교 퇴계학연구소, 1998, 135쪽. 1500년대인 16세기에 이르면 소순, 권벌, 이황, 이문건, 유희춘, 이이, 노수신, 우성전, 정철 등과 같은 당대의 학자나 문인들이 일기를 썼으며, 무신인 이순신 장군, 승려인 사명당 등도 일기를 썼다.

722) 장덕순, 앞의 책, 157쪽.

723) 김흥규, 『한국문학의 이해』, 민음사, 1988, 114쪽.

역사적 사실이나 당대 현실의 모순 등을 밝히고 자신의 일상생활 기록 등을 소상히 남기려는 의식의 고조[725] 등으로 인해 일기를 쓰게 된 것 같다. 그리고 家風[726]도 일기를 쓰게 된 동기가 된 듯하다. 이러한 동기들이 조선 중기 사대부들로 하여금 일기를 쓴 계기가 된 것으로 보인다.

그러면 시대의 증언과 진솔한 자기고백 순으로 살펴보기로 하자.

(2-1) 시대의 증언

일기는 개인의 역사요, 삶의 증언이다. 나아가 개인의 시각을 통해 당시의 시대상황을 고찰해 볼 수 있는 글이기도 하다. 특히 자신이 직접 보거나 체험한 전쟁의 참상이나 사회부조리 등을 솔직하게 사실적으로 기록한 내용들은 시대의 증언이라 할 수 있다. 이를 제시하면 다음과 같다.

> ① 전라우수사 이억기가 오지 않으므로 혼자 여러 장수들을 거느리고 새벽에 떠나 곧장 노량에 이르러 미리 나가기로 약속한 곳에서 경상우수사와 만났다. 왜적이 있는 곳을 물으니 적은 지금 사천 선창에 있다고 하였다. 그래서 바로 거기 가보니 왜인들이 벌써 상륙해서 산 위에 진을 치고, 배는 그 산 밑에 벌여 놓았는데 항전 태세가 아주 튼튼했다. 나는 모든 장수들을 독전하며 일제히 달려들어 화살을 빗발치듯 퍼붓고 각종 총통을 바람 우레같이 쏘아 보내니 적들은 두려워 물러나는데, 화살에

---

724) 민두기 역음, 『중국의 역사인식 하』, 창작과 비평사, 1985, 71~80쪽.

725) 정구복, 앞의 논문, 5쪽.

726) 예를 들어 柳希春(1513~1577)의 경우를 살펴보자. 그의 『眉巖日記』 가운데 <1568년 1월 7일>의 내용을 보면, '伏覩先君日記八冊', '伯氏乙亥日記'라는 구절이 있다. 특히 <1571년 5월 22일>의 기록에는 "頃閱先君子日記 辛巳年夏云 喜孫者始讀通鑑 一日之受 僅只二張 然時以其意論古今人物 出人意表…(中略)…不勝感激"이라는 내용이 있어 주목된다. 이로써 보건대 아버지와 형의 일기가 있었던바, 유희춘 역시 이들에게 영향을 받고 일기를 쓴 것으로 보인다. 이 같은 가풍과 함께 당대인들의 일기에 대한 관심 또한 유희춘에게도 예외는 아니었던 것 같다. 이 또한 그가 일기를 쓰게 된 동기 중의 하나로 짐작된다.

맞은 자가 몇 백 명인지 알 수 없고 왜적의 머리도 많이 베었다. 군관 나대용이 탄환에 맞았으며, 나도 왼편 어깨 위에 탄환을 맞아 등으로 뚫고 나갔으나 중상에는 이르지 않았다. 활군과 격군 중 탄환을 맞은 사람이 또한 많았다. 적선 13척을 불태우고 물러나왔다.(난중일기)[727]

② 수사 원균이 거짓말로 공문을 만들어 돌려서 대군이 동요했다. 군중에서도 이렇게 속이니, 그 음흉하고 어지러운 것을 이루 말할 수가 없다.(난중일기)[728]

③ 河陽은 본래 방어사의 소속이었으므로…(중략)…물러가 방어사의 지휘를 받게 했다. 용궁 현감 유복룡이 막 길가에서 식사를 하고 있다가 하양의 군사들이 후퇴하여 돌아가는 것을 보자, 그들이 왜적의 선봉이 된 게 아닌가 하고 의심하여…(중략)…대장이 사실대로 대답하였으나, 유복룡은 몰래 자기 군중에 호령하며 '이들이 왜적의 앞잡이가 아니면 틀림없이 도망 하는 군사들이다.'라고 말하고는…(중략)…포위해 잡아다가 점검을 가장하고 깡그리 죽여 버리니 흘린 피가 개울을 이루었다.…(중략)…유복룡은 곧 토적을 잡아 목 베었다고 방어사에 사후 보고를 내었다.(난중잡록)[729]

④ 오늘날의 사태는 군인이나 백성들이 무너져 흩어진 것뿐만이 아니요, 누구도 윗사람을 위하여 죽을 마음을 가진 사람이 없다는 것이다. 대개 모든 고을의 수령들은 거의가 자기 한 몸만 빠져나와 숨어 머리를 처박고 살아남기를 발버둥 칠 뿐 아무도 의를 부르짖고 무리를 통솔하려는 사람이 없다. 방백과 도사, 순변사, 방어사 등도 모두 각처로 흩어져 머무는 곳이 일정치 않아 위로 統領하는 사람이 없어 마치 亂痲와도 같다. 그런 가운데 왜적을 토벌하는데 뜻을 둔 사람이 있은들 그가 어디에 의지하여 그 뜻을 펼 수 있겠는가? 나라의 사정이 이 지경에 이르렀으니

---

727) <1592년 5월 29일>(이은상 풀이, 『난중일기』 <현암신서 34>, 현암사, 1993, 36쪽)
728) <1593년 5월 21일>(李民樹 譯, 『亂中日記』, 汎友社, 1979, 45쪽)
729) <1592년 4월 21일>(『국역 대동야승 VI : 난중잡록 1』, 민족문화추진회, 1982, 337~338쪽)

망하지 않고 또 무엇을 기다리겠는가?(임진왜란일기)[730]

⑤ 臣이 鍾城에서 귀양살이를 19년이나 했는데, 富寧·會寧·鍾城·穩城·慶源·慶興의 六鎭은 땅이 아주 북쪽에 치우쳐 있어 몹시 춥습니다. 9월부터 2월까지의 추위는 남쪽보다 배나 더합니다. 특히 10월부터 정월까지의 혹한은 아주 심한데, 그 지방에는 목화가 없어 입을 것이 없으니 종종 얼어 죽는 사람이 있습니다. 지난날에 비록 핫옷과 가죽옷을 가끔 들여보내기는 했지만 활 잘 쏘는 군사에게만 주었을 뿐이고, 모든 백성들에게는 두루 주지를 못했습니다.…(중략)…주상께서 '아뢴 일을 마땅히 該曹에 명하여 마련하여 시행하도록 하라' 하셨다. 臣이 일어나 땅에 엎드려 사은을 했다. 六鎭에 綿布를 보내는 일은 이 해 겨울부터 시작되었다.(미암일기)[731]

⑥ 이미 농사철이 지났으니, 영남으로부터 경기에 이르기까지 백성들이 살 수가 없어 모두 도망하여 숨어서 호남, 호서에서 걸식하는 자 그 수를 알 수 없고, 굶주려 쓰러져 있는 자 또한 그 수를 알지 못한다. 농사의 때를 잃었으니, 명년 봄을 기다릴 것도 없이 兩道의 백성은 필연 남지 않을 것이다. 그렇건만 누구 한 사람 발분하여 이를 구원하려 않는다.…(중략)…督運御史는 명나라 군사의 양곡을 운송함을 재촉하여 여러 고을을 순행하면서 독촉을 성화같이 하고, 계속해 매를 때려 목숨을 잃는 자도 또한 많다. 여러 고을의 창고는 바닥이 났고, 또 해마다 주는 환자도 주지 않으니 生民들이 어찌 곤궁하여 유리치 않으랴!(쇄미록)[732]

위의 인용문 ①과 ②는 李舜臣(1545~1598)의『亂中日記』에 기록된 내용이다. ①은 1592년 5월 29일에 있었던 노량해전의 일부분으로, 항전

730) <1592년 7월 5일>(『趙靖先生文集』, 趙靖先生文集刊行委員會, 1977, 169쪽)
731) <1568년 4월 29일> "臣竄謫鍾城十有九年 富寧會寧鍾城穩城慶源慶興六鎭 地居極北 風氣極寒 自九月至二月 寒洌倍於南方 而自十月至正月 凍寒太甚 土無木綿 人無所衣 往往有凍死者 前日衲衣狗皮衣 則雖或入送 而給善射軍士而已 未能徧於齊民…(中略)…上答曰 所啓事 當令該曹磨鍊施行 臣起而伏地以謝 六鎭送綿布 至是年冬乃送"
732) <1593년 4월 8일>(李民樹 譯,『瑣尾錄 上』, 海州吳氏楸灘公派宗中, 1990, 160쪽)

태세가 매우 견고한 적진을 뚫고 들어가 왜적을 무찔렀다는 記事이다. 당시의 전투상황과 사상자, 그리고 이순신 장군 자신이 왜적의 탄환을 맞아 부상당한 사실을 기록으로 남기고 있다. 전투 현장에서 겪은 실제 상황을 상세하게 기록하고 있는 이 기사에서 당시 노량해전의 전투상황이 어떠했는지를 이순신은 증언하고 있는바, 이 같은 기록은 노량해전의 전투상황을 듣고 기록한 다른 여타의 기록물보다 더 신빙성이 있다고 하겠다.

②는 1593년 5월 21일 기사로, 전쟁 중에 원균이 거짓으로 공문을 만들어 돌리는 바람에 대군이 동요했다는 사실과 함께 원균의 이 같은 간악하고 비열한 행태를 비난하고 있는 내용이다. 수사 원균의 간교함으로 인해 대군이 동요했다는 내용은 전란 중에 군영에서는 있을 수 없는 일로, 이 또한 기록자가 목도한 사실을 증언한 것이다.

③은 趙慶男(1570~1641)의 『亂中雜錄』에 있는 내용으로, 왜적과 전투 중에 의병들이 아군에게 억울하게 죽음을 당한 기록이다. 전란 중에 관군과 의병이 합심하여 왜적을 물리쳐야 할 상황에서 오히려 의병들이 왜적의 앞잡이로 몰려 관군에게 살해를 당해 피가 개울을 이루었다는 참혹한 사실을 목격하고, 기록자는 관군과 의병 간의 군사 지휘체계의 문란, 의병들의 억울한 죽음, 지휘관의 공명심 등을 고발 증언하고 있다.

④는 趙靖(1555~1636)의 『壬辰倭亂日記』에 기록된 내용이다. 임진왜란이 발발하자 관리, 군인, 백성 할 것 없이 모두 제 한 몸 살아남기에 급급할 뿐 나라나 왕을 위해 나서는 자는 아무도 없고, 게다가 관찰사나 순변사, 방어사 등 왜적을 물리쳐야 할 지휘관들조차 우왕좌왕 할 뿐 統領하는 사람도 없는 실정이다. 이 같은 상황에서도 왜적을 토벌하려는데 뜻을 둔 사람들이 있지만 이 지경까지 이르다보니 어떻게 해야 할지를 모른다. 이러한 참담한 사실을 목도한 기록자는 이를 증언하면서 준엄하게 비판하고 있다. 급기야 나라가 이 지경에 이르렀으니 망할 수밖에 없

다고 울분을 토로하고 있다.

⑤는 柳希春(1513~1577)의 『眉巖日記』에 실린 기사로, 유희춘은 종성에서 19년간 유배생활을 할 때, 鍾城府民들이 혹한으로 고생하는 것을 목도한바 있었다. 위의 내용은 그가 解配 復官되어 宣祖에게 六鎭에 사는 백성들의 구제를 건의하여 허락받은 사실을 기록한 것이다. 유배생활 19년 전이나 복직된 지금이나 조정에서는 백성들이 어떻게 생활하고 있는지도 모르고, 간혹 보내주는 겨울용 옷도 일부 군사에게만 지급될 뿐이다. 상황이 이 지경에 이르렀는데도 목민관이나 조정에서는 실태 파악은 하지 않고 안일무사주의로 일관하고 있음을 보고, 그 잘못됨을 시정하고 기록으로 남겼다. 여기서 유희춘은 혹한으로 고생하는 종성부민들의 참혹한 삶의 모습을 증언하고 있다. 유희춘이 이 같은 현실사회의 실상을 목격하고 경험하지 않았다면 증언할 수도 없었을 것이다.

⑥은 吳希文(1539~1613)의 『瑣尾錄』에 실린 내용으로, 임진왜란 피난 도중에 목도한 사실을 기록한 것이다. 오희문은 피난 도중 유리걸식하는 백성들의 참혹한 생활상과 백성 구제에 한 사람도 나서지 않는 관리들, 그리고 명나라 군사들의 양곡 운송 책임을 맡은 어사의 횡포와 어사에게 매 맞아 죽은 백성들, 지방 관아의 텅 빈 창고 등, 전쟁으로 인한 당시의 실상을 목격하고 이를 사실 그대로 고발 증언하고 있다.

이상에서 보듯, 시대의 증언은 전쟁의 참상이나 현실사회의 부조리 등을 기록자가 직접 보거나 체험을 통해 기록으로 남기고 있는바, 듣고 기록한 기록물들과는 사실여부나 진실성 등에서 그 차원이 다르다. 그런바 기록물로서의 일기의 의의가 여기에 있다고 하겠다. 그리고 조선 중기 사대부들은 특히 전쟁일기를 통해 전쟁의 참상을 증언하고 있는데, 이는 다른 여타의 일기에서는 보기 힘든 그 시대의 증언으로서 자료적으로나 문학적으로도 가치가 크다고 하겠다. 뿐만 아니라 내용적 의의 면에서 볼 때, 시대의 증언에서 조선 중기 사대부들의 기록정신을 엿볼 수 있다. 시대의 증언은 외적 측면에서 논의한 것이다. 다음은 내적 측면인 진솔한 자기고백에 대하여 살펴보기로 하자.

(2-2) 진솔한 자기고백

일기는 주로 자기 위주로 쓰게 되는바, 그 날이나 지난날에 있었던 일이나 체험, 처신, 신변적인 기록 등을 기술하는 가운데 자기 자신의 내면을 진솔하게 고백하고 성찰하게 된다. 여기서 기록자의 인간적 면모도 엿볼 수 있다. 24년간의 방대한 일기 『欽英』을 쓴 兪晩柱(1755~1788)가 "일기는 이 한 몸의 역사로 소홀히 할 수 없다."[733]라고 한 말은 의미하는 바가 크다. 유만주도 조선 중기 사대부들처럼 일기를 통해 진솔하게 자신을 고백했다고 본다.

그러면 진솔한 자기고백에 대하여 살펴보자.

① 주상께서 어제 大夫 種(越王 句踐의 大夫)의 성을 자상하게 아시고자 하여 安自裕에게 물으셨는데 自裕가 대답을 못했다. 오늘 또 下問하시기를 '種의 姓을 알 수 없소?' 하시기에, 희춘이 착각하고 대답하기를 '그 당시에 그 성을 기록한 것이 없어져서 지금은 참고할 길이 없습니다.' 하자, 주상께서 '十九史略의 註에 姓은 文氏요, 字는 子禽으로 나와 있소.' 하시므로, 臣 등은 황송하고 부끄러웠다.(미암일기)[734]

733) 안대회, 『선비답게 산다는 것』, 푸른역사, 2007, 27쪽 재인용. 조선시대 선비들은 '日新工夫'를 하였다. 일신공부는 현재의 나에 머무르지 않고 날로 새로워지려는 자기혁신의 공부를 말한다(윤사순 외, 『조선시대, 삶과 생각』, 고려대학교 민족문화연구원, 2000, 79쪽). 그리고 자기 발전을 위한 부단한 노력은 이상적 인격에 도달하려는 사대부들이 갖추지 않으면 안 되는 중요한 자세이다. 이의 근본 바탕이 되는 것이 일기를 통한 진솔한 자기고백이라 할 수 있다.

734) <1568년 9월 5일> "上昨欲詳大夫種姓 于安自裕自裕不能對今日又下問種之姓 其不可知耶 希春錯對曰 其時失記其姓 今無可考矣 上曰 十九史略註 姓文字子禽 臣等 驚服慚惶"

② 지난번에 사헌부에서 關字(公文)가 왔는데 쓰였기를, '서울의 생원 李璘의 아들 枝가 제소하기를 담양의 奴 光希는 자기 집 종인데 옥과로 잡아다가 가두고 一次의 拷問을 한 것은 나의 잘못이라며 그를 풀어주게 해달라고 한다.'는 것이다. 그리고 오늘 許太輝(曄)도 심히 불가한 일이라고 한다. 본시 이 横逆한 奴를 당초 내가 一次의 刑訊을 가하게 한 것은 실수를 한 것이다.(미암일기)[735]

③ 제주목사 李戩이 먹을 것을 보내왔다. 지난달 24일에 보낸 것이다. 柑子一白介·全鰒一貼·搥鰒十五貼·鹿脯二貼·鹿尾五介·鹿舌五介·紅馬粧一部·鹿子皮來金靴一雙·書案二介·油分套一部·白童靴二部·黑鞋三部·繩床一·鹿角棋子一部·山柚子棋板一·鹿皮方席二坐·皮箱子 하나가 왔다. 너무 많다고 하겠다.(미암일기)[736]

④ 더위를 먹어 설사병이 생겨 두 번이나 측간에 갔다. 처음에 잠방이를 망쳐 玉石을 시켜 측간 처마아래서 씻게 하였다.(미암일기)[737]

⑤ 해남에서 온 편지를 보니 부인이 血淋(피오줌이 나오는 임질)을 앓는 모양이다. 이는 前日 나의 淋疾에서 감염이 된 것이다.(미암일기)[738]

⑥ 숙길이의 赤痢가 아주 잦아, 얼굴이 수척해지고 황백색이 되었다. 항문이 막히고 뭔가가 내려 쌓여, 붉은 고깃덩이 같은 것이 가끔 보였다. 똥을 눌 때마다 우니 불쌍하고 불쌍하다. 무당을 불러다 고사를 지냈으니, 숙길이를 위한 것이다. 점치는 곳에다 물어보니, 숙길이의 어미가 금년에 액운이 들어있다고 하였다. 그래서 남쪽에 있는 집으로 나가서 따로 거처하게 하였다.(묵재일기)[739]

---

735) <1571년 5월 14일> "頃日 司憲府關子來 京中生員李璘子枝 以潭陽奴光希 爲其家奴而以移囚玉果 刑訊一次 爲我所失 令解放而相訟 今日許太輝亦以爲甚不可 蓋此横逆之奴當初余行下 刑訊一度 則固失之不思"

736) <1569년 12월 21일> "濟州牧使李戩饋遣來 去月二十四日所出也 柑子一白介·全鰒一貼·搥鰒十五貼·鹿脯二貼·鹿尾五介·鹿舌五介·紅馬粧一部·鹿子皮來金靴一雙·書案二介·油分套一部·白童靴二部·黑鞋三部·繩床一·鹿角棋子一部·山柚子棋板一·鹿皮方席二坐·皮箱子一來 可謂過多矣"

737) <1570년 6월 16일> "中暑患痢 再如厠 初度則汚褌 令玉石浣于厠簷下"

738) <1571년 8월 26일> "見海南書 知夫人患血淋 乃前日染我之淋疾"

⑦ 端兒는 지난밤 初更 후에 다시 두통이 시작되어 아침까지 아프다고 소리친다.…(중략)…새벽이 지난 뒤로부터 병세가 몹시 더해진다. 내가 들어가 보니, 인사를 차리지 못하고 애태우고 몹시 괴로워한다.…(중략)…끝내 말 한 마디 하지 못하고 巳時에 奄然히 가버렸다. 붙들고 통곡하나, 그 망극함을 어찌하랴!…(중략)…가장 통한스러운 것은 객지에 있기 때문에 醫藥을 전혀 쓰지 못하고 오직 천명만 기다리고, 사람이 할 일을 하지 못함이라. 더없이 애통하다. 저녁에 목욕을 시키고 殮襲을 하는데, 유리하는 중에 의복을 갖출 수 없어, 다만 평시에 입던 옷 한 벌을 입혔으니 슬프고 슬프다. 내 딸이 가난한 집에 태어나 의복과 음식을 남처럼 해주지 못하다가 죽어서도 좋은 옷 하나를 얻어 염습하지 못하니, 하늘에 닿는 남은 한이 그지없다.(쇄미록)[740]

①~⑤는 유희춘의 『미암일기』에 있는 내용이다. 이 얼마나 적나라한 기록인가? 여기서 유희춘이 자신을 얼마나 진솔하게 고백하고 있는지 쉽게 확인할 수 있다. 위의 인용문에서 보듯, 유희춘은 자신의 실수를 숨김없이 솔직하게 기록하고 있다. 인용문 ①은 進講 때 宣祖의 질문에 잘못 답변을 하여 이를 宣祖가 지적하자 솔직히 인정한 내용, ②는 대사헌으로서 잘못 판단하여 죄 없는 노비에게 刑訊을 가한 실수를 인정한 내용, ③은 뇌물 받은 것을 기록한 내용, ④는 설사병으로 옷을 망친 내용, ⑤는 자신이 淋疾 걸린 사실, 심지어 부인의 임질 감염 사실까지 기록한 내용이다. 이처럼 유희춘은 부끄럽고 창피한 줄을 알면서도 자신의 실수나 잘못을 하나도 숨기지 않고 진솔하게 고백하고 있다. 여기서 그의 진솔, 담백한 인간적 면모와 기록정신을 알 수 있다.

---

739) <1551년 9월 24일> "吉孫赤痢甚數 瘦且黃白 肛門滯 下赤肉 選見 每不必啼 可怜可怜 以蘇感元 更細作丸 和粥水與服 則能食之矣 困而久宿矣 招巫告事 爲吉兒爲之也 問卜處 吉兒母氏今年有厄云 故令出南舍異處"

740) <1597년 2월 1일>(李民樹 譯, 『瑣尾錄 下』, 海州吳氏楸灘公派宗中, 1990, 139쪽)

⑥은 李文楗(1494~1567)의 『默齋日記』에 실린 기사이다. 이문건은 손자 숙길이의 병(이질인 듯)이 차도가 없자, 안타까운 심정을 토로하는 한편, 무당을 불러 굿을 하고, 점쟁이에게 병의 귀추와 치병의 방도를 물었다. 사대부가 무당이나 점쟁이를 부르는 것은 당시로서는 보기 드문 일이다. 유학을 숭상하던 당시의 상황에서 사대부가 무당과 점쟁이를 부르는 것은 비난받을 일인데도, 이문건은 사랑하는 손자를 위해 무당과 점쟁이를 부르는 것도 서슴지 않았으며, 이들을 통해 손자의 병을 치료하려고 노력하였다, 그리고 이문건은 이러한 사실을 솔직하게 기록으로 남기고 있는바, 그의 기록정신의 일면을 감지할 수 있다.

⑦은 오희문의 『쇄미록』에 실린 내용이다. 오희문은 피난 도중 사랑하는 어린 딸이 병으로 죽자, 이때의 비통한 심정을 기록으로 남겼다. 사랑스런 귀여운 딸이 고통스럽게 죽어가는 광경과 피난 중이라 의약 한 번 제대로 쓰지도 못하고 죽어가는 딸을 속수무책으로 망연자실하며 바라보기만 하는 아버지의 안타깝고 애절 애통한 심정, 그리고 가난한 집에서 태어나 남들처럼 좋은 음식과 옷도 해주지 못했는데, 염습할 의복조차 없음에 아버지로서의 미안함과 한스러움을 진솔하게 고백하고 있다. 여기서 오희문의 父情과 기록정신을 엿볼 수 있다.

이상에서 보듯이, 조선 중기 사대부들은 주로 일상생활에서 겪었던 일들을 일기를 통해 진솔하게 자신을 고백하고 있다. 이 같은 진솔한 자기고백의 기록 자세에서 기록정신을 엿볼 수 있다. 특히 『미암일기』를 보면, 유희춘은 한 점의 거짓도 없이 진솔 되게 자신을 고백하고 있어, 그의 인간됨과 기록정신을 엿볼 수 있다. 유희춘은 체면이나 격식을 따지는 당시의 사대부들과는 격이 다른 인물이었다. 이 같은 사실을 기록한 『미암일기』야말로 삶의 진실 된 증언이라 할 것이며, 바로 이 점이 문학적 감동을 불러일으킨다고 하겠다. 조선 중기 사대부 일기 중 적나라하게 자기 자신을 고백한 가장 대표적인 일기는 유희춘의 『미암일기』이다.

(3) 기술태도

(3-1) 춘추필법의 계승

일기는 진솔한 기록을 생명으로 한다. 일기 형성의 근원을 제공한 孔子의 『春秋』는 이른바 春秋筆法으로 '正名實'·'辨是非'·'寓褒貶'을 그 목적으로 한다. 『춘추』는 유교적 역사의식의 전형을 형성해 왔다. 권력에 굴하지 않고 공정하게 역사를 기록하는 것, 이것이 『춘추』의 정신이다. 이를 춘추필법이라 한다. 춘추필법은 거창하지 않았다. 옳은 것을 옳다 하고 그른 것을 그르다 하고, 선한 것을 선하다 하고 악한 것을 악하다 하고, 현명한 사람을 현명하다 하고 어리석은 사람을 어리석었다고 했을 뿐이다. 이 평가가 후대에 전해져서 큰 영향을 끼쳤던 것이다. 그래서 역대 왕들이 가장 두려워했던 것은 역사였다. 자신의 행위가 남김없이 기록되어 후대에 영원히 전해지고 있다는 사실에 초연할 수 있는 왕은 없었다.[741)]

조선시대는 유교를 국시로 했기 때문에 당연히 유교적 역사의식의 전통을 형성해온 『춘추』의 정신을 계승했다. 유교에서 바라보는 역사는 단순히 사건을 나열하거나 기록을 모아서 과거를 재구성하는 행위가 아니었다. 역사란 지나간 일의 선악과 시비를 평가하고, 나아가 이 평가를 현재와 미래의 교훈으로 삼는 것이었다. 지나간 일을 평가하고 이를 통해 교훈을 얻으려면 역사는 공정하게 기록되어야 한다. 그런데 공정한 역사기록을 방해하는 것은 언제나 권력이었다. 공정하지 못한 역사기록은 우리에게 결코 어떤 교훈도 줄 수 없다. 권력에 굴복하지 않고 공정하게 역사를 기록하는 것이 바로 춘추필법이다.

---

741) 졸저, 『조선시대 선비이야기-미암일기를 통해 과거와 현재를 보다』, 제이앤씨, 2008, 127쪽.

조선 중기 사대부들 역시 춘추필법을 본받아 일기를 썼다. 특히 역사적 사실이나 정치적 사건에 있어서 그러하였다.[742)]그러면 춘추필법의 계승에 대하여 살펴보기로 하자. 관련 기록을 제시하면 다음과 같다.

① 傳旨를 내리시기를 '부족하고 어린 내가 여염집에서 생장하여 듣고 아는 것이 없었는데, 우리 皇考 明宗大王께서 깊이 宗廟社稷을 생각하시어 나에게 맡기실 뜻을 두시었다. 하늘이 무심하여 너무나도 빨리 세상을 뜨심으로 우리 聖母 王大妃께서 유지를 받들어 나에게 대통을 이어 받게 하여 祖宗의 어렵고도 큰 業을 지키게 하셨던 것이다. 나는 덕도 적고 일에도 어두운 사람으로서 두렵고 두려워 마치 살얼음을 밟듯 범의 꼬리를 밟는 것 같았다. 다행히도 慈聖의 정숙·근엄하신 자질과 아름다우신 덕에 힘입어 임시 聽政을 하시어 모든 정사를 다스려서 人心을 順하게 하고 天意에 응하였다. 그리고 先王께서 펼치고자 하시다가 미처 못 하시고 가신 것을 차례로 이어 처리하시어 바야흐로 生民은 생업에 안심하고 나라는 걱정이 없게 되었다. 나 小子는 영원히 명령을 받들고 행여 罪戾를 면할까 했는데, 금년 2월 24일에 聖教를 엎드려 받았던바, 변괴가 심상치 않다 하여 놀라시고 자책을 하시며 갑자기 발(簾)을 거두신다는 명을 내리시니 軍國의 모든 일이 나 혼자의 결단에 맡겨지게 되었다. 나 小子는 놀라고 근심스러워 몸 둘 바를 몰라 간곡하게 사양을 청하였으나 윤허하시지를 않으셨다. 이는 비록 慈聖께서 겸손·온화하시어 천고에 없는 미덕을 갖추신 탓이지만 나의 방황하고

742) 그런데 역사적 사건이나 정치적 사건(특히 당쟁)의 경우, 기록자가 자신이 처한 상황이나 소속된 당파의 입장에서 기록하거나, 또는 주위 사람들로부터 얻은 정보가 어느 당색의 한 편만의 견해로 이를 듣고 기록했다면 사실성과 진실성에서 문제가 된다. 그러므로 이러한 기록물들은 자료적 가치를 인정받기 어렵다. 그럼에도 불구하고 집권당파(서인, 그 중에서도 특히 노론) 소속의 사대부가 쓴 기록물들이 후일 자료로 활용되기도 하였다. 조선 중기에도 이러한 사례가 있었다[『선조실록』과 『선조수정실록』 편찬 시 참고한 일부 개인 일기이나 문집 등이 그 대표적인 예이다.(졸고, 「미암일기의 서지와 사료적 가치」, 앞의 논문, 137~139쪽 참고.)]

의탁할 곳 없는 심정을 어떻게 형용하리요. 하물며 나의 얇은 식견이 이미 배운 바도 없는데다가 一日에 萬機가 달린 중임을 맡아 어찌 미흡함이 없으리오. 이에 더욱 조심하고 더욱 가다듬어 몸을 닦고 현인에게 맡겨 행여 祖宗의 한없는 아름다움이 변함이 없도록 하려 하노니 대소 신료들은 또한 나의 지극한 생각을 헤아려 각기 맡은 직무에 충실하여 함께 치적을 이룩하도록 하라.' 하셨다.(미암일기)[743]

② 들으니 장흥부사 조희문의 선조는 고려 말에 문관으로 부여현감을 지냈는데, 장차 역성이 될 것을 짐작하고 벼슬을 버리고 물러나 하나의 기(記)를 지었다. '우·창 두 왕이 공민왕의 자손인데, 정도전이 신씨(신돈)가 간음해서 낳았다고 무함을 한 것이라고 애통하게 말을 하며 자손들에게 열어 보지 말라.'고 경계했다. 그 후 자손이 함양에 살면서 열어 보고 후환을 두려워하여 태워버렸다고 한다.(미암일기)[744]

③ 북부 참봉 김천서는 점필재 김종직의 증손자인데 나를 찾아 왔다. 내가 그에게 묻기를 '점필재가 어느 해에 나서 어느 해에 급제하였는가?' 하니 그가 대답하기를 '신해년(1431)에 나서 29세 되던 기묘년(1459)에 급제하였으며, 족계(族系)는 『이존록』에 자상히 나타나 있는데, 『이존록』이 지금 장원급제한 정곤수의 집에 있다'고 한다. 무오년(1498)에 이극돈·유자광이 일으킨 사화에 김일손이 옥에서 국문을 당하여 그의 옥사가 마침내 점필재를 부관 참시하는 지경에 까지 이르게 되었는데, 한양에

---

743) <1568년 2월 25일> "傳旨 藐予冲人 越在閭閻 無所聞知 惟我皇考明宗大王 深惟宗廟社稷之計 實有託付之眷 天之不弔 降割斯亟 我聖母王大妃 克遵遺旨 以予入纂大統 俾守祖宗艱大之業 予以寡昧 慄慄危懼 春氷虎尾 如涉如蹈 幸賴慈聖淑愼之資徽懿之德 權同聽斷 丕釐庶政 以順人心 以答天意 至於先王之所欲開而止者 次第紹述 將見生民安業邦國無虞 予小子永荷成 庶免于戾 乃於今年二月二十四日 伏蒙聖教 以變異尋常 驚惕矧咎 遽發撤簾之命 軍國機務 委予獨斷 予小子惶駭憂迫 若無容措 懇辭固請 未見察允 此雖慈聖謙恭冲挹 度越千古之美 而予之傍徨無依之懷 何可云喩 矧予涼薄 旣無所承 一日萬幾 寧無不逮 慈欲益虔益勵 修身任賢 庶不替祖宗無疆之休 大小臣僚 其亦體予至懷各勤乃職 同底于理"

744) <1567년 12월 24일> "聞長興府府使趙希文先祖 麗末以文官爲扶餘縣監 知將易姓 棄官而退 著一記 痛辨禑昌二王之爲恭愍子孫 而鄭道傳誣以辛氏之姦 戒子孫勿開 其後孫居咸陽開見 慮後患而焚之云"

있는 제자들이 급히 밀양 본댁에 알려 미리 시신을 옮기고 다른 시신으로 대치하여 참형을 면하게 되었다고 한다. 내가 일찍이 허봉에게 이 말을 들었는데, 지금 다시 들어 보니 과연 헛말이 아니라 얼마나 다행인가! 그때에 후실부인이 연좌되어 운봉으로 귀양 가고, 아들 윤은 나이 10세로 너무 어려서 화를 면하게 되었다고 하는 것이었다.(미암일기)[745]

④ 2월에 명하여 반정한 날에 입직한 승지 윤장, 조계형, 이우 등의 功劵을 追削하게 했다. 靖國功臣은 대개 모두 姻婭로서 권균은 문밖에서 누웠었고, 강혼과 유순은 조복을 입고 대궐로 나가다가 軍門에 잡혔으니 모두 공신의 명부에 실렸었다. 이 세 사람은 廢主가 곤궁한 것을 보고 몸을 던져 목숨을 부탁했던 자들로서 도리어 속이고 꾀어내서 달아났던 것으로 世論의 비웃는 바가 되었다.(음애일기)[746]

⑤ 윤임의 사위 이덕응의 공초 안에, 나숙은 말하기를 '윤원로는 간사하니 제거하는 게 옳다.'고 하였고, 곽순은 말하기를 '어진 사람을 골라서 왕으로 세워야 하니 어찌 미리 왕을 정해 놓을 수 있겠는가? 등등의 말을 하였습니다. 이휘가 제게 말하였기에 제가 들었던 것입니다.'라고 하였다 한다. 이휘가 저녁에 체포되었는데, 문초하는 관리가 이와 같은 말들에 대하여 물었다. 이휘가 나식의 말이라 대답하고 나숙의 말이라 대답하지 않았다. 다시 물은 후에야 나숙의 말이 곽순의 말과 같다고 말하며 모른다고 대답하였다. 그러자 두 차례의 형벌이 가해졌고 이에 바른대로 진술하였다. 그 진술인즉, 곽순의 말이 대윤과 소윤에 관한데 이르게 되었을 때, 곽순이 말하기를 '대윤 소윤에 관한 말은 입에 담을 필요조차 없다.'고 했으며, 곽순이 말하기를 '어진 사람을 골라서 왕으로 세우는데 무슨 미리 정해진 게 있을 것인가?'라고 하였는데, 이 말들을 이덕

---

745) <1576년 10월 4일> "北部參奉金天瑞 佔畢齋宗直之曾孫也 來謁 余問佔畢齋何年生而何年及第 對曰 生於宣德辛亥 二十九天順己卯登第 族系詳見彝尊錄 今在於鄭壯元崑壽家云 弘治戊午 李克墩柳子光所起史禍 金馹孫被鞫詔獄 獄事至於將剖棺戮屍 在洛門弟子 急通密陽本宅 得移置屍體 以他屍代之 得免慘刑云 余曾因許篈 聞此聞 今更問之 果不虛矣 追幸追幸 其時後室夫人 以緣坐 付處雲峯 男綸년十歲 以幼弱得免云"

746) <1507년 2월>(『국역 대동야승 Ⅱ : 음애일기』, 민족문화추진회, 1982, 166~167쪽)

웅에게 전했던 것이라는 내용이었다고 한다. 참으로 말 많은데 따른 화이다.(묵재일기)[747]

①~③은 유희춘의『미암일기』에 수록된 기사이다. ①은 宣祖가 明宗으로부터 왕위를 이어받아 親政할 때의 일을 기록한 내용이다. 유희춘은 解配·復官된 후, 弘文館 應教로 있을 때, 국가의 막중한 대임을 맡은 宣祖의 下教를 있는 그대로 충실히 기록함으로써 당시의 정황을 사실적으로 보여주고 있다. 이처럼『미암일기』는 단순히 一個人의 私的 日記라기 보다는『선조실록』의 편찬에 基本史料가 되었던 만큼 중요한 기록으로써 公的 日記의 성격도 띠고 있다. 이 대목 역시『미암일기』의 그러한 성격을 보여주는 한 부분이라 하겠다.

②는 우왕과 창왕이 공민와의 자손이라는 내용이 그 핵심으로, 이 내용은 元天錫의『耘谷行錄』, 李德洞의『松都記異』,『증보문헌비고』, 任輔臣의『丙辰丁巳錄』등에도 전하고 있다. 뿐만 아니라 趙希文의 先代에서 부여현감을 지낸 선조의 記를 불살라 버렸다는 내용과 원천석의 증손이 야사 6권을 불태워 버렸다는 내용이 유사하다. 그리고『미암일기』에 유희춘이 예문관 地庫에서『고려실록』을 보았는데, 우왕은 공민왕의 아들이라 했다.[748] 위의 사실은 역사적으로도 의미가 있다.

③은『미암일기』에만 기록되어 있는데, 역사적으로 중요한 사실이다. 현재까지 우리는 김종직이 부관참시를 당한 것으로 알고 있었다. 그러나 위의 기록에는 제자와 부인에 의해 이를 모면한 것으로 되어 있다. 유희

---

747) <1545년 9월 6일> "任壻李德應招內 有羅淑言 尹元老奸邪除去可也 郭珣言 擇賢而立有何定乎等言 李煇言於臣 臣得以聞之云云 煇乃乘暮逮繫 推官問此等言 煇答以羅湜之言 不對羅淑之說 更問然後 言淑之所言 若郭珣之言 以不知答之 乃用刑訊二度次 直招曰 見郭珣言及於大小尹之說 珣言曰 大小之說 不足置齒牙間云云 珣曰 擇賢以立之 有何定乎云云 以此傳于德應云云 此正多言之禍也"

748) 졸고,『미암일기 연구』, 제이앤씨, 2008, 358~359쪽.

춘은 이 사실을 몇 차례에 걸쳐 확인하고 기록으로 남겼다.[749]

이처럼 유희춘은 『미암일기』에 이 같은 사실들을 기록하여 진실을 밝히고 있다. 이와 같은 사실기록의 진실성 때문에, 후일 『宣祖實錄』 편찬시 『미암일기』가 史草처럼 채택되고(宣祖 원년~10년), 또 그 편찬에 핵심적인 몫을 담당하게 되었던 것으로 짐작된다. 여기서 유희춘의 역사의식과 기록정신을 알 수 있다.

④는 李耔(1480~1533)의 『陰崖日記』에 기록된 내용이다. 이자는 중종반정 때 공도 세우지 않은 일부 관리들의 功劵을 追削한 일을 사실 그대로 기록하였다. 그리고 그는 이들 중 일부는 중종반정의 1등공신인 박원종의 사돈이나 동서들로 세상 사람들의 비웃음의 대상이 되고 있다는 사실과 함께 이들을 비판하고 있다.

⑤는 이문건의 『묵재일기』에 실린 을사사화 관련 기사이다. 이문건은 을사사화의 단초를 이룬 이덕응의 공초 내용과 장조카 이휘가 국문 당한 사실을 듣고 이를 상세하게 사실 그대로 기록으로 남겼다. 그런데 그 내용을 보면, 이휘가 인종의 후계 문제에 대해 동료 간에 함부로 입을 놀린 것 때문에 당한 것이지, 당시의 소윤파의 모함대로 무슨 반역을 꾀했던 것은 아님을 알 수 있다. 이문건 스스로가 '말 많은데 따른 화'라고 진단하고 있듯이 말이다. 그런데도 당시 집권 세력들은 이휘가 윤임의 사주를 받아 계획적으로 그런 말을 퍼뜨려 여론을 탐문하려 한 것으로 몰아갔고, 급기야 고문에 못 이겨 자백한 것을 근거로 극형(이문건도 추후 연루되어 귀양 가게 된다)에 처해진다.[750] 이문건은 이 같은 사실을 『묵재일기』에 기록하여 진실을 밝히고 있다. 여기서 이문건의 기록정신의 일면을 엿볼

---

749) 위의 책, 359쪽. 永同 地方의 전설에는 金宗直의 棺을 머리만큼 위를 길게 비워서 짜게 했기 때문에 斬屍를 免했다고 전한다(永同 金東杓 談).
750) 이복규, 『묵재일기에 나타난 조선전기의 민속』, 민속원, 1999, 25쪽.

수 있다.

이상에서 보는 바와 같이, 조선 중기 사대부들은 일기를 통해 역사적 사실이나 정치적 사건 등에 있어 가식 없는 역사기술과 함께 진실을 밝히고자 노력하였다.[751] 위에서 제시한 내용들이 바로 그렇다. 사실을 밝히고 진실을 구명한다는 것은 춘추필법의 기록정신을 계승한 것으로, 특히 유희춘의 『미암일기』는 그런 점에서 높이 평가된다.

(3-2) 정확한 기록

일기는 정확하게 기록해야 한다. 정확하지 못한 기록은 사실성과 객관성, 신뢰성을 인정받을 수 없다. 그런바 기록의 정확성은 매우 중요하다. 조선 중기 사대부들 역시 일기에 정확한 기록을 남기고자 하였다. 이에 대하여 살펴보기로 하자.

> ① 黃澗縣을 지나가니 縣宇 邑店이 모두 불타서 없어지고 현 앞 길가에 큰 나무가 줄지어 서있는데, 세 구의 시체가 널려져서 걸려 있었다. 그들 시신은 모두 손과 발이 묶인 채 장대 끝에 거꾸로 매달려 있었으며, 사지가 찢어져 결박되었고, 복부가 쪼개져 있었다. 몸뚱이와 팔다리는 반쯤 썩어서 문 들어져 있었다. 그런데 그러한 소행은 전일 왜놈들이 본현에 들어왔을 때 저지른 것이라 한다. 쳐다보니 너무도 처참한지라, 눈으로 차마 볼 수가 없었다.(임진왜란일기)[752]
>
> ② 彦明에게 들으니, 한산도의 여러 장수가 진치고 있는 곳에 흉적이 밤에 습격해 와서 모두 함몰당하고, 통제사 원균과 충청수사 등이 모두 죽음을 당했다 한다. 놀랍고 한탄스러움을 이기지 못하겠다. 한산도는 호남

751) 春秋筆法은 褒貶, 즉 사실에 대한 가치 판단에 重心이 있으며("一字之褒 榮於華衰 一字之貶 嚴於斧鉞") 이를 통한 권선징악에 목적이 있다. 본고의 논의도 여기서 벗어나지 않는바 오해 없기 바란다.

752) <1592년 8월 7일>

의 울타리로서 적들이 오래도록 침범해 오지 못한 것은 한산도에서 막았기 때문인데, 이제 적에게 빼앗겨 점령당했다고 하니, 만일 이로 인하여 바로 호남을 침범한다면 누가 막으리오. 그러나 올바른 소식을 알지 못하겠다.(쇄미록)[753]

③ 追錄. 入侍했을 때, 이미 災異에 응하는 道를 진술하고 이어서 내가 말씀드리기를 '臣이 지난해 10월 초닷새에 夜對를 할 적에 大學에 '此謂修身在正其心'의 한 대목을 강의하면서 臣이 풀이하기를 「몸 닦음이 그 마음 바름에 있나니라.」 했던바, 주상께서 풀이하시기를 「그 마음이 바름에 있음이니라.」 하셨는데, 臣이 그때에는 분간을 하지 못했사오나 물러나와 생각을 해보니 신의 풀이는 소활하고 주상께서 하신 풀이는 정확하셨습니다.' 하였다.(미암일기)[754]

④ 歐天使가 禮로 주는 명주 베 30필을 頭目·通事에게 모두 나누어 주었으며 자신은 깨끗하게 갔다고 하며, 탐욕 많고 더러운 太監과는 함께 머무르지 않았다는데 비록 경솔한 것이 병이라 하겠으나 나름대로 儒者의 風이 있었다. 다시 알아보았더니 禮로 준 50필에서 歐가 15필을 받아 행장에 담고 그 나머지를 通事와 醫員에게 나누어 주고, 모피 물건을 받아가지고 갔다 하니 청렴한 사람이라고 할 수 없다.(미암일기)[755]

①은 趙靖의 『임진왜란일기』에 있는 내용이다. 조정은 피난 도중 황간현에서 백성들의 시체를 보고 이를 사실 그대로 정확하게 기록하고 있다. 왜적에 의해 잔인하게 죽음을 당한 세 구의 우리 백성의 시체는 너무나도 참혹하였다. 그래서 그는 현장에서 목격한 처참한 광경을 상세히 정

753) <1597년 7월 29일>(李民樹 譯, 『瑣尾錄 下』, 海州吳氏楸灘公派宗中, 1990, 195쪽)
754) <1568년 2월 24일> "追錄 入對之時 旣陳應災之道 繼言曰 臣於去年十月初五日夜對講大學此謂修身在正其心一段 臣釋丶尼乙溫身修乎未其心正乎ケ丶丶ヒヒ厼 御釋以爲 其心正乎ケ丶收未ヒ厼 臣其時未及分析 退而思之"
755) <1568년 2월 7일> "歐天使 受禮遺紬三十匹 盡分於頭目通事 潔身而去 不與貪汚太監同留 雖有輕率之病 亦可謂有儒者之風 更審則禮遺紬五十匹內 歐受各十五匹 納于裝 其餘分與通事醫員 受皮毛物而去 可謂不廉"

확하게 기술하는 한편, 왜적의 잔인성을 기록으로 남겼다. 상세하면서도 정확한 기술태도에서 기록정신의 일면을 감지할 수 있다.

②는 오희문의 『쇄미록』에 실린 기사로, 오희문은 통제사 원균과 충청 수사의 죽음, 그리고 왜적의 한산도 점령소식 등을 전해들은 사실을 기록화 하였다. 그런데 그는 이 같은 사실에 대하여 기록 시 신중을 기하고 있다. 그것은 전해들은 사실이기 때문에 정확하다고 판단하지 않은 것 같다. 그래서 말미에 '올바른 소식을 알지 못하겠다.'라고 적었다. 이처럼 정확하게 기록하려는 자세에서 오희문의 기술태도와 기록정신을 엿볼 수 있다.

③과 ④는 유희춘의 『미암일기』에 수록된 내용이다. ③은 유희춘이 3개월 전 경연에서 잘못 강의한 부분에 대해 뒷날 宣祖에게 말씀드려 바로잡고, 이를 記錄으로 남긴 내용이다. 유희춘은 『미암일기』에 주로 日常事나 公的 事實을 철저하고도 정확히 기록하였다. 그런데 추후에 들어서 알게 된 사실이나 누락되거나 잘못 기록한 부분에 대해서는(대개 추후에 들어서 알게 된 사실이지만) 이를 확인한 당일에 반드시 추가하거나 수정했다는 점을 주목할 필요가 있다. 그러므로 『미암일기』를 보면, 追錄이니 追記니 하는 단어들을 도처에서 접하게 된다. 위의 인용문에서 보듯, 3개월이나 지난 일을 시정하고 추가로 기록한다는 사실, 여기서 그의 기술태도와 기록정신의 일면을 넉넉히 짐작할 수 있다. ④는 중국 사신을 좋게 평가했다가 나중에 알아보니 청렴하지 못한 사람이라고 평한 내용으로, 유희춘은 일기를 쓸 때, 當日의 사실을 그날 저녁 시간이 있을 때 한꺼번에 기록한 것이 아니라, 매일 시간이 날 때마다 틈틈이 기록한 것으로 보인다. 이는 중국사신을 좋게 평가했다가 곧 바로 고친 위의 대목을 보면 알 수 있다. 이처럼 유희춘은 공적 사실 뿐 아니라 사적 사실이나 대수롭지 않은 일, 심지어 夢事까지도 追記하고 있다.[756] 뿐만 아

니라 유희춘은 公的 事實이나 선물 등과 같이 실상 그대로를 仔詳히 기록한 경우를 제외하고는 간결한 문체로 철저하고도 정확히 솔직하게 기록하였다. 그의 철저하고도 정확히 기록하려는 자세에서 기록정신의 일면을 엿볼 수 있다.

이상에서 보듯, 조선 중기 사대부들은 보고 들은 공적 사실이나 사적 사실, 체험 등에 대하여 정확하게 기록하고자 하였다. 이 같은 정확한 기록을 통해 기술태도와 기록정신을 엿볼 수 있다. 특히 유희춘의 『미암일기』는 기록의 철저성과 정확성 등에서 그 가치가 높이 평가된다. 『미암일기』가 훗날 『선조실록』 편찬 시 그 진가를 발휘하게 된 것도 이러한 이유 때문인 듯하다. 조선 중기 사대부 중 정확한 기록을 일기에 남긴 대표적 인물은 유희춘이다.

(4) 맺음말

본고는 지금까지 일기를 통해본 조선 중기 사대부들의 기록정신에 대하여 살펴보았다. 앞에서 논의한 사항들을 종합하여 결론으로 삼겠다.

필자는 조선 중기 사대부들의 기록정신을 기록물로서의 일기의 의의와 기술태도로 나누어 논의하였다. 기록물로서의 일기의 의의는 내용적 측면에서, 기술태도는 형식적 측면에서 기록정신을 살펴본 것이다. 이를 항목별로 요약 제시하면 다음과 같다.

시대의 증언은 전쟁의 참상이나 현실사회의 부조리 등을 기록자가 직접 보거나 체험을 통해 기록으로 남기고 있는데, 이러한 기록들은 듣고 기록한 기록물들과는 사실성이나 진실성 등에서 그 차원이 다르다. 특히 조선 중기 사대부들은 전쟁일기를 통해 전쟁의 참상을 증언하고 있는데,

---

756) 졸고, 「미암일기의 글쓰기 방식 일고찰」, 『동양고전연구』 제30집, 서울, 동양고전학회, 2008, 47쪽.

이는 다른 여타의 일기에서는 보기 힘든 그 시대의 증언이라 하겠다. 그런바 시대의 증언에서 기록물로서의 일기의 의의와 함께 조선 중기 사대부들의 기록정신을 엿볼 수 있다.

진솔한 자기고백은 주로 일상생활에서 겪었던 일들을 통해 표출되고 있다. 이 같은 진솔한 자기고백의 기록 자세에서 기록물로서의 일기의 의의와 함께 조선 중기 사대부들의 기록정신의 일면을 엿볼 수 있다. 특히 조선 중기 사대부 가운데 유희춘의 『미암일기』를 주목할 필요가 있다. 유희춘은 『미암일기』를 통해 한 점의 거짓도 없이 진솔 되게 자신을 고백하고 있는바, 그는 체면이나 격식을 따지는 당시의 사대부들과는 격이 다른 인물이었다. 조선 중기 사대부 중 일기에 적나라하게 자기 자신을 고백한 가장 대표적인 사대부는 유희춘이다.

춘추필법의 계승은 주로 역사적 사실이나 정치적 사건 등을 기술할 때 나타난다. 보고 들은 역사적 사실이나 정치적 사건 등에 대하여 가식 없는 역사기술과 함께 진실을 구명하고자 하는 조선 중기 사대부들의 기술태도, 이는 춘추필법의 기록정신을 계승한 것이다. 특히 유희춘의 『미암일기』는 그런 점에서 높이 평가된다.

정확한 기록은 보고 들은 공적 사실이나 사적 사실, 체험 등에서 엿볼 수 있다. 이 같은 정확한 기록을 통해 조선 중기 사대부들의 기술태도와 기록정신의 일면을 감지할 수 있다. 특히 유희춘의 『미암일기』는 기록의 철저성과 정확성 등에서 그 가치가 높이 평가된다. 조선 중기 사대부 가운데 정확한 기록을 일기에 남긴 대표적 인물은 유희춘이다.

이상의 논의를 통해 일기를 통해본 조선 중기 사대부들의 기록정신을 파악할 수 있었다. 이는 조선 중기 사대부들의 일기문학과 조선시대의 일기문학을 이해하는데도 나름대로 도움이 된다고 판단되는바, 그 의미가 있다고 하겠다.

【부록】

〈자료〉 개화기 서양인이 쓴 '한국의 소설문학'(번역)

한국의 소설문학757)

몇 주 전에 상하이의 한 유력 신문에 한국문학에 관한 기사가 등장했

757) 이 글은 서울에 거주하던 외국인들이 1900년 6월 16일 설립한 모임인 「왕립아시아학회의 한국지회 The Korea Branch of the Royal Asiatic Society」가 한국에서 발행한 『한국평론 *the Korea Review*』의 1902년 7월호(통권 7호)에 실린 "*Korean Fiction*"을 번역한 것이다.
이 글은 원래 단국대학교 동양학연구소가 한국학술진흥재단(현 한국연구재단) 중점연구소로 지정되어 수행하고 있는 「개화기 대외민간문화교류 자료초」라는 연구의 일환으로서 '서양인의 한국에 관한 이해'에 대한 문헌들을 조사하는 중에 발견한 글이다.
이 글의 성격을 이해하기에 앞서서 일단 『한국평론』에 관한 설명이 필요할 것이다. 『한국평론』은 한국에 관한 정보가 주로 정치적 문제가 치중된 점을 바로잡기 위해서 한국인과 한국의 역사, 풍속, 법률, 예술, 과학, 종교, 언어, 문화, 풍속 등을 폭넓게 외국인에게 소개할 목적으로 영어로 쓰여 진 월간 잡지이다.(1901년 1월부터 1906년 12월까지 총 72호가 발행) 한국에 온 이래, 시종일관 한국의 문화와 독립을 위해서 투쟁했던 헐버트(H. B. Hulbert 1863~1949)가 『한국평론』의 편집을 맡았다는 사실에서 알 수 있듯이, 이 잡지는 기본적으로 한국인의 자주성과 한국 문화에 대한 외국인들의 편견을 시정하고, 나아가서는 일본의 한국 침략의 야욕을 폭로하는 기사들을 주로 수록하였다.
그러나 그들의 노력이 언제나 한국에 대한 정확하고 객관적인 사실에 근거한 것은 아니어서, 한국의 소설문학을 간략히 개관하고 있는 이 글에서도 미확인된 정보나 잘못된 표기가 적지 않다. 물론, 이런 잘못된 정보의 제시나 다른 표기는, 당시 한국에 거주하던(긍정적인 의미에서의) '知韓派'라고 부를 수 있는 서양인들이 한국의 문화유산에 대해 '깊지 않은' 인식에서 비롯된 것으로 보인다.〔『한국평론』에 실린 많은 글이 그러하듯이 이 글의 저자도 명시되어 있지 않다. 다만, 문장 사용에서 빈번히 우리(we)라는 말이 사용된다는 점에서 『한국평론』에 서기로 있던 게일(Gale)과 헐버트가 서울에 거주하는 다른 외국인들과 함께 논의하여 작성한 글임을 미루어 짐작할 뿐이다.〕
그러나 이런 정도의 인식수준이 당시 한국에 대한 서양인들의 지식과 인식의 수준을 그대로 반영하는 '전범(典範)'이라는 점에서 '깊은' 의미가 있다고 생각해서 여기에 글의 원문을 그대로 번역하여 소개한다. 한국의 문화유산에 대한 부정확한 사실관계에도 불구하고, 글을 소개하기로 한 배후에는 한국의 문화를 보는 '타자의 따뜻한 시선'이 '나'는 과연 우리 문화(나아가서는, 다른 문화)에 대해서 어느 정도의 깊이와 어떤 시선을 가지고 있는지를 돌아보게 하는 부수적 효과를 낳을 수도 있다는 기대감도 작용했을 것이다.
참고로, 내용 중간 중간에 객관적 사실과 다른 부분에는 주(註)를 달아서 독자들이 오해하지 않도록 유념했다. 이 글에 있는 모든 주(註)는 원문에는 없는 것이다.

다. 그 기사의 첫 문장은 다음과 같이 시작된다. "한국은 소설이 없는 나라이다". 그리고 계속해서 지난 수천 년 동안에 한국에는 본격적인 소설가(regular novelist)가 없었다고 기술했다. 우리의 목적은 이런 진술이 문자 그대로 정확한 것인지를 따져보는 것이 아니라, 그것이 한국인들에게 대단히 불공평할 수도 있는, 심각한 오해를 야기할 수도 있다는 점을 제기하려는 것이다. 이런 진술들은 의도와는 달리, 독자들에게 필연적으로 소설이라는 예술이 한국에는 알려지지 않았다는 인상을, 진실과는 너무나도 동떨어진 그런 인상을 불가피하게 남길 수도 있기 때문이다.

우리가 소설가를 소설을 써서 생계를 꾸려나가거나 자신의 문학적 명성에 근거하여 살아가는 사람이라고 정의한다면, 한국에는 본격적인 소설가가 나온 적이 없었다고 말하는 것은 물론 옳다. 그러나 다른 한편으로 좀 더 엄숙한 저작활동에서 다소 벗어나서 성공적인 소설을 쓴 사람을 소설가라고 규정한다면, 한국에는 대단히 많은 소설가들이 있다. '소설'이라는 의미를 면밀하게 전개되고 어떤 최소한도의 분량을 갖추고 있는 허구의 작품들로 규정한다면, 한국에는 많은 소설들이 있다고 말하기는 어렵다. 그러나 디킨스(Dickens)의 『크리스마스 캐롤 *Christmas Carol*』처럼 많은 부분들을 포괄하는 허구의 작품을 소설로 부를 수 있다면, 한국에도 수많은 소설이 있다고 할 수 있을 것이다.

이런 견지에서 몇 개의 저명한 사례들을 인용해서 정말로 한국에는 소설적인 예술이 결여되어 있었는지 여부를 밝혀보기로 하겠다.

한국의 문학사는 7세기(9세기임)경에, 한국문학 초창기의 가장 빛나는 인물인 최치원이 등장함에 따라 비로소 시작된다고 할 수 있다. 그는 한반도라는 경계를 넘어서 널리 문재(文才)를 인정받은 극소수의 한국인들 중의 한 명이었다. 그러나 문학의 여명기인 그 때에도 최치원은 〈곤륜산기(崑崙山記)〉라는 제목의 완벽한 소설을 써서 출판하였다. 이것은 티베트와 중국과의 경계에 있는 곤륜산에서 한 한국인이 겪은 모험에 관한 공상적 기록물이다. 그것은 그 자체로 완벽하게 한 권의 책으로, 영어로 번역한다면 디포(Dafoe)의 〈로빈슨 크루소 *Robinson Crusoe*〉 정도의 분량이 될 만한 책이다. 그는 또한 『계원필경(桂苑筆耕)』이라는 제목으로 5권으로 된 문집을 썼는데, 그것은 이야기, 시 그리고 수필의 모음집이라고 할 수 있다. 거기에 수록된 이야기들 중 다수는 최소한 중편소설(novelette)이란 이름으로 부를 수 있는 정도의 분량으로 구성되어 있다.

거의 비슷한 시기에 살았던 신라의 또 다른 문인인 김암(金巖)은 일본에서의 모험을 다룬 이야기인 『하도기 (蝦島記)』를 썼다. 이것은 한 권으로 된, 충분히 소설이라고 부를 수 있는 분량의 이야기이다.[758)]

고려시대로 내려오면, 우리는 기자(箕子) 시대를 다룬 이야기를 모아 놓은 『기자전(箕子傳)』을 쓴 유명한 작가인 홍관(洪灌)을 만날 수 있다. 부분적으로 이야기들의 성격이 소설의 목록에 올리기에 적절하지 않은 부분이 없는 것은 아니지만, 『기자전(箕子傳)』은 순수하게 허구적으로 구성된 이야기임에는 틀림없다.

아마도 고려시대의 가장 위대한 작가는 김부식(金富軾)일 것이다. 그는 우리가 많은 도움을 얻고 있는 대단히 귀중한 저작인 『삼국사(三國史)』[759)]외에도, "북쪽의 장성(長城) 이야기 *The story of the long North Wall*"라고 옮길 수 있는 〈북장성(北長城)〉이란 제목의 한 권 분량의 완벽한 소설을 저술하였다. 이것은 역사소설이라고 부르기에 적합한 소설이다. 저자는 여기서 한국이 과장되게 말하자면, 한때 서해에서부터 동해

758) 이런 기술의 사실 여부를 확인할 길이 없다. 이하 『기자전(箕子傳)』, 『북장성(北長城)』에 관한 기술도 마찬가지이다. 참고로 김암은 김유신의 후손임.
759) 이것은 『삼국사기』를 지칭하는 것으로 보인다.

에 이르기까지 한국의 북부 전역에 걸쳐서, 중국의 만리장성에 대응할 만한 성벽을 가지고 있었음을 자랑스럽게 기술하고 있다.

그리고 1440년경에는, 저명한 승려인 가산(伽山)이 〈홍길동의 모험 *The Adventures of Hong Kil-Dong*〉이라는 제목의 소설을 썼다. 그리고 그 후 얼마 되지 않아서 해종(海宗)이란 이름의 승려는 〈임경업의 모험 *The Adventures of Im Kyung-op*〉이란 제목의 소설을 썼다.[760]

좀 더 근대로 내려와 많은 사례들 중에서 몇 경우만을 선별해 보면, 우리는 이문종(李文宗)이 1760년경에 지은, 아리스토파네스[761]의 작품과 같은 제목의 〈개구리들〉, 엄밀하게 말하자면, 〈두꺼비〉라고 할 수 있는 제목의 책을 언급할 수 있다[762].

그 후 1800년경에 김춘택(金春澤)은 〈창선감의록(昌善感義錄)〉, 〈구운몽(九雲夢)〉, 〈금산사회몽록(金山寺會夢錄)〉, 〈사씨남정기(史氏南征記)〉 등의 네 편의 소설을 집필하였다.[763] 이 책들의 제목은 영어로 각기

760) 아마도 이 주장이 이 글에서 가장 믿기 어려운, 우리가 알고 있는 객관적 사실관계를 완전히 뛰어넘는 주장일 것이다. 이런 주장의 근거가 원문에는 제시되어 있지 않다. 승려 가산, 해종은 알려지지 않은 인물이다.

761) 아리스토파네스(Aristophanes, BC 445?-BC 385?)는 고대 그리스의 최대 희극 시인으로서, BC 405년 비극시인 에우리피데스(BC 485년경~BC 406년경)를 야유하여 이 시인과 아이스킬로스(BC 525~BC 456)를 비교하는 개구리(Batrachoi)라는 작품을 썼다.

762) 이것은 아마도 조선 후기에 출현한 고대소설 <두껍전>을 지칭하는 듯하다. 현재 이 작품은 작자가 미상인 상태인 데, 이 글에 따르면, 이문종이 그것을 저술하지는 않았지만, 아마 채록을 했을 가능성은 있다. 그러나 그것을 확인할 길은 없다.

763) 김춘택(1670~1717)은 <구운몽(九雲夢)>과 <사씨남정기(謝氏南征記)>를 지은 김만중의 후손이다. 그가 앞의 두 작품을 한문으로 번역한 것은 확인된 사실이다. 그러나 현재 <창선감의록(彰善感義錄)>과 <금산사회몽록(金山寺會夢錄)>의 저자가 누구인지는 알 수 없다. 그러므로 앞의 네 권의 책을 김춘택이 "썼다(wrote)"는 것은 잘못된 사실이다. 한편, 책의 제목과 관련해서도 기존의 우리 지식과는 다른 한자 표기가 눈에 띤다. <창선감의록(彰善感義錄)>을 표기함에 있어 '창(彰)'을 '창(昌)'으로 표기하고 있으며, <금산사몽유록(金山寺夢遊錄)>을 <금산사회몽록(金山寺會夢錄)>으로 기록하고 있다. 물론 이런 잘못된 정보의 제시나 다른 표기는 당시 한국에 거주하던 외국인들의 한국의 문화유산에 대한 '얕은' 이해를 보여준다. 그러나 그것은 당시 한국에

"선함과 의로움에 관한 칭송", "아홉 사람의 꿈 *Nine Men's Dreams*", "금산사에서의 꿈 *A Dream at Keum-san Sa Monastary*" 그리고 "남쪽 지역에서의 전쟁에 나선 사씨 *The Sa clan in the Southern wars*"라고 번역될 수 있다.[764] 그로부터 10년 후에는 이우문(李宇文)이 집필한 "이해룡의 모험"이라는 제목의 소설을 발견할 수 있다. 이렇듯 목록을 열거하면서 우리는 대략 핵심적인 책들만을 거론했을 뿐이다. 만일 한국 소설들의 목록을 제대로 만들면 이 잡지의 몇 권의 분량은 족히 될 것이다. 거기에는 "황금보석 *The Golden Jewel*", "영리한 여인의 이야기 *The Story of a Clever Woman*", "장끼전 *The Adventures of Sir Rabbit*" 등과 같은 전기소설(傳記小說) 등도 포함된다.[765]

많은 한국 소설들이 한국을 배경으로 삼고 있지만, 중국을 이야기의 무대로 애용하는 작품들도 있다. 이 점에 있어서 한국의 작가들도, 립튼(Bulwer Lytton), 킹슬리(Kinsley), 스코트(Scott) 등을 위시한 많은 작가들의 작품이 보여주듯이, 서구와 공통된 관례를 가지고 있거나 따르고 있다.

대한, 그것도 한국을 잘 안다고 자부하던 서양인들의 지식과 인식의 수준을 보여준다는 점에서 '깊은' 의미가 있다.

764) 서명(書名)을 영역한 이 부분에서도 오류를 쉽게 발견할 수 있다. 주지하다시피 <謝氏南征記>는 중국 명(明)나라 때 유연수(劉延壽)가 숙덕(淑德)과 재학(才學)을 겸비한 사씨(謝氏)와 혼인하였으나, 9년이 지나도록 소생이 없어서 후실로 들인 교씨(喬氏)의 간계로 인해서 정실 사씨를 쫓아내고 결국은 자기도 유배를 가지만, 우여곡절 끝에 시시비비가 드러나 사씨를 찾아 다시 맞아들이고 교씨와 간부(姦夫)를 잡아 처형한다는 내용의 소설이다. <金山寺夢遊錄>도 청나라 강희(康熙) 말에 능주(凌州)의 유사(儒士) 성허(成虛)가 꿈속에서 금산사(金山寺)라는 현판이 붙은 선계(仙界)에 들어가 한(漢)나라 고조(高祖)를 비롯한 중국 역대의 시조들과 제갈량(諸葛亮)이 한 자리에 모여 노는 광경을 보고 돌아온다는 내용이다. 특히 <九雲夢>을 "아홉 사람의 꿈"이라고 번역한 것은 결정적인 잘못이라고 할 수 있다. 이런 오류는 내용을 읽지 않고 한자로 된 책제목만 보고 자구에 따라 번역한 데서 비롯된 것으로 보인다.

765) 이우문도 알려지지 않은 인물이며, <장끼전>은 작자 · 연대 미상의 우화소설이다.

한문으로 쓰인 소설들 외에도, 현재 한국에는 한글로 쓰인 많은 소설들이 있다. 명목상으로 소수의 문인 계층들은 이런 이야기들을 천시하지만, 실제로 이런 소설에 담겨 있는 내용에 정통한 사람들은 그들 중에서도 별로 없었다. 한글소설들은 전국 도처에서 팔리고 있으며, 서울에만도 수백 권의 한문소설과 한글소설을 갖춘 순회 서점이 최소한 일곱 군데에 있다. 한글소설의 대다수는 익명의 저자들이 지은 것이고, 그런 작품의 특성상 거기에 드러난 저자의 도덕의식을 신뢰할 수는 없을 것이다. 그러나 아무리 작품의 가치를 낮게 평가한다고 할지라도, 그 작품들이야말로 현재 한국의 도덕윤리를 보여주는 진정한 거울일 수도 있다.

현재 한국에서 통용되는 관습은 아시아의 모든 지역에서의 그것과 마찬가지로, 서양적 의미에서 "사랑이야기"라고 말할 수 있는 그런 작품을 누가 생산해 냈는가는 그리 중요한 문제가 아니다. 그러나 다른 모든 곳과 마찬가지로 여기서도 성과 관련된 문제는 열렬한 관심을 모으고 있는데, 우리는 많은 한국 소설들의 외설적 특성에 관한 설명에서 이것을 알 수 있다. 아스파시아(Aspasia)[766]나 그리스인의 다른 첩들의 이름이 그리스문학의 어떤 부분에서 대단히 중요한 역할을 수행하듯이, 바로 그렇게 동일한 이유에서 한국의 소설 지면에서도 기생이나 무희들이 나온다.

간략하나마 한국의 소설에 대해서 제법 언급했음에도 불구하고, 우리는 한국 소설의 주체에 관해서는 전혀 검토하지 않았다. 여기 한국에는 아직도 책이 만들어지기 이전의 방식, 즉 구술(口述)하는 고래의 관습이

766) 아스파시아(Aspasia)는 밀레토스 출생의 여성으로, BC 440년대 초 아테네로 이주하여 창녀가 되었으나, 훗날 페리클레스나 소크라테스와 친분을 맺을 정도로 유명한 아테네 사교계의 여왕이 되었다.
※참고문헌은 각주로 대신함.

강하게 남아있다. 부자인 양반이 소설을 "읽고" 싶으면, 그는 서점에 사람을 보내서 책을 사는 것이 아니라, 광대 혹은 북을 치는 조수를 데리고 다니면서 이야기를 낭송하는 전문적인 이야기꾼을 집으로 부른다. 전문적인 이야기꾼의 낭송은 대개 하루가 걸리는 데, 어떤 때에는 이틀이 소요되기도 한다. 이것을 소설이 아니라고 할 수 있을까? 이것과 소설 사이에 어떤 근본적인 차이가 있는가? 이것은 예술작품으로서 우리 소설보다 훨씬 뛰어난 것이다. 왜냐하면 공연자의 훈련된 행동과 발성은 사람들이 소설을 단지 읽기만 하는 경우에는 전혀 있을 수 없는 연극적 요소를 첨가하기 때문이다. 그러므로 이런 공연 양식은 한국에서 드라마의 역할을 수행한다. 왜냐하면 이상하게 보이겠지만, 일본과 중국은 수 세기동안 연극예술을 발전시켜왔지만, 한국은 그것을 시도조차 해 본 적이 없기 때문이다.

한국의 소설문학은 다른 문학작품들에 비해서 언제나 낮게 평가되어 왔다. 시가(詩歌)와 역사(歷史)만이 문학을 대표적인 훌륭한 것으로 취급되어 왔다. 사실 이런 경향은 중국의 영향을 크게 받은 모든 나라의 문학에서 두루 나타난다. 한자의 사용은 언문일치(言文一致)를 불가능하게 만들어 왔다. 구어와 문어 사이에는 언제나 큰 차이가 있었으며, 그로 인해서 말하는 그대로 대화를 기술하는 것이 불가능했다. 이것 자체는 예술로서의 소설문학의 발달에 심각한 장애가 된다. 왜냐하면 대화를 정확하게 기술할 수 없게 되면, 이야기의 생동성과 힘은 대체로 상실되기 때문이다. 사투리로 이야기를 쓰고 성격을 묘사하는 것이 실제적으로 불가능해진다. 게다가, 역사와 시를 서술하는 방식이 중국 문학의 이상형에 종속됨으로서 사람들은 자신들의 소설문학을 중국적 형식에 가두어버리게 된다. 그리하여 우리는 진정한 로맨스(Romance)가 "조상군傳 *The Biography of Cho Sang Keun*" 이라는 제목아래 가려져 있는 것은 종종 발견하게 된다. 문어(文語)를 이용해서 사람들의 말을 정확하게 기술할 수 있는 능력을 가로막는 것이 바로 이것이다. 그리하여 결과적으로 한국에서는 전문 이야기꾼이 명맥을 유지할 수 있게 되었다. 그러나 마찬가지 이유에서 한글로 쓰인 소설문학이 시가나 역사에 비해서 열등하고 부차적인 것으로 간주되는 것이다. 이 점에서 다른 많은 경우에서도 마찬가지이지만, 한국은 중국의 이상에 종속된 결과 생겨난 해악을 증명해주고 있다.

이제 우리가 제기할 수 있는 질문은 다른 문학작품들과 비교해 볼 때, 한국에서 소설문학은 어느 정도나 읽히고 있는가? 라는 물음이다. 한국인들 중에서 소수 사람들은 주로 시가와 역사를 읽을 것이다. 그러나 소위 교육받은 계층에 속하는 대다수는 한자에 대한 초보적인 지식만을 가지고 있기 때문에 그들은 책을 술술 읽을 수 없을 것이다. 의심할 바 없이 이들은 주로 일간신문의 국한문 혼용체로 된 기사나 한글로 쓰인 소설들을 읽었을 것이다. 그러나 대다수 민중들, 중간층 및 하층민들은 대체로 한글을 잘 알고 있었기 때문에 한글로 쓰여 진 일간 신문이나 통속적인 이야기책을 기꺼이 사서 읽을 수 있었다. 이런 한글로 된 책의 주된 독자는 부녀자였을 것이다. 남자들은 한글을 천시하는 경향이 있긴 했지만, 실제로 문맹을 벗어난 대다수의 사람들이 막힘없이 읽을 수 있는 읽을거리는 없었다. 그러므로 한글로 된 이야기책의 주요한 독자층은 부녀자들과 중간계층들이었을 것이다. 단연 오늘날 한국에서 읽혀지고 있는 독서물의 거의 대부분은 형식적으로 어떠하든지 간에 결국 소설문학이다.

오늘날 소설에서 영어가 사용됨에 따라 긍정적인 효과가 생겨나듯이 한글이 관용적으로 사용되는 것을 방해해 왔던, 한글로 저술하는 작업에 대한 이견이 이제는 별로 눈에 띄지 않는다는 것은 희망적인 징후라고 할 수 있다. 그리고 디포(Dafoe)나 다른 선구적 작가들이 영국 소설문학에 기여했듯이, 누군가가 한국을 대표하는 표준*(standard)* 소설문학 작품을 한국어로 쓸 때가 조만간 도래하리라는 것도 희망적이다.

〈자료원문〉

Korean Fiction (『The Korean Review』, July, 1902)

A few years ago there appeared in a prominent Shang-hai paper an article o Korean Literature, the first sentence of which reads as follows ; "Korea is a land without novels ; " and further on we read that during the last thousand years there has been no regular novelist in Korea. It is not our purpose to question the literal accuracy of these statements, but there are likely to cause a grave misapprehension which would be unfair to the Korean people. These statements if unmodified will inevitably leave the impression that the art of fiction is unknown in Korea - an impression that would be the farthest possible from the truth.

To say that Korea has never produced a regular novelist is quite true if we mean by a novelist a person who makes his life work the writing of novels and bases his literary reputation thereon. If, on the other hand, turns aside to write a successful novel may be called a novelist then Korea has a great number of them. If the word novel is restricted to works of fiction developed in great detail and covering at least a certain minimum of pages Korea can not be said to possess many novels but if on the other hand a work of fiction covering as much ground as, say, Dickens' *Christmas Carol* may be called a novel then Korea has thousands of them.

Let us cite a few of the more celebrated cases and discover if possible whether Korea is greatly lacking in the fictional art.

The literary history of korea can not be said to open until the days of Ch'oe' Ch'i-wu'n (崔致遠)in the seventh century A. D., the brightest light of early Korea literature. He is one of the few Koreans whose literary worth has been recognized widely beyond the confines of the peninsula. But even then at the very dawn of letters we find that he wrote and published a complete novel under the name of "Kon-yun-san-keui"(崑崙山記). This is the fanciful record of the adventure of a Korean among the Kuen-lun Mountains on the borders of Thibet. It forms a complete volume by itself and if translated into English would make a book the size of Dafoe's *Robinson Crusoe*. The same wrote a work in five volumes, entitled by Kye-wu'n P'il-gyung(桂苑筆耕). which is a collection of stories, poems and miscellaneous writings. Many of the stories are of a length to merit at least the name of novelette.

At about the same time Kim Am(金巖) another of the Silla literati wrote a story of adventure in Japan which he called Ha-do-Keui(蝦島記). This is a one-volume story and of a length to warrant its classification as a novel.

Coming down to the days of Kory'u, we find the wellknown writer Hong Kwan(洪灌) wrote the Keui-ja j'un(箕子傳) a collection of stories dealing with the times of Keui-ja. This of course was pure fiction though the fragmentary character of the stories would bar them from the list of the novels proper.

Kim-Pu-sik(金富軾) the greatest, perhaps, of the Kory'u writers, to whom we owe the invaluable Sam-guk-sa(三國史) wrote also a complete novel in one volume entitled Puk-chang-sung(北長城) or "The story of the Long North Wall." This may properly be called an historical novel, for Korea once boasted a counterpart to the Great Wall of China and it extended from the Yellow Sea to the Japan Sea across the whole northern Korea.

About the year 140 a celebrated monk named Ka-san(枷山) wrote a novel "The adventures of Hong Kil-dong." "Not long after that monk H'a jong(海宗) wrote another entitled "The adventures of Im Kyong-op."

Coming down to more modern times and selecting only a few out of many, we might mention the novel by Yi Mun-jong(李文宗) written in about 1760 and bearing the Aristophanean title "The Frogs," or rather strictly correct "The Taod."

Then again in about 1800 Kim Chun T'ak(金春澤) wrote four novels entitled respectively Ch'ang-son Kam-eui Rok(昌善感義錄), Ku-on-mong(九雲夢), Keum-san Sa Mong hoi-rok(金山寺夢遊錄), Sa-si Nam-j'ung Keui(史氏南征記). or by interpretation "The Praise of Virtues and Righteousness", "*Nine Men's Dreams*", "*A Dream at Keum-san Sa Monastary,*" and "*The Sa clan in the Southern wars.*" Ten years later we have novel from the pen of Yi U Jong(李宇宗) entitled "The Adventures of Yi H'a-ryong." In this enumeration we have but skimmed the surface. A list of Korean novels would fill many numbers of this magazine. That they are genuine romances may be seen by the names "*The Golden Jewel,*" "*The Story of a Clever Woman*", "*The Adventures of Sir Rabbit*" and the like.

While many of the Korean novels play the scene of the story in Korea others go far afield, China being a favorite setting for Korean tales. In this Korean writes have but followed a custom common enough in western lands, a the works of Bulwer Lytton, Kingsley, Scott and a host of others bear witness.

Besides novels written in Chinese, Korea is filled with fiction written only in the native character. Nominally these tales are despised by the literary class, which forms a small fraction of the people, but in realty there are very few even of these literary people who are not thoroughly conversant with the contents of these novels. They are on sale everywhere and in Seoul alone there are at least seven circulating libraries where novels both in Chinese and the native character may be found by the hundreds. Many of these novels are anonymous, their character being such that they would not bring credit upon the morals of the writer. And yet however debasing they may be they are a true mirror of the morals of Korea to-day.

The customs which prevails in Korea, as everywhere else in Asia, make it out of question for anyone who to produce a "love story" in our sense of the term, but as the relations of sexes here as everywhere are of absorbing interest we find some explanation of the salacious character of many Korean novels. And just as the names of Aspasia and other *hetairai* of Greece play such an important part in a certain class of Greek literature, just so, and for the same reason, the Ki-s'ang or dancing girl trips through the pages of Korean fiction.

So much, in brief, as to written Korean fiction ; but we have by no means exhausted the subject of fiction in Korea. There remains here in full forces that ancient customs, which antedates the making of books, of handling down the stories by word of mouth. If a gentleman of means wants to "read" a novel he does not send out of the book-stall and buy one but he sends for a Kwang-d'a or professional story-teller who comes with his attendant and drum and recites a story, often consuming a whole day and sometimes two days in the recital. Is this not fiction ? Is there any radical difference between this and the novel ? In truth, it far excels our novel as an artistic production for the trained action and intonation of the reciter adds an histrionic element that is entirely lacking when one merely reads a novel. This form of recital takes the place of the drama in Korea ; for, strange as it may seem, while both Japan and China have cultivated the histrionic art for ages, Koreans have never attempted it.

Fiction in Korea has always taken a lower place than other literary productions, poetry and history being considered the two great branches of literature. This is true of all countries whose literatures have been largely influenced by China. The use of the Chinese character has always made it impossible to write as people speak. The vernacular and the written speech have always been widely different and it is impossible to write a conversation as it is spoken. This in itself is serious obstacle to the proper development of fiction as an art for when the possibility of accurately transcribing a conversation is taken away the life and vigor of a story is largely lost. Dialect stories and character sketches are practically barred. And besides, this subserviency of Chinese literary ideals to the historical and poetic forms has made these people cast their fiction also in these forms and so we often find that a genuine romance is hidden under such a title as "The Biography of Cho Sang Keun" or some other equal tame. It is this limitation of the power if written language to transcribe accurately human speech which has resulted in the survival of the professional story-teller and it is the same thing that has made Korean written fiction inferior and secondary to history and poetry. In this as in so many other things Korea shows the evil effects of her subserviency to Chinese ideals.

But the question may be asked, To what extent is fiction read in Korea as compared with other literary productions? There is a certain little fraction of the Korean people who probably confine their reading largely to history and poetry but even among that so-called educated classes the large majority have such a rudimentary knowledge of the Chinese character that they can not read with any degree of fluency. There is no doubt that these confine their reading to the mixed script of the daily newspaper or read the novels written in the native character. But the great mass of the people, middle and low classes, among whom a knowledge of the native character is extremely common, read the daily newspapers which are written in the native character when they can afford to buy them or else read the common story-books in the same character. It is commonly said that women are the greatest readers of these native books, but the truth is that a vast majority even of the supposedly literature can read nothing else with any degree of fluency, and do they and the middle classes are all constant readers of the stories in the native character. By far the greater part of what is read today in Korea is fiction in one form or another.

It is a hopeful sign that there is nothing about this native writing which prevents its being used as idiomatically and to as good effect as English is used in fiction to-day and it is to be hoped that the time will soon come when someone will do for Korea what Defoe and other pioneers did for English fiction namely, write a *standard* work of fiction in Korean.

한국 고전문학의 이해

초판인쇄 2023년 06월 05일
초판발행 2023년 06월 13일

저 자 송재용
발행자 윤석현
발행처 도서출판 박문사
등 록 제2009-11호

주소 서울시 도봉구 우이천로 353
전화 (02) 992-3253(代)
전송 (02) 991-1285
메일 bakmunsa@daum.net

ISBN 979-11-92365-34-3 13800 / 정가 33,000원